오키나와 문학의 이해

오키나와 문학의 이해

김재용 · 손지연 공편

역락

글 머리에

한국에서 오키나와 문학을 읽는 것의 의미

일본어 문학은 일본어 문학이지만 일본문학이라고 할 수 없는 독자적인 특징을 갖고 있다. 특히 오키나와의 자립을 강조하면서 문학을 하는 이들의 경우는 더욱 그러하다. 오키나와의 자립성을 지지하는 작가들은 일본인들이 불편해 하는 주제를 다루고 있는데 이런 것들은 일반적인 일본인들은 받아들이기가 쉽지 않다. 예컨대 오키나와 전투 당시 일본군에 의한 오키나와인의 학살 문제라든가 천황제 비판, 반기지 문제 등은 일반적인 일본인들의 입장에서 볼 때 쉽게 받아들이기 어려울 뿐만 아니라, 오키나와인의 경우도 일본(인/군)의 일원인 이상 전쟁책임으로부터 자유롭지 않다는 성찰적 인식 없이는 독해가 불가능하다. 물론 오키나와 전통 문화와 풍습을 다루거나 미군기지를 배경으로 한 작품 등 별 어려움 없이 읽을 수 있는 작품들도 다수 존재한다. 또한 조선인 문제 특히 '군부(軍夫)'나 일본군 '위안부' 문제를 다룬 작품도 적지 않아 우리 한국문학과도 무관하지 않다. 일본인에게는 다소 불편할 수 있는 테마가 한국 독자들에게는 오히려 쉽게 읽힐 수 있는데, 그것은 단순히 조선인을 다루고 있기 때문이 아니라 일본 제국의 억압과 폭력이라는 유사한 경험을 갖고 있기 때문이다. 그런 점에서 한국에서 오키나와 문학을 읽는 것은 일본에서 오키나와 문학을 읽어내는 것과 또 다른 의미가 있다고 할 수 있다.

이 책에서는 근·현대 오키나와 문학 텍스트를 크게 세 개의 시기로 구분하여 실었다. 첫째, '동화(同化)'와 '이화(異化)'의 경계를 살아간 일본 제국 하 문학, 둘째, 미 점령 하 문학, 셋째, 일본으로 '복귀' 이후 오키나와의 자립 혹은 오키나와 아이덴티티를 테마로 한 문학이 그것이다. 이들 세 시기를 아우르는 다양한 작품들은 우리로 하여금 일본 제국과 식민지에 대한 새로운 이해와 사유를 가능하게 해 줄 것이다. 더 나아가 일본이 제국화 되면서 식민지로 삼았던 오키나와, 타이완, 조선 그리고 만주국이 서로 밀접한 내적 연계를 가지고 있음을 확인할 수도 있을 것이다. 이 책에 실린 작품들을 통해 오키나와에 대한 이해를 넘어 미래의 동아시아를 새롭게 상상할 수 있는 계기가 되기를 바란다.

2017년 2월

공동편자

목차

일제 식민지와
오키나와 근대문학
(1879~1945)

야마시로 세이츄 山城正忠

1884년 오키나와 나하시 출신. 가인(歌人)이자 소설가. 도쿄에서 요사노 뎃칸(與謝野鐵幹)·아키코(晶子)에게 사사 받으며 신시샤(新詩社) 동인으로 활약함. 대표작으로 오키나와 최초의 근대소설인 『구넨보(九年母)』를 비롯하여, 『쓰루오카라 라는 남자(鶴岡という男)』, 희곡 『관선(冠船)』, 가집 『지폐를 태우다(紙錢を燒く)』 등이 있다.

구넨보(九年母 : 오키나와 특산 향귤나무)*

지독히 사나웠던 폭풍우가 그쳤다.

갑작스레 주위는 깊은 계곡처럼 고요해졌다. 해안에는 돛대가 꺾인 얀바루센(山原船 : 오키나와 본도 중남부와 북부 사이를 왕래하던 교역선) 한 척이 여울에 좌초되어 붉게 칠한 후미 부분이 두 동강 난 채 기울어져 있다. 새하얀 조가비가 여기저기 흩어져 있는 모래사장에는 부서진 성게 껍데기, 죽은 게 껍질, 말미잘 따위가 황갈색 해초와 뒤엉켜 여기저기 어지럽게 널려 있다. 그 주위로는 난파선을 둘러싼 사람들로 북적였다. 그 모든 것을 비추는 태양빛은 겨울에나 어울릴법한 옅은 등유 빛 물결을 하고 낮게 드리운 연노랑빛 하늘 한켠을 비추고 있었다.

폭풍우가 그친 앞바다는 언제 그랬냐는 듯 진한 남청빛을 띠고 있고, 하얀 바닷새 무리가 조용히 파도 위를 날고 있다. 아득한 저편에는 바다와 하늘이 저마다의 색을 띠며 부드럽게 조화를 이루고 있다.

이틀 밤낮을 폭풍과 비가 뒤얽혀 미친 듯이 몰아쳤다. 그리고 비가 그친

---

*옮긴이 주는 ( )에 넣어 본문 안에 표기하였다.

번역에는 沖繩文學全集編集委員會, 『沖繩文學全集』6卷(國書刊行會, 1990)을 사용하였다.

것은 삼일 째 되던 날 아침이었다. 이제 막 노란 파초(芭蕉:파초과 다년초로 옷감으로 애용됨)로 만든 가타비라(帷依:명주나 삼베로 만든 홑옷)를 벗고 남색 줄무늬의 히토에(單衣:속옷으로 입던 홑옷)로 갈아입은 지 얼마 되지 않은 음력 11월 초, 섬은 아직 아침저녁으로 쌀쌀했다.

바다 가까운 곳에 자리한 호젓한 남국의 N마을은 이렇게 낮게 가라앉아 있었다. 류큐 특유의 바닷바람을 맞고 자란 약간 얇은 잎사귀를 한 데이고 (梯梧:진한 분홍빛 꽃이 피는 콩과식물로 오키나와 현을 상징하는 현화[縣花])라든가 유우나(ゆぅな:아욱과 상록교목) 등 비교적 잎이 얄팍한 나뭇잎은 흙빛으로 움츠러들어 아직 거무스름하게 습기를 머금은 앙상한 나무줄기만 늘어서 있다. 반면 청록색을 띤 도자기처럼 두터운 잎사귀를 한 후쿠기(福木:고추나물과의 상록고목, 필리핀 원산, 잎은 넓은 타원형), 가주마루(榕樹:뽕나뭇과의 상록교목), 알로에, 종려나무, 빈랑나무 등 어두운 녹청색을 띤 도자기처럼 두터운 잎을 가진 아열대 식물은 시들진 않았지만 희끄무레한 소금꽃이 피었다.

마쓰다(松田) 씨 댁은 뒷돌담과 함께 산양 우리가 무너지고 말았다. 주인과 하인은 폭풍우가 몰아치던 밤, 조몬(定紋:가문이 새겨진 문장)이 새겨진 하코조친(箱是灯:위아래에 둥글납작한 뚜껑이 있어 접으면 전체가 뚜껑 안으로 들어가는 제등)의 희미한 불빛에 의지해 사태 수습에 나섰다. 산양 세 마리가 모두 피투성이가 된 채 죽어 있었다. 붉은 색 기와지붕과 흰색 회반죽 칠을 한 벽 표면에는 나뭇잎, 지푸라기, 널빤지 조각, 쓰레기 따위가 잔뜩 들러붙어 있었다. 마당에 놓아두었던 만년청 분재는 화단에서 굴러 떨어져 있었다. 중국풍 검붉은 화분이 조각조각 부서져 흰색 실처럼 뿌리에 엉켜 붙은 점토가 적나라한 모습을 드러내었다. 이것은 주인이 특히 정성 들여 가꾸던 것이었다. 집 안뜰에 심어 놓은 파밭도 엉망이 되어 버렸다. 그 근처에는 오래된 구넨보(九年母:오키나와 특산 향귤나무)가 열두서너 그루 심어져 있다. 증조부가 손수 심으신 나무였다. '아오토'라 불리는 종으로, 껍질이 얇고 잎이 넓으며 그 안에 담황색 투명한 즙이 가득 들어있다. 신맛이 강해서 너무 많이 먹으면 이가 상한다고들 하지만 모두가 즐겨 먹었다. 구넨보가 익어 갈 무렵이 되면 황색 요오드처럼 노란 빛을 띤다. 샛노랗게 익은 과일이 반짝이는 푸른 잎들 사이로 주렁주렁 매달려 있는 모습은 실로 장관이다. 남국에서만 볼 수 있는 그림 같은 풍경이다. 시골 산지라면 이맘때쯤 잘 익었을 열매가 어찌된 영문인지 마을에서는 한두 달이 지나서야 겨우 익어갔다.

언제나 붉은 기운이 돌 무렵이면 주인 료헤이(良平)와 하인 가마쓰루(蒲鶴)가 아침부터 밤까지 거름을 주고 버팀목을 대주며 정성을 들인 탓인지 신기할 정도로 열매가 잘 열렸다. 여느 해처럼 반은 이웃과 친척들에게 나누어주고 나머지 반은 장녀 오토(おと)가 대나무로 엮은 바구니에 열매를 담아 마을 이곳저곳에 팔러 다녔다. 그 수입은 일 년 동안 장남 세이치(政一)와 둘째 딸 쓰루(つる)의 학용품과 머리에 바르는 동백기름 값으로 요긴하게 쓰였다.

올해는 특히 열매 상태가 좋아 열세 살 된 장남과 일곱 살 된 둘째 딸은 매일 밭에 나가 열매가 익기만을 손꼽아 기다렸다.

"올해 구넨보가 잘 팔리면 세이치와 쓰루의 설빔을 사 주마."

엄마인 다마(たま)가 말했다.

이제 열일곱 살이 되어 어엿하게 성장한 장녀는 귀여운 남동생과 여동생을 위해 자기 일도 잊고 열매가 익기만을 기다렸다. 달밤에 종종 이웃 아이들이 몰래 숨어 들어와 열매를 훔쳐 가버리는 통에 돌담 위에 깨진 램프 조각이나 도자기 파편 따위를 얹어 두었다. 그 위로 미세한 주름이 있는 암녹색 담쟁이덩굴이 뒤엉켜 있어 얹어 둔 돌 따위는 전혀 알아채지 못했다. 마당과 밭은 낮은 회양목 나무 울타리를 둘렀고 구석에는 검은색 페인트로 칠한 작은 문을 달아 두었다.

바람에 엉망이 되어버린 나무 주위로 가족들이 모여들었다. 우선 잘 익은 것과 상처 난 것만 따기로 했다.

가마쓰루가 나무 위로 기어 올라갔다. 때 묻은 깡똥한 옷에 짚으로 만든 허리띠를 차고 그 위에 바구니를 매달았다. 아직 겨울이었지만 남쪽 섬은 낮 동안은 따뜻했다. 연한 붉은빛 태양이 따갑게 내리 쬐었다. 가마쓰루의 구릿빛 장딴지에 푸르스름한 정맥이 불끈 튀어나왔다. 그는 있는 힘을 다해 나뭇가지 사이를 건너 다녔다. 나무가 흔들릴 때마다 상처 난 과일들이 후드득 떨어졌다. 두 남매는 그것을 받으려고 붉은색 커다란 보자기를 받쳐 들고 밭 안 이리저리로 뛰어다녔다.

"여기도 떨어졌다. 이것 봐 이렇게 큰 게, 이건 내가 가질래."

"오빠! 여기에도 있어."

바람에 떨어진 파란 열매와 흔들어서 떨어진 노란 열매들을 두 남매는 열심히 주워 모았다.

"그렇게 뛰어다니다가 넘어진다."

아버지가 주의를 주었다.

나무 주변에는 주인 료헤이, 부인 다마, 세 명의 아이, 가정부 가마(かま), 칠기 직공 세 명, 그리고 한때 유녀였던 우시(うし) 등이 서 있었다. 남녀의 진한 머릿기름 냄새가 공기 중에 퍼졌다.

집은 꽤 넓었다. 집 주위는 예의 높은 돌담으로 둘러져 있었고 길가 쪽은 후쿠기가 빙 두르고 있었다. 짙은 암녹색의 깊고 둥근 나뭇잎 사이로는 회반죽을 빚어 만든 붉은 기와지붕이 살짝 엿보였다. 선조 대대로 유명한 칠기상으로 지금 주인대에 와서는 사업이 더욱 번창해 멀리 가고시마(鹿兒島) 주변까지 판로를 확장하였다고 한다. 직공도 너덧 명을 새로 고용하였다. 집도 가족만 살기에는 너무 넓었다. 그래서 촌장의 권유로 작년 여름부터 K마을 소학교에 새로 부임해 온 신임 교장 호소카와 시게루(細川茂)에게 세를 놓았다. 교장은 처음에는 하숙 형태로 숙식을 해결했지만 올봄 초 '인형 오쓰루(人形お鶴)'라는 별명을 가진 마을에서 유명한 유녀를 기적(妓籍)에서 빼주는 조건으로 집으로 데려왔다. 그녀가 바로 우시였다. 이후 모든 가사는 그녀가 도맡았다. 그래도 시골 마을이었기 때문에 그런 일 따위는 전혀 문제가 되지 않았다. 교장은 미야자키(宮崎) 출신이었다.

교장이 학교에 간 사이 우시는 종종 마쓰다 집에 들러 잡담을 늘어놓곤 했다. 우시는 유명한 유녀였던 만큼 여러 가지 재미있는 경험담이 많았다. 젊은 직공들은 가슴을 설레며 흥미진진하게 그녀의 이야기에 빠져들었다. 그러다 세 번에 한 번쯤은 도가 넘는 장난으로 우시를 화나게 하기도 했다. 우시는 인형처럼 희고 빛나는 갸름한 얼굴과 가냘픈 몸을 가졌다. '인형 오쓰루'라는 별명도 그래서 붙여진 것이다.

올해 수확한 구넨보는 모두 합쳐 2백 개나 되었다. 그 가운데 잘 익은 것만 골라 늘 하던 대로 이웃과 나눠 먹었다.

저녁이 되자 교장이 집으로 돌아왔다. 대낮처럼 불을 환하게 밝힌 8조 다타미방에 우시와 마주앉아 저녁을 겸해 반주를 들고 있었다. 그때 갑자기 순사 두 명과 요코타(橫田)라는 형사가 들이닥쳐 교장을 끌고 나갔다. 우시는 순사의 칼집에 매달려 울며 애원했지만 소용없었다. 순사의 호통에 우시는 방에 엎드려 하염없이 통곡했다. 소란한 소리에 놀라 마쓰다 가족이 찾았을 때 교장은 창백한 얼굴에 미소를 띠며 검은 예복에 인버네스(소매 없는 남자용 외투)를 걸치고 주황빛 중절모를 눌러쓰고 막 나가려던 참이었다.

방 안에는 붉은 돔 생선회와 두부조림 등이 담긴 푸른색의 작은 접시가 늘어져 있었다. 유리 호리병에는 아직 반 정도 남은 술이 눈부신 램프 빛에 반사되어 노랗게 빛나고 있었다. 그리고 붉은 칠을 한 동그란 쟁반에는 오늘 아침 나누어 준 구넨보가 세 개 정도 남아 있었다. 그중 한 개만 소용돌이 모양으로 껍질이 벗겨져진 채 먹다 남은 찌꺼기와 함께 놓여 있었다.

때는 메이지 27년으로, 조선의 남부지방에 동학당 폭도가 내란을 일으킨 것을 계기로 청일 양국 병사가 전쟁을 시작했다는 소문이 파다하게 퍼졌다. 8월 1일에는 선전 (宣戰) 조칙이 내려졌다.

산 위에 위치한 S마을에는 옛 류큐왕이 살던 성터가 아직 남아 있다. 지금은 매우 황폐하여 구마모토 (熊本) 분견대 (分遣隊) 병사 (兵舍)로 사용되고 있다. 그런데 외부를 둘러싼 돌담하며 가라하후 (唐破風 : 완만한 八자형 곡선의 지붕) 건물하며 오래된 조각은 아직도 근사한 자태를 뽐내고 있다.

일요일이 되면 병사들은 대낮부터 마을의 홍등가를 활보했다. 때로는 술에 취해 마을 길모퉁이에 숨어 있다가 예쁘고 젊은 여자가 나타나면 뒤꽁무니를 쫓아다니곤 해서 마을사람들은 노란색 모자에 붉은 줄무늬의 검은 옷을 입은 일본 병사를 '야마토 (ヤマト : 일본을 일컬음) 짐승'이라고 부르며 경멸했다.

전쟁이 시작되자 또다시 새로운 병사들이 잔뜩 몰려왔다.

일본은 싸울 때마다 계속해서 승리했다. 놀랄만한 소식이 거의 매일 같이 신문을 장식했다. 내지로부터의 배편에는 전쟁에 관한 책과 잡지가 가득 실려 있었다. 오몬 (大門), 니시노마에 (西の前), 세키몬 (石門) 등 시내에 자리한 내지인이 경영하는 잡화점에는 어김없이 붉은 에조시 (繪草紙 : 희귀

한 사건 등을 그림으로 그려 인쇄한 흥미 본위의 책으로 에도 시대에 성행)나 석판으로 인쇄된 전쟁 관련 그림이 장식되어 있었다. 아무튼 유사 이래 가장 큰 전쟁이었기 때문에 국내의 소란은 끊임없었다. 특히 오래전부터 마루고시(丸腰:칼을 차지 않은 무사를 일컬음)라 하여 무기를 모르던 류큐 사람들은 놀란 눈으로 이 상황을 지켜보고 있었다. 그때까지만 해도 아직 도민의 풍속 80퍼센트는 예전 그대로였다. 남자나 여자나 모두 섬 특유의 겟바쓰(結髮:오키나와 전통 쪽진 머리 모양)라는 머리모양을 했는데, 남자는 '가타카시라' 여자는 '가라지'라고 불렀다. 남자는 간자시(釵:일본식 머리 장식품) 두 개를 장식하고 여자는 한 개를 꽂았다. 간자시의 경우, 사무라이는 은, 평민은 놋, 안즈(按司:옛 류큐 왕족의 관직명)─다이묘(大名)에 해당하는 자─는 황금으로 된 것을 사용했다. 남자들은 목단 조각이 새겨진 간자시를 했다. 사무라이나 평민은 수선화 조각이었다. 거기에 넓은 소매의 기모노를 입고 가쿠오비(角帶:겹으로 된 빳빳하고 폭이 좁은 남자용 허리띠)를 앞으로 단정하게 매듭지은 모양새는 어디를 보더라도 태평한 백성의 모습이었다. 학생이나 관리들 가운데 간혹 잔기리(散髮:짧게 자른 일본식 머리모양)를 한 사람이 있긴 했지만 이들을 일컬어 '거지같은 놈'이라며 경멸했다. 사상계思想界에도 자연히 신구(新舊)의 충돌이 나타났다. 이를테면 대대로 이어져 온 사족 집안이라든가 N마을 S마을의 유학자들로 조직된 '구로토(黑堂)'이다. 그들은 철저히 삼국지라든가 한초군담(漢楚軍談)이라든가 오월군담(吳越軍談)과 같은 가공소설에 익숙한 사람들로 누가 뭐래도 제갈공명 같은 군사(軍師)를 배출한 중국을 감히 일본이 이길 수 없다고 생각했다. 다른 한쪽은 세상의 이치를 깨달은 관리나 민간인 선각자, 신교육을 받은 젊은 사람들이 모여 '시로토(白堂)'를 조직했다. 이들은 역사에 배운 '겐코(元寇)의 난'(원나라가 서기 1274년과 1281년 두 차례에 걸쳐 일본 지역을 침입한 것을 일컬음) 등을 들어야마토 사무라이의 용맹함을 칭송하고 중국의 전멸을 예언했다.

언제부터인지 모르지만 류큐에서는 중국을 당唐, 내지를 야마토(倭), 구미(歐美)를 오란다(네덜란드)나 기리스탄(切支丹:크리스천)이라 불렀다. 또 예로부터 세 나라의 크기를 상상해서 '당은 큰 우산, 야마토는 말발굽, 류큐는 바늘 끝'이라고 불렀다.

그 밖의 땅이라는 땅은 모두 '용의 눈동자를 한 네덜란드인'이 살고 있다고 생각했다. 이런 견지에서 구로토 지지자들은 이번 전쟁에서도 결국에는 말발굽이 패배하고 승리는 큰 우산이 차지하게 될 것이라고 예상했다.

완고당(頑固堂:구로토를 가리킴) 대장은 오쿠시마(奥島) 노인이었다. 그는 당시 예순 다섯의 백발백염(白髮白髯)의 노인으로 양명학 학자였다. 옛 번(藩)시대에는 삼사관(三仕官)까지 올랐던 인물로, 젊은 시절에는 당나라 배에 올라 북경으로 세 번이나 유학을 갔었다고 한다. 그리고 폐번치현(廢藩置縣) 후에는 큰 재산을 모아 재야에 숨어 지내며 '한운야학(閑雲野鶴)'이라는 이름의 당나라 현판을 내걸고 풍월을 즐기는가 하면, '중산학당(中山學堂)'이라는 사숙(私塾)을 열어 제자 육성에도 힘썼다. 그러나 그것도 새로운 시대의 조류에 휩쓸려 얼마 가지 않아 망해 버렸다. 이것이 노인으로 하여금 시대에 반항하게 한 주된 원인이었다. 그는 자신이 몸담았던 학문이 이렇듯 사람들로부터 잊혀지게 된 것은 모두 야마토 교육 탓이며 인심이 옳지 않은 방향으로 흘러갔기 때문이라고 믿었다. 그래서 새로운 학교 교육, 소위 말하는 '야마토 학문'을 사이비 종교인양 증오했다. 어릴 때부터 공자와 맹자의 가르침을 받고 자라온 그는 퇴색된 기억을 되살리는 데에 전념했고 새로운 시대와 사람들을 저주했다. 그러던 중 전쟁이 시작되자 돌연 그가 다시 마을에 모습을 나타내었다.

"나는 당나라 후손이니 야마토가 이기는 것은 원치 않아."라는 불온한 말을 퍼뜨리며 동지를 모으려고 애썼지만 그를 상대해 주는 사람은 없었다. 처음에는 도움을 주고자 했던 구로토 동료들마저 미친 사람이라며 주위에 얼씬도 하지 않게 되었다. 그는 결국 혼자서 '이시마쿠라토(石枕堂)'를 조직했다. 그리고 매일 "머지 않아 '노란 군함'이 야마토를 격파하면 나는 당나라 삼사관이 될 수 있어."라며 마을 여기저기를 떠돌아다녔다. 어찌 된 영문인지는 모르겠지만 그는 중국 군함은 노란 선체에 노란 깃발을 세우고 노란 옷을 입은 군인이 타고 있을 것으로 생각하는 듯했다.

8월의 붉은 태양 빛 아래에 허옇게 탄 자갈로 뒤덮인 돌길을 걷고 있는 노인의 모습은 더할 나위 없이 우스꽝스러웠다. 그는 종려나무가 덕지덕지 들러붙은 데다 일부러 연기에 그을려 검게 만든 시마게타(島下駄:일본식 나막신)를 신고, 섬 고유의 아오히카사(青日傘:류큐 시대에 중사[中士] 이상 계급이 사용하던 남빛 비단 우산)를 쓰고, 길게 늘어뜨린 묶은 머리에 수염도 은처럼 새하얗게 빛나는 우스꽝스러운 모습을 하고 있었다. 무더운 한낮에 빛바랜 다갈색 줄무늬 도복을 입은 그의 모습은 실로 보기 드문 그림이었다. 누구랄 것도 없이 모두들 그를 가리켜 '마을의 신선'이라며 비웃었다. 얼마 지나지 않아 노인이 울컥해서 미쳤다는 소문이 사람들 입에 오르내렸다. 더 이상 그 괴이한 모습도 보이지 않게 되었다.

파초가 파랗게 우거진 소학교 안뜰에는 거의 매일 밤 '전쟁 환등회'가 열렸다. 그리고 전쟁이 일어난 이유를 아직 알지 못하는 일반 백성들을 세네 시켰다. 다른 한편에서는 학생들에게 "쳐라! 죽여라! 청나라 병사를!"이라는 노래를 부르도록 하여 자연스럽게 적개심을 키워갔다. 이 새로운 노래, 새로운 군가는 크게 유행했다. 교장 호소카와 시게루는 뜨거운 눈물을 흘리며 자진해서 환등회 인사를 서툰 류큐어로 말하였다.

처음으로 전교생을 모아놓고 선전의 조칙을 봉독하던 중 그는 몹시 감동해 울었다고 한다. 그것이 입에서 입으로 퍼져 그의 이름이 온 마을에 알려졌다.

교장은 학교에서 돌아오면 마쓰다 집에 들러 전쟁 상황에 대해 자주 이야기하곤 했다.

"세이치도 머리 안 자르면 사람들이 당나라 놈이라고 부를걸."

라고 시게루가 말하자,

"싫어요, 그렇게 불러도 상관없어요."

라며 붉은 끈으로 묶은 머리를 다시 꽉 조이며 세이치는 뚱한 얼굴을 해 보였다.

"그라믄 일본인이 아니여."

시게루는 일부러 섬 사투리로 말했다.

"일본인이 아니면 뭐 어때요."

"머리 자르는 게 싫은 거구나? 하하하하하하."

시게루는 알 수 없는 웃음을 터트렸다.

시게루는 직공들이 열심히 일하는 볕이 잘 드는 툇마루에 걸터앉았다. 그날은 조금 추웠다.

"교장 선생님, 우리 집 세이치도 머리를 자르게 해서 도쿄로 데려가 주세요."

가무잡잡한 얼굴의 세이치 엄마가 말했다.

이 말을 들은 세이치는 갑자기 엄마 뒤로 가서는 허리춤을 툭하고 쳤다.

"싫어, 엄마 미워, 안 가. 으앙!" 하며 울상을 지었다.

"뭐야, 그 꼴은 꼭 이시간토(石敢當: 재난을 피하고 복을 부른다는 돌기둥을 일컫는 말로, 여기서는 불만이 가득한 얼굴을 가리킴) 같은 얼굴을 하고."

쟁반에 붉은 칠을 하던 아버지가 둥근 별갑 (鼈甲) 테 안경 너머로 세이치를 노려보며 말했다. 세이치는 우뚝 선 채로 손가락을 깨물었다.

그날은 일요일이었다. 점심에 차를 마시려고 온 가족이 모여 중국에서 건너 온 아카이돈 (赤い丼)과 구로이시마 (黑い島) 카스테라를 먹었다. 우시를 부르러 보내자 바로 건너 왔다. 교장은 다함께 차를 마시며 전쟁 이야기를 꺼냈다. 마침내 섬으로 전쟁이 확대되면 어떻게 할지가 화제에 올랐다.

"파도 위 낭떠러지 동굴에 숨으면 되지."라고 말한 것은 평소 소탈한 성품의 손킨 (樽金)이었다.

"그보다 우물 안에 들어가 뚜껑을 덮어놓으면 들키지 않을 거야."라며 붉은 머리를 한 쓰루키가 진지하게 말했다.

"근데 '시마쿠즈레이시비야 (島崩れ石火矢)' 한방 얻어맞으면 어디에 숨은들 의미가 없을걸." 사모님이 제법 아는 체하며 거들었다.

"맞아 맞아."

"그렇겠다, 정말"

모두들 감탄한 듯 외쳤다.

'시마쿠즈레이시비야'라는 말은 대포를 일컫는다.

"그렇지만 전쟁이 여기까지 올 리 없어. 노란 군함이 아무리 많아도 야마토의 '시마쿠즈레이시비야' 한방이면 다 끝날 테니까 말이야."라며 교장은 미소 지었다.

"맞아. 너희도 환등회에서 봤잖아. 지나 (支那:중국을 일컬음) 군함이 새빨갛게 타서 가라앉은 모습 말이야. 예로부터 야마토는 무사의 나라이기 때문에 반드시 승리할 거야."라며 주인도 한마디 거들었다.

우시는 가만히 깍지를 끼고 앉아 있었다. 그녀의 손가락은 희고 매끄러우며 가늘고 품위가 있었다. 예로부터 여자의 거친 손등에 검푸른 문신이 새겨져 있는 것이 이 섬의 풍습인데 유독 이 여자에게는 그것이 없었다. 젊은 직공들은 곧잘 그녀의 하얀 손등에 시선을 빼앗겼다.

얼마 되지 않아 마을에 이상한 소문이 퍼졌다. 그것은 머지않아 청군이 섬을 점령하여 항구가 있는 N마을에 화약창고를 짓는다는 것이었다.

아닌 밤중에 홍두깨 같은 소리에 조용했던 섬이 갑자기 소란스러워 졌다. 무슨 일이든 과장해서 말하는 사람들 덕에 소문은 확대되어 섬사람들은 저마다 환등회 그림에서 보았던 참담하고 무서운 전쟁 광경을 떠올렸다. 잘 연마된 창, 장도, 검이 번뜩이는 모습, 화염에 휩싸여 엉망이 되어 버린 밭의 참상, '시마쿠즈레이시비야'의 검붉은 연기와 불길에 휩싸여 모든 사람과 가축이 피투성이가 된 끔찍한 모습을 상상하고는 몸서리쳤다.

마을에서 부자라고 하는 사람들은 일찌감치 살림살이를 정리해 멀리 얀바루 근처로 피신했다. 거리에는 류큐산 땅딸보 붉은 털 말의 하얀 안장에 잡동사니를 싣고 구바(クバ:야자과 상록고목으로, 잎은 삿갓과 부채로 사용됨)로 만든 삿갓을 쓴 마부가 채찍질을 하며 서둘러 마을을 떠나는 모습이나 당나라풍 긴마키에(金蒔繪:금가루를 재료로 한 일본 특유의 그림) 궤짝을 둘러매고 마을을 벗어나는 모습이 자주 목격되었다. 그 뒤로는 가마에 탄 노인과 갓난아기를 업은 젊은 남녀가 뒤따랐다. 유곽은 불량배로 넘쳐났고 묘지 주변은 남녀의 밀회장소가 된지 오래다.

관청에서는 당시 현령 XX 씨의 명령으로 관리는 모두 시라키(白木:다듬기만 하고 칠하지 않은 나무)로 만든 칼집의 일본도를 사야 했다. 게다가 중학 사범학교 교사와 학생들로 구성된 류큐 조직이 생겨났고, 경찰들도 다양한 이름의 부대를 조직해 아침부터 밤까지 도장 유리창이 요동칠 만큼 죽도 연습에 매진했다.

전쟁은 나날이 거세졌다.

군대 훈련소에서는 매일 실탄 사격과 발포연습이 행해졌다.

그러나 마쓰다 집안은 비교적 평온했다.

초가을 무렵부터 교장 집에 가끔 겟바쓰 머리 모양을 한 손님이 찾아 왔다. 나중에 그 사람이 오쿠시마 노인이라는 것을 어렴풋이 알게 되었다. 방문 시간은 언제나 밤이었다. 그리고는 늦게까지 교장과 소곤소곤 이야기를 하고는 돌아갔다. 교장은 변함없이 낮에는 열심히 국민교육에 진력했다. 환등회 영화도 자주 바뀌었다. 혼간지(本願寺) 본당에서 전쟁강화 회의도 두서너 번 열렸다. 그때마다 교장은 항상 모습을 드러내었다.

어느 날이었다. 세이치는 한밤중에 소변이 마려워 조용히 눈을 비비며 파란 모기장에서 나왔다. 머리맡에는 사방등 불빛이 아른거리며 누렇게 바랜 종이를 비쳤다. 어두운 복도를 더듬거리며 화장실을 찾아 나가는 길에 창밖을 바라보니 밝은 푸른 달밤이었다. 가을이라 어디선가 찌르르 벌레가 울고 있었다. 소변을 보고 돌아오는 길에 아무생각 없이 삼으로 된 널빤지 벽에 난 작은 옹이구멍으로 방 안을 들여다봤다. 그곳은 교장의 침실을 겸한 서재였다.

그는 아직 잠들지 않고 일을 하는 듯했다. 어두운 방구석에 놓인 탁상에는 백동으로 된 촛대가 새하얗게 빛나고 있고 그 위에 꽂힌 뿌연 서양 양초 빛은 가슴 근처에서 동그랗게 소용돌이 치고 있었다. 창백하게 뼈만 남은 얼굴이 마치 죽은 사람 같았다. 그리고 새하얗고 투명한 촛농은 제멋대로 녹아내리고 있었다. 주위에는 종잇조각이 한가득 어지럽게 흩어져 있었다. 무언가 열심히 쓰고 있었다. 길게 자란 머리카락 속으로 왼쪽 손가락이 갈퀴처럼 들어가 있고, 오른손에는 붓을 쥐고 줄곧 무언가를 골똘히 생각하는 듯 보였다. 방 한가운데에는 모기장도 달지 않은 부드러운 벨벳 이불 위에 드러누워 있는 '인형 오쓰루'의 요염한 반나체가 이불 사이로 드러나 있다. 하얀 얼굴과 통통한 팔과 젖가슴 부근이 촛불에 어렴풋이 비친 모습은, 마치 극장 천정에 그려져 있는 지친 인어가 남국의 모래사장에 떠밀려 와 푸른 달빛 아래에서 자고 있는 모습 같았다. 조금 무더운 밤으로 섬사람들 표현을 빌자면 '서쪽 바다가 우는' 것 같은 날씨였다.

이윽고 교장은 몸을 굽히더니 탁상 위에 놓인 무언가를 바라보았다. 그것은 파란색의 작은 항아리였다. 꽤 오래된 것으로 보이는 그것은 거무스름하게 색이 바래있었고 항아리 입구에는 진한 갈색의 종려나무 잎으로 된 뚜껑이 덮여 있었다. 그는 조용히 그것을 들었다. 항아리에서 꺼낸 것은 두꺼운 지폐 다발이었다. 그는 하나하나 주의 깊게 살펴보고 그 항아리에 다시 넣어 두었다. 한참이 지나서 항아리를 안고 옆방으로 갔다. 2분 남짓 흐른 후 돌아와서 탁자 위의 서류를 하나로 모아 여행가방 안에 넣고 열쇠를 채웠다.

얼마 안 있어 불이 꺼졌다.

다음날 아침 교장은 평상시처럼 등교했다.

세이치는 '파란 항아리' 이야기를 아무에게도 하지 않았다. 남의 집을 엿보았다고 말하면 오히려 부모님께 혼이 날까봐 두려웠기 때문이다.

전쟁은 여전히 꺾일 줄 모르고 계속되었다.

비가 내리는 날이었다. 파란 파초 잎에 머금은 물방울에 빨간 국화꽃이 젖어 드는 해질녘이었다.

"여기가 후지야(藤屋)입니까?"

라고 물으며 뒷문으로 들어온 이는 좀처럼 보기 드문 손님이었다. '후지야'는 가게 이름이었다.

"네, 맞습니다만."

주인이 나가 맞았다.

"그렇습니까? 저, 칠기를 보여주셨으면 하는데요."

손님은 우산을 접으며 가게 안으로 들어왔다.

"네, 보세요. 여기는 아주 값싸고 튼튼한 것을 팔고 있습니다. 자, 안으로 들어오세요. 거기는 지저분하니까요."

"감사합니다. 구두를 신고 있어 벗는 것이 번거로우니 여기서 보기로 하지요."라며 남자는 닳아서 헤진 담요를 깔고 그대로 툇마루에 앉았다. 스물여덟이나 아홉쯤으로 보이는 이 남자는 촘촘한 문양의 류큐 가스리(琉球がすり:동물이나 식물 모양을 본떠 만든 류큐 특유의 디자인)에 남색 빛이 감도는 새 하오리(羽織:일본식 짧은 겉옷)를 입고, 그 위에 푸른색 벨벳 띠를 매고 있었다. 말씨나 태도가 꽤나 섬에 익숙한 듯 보였다. 오래 전에 섬에 온 사람 같았다.

8조 다타미로 된 작업실과 연결된 3조 다타미 응접실로 주인은 다양한 칠기를 내왔다. 슈누리(朱塗:주홍색 칠공예), 구로누리(黑塗:검은색 칠공예), 순케이누리(春慶塗:재료가 되는 나무를 황색 또는 붉은 색으로 착색한 후 나뭇결이 보이도록 투명도가 높은 붉은 옻칠을 하는 칠공예)의 새로운 옻색, 구로누리 자개 세공물, 금박으로 메운 '진킨(金鎭)'이라는 조각품, 파랑이나 노랑이나 빨강으로 채색한 '쓰이친(堆鎭)'의 빈약한 도안을 손님 앞에 늘어놓았다.

세이치는 차를 가지고 와서는 이 신기한 손님을 말똥말똥 쳐다보았다. 그 바람에 아버지에게 꾸중을 들었다.

"어허 손님에게 인사도 안 하고 서 있는 게 어디 있어, 이런 당나라 놈 같으니라고!"

"괜찮습니다. 이리 와보렴. 몇 학년이니?"

"네, 아직 1학년이에요. 못난 놈이라서 보시다시피 학교를 다녀도 인사 하나 제대로 할 줄 모른답니다."라고 대답했다.

손님은 과자를 담는데 사용하는 둥근 만물상자 하나를 구입하고 국그릇을 새로 주문하고는 명함을 주고 돌아갔다. 그 커다란 명함에는 '요코타 쓰네오(橫田常雄)'라고 쓰여 있었다.

열흘쯤 후에 요코타 씨가 다시 찾아 왔다. 일요일 오후 무렵이었다. 가을 치고는 조금 따뜻한 날씨였다. 하늘은 파랗고 맑았다. 세이치를 위해 전쟁 유화를 가져다주었다.

이렇게 몇 번 오가는 사이에 세이치는 그와 정이 흠뻑 들어버렸다. 그도 주인이 없을 때는 작업실에 들어와 직공들을 상대로 농담을 주고받게 되었다.

"교장 선생님 댁에 굉장한 미인이 있네요." 어느 날은 이런 소리를 했다.

"어때요? 저 정도 미인은 당신 주위에 좀처럼 없을 테죠. 야마토 그림에나 나올법한 빨간 오이란(花魁 : 에도 시대 유곽지대로 유명한 요시와라[吉原]에서 지위가 가장 높은 유녀를 가리킴) 같지 않나요?"라고 쓰루키가 말했다.

"듣고 보니 그렇군. 어때? 교장 선생님 안 계실 때 한번 만나보는 게⋯⋯."

"왜 그런 짓을, 그러면 아마 바로 그 권총으로 쏴 버릴걸. 목숨과도 바꿀 수 없는 상자 속의 인형인걸."이라며 이번에는 나무 밥통에 덧칠을 하던 손킨이 빨간 옻솔을 내려놓고 담뱃대를 빨아 당겼다. 그리고는 파란 담배 연기를 뿜어냈다.

주위에는 아직 칠하지 않은 흰목재의 만물상자와 지누리(地塗 : 금은 가루를 붙이기 위해 바탕을 옻으로 얇게 칠하는 일)를 끝낸 도구 여러 개가 어수선하게 널려 있었다. 검은 벽에는 열 개 정도의 솔이 쭉 걸려있었다. 그 외에 여러 가지 작은 도구들이 여기저기 흩어져 있었다. 나머지 세 명의 젊은이는 입을 다물고 일에 열중하고 있었다.

교장에게 특별한 변화는 없었다. 다만 때때로 전승을 축하하기 위해 특별히 근처 요릿집에서 술과 안주를 주문해 마쓰다를 불러 대접하곤 했다. 우시의 하얗고 가냘픈 손가락에는 섬에서는 좀처럼 볼 수 없는 녹색의 보석이 박힌 금반지가 새로 끼워져 있었다. 나미노우에 신사(波の上神社) 경내와 입구 앞 잔디밭에서는 날마다 출정하는 군인 가족과 친척들이 모여 노래를 부르고 춤을 추며 열심히 무운장구를 빌었다. 이렇게 그해 가을도 저물었다.

어느 날 세이치는 요코타 씨 손에 이끌려 항구 입구에 있는 미에구스쿠(三重城:16세기에 세워진 나하시 서쪽에 소재한 성) 등대 근처에 갔다. 두 사람은 해질 무렵 주변이 황금빛으로 물든 바위 위에 올라섰다. 초겨울 바다는 엷은 남색으로 물들었고 하늘 한편에 붉은 구름층이 흐르고 있었다.

항구에는 내지를 왕래하는 '다이유마루(大有丸)'라는 기선이 정박하고 있었다. 울타리가 회색 돌담으로 둘러 싸여있고 그 가운데 높이 솟아 있는 벽돌로 된 검붉은 굴뚝을 배경으로 메이지바시(나하항[那覇港] 고쿠바가와[國場川]에 세워진 다리) 부근에 어마어마한 얀바루센 돛대가 숲을 이루며 늘어서 있다. 날이 저물자 주변은 조용히 어두워졌다.

돛대에는 과일처럼 빨갛고 둥근 등불이 걸려 있었다. 수상 경찰 순시선이 있는 곳에 다다르자 요코타 씨가 갑자기 멈춰 섰다. 한쪽 돌담에서 가지를 늘어뜨린 용수나무 푸른 잎이 좁은 길 위를 덮고 있었다. 다른 한쪽은 만이었다. 그늘에서 새어나온 얀바루센의 노란 칸델라 등불은 어두운 바다 위에 곡선을 그리며 비추고 있었다. 두 사람은 잠자코 길가 돌 위에 걸터앉았다. 잠시 후 요코타 씨는 성냥을 그어 그 시절 유행하던 향이 좋은

‘선라이스’ 담배에 불을 붙이며,

“세이치, 오늘밤 재미있는 곳에 데리고 가주마.”라며 웃었다.

“어디요? 연극?”

“연극이 아니고, 그 보다 더 재미있는 곳.”

“싫어요, 말 안 해주면 안 갈 거예요.”

“자아, 좋은 데니까 같이 가보자, 응? 맛있는 거 많이 사줄게, 세이치가 좋아하는 거라면 뭐든지. 그러니까 가자.”

둘은 그곳을 떠났다. 둘은 나란히 인력거를 잡아탔다. 행선지는 ‘쓰지 (辻)’라는 유곽이었다. 세이치는 처음에는 왠지 무서운 기분이 들어 머뭇머뭇거렸지만 피부가 하얀 여자가 다가 와서,

“자, 도련님 들어오세요.”라며 세이치의 손을 잡는 통에 세이치는 이끄는 대로 들어갈 수밖에 없었다. 동굴처럼 길게 난 복도를 지나자 주황색으로 칠한 둥근 사방등에서 새어나온 엷은 갈색 불빛이 발등을 비추었다.

객실에 들어서자 갑자기 새벽녘처럼 밝아졌다. 램프 불빛이 8조 다타미 방을 환하게 밝혔다. 새로 들여 놓은 8조 다타미 위를 구석구석 비추었다. 도코노마(床の間:객실인 다타미 방 정면에 바닥을 한 층 높여 만들어 놓은 곳. 벽에는 족자를 걸고 바닥에 도자기나 꽃병 등을 장식해 두는 곳)에는 이런데서 흔히 볼 수 있는 조잡하고 오래된 채색화와 고토(琴:거문고와 유사한 옛 일본 현악기)가 세워져 있었다. 그 옆에는 옻색으로 빛나는 장롱과 유리가 끼워진 장식장이 있었다. 한쪽은 툇마루고 다른 쪽은 병풍으로 둘러 싸여 있었다. 그곳에는 석판화로 만든 도쿄 명소가 붙어 있었다.

세이치에게는 이 모든 것이 신기했다.

유녀가 세 명 정도 들어왔다. 모두 큰 문양의 감색이나 옅은 노란색 기모노를 입고 종이인형처럼 앉아 있었다. 검은 머리가 향유로 빛났다. 이곳 류

큐의 유곽 사정은 밝은 새장 안에 갇혀 샤구마마게(赤熊髷: 붉게 물들인 야크소의 꼬리털 혹은 그와 비슷한 붉은 털로 장식하여 틀어 올린 머리모양) 머리모양을 한 붉은 새와 같은 여자들이 줄지어 있기 마련인 내지와는 조금 다르다. 높은 돌담이 사랑의 집을 숨기고 있다. 그래서 어두운 거리에서 류큐의 젊은이들은 슬픈 연가를 불러 여자를 꾀어내는 것이다. 그리고 기방이 요릿집을 겸했기 때문에 그곳의 여자도 색을 파는 것은 아니었다. 모두 어엿한 게이샤가 되기도 했다.

갖가지 음식을 내어 왔다. 요코타 씨 앞에는 가마에서 구운 술잔이 함께 놓였다. 그리고는 여자가 따라주는 술을 홀짝홀짝 마시면서,

"자, 세이치 마음껏 먹으렴."이라고 말하며 웃었다.

"세이치 어서 들어요."라고 여자도 말했다.

세이치도 처음엔 어색했지만 차츰 익숙해지더니 이내 흰살 생선국 그릇을 집어 들었다.

잠시 뒤 고토와 쟈비센(蛇皮線: 몸통 안팎에 뱀 가죽을 댄 오키나와 전통 삼현 악기)의 합주가 시작되었다. 낮게 가라앉은 목소리와 어두운 악기의 멜로디가 돌담을 넘어 흘러 나왔다. 마치 하얀 창고 같은 묘지처럼 느껴졌다. 푸른 달빛에 비춰진 아다니(阿壇: 열대성 상록고목과 상록수) 잎이 빛나며 희뿌연 안개 속으로 바다 소리가 희미하게 들려 왔다. 비통한 밤의 묘지를 배경으로 흐르는 사랑의 노래는 눈물이라도 날 것처럼 구슬프게 들렸다.

달이 질 무렵 두 사람은 섬으로 되돌아가기 위해 어두운 길을 나섰다. 길을 걸으며 요코타 씨는 평소와 달리 교장에 대해 꼬치꼬치 캐물었다. 그러다 어떨결에 세이치는 예의 '파란 항아리' 이야기를 발설하고 말았다.

헤어질 때 요코타씨는 오늘 밤 일은 아무에게도 얘기하면 안 된다며 귀찮을 정도로 주의를 줬다. 그리고 세이치를 차에 태워 돌려보냈다.

교장 호소카와 시게루가 사기(詐欺)·취재죄(取材罪) 혐의로 체포된 것은 그로부터 5일 정도 지난 후였다. 폭풍이 멈춘 그날 밤이었다.

그 다음날 교장의 집을 수색한 끝에 마루 아래에서 파란 항아리와 가방이 발견되었고 그 속에 비밀서류와 지폐 뭉치도 드러났다. 교장의 범죄 흔적이 드디어 만천하에 드러났다. 그는 오쿠시마 노인을 속여 중국에 군자금을 보내기로 하고는 그 자금을 모두 착복했던 것이다.

나중에야 요코타 씨가 형사였다는 사실을 알게 되었다.

교장은 공소되어 나가사키(長崎)로 소환되었고 '인형 오쓰루'는 다시 유녀가 되어 유곽에 모습을 나타내었다. 그리고 오쿠시마 노인은 마을의 미소년을 구넨보로 꾀어내 사택으로 데려가 강제로 중국사상을 고취시킨다는 소문이 나돌았다. 게다가 그 나이에 있을 법한 일인지는 모르겠지만 남색(男色)놀이에 빠졌다는 소문도 돌았다.

그는 국적이라 불리며 모든 이의 미움을 샀다. 때때로 집 안으로 돌이 날아 들어와 낮에도 문을 닫고 몸을 숨겼다. 그 회색 돌문에는 누군가의 장난인지 당나라 종이에 파란색 잉크로 저속한 노래가 써 붙여져 있었다.

"짐승!"

"백발 남색가!"

"식충이, 죽어 마땅한 놈!"

"반역자!"

"하얀 염소 자식!"

욕설과 폭언이 수많은 사람들의 입에서 터져 나왔다.

새파란 하늘에 피처럼 붉은 색의 소용돌이가 치는 태양빛은 겨울치고는 이상하리만큼 밝게 자갈로 다져진 대지를 비추고 있었다. 그곳에서 아오히가사(靑日傘:류큐 시대 중사[中士] 계급 이상이 사용하던 양산 겸용 우산), 후카아

미가사(深編笠:얼굴을 완전히 가릴 수 있도록 운두가 깊게 만든 삿갓으로, 무사나 승려가 주로 사용함), 시마게타(島下駄:일본식 나막신), 가와조리(革草履:일본식 짚신), 겟바쓰(結髪:오키나와 전통 쪽진 머리 모양), 잔기리(散髪:짧게 자른 일본식 머리모양)와 같은 여러 계급 사람들이 몰려들어 소리를 질러 댔다. 모두 해변의 붉은 태양에 그을려 특유의 류큐색을 띤, 목각 조각처럼 다부진 수많은 얼굴들이 일제히 굳게 닫힌 수수께끼 같은 검은 문을 응시했다.

손지연 옮김

「구넨보」에 대하여

• **작품 해설**

　　오키나와 최초의 근대소설로 알려진 이 소설은, 청일전쟁 하의 혼란한 사회상을 배경으로 하고 있다. 여기에 중국과 일본을 둘러싼 이데올로기의 각축, 군자금을 둘러싼 사기사건 등의 사실적인 소재를 도입하여 오키나와 아이덴티티에 대한 고민의 흔적을 남기고 있다.

• **주요 등장인물**

세이치(政一) : 오키나와 출신 13세 소년. 선조 대대로 이어 온 이름 있는 칠기상인 마쓰다(松田) 가문의 장남이다. 소년은 어느 날 우연히 자신의 집에 세 들어 사는 일본 본토 미야자키(宮崎)에서 부임한 교장 호소카와 시게루의 방안을 엿보게 되고, 그가 거액의 지폐를 숨겨 놓은 사실을 알게 된다.

호소카와 시게루(細川茂) : 본토에서 오키나와로 부임한 교장이다. "국민교육(황민화 교육)"에 진력하고 "전쟁강화회(戰爭講話會)"에도 적극적으로 참여하는 등 식민지배자의 전형적인 모습을 하고, 다른 한편으로는 친중파 군자금을 빼돌려 사취하는 이중적 성향을 가진 인물이다. 결국 사기 혐의로 체포되어 나가사키(長崎)로 송환된다.

오쿠시마(奧島) 노인 : 골수 친중파이자 젊은 시절 북경 유학을 마친 양명학
학자로, 류큐번 시대에는 삼사관(三士官)까지 지낸 엘리트이다. 폐번치현
후에는 재야에 은둔하며 '한운야학(閑雲野鶴)'이라는 중국식 현판을 내걸
고 제자 육성에 힘쓰지만 그마저 새로운 시대의 조류인 "야마토 학문"에
밀려나게 된다. 그러다 청일전쟁이 발발하자 마을로 내려와 '이시마쿠라
토(石枕堂)'를 조직하는 등 친중 성향을 노골화한다. 중국에 대한 과도한
집념으로 인해 '구로토' 동지들로부터도 외면당하게 되고 결국에는 오키
나와 미소년을 '구넨보(九年母)'로 꾀어 강제로 중국사상을 고쳐시키고
'남색(男色)'을 즐긴다는 불명예스러운 소문에 휩싸이게 된다.

요코타(橫田) 탐정 : 일본 본토 출신으로 소년 세이치가 마음을 열어 보인 유
일한 존재이다. 같은 본토 출신이지만 호소카와 교장의 비리를 고발하고
처벌하는 양심적 인물로 등장한다.

• 작품요약

소설은 "조선의 남부지방에 동학당 폭도가 내란을 일으킨 것을 계기로
청일 양국 병사가 전쟁을 시작했다는 소문"이 무성하던 1894년(메이지27)
무렵의 오키나와 나하(那覇)를 배경으로 하고 있다.

일본의 한 현으로 편입 된지 15년이 흘렀지만 구습온존 정책으로 도민의
생활양식이나 풍속은 이전과 크게 다를 것이 없었다. 그러던 마을에 유사
이래의 큰 전쟁인 청일전쟁을 기점으로 변화가 일기 시작한다. 예로부터
류큐왕국은 지배계급인 사족(士族)='사무레(士, ｻﾑﾚｰ)'들도 칼을 차지 않
았다는 '비무(非武)의 나라'였음을 상기할 때, 칼과 무기로 무장한 일본군이
동시대 류큐인들에게 '야마토 짐승'으로 비춰졌던 것도 무리는 아니었을
것이다.

텍스트 곳곳에는 청일전쟁으로 인해 혼란해진 사회상이 묘사되어 있다. 일본의 승리와 중국(청국)의 패배가 확실시 되는 가운데 거의 매일 밤 '전쟁환등회(戰爭幻灯會)'가 열렸으며, 학생들 사이에서는 청국에 대한 적개심을 일깨우는 군가가 유행하고, 신사(神社)에서는 출정하는 아들의 '무운장구(武運長久)'를 기원하는 행사가 하루가 멀다 하고 열렸다. 다른 한편에서는 청국의 승리를 믿는 사람들 사이에서 청국 함대가 오키나와로 곧 들어올 것이라는 소문이 퍼지자 마을 전체가 우왕좌왕하고, 중학사범학교 교사와 학생들로 구성된 류큐조직(琉球組)을 비롯한 각종 의용대들이 우후죽순처럼 생겨났다. 구마모토(熊本) 부대 병사들은 대낮부터 술에 취해 젊은 여자들을 찾아다니고, 유곽에는 불량배들이 날뛰며, 무덤 주변은 남녀의 밀회 장소가 된지 오래다. 사상적으로도 신구(新舊) 세대의 충돌, 이를테면 '시로토(白党)'와 '구로토(黑党)'의 갈등이 표면화된다. "성 아랫마을에 사는 지체 높은 사무레(士) 계급이나, N마을 S마을의 유학자들 사이에 조직된 구로토는 제갈공명과 같은 군사(軍師)를 낳은 중국이 일본에 패배할 리 없다"고 주장한다. 이에 대해 관리나 백성들 사이의 선각자나 신교육을 받은 젊은 사람들이 가세한 시로토는 '겐우(元寇)의 난' 등의 역사를 들먹이며 야마토 사무라이의 용감함을 칭송하고 중국의 전멸을 예언한다.

작가 야마시로는 '중국적인 것'과 '일본적인 것'의 가치가 혼재하고 길항하는 상황을 네 명의 인물, 즉 소년 세이치(政一), 교장 호소카와 시게루(細川茂), 탐정 요코타(横田), 오쿠시마(奥島) 노인에 빗대어 표현하고 있다.

● 참고자료

岡本惠德, 『現代文學にみる沖繩の自畵像』, 高文硏, 1996.

손지연, 「류큐·오키나와(인)의 아이덴티티 형성사 —문학 텍스트를 중심으로」, 『日本學硏究』, 일본연구소, 2011.

구시 후사코 久志富佐子

1903(?)~86. 오키나와 나하시에서 태어났다. 현립제1고등여학교를 졸업한 후 소학교 교원을 거쳐 상경했다. 결혼 후 두 아이를 가졌지만 이혼. 그 후 아이치현 출신의 의사와 재혼해서 나고야로 옮겨가 살았다. 「부인공론(婦人公論)」에 발표한 「멸망해가는 류큐 여인의 수기」에 대해 오키나와 '학생회'의 격렬한 항의를 받았다. 이후 구시 후사코의 작품이나 인생에 대해서는 구체적으로 알려진 바가 없다.

멸망해가는 류큐 여인의 수기*

　친구가 초상이 나 고향에 다녀왔다기에 나(娿)는 어머니가 어떻게 지내시는지 물어보기 위해 주뼛주뼛 하며 친구 집을 찾아갔다. 나는 어머니가 그런 몸으로 이번 겨울을 무사히 보낼 것 같지 않아서 정말로 살얼음을 밟는 것 같은 기분이 들었다. 하지만 친구의 입에서 흘러나온 말에서는 언제나 그랬던 것처럼 어머니의 오기만이 여운을 남기며 들려왔다. 갯바람을 맞은 친구의 모습에는 무언가를 숨기려는 기색도 그다지 없었다. 새삼스럽게도 내 친구는 류큐(琉球 : 류큐라는 명칭은 류큐왕국 시기를 떠올리지만, 메이지유신 이후 일본의 신정부에 의한 제1차 류큐처분(1872년, 류큐번 설치)에서 제2차류큐처분(1879년, 오키나와현 설치) 시기까지의 역사적 기억을 함포하고 있다. 이 소설에서 알 수 있듯이 폐번치현 후에도 오키나와 사람들은 자신들의 소속을 류큐로도 부르고 있음을 알 수 있다.)의 피폐함에 대해 큰 한숨을 쉬며 말하기 시작했다.

　"S 시는 밤이 되면 암흑이야. 여하튼 세금이 비싸서 부자들은 모두 N 시로 이사 가고 싶어 한다더라. 돌담은 아무렇게나 무너져 있고 그 울타리 안

＊이 글은 「滅びゆく 琉球女の手記」(『婦人公論』1932. 6)를 번역한 것이다. 이 글은 2016년 봄호 『제주작가』에 수록된 글을 전재한 것이다.

도 대개는 밭으로 변했어. 그게 류큐에서 두 번째 도시라니. 놀랍지 않아?"

"게다가 이민을 받아주지 않는 날이 오기라도 하는 날엔 정말 어떻게 되겠어. 타지에 가서 돈을 벌어 와서 겨우(이 인물은 "やっとかっと" 등 도야마(富山) 말을 쓰고 있다.) 입에 풀칠하는 정도잖아!"

"그러니까!"

친구는 잠시 고향 이야기에 푹 빠졌다.

친구는 어머니를 모셔서 오시마쓰무기(大島紬 : 가고시마(鹿兒島) 남방의 아마미오시마(奄美大島)의 특산품으로 직접 뽑은 명주실에 진흙으로 색을 입혀 만든 것을 손으로 짠 옷이다.) 장사라도 하고 싶다고 생각했지만 문신이 말이야 하고 근심스러운 표정을 지었다. 문신 때문에 모든 가정이 곤란해 했다. 벌어서 모은 돈으로 아들 여럿에게 고등교육을 시켰지만, 정작 그 어머니는 손등에 새겨진 문신 때문에 죽을 때까지 고향에 홀로 남겨져야만 했다. 더 심한 경우에는 손자 얼굴도 못 보고 죽음을 맞았다. 아들이 출세하면 할수록 어머니는 고향의 아주 조금 자유롭게 연금(軟禁)된 방에서 소소한 도움만을 받고 유폐되었다. 물론 얼마간의 예외는 있다. 다만 류큐의 인텔리는 조선인이나 대만인처럼 자신들의 풍속과 습관을 내지(內地)에서 숨김없이 노출해가며 생활할 수 있는 호담(豪膽)함을 도저히 따라할 수 없다. 우리 류큐인(琉球人)은 이 커다란 도회 안에서 항시 버섯 따위처럼 딱딱해지고 싶은 성질을 지니고 있다.

성격이 다양해서 생기는 차이가 있다 해도 류큐인이라는 한줄기 선이 각자의 가슴에 있는 고요하고 쓸쓸한 마음을 울린다는 점에서, 우리는 누가 뭐라 해도 이에 공명하지 않을 수 없다. 그럼에도 공명했음을 결코 입밖에 내는 일 없이 그런 것이 화제에 오르면 오히려 데면데면해져서 서로의 시선을 피하고 만다. 마치 장애인끼리 길가에서 마주쳤을 때처럼……

우리는 일찍이 자각했어야만 하는 민족인데도 뼛속까지 찌든 소부르주아 근성에 화를 입었고, 좌고우면해 체면을 차리고 또 차려서 그날그날을 그럭저럭 보내왔다. 그래서 영원히 역사의 후미를 떠맡아 남들이 걸으며 질러놓은 길바닥에서 질질 끌려가며 살아갔다. 친구의 집을 나와 울타리를 따라 걷고 있는 내 가슴에 어두운 반성이 되살아났다. 또한 나는 돌아오던 ×역에서 숙부와 만나기로 약속했던 것에 생각이 미쳤다. 그 또한 벌거숭이가 될 수 없는 우리와 같은 사회인 가운데 한 명이다. 그는 몇몇 지점과, 대학이나 전문학교를 나온 사원과 웅장한 저택과 엄처시하(嚴處侍下)인 부인과, 시집갈 때가 된 딸이 있으며, 또한 이십 년 동안 류큐인이라는 세 글자 중에서 류(琉) 한 글자에서 나는 낌새조차 아무도 눈치 채지 못하게 하며 도쿄의 중심가에서 생활해 왔다.

　퇴색한 초록색 전차는 어느새 ×역 입구까지 나를 실어 날랐다. 언제나처럼 삼등 대합실에서 숄에 얼굴을 묻고 삼십 분 가까이 그를 기다렸다. 새해 그믐날, 대합실에는 감을 만큼 감은 스프링이 튀어오를 것 같은 긴장에 가득 찬 분위기가 넘쳐흐르고 있다. 모두가 싱숭생숭한 기분에 젖어있는 가운데 일본식 속발(束髮)로 머리칼을 묶어 올린 젊은 여인의 옆모습만이 화창한 빛을 띠며 다시 한 번 해가 바뀌는 기쁨에 어쩐지 몸을 떨고 있는 것처럼 보였다. 나는 그것을 보자, 비듬이 가득한 머리를 긁으면서 몸도 마음도 고양이의 모피처럼 늘 되살아난 적이 없었던 자신이 이상한 존재처럼 느껴졌다. 대합실 구석에서 더러워진 솜을 넣은 방한복을 입고 아무렇게나 드러누워 있던 사내가 순사의 불심검문을 받고 있었다. 어째서 가난한 사람은 맨 먼저 '수상한 자'라는 눈초리를 받아야만 하는 것인가. 남이 당하는 일이었지만 아무런 이유도 없이 나는 그것에 참을 수 없을 만큼 기분이 언짢았다. "애야……" 문득 보니, 숙부가 서있다. 목례를 하는 내 옆에 앉아 그는 엽궐련을 입에 물었다. 어색한 대화가 이 분이나 지났을까……
그는 "이거야 원. 요새 오죽 바빠야 말이지……" 하고 쌀쌀한 몸짓으로 무
언가 변명이라도 하는 것처럼 서론을 꺼내더니 "매번 하던 것처럼 보내주
렴……" 하고 말하면서 물림쇠 달린 돈지갑에서 십 엔짜리 지폐를 꺼내 내
눈앞에 놓았다. "네……" 나도 매번 그러듯 툭 내뱉듯 대답했다. 이런 대화
는 항상 간단히 끝나버렸다……

　나는 몸집이 커진 그의 뒷모습이 광장을 가로질러 혼잡한 인파 속에 휩
쓸릴 때까지 지켜봤다. 그와 저기 있는 빌딩과, 사무용 책상과 산처럼 쌓여
있는 봉투는 매화나무에서 우는 휘파람새(잘 어울리는 한쌍을 비유할 때 쓰는
관용어)보다도 안성맞춤의 대조가 아닌가. 그는 마치 그런 세트 속에 들어
가기 위해 태어나기라도 한 것 같은 전형적인 사무형 인종(원문은 "ビル人種
(빌딩 인종)"이다. 작가가 만든 용어로 보인다.)이다. 그의 뒷모습에서는 기계와
같은 정확함과 강함과 차가움만이 느껴졌다. 건물 상층에 어렴풋이 사라
지지 않고 남아있는 석양이 내 절망적인 마음에 바짝 다가왔다.

　나는 숙부가 영위하는 생활의 윤곽을 그의 말귀를 통해 조금 상상해볼
뿐으로 그의 아내는 물론이고 딸과도 일면식이 없었다. 물론 주소도 몰랐
지만 전화번호부에서 그의 사무소 번호를 알아냈지만 그곳에 딱 한 번 가
봤을 뿐, 그곳마저도 바로 출입을 금지 당했다. 물론 나는 그에게 의지할
마음이 없기 때문에 아무렇지도 않았지만…….

　세 명의 식모, 늙은 하인, 피아노, 그, 그의 계모에게 보내는 월 삼 엔의
돈. 그 삼 엔을 보내기까지는 이러한 사정이 있다.

＊

　그가 규슈(九州)의 어느 마을에서 제대한 후 갑자기 행방불명이 되었던 것은 삼십 년도 전의 일이었다. 오래도록 그의 소식이 끊기자 사람들이 그가 존재했었는지조차 의심하고 있을 무렵, 어떤 영문인지 오년 전 어느 날 그가 고향으로 훌쩍 돌아왔다. 그는 우리 집안이 여전히 예전처럼 번성하고 있다고 생각했던 모양이다. 인력거꾼에게 우리 집안의 성(姓)을 알려줘 마을 안을 찾아다녔지만 좀처럼 집을 찾을 수 없어서 지쳐갔다. 저녁이 돼서야 간신히 우체통이 있는 내림 두 간의 초라한 가게 앞에 우두커니 설 수 있었다. 우리 어머니는 도량이 커 보이고 높은 신분으로 보이는 양복 신사가 갑자기 찾아온 것에 깜짝 놀라서 입에 거품을 물고 바닥에 엎드려 고개를 숙였다. 상품(商品)인 담배나 소금에 대해 늘 질타를 했던 세무서 관리하고 그를 착각했던 것이다. 그의 집안 또한 완전히 몰락해 버렸다. 귀가 멀고 늙어빠진 조모와, 기워 입은 자국투성이인 옷차림을 한 아버지의 첩이 마룻바닥이 빠진 다다미 위에서 살고 있었다. 조모는 낯가림 하는 어린 아이처럼 수줍어하며 하루 종일 판자벽을 바라보며 아무런 말도 하지 않고 적삼을 짜고 있었다. 본처로 들어앉은 첩도 이미 머리가 새하얗게 새어서 남의 집 심부름이나 세탁 등을 하며 간신히 하루하루 연명하고 있었다.

　그 첩은 이런 상황에서도 순정 그 자체였다. 그의 아버지가 젊었을 때 그녀를 맹목적으로 사랑했기 때문이기도 했지만 그것도 불과 몇 년 동안이었을 뿐 그 뒤로는 계집질을 일삼아서 그녀의 고생은 이만저만이 아니었다. 그의 아버지는 목돈을 약간 손에 쥔 중년 갈보에게 빠져서 색정과 욕정에 허우적대다 얼마 지나지 않아서 그 여자를 집안으로 끌어들였다. 그 후 잠시 본처 자리에 들어앉았던 첩은 결국에는 하녀로까지 전락하고 말았다. 밤에는 부엌에서 몸을 웅크리고 잠을 청했다..그녀는 집안에서 나오는 옷을 세탁하는 일에서부터 밥 짓는 일까지 도맡아서 했다. 하지만 그녀는 불평불만을 꾹꾹 눌러 참고 누구에게도 하소연하지 않았다. 그 때문인지 그녀의 모습은 늘 울고 있는 것처럼 보였다.

그 사이, 숙부의 바로 아래 동생이 시골에서 급서(急逝)해서 젊은 아내와 세 살배기 사내아이 또한 빈궁한 집안으로 들어왔다. 그녀는 마음속 적막함을 참을 수 없었던 차에 가족이 늘어난 것을 오히려 기뻐했다. 며느리는 베틀로 베를 짜고, 그녀는 변함없이 다른 집의 심부름이나 손자 돌보기나, 취사 등을 하며 정신이 없었다. 그녀의 남편은 점쟁이로 돈벌이를 했는데 그것조차 좀처럼 잘 되지 않아서 정부(情婦)와 애욕을 탐닉하며 세월을 탕진했다.

가난은 끊임없이 이 복잡한 일가를 위협했다. 정부가 가지고 있던 뭉칫돈을 다 써버리자 이 중년의 연애 지상주의자들 사이로 냉혹한 현실이 가차 없이 비집고 들어갔다. 어느 날 아침 사람들은 젊은 며느리가 집을 나가버린 것을 알고 어안이 벙벙해졌다. 그로부터 반년도 지나지 않아 그녀의 남편이 폐병으로 몸져누웠다. 이미 빈털터리였다.

얼마 지나자 정부 또한 곤궁한 일가를 내팽개치고 도망쳐 버렸다. 남겨진 것은 어린 아이와 폐병이 든 남편과, 늙어빠진 구순이 가까운 조모와 늙바탕에 들어선 그녀뿐이었다. 그녀는 묵묵히 힘이 닿는 만큼 일을 했지만 그것은 달궈진 돌에 물을 끼얹는 격이었다. 마치 울고 있는 것 같은 표정으로 일가친척을 찾아다니며 닥치는 대로 조력을 구걸했지만, 모두 어슷비슷한 생활을 하고 있어서 어찌할 도리가 없었다. 때때로 이십 전, 삼십 전 돈을 받아든 그녀는 어린아이를 좋아하는 마음에 자신은 밥도 제대로 먹지 않고 손자를 위해 과자를 샀고, 나머지 돈으로는 남편의 매약(賣藥)을 사 집으로 돌아갔다. 옷은 친척이 입던 것을 받았던지라 옷자락과 어깨 부분이 얼마 입지 않아 걸레처럼 처졌다. 그것을 보다 못한 누군가가 또 헌옷을 베풀어 줬다. 그녀는 아무런 의욕도 없어져서 누군가가 무언가를 베풀어 주기만 하면 어린아이처럼 기뻐했다.

그것이 애처로운 그녀의 습성이 돼버렸다.

조모와 손자와 병자만이 외국에서 수입한 쌀로 죽을 쒀 먹고, 그녀는 고구마를 끓여 놓고 오일이고 육일이고 그것만 먹었다. 외출할 때면 손자를 업었는데, 아이가 "할매 흑설탕 줘. 응. 응." 하며 몸을 뒤로 젖히고 울부짖을 때면 그녀 자신도 가슴이 쥐어뜯기는 것 같아 "옳지. 옳지. 욘석 가엾어라. 욘석 가엾어라." 하며 안절부절 못하는 목소리로 아이를 달래다가 결국은 자기도 울음을 터뜨리고 말았다. 그 외에 그녀가 아이를 달랠 수 있는 방법은 없었다. 그녀는 과자가 다 떨어져 흑설탕을 달라고 조르는 손자를 얼마나 애처롭게 생각했던가. 항시 울고 있는 표정의 그녀가 손자를 바라볼 때만은 조금이나마 웃음과 비슷한 표정을 짓는 것을 발견할 수 있었다. 그러던 어느 날 남편이 궁핍함 가운데 죽었다. 운명은 전락하는 돌과도 비슷했다. 한 번 굴러가기 시작하면 어디에서 멈추는 것인지…… 그것을 알고 있는 것은 아마도 하느님뿐이다. 남편의 죽음은 적어도 물질적인 면에서는 그녀의 어깨를 가볍게 하는 것이었지만, 그녀에게 남겨진 단 하나의 희망인, 그것도 피가 이어져 있지 않은 손자가 급성 장(腸) 카타르라는 병에 걸리자 온 세상이 한순간에 암흑으로 변해버렸다. 그녀는 미친 사람처럼 변해 의사를 찾아다니며 부탁했다. 이미 반쯤 이성을 상실한 그녀는 병에 좋다고 하면 미신 같아 보이는 어떠한 의식이라도 다 했다. 중태에 빠진 아이에게 무턱대고 단 것을 먹이고 싶었다. 마치 평상시의 영양부족을 보상이라도 해주려는 것처럼……. 그 무엇도 그녀의 망동을 멈추게 할 수 없었다. 그녀로서는 아이가 단 것조차 제대로 먹지 못하고 죽는 것이 그 무엇보다 고통스러운데다 그것만이 상심의 원인이었기 때문에…….

손자는 마침내 울다 실성한 그녀를 남겨두고 죽었다. 얼마 동안 그녀는 넋을 빼앗긴 백치처럼 정신을 차리지 못하고 허공을 응시하고 있었다. 길을 걸을 때는 항상 눈을 발아래로 떨어뜨렸고 오래도록 묶지 않은 머리는 아래로 축 늘어졌다. 무슨 요일엔가 상영 중인 영화가 바뀌면 거리를 누비고 다니는 진타 악대(ヂンタ樂隊 : 메이지(明治) 초기에 일본에 들어온 서양 음악이 메이지 시기 중엽에 악단에 의해 선전이나 영화 흥행용으로 연주되면서 대중화된 음악 스타일이다. 행진곡 등의 "진탓타 진탓타"라는 독특한 리듬이 어원이다. 한편 음악가 호리오치 게이조(堀內敬三)에 따르면 진타라는 명칭은 1910년대 초반 일본에서 생긴 것으로 "진타, 진타, 진타카탓타"라고 울리는 특이한 음향에서 유래됐다고 한다.)만 해도 예전에는 그녀와 손자를 추레한 골목길 입구로 함께 뛰쳐나가게 했지만, 지금은 쓸데없이 눈물샘만을 자극하는 밉살스러운 존재로 변했다. 그녀의 울고 있는 것 같은 표정은 점점 더 심각해져서 끊임없이 죽음의 유혹과 싸우고 있는 복잡한 동요의 흔적조차 얼굴에 비쳤다. 불운이 연속됨에도 모든 것을 마이동풍 식으로 생각하는 것은 조모뿐이었다. 아들의 죽음에도 태연했고 증손이 죽어도 히쭉히쭉 웃어 넘겼다. 다만 무턱대고 식욕만이 왕성했다. 아침상을 받고 오 분도 지나지 않아서 다시 아침밥을 달라고 졸랐다. 숙부가 귀성한 것은 그의 가족이 그러한 생활을 보낼 때였다.

*

그는 그런 사정의 집안에서 생활하는 것을 싫어해 그나마 형편이 괜찮은 우리 집에서 머물렀다.

내림 두 간으로 기울어진 가게와, 한 간 당 다다미 여섯 장 크기의 육첩방이 다였지만 내가 소학교 교사로 시골에 가있었기 때문에, 어떻게든 그 중 한 간에 숙부가 머물 수 있었다. 어머니는 그를 데리고 친척 집을 찾아갔는데 어디서든 불그스름하게 변색되고 보풀이 일어난 다다미와 귀가 떨어진 찻종이 그를 기다리고 있었다. 거기서 그가 나누었던 이야기는 장마철처럼 질척거리고 짓눌린 민족의 탄성뿐이었다. 돌담은 무너지고 냉이가 자라고 노인만이 터무니없이 많았다. 그는 비극적인 고향의 모습에 충격을 받기보다 진절머리가 났던 것 같다. 스무날이 지났을까 말까하는 사이에 그는 고향을 버리고 떠났다. 떠나는 날 그는 어디에도 기별 하지 않았다. 그렇게 떠나면서 그는 이렇게 말했다. "내 본적(本籍) 말인데. ×현으로 옮겨 났으니까 실은 아무도 내가 여기 출신이라는 것은 몰라. 훌륭한 거래처와 거래를 하고 있고, 회사에는 대학을 나온 사원도 많이 있어서 류큐인이라는 것이 알려지면 만사 좋을 것이 없어서 말이지. 아내에게도 실은 벳푸(別府)에 간다고 하고 나왔으니 그렇게 알고……"

일가친척은 입신출세한 친척을 동경해 그와 친교를 맺고 싶어 했지만, 억지다짐 식으로 포기할 수밖에 없었다. 부두까지 배웅하는 것도 성가시다며 그는 거절했다. 그저 조금이라도 일찍 문어발처럼 달라붙는 딸린 식구들을 떼어낸 후 출발하고 싶다는 태도였다. 나는 숙부가 귀성했다는 것도 떠났다는 것도 모르고 있다 나중에 어머니와 이야기를 나누다 그것을 들었다. 나는 소학교 졸업장만 갖고 있던 숙부가 고생 끝에 쌓아올린 사업을 지키기 위해 잔재주를 부리는 심정이 너무나도 안쓰럽게 느껴졌다. 어머니가 사는 마을에서 내가 취직해 있는 마을로 가는 도중에 더러워진 포장이 쳐진 마차 안에 흔들거리는 몸을 맡기며, 아무래도 이곳이 '멸망해가는 고도(孤島)'라는 생각을 통절히 할 수밖에 없었다.

해질녘 풍경은 이 섬이 지닌 감정 그 자체였다. 언뜻 보기에 척박하고 메마른 땅에 고구마 덩굴이 뻗어나가고, 뒤편으로는 가늘고 긴 고구마 수풀과 적송(赤松)이 심어진 가로수, 소철(蘇鐵)의 군생, 늙은이 턱수염처럼 흰색으로 쭉쭉 아래로 처지고 땅 위로 노출된 가주마루(榕樹 : 뽕나뭇과의 상록교목)의 뿌리, 붉고 크게 흔들리면서 언덕 저편으로 저물어 가는 석양의 아름다움이 찰싹찰싹 밀려오는 밀물처럼 내 가슴에 스며들며 번져갔다. 띄엄띄엄 시간을 구획해가는 말발굽 소리에 달라붙는 것처럼 느껴지는 마부의 노래자락은 이 섬과 어울리는 몰락의 반주였다. 그것은 "다르유, 우라미 토테, 나츄가하마치도리 아완 치리나사야 와닌토모니"라는 것으로 번역하자면 "누굴 원망해 바닷가 물떼새는 울고 있느냐. 아아, 가혹한 이 마음, 물떼새 울음소리에 눈물이 나누나." 마부는 계속 불렀다. "달을 보니 예전의 그 달이건만 변해가는 사람의 마음이여……"

　행복이 살고 있노라 사람들은 말하네 혹은 간절히 바란다면 행복이 돌아온다고. 폴 부세(독일의 시인 칼 부세(KARL BUSSE, 1872~1918)를 착각한 것으로 보인다. 신낭만주의 시인으로 일본에서는 「산의 당신(Über den Bergen)」」(1905년, 上田敏譯『海潮音』수록)으로 알려져 있다. 독일보다는 일본에서 더 유명한 시인이다. 이 시는 "산 저편 끝 없는 하늘에 / '행복'이 산다고 사람들은 말하네 / 아아 나도 당신과 함께 가서 / 눈물이 넘치는 눈으로 돌아오자 / 산 저편 멀리 멀리에 / 행복이 산다고 사람들이 말하네"(우에다 빙 번역을 참조해 중역했음)라는 내용)의 시가 듣고 있는 내 머릿속에서 조각조각 명멸하고 있다. 류큐의 많은 노래는 사람들의 가슴 속 비통함을 쥐어뜯는 슬픈 곡조로 만들어졌다. 아니면 터무니없는 가사와, 자포자기하는 재즈와 닮은 곡조와 어우러져 만들어진 것이다.

　몇 백 년 이어온 피압박 민족의 울적한 감정이 이러한 예술을 만들어 낸 것인지도 몰랐다. 나는 이와 같은 해질녘 풍경을 좋아한다. 이 몰락의 미(美)와 호응하는 내 자신의 내부에 잠재해 있는 무언가에 동경하는 마음을 품었다.

곽형덕 옮김

『멸망해가는 류큐 여인의 수기』에 대한 석명문(釋明文)[*]

오키나와현 학생회 전임 회장과 현임 회장이 오셔서 『부인공론(婦人公論)』 6월호에 게재한 제 문장을 심하게 꾸짖으셨습니다. 꼭 『부인공론』 지면에 사죄를 하라고 하니 여기에 석명문을 써 게재합니다. 우선 두 분의 주장은 이런 식으로 고향에 대한 것을 모조리 써대는 것은 심히 곤란한 일이니 입을 다물고 있어라. 또한 소설에 나오는 인물 중 한 명(숙부라고 불리는 인물) 때문에 모두가 그렇다고 오해를 사기 쉬우니 사죄를 하라는 것이었습니다. 다만, 그에 대해 저는 어떠한 새빨간 거짓말을 한 것이 아니며, 또한 오키나와 사람 전부가 출세하면 숙부처럼 된다고 썼던 기억도 없으니, 마음에 드시는 사죄의 말씀을 찾을 수 없음을 유감스럽게 생각합니다. 학생 대표의 말씀에 의하면 제가 사용한 민족(民族)이라는 단어에 엄청나게 신경이 날카로워진 것 같은 모습으로 아이누나 조선인과 동일시돼서는 곤란하다는 것이었습니다만, 지금과 같은 시대에 아이누 인종이니 조선인이

---

[*] 이 글은 (『婦人公論』 1932. 7)에 실린 「석명문」을 번역한 것이다. 이 글에는 주어와 목적어가 생략된 문장이 많다. 민감한 문제를 다루는 만큼 상대방을 자극시키지 않기 위한 글쓰기 전략으로 보인다. 그런 만큼 번역에서도 주어와 목적어를 인위적으로 복원시키지 않고 거의 그대로 옮겼다.

니, 야마토(大和) 민족이니 하고 일부러 단계를 만들어 놓고 그 중에서 몇 번째인가 상위에 자리 잡아 우월함을 느끼려 하는 의견에 대해 저는 도저히 동감할 수 없습니다. (그런 생각은 아마도 대표자만의 생각이라고 생각합니다만)

대표 분들의 말씀에 따르면 제 글이 류큐인을 차별 대우해 모욕하는 것이라며 기세가 등등하셨습니다만, 그런 말씀은 전부 그대로 아이누나 조선 분들에게 인종차별을 하는 것이 아닌가 생각합니다. 저 자신은 오키나와현 사람은 아이누 인종이든 야마토 민족이든 어느 쪽이라도 좋다고 생각하며, 경우에 따라서 어느 쪽이 다소 일그러져 있다 해도 인간으로서의 가치나 본질적인 면에서는 아무런 차별도 없이 서로 같은 동양인이라 믿고 있습니다. 그러한 견해에 따라 민족이라는 말은 가벼운 의미를 담아 사용한 것이며, 따라서 저 자신도 그 중의 한 명이기에 추호도 모욕하려는 마음으로 쓴 것은 아닙니다. 그렇다 해도 제가 쓴 글에도 있듯이 이해심이 없는 사람을 위해 일종의 쓸쓸함을 맛보았던 것은 사실이며, 제 자신은 있는 힘껏 그럴듯하게 자신을 꾸며댔던 과거를 갖고 있습니다만, 그러한 노력은 헛되이도 신경만을 병적으로 날카롭게 만들어서 언제 폭로할 것인가 폭로할 것인가 하고 신경을 혹사한 결과 신경이 병적으로 돼, 비굴함으로 빠져들 뿐이라 깨달아서(저는 그것을 깨달았다고 생각합니다만) 마음을 고쳐먹었습니다. 우리들은 이해심이 없는 사람들에게 일부러 아첨을 하기 위해 우리 자신까지 비굴한 사람으로 영락할 필요는 없다고 저는 생각합니다. 우리가 아무리 숨기려 한다 해도, 실제로…… (다양하게 나와 있는 출판물을 예로 들려 했습니다만, 그것이 또한 오키나와의 풍속을 선전하는 것이 돼 질타를 받을 것이라 생각해 그만둡니다) 학생 대표의 말씀은 밖을 향해서는 고향의 풍속이나 습관을 한껏 위장하고, 안으로는 풍속이나 습관의 개선을 목소리 높여 외치라는 내용이었습니다만, 저 자신은 다른 풍속이나 습관을 반드시 일괄적으로 천하게 보아야 할 것이 아니며 또한 배척해야 할 것도 아니라 믿고 있습니다. 그러한 풍속이나 습관을 낳기까지는 교통, 기후, 특히 경제 등에 영향을 받은 점이 많았을 것이니 우리의 선조도 요즘 대학생과 비교해 그렇게 천박한 생각을 갖고 있지 않았다고 생각합니다.

또한 학생 대표 분은 제 글이 취직난이나 결혼 문제에도 영향을 미칠 것이라고 말씀하셨습니다만, 취직난에 장해가 되는 것은 오히려 그처럼 비굴한 태도가 아니겠습니까. 자본가 분들이라도 요즘과 같은 시세에 그런 차별 대우를 해서 배척하면, 어떠한 결과를 불러올 것인지 정도는 충분히 알고 계시겠지요. 저처럼 교양이 없는 여자가 하는 넋이 담긴 호소를 필사적으로 묵살하려고 하기보다 정정당당하게 그 정도 것으로 차별대우를 하려는 자본가와 맞닥뜨리는 편이 어떨까요.

오키나와인도 병역이나 그 밖의 의무를 짊어지고 있으니까요. 또한 결혼 문제에서도 그렇게 무리하게 변통을 해서 여기(내지—역자 주)에서 아내를 얻어, 한 평생 동안 가족을 데리고 귀성할 수 없는 결과에 이르기보다는 죄다 기탄없이 털어놓고, 또한 그래도 시집을 못 오겠다는 신부감이라면 차라리 단념하고, 모든 것을 바쳐서 기다려주는 고향 아가씨와 맺어지는 것이 어떻겠나……하고, 이것은 노파심에서 나온 말이지만…….

저는 고향에 대한 것을 사실보다 나쁘게 쓰려 했던 것이 아니라 문화의 해를 입지 않은 류큐 사람들이 얼마나 순정한가에 대해 쓰려고 했으니, 부디 그렇게 당황하지 마시고, 곰곰이 생각해 주시길 바랍니다. 하지만 제 노골적인 문장이 사회적 지위를 획득하고 있는 여러분에게 그토록 강한 울림을 줬던 것인가 하여 새삼스레 황공하게 생각합니다. 그러한 점에 대해 깊이 사죄하는 마음을 올립니다. 지위가 있는 분들만이 큰 소리로 아우성쳐대고, 최하위 층에 있는 사람이나 학식이 없는 사람들은 그것을 지당하신 말씀이라며 삼가 듣는 것이 당연시 되는 오키나와에서 저처럼 교양이 없는 여자가 사리 있는 말을 하는 것이 필시 어처구니없으시겠사오나, 위에 있으신 분들께서 멋대로 우리들의 생각을 재단하고 판단해 휘둘러서는 면목이 서지 않습니다. 또한 제 글에 쓰인 연도나 장소는 그곳에 살고 계신 분들에게 폐를 끼칠 것을 염려해 다소 바꿔서 적었으니 모쪼록 그것을 생각해 읽어주시기 바랍니다.

곽형덕 옮김

「멸망해가는 류큐 여인의 수기」에 대하여

• **작품 해설**

　이 소설을 이해하기 위해서는 1차 세계대전 이후 일본의 경제 상황을 이해해야 한다. 1차 세계대전으로 일본은 아시아 시장에 대량으로 공산품을 수출하게 되면서 일시적인 호황을 맞이했다. 이는 물론 세계대전으로 유럽의 공업이 타격을 입었기 때문에 가능한 것이었다. 하지만 전쟁이 끝난 이후 유럽 세력이 다시 아시아 시장을 회복하자 일본의 산업 경쟁력은 급속도로 약해지기 시작했다. 당시 오키나와 또한 이러한 흐름을 타고 농업이 호황을 구가했으나, 1920년대 말 쇼와(昭和) 공황이 닥쳐오자 오키나와 농업은 황폐해져 갔다. 당시 식량난에 시달리는 오키나와 사람들이 독성이 있는 소철(蘇鐵)을 먹은 것(이른바 '소철지옥')은 당시의 상황이 얼마나 심각했는지를 보여준다. 주지하는 것처럼, 이러한 오키나와의 심각한 경제 상황은 대량의 유민(流民)을 발생시켰다. 이들은 일본 내지(內地)는 물론이고 라틴아메리카 등지로 살 길을 찾아 떠났다. 특히 관동대진재(關東大震災) 전후로 일본 내지로 이주한 오키나와인들은 자신의 '민족성'을 표면적으로는 '야마토(大和)' 민족과 일체화해서 일상생활에서의 공포를 지워내려 했다. 이는 물론

관동대진재 당시의 조선인 학살이 남긴 정신적 상흔의 일종이기도 했다. 오키나와의 정신적 경제적 피폐함은 이후 오키나와청년동맹(沖繩靑年同盟)의 항의에 직면한 히로츠 가즈오(廣津和郎)「떠도는 류큐인(さまよへる琉球人)」(1926. 3)과 오키나와현 학생회의 항의를 받은 구시 후사코(久志富佐子)의 「멸망해가는 류큐 여인의 수기(滅びゆく琉球女の手記)」(1932. 6)라는 소설로 나타났다. 각기 일본인과 오키나와인, 남성과 여성 작가가 쓴 이 소설은 오키나와의 독자성/민족성을 일본인(민족)으로 수렴시킨 오키나와청년동맹과 오키나와현 학생회로부터 오키나와인에 대한 편견을 조장한다는 내용의 항의를 받았다. 이러한 경제 대공황 이후의 오키나와 상황이라는 관점에서 「멸망해가는 류큐 여인의 수기」를 들여다보면 이 소설의 제목에 들어가 있는 "멸망"이라는 단어의 의미가 명확히 다가온다. 또한 "오키나와"가 아니라 "류큐"라고 애써 명명함으로써 폐번치현 전의 역사와 삶까지도 담아내고 있다. '나'의 친구가 말하는 류큐의 피폐함은 "돌담은 아무렇게나 무너져 있고 그 울타리 안도 대개는 밭으로 변했어. 그게 류큐에서 두 번째 도시라니. 놀랍지 않아?"라는 말속에 집약돼 나타나 있다.

이 소설의 내용 중에 숙부가 오키나와 출신이라는 것을 숨기고 고향을 버리고 있는 것과 오키나와 현민을 '민족'이라는 말로 표현한 것, 그리고 오키나와의 현실을 비참하게 묘사한 것 등으로 오키나와 '학생회'의 항의에 직면한다. 이는 구시의 「석명문」에서 충분히 유추할 수 있다. 이 소설의 끝부분에서 "몇 백 년 이어온 피압박 민족의 울적한 감정이 이러한 예술을 만들어 낸 것인지도 몰랐다. 나는 이와 같은 해질녘 풍경을 좋아한다. 이 몰락의 미(美)와 호응하는 내 자신의 내부에 잠재해 있는 무언가에 동경하는 마음을 품었다."라는 부분은 명문이다. 구시는 몇 백 년을 이어온 류큐/오키나와 민족의 피지배의 역사라는 "울적한 감정"을 오키나와의 해질녘 풍경에 투영하고 "몰락의 미"를 자신의 내부로부터 포착하고 있다. 더구나 이를 부정하고 한탄하는 것이 아니라 그것에서 "동경하는 마음"을 발견해낸 것은 이 시기 오키나와 문학의 도달점을 잘 보여주는 것이기도 하다. 다시 말해서 구시는 류큐/오키나와의 역사를 현재 진행되고 있는 경제 대공황 이후의 비참한 오키나와의 현실과 중첩시킴으로써 류큐/오키나와 민족의 과거와 현재를 문학적으로 형상화해 냈다.

• 주요 등장인물

나 : '나'는 1인칭 관찰자시점의 시점 인물로서 오키나와의 현재 상황을 말할 뿐만 아니라, 숙부의 인생사를 통해서 오키나와인의 현재 상황을 전달하는 역할을 하고 있다.

숙부 : 숙부는 시점인물은 아니지만 이 소설의 핵심 인물이다. '나'의 이야기를 통해 숙부의 인생사가 밝혀져 간다. 숙부는 "그는 몇몇 지점과, 대학이나 전문학교를 나온 사원과 웅장한 저택과 엄처시하(嚴處侍下)인 부인과, 시집갈 때가 된 딸이 있으며, 또한 이십 년 동안 류큐인이라는 세 글자 중에서 류(琉) 한 글자에서 나는 낌새조차 아무도 눈치 채지 못하게 하며 도쿄의 중심가에서 생활해 왔다."라는 기술에서 알 수 있듯이 도쿄에서 성공한 사업가다. 하지만 그의 과거는 고난으로 가득 차 있으며 자신의 출신(오키나와인)을 숨기고 도쿄에서 생활하고 있다. 그의 가족은 그가 잠시 행방불명된 후에 몰락해서 그는 '나'의 집에서 머문 적이 있었다. 그 때 그는 "비극적인 고향의 모습에 충격을 받기보다 진절머리"를 내며 고향을 떠나 입신출세를 꿈꾸고 도쿄로 향하게 된다.

• 작품요약

1인칭 관찰자 시점의 이 소설은 '나'의 시점에서 오키나와의 현실과 숙부의 과거와 현재를 교차해 가며 이야기를 전개한다. 우선 '나'가 고향 친구와 오키나와의 피폐함에 대해서 한탄하는 것으로 소설은 시작된다. '나'는 초록색 전차를 타고 ×역 입구에 내려서 숙부를 만난다. '나'와 숙부의 대화는 2분 만에 끝나고 숙부로부터 10엔을 받고 헤어진다. 그 돈은 숙부의 계모에게 보내는 돈이다. 숙부는 소학교만 나왔지만 도쿄에서 자수성가를 이뤄서 지금은 어엿한 사업가다. 과거로 이야기를 돌리면 숙부는 규슈 어느 마을에서 복무하다 제대한 후 고향에 소식을 끊었는데, 그 사이에 숙부네 집은 몰락한다. 숙부네 아버지는 중년의 '창녀'에게 빠져서 그 여자를 집안까지 끌어들였고 본처는 하녀로 전락하고 만다. 그러다 숙부네 아버지가 폐병이들고 집안이 가난해지자 며느리가 집을 나가고 잇따라서 정부 또한 도망쳐버린다. 결국 가난 속에서 숙부의 아버지와 조카가 죽고 할머니만이 살아남는다. 숙부는 그의 가족이 비참한 지경에 빠진 후에야 잠시 오키나와로 돌아온다. 하지만 숙부는 비참한 오키나와의 현실을 마주하고 어디에도 기별하지 않고 다시 도쿄로 돌아간다. '나'는 어머니가 사는 마을에서 취직해 있는 마을로 돌아오며 오키나와를 "멸망해 가는 고도"라고 통절하게 생각한다. '나'는 그 길에서 해질녘 풍경에서 "언뜻 보기에 척박하고 메마른 땅에 고구마 덩굴이 뻗어나가고, 뒤편으로는 가늘고 긴 고구마 수풀과 적송(赤松)이 심어진 가로수, 소철(蘇鐵)의 군생, 늙은이 턱수염처럼 흰 색으로 쭉쭉 아래로 처지고 땅 위로 노출된 가주마루의 뿌리"를 바라보며 류큐의 비통한 심정을 담은 옛 노래를 떠올린다. 그리고 그 속에서 "몇 백 년 이어온 피압박 민족의 울적한 감정"을 찾아낸다.

이케미야기 세키호 池宮城 積寶

1893년 오키나와 나하에서 태어나 1951년 타계했다. 가인(歌人) 및 소설가로 활동했으며 와세다대학 영문학과에서 수학했다. 대학을 졸업한 후에는 현립 중학교에서 교사로 일하며, 소설이나 번역을 오키나와 신문에 발표했다. 방랑벽이 있어서 현재 각지를 전전한 후에 다시 도쿄로 갔다. 이케미야기는 「번계순사의 죽음(蕃界巡査の死)」(1912), 「귀로(かへりみち)」(1913) 등을 쓰다, 1922년에 잡지 『카이호(解放)』에 「우쿠마누 순사(奥間巡査)」를 투고해 입선되면서 일본 중앙문단에도 이름이 알려지기 시작했다. 오키나와문학자들이 일본 중앙문단의 현상공모에 투고를 하기 시작한 것은 이때부터다.

우쿠마누 순사*

류큐(琉球) 나하시(那覇市)의 시외에는 △△대지(垈地)라는 특수 부락이 있다. 그곳 주민은 지나인(支那人)의 자손으로, 그들 대부분은 전체라 해도 좋을 정도로 궁핍하며 천한 직업에 종사하고 있다. 아타피스구야(개구리를 잡으러 다니는 사람)가 논에 개구리를 잡으러 가서 그 껍질을 벗겨 시장에 가져다 판다. 개구리는 나하나 슈리(首里) 사람의 맛있는 부식품 중의 하나로 여겨지고 있다. 그 외에도 타이유토우야(붕어 잡이), 사박크야(짚신을 만드는 사람), 보시크야(모자 만드는 사람)‥‥‥‥‥ 등의 직업에 종사하고 있다. 그들은 이런 천한 직업(?)에 종사하며 나하시에 사는 다른 마을 사람들로부터 △△대지사람이나 시친츄라 불리며 경멸당했지만, 그들의 일상생활은 단순하며 공동체적이어서 무사태평하다.

가주마루(榕樹), 하크베리, 데이고(梯梧), 복목(福樹) 등의 아열대 식물이 우뚝 솟아 울창하게 우거진 그늘에 무리지어 있는 부락이 하나 있다. 집 주위에는 대나무나 산울타리가 둘러쳐져 있다. 그곳의 집들은 낮은 초가로

* 이 글은 「奧間巡査」(『解放』, 1926. 10)를 번역한 글이다. 이 글은 『포지션』에 실린 글을 전재한 것이다.

지저분하고 더러운 것은 두말할 필요도 없다. 아침에 남자들이 작대기와 그물을 갖고 논밭으로 나가면, 여자들은 서늘한 나무 아래에 대자리를 깔고 누긋하게 모여 앉아서 일종의 애조를 띤 류큐의 속요(俗謠)를 부르면서 모자를 짜기 시작한다. 그러고는 짚신을 만든다. 해 질 녘이 되어 남자들이 논밭에서 돌아오면 그들의 아내나 딸들은 밖에서 잡아온 개구리나 붕어를 팔러 시장으로 나간다. 그것을 얼마 안 되는 돈으로 바꿔서 술안주나 한 홉들이 아와모리(泡盛, 오키나와의 전통주-역자 주)를 산 여자들은 반시뱀에게 물리지 않기 위해 횃불을 켜고 집으로 돌아온다. 남자들은 기쁜 듯이 그들을 맞이해 넉넉하지 않은 저녁밥을 다 먹고 누워서 조용히 아와모리를 훌쩍훌쩍 마신다. 그런 생활을 반복하면서도 그들은 자신들의 생활이 비참하다고 생각하지 않는다. 가난한 사람들은 계를 조직해서 불행한 일이 생기면 서로 돕는다. 남쪽 나라라서 겨울에도 견디기 힘들 정도의 날은 없다. 이렇게 그들은 단순하나 평화로이 생활하고 있다.

하지만 이런 사람들에게도 우리 우쿠마누 햐쿠우(奧間百歲)가 순사라는 영직(榮職)에 오른 일은 우쿠마누 일가의 명예만이 아니라, △△대지에 사는 전 부락의 영광에 다름 아니었다. 지나인의 자손으로 이토록 궁핍하고 천한 직업에 종사하고 있는 그들로서는 나라의 관리가 된다는 것은 그저 기쁨이라 하기보다는, 오히려 경이로운 일 그 자체였다.

그런 마을에서 우쿠마누 햐쿠우가 순사 자리에 지원한다는 소식이 알려지자, 부락 사람들은 누구나 빠짐없이 자기 일처럼 기뻐하며 마음으로부터 합격하기를 기원했다. 그의 아버지는 우쿠마누에게 일을 쉬고 공부를 하라고 권했다. 그의 어머니는 유타(오키나와 무녀-역자 주)에게 부탁해서 여기저기의 우간주(신에게 비는 장소-역자 주)를 참배하고 햐쿠우가 시험에 합격할 수 있게 해달라고 빌었다. 햐쿠우가 마침내 시험을 보러 가기 전

날, 그의 어머니는 선조의 무덤에 그를 데려가서 오랜 기원을 올렸다.

이렇게 그 자신은 물론이고 가족과 부락 사람들의 염원이 전해져, 햐쿠우는 멋지게 시험에 합격했다. 그의 가족과 부락사람들이 얼마나 득의양양 했을지는 상상하기 어렵지 않다. 그들은 반나절이나 일을 쉬고 햐쿠우가 순사가 된 것을 축하하는 연회를 열었다. 남자들은 그의 집 앞에 있는 커다란 가주마루 아래 그늘 광장에 모여서 낮부터 아와모리를 마시고, 자비센(蛇皮線, 오키나와 전통 악기로 샤미센의 원형−역자 주)을 연주하는 등 소란을 떨었다. 젊은이들은 구미오도리(오키나와의 고전극−역자 주) 흉내를 냈다.

그것은 다이쇼(大正) △년 5월 어느 날의 일이었다. 이미 파초 섬유로 짠 바쇼후(오키나와 명산 천−역자 주)를 입어도 춥지 않을 무렵이었다. 붉은 데이고 꽃이 지기 시작하고 나무 그늘의 풀숲 사이로 백합꽃이 여기저기 하얗게 피어 있다. 울타리에는 남쪽 나라의 강한 햇볕을 받고 불상화 꽃이 활짝 피어 불꽃처럼 밝게 빛나고 있다.

남자들은 용약해 노래를 부르고 춤을 추거나 자비센을 연주하고 있었고, 그 주변으로 여자들이 모여들어 그것을 흥미로운 듯 바라보고 있다. 그 소란 속에서 우리 우쿠마누 햐쿠우는 개선장군이라도 된 것처럼 순사의 제복과 제모를 갖추고, 대검을 빛내면서 신기하게도 어디선가 의자를 끌고 와 앉아 있다. 미혼 여성들이 동경하는 듯한, 또한 두려워하는 듯한 눈초리로 그의 늠름하게 변한 모습을 응시하고 있다.

그렇게 이 향연은 밤늦게까지 계속됐다. 조용한 밤, 부락의 수풀에는 노래하는 소리, 자비센의 울림, 사람들의 떠들썩한 소리가 반향해서 언제까지고 멈추지 않았다.

우쿠마누 순사는 예비 교육을 다 받자 격일 근무를 하게 됐다. 그는 성적이 양호하여 본서 발령을 받았다. 그로부터 그는 하루건너 경찰서에 갔는데, 집에 있을 때는 대체적으로 책을 읽었다. 가족은 그가 제복과 제모를 갖추고 집에 드나드는 것이 기뻤다. 때때로 집에 오는 사람들이 햐쿠우가 제복과 제모를 갖추고 어딘가를 걷고 있었노라고 신기한 듯이 말하는 것을 들으면, 그들은 감추기 힘든 희열을 얼굴에 드러냈다. 그런 사람들은 그와 마주치는 것만으로도 자못 이상한 일인 것처럼 기뻐하며 말하는 것이었다. 그렇게 그 중에서는 자기 자식도 장래에 순사가 꼭 됐으면 한다고 말하는 사람도 나왔다.

매달 25일, 햐쿠우는 주머니에 봉급을 넣어서 돌아왔다. 그는 처음으로 봉급을 손에 쥐어보는 기쁨에 마음이 떨렸다. 오른쪽 주머니에 들어 있는 봉급 봉투를 단단히 쥐며 그는 걸음을 재촉했다. 집에 도착해 그는 일부러 침착하게 손님방에 들어가 아무렇지도 않은 듯 봉급 봉투를 꺼내서 어머니에게 건넸다.

"에고."

하고 기쁜 듯이 그것을 삼가 받은 어머니는 봉투 속을 확인했다. 그렇게 지폐를 세어 보더니,

"아, 천백오십 관(23엔)이구나."

하고 말했다. 봉급이 꽤 된다고 들었으나 현금을 보고 그녀는 새삼스레 놀랐다.

두세 달 동안 이렇게 평화로운 시간이 흘렀다. 하지만 가족은 점차로 그의 마음이 자신들로부터 멀어져가고 있음을 느끼기 시작했다. 또한 그는 부락의 젊은이들을 상대하지 않게 됐다. 그러자 부락 사람들도 언제라고 할 것 없이 그에 대해 관심을 갖지 않게 됐다. 이제 그의 마음속에는 순사로서의 직무를 훌륭하게 수행하는 것과, 현재의 지위를 토대로 해서 그것을 더욱 향상시켜야 하겠다는 것 외에는 없었다.

게다가 그는 점차 신경질적으로 변해갔다. 집에 돌아오면 종일 집이 불결해, 불결해 하고 말했다. 그렇게 그것을 트집 잡아서 여동생을 몇 차례 엄히 야단쳤다. 그의 동료가 집에 찾아온 후부터는 더욱 더 집안을 신경 쓰게 됐다. 그가 화를 내기 시작하면 그의 어머니는 어째서 그토록 온순했던 아들놈이 이렇게 변해버린 것인가 하고 눈을 크게 뜨고 조마조마해하면서 그가 여동생을 혼내는 것을 지켜봤다.

또한 그는 부락 사람들의 생활마저도 간섭하기 시작했다. 어느날 마을에 제례가 있던 날, 그는 부락 사람들이 광장에 모인 것을 보고 그것을 마치 기다리기라도 한듯 군중 앞에 나서서 이야기를 시작했다. 그것을 본 마을 사람들은 햐쿠우가 부락을 위해서 무언가 경사스러운 소식을 가져오려는 것이라 예상했다. 왜냐하면 그들은 부락민 중 한 명인 우쿠마누 햐쿠우를 세상에 내보냈기에 그를 통해서 '관공서'로부터 무언가 생활하는 데 편리한 것을 얻을 것이라 생각했기 때문이다. 세금 징수를 조금 싸게 해준다든가, 도로를 깨끗하게 해준다든가, 무료로 병을 치료해 준다든가……그런 종류의 일을 막연하게 예상하고 있었다.

그런데 그의 이야기는 그들의 기대를 배신하는 것이었다. 그는 이렇게 말했다.

"매일 게으름 피우지 말고 하수를 청소하지 않으면 안 된다. 여름 낮 동안 아무렇지도 않게 벌거벗고 다니는 자들이 있는데 그것은 경찰이 벌을 내리는 일 중의 하나다. 순사에게 걸리면 과태료를 물을 거다. 나도 순사다. 앞으로는 부락민이라 해도 용서하지 않겠다. 우리 관리는 '공평'이라는 것을 무엇보다 우선시한다. 따라서 그 사람이 내 친척이고 가족이고 가리지 않고 만약 나쁜 일을 했다면 봐주는 일은 없다."

이런 식의 말을—그것은 그들 사이에서 지금까지 아무렇지도 않게 해왔던 일이었지만, 그는 몇 가지나 늘어놓고 엄하게 경고했다. 그리고 끝으로 이런 의미의 말도 했다.

"그리고 저녁 늦게까지 술을 마시고 노래를 부르는 것도 금지돼 있다. 음주를 삼가고, 더욱 충실하게 일해서 돈을 저축해 지금보다도 더욱 고상한 직업을 구해야만 한다."

그가 점점 열기를 더해가며 소리를 높여서 이러한 말을 계속 하는 것을 부락민들은 불쾌한 눈초리로 바라보고 있었다. 그들은 그가 그들과 다른 입장에 서있음을 느끼지 않을 수 없었다. 제례가 끝나고 주연이 시작되고 서도 누구 하나 그에게 잔을 권하는 이는 없었다.

때때로 그의 동료가 찾아오자 햐쿠우는 곧잘 아와모리를 대접했다. 그의 집에 놀러오는 동료는 상당히 많았다. 그 중에서는 대낮부터 와서 아와모리를 마시고 야단법석을 피우는 자도 있다. 모두가 억세 보이는 젊은이로 말하는 방식도 난폭했다. 이 주변 사람처럼 자비센을 연주하거나, 류큐 노래를 부르거나 하는 것이 아니라, 찻종이나 접시를 두드리고 뭔지 모를 가고시마(鹿兒島) 지역의 노래를 부르거나, 시를 읊거나, 갑자기 일어나서 봉을 휘두르고 검무를 추는 자도 있었다.

온순한 햐쿠우의 가족은 그런 난폭한 유희를 즐기는 손님을 들인 후 그저 공포를 느낄 뿐, 그들과 조금도 친숙해질 수 없었다. 그런 손님과 함께 떠들며 노는 햐쿠우도 마음에 들지 않았다.

부락 사람들은 순사에 대해서 오래도록 무의식적인 공포를 지녀 왔다. 그래서 처음에는 햐쿠우가 순사가 된 것을 기뻐했지만, 그의 태도가 이전과 비교해 완전히 바뀐 것을 보고 불쾌해하고 있었다. 게다가 그의 집에 종종 외부인 순사가 드나드는 것을 거북하게 생각했다. 그 순사들은 비틀대며 돌아가면서 벌거숭이로 일하고 있는 부락 사람들에게 호통을 쳤댔다.

그런 일이 반복되자 그들은 햐쿠우네 집이 부락에 있다는 것 자체를 저주하게 되었다. 부락 사람들은 좀처럼 그의 집 근처에 다가가지 않았다.

그러한 주위의 분위기를 햐쿠우도 조금씩 느낄 수 있었다. 그렇게 되자 그는 집에 있어도 계속 초조함을 느꼈다. 또한 도중에 우연히 마주친 부락 사람들의 눈빛에서 차가움을 느끼게 되자, 자신의 마음속에도 적의가 싹트는 것을 느꼈다. 따돌림을 당하고 있는 것에 대한 분노가 걷잡을 수 없이 일어나고 있음을 알았지만 그는 그것을 어찌할 수 없었다.

게다가 그는 이 부락 출신이라는 것 때문에 동료들로부터 바보 취급을 당하고 있다고 느끼는 일이 종종 있었다.

"△△대지에 사는 사람."

그런 말이 종종 동료의 입에서 흘러나오는 것을 들을 때면 그는 얼굴이 화끈거리는 것을 느꼈다. 햐쿠우는 이 부락에서 태어나 살고 있는 것에 염증이 났다.

그래서 그는 가족에게 이사 이야기를 꺼냈지만 가족은 응하지 않았다. 오래도록 살아와 익숙한 이 부락으로부터 떠난다는 것은 가족에게는 끔찍한 고통이었다. 그것은 감정적인 의미만이 아니라 생활에도 영향을 미쳤는데, 특히 계를 든다거나 하는 경제적인 면에서도 불이익이었다.

그렇게 되자 햐쿠우는 부락을 향해 느끼기 시작한 적의를 어디에도 풀어낼 길이 없었다. 그는 적막했다. 그렇다고 동료들에게서 진정한 우정을 찾아낼 수도 없었다. 그의 동료 대부분은 가고시마현이나 사가현(佐賀縣), 미야자키현(宮崎縣) 출신으로 그와는 감정적인 면에서도, 지금까지 살아온 생활환경을 보더라도 매우 달랐다. 그런 사람들과 함께 아와모리를 마시고 소란을 피우는 것은 가능했지만, 속내를 이야기하고 마음을 나누는 것은 불가능했다. 그는 경찰서 안에서 이야기를 나누면서도 때때로 동료들

에게

'그들은 이국인이다.'

하고 마음속으로 중얼대는 일이 있었다. 그는 그들도 자신을 이방인 취급하는 것 같다는 느낌을 받기 시작했다. 그는 고독을 느끼지 않을 수 없었다.

그래도 그의 동료들이 집으로 찾아와 아와모리를 마시고 소란을 피우는 일에는 변함이 없었다.

그 해 여름은 꽤 더웠다. 오래도록 가뭄이 이어졌다. 남쪽 나라의 눈부시고 맑은 햇빛이 매일 하늘 가득 넘치고 있다. 땅이나 풀의 후끈거리는 냄새가 바짝 마른 공기 중에서 더위를 더했다. 거리의 붉은 지붕에 반사한 빛이 눈과 피부에 세게 닿았다. 나하 거리의 지붕 기와 색은 빨갛다. 집 주위에 높게 쌓인 돌담 위로 자란 풀은 시들어서 바짝 말라 있다. 그 돌담 안에서 은빛 도마뱀이 달려가다가 돌담 구멍으로 갑자기 숨어들었다. 시가에는 낮 동안 사막처럼 빛이 흐르지 않았다. 그곳에는 소리 없는 빛이 한 없이 깊게 채워져 있다.

그 사이로 하늘 한편에 구름 봉우리가 불룩하게 나타나 돌비늘의 켜처럼 번쩍번쩍 빛나고 있는 것을 보고, 사람들은 그것이 비가 돼 내렸으면 좋겠노라 생각했다. 오후가 되자 석양빛이 갑자기 그 구름 층 사이로 번져서, 푸른 수풀이나 언덕에 반사하고 있는 것을 보고 있노라니 내일은 비가 올 지도 모르겠다는 생각이 들었다. 밝게 저물어가는 조용한 하늘에 메아리치는 아이들의 노랫소리가 울적한 꿈처럼 들려왔다.

적귀(赤鬼)가 (아카나야야)

왔단다 (야키탄도)

떡을 (하쿠가 얀무치)

사서 (고테이)

적귀를 물리쳐라 (탓쿠와시)

저녁놀이 지면 아이들은 언제나 의미를 알 수 없기에 더욱 재미있어 하며 노래를 부르고 있다. 하지만 날이 다 저물면 그 구름층은 어딘가로 사라져서 하늘이 땅에 가까이 온 것처럼 은박가루마냥 별이 크게 빛나고 있는 것이 보였다.

그런 낮과 밤이 계속되자 햐쿠우도 초목이 시든 것처럼 진절머리를 내며 속을 썩이고 있었다. 직무를 볼 때 그의 신경을 분기하게 하는 일은 없었다. 어쩐지 살아 있는 것이 지루해서 참을 수 없다는 생각을 느낄 겨를도 없이 그는 느끼고 있었다.

그런 기분에 지쳐 있던 어느 날 밤이었다. 그는 가고시마 출신 동료의 권유로 해안가를 걷기 시작했다. 산호초로 이뤄진 이 섬의 해안가 밤경치는 이곳에 오래도록 살고 있는 사람이 봐도 아름다웠다. 바위가 여기저기에 깎인 채 서있지만, 파도에 잠식돼 움푹 들어간 곳은 암흑 속에 잠겨 있었다. 물가로 다가오는 파도 머리가 갑자기 부서지는 모습이 푸른 달빛 아래에서 어렴풋이 보였다. 어딘가 구릉 부근이나 해변에서 노래를 부르는 유녀의 애련한 가락을 띤 연가 소리가 물처럼 새어 나왔다. 그 목소리가 아리땁게 그의 가슴을 부추겼다. 바다 표면에서 불어오는 시원한 바람은 그의 피부에 휘감겼다. 그가 앉아 있는 곳 앞에 때때로 파르께한 달빛이 비쳤는데 그 사이로 가벼운 기모노를 입은 유녀의 얼굴이 어렴풋하지만 아름답게 헤엄치며 지나갔다.

그날 밤 산책하고 돌아오는 길에 햐쿠우는 그 친구의 권유로 태어나 처음으로 '쓰지(?)'라고 하는 이 도시의 유곽에 갔다.

높은 돌담에 둘러싸인 이층집이 쭉 이어져 있다. 그 안에서 자비센 소리, 북 소리, 젊은 여자의 새된 소리가 새어 나왔다. 어느 집의 지붕 없는 문을 지났을 때, 그의 친구는 똑똑 하고 문을 두드려 신호를 보냈다. 그러자 마침내

「누가 오셨어요?」

하는 여자의 목소리가 들려오더니 문이 열렸다. 여자는 친구의 얼굴을 보더니 방긋 웃어보였다.

"들어오세요."

두 사람은 '우라자(裏座, 도구를 놓는 방−역자 주)'로 안내를 받았다. 그곳은 육첩 방으로 바닥에는 지나의 시가 적힌 족자가 걸려 있었고, 그 옆에는 검은 칠을 한 거문고가 세워져 있었다. 한쪽 벽 앞에는 옻칠을 한 장롱이 놓여 있고, 놋쇠로 만든 쇠장식이 새롭게 칠해 빛나고 있다. 그 옆에는 낮은 찬장이, 이것도 새롭게 옻을 칠한 향이 남아 있는 것 같았다. 그 반대편에는 여섯 폭의 병풍의 세워져 있었는데, 붉은 꽃이 흐드러지게 핀 데이고 가지에 하얀 앵무새가 멈춰 서있는 그림이 그려져 있다.

햐쿠우의 눈에는 모든 것이 아름답고 진귀하게 보였다.

마침내 여자들이 주홍색을 칠한 밥상에 술과 안주를 담아 왔다. 둘이서 술을 주거니 받거니 하고 있는 사이에 여자들은 자비센을 연주하거나 노래로 흥을 더했다. 열네댓쯤으로 보이는 아름다운 유녀가 붉고 현란한 모양의 기모노를 입고 나와 부채춤을 추다가 언월도를 들고 나와 칼춤을 췄다.

햐쿠우는 처음에는 수줍어했지만, 아와모리를 마셔 취기가 돌자 자신이 생각해도 신기할 정도로 신명이 나서 떠들어댔다. 마침내 그는 농담을 하며 여자들을 웃기거나, 묘한 손놀림으로 그곳에 있던 북을 쳤다.

그날 밤 햐쿠우는 처음으로 여자를 샀다. 그의 상대로 정해진 여자는 '카

마루과'(카마루는 이름이고 과는 작다는 뜻의 애칭−역자 주)라고 하는 아직 아이들 옷에 덧대어 놓은 천도 떼지 못한, 열일곱 정도의 인형처럼 둥글고 너부데데한 얼굴을 한 기녀였다. 어딘가 어린아이 같이 응석을 부리는 듯한 말버릇이 그의 마음을 끌었다. 하지만 주연을 끝내고 얼마 안 있어, 그 기녀가 있는 우라자로 가게 됐을 때, 술이 깨어 뭔지 모를 불안감이 싹트는 것을 느꼈다. 그는 화로 끝의 판자에 기대어 여자가 푸른색 모기장을 치거나, 기모노를 갈아입는 것을 안 보는 척을 하며 다 보고 있었다. 기모노를 갈아입을 때, 여자의 봉긋하고 하얀 육기가 있는 어깨선이 그의 시선에 닿았다. 낭창낭창한 긴 팔의 움직임이 그의 눈초리를 떨게 만들었다.

얇은 잠옷으로 갈아입은 여자는 모기장에 매다는 끈을 세 번 정도 걷어 올리고 그가 있는 곳으로 다가왔다. 그는 조용히 질주전자의 물을 찻종에 따라 마셨다. 여자는 부채를 들었지만 부치지는 않고 역시 화로에 기대어, 화로 안에 있는 하얀 재를 넋을 잃고 바라봤다. 때때로 여자가 깊은 숨을 토해내는 것이 그의 귀에 들려왔다.

다음날 아침 그는 파란색 모기장 안에서 여자 옆에서 자고 있는 자신을 발견했다. 가벼운 놀라움과 수치와는 반대로 횡격막 아래에서 치밀어 오르는 희열을 동시에 느꼈다. 하지만 여자가 눈을 뜬 후부터는 겸연쩍은 느낌을 더 많이 받았다. 여자는 '문앞'까지 햐쿠우를 배웅하더니,

"내일 다시 와요. 꼭 와야 해요. 꼭."

그런 말을 들었을 때 그는 무언가에 쫓기는 듯한 기분이 들어서 서둘러 그곳을 빠져나와 사람의 왕래가 적은 골목길을 골라 집에 돌아왔다. 그 날은 가족에게 얼굴을 마주치는 것도 겸연쩍은 기분이 들었다. 그는 아무런 일도 아니라고 반복해 생각했지만, 아무리 해도 자신이 나쁜 짓을 저지른 것만 같은 기분을 해소할 방법이 없었다.

두 번 다시 가지 않겠노라 생각했지만, 그는 친구의 소개로 그 여자를 샀기에 여자에게 아직 돈을 주지 못했다. 그 돈만은 가져다줘야 한다는 생각에, 그 달 봉급을 받은 날 밤, 혼자서 몰래 여자가 있는 곳으로 갔다. 그는 여자의 '우라자'로 들어가서 변변히 대화도 나누지 못하고 연이어 차를 두세 잔 마시고 (류큐인은 지나차를 자주 마신다) 겸연쩍은 듯이 지갑에서 5엔짜리 지폐 한 장을 꺼내 여자에게 건넸다. 여자는 그것을 받으려 하지 않았다. 여자는 그가 집으로 돌아가려 한다는 것을 알아채더니 그를 만류했다. 마침 그곳으로 들어온 그녀의 친구도,

"놀다 가세요. 그러세요."

하고 합세해서 그를 만류했다. 결국 그는 그날 밤도 그곳에서 아와모리를 마신 후 여자의 '우라자'에서 잤다.

햐쿠우는 다음 날, 집에 돌아가서 어머니에게 남은 봉급 18엔을 주고, 남은 5엔은 우체국에 저금을 했다고 말했다. 그렇게 그는 어머니에게 우체국 저금이 어떠한 것인지에 대해 대단히 상세하게 이야기했다. 어머니는 입을 다물고 수긍했다.

그로부터 햐쿠우는 자신도 모르는 사이에 두세 번 더 여자를 만나러 갔다. 여러 번 만나면서 강렬하게 여자에게 매혹되는 자신을 느꼈다. 그것이 여자의 부드럽고 아름다운 육체 때문인지, 선량하고 유순한 성격 때문인지, 혹은 여자가 기거하고 있는 누각의 즐겁고 화려한 분위기 때문인지 그는 알 수 없었다. 그는 그저 자석처럼 여자에게 끌려가서 마음이 점차 걷잡을 수 없이 더해져 갔다.

카마루과라는 여자는 시골에서는 꽤나 전답을 갖고 있는 집안의 딸이었다. 하지만 아버지가 죽고 나서 수완이 없는 오빠가 나쁜 사람에게 사기를 당해 여러 방면에 손을 대다 실패해서 가산을 탕진한 데다, 적지 않은 빚을

지는 바람에 집안의 곤란함과 부채를 정리하기 위해 지금과 같은 처지가 됐다고 했다. 그런 이야기를 하는 동안 그녀는 처음 봤을 때와는 달리 어딘가 차분한 느낌이 들었는데 그것이 도리어 햐쿠우에게 강한 애착을 불러일으켰다.

그 해는 가뭄이 오래 가서 대체로 경기가 나빴다. 따라서 이 유곽의 요정에도 손님이 끊어지기 십상이었다. 카마루과에게 드나드는 손님도 두세 명밖에 없었는데, 그 손님들도 점차 오지 않게 되었다. 그 여자를 찾아가게 되면 햐쿠우는 '문 앞'에서 그가 오는 것을 학수고대하고 있는 그녀를 발견했다. 그는 여자가 그런 태도를 보임에 따라서 자신의 애착이 점차 더 농밀해져 가는 것을 느끼면서도 그것을 억제해야겠다는 생각은 들지 않았다.

햐쿠우는 다음 달 봉급날 밤에 그녀가 있는 누각에 가서 결심하고 10엔 지폐 두 장을 카마루과의 손에 넘겼다. 그녀는 그것을 보더니

"이렇게 많이 받으면 햐쿠우 씨는 어쩌려고 그러세요. 한 장만 받겠어요."

하고 말하고는 남은 한 장을 돌려줬다. 햐쿠우는,

"받으라니까. 더 주고 싶지만, 다음에 그렇게 할게."

라고 말하며 지폐를 그녀에 손에 억지로 쥐어줬다.

다음날 집에 돌아오자 그는 어머니에게 이번 달 월급은 굉장히 곤란해하는 동료가 있어서, 그에게 빌려줬지만 다음 달에는 분명히 돌려줄 것이라고 말했다. 그렇게 말할 때 그는 얼굴이 뜨거워지고 목소리가 떨리는 것을 느꼈다. 어머니는 수상한 눈초리로 그의 얼굴을 봤지만 아무런 말도 하지 못했다.

그 달 9월 27일 오후부터 바람이 차갑게 불어왔다. 햐쿠우는 경찰서에서 일을 하면서 비라도 내리려나 하고 생각하고 있었는데, 그때 측후소(測候

所)에서 폭풍 경보가 도착했다.

"폭풍이 올 염려가 있으니 연안을 경계하라."

이시가키지마(石垣島) 남동 160해리 먼바다에서 저기압이 발생해서 북서쪽으로 진행 중이라는 것이었다.

밤부터 바람이 점차 세차게 불어왔다. 경찰서 앞의 커다란 가주마루 가지가 바람에 흔들리고 있는 것이 확실히 보였다.

참새의 어린 새끼가 총망하게 날개를 펼치고 날아다녔다. 석류나무가 있는 주위로 노란색 잠자리 몇 마리가 떼를 지어서 바람에 밀려 흘러가고 있다. 시가지 위 멀리서 은신처를 찾아서 울며 날아가는 바다새 소리가 구슬프게 들려왔다.

햐쿠우는 그날 밤 경찰서에서 제복을 와후쿠(和服, 일본 옷-역자 주)로 갈아입고 여자가 있는 누각으로 갔다. 여자들은 폭풍우에 대한 불안으로 어딘가 어수선해 보였다. 밖에 있는 물건이 날아가지 않도록 뭐든지 집안으로 들여놓고 있었다.

날이 저물고 얼마 지나지 않아서 바람과 함께 쏴아 하고 호우가 쏟아졌다. 문이 덜컹덜컹 울리고 때때로 벽이나 기둥이 삐걱삐걱 울었다. 전등불이 꺼졌기 때문에, 촛불을 밝혀놓았지만, 어슴푸레한 그 불빛에 비친 여자의 얼굴은 핼쑥해 보였다. 여자는 문이 강하게 덜컹대는 소리를 낼 때면 놀란 듯이,

"아무 일도 없겠지요."

하고 말하며 그에게 바싹 달라붙었다. 휘익 하는 소리가 날카롭게 울리더니, 지붕 기와가 날아가서 돌담에 강하게 부딪쳐 깨지는 소리가 났다.

폭풍우는 사흘 밤 동안 계속됐다. 그는 그 중 하루는 결근하고 사흘 밤을 누각에 계속 있었다. 격렬한 폭풍우 소리 속에서 마주보고 이야기를 나누

는 동안 두 사람은 이전보다 더 강한 애착을 느꼈다. 둘은 이미 하루라도 떨어져서 살 수 없을 것 같은 기분이 들었다. 그는 어떻게 해서든 그녀와 동거할 방법이 없는지 궁리해 봤지만, 23엔 봉급 외에는 아무런 수입도 없는 그가 할 수 있는 것이 없음을 이제 막 깨달았다. 그는 돈이 필요하다고 생각했다. 오로지 돈이 필요하다고 생각했다.

그때 그는 여자를 위해서 죄를 저지르는 남자의 마음을 잘 이해할 수 있다고 생각했다. 자신 또한 만약 지금 어떤 기회가 주어진다면…… 하고 생각하자 그는 자기 자신이 두려워졌다.

나흘째 날에 비바람이 그쳐서 그는 오후 무렵 누각을 나왔지만 집으로 돌아갈 기분이 들지 않아서 갈 곳 없이 어슬렁어슬렁 유곽 뒤편에 있는 묘소로 갔다.

넓은 고지대에 류큐 식으로 돌을 쌓아 하얀 회반죽을 바른 커다란 석실과 같은 무덤이 여기저기 점재하고 있다. 비가 그친 후 투명한 공기 사이로 넓게 퍼진 묘소에는 사람의 그림자조차 없어서 적막했다.

그는 어찌할 줄 모르고 그 묘소 주변을 걷고 있다.

그런데 그가 두꺼운 널빤지로 만든 어떤 무덤 앞을 가로지르려 할 때, 그 안에서 무언가 움직이는 형체가 그의 눈에 스쳤다. 그가 안을 잘 들여다보자 그 형체가 어떤 남자임을 알았다. 그는 갑자기 안으로 뛰어 들어가서 남자를 밖으로 끌어냈다. 그 순간 지금까지 품고 있던 탕아와도 같은 기분은 흔적도 없이 사라지고, 순사로서의 직업적인 면모가 그를 완전히 지배하기 시작했다.

"나으리, 아무런 나쁜 짓도 하지 않았습니다요. 여기에 숨어 있었을 뿐입니다."

그가 강제로 남자의 몸을 검사하자 허리띠에 1엔 50전의 돈이 싸인 채 있었다. 그는 이 자는 틀림없이 절도범이라고 확신했다. 남자에게 주소와 이름을 물어도 결코 말하려 하지 않았다. 다만

"아무런 나쁜 짓도 하지 않았습니다요. 나으리."

하고 반복할 뿐이었다. 그는 그 남자를 경찰서까지 질질 끌고 갔다.

그는 그 남자를 놓치지 않겠다는 일념과 처음으로 범인을 체포해 왔다는 자긍심에 빠져 있었다. 마치 개나 짐승을 취급하듯이 남자를 심문실로 밀어 넣고, 그는 감독 경부의 방으로 가서 보고했다. 뜨거운 땀이 그의 이마에서 양쪽 볼로 흘러내렸다.

그의 보고를 듣더니 감독경부는 가볍게 웃으면서,

"음, 첫 출진의 공명을 세웠군. 고생했네. 이봐, 와타나베(渡邊) 부장."

하고 그는 순사 부장을 부르더니 잡아들인 남자를 심문하라고 명령했다.

우쿠마누 순사는 그 부장이 심문을 하는 동안 옆에 입회해서 듣고 있었다. 그는 부장이 심문하는 방법이 얼마나 교묘한 것인지에 감명을 받았다. 그는 이 남자가 정말로 절도범이기를 바랐다. 만약 이 남자가 아무런 죄도 저지르지 않았다면, 자신이 얼마나 서투른 순사인지를 드러내고 만다. 그런 불안이 때때로 그의 가슴을 스쳐갔다. 하지만 심문이 진행됨에 따라서 이 남자가 절도를 저지른 것이 밝혀졌다. 남자는 마침내 이런 사정을 자백했다.

"나는 △△마을의 부잣집 아들이었지만, 여러 일을 벌이면서 실패하고 전답을 다 팔아먹었다. 애초부터 빈민도 절도범도 아니다. 하지만 집이 영락한 데다 실패가 계속되면서 생활이 어려워져서 다이토지마(大東島)에 돈을 벌러 가기 위해 나하에 왔던 것인데, 의사의 건강진단 결과 무언가 전염병에 걸렸다는 이유로 불합격 판정을 받았다. (아마도 폐결핵일 것이다. 남자는 이야기를 하면서도 몇 번이고 기침을 해댔다) 그래서 어쩔 수 없이

나하에서 일자리를 찾으려는 중에 가지고 있던 돈을 다 써버리고 여인숙에서도 쫓겨났다. 그 후 어찌해야 좋을지 몰라 거리를 헤매 다니다, 폭풍우가 몰아쳐 와서 은신처를 찾다가 빈 무덤 속으로 들어갔다. 그 안에 있다가 배가 너무 고파서, 오늘 아침 비가 잠시 멎자 옳구나 싶어서 무덤 안에서 나와 거리로 나갔다. 그렇게 물을 마시기 위해서 어느 술집에 들어가려고 할 때였는데, 술통 위에 지폐가 있는 것을 보고 자신도 모르게 갑자기 그것을 훔치고 말았다. 하지만 그 지폐를 손에 쥐자 갑자기 무서워져서 뒤도 보지 않고 다시 그 빈 무덤 속으로 도망쳐 들어갔다. 결코 나는 애초부터 절도범이 아니다. 내 여동생은 쓰지에서 훌륭한 유녀로 일하고 있다. 내가 여동생이 있는 곳에 가기만 하면 무슨 수가 있었겠지만 내 옷차림새가 너무 남루해서 여동생에게 피해가 갈 것을 두려워해 가지 않았다. 두 번 다시 이런 일은 하지 않을 테니 부디 용서해 주시기 바란다.”

남자는 그런 의미의 말을 시골 사투리가 섞인 류큐말로 말하고 있는 사이에 점차 목소리를 떨더니 뺨에 눈물을 흘러내렸다.

“나으리, 부디 용서해 주십쇼. 이렇게 빕니다.”

그렇게 말하며 남자는 머리를 바닥에 댔다.

부장은 그것을 보더니 의기양양하게 웃음소리를 냈다.

“우쿠마누 순사, 어떤가. 실로 자네가 주시한 그대로다. 말 그대로 현행범이지. 하하하하.”

하지만 우쿠마누 순사는 웃지 않았다. 숨이 막힐 것 같은 불안감이 덩어리처럼 그의 가슴에 치밀어 올랐다.

부장은 엄한 목소리로 물었다.

“그래, 네 이름은 무엇이냐.”

남자는 좀처럼 이름을 말하지 않았다. 우쿠마누 순사는 극도의 긴장을 띤 표정으로 그 남자의 얼굴을 응시했다. 그러자 마음 탓인지 남자의 얼굴이 방금 전에 헤어진 카마루과의 얼굴과 비슷한 것처럼 보였다.

부장의 질문을 받고 남자는 마침내 입을 열었다.

"으으, 기마 타루(儀間樽)라 합지요."

우쿠마누 순사는 움찔 했다.

남자는 이름을 말하고 나자 숨을 내쉬더니 자신의 나이와 여동생의 이름과 나이와 주소까지 말했다. 그러더니 그는 다시 용서해달라고 애원했다.

남자는 우쿠마누 순사가 예상한 그대로 카마루과의 오빠임이 틀림없었다. 그는 이 남자를 잡아들인 것을 후회했다. 자기 자신의 행위에 대한 분노의 마음으로 가득했다. 방금 전에 이 남자를 끌고 오면서 자랑스럽게 느꼈던 자신이 저주스러웠다. 그때 부장은 그를 향해 말했다.

"이봐 우쿠마누 순사, 이 자의 여동생을 참고인으로 심문할 필요가 있으니, 자네가 누각에 가서 동행해 와."

그것을 듣자 우쿠마누 순사는 전신의 피가 머리로 솟구쳐 오르는 것을 느꼈다. 그는 잠시 동안 망연히 서서 부장의 얼굴을 바라보고 있었다. 이윽고 그의 눈에는 덫에 걸린 야수와도 같은 공포와 분노가 불타올랐다.

곽형덕 옮김

「우쿠마누 순사」에 대하여

• 작품 해설

　이케미야기는 「우쿠마누 순사」를 발표하면서 이 시기 오키나와문학을 대표하는 존재로 부상했다. 이 소설은 '지나인'의 후손으로 궁핍하게 살며 천한 직종에 종사해서 주위로부터 무시 받고 살고 있던 부락의 청년 우쿠마누가 순사가 되지만, 부락 사람들의 기대를 저버리고 오히려 그들에게 위압적으로 굴면서 사건이 전개된다. 우쿠마누는 부락에서도 경원시 될 뿐만 아니라, 경찰서 내에서도 '내지인'이 아니라는 이유로 그들에게 차별을 받는다. 그 고립감을 해소하기 위해 우쿠마누는 유곽에 가서 유녀와 깊은 사이가 되지만, 어느 날 수상한 남자를 체포하는데 그 자가 하필이면 결혼을 염두에 둔 유녀의 오빠였다는 이야기다.

　이 소설 초반을 보면 우쿠마누는 일본 제국이 내세운 '문명'의 논리에 철저히 동화돼 가는 모습으로 그려져 있다. 우쿠마누가 부락민을 상대로 연설하는 장면은 이를 잘 드러내 준다. 하지만 '문명'을 내세운 내지인들은 부락에 들어와서 근무 시간에 술을 마시고 소란을 떠는 존재로 등장하면서 문명화된 그들의 야만적인 행태는 더욱 선명히 드러난다. 게다가 내지인 순사들은 문화적 인종적 차이로 인해 우쿠마누를 '이방인'으로 취급한다.

이처럼 우쿠마누는 순사가 된 후 부락 내에서도 경찰서에서도 이방인이 되면서 자기 정체성에 혼란을 겪게 된다. 하지만 우쿠마누는 '제복'을 입은 후 일본 제국에 동화되는 길을 택한 후, 부락 공동체 내에서도 경찰서 내에서도 안주할 수 없게 되면서, 이를 '유녀'에 대한 애정과 집착으로 전화시켜 간다. 하지만 그의 소망은 그가 제복을 벗고 와후쿠(일본 옷)을 입은 후에도 순사로서의 직분에 충실하면서 비극을 맞이하게 된다. 다만 이 소설에서 작가는 내지인 대 오키나와인이라는 차별 구도만을 드러내고 있지는 않다. 우쿠마누 청년은 오키나와 내의 마이너리티(중국계 오키나와인) 공동체의 일원이다. 작가는 우쿠마누를 주인공으로 내세움으로써 일본 본토 - 오키나와 - 오키나와 내의 부락이라는 중층적인 차별의 구조를 파헤치고, 이를 우회적으로 비판하고 있는 것이다.

• 주요 등장인물

우쿠마누 햐쿠우 : 중국계 특수 부락 주민으로 순사에 지원해서 합격한다. 그가 합격하기를 부락 주민들은 손 모아 기원했지만 순사가 된 후 햐쿠우의 언동으로 인해 주민들로부터 외면을 당한다. 햐쿠우는 근무하는 경찰서 안에서 오키나와 출신이라는 이유로 차별에 직면한다. 그는 유곽에 갔다가 카마루과라는 유녀를 만나 하룻밤을 보낸 후 그녀와 결혼할 꿈을 꾼다. 그는 유곽 뒤편의 묘소에서 수상해 보이는 자를 잡아 들여 공명을 세우지만, 그 자가 카마루과의 오빠인 것을 알고 좌절한다.

카마루과 : 오키나와 유곽의 유녀. 본래 시골 유지의 딸이었으나 아버지가 죽고 나서 오빠가 사기를 당해서 집안이 몰락해 집안의 부채를 정리하기 위해 유녀가 된다.

기마 타루 : 카마루과의 오빠로 집안 재산을 탕진하고 다이토지마로 돈을 벌기 위해 나하에 왔다가 신체검사에서 불합격한다. 그러다 어느 술집에

서 돈을 훔쳐 달아나 동생이 있는 유곽 뒤의 묘소에 있다가 우쿠마누 순사에게 붙잡힌다. 그는 우쿠마누에게 용서를 구하지만 결국 경찰서로 넘겨지고 만다.

• 작품 요약

이 소설은 3인칭 시점으로 우쿠마누 햐쿠우가 순사가 된 이후에 벌어지는 상황을 그리고 있다. 작품의 배경은 "류큐(琉球) 나하시(那覇市)의 시외에는 △△대지(垈地)라는 특수 부락"으로 이들은 중국계 후손이다. 이 부락에 사는 사람들의 직업은 개구리를 잡아 팔거나, 붕어를 잡아 팔거나, 짚신을 만들어 파는 등 대부분이 불안정한 직업에 종사하고 있다. 이런 직업은 근대화 이후에 생긴 것이라기보다는 전근대 시기부터 지속해 오던 것으로써 이 마을이 근대 공업화 이후에도 옛 모습 그대로 남아 있음을 말해준다. 그럼에도 이들이 사는 부락은 "단순하며 공동체적이어서 무사태평"하며 어떻게 보면 행복해 보이기까지 한다. 하지만 옛 전통과 풍습, 그리고 공동체의 인정이 남아 있는 이 마을에서 태어난 우쿠마누가 순사가 되자 상황은 일변한다. 마을 사람들은 우쿠마누가 순사가 되면 각종 혜택을 마을에 들여올 것이라 생각했지만, 막상 그가 순사가 되자 그런 기대는 보기 좋게 배신당한다. 우쿠마누는 마을에 혜택을 가져오기보다는 불결한 마을의 하수 상태를 개선해야 한다고 고압적인 자세를 취한다. 그는 "순사에게 걸리면 과태료를 물을 거다. 나도 순사다. 앞으로는 부락민이라 해도 용서하지 않겠다."고 선언함으로써 자신과 부락민 사이의 경계를 명확히 한다. 이로써 그는 일본 제국의 권위에 자신을 일치시키면서 부락민을 탄압하는 쪽으로 변해간다.

하지만 일본 본토에서 온 다른 순사들에게 바보 취급을 당하면서 마을에서도 그리고 경찰서에서도 온전한 자리를 잡지 못하는 존재가 된다. 그런

울분을 풀길이 없는 그의 발길은 유곽으로 향해 간다. 그 유곽에서 그는 처음으로 카마루과라는 유녀를 산다. 그 후 그는 그 유곽에 빈번히 드나들면서 월급의 1/4 정도를 카마루과에게 가져다 주는 등 그녀와 함께 살 길을 모색하게 된다. 그러던 중 그는 유곽 뒤 묘소에서 수상해 보이는 남자를 발견하고 그를 체포한다. 붙잡은 남자의 허리띠에 1엔 50전의 돈이 있는 것을 보고 그를 절도범이라 확신했던 것이다. 하지만 운명의 장난인지 체포한 기마 타루라는 남자가 카마루과의 친 오빠라는 것이 밝혀지게 된다. 우쿠마누는 참고인으로 카마루과를 경찰서로 소환해야 하는 임무를 맡게 된다. 우쿠마누 순사가 '덫에 걸린 야수와도 같은 공포와 분노'에 사로잡히면서 이 소설은 막을 내린다.

히로쓰 가즈오 廣津和郞

1891년에 도쿄에서 작가 히로쓰 류로(廣津柳浪)의 차남으로 태어났다. 와세다대학 영문과에 재학 중이던 1912년에 동인지 『기적』을 창간하였다. 대학을 졸업한 이후에는 문예평론가로 활동하였으며, 1917년에 『주오코론(中央公論)』에 「신경병 시대」를 실으면서 소설가로 데뷔하였다. 전쟁 중에도 군국주의의 흐름에 저항하는 산문을 다수 썼으며 프롤레타리아문학 주변의 '동반자 작가'로 불리기도 한다. 1949년에 일어난 열차 탈선 사건이 사상 탄압으로 이어진 '마쓰카와(松川) 사건' 재판과 관련해서는 노조 간부를 비롯한 피고들의 무죄를 믿고 재판 기록을 면밀히 검토하는 글을 약 4년 동안 『주오코론』에 연재하여 『마쓰카와 재판』을 출간하기도 하였는데, 이는 피고들이 전원 무죄 판결을 받는 원동력이 되기도 했다고 평가된다. 이러한 히로쓰를 일본 근대문학 연구자 고노 도시로(紅野敏郞)는 "생활인으로서는 강인하지만 어떠한 시대에도 사고는 지극히 유연"한 이로 평가하고 있다.

떠도는 류큐인

1

하숙집 사람이 어째서 아무 말도 전달하지 않고 들여보냈는지는 아직도 모르겠지만, 그 사내는 딱히 아무런 안내도 없이 당시에 내가 있던 우시고메(牛込) 하숙집의 내 방 장지문 바깥에서 "H씨 방이 여깁니까?" 하고 말을 걸었다. 아니, 말을 거는 것과 장지문을 여는 것이 동시였다.

나는 예의를 모르는 이 갑작스러운 방문객에게 불쾌함을 느끼기 시작했다. 그와 동시에 아무 말도 전하지 않고 느닷없이 방에까지 들여보낸 하숙집 카운터에도 부아가 치밀려 했다. 그래서 노골적으로 언짢은 티를 내면서 열린 장지문 쪽을 보니, 거기서 동그랗다기보다는 네모진 얼굴에 턱이 짤막하고 피부색이 검으며 콧수염을 기른 데다 턱 주위에는 면도 자국이 짙게 남아있는 양복 차림의 사내가 에헤헤 웃으면서 얼굴을 내밀었다. 어떤 부류의 인간인지 나로서는 도통 짐작이 가지 않았다.

"에헤헤, 이거 불쑥 찾아와서 방해가 된 건 아닌지 모르겠네요."

얼굴에 안 어울리게 가늘고 높은 목소리였다.

"당신은 누굽니까?"

"에헤헤, 실은 호소카와 씨, 호소카와 겐키치 씨 소개로 왔습니다."

그는 내가 들어오라는 말도 하기 전에 장지문 안쪽으로 들어와서 다다미 위에 털썩 앉았다. 그러고는 꾀죄죄하고 검은 양복 안주머니에서 지갑을 꺼내 그 안에 가득 들어있는 명함을 이래저래 뒤적이다, 이윽고 그중에서 명함 한 장을 집어 들어 내 앞에 내밀었다. 나는 때가 탄 복스 가죽 지갑에 든 명함을 뒤적이는 굵은 손가락과 그 뿌리 주변에 빠끔빠끔 올라와 있는 굵은 털을 보고 있던 눈을 기계적으로 호소카와 겐키치의 명함으로 옮겼다. "미카에루 다미요 씨를 소개합니다. 잘 부탁합니다"라고 적혀 있다.

"용건은 뭐지요?"

나는 여전히 언짢은 마음이 가시지 않았다.

"실은 그게요, 에헤헤."

말을 하다 말고 휙 뒤로 돌더니 지금 막 닫은 장지문을 다시 열고는 툇마루에 놓아둔 제법 큼직한 보퉁이를 방안으로 가지고 들어와 내 앞에서 열기 시작했다.

"에헤헤, 이건 신안 특허를 받은 석유풍로인데요, 스토브 대신으로도 쓸 수 있는 아주 편리한 물건입니다. 문인 여러분들이 사주셨는데 당신도 하나 사주셨으면 해서요……."

보퉁이 안에서 나온 것은 작은 석유풍로였다. 지금은 어디에나 흔히 있지만 딱 다이쇼 11년(1922년) 그 무렵에 처음으로 유행하기 시작한 물건이었다. 혹은 전부터 있었는데 내가 몰랐을 수도 있지만, 나는 그때 처음 보았다. ─하기야 이 물건은 엄청난 기세로 전파되었다. 이듬해인 다이쇼 12년 예의 대지진이 일어났을 때에는 마침 시간이 점심때라 가마쿠라에서는 이 석유풍로 때문에 화재가 난 집이 꽤 있었다고 한다. 어머니에게서 들은 이야기인데 진위 여부는 잘 모른다.─

내가 잠자코 있자 사내는 당장 풍로에 대해 설명하기 시작했다.

"이게 알코올인데요, 이 알코올을 여기 중간 접시 위에 부은 다음 성냥으로 불을 붙입니다. 그러면 이 튜브가 가열되면서 튜브의 열 때문에 아래에 있는 석유가 가스가 되어 증발합니다. 에헤헤, 이 보십시오, 슉슉 뿜어내기 시작하지요."

말 그대로 알코올 접시 위 튜브 끝의 구멍에서 슉슉 연기 같은 것이 나왔다.

"에헤헤, 이렇게 뿜어 나오는 가스에 다시 불을 붙이면." 하면서 그는 접시 위에 있는 알코올의 불을 불어서 끄고는 다시 튜브 입구에서 나온 기체에 불을 붙였다. 확 소리를 내며 불이 붙었다. 꼭 가스불 같은 푸른색이다.

"화력이 또 아주 셉니다. 방에서 소고기라도 익힐 때에는 이 위에 냄비를 올리면 아주 편리하지요."

"그렇군, 소고기에는 좋겠는데."

마침 겨울이기도 해서 나는 생각했다.

이런 생각을 하면서 처음에 갑자기 장지문을 열고 모르는 사람이 들어오는 바람에 느꼈던 불쾌함이 어째 머릿속에서 사라지는 듯한 느낌이 들었다. '에헤헤' 하고 쓰면 그저 부박하게 아첨하는 웃음처럼 느껴지고 또 실제로 그런 웃음임은 분명하지만, 이 사내의 웃음에는 꾸며내지 않은 어떤 종류의 애교가 있다. 가무잡잡하고 턱에는 면도 자국이 빠끔빠끔 돋아 있는 네모난 얼굴이 '에헤헤' 웃으면, 담배에 찌든 듯 군데군데 다갈색으로 얼룩진 이가 가무잡잡한 얼굴 한가운데보다 조금 아래쪽에 쩍 나타난다. 또 눈동자는 검은 빛이 강하고 붙임성 있어 보인다. 곰이 웃는 얼굴 같은 느낌이 있다. 게다가 이쪽이 언짢은 얼굴을 하고 못마땅해 하고 있는데도 그런 건 아랑곳 않고 석유풍로를 착착 내 앞에 펼쳐 놓고는 —그 보통이 속에서 이런 게 나올 줄이야, 참 뜻밖으로 사람의 의표를 찌르는 물건이었다. 그리고 의표를 찌른다는 점에 애교도 있다— '에헤헤' 하면서 설명을 시작하는 느낌이 뻔뻔하기 짝이 없기는 하지만 어떤 상쾌함을 주었다.

사람을 좋아하는 기질이다 보니 내 언짢은 마음은 차츰 후의로 바뀌었다. 게다가 장난감을 좋아하는 성벽도 한몫 거들었다. 나는 정돈된 가구, 번듯한 책상이나 방석, 도코노마(床の間 일본식 방의 정면 상좌에 바닥을 한층 높게 만들어서 족자나 꽃, 장식품 등을 두고 꾸미는 곳: 옮긴이) 장식 같은 것들을 가지고 싶은 마음이라고는 전혀 없다. 그뿐이 아니다. 나는 문학자답지 않게 책을 애호하는 마음도 없다. 방에 아름다운 책장 하나 놓는 취미도 없다. 그런데도 나는 걸핏하면 아무 것도 아닌 장난감을 좀 사보고 싶어진다. 아무짝에도 쓸모없는, 어린애 같은 팽이나 작은 불꽃놀이 도구 같은 것을 사고 싶어진다. ―지금 이 석유풍로를 보고 장난감을 좋아하는 내 이런 성벽이 조금 발동했다. 굳이 이런 물건을 실용적으로 필요로 할 내가 아니다. 하숙 생활을 하는 사람에게 풍로 같은 건 있으나마나 한 물건이다. 하지만 중간에 달린 접시에 알코올을 넣고 거기에 불을 붙여 튜브를 가열한 열로 아래쪽 석유를 가스로 만든 뒤 거기에 성냥불을 붙이면 파랗고 예쁜 강렬한 불이 되는 것이 재미있다. 생각해보면 아무 것도 아닌 일이지만 이걸 그렇게 가지고 놀아 보면 재미있을 듯했다.

"누가 하든 불이 붙습니까?"

나는 충분한 호기심이 생겨서 물었다.

"예, 어떤 분이 하셔도 바로 됩니다. 단 알코올로 중간 접시를 잘 가열해놓지 않으면 석유가 가스가 되지 않는 경우가 있는데, 잘 가열만 하면 잘하고 못하고는 관계없습니다. 에헤헤, 일전에 조시가야(雜司ヶ谷)의 아키가와 무자쿠 씨도 하나 사셨는데, 암만해도 잘 안 되는 걸 보면 튜브에 문제가 있는 것 아니냐는 엽서를 주시기에 가봤더니 역시 접시를 덜 가열해서 그랬던 겁니다. 에헤헤."

그래서 나는 붙어있는 파란 불을 일단 끄게 하고 이번에는 내 손으로 알코올을 접시에 붓고 성냥을 그었다. 슉슉 하는 기체가 나오는 것을 보고 거기에 불을 붙여 보았더니 파랗고 예쁜 불이 붙었다. 기분이 좋았다.

"나한테도 하나 두고 가시오."

"고맙습니다. 에헤헤."

나는 기분이 완전히 좋아져서 다시 호소카와 겐키치의 명함을 손에 들고 '미카에루 다미요(見返民世)'라는 이름을 보았다.

"자네 이름은 어려운 이름인데. 이건 뭐라고 읽소?"

"미카에루 다미요. 좀체 없는 이름이라며 많이들 물어봅니다."

"미카에루 다미요, 역시 글자 그대로 읽는 건가? 좀 드문 이름이네요."

"당신은 생각보다 젊군요."

내 기분이 좋아져서 마음이 완전히 놓였는지 미카에루 다미요는 내 얼굴을 지그시 바라보며 말했다.

"상상했던 것보다 훨씬 젊네요. 저는 더 대가인 줄 알았습니다. 에헤헤."

갑자기 석유풍로 판매인이 아니라 문학청년 같은 말을 한다. 문학청년이라고는 해도 수염을 기르고 상당히 늙수레한 얼굴이기는 하지만.

"저는 류큐(琉球) 사람입니다. 이런 일 저런 일 많이 했지요. 교토에서 가와무라 박사님 댁 서생을 한 적도 있어요. 그리고 도쿄에서 사회주의자들과도 왕래를 했는데 XX나 △△는 안 되겠어요. 돼먹지를 않았어요. 에헤헤."

그는 주머니에서 배트(일본담배산업에서 판매하는 상품인 골든배트를 말하는데, 1906년 9월부터 발매되어 현재 시판중인 담배 중에서는 가장 오래된 상품이기도 하다: 옮긴이)를 꺼내어 피우기 시작했다. 손톱 끝이 배트의 담뱃진으로 물들어 있었다.

"저는 농촌 문제에는 한평생을 걸어도 좋다고 생각합니다. 제가 연극이 될 만한 재료를 하나 가지고 있거든요. 류큐를 무대로 한 건데 조만간 쓰게 되면 한번 읽어주십쇼. 에헤헤."

2

이것은 12월의 일이었다. 그해 내게는 이상한 일로 돈이 들어왔다. 이상한 일이라고 해서 딱히 영문을 모를 일이라는 말은 아니고, 그 몇 해 전에 모파상의 장편을 번역 출판해서 판매 금지를 먹었는데 그 무렵 이 책이 다시 출판 허가를 받았던 것이다. 출판을 해보니 전에 판매 금지를 먹었다는 사실이 인기를 끌어서 무척 잘 팔렸다. 내 손에는 매일 적잖은 인세가 들어왔다. 내가 쓴 소설의 단행본도 일찍이 이렇게 팔린 경험이 없다. 분류하자면 요즘 작가들 중에서 나는 단행본이 팔리지 않는 부류에 드는 소설가다. 그래서 모파상을 번역한 덕분에 인세가 자꾸만 들어온다는 사실이 내게는 한편으로 쓴웃음이 나지 않는 일도 아니었다. 하지만 쓴웃음이 나는 동시에 다른 한편으로는 제법 편리하기도 했다.

나는 곧잘 이런 생각을 한다. 돈이라는 것은 어떤 일을 해서 얻은 돈이든 써보면 교환가치는 똑같다. 번역을 하고 원작이 지닌 인기로 내 손에 들어온 인세─노력에 비하면 제법 우수리가 남는 인세─든, 원고지의 네모 칸 속에 자기 머리에서 짜낸 한 글자 한 글자 써 내려가야 완성되는 창작에 대한 보수─이 경우는 노력에 비해 아무래도 우수리가 남는다고는 못할 듯하지만─든, 이것을 물건으로 바꾸어보면 그 가치는 조금도 다르지 않다. 그래서 창작이 아닌 일로 조금 여분의 돈이 들어올 때 창작 본위로 생각하면 부당한 이득 같은 느낌이 들어 어쩐지 쓴웃음이 나지만, 어떠한 돈이라도 물건으로 바꾸는 가치는 똑같다는 점을 기준으로 생각하면 창작으로 얻는 보수는 또 부당하게 적다는 느낌도 든다. 번역 같은 건 그나마 낫다. 무슨 브로커를 해서 얻은 돈이든, 극단적으로 말해 매음을 해서 얻은 돈이든, 물건으로 바꾸어보면 역시나 같은 가치로 통용된다는 사실은 어쩐지 부아가 치미는 일이다. 돈에 궁하면 이렇게 빤한 일을 종일 생각하기 때문에 그런데 기준을 두지 않는 창작자 생활 본연의 의미 같은 쪽으로 머리를 전환하고 싶어진다. 하지만 극단적으로 궁색한 처지에 빠진 경우에는 불편함에 대해 조금쯤 화를 내도 상관없을 듯한 기분이 든다.

하지만 그해 말에는 19세기 프랑스 소설가가 써서 남겨준 소설 덕분에 내 손에 매일같이 적잖은 돈이 들어왔다. 그래서 연말을 보낼 계산도 충분히 서 있었다. 세밑을 보낼 계산이 미리부터 서 있는 일은 내게는 거의 없었다고 해도 좋다. 아버지도 소설가였던 나는 아버지 대부터 연말을 편히 보내는 경험은 별로 못 한 것 같다.

그래서 나는 예년 같지 않게 태평했다. 설령 잠깐 동안이라도 생활에 쫓기지 않아도 된다는 것은 상상 이상으로 느긋하고 기분 좋은 일이었다. 그런데 태평하고 좋은 기분이 돼버리니 곤혹스럽게도 신년호에 신기로 약속한 소설을 쓸 마음이 도통 들지를 않았다. 원래대로라면 물론 이런 일은 옳지 않다. 이래서 좋을 리가 없다. 그렇기는 하지만 아무리 해도 머리가 꼼짝도 하지 않을 정도로 아무 것도 쓸 마음이 없어져버렸다. 평소에 쌓인 피로가 한 번에 터져 나왔다는 느낌이기도 했다.

내가 그 무렵에 있던 하숙집의 북쪽 옆에는 Y활동사진극장이 있었다. 그곳은 마침 북쪽을 향해 내려가는 언덕 중간에 있었기 때문에 하숙집이 활동극장보다 한 단 높은 곳에 위치한 모양새였다. 이 극장은 꽤 높은 건물이기는 했지만 하숙집 이층에 있는 내 방이 극장 이층 창문을 바로 밑으로 내려다보게 된다. 나는 북쪽을 향한 창문 쪽에 책상을 놓고 매일 원고지와 씨름하고 있었는데, 아무래도 붓이 나가지를 않아서 유리창을 통해 극장 창문 쪽으로 곧잘 눈길을 주곤 했다. 창문 바로 안쪽에는 계단이 있고 이 계단 위가 동반석인지 뭔지인 모양이었지만 거기까지는 창틀 범위 바깥에 있어서 내가 있는 곳에서는 잘 보이지 않았다. 또 활동사진을 싫어하는 나는 이웃해 있는 그 극장에 들어가 본 적이 없어서 안이 어떻게 돼 있는지는 잘 몰랐다.

하지만 매일 거기에 앉아 창문 안쪽으로 거듭 눈길을 주는 사이 그 계단을 오르내리면서 손님을 안내하는 열예닐곱쯤 되는 한 소녀에게 흥미를 느꼈다. 얼굴은 잘 보이지 않지만 대체로 호리호리한 몸집인데, 허리 부근을 간들거리면서 걸어가는 모습에서는 나이보다 조숙한 소녀의 시건방짐과 색기가 느껴졌다. 계단 바로 위가 앞에서도 말했듯 동반석인지, 소녀가 안내해 간 손님들 중에는 차려입은 젊은 남녀가 꽤 있었다. 그런 사람들을 안내할 때 소녀는 가면서는 신묘한 얼굴로 손님보다 앞장서서 계단을 올라가지만 내려오면서는 계단 중간쯤에 서서 지금 막 안내한 손님 뒤에서 오른손으로 제 코를 쑥 밀어 올렸다 그 손을 손님 쪽으로 쑥 내미는 듯한 동작을 한다. 말하자면 "흥, 웃기시네!" 하고 중얼거리기라도 하는 느낌이다. 그러고는 남은 계단을 통통 뛰어 내려간다.

"재미있는 녀석이구먼. 아하하하."

나는 무심코 혼자 웃음을 터뜨리곤 했다.

이야기의 본 줄거리와는 관계없는 일이니 이 소녀에 대해 자세히 쓰지는 않겠지만, 말이 나온 김에 이 정도는 써보고 싶다. ─낮에 아직 극장을 열기 한참 전부터 그녀는 빗자루를 들고 계단을 청소한다. 그럴 때면 그녀는 늘 궐련을 물고 있었다. 빗자루를 움직이는 손을 멈추고는 서툰 손길로 궐련을 입으로 가져가서 살짝 고개를 쳐들고 콧방귀 뀌는 느낌으로 연기를 혹 내뿜는다. 그 모습이 또 사람 흉내를 내는 새끼 원숭이처럼 뭐라 말할 수 없는 재미를 주었다. 상당한 불량소녀일지도 모른다는 느낌을 주지만 그만큼 자잘하나마 시원시원하고 생기 있는 구석이 있었다.

그런데 다음 날 그녀가 그렇게 계단에서 빗자루를 난간에 걸쳐 놓고 서툰 흉내로 콧방귀 뀌듯 고개를 쳐들고 연기를 내뿜고 있는 곳에 스물두셋쯤 되는 말단 활동 변사 같은 창백한 젊은이가 나타났다. 그리고 돌연 그녀의 몸에 달려드나 했는데, 그녀에게는 갑작스러운 일이 아닌지 그녀 또한 젊은이의 몸에 팔을 꽉 두르고는 둘이 한참을 그렇게 서서 꼼짝도 하지 않았다……

나는 오후에 잠자리에서 일어나 책상 앞에 앉아 그 소녀가 계단 청소하는 것을 보다 곧 활동극장이 문을 여는 것을 보고, 극장 전체의 불이 꺼지는 것을 보고 나서 겨울 밤중에 얼어붙은 것 같은 라면집 날라리의 쓸쓸한 소리를 듣고, 그러다 어디서 들려오는지 새벽 북치는 둔탁한 소리를 듣고, 이어서 국영 전차 첫차의 묘하게 하늘에 울려 퍼지는 굉굉한 소리를 듣고, 그런가 하면 이윽고 겨울 아침 해가 희미한 붉은 빛을 활동극장의 검은 슬레이트 지붕 위로 드리우는 것을 보고, 참새가 짹짹 지저귀기 시작하는 것을 듣고, 그러고는 지치고 힘이 빠져서 조금의 여유가 생겨 생활에 쫓기지 않게 되면 이렇게나 글을 쓸 마음이 생기지 않는다는 사실에 스스로 혐오감을 느끼며 잠자리로 기어들어간다. ―이런 일이 매일 매일 이어졌다.

그렇게 잠자리에 들어가서 꾸벅꾸벅하고 있으면 곧잘 미카에루 다미요가 찾아오곤 했다. 아니, 곧잘 찾아온 정도가 아니라 매일 같이 찾아오게 됐다. 그는 아침에 내가 잠자리에 들어가고 얼마 안 돼서 찾아온다. 그러고는 오후나 저녁에 행상을 끝내고 돌아가는 길에 또 찾아온다.

"어젯밤은 좀 쓰셨습니까?"

이런 질문을 하면서 그는 책상 위를 살펴보고 "역시 못 쓰시는 모양이군요. 에헤헤, 어째서 그렇게 못 쓰실까요? H씨쯤 되면 쓰신 원고가 어디에 팔리니 안 팔리니 하는 걱정도 없을 텐데, 그렇게 매일매일 재촉을 받으면서도 못 쓴다니 희한하네요. 에헤헤."

그는 이 '에헤헤' 말고도 작은 소리로 노래를 부르는 습관이 하나 더 있었다. 그것도 제대로 된 노래가 아니라, 류큐 노래인지 아니면 일반적으로 아기 돌보는 아이가 부르는 노래인지 모르겠지만 어디 노래인지 모를 그런 노래의 어미 부분만을 코끝으로 그리고 작은 소리로 "후, 흥, 후, 흥" 조용히 노래한다. 뭐라고 하는지 잘 모르겠지만 후, 흥, 후, 흥 하고 분명치 않은 목소리로 노래한다. 내 책상 옆에 던져놓은 잡지 페이지를 넘기면서 후, 흥, 후, 흥 노래하기도 하고, 그런가 하면 내게 뭐라고 말을 붙이다가 그 이야기가 일단락되거나 잠깐 끊겼을 때 또 후, 흥, 후, 흥 하기 시작한다.

"방해가 된다, 방해가 된다 생각하면서도 또 그만 찾아와서 방해를 했네요. 저는 그런 버릇이 있거든요. 어떤 사람이 좋아졌다 하면 허구한 날 그 사람을 안 찾아가고는 못 배겨요. 에헤헤, 교토에서는 허구한 날 가와무라 박사님 댁에 갔지요. 그러다 얼마동안 박사님 댁에 신세를 지게 됐고요. 사람을 좋아하는 성미인가 봅니다, 이거. 에헤헤."

나는 이 말을 잠자리에서 비몽사몽 듣고 있었다. 나는 낯을 가리고 첫인상이 나쁜 인간이지만, 또 알고 나면 묘하게 사람이 귀찮게 구는 것을 싫어하지 않는 성질이다. 사람의 싫은 점보다는 좋은 점을 보고 싶어 하는 경향도 있다. 하기야 이것도 결점을 용서하고 장점을 인정하고자 하는 진정한 관대함이라기보다 어느 쪽이냐면 무사태평하고 조금 게으르기 때문인데, 호소카와 겐키치가 소개했다는 명함을 들고 갑자기 뛰어 들어와 석유풍로를 팔아넘긴 사내가 그 뒤로 매일 찾아오자 거기에 익숙해져서 그의 가벼운 '에헤헤'와 '후, 흥, 후, 흥'에도 어떤 맛을 느끼기 시작했다.

"누구 소개해주실 사람은 없습니까? 석유풍로를 사 줄 만한 사람으로."

이런 말을 들으면 나는 이 사람 저 사람을 떠올리고 소개장을 써주기도 했다.

그러던 어느 날 아침, 역시나 전날 밤을 새우고도 끝내 한 장도 못 쓰고 녹초가 되어 잠자리에 들어가 있던 내 머리맡에 앉은 그는 류큐의 농촌 문제를 흥분해서 떠들기 시작했다. 아니, 이 문제와 관련되면 그가 흥분한다고 해야 맞겠다. 이제 '에헤헤'나 '후, 흥, 후, 흥'도 하지 않았다.

"류큐의 중산계급은 지금 거의 멸망할 수밖에 없어요. 사탕수수는 지어도 팔리지 않아요. 아니, 도매상이랑 내지의 자본주의가 협력하고 있어서 팔려 봤자 헐값이에요. 그걸 헐값 받고 팔아도 생활이 되질 않아요. 그래서 화가 난 청년들은 팔지를 않지요. 하지만 안 팔면 더더욱 못 먹고 살아요. 팔려고 하면 눈 빤히 뜨고 자본가들의 먹잇감이 되지요. 게다가 세금이 비싸요, 당신."

흥분하면 그는 이렇게 '당신'이라는 호칭을 사이에 끼우는 습관이 있었다.

"나하(那覇)의 세금이 도쿄보다 몇 갑절이나 비싸다고 하면 놀라시겠지요. 아주 말이 안 되는 세금을 징수당하는 겁니다. 가만히 있으면 물론 멸망, 움직여 봤자 역시 멸망밖에 없어요. 그야말로 참담합니다. 류큐 중산계급 청년들 사이에는 'T로, T로'라는 노래가 다 있을 정도예요. T라는 건 규슈의 T탄광을 말합니다. 당신, 생각을 해 보세요. 탄광 생활이 그들에게는 멸망해 가는 류큐에 있는 것보다는 극락으로 보이는 겁니다. 유토피아로 보이는 거지요. 광부 생활이 이상향으로 보인다고요."

나는 잠자리에서 반쯤 눈을 뜨고 좀 더 자고 싶다는 생각을 하면서 멍하니 듣고 있었는데, 그의 말이 격렬한 열기를 띠기 시작했기 때문에 눈을 커다랗게 뜨고 그의 얼굴을 보았다. 탄광 생활이라고 하면 나 같은 사람에게는 상상도 못할 만한 노고와 비참함의 결정이라는 느낌이 든다. 그것을 되레 이상향처럼 생각한다니 실제로 놀랄 만큼 무서운 생활이다.

"그렇군."

나는 이런 생각을 하고 감동하여 말했다.

"참으로 비참한 일입니다. 실제로 높은 세금 따위를 낼 수 있을 리가 없지요. 이걸 세금 미납이라면서 관청에서는 말이나 소를 징발해 가니까요, 그럴 때의 광경이란……."

거기서 갑자기 그는 뭔가 떠올랐다는 듯이 기세를 올려서, 동시에 감상적인 어조로 말했다.

"당신이 보면 스케치만 해도 재미있는 것이 나올 겁니다. 소나 말을 기르던 농민들이 징발 당한 소랑 말이랑 헤어지기가 아쉬워서 관청 앞에 몰려가는 광경 같은 건 뭐라 말할 수 없는 광경이에요. 징발된 소나 말이 관청 앞 나무에 메여 있으면 그 옆에서 농민들이 음침한 얼굴을 하고 주저앉아 긴 담뱃대로 묵묵히 담배를 피웁니다. 실제로 참담한 일이에요."

"그렇군."

나는 그 광경이 눈앞에 떠오를 듯한 느낌이 들면서 더더욱 감동하여 말했다.

"흡사 체호프의 「농부들」인데."

"그렇습니다. 그겁니다, 체호프의 「농부들」 그대로예요."

미카루 다미요는 바로 그 말을 하고 싶었다는 듯 눈을 반짝였다.

"당신, 그걸 한번 써 보면 어떻습니까?"

"아니, 그런 건 듣기만 해서 그리 간단히 쓸 수 있는 게 아니야. 첫째로 실감이 없으니까, 우리에게는."

나는 그렇게 대답하면서 "특히 지금은" 하고 속으로 중얼거렸다. 나는 미카에루 다미요의 이런 이야기를 들으면 확실히 감동한다. 이렇게 도리에 어긋나는 일이 존재한다는 것에 의분도 느낀다. 미카에루가 하는 이야기가 어디까지 진실인지는 모르지만 류큐인이란 정말로 저주받은 인종이라고 생각한다. 옛 막부 시대에는 삼백년이라는 세월에 걸쳐 사쓰마(薩摩)에 무기를 빼앗기고 온갖 박해를 다 받았는데 지금은 또 이렇게 경제적으로 극도의 압박을 받는다니, 오랫동안 정말로 못 견딜 일이라고 생각한다. 잘도 참아내는구나 생각한다. ─하지만 들으면 의분도 느끼고 동정심도 생기지만 그렇다고 해서 내가 그런 처지가 아닌 비참한 일이란 요컨대 남의 일로서 의분을 느끼고 동정을 느낄 뿐이지 본심에서 곧장 일어설 수는 없는 노릇이다. 지금까지도 잠자코 있었으니 조금쯤 더 잠자코 있은들 매한가지라는 느낌도 든다. 즉 의분이나 동정이 흐리터분해진다. 더군다나 나는 짧은 기간 동안이기는 하지만 전에 없이 생활이 보장되고 있는 형편이라 괜히 지쳐서 사물에 대한 열정을 잃고, 말하자면 잠시 게으르게 잠이나 자고 싶은 듯 의욕 없는 기분이다. 의욕이 없는 것은 스스로도 불쾌하지만 그렇다고 의욕을 내려고 한들 억지로 나오지도 않는다. 원고를 못 쓰고 있는 이유도 그 때문인데, 마찬가지로 미카에루 다미요의 류큐 문제에 본심으로 흥분할 마음이 들지 않는 이유도 그 때문이다.

"난처하게 됐군. 생활의 위협에서 일시적으로 벗어났다는 것만으로도 이렇게 흐리터분해지고 태평해지는 건가?"

이렇게 생각하면 정말 스스로도 쓴웃음이 난다. 사람이 덜됐구나 싶지만 그렇다고 어찌할 도리도 없다. 이런 거라면 부자가 되고 싶지도 않다. 부잣집 도련님들이 물론 예외는 있겠지만 괜히 태평하고 천박해지는 것도 무리는 아니겠다는 생각도 든다. ─물론 내 경우는 일시적인 문제, 그러니까 작은 여유가 생긴 틈에 평소에 쌓인 피로가 터져 나왔을 뿐이니까 조금만 더 이렇게 생활의 고생을 덜어주면 피로도 회복돼서 새로운 마음으로 창작욕도 생기고 또 인생에 대한 열정도 나올지 모르지만 말이다.

나는 또다시 "그렇군" 하고 중얼거리며 흥분한 류큐인의 얼굴을 감동적으로 쳐다보았다. 감동하면서도 열의가 없는 스스로에게 갑갑함을 느꼈지만 열없이 축 늘어진 스스로를 생각해보면 또 웃기기도 했다.

"이제는 고향에 있어도 안한치 않고 내지에 나가도 안정할 수 없는 류큐인. ─헹."

미카에루는 자조하듯 웃었다.

"떠도는 류큐인인가. ─비참하네요."

"…………."

"그런데 H씨, 부탁이 하나 더 있는데요. 에헤헤."

미카에루 다미요는 마치 급전직하라도 하듯 갑자기 또 석유풍로 판매인의 어조가 됐다.

"아무래도 석유풍로로는 스토브 대신 쓸 수 없다고 했지요. 확실히 그건 그렇습니다. 저건 때때로 공기를 넣어주어야만 하는데 그 점이 당신 같은 사람에게는 꽤나 성가실 테고, 게다가 항상 청소를 해주지 않으면 이상하게 석유가 그대로 쭉 나와서 확 그을음이 생기기도 하니까요. 에헤헤."

"그건 그래. 일전에 그을음이 올라와서 낭패를 본 적이 있어. 그 뒤로는 안 쓰는데, 실제로 편리한 건 소고기를 익힐 때 정도야."

"소고기에는 좋지요. 확실히. 에헤헤. 그래서 말인데 이번에는 진짜 석유 스토브를 하나 사주시지 않겠습니까? 스탠더드예요."

미카에루 다미요는 교활하면서도 애교가 있는 웃음을 살짝 지었다.

"이건 아주 따뜻합니다. 이 다다미 여섯 장 방 같은 데 딱 좋지요. 에헤헤."

"가져와보게."

나는 말했다. 요전에 석유풍로를 권할 때 유리한 이야기만 늘어놓은 그가 이번에는 석유스토브를 권한답시고 풍로를 나쁘게 말하는 것이 재미있었다. 그리고 교활하고 애교 있는 웃음도 재미있었다. 게다가 또 하나, 그가 조금 전까지만 해도 류큐의 농촌 문제로 흥분하고 있다가 갑자기 풍로나 스토브 판매인의 어조가 되는 것도 재미있었다.

"가져와보게."

나는 거듭 말했는데, 별 이유도 없이 이 사내에게는 이런 식으로 꾀여서 얼떨결에 사고 싶어진다는 사실도 재미있었다.

3

그해는 결국 약속한 소설도 쓰지 못하고 마감이 지나버리다 보니 매일 밤 밤을 새우거나 활동극장의 창문을 노려보는 일에서 해방된 나는 어쨌든 마음이 편했다.

미카에루 다미요는 이제는 급기야 내 방에 들어앉았다. 나는 세밑의 거리를 그와 함께 산책하기도 했다. 때때로 그는 검은 양복이 아니라 일본 옷을 입고 오는 경우도 있었다. 거친 이요가스리(伊予絣, 에히메 현 마쓰야마 시에서 제조되는 무늬가 들어있는 천: 옮긴이) 겉옷 위에 구깃구깃한 긴 망토를 걸치고 등을 굽힌 채 "후, 흥, 후, 흥" 하고 뭔지 모를 노랫말 끄트머리를 코로 흥얼거리면서 나와 함께 걸어가는 그의 모습은 이상하게 내게 감상적인 기분을 일으키곤 했다. 의지할 데 없이 떠도는 류큐인이라는 비애를 느끼게 했다.

"H씨, 부탁이 하나 있는데요. 좀 말하기가 그렇기는 하지만요. 에헤헤."

망토 가슴 부분에 달려있는 손을 내놓는 구멍—속이 뚫린 주머니 같은 형태를 한 손 구멍—에서 손을 꺼내 말하기 껄끄러운 듯 머리를 긁으니, 나와 있는 손 때문에 망토 전체가 위로 당겨 올라간다. 이게 또 달마가 하품이라도 하는 듯 이상야릇한 모양이었는데, 그 모양을 하고 머리를 긁으면서 "저한테 장갑을 좀 사주지 않겠습니까? 이런 걸 사달라고 하기는 미안하지만요. 에헤헤, 이거 참." 한다.

"장갑을?"

"예, 에헤헤."

그는 내 눈을 흘끗 보고 눈을 깜빡거렸다.

"그리고 그 장갑은 제가 쓸 게 아닙니다. 여자가 쓸 겁니다."

"여자 장갑을?"

나는 웃으면서 말했다.

"그거 재미있군."

"예. 난처하네요. 에헤헤. 실은 크리스마스 선물로 주고 싶었거든요. 요전부터 어떻게든 살 돈을 마련하겠다는 생각으로 애를 쓰고 있는데 아무래도 못 사겠어요. 그래서 내일이 크리스마스이기도 하니까."

"상대방은 어떤 사람인가?"

"와세다의 카페에 있는 아가씨예요. 열대여섯 먹은 소녀지요. —난처하네. 에헤헤."

"좋아, 사주지."

그래 뭔지 몰라도 붉은 깃발을 처덕처덕 내놓고 장사를 하고 있는 어느 양품점에 들어가서 여성용 장갑 하나를 그에게 사주었다.

"고맙습니다, 고맙습니다. 이제 안심했습니다."

그는 긴 망토의 손 구멍으로 스르르 미끄러뜨리듯 그 장갑을 품에 집어넣고 말했다.

"그럼 저는 이제 가보겠습니다. 거기 가져가고 싶어서요."

나는 이 촌스러운 모습을 한 둥그스름한 사내가 와세다 학생들 틈에 섞여 카페 아가씨의 환심을 사려고 경쟁하는 광경을 잠깐 떠올렸다. ─그리고 이런 땅딸막한 몸집을 한 사내가 몸집과는 어울리지 않게 여자에게는 달콤한 감정을 품는 법일지도 모르겠다고 생각했다. 그런데 이 사내가 여자에게 장갑이라니. ─그것은 유쾌한 이야기였다.

또 어떤 때 일이다.

마침 그 무렵에 미카에루 다미요보다 더 빈번히 내 하숙방에 드나들던 사내가 있었다. 이 사람은 어느 출판사를 경영하던 내 친구 U의 회사에서 일하는 사내로, U의 출판사가 경영 부진에 빠졌는데도 이 사내는 몸을 아끼지 않고 일하고 있었다. 얼마 전까지 고지마치(麴町)에 종이가게를 한 채 가지고 있었는데 U의 출판사에 종이를 공급하다 U와 친해졌다. 이 종이가게가 실패해서 가게 문을 닫게 되자 U의 출판사로 와서 거기서 일하게 됐다고 한다. 나는 U의 출판사에서 이 사내가 일하는 모습을 보고 감탄했다. 기울어져 가는 U의 출판사에서 열심히 일할 뿐 아니라 온갖 일에 머리가 잘 돌아가는 그를 보고 나는 이렇게 놔두기는 아까운 인물이라는 생각이 들었다. 게다가 그는 풍채도 번듯한 사내였다. 종이가게를 하거나 출판사 직원을 한다고 하면 상점 지배인 같은 인물을 상상하겠지만, 그는 일본인답지 않게 콧대가 높고 입가가 야무진 미모의 소유자로 그가 양복을 입은 모습은 품위와 중후함을 겸비한 당당한 모습이었다. 그의 용모가 이렇게 단정하고 아름다웠기 때문에 그를 이런 곳에 두기는 아쉽다는 마음이 한

층 더 생겼음이 분명하다.

내가 그에게 호의를 가졌기 때문에 그는 매일같이 내 거처에 오게 됐는데, 그 무렵 나는 그의 권유로 그와 함께 출판사를 하나 차리려는 의논을 하고 있었다. U의 출판사가 기울어지는 것을 보고 거기서 일하는 그에게 출판사를 하나 장만해주고 싶다고 생각한 것이 시작이었지만, 막상 시작하려고 보니 내게도 이런저런 야심이 생겼다. 그리고 이런 의논을 하게 된 배경에는 내 번역 인세가 많이 들어왔다는 동기도 있었다.

그 청년 우에노 마스오와 미카에루 다미요는 내 방에서 종종 만났고, 우에노도 미카에루에게 석유풍로를 사기도 했다. 그리고 우리는 곧잘 가구라자카(神樂坂) 거리에 커피 따위를 마시러 갔다.

"회사가 생기면 저도 꼭 거기서 일하게 해주세요."

미카에루가 이런 말을 하면 나는 "좋고 말고" 하며 곧장 고개를 끄덕였다.

그러면 우에노가 조금 싫은 내색을 하며 "회사에 고용할 사람들은 심사숙고를 해봅시다. 일기당천으로 일할 수 있는 사람들만 쓰도록 합시다." 하고 옆을 보면서 말했다.

"뭐, 좋겠지, 구체적인 일은 조만간 상의해 보기로 하고."

나는 미카에루가 측은해서 이런 식으로 말을 흐렸다.

다음 날 아침 우에노가 없는 곳에서 미카에루는 "우에노 씨는 꽤나 영리한 사람이지만 아직 젊어요. 아직 젊어." 하고 혼잣말처럼 중얼거렸다.

미카에루 다미요의 주위에는 같은 류큐인으로 문학을 좋아하는 사람들이 있는 모양이었다. 그중 하나로 마침 그 무렵 『해방』의 현상소설에 당선된 청년 O를 미카에루는 내게 소개해주기도 했다. 마르고 피부색이 검은 이 괴짜를 으스대듯 대하던 O는 내가 번역한 모파상의 소설을 빌려갔다.

이 모파상의 소설은 미풍양속을 해칠 우려가 있다고 해서 아주 많은 복자를 하기로 하고서야 발간이 허용되었는데, 내 손에 있던 그 한 권은 내가 참고하기 위해 복자 부분을 전부 살려놓은 책이었다. 즉 복자를 하기 전에 인쇄해 둔 책이었다.

"이건 한 권밖에 없는 책이니까 분실하지 말게."

나는 이렇게 다짐을 하고 빌려주었다.

그런데 O는 이 책을 빌려가서 일주일쯤 지난 뒤 엽서로 "일전에 빌려주신 책은 기념으로 받아 두겠습니다"라는 말을 달랑 써서 보냈다. 나는 좀 불쾌하게 느꼈지만 O의 주소가 적혀 있지 않다. 그러니 뭐라 말을 할 방법이 없다.

"자네, O가 이런 말을 하는데 그 책은 나한테도 한 권밖에 없는 책이야. 자네가 바로 돌려보내라고 말해주지 않겠나?"

미카에루가 왔을 때 내가 이렇게 말하자 "곤란한 녀석이군요. 그래서 저는 처음에 당신한테 소개해 달라고 할 때 소개해주기 싫다고 했어요." 미카에루는 혼잣말처럼 이런 소리를 하고는 "어디로 갔는지, 그 친구는 거처를 일절 알려주지 않아요. ─언제 보게 되면 말하겠지만, 류큐인은 이래서 문젭니다. '떠도는 류큐인' 하는 시를 쓴 건 그 친구인데, 류큐인은 그러니까 한마디로 말하면 내지에서 조금은 무책임한 짓을 해도 당연하다, 이렇게 생각하는 면이 있어요. 물론 모든 류큐인이 그렇지는 않지만요……."

"그렇군."

이런 말을 들으니 내 감탄하는 버릇이 곧장 고개를 쳐들었다.

"도쿠가와 시대부터 계속 박해를 받아 왔으니 다소 복수─까지는 아니더라도 내지인에게 도덕을 지킬 필요는 없다는 반항심이 생긴다고 해서 무리도 아니기는 하겠군. 물론 나 같은 사람에게 그런 태도를 취하면 곤란하지만……."

"정말, 어쩔 수 없는 녀석입니다. 정말 어쩔 수 없는 녀석이에요."

하지만 나는 '떠도는 류큐인'이라는 말에 흥미가 느껴져서 치밀어 오르려던 부아가 곧장 가라앉았다. 실제로 오랫동안 박해를 받다 보면 박해자에게 신의를 지킬 필요가 없어진다 해도 무리는 아니다. 칭찬할 만한 일은 아니지만 동정이 가지 않는 이야기도 아니다. 나는 미카에루가 요전에 했던 이야기를 떠올렸다. 토지를 가지고 있어서 사탕수수를 지어도 먹고 살지 못한다. 사탕수수를 짓지 않으면 더욱 먹고 살지 못한다. 게다가 류큐 자체에서 생긴 원인으로 그런 것이 아니라 류큐 바깥의 대국이 착취하기 때문이다. 류큐에서 일하기보다는 규슈 T탄광의 광부 생활이 낫다고 생각하는 것도 고향 자체에 원인이 있어서가 아니고, 고향이 지옥 같은 느낌이 드는 것도 다 고향 바깥의 어떤 폭력적인 압박 때문이다. ─그런 처지에 있지 않은 나 같은 사람에게는 확실한 실감으로 다가오지는 않지만 만일 내가 이렇게 압박받는 위치에 있었다면 나 역시 압박자에게 신의나 도덕을 지킬 마음은 들지 않았을지도 모른다. 우리는 알 수 없는 하나의 마음이 류큐인에게 생겼다고 해도 어째 무리는 아니라는 생각이 든다. 무기를 빼앗긴 류큐인은 예의 가라테라는 무서운 호신술을 만들어냈다. 이것은 육체적인 문제이지만 정신적으로도 가라테와 비슷한 일종의 호신술을 생각해냈다고 해서 그렇게 부자연스러운 이야기는 아니다.

"떠도는 류큐인."

나는 뭔가 깊이 생각해야 할 문제와 맞닥뜨린 것처럼 입을 다물었다.

그로부터 얼마 지나지 않았을 때─언제였는지는 확실하지 않지만 아무래도 그렇게 시간이 많이 지난 뒤는 아닌 것 같다.

"어제 난리 씨 댁에 갔다 왔습니다. 난리 주타로 씨 댁에요."

내 방에 들어오자마자 미카에루 다미요는 이렇게 말했다.

"무척 친절하게 대해주셨어요. 제가 일어나려 하자 이야기를 더 하고 가라고 붙잡으시지 뭐예요. 젊은 작가는 기분이 좋네요."

"허, 그런가. 나는 난리 군은 얼굴만 알지 이야기를 한 적은 별로 없는데, 그렇게 느낌이 좋은 사람인가?"

"예, 좋은 사람입니다. 마치 아직 서생 같습니다. 저 같은 인간한테, 소설을 써서 삼백 엔이니 뭐니 하는 돈이 매달 들어오는 게 신기하다는 이야기를 합니다. 꾸밈이 없고 느낌이 좋은 사람이에요."

"그런가, 그런 사람인가."

나는 모임 같은 데서 만난 적이 있는 난리 주타로의 얼굴을 잠깐 떠올렸지만 그다지 깊은 교류가 없는 사람이어서 신경도 쓰지 않았다.

그러자 미카에루 다미요가 갑자기 말하기 껄끄럽다는 듯 그가 양체 같은 소리를 꺼내려고 할 때 곧잘 하는, 내 눈을 슬쩍 보고 눈을 깜빡거린 뒤 교활함과 애교가 뒤섞인 곰 같은 웃음 – 털이 숭숭 난 동그란 얼굴에서 담뱃진에 물들어 군데군데 다갈색으로 얼룩진 이를 히죽 드러내는 웃음을 짓더니 "H씨, 부탁이 좀 있는데요. 에헤헤." 하고 말을 꺼냈다.

"실은 제가 어제 난리 씨에게 석유스토브를 판다는 약속을 했는데요. 그래서 오늘 이래저래 마련을 해보러 다녔는데, 아무래도 안 됩니다. 석유풍로와는 달리 스토브는 현금을 안 주면 물건을 안 줘요. 에헤헤. 그래서 죄송하지만 이삼일만 여기 스토브를 빌려 가면 안 될까요?"

"이거 말이지?"

나는 눈으로 방구석에 있던 스토브를 가리키며 말했다.

"하지만 꽤 더러워지지 않았나. 난리 군에게 가져가기에는."

"아니, 그야 청소를 잘해서 가져갈 겁니다. 무얼, 청소 정도는 별일 아닙니다. 에헤헤."

"그럼, 가져가게."

나는 이 스토브를 딱히 지금 쓰고 있지는 않았다. 방이 따뜻해지기는 하지만 후끈하니 이상하게 뜨뜻미지근해서 별로 기분이 좋지 않았다. 게다가 까딱 잘못하면 그을음이 생기면서 이상하게 기름 냄새가 난다.

"그러면 이삼일 기다려 주세요. 난리 씨에게 돈을 받으면 바로 새것을 사서 댁에 가지고 올 테니까요."

미카에루 다미요는 이제 됐다는 얼굴로 길고 가느다란 석유스토브를 떠메고 부랴부랴 돌아갔다.

이삼일이 지나도 그는 그 석유스토브를 대신할 물건을 가지고 오지 않았다.

"난리 씨가 아직도 돈을 안 줘서요. ─역시, 다들 있어 보여도 궁한 법인가 봅니다."

그가 두세 번 이런 말을 변명처럼 했던 것을 나는 기억한다. 하기야 뒤에 가서 생각해 보니 이것은 그의 구실일 뿐 사실은 아닌 것 같았지만 말이다.

나는 원래부터 장난감을 좋아하는 성벽 때문에 샀을 뿐 아니라 석유스토브를 별로 좋게 생각하지도 않았기 때문에 그가 대용품을 가지고 오지 않았다는 것에는 신경도 쓰지 않았고 어느새 잊어버렸지만, 그 뒤로 그도 싹 잊어버렸다는 듯이 행동했다.

그러더니 얼마 지나지 않아 또 이런 이야기를 했다.

"석유스토브와 석유풍로가 슬슬 팔리지 않기도 하고 해서 제가 좀 다른 일을 생각해 봤는데요. 류큐의 문학청년들에게 책 주문을 받아보고 싶어요. 에헤헤. 그래서 말인데 당신이 한 번역 같은 건 제법 팔릴 것 같거든요. 발행처에 한번 이야기를 해서 제게 위탁하라고 해주지 않겠습니까? 어떻습니까?"

"좋겠지."

그래서 나는 이 일을 발행처인 T사의 지배인에게 말해 두었다.

그 무렵부터였다. 미카에루 다미요가 내게 잘 오지 않게 됐다. 누가 좋아지면 아침부터 밤까지 그 사람 집에 가고 싶어진다고 하던 그의 말이 떠올라서 누구 또 새로 그의 마음에 든 사내라도 생겼나 보다고 생각했다. 난리 주타로 군한테라도 가기 시작했는지 모른다. ─나는 예의 오는 사람은 안 막고 가는 사람은 안 잡는 주의라서, 아니 실은 그보다는 오히려 게으른 무사태평주의라고 해야 하나 어쨌든 신경을 쓰지 않는 기질이라 그가 오지 않게 됐다는 사실도 잊어버리고 있었다.

그 달 말, 그러니까 1월 말이었다. 나는 T출판사에 인세를 받으러 갔다. 전에 검인한 분량에 따른 인세를 계산해서 그만큼 돈을 받을 줄 알았는데 지배인 M이 내 앞에 내민 돈은 그보다도 육칠십엔 적었다.

"어째서 이렇지!" 하는 표정을 하고 내가 지배인의 얼굴을 보자, 벌써 쉰 살 가까이 나이를 먹어 세상일은 너무나 잘 안다는 얼굴을 한 M은 내 얼굴을 보는 것이 미안하다는 양 눈을 내리깔고 "헤헤헤헤" 가볍게 웃으면서 말했다.

"선생님이 아주 신뢰하신 듯한 미카에루 씨 말입니다. 그 사람 일로 대엿새 전에 와세다 경찰서에 불려갔습니다. 헤헤헤헤."

"와세다 서에?"

"예. 갑작스러운 일이라서 저도 무슨 일인가 하고 가봤더니 미카에루 씨가 잡혀 있더군요. 글쎄, 우리 T사에서 출판한 새 책을 몇 권씩이나 헌책방에 팔기에 헌책방에서 수상쩍게 여겨 경찰에 신고를 했답니다. 그래 미카에루 씨를 조사하게 돼서 저를 증인으로 부른 거예요. 저는 아마 선생님도 미카에루 씨를 처벌하고 싶어 하시지는 않을 것 같아서 그 책은 분명 제 손으로 미카에루 씨에게 주었고 미카에루 씨가 슬쩍한 것이 아니라고 사법주임 앞에서 말하고 왔어요. 그래서 미카에루 씨는 석방됐지만 "이 일은 H 씨한테는 비밀로 해주세요" 하고 빌다시피 부탁을 하기에 지금까지 잠자코 있었습니다. 헤헤헤헤. 이거, 선생님처럼 사람을 신용하는 것도 생각해볼 일이네요."

"…………."

나는 얼빠진 모습으로 M 앞에 서 있는 스스로에게 쓴웃음이 났지만 별로 화가 나지도 않았다. 그보다 M이 이 일에 대해 더 말하려고 하는 것이 싫었다. 말하자면 "알고 있어, 알고 있다고" 하면서 아이처럼 귀를 막고 싶은 기분이었다.

"그러니까 이 육십몇엔은 미카에루가 가져간 책값인 거군요?"

"예, 그렇습니다. 선생님도 피해를 입으셨으니 죄송하기는 하지만 저희들은 책이 상품이라서 결국은 선생님께서 부담해주시지 않으면 장부상으로도 난처해서요. ―이거 참, 죄송합니다. 헤헤헤헤."

"아니, 괜찮고말고요. 당연히 제가 부담해야지요."

"대금은 중개상에 75%로……25%를 깎아달라고 부탁해 놨습니다. 그러니까 그렇게 아시고……."

허리를 굽히며 지나치게 공손한 말을 쓰며 나를 물정 모르는 도련님 취급하는 쉰 살 사내 앞에서 건네받은 지폐를 움켜쥔 다음 소맷자락에 밀어넣고 밖으로 나오자 웃음이 터져 나왔다. 사람 좋은 나를 비웃고 싶어서 못배기는 것처럼 보이는 M지배인의 마음을 이쪽에서 느끼고, 그런 마음으로 스스로를 지켜보는 우스꽝스러움을 고스란히 느끼면서 나는 웃음을 터뜨렸다.

"떠도는 류큐인!"

─나는 미카에루 다미요가 요 얼마 전에 그의 친구 O에 대해 한 설명을 떠올렸다. 오랫동안 내지인의 압박을 받고 있는 류큐인에게는 내지인에 대한 신의를 중시하려는 마음이 없다. 물론 사람에 따라 다르지만 대체로 그런 경향이 있다. 그렇게 말하며 O를 보고 '곤란한 녀석'이라고 한 것은 그였다. 그런데 그가 그 말이 채 땅에 떨어지기도 전에 내게 이런 일을 한 것이다. 그러고 보면 요전번의 석유스토브도 마찬가지다. 난리 주타로 군에게 가져갔는지, 안 가져갔는지는 모르지만 한 번 내게 판 물건을 또 되찾아갔을 때 애초부터 그에게는 대용품을 가져올 생각이 없었다. 실제로 나를 속이는 것은 어린애 손목을 비트는 것보다도 그에게는 쉬웠으리라. 석유스토브가 끝나자 이번에는 류큐에 책을 팔고 싶다고 나왔다. 그가 이렇게 자잘한 궁리를 해서 조금이라도 단물을 빨려고 했다는 것은 지금 생각해보면 확실하다.

그런데 어째서인지 나는 역시 그에게 화가 나지 않았다. "바보 같으니, 그런 짓을 해서 교제의 폭을 좁히는 놈이 다 있나. ─도망치거나 숨지 말고 잘 살아주면 좋을 텐데." 하는 생각이 들었다. 그가 여자 장갑을 사달라고 내게 조른 일이 생각나자 아마도 그 카페 아가씨에게 갈 돈이 궁해서 이런 짓을 했나 보다는 생각도 들었다. 세상에 흔히 있는 일이다. 석유스토브나 책 따위를 슬쩍하는 것보다 용돈을 조르는 편이 좋을 텐데. 하기야 용돈을 조른다고 해서 그에 일일이 응할지는 모르지만. ─어쨌든 나는 내 앞에 불쑥 나타나서 내가 소중히 간직해 두었던 번역서를 가져가고는 "받아 두겠습니다"라는 엽서 한 장 보내 놓고 주소도 알리지 않는 O보다는 어쩐지 미카에루 다미요 쪽을 더 긍정할 수 있었다.

4

이 일이 있은 뒤부터 미카에루 다미요는 내게 오지 않게 됐다. 같은 류큐인으로 K잡지사에 있는 M과 미카에루 다미요 이야기를 하게 됐을 때 내가 이 이야기를 한 적이 있다. 몇 년 동안 K잡지사에 있으면서 성실한 노력을 계속하고 있는 M은 미카에루가 한 짓에 몹시 격앙한 모양이었다. 나는 M을 격앙시킬 생각으로 그런 말을 하지는 않았기 때문에 그냥 미카에루를 만나면 도망가거나 숨지 말고 나한테 오라고, 그리고 그런 사소한 일로 교제의 폭을 좁힐 가치는 없지 않느냐고 전해달라고 하고는 M과 헤어졌다. 그 뒤로 들은 바에 따르면 M과 다른 류큐인 두세 명이 이 일로 미카에루에게 따지는 편지를 보냈다나, 절교하자는 편지를 보냈다나.

나는 그 해 4월에 우에노 마스오와 함께 드디어 출판사를 하나 차렸다. 출판사를 차렸을 때에는 번역 인세도 더 이상 수중에 남아있지 않았기 때문에 어느 청년의 출자를 얻어 계획을 실행하기 시작했다.

하지만 그 무렵 나는 스스로가 장사와 관련한 세세한 일은 모른다고 생각했기 때문에 회계나 그 밖의 일을 우에노에게 전부 맡기고 있었다. 나는 우시고메의 하숙집에서 나가 당시 가마쿠라에 있던 부모님 집에서 도쿄로 오가기로 했다. 때에 따라서는 도쿄에 나오지 않는 경우도 있었다.

"어제 O가 왔지 뭡니까."

하루 이틀 쉬고 내가 출판사에 가자 우에노가 말했다.

"미카에루의 친구인가 하는 류큐인 O 말입니다. 출판사에서 써달라고 하기에 회사로서는 지금 사람을 쓸 수는 없지만 괜찮으면 우키요에(浮世繪 에도시대에 성립한 회화의 한 종류로 서민들의 풍속을 주로 표현했다. 주로 목판화를 가리킨다: 옮긴이)를 나눠주는 일을 해달라고 했더니 신이 나서 곧장 나갔습니다."

우에노의 형인 T라는 사내는 우키요에 재판(再版)으로 유명한 명장이었다. 그래서 우에노는 T가 옛날 우키요에 걸작을 재판한 것을 나눠주는 모임도 형제 공동 사업으로 같이 하고 있었다. ―즉 이 우키요에를 나눠주면서 새로 회원을 권유하고 다니는 일을 우에노는 O에게 맡긴 셈이다.

"O에게?"

나는 조금 눈썹을 찌푸리며 말했다.

"나는 O는 신용 못한다고 생각하는데. 미카에루의 친구인데다, 나한테 와서 책을 빌려가서는 나중에 주소도 안 쓰고 엽서로 '받아 두겠습니다' 하고 보낸 뻔뻔한 사내니까 나는 신용할 수 없다고 생각해."

"그럴까요. 하지만 신용을 못하면 못하는 대로, 그때 가서 봐야지요."

우에노는 도량이 큰 사람답게 이런 말을 했다. 하지만 네댓새 지난 뒤부터 O가 모습을 보이지 않아서 우에노가 회원들에게 물어보니 O는 여기저기서 수금을 한 뒤 글쎄 삼사백 엔이나 되는 돈을 들고 자취를 감췄다고 한다.

"역시 신용할 수 없는 사내였군요."

우에노는 쓴웃음을 지으며 내게 그 이야기를 했다.

"게다가 O가 여기저기 가서 한 말이 울화통 터져요. 우에노와 우에노 형이 아주 곤란한 상황이니까 꼭 돈을 마련해서 내달라는 식으로 말하면서 억지로 돈을 받고 다녔어요. ―역시 쓰는 게 아니었네요, 그 사내는."

'떠도는 류큐인'. 나는 이 말을 떠올리면서 실제로 곤란한 일이라고 생각했다. 그저 눈앞의 이익만 보고, 생각해 보면 큰 이득도 되지 않는 사소한 일을 저질러서 신용을 잃어버리고 교제의 폭을 좁힌다. ―측은한 감이 없지도 않았지만 미카에루보다도 애교가 없는 O는 비슷한 일을 저질러도 내게는 괜히 더 불쾌했다.

하지만 세상은 재미있는 곳이라 O에게 우키요에 수금을 횡령당한 우에노가 그 뒤에 나에게 이런 일과는 비교도 되지 않을 정도의 손해를 입혔다. ―그해는 다이쇼 12년(1923년: 옮긴이)으로 예의 지진이 있었던 해인데, 지진 전부터 내가 회계를 맡겼던 우에노는 회사 돈을 슬쩍하기 시작했던 것이다. 눈치를 챈 내가 우에노에게서 회계 장부를 몰수하려는 참에 마침 대지진이 왔다. 그래서 모든 일이 엉망이 되고 한동안 몽롱한 연기 속에 싸인 형국이었지만, 이윽고 연기가 걷히면서 사정이 명확해지고 보니 우에노가 회사 돈을 일만엔 넘게 썼음을 알게 됐다. 그뿐이 아니다. 그는 내가 지진으로 가마쿠라에 돌아가 있는 틈을 타 사무소도 남의 손에 넘기고는 그 권리금과 보증금까지 가지고 자취를 감춰버렸다. 내가 회사를 재건할 생각으로 은행에 갔을 때 은행 예금은 단 오엔밖에 남아있지 않았고 부도 수표가 칠천엔 정도 발행돼 있었다. 게다가 내가 하다못해 간사이 방면으로 남아있는 수금이라도 하러 갈 생각으로 예의 모라토리엄이 끝나자마자 10월 2일에 도쿄를 출발해 간사이로 가봤더니 오사카에서도 교토에서도 고베에서도 나보다 한발 앞서 우에노가 수금을 하고 다녔지 뭔가. ―즉 이 단정하고 아름다운 멋쟁이 사내는 내 것을 송두리째, 철저히 다 횡령해 버렸다.

"사람을 너무 신용하지 않는 편이 좋겠습니다."

T사의 M지배인이 중학생이라도 가르치듯 내게 한 말이 떠올랐다. 나는 쓴웃음을 지으면서 얼마동안 망연자실해 있었다.

하지만 이 일은 '떠도는 류큐인'과는 별반 아무런 관계도 없다. 그저 이질 나쁘고 한 점 긍정할 구석도 없이 악랄한 미모의 내지인에게 O가 삼사백엔 돈을 횡령했다는 것은 조금 미소가 나올 법한 일이라는 생각이 든다. 사기꾼을 속여먹은 사내 같은 느낌이 있다.

이 이야기와 우에노가 한 짓은 직접적인 관계는 없지만 그 뒤의 내 생활에 우에노가 미친 영향은 대단히 컸다. 출판사는 어느 작가의 전집을 예약 출판하고 있었는데 작가에게 인세도 줄 수 없었고, 전집 발행도 늦어지기 일쑤라 회원에게 피해를 주었을 뿐 아니라 전집 발행이 늦어지면 이쪽도 손해가 커졌다. ─왜냐하면 현금을 송두리째 빼앗긴 나는 책 한 권 내려면 석 달이고 넉 달이고 돈을 찾아다닐 수밖에 없었다. 따라서 책 한 권에 한 달 치 경비로는 충당이 안 되고 경비가 세 배, 네 배씩 들게 된다. ─이렇다 보니 실제로 돈이 있으면 매달 낼 수 있으니까 전체 손해도 일만엔이면 끝나는 것을, 한 권에 몇 달씩 걸리기 때문에 손해가 세 배, 네 배씩 생기는 셈이다. ─이렇게 해서 지진 뒤 만 이 년 반 가까이 지난 오늘까지도 나는 한층 더한 부담에 신음하는 꼴이 되고 말았다.

그건 그렇다 치고 지진 뒤 1년이 넘게 지났을 때 일이다. 내 출판사는 마루빌딩에 있었는데 내가 회사에 안 간 날 미카에루 다미요가 불쑥 그곳에 찾아와서 과자 선물을 놓고 갔다. 그 과자에는 명함이 붙어 있었다. 명함에는 실업△△사 오사카 지국이라는 주소가 적혀 있고 명함 뒤에는 "오랜만에 인사드립니다. 지금은 앞면에 적힌 회사에 있습니다. 오늘은 회사 일로 상경한 김에 오랜만에 뵙고 싶어서 들렀습니다. 어쨌든 생활의 안정을 얻어 밝은 기분으로 살고 있으니 안심하십시오."라는 요지의 말을 펜으로 휘갈겨 써 두었다.

나는 이것을 보고 예의 그 웃음, 군데군데 다갈색으로 얼룩진 이를 히죽 내보이는 그 웃음을 떠올렸다. 나는 O를 생각하면 불쾌해지고 우에노를 생각하면 증오를 느끼지만 이 사내에게는 역시 아무런 악감정도 느끼지 않았다. 실업△△사 오사카 지국─나는 실업△△사 사장 N이라는 사내와는 얼굴을 아는 사이다. N에게 채용되어 견실하게 일하고 있다면 나쁘지 않은 일이다. 석유풍로나 석유스토브를 팔던 때에 비해서는 출세한 셈이다. 나는 그를 위해 기뻐할 마음이 들었다.

그로부터 얼마 지나 미카에루 다미요는 내 하숙집을 찾아왔다. 나는 지진으로 가마쿠라에 있던 집이 무너져서 우시고메에서 또 하숙 생활을 하고 있었는데, 같은 우시고메라도 전과는 다른 하숙집이었다. 그는 거기로 나를 찾아왔다. 말쑥한 현대풍 양복을 입고 머리를 올백으로 넘기고 로이드 안경을 쓰고 수염도 깔끔하게 깎은 데다 서류가방 같은 것을 안고 있었다.

"이야, 사람 다 됐는데" 하는 말을 걸고 싶을 정도였다.

"이거 전에는 이래저래 신세가 많았습니다."

이렇게 말하면서 그는 주머니에서 배트를 꺼집어냈는데, 납작한 손톱 끝이 담뱃진으로 물들어있고 손가락 뿌리 부분에 굵고 검은 털이 빠끔빠끔 나 있는 것은 역시 옛날 그대로였다.

"한 달에 한 번씩 본사에 나올 일이 있어서요. 에헤헤. 당신은 참 변하지도 않으시네요. 여전히 젊습니다."

"자네는 많이 바뀌었는데. 아주 번듯해졌지 않나."

"예, 어찌어찌 쓸 만한 물건이 돼가고 있는 중입니다. N사장님이 꽤 돌봐주기도 해서요. 에헤헤."

내가 하는 출판사 이야기가 나오자,

"소문으로 들었습니다. ─저는 그 우에노라는 사람은 어쩌 처음부터 신용할 수 없는 사람이라고 점찍고 있었습니다. 이럴 줄 알았어요. 그때부터 선생님한테 도움도 많이 받았으면서 이렇게 지독하게 갚다니, 나쁜 놈입니다."

"응, 하지만 내 쪽에서 이용할 틈을 준 게 잘못이었어."

이렇게 말하면서 나는 미카에루 다미요와 이런 이야기를 나누고 있다는 사실이 문득 우스워졌다. —어째 신용할 수 없는 인간이었다고 미카에루가 우에노에 대해 이야기하는 것도 우습지만, 사소하기는 해도 어쨌든 내게서 슬쩍해 간 미카에루가 나를 보고 다른 사람에 대해 신용할 수 없다고 하는 것을 내가 잠자코 듣고 있는 모양도 우습다.

그러면서도 나는 한편으로 이 미카에루가 "전에는 이래저래 신세가 많았습니다"라고 말했을 뿐 그가 옛날에 내게 한 일에 대해 아무런 변명도 하지 않는다는 사실이 이상하게 마음에 들었다. 오사카의 실업△△사 지국에서 일하고 있으니까 안심해 달라고 명함에 적어둔 것도 마음에 들었고, 지금 이렇게 여기 와서 얼굴을 마주하고도 처음부터 내가 그의 출세를 기뻐해 주리라고 단정 짓는 모습도 마음에 들었다. 그리고 석유스토브에 대해서나 T사의 책을 몇 십 권 와세다의 헌책방에 판 것, 그리고 그 뒤처리가 어떻게 됐는지에 대해서 한마디도 하지 않는 것이 마음에 들었다. —유별나다고 하면 유별나고 또 이런 것을 묘하게 마음에 들어 하는 내가 좀 병적이라면 병적이지만, 이런 일을 싹 잊어버리고 있는 인간에게는 나는 조금 호의가 생기는 듯하다. 출판 쪽에서 실패한 이후 몇몇 사람들에게 돈을 갚지 못했지만, 그런 사람들에게 나는 이 미카에루 다미요처럼 밝게 행동하지는 못한다. 더 무겁다. 가능하면 외면하고 싶은, 묘하게 무겁고 답답한 죄책감에 괴로워하고 있다. —그에 비하면 사소한 일이기는 하지만 그 뒤로 모습을 보이지 않던 그가 내 앞에 불쑥 나타나 아무런 응어리도 없이 담뱃진으로 군데군데 다갈색으로 얼룩진 이를 드러내고 히죽 웃거나 내 눈을 똑바로 바라보며 그 나름의 의기양양한 처지를 기뻐하는 것이 사랑스럽다는 느낌이 든다.

"그러면 앞으로 도쿄에 나오면 항상 들르겠습니다."

미카에루 다미요는 이렇게 말한 뒤 서류가방을 안고 돌아갔다.

그 뒤로 한 달에 한 번씩, 합쳐서 거의 세 번 정도 왔지 싶다.

반년쯤 지난 뒤였다. 그 사이에 마루빌딩에 있던 점포를 유지하지 못하게 돼서 사무소를 우시고메로 옮기기도 했다. 그러니까 지진이 있었던 때로부터 2년째 되는 해 초봄이었지 싶다.

어느 날 내가 잠자리에서 일어나 책상 앞에 앉은 지 얼마 지나지 않아 미카에루 다미요가 일본식 솜옷 차림으로 내 방에 쑥 들어왔다. 그는 이때는 빠끔빠끔 올라온 턱수염을 깎지 않기 때문에 옛날처럼 꼭 곰이 웃는 느낌이었는데, 내가 눈을 둥그렇게 뜨자 애교와 교활함이 뒤섞인 그 히죽하는 웃음을 지었다.

"저는 오늘 아침에 여기 왔습니다. 에헤헤. 마침 빈 방이 있어서 당분간 여기서 머물기로 했습니다. 잘 부탁합니다."

"여기서? 오사카는?"

"예, 역시 제 일을 하고 싶어서요. 잡지 편집도 경험을 조금은 쌓았으니 제가 해보고 싶다는 생각이 들었습니다. 저는 옛날부터 농촌 문제에 평생을 걸고 싶다고 생각했거든요. 그 일을 한번 혼자 힘으로 시작해보고 싶어요. 그래서 우선은 농촌 아동 잡지—촌락 아동이라는 걸 시작했어요. 1호는 오사카에서 냈는데 이번에는 도쿄에서 해보고 싶어서요. 에헤헤."

"호, 그래 자금은?"

"자금은 지금 여러 방면으로 다녀보고 있는데요. 기부도 조금씩 모이고 있습니다."

그는 동그스름한 손가락으로 처음 나를 찾아와서 주머니에서 명함이 가득 든 지갑을 꺼냈을 때와 똑같이 솜옷 품안에서 수첩과 지갑을 꺼내서 보여주었다(지갑 안에는 여전히 누군가가 써준 소개장처럼 보이는 명함이 가득 들어있었다).

"국회의원 같은 사람들 중에는 꽤 이해를 해주는 사람들도 있어서요."

"호, 그런 건가. 잘되면 좋겠지만 잡지는 꽤나 어려운 일이라 말이네."

"어렵지만 끝까지 해내면 기분이 좋을 것 같아서 고생 좀 할 생각입니다."

"그건 그렇지. 잘 해보게."

다음 날에는 그의 아내도 오사카에서 도착한 모양이었다. 내가 그와 만나지 않는 사이에 그는 결혼까지 한 것이었다. 똑같은 류큐 사람으로 어쩐지 눈에 띄지 않는, 색이 바랜 듯한 느낌이 드는 여자였다. 그녀는 복도에서 만나도 내게 인사도 하지 않았다. 하기야 미카에루 다미요가 내게 아내를 소개하지도 않았지만. 그러면서도 아침이 되면 내 방문 밖에서 "신문이요" 하며 말을 걸어서 내가 문을 반쯤 열고 신문을 내주면 무뚝뚝한 얼굴로 신문을 쥐고 자기 방 쪽으로 걸어간다.

미카에루 다미요는 매일 아침부터 밤까지 어딘가를 돌아다니는 듯했다. 밤이 되면 내 방에 잠깐 얼굴을 내민다.

"오늘은 문부성에 다녀왔습니다. xx과장 △△는 트인 사내입니다. 그리고 □□현에서 선출된 국회의원 S-왜, 아시지 않습니까, 헌정회의 S말입니다. S씨는 □□현 지사에게 소개장을 써주었지 뭡니까, 당신. 다녀보니 세상도 그리 각박하지만은 않습니다. 에헤헤."

하지만 나는 그런 데에는 아무런 흥미도 없었다. 뿐만 아니라 아내를 얻고 나서 그가 변했는지, 아니면 어쩐지 그가 실의의 시대로 인해 묘하게 탁해졌는지 예전만한 애교도 느낄 수 없게 됐다. 나는 그가 자기 방에서 아내와 함께 어떤 생활을 보내는지도 몰랐다.

그리고 한 달쯤 지난 뒤였다.

"H씨, 저는 정말로 이 하숙집이 아니꼽습니다. 이렇게 혹독한 곳은 본 적이 없어요."

내 방 문간에 서서 그가 말했다.

그가 하는 말을 듣자니, 지난 달 하숙비 백 엔 정도가 밀렸는데 오십 엔을 주고 나머지는 닷새의 말미를 얻어서 그때 이십 엔을 주었다. 그런데 그 이십 엔을 받고 나서 나가라고 한다는 것이다.

지금은 나도 전만큼 그에게 후의를 품고 있지는 않지만 백 엔 중에 삼십 엔을 안 주었다는 것만으로 나가라고 하는 하숙집의 태도도 난폭하다면 난폭하다. 나는 그와 함께 카운터로 갔다.

"아니, 처음에 H씨 친구라고 하셔서 받았는데요, 짐이 없는 분은 사절하기로 돼 있어요."

주인아주머니는 "자, 자" 하고 달래는 듯한 손짓을 하며 침착하게 말했다.

"짐을 가져오게 하겠다고 하시고는 아직도 가져오지 않으시니까 바깥양반이 잔소리를 해서요."

"하지만 어쨌든 전부는 아니라도 대부분을 지불했으니까 그렇게 말씀하실 것까지는 없지요."

"그럼 H씨가 보증을 서시겠어요……?"

그래서 결국 나는 그러마고 할 수밖에 없었다.

"저도 이런 말까지 들으면서 있고 싶지는 않지만 지금 돈이 없어서요. 좋습니다, 내일이나 모레 중에는 꼭 준비하겠습니다. 삼십 엔 정도 전에 말한 □□현의 국회의원에게 가서 받아 오지요. 거참, 무례하구만. ―에헤헤헤."

"…………."

나는 그대로 내 방으로 돌아왔다. 그 뒤로 미카에루도 내 방에 오지 않았다.

나는 이 일을 금세 잊어버렸다. 그런데 일주일쯤 지난 어느 날이었다. 주인아주머니가 내 방으로 왔다. 마흔 살쯤 된 말이 곧잘 통하는 아주머니인데, 욕심이 많은 남편이 시종 딱딱거리기 때문에 손님과 남편 사이에 들어가 늘 온화하게 이야기를 매듭짓는 그녀는 조용한 미소를 지으며 말했다.

"예의 미카에루 씨 말인데요. *그끄저께*부터 모습이 안 보입니다. 처음에 미카에루 씨가 나가시고 뒤이어 부인이 나가셨는데, 그 길로 돌아오지를 않아요. −방을 조사해 봤더니 갈아입을 옷 하나 없지 뭐예요."

"역시 달아난 걸까요."

"예, 지금까지 안 돌아오시는 걸 보면 그렇겠지요."

"좋습니다. 어쨌든 요전에 이야기한 돈은 제가 부담하겠습니다."

나는 주인아주머니의 얼굴을 차마 보고 있기가 힘든 부끄러움을 느꼈다. −그거 보세요, 저희는 손님 분위기만으로도 마음을 얼추 꿰뚫어봅니다. 이런 뜻이 담긴 미소를 짓고 있는 아주머니의 얼굴은 보고 싶지 않았다. − 알았어, 알았다고 하면서 역시나 귀를 막아버리고 싶은 기분이었다.

"삼십 엔인가 그랬지요?"

"네, 그리고 이번 달 넘어와서 일주일쯤 계셨으니까 그만큼이랑요. −글쎄, H씨한테 거기까지 떠맡기기는 괴롭지만 바깥양반이 저래 벽창호다 보니 하도 시끄러워서 어쩔 수가 없네요. −청구서는 여기에 두겠지만 언제라도 괜찮습니다. 그저 H씨가 책임을 지신다고 말씀만 해주시면 바깥양반도 잠자코 있을 테니까 이 달이 아니라 다음 달이라도, 언제라도 괜찮으니……."

"알겠습니다."

"H씨는 사람을 너무 믿으시니까 조금 조심을 하시는 편이……."

"예예. 그건 그것대로 알았으니까요."

나는 불퉁하게 대답하고 서둘러 책상 쪽으로 휙 돌아앉았다. 이 상황에서 또 주인아주머니에게 중학생 취급하는 설교까지 들었다가는 견딜 재간이 없겠다고 생각했다. ─관대함과는 하등 상관없는, 내 게으름 때문에 생긴 이런 꼴사나운 사태가 진심으로 불쾌했다.

'떠도는 류큐인' 어쩌니 생각하면서 배신당하는 일에 흥미를 갖고 싶어 하는 내 병적인 기질에 신물이 났다. 사람이 이용하고 싶어질 만한 틈을 보여서 그를 나쁜 쪽으로 유혹하고 있다고 해도 좋을, 느슨하고 자포자기적인 내 생활 방식에 "정신 차려!" 하고 호통을 치지 않고는 못 배길 것 같다. (끝)

심정명 옮김

「떠도는 류큐인」에 대하여

• 작품 해설

    1926년 3월에 『주오코론』에 처음 발표되었다. 등장인물인 미카에루 다미요가 이야기하는 류큐(琉球) 즉 오키나와의 농업 문제는 1920년 설탕 가격 폭락을 배경으로 오키나와 사회의 붕괴가 시작된 이른바 '소철지옥'을 시대적 배경으로 하고 있다. 이러한 경제적 어려움을 이유로 오키나와에서는 많은 인구가 돈을 벌기 위해 일본 본토나 해외로 유출되는데, 이 작품이 발표된 직후에 작가인 히로쓰 가즈오에게 항의문을 쓴 '오키나와 청년동맹'도 이러한 흐름 속에서 만들어진 단체다. 오키나와의 경제적 피폐 상황을 오키나와 현민의 성격에 기인하는 것으로 바라보는 시선이 존재하는 가운데, 작가 자신을 모델로 한 듯한 주인공 '나'가 류큐인에게 속아 넘어가는 소설의 줄거리에 대해 오키나와 청년동맹은 "이 작품의 경우에 굳이 '류큐인'이라는 제목을 붙여야만 했을까", "내지에서도 흔히 있을 법한 한두 사람의 나쁜 소행에 짐짓 조건을 붙인 귀하의 의도"를 물으며 자칫 오키나와 현민이 오해를 살 수도 있을 가능성을 경계했다. 항의문을 접한 히로쓰는 자신의 소설가적인 공상이 오키나와 현인에게 누를 끼칠 수 있으리라는 것을 예상하지 못했다는 데 책임을 느끼고 작품을 말살하겠다고 약속한다.

이 항의문의 내용과 여기에 등장하는 '내지'라는 말은 오키나와가 가지고 있던 복잡한 위치를 잘 보여준다.

히로쓰가 약속했듯 이후 어느 작품집에도 다시 수록되지 않았던 이 소설은 1970년에 오키나와측의 요청에 따라 『신오키나와문학(新沖繩文學)』 17호를 통해 복각된다. 전후 몇 차례 복각 요청이 제기되기도 했던 이 소설이 다시 등장한 1970년은 1972년 오키나와의 본토 복귀를 앞두고 오키나와와 본토의 관계가 다시금 논의되던 시기였다. 오에 겐자부로(大江健三郎)는 이를 본토의 일본인으로서 스스로가 다층적인 가해자임을 인식하는 것으로 무겁게 받아들였고, 이러한 태도는 작품을 둘러싼 갈등이 "양심적이고자 하는 본토 지식인의 한 태도를 명확히 보여준 사건"(由井晶子)으로 평가되는 것과도 통한다 하겠다. 하지만 작품과 오키나와 청년동맹의 문제 제기, 그에 대한 히로쓰의 응답 과정은 일본과 오키나와라는 지리적 경계를 넘어, '의분'을 느끼게 하는 어떠한 폭력적 상황에 대한 '우리'의 위치 또한 함께 묻고 있기도 하다.

• 주요 등장인물

나(自分) : 소설가 H. 어느 날 불쑥 찾아온 류큐인 미카에루 다미요에게 석유풍로를 산 뒤로 그와 가깝게 지내게 된다. 미카에루에게 류큐의 경제적인 어려움에 대한 이야기를 들으며 의분과 동정을 느끼면서도 이를 위해 무언가를 해야겠다는 생각을 하지는 않는다. 미카에루의 지인에게 소중한 책을 도둑맞기도 하고 미카에루에게 속아 돈을 날리면서도 그에게 화를 내지 않는다.

미카에루 다미요(見返民世) : 소설가인 '나'의 집에 불쑥 찾아와 석유풍로를 팔며 스스로를 류큐인이라고 소개한다. 농촌 문제에 관심이 있다면서 '나'에게 류큐 문제를 이야기하기도 한다. '나'를 속여서 책을 판 뒤로 모습을 감췄다, 아내를 데리고 다시 나타나 '나'와 같은 하숙집으로 들어온다.

우에노 마스오(上野增男) : '나'의 친구인 U의 출판사에서 일하던 남자로 '나'와 함께 출판사를 차린다. '나'는 우에노를 믿고 회계와 관련한 일을 전부 맡기지만, 회사의 돈을 횡령해서 쓰다 결국에는 사무소까지 남의 손에 넘기고 자취를 감춰버린다.

• 작품 요약

소설가인 '나'의 하숙집에 어느 날 불쑥 미카에루 다미요라는 인물이 찾아온다. 스스로를 류큐인이라 소개하는 미카에루에게 '나'는 호의를 느낀다. 모파상의 책을 번역해서 얻은 인세가 지속적으로 들어오는 덕분에 '나'는 태평하게 지내지만, 그러다 보니 약속한 소설을 쓸 마음이 들지 않는다. 미카에루는 이렇게 지내는 '나'를 매일 같이 찾아온다. 하루는 미카에루가 '나'에게 류큐의 농촌 문제에 대해 이야기하는 것을 듣고 '나'는 류큐의 상황에 의분을 느낀다. 미카에루의 이야기에 따르면 사탕수수 농사를 아무리 지어도 헐값밖에 받지 못하고, 나하(那覇)의 세금은 도쿄보다 비싸다. 류큐 청년들은 규슈의 가혹한 탄광 생활을 이상향처럼 생각할 정도다. "고향에 있어도 안한치 않고 내지에 나가도 안정할 수 없는 류큐인"을 미카에루는 '떠도는 류큐인'이라고 표현한다.

결국 '나'는 소설을 쓰지 못한 채 마감을 넘겨 버린다. 미카에루는 이제 '나'의 방에 거의 죽치고 앉았다시피 한다. 여자에게 선물할 장갑을 사 달라는 미카에루에게 '나'는 장갑을 사준다. 또한 이 무렵에는 '나'의 친구 U의 출판사에서 일했던 우에노 마스오라는 청년이 '나'의 하숙집을 자주 드나든다. '나'는 우에노와 출판사를 하나 차리려고 계획한다. 한편 미카에루는 문학을 좋아하는 류큐인 청년 O를 '나'에게 소개하는데, O는 '나'에게도 한 권밖에 없는 책을 빌려간 뒤 '기념으로 받아 두겠다'라는 엽서 한 장을 보내고 소식을 끊어 버린다. O의 행동에 대해 미카에루는 류큐인은 내지에서 조금 무책임한 짓을 해도 당연하다고 생각하는 경향이 있다고 말하고, 이 말에 일리가 있다고 느낀 '나'는 화가 가라앉는다. '나'는 류큐인처럼 압박받는 위치에 있다면 압박자에게 신의나 도덕을 지킬 마음이 들지 않을 수도 있겠다고 생각한다. 그리고 미카에루는 '나'를 속여 출판사에서 가져간 책을 헌책방에 팔아 '나'에게 손해를 입힌 뒤부터 '나'를 찾아오지 않는다.

'나'는 우에노 마스오와 함께 출판사를 차리고, 회계와 관련한 일을 그에게 일임한다. O가 우에노를 찾아와 출판사에서 써 달라고 하자, 우에노는 자신의 형과 함께 하던 사업에 O를 고용한다. 하지만 O는 수금한 돈을 들고 사라져 버린다. 그런데 O에게 속았던 우에노는 '나'에게 비교도 되지 않을 정도로 큰 손해를 입힌다. 회사 돈을 횡령했을 뿐 아니라 '나'가 지진을 피해 도쿄를 떠나 있는 틈을 타 사무소까지 남의 손에 넘기고 자취를 감춰 버린다. '나'가 출판사 일로 고생을 하는 사이 미카에루가 회사로 찾아와 명함을 남겨놓고 간다. 오사카에서 일하고 있다는 미카에루는 그 뒤로 다시 '나'를 찾아와 우에노를 보고 신용할 수 없는 사람이라고 이야기한다. '나'는 미카에루의 태도가 우습기는 하지만 그가 '나'에게 한 일을 싹 잊어버리고 있는 것처럼 행동하는 데 오히려 호의를 느낀다.

그 뒤로 한 달에 한 번씩 세 번쯤 '나'를 찾아온 미카에루가 어느 날 다시 '나'의 하숙방에 불쑥 찾아온다. 오사카의 회사를 그만두고 농촌 아동 잡지를 만들겠다는 미카에루는 그새 결혼한 아내와 함께 '나'와 같은 하숙집에서 살게 된다. '나'는 왠지 더 이상 미카에루에게 예전 같은 흥미를 느끼지 못한다. 그럼에도 '나'는 하숙비가 밀렸다는 이유로 쫓겨날 지경인 미카에루를 위해 하숙집 아주머니에게 보증을 서준다. 일주일쯤 지나 '나'는 미카에루가 말 없이 하숙집을 나가 버렸음을 알게 되고, 결국 미카에루의 밀린 하숙비를 대신 갚아준다. '나'는 '떠도는 류큐인' 어쩌니 생각하면서 사람에게 이용할 틈을 보이는 자포자기적인 생활 방식에 '정신 차려!' 하고 호통을 치고 싶어진다.

• 참고자료

中程昌德, 「「さまよへる琉球人」解說」, 廣津和郎, 『さまよヘル琉球人』, 同時代社, 1994.

도미야마 이치로/심정명 옮김, 『유착의 사상』, 글항아리, 2015.

히로쓰 가즈오/심정명 옮김, 「떠도는 류큐인」, 『지구적 세계문학』, 글누림, 2016.

히로쓰 가즈오/심정명 옮김, 「오키나와 청년동맹 여러분에게 답한다」, 『지구적 세계문학』, 글누림, 2016.

오키나와 청년동맹의 항의서

히로쓰 가즈오 군에게 항의한다

제국의 남단 오키나와 현이 현재 극도의 경제적 궁핍에 빠져 실로 빈사 상태에 놓여 있다는 사실은 귀하도 이미 잘 알고 계시는 바와 같습니다. 잡지 〈주오코론〉 3월호에 게재된 귀하의 「떠도는 류큐인」이라는 작품을 읽고 귀하가 제국 동포로서 또 인류의 일원으로서 본 현민의 어려운 상황에 대해 동정어린 관찰을 해주신 데 깊은 감사의 뜻을 표합니다. 그런데 반대로 이 작품 때문에 우리 현인(縣人)이 혹 오해를 받을 우려도 약간 있지 않을까 짐작되어 여기서 현명하고 정의를 사랑하는 귀하가 고려해주기를 바랍니다.

우리는 작가에게 창작의 자유가 있음을 인정합니다. 귀하가 두 류큐인을 제재로 삼더라도 이는 귀하의 마음입니다. 악인을 그리든 파렴치한을 그리든 우리는 이에 대해 왈가왈부할 권리가 없습니다. 하지만 작품이 일단 사회에 발표됐을 때 만일 이 작품으로 현실적인 영향을 받는 사람이 생길 경우 작가는 그에 상응하는 책임을 져야 한다고 생각합니다. 사회를 바로 잡기 위해 또 인류를 위해 창작에 매진하는 귀하라면 이를 소설이고 '만들어낸 이야기'일 뿐이라며 회피하지는 않으리라고 우리는 짐작합니다.

◇　　　　　　　　　◇

이 작품의 경우에는 굳이 '류큐인'이라는 제목을 붙여야만 했을까요? 물론 우리는 현재 류큐 문제가 전국적인 흥미를 끌고 있다고 해서 일종의 광고 같은 책략을 부리는 비열한 저널리즘 정신을 숭고한 문예 사업에 몰두하고 있는 귀하가 염두에 두었다는 세련되지 못한 억측을 하고 있는 것이 아닙니다. 그저 「떠도는 류큐인」이라는 제목 아래 내지에서도 흔히 있을 법한 한두 사람의 나쁜 소행에 짐짓 조건을 붙인 귀하의 의도, 귀하의 목적이 뭔가 있을까요? 이 작중 인물은 「떠도는 내지인」과 어떠한 차이도 없으리라고 생각합니다.

◇　　　　　　　　　◇

본 동맹은 산업청년의 단체입니다. 우리는 자산이 없고 무능력하여 일하지 않으면 목숨을 부지하지 못합니다. 언제 우리도 현 바깥에 일자리를 구하러 나가지 말라는 법도 없습니다. 그렇다면 이 문제는 현민 대중 일반의 문제인 동시에 이윽고 우리 자신 또한 위협할 중대한 문제입니다. 때문에 본 동맹은 지난 3월 14일에 열린 대회에서 귀하에게 항의를 제출하는 데 긴급동의를 만장일치로 가결하고 귀하에게 항의하는 바입니다.

〈호치신문(報知新聞)〉 1926년 4월 4일〉

야마노구치 바쿠 山之口 貘

1903년 오키나와 나하시에서 태어나, 총 197편의 시를 남겼다. 1922년 상경해서 일본미술학교에 입학하지만 한 달 만에 퇴학. 1923년에는 생활고로 하숙비를 내지 못하고 야반도주하는 등 생활고에 시달렸다. 도쿄대진재 당시 오키나와로 돌아갈 것을 결의하며, 이후 야마노구치 바쿠라는 필명을 쓰기 시작했다. 1924년 '류큐가인연맹 (琉球歌人聯盟)' 활동을 시작했고 미술전에 작품을 내는 등 화가를 지망했다. 1925년에 다시 상경했으며 1930년 이하 후유(伊波普猷)의 도쿄 집에서 오키나와 시인 이하 난테쓰(伊波南哲)와 함께 기식했다. 1932년 시인 가네코 미쓰하루(金子光晴)와 교류를 하는 등 시작에 몰두했다. 1937년에는 이바라키 출신의 야스다 시즈에(安田静江)와 결혼했다. 1938년 첫 시집을 출판한 후, 1939년 일본의 주요 문예지에 시 등을 게재하기 시작했다. 일본의 패전 이후, 1951년부터 오키나와의 일본복귀를 바라며 이하 난테쓰 등과 함께 오키나와 무용 모임을 개최했다. 1958 년 34년 만에 오키나와를 방문했다. 1963년 위암으로 타계.

야마노구치 바쿠의 詩

오키나와여 어디로 가는가[*]

자비센[01]의 섬
아와모리의 섬

시의 섬
춤의 섬
가라데의 섬

파파야에 바나나에
향귤나무(구녠보)[02] 등이 열리는 섬

---

[*] 「오키나와여 어디로 가는가(沖繩よどこへ行く)」『婦人俱楽部 臨時增刊 講和記念臨時號』,
  1951. 9.

01 자비센(蛇皮線)은 오키나와 전통 악기 산신(三線)을 일본에서 부르는 속칭. 산신이 일본에서
  개조돼 샤미센이 되었다고 한다.

02 구녠보(九年母)는 오키나와 특산 향귤나무

소철(蘇鐵)과 용설란(龍舌蘭)과 용수(榕樹)의 섬
불상화(佛桑花)나 데이고(梯梧)[03]의 진홍색 꽃들이
불길처럼 활활 타오르는 섬

지금 이렇게 향수가 이끄는 대로
망연자실 하며
다시 한 줄씩
시를 쓰는 나를 낳은 섬
이제 와서는 류큐(琉球)라는 것은 명목뿐으로
옛 자취는 찾을 길 없고
섬에는 섬 길이만한
포장도로가 뻗어있어
그 포장도로를 걸어서
류큐여
오키나와여
이번에는 어디로 간단 말이냐

생각해 보면 옛 류큐는
일본의 것인지
지나(支那)의 것인지
서로 확실히 알지 못한
구석이 있었던 해의 일이다
타이완에 표류한 류큐인들이

---

03 데이고는 진한 분홍빛의 콩과식물로 오키나와의 현화.

생번(生蕃)에게 살해당했던 것이다
그 때 일본은 지나에게
우선 그 생번의 죄를 몹시 물었으나
지나는 모르쇠로 일관하며
생번은 지나의 관할이 아니라 했다 한다
그러자 일본은 그렇다면 하고 나서서
생번을 정벌해 버리자
깜짝 놀란 것은 지나였다
지나는 갑자기 태도를 바꿔서
생번은 지나의 소할(所轄)이라며
이번에는 일본을 향해 그렇게 말했다 한다
그러자 일본은 즉각
그렇다면 하고 나서서
군비 배상금과 피해자 유족의 무휼금(撫恤金)을
지나로부터 받아냈다
그 이후로
류큐가 일본의 것임을
지나는 인정하게 됐다 한다
그 후 얼마 지나지 않아
폐번치현 하에
결국 류큐는 다시 태어나
그 이름이 오키나와 현으로 바뀌어서
3부 43현의 일원으로
일본이 되는 길에 곧장 발을 내딛었다

그런데 일본이 되는 길로 곧장 나아가기 위해서는

오키나와 현이 낳은

오키나와어로는 불편해서 그 길을 걸을 수 없었다

따라서 일본어를 공부하거나

혹은 기회가 있을 때마다

일본어로 생활을 해보는 식으로 하여

오키나와현은 일본이 되는 길을 걸어왔다

생각해보면 폐번치현 이래

70여년 동안 그 길을 걸어왔으니

그 덕분에 나와 같은 사람까지도

생활의 구석구석까지 일본어를 써서

밥을 먹는데도 시를 쓰는데도 울거나 웃거나 화를 낼 때도

인생 모든 것을 일본어를 쓰며 살아왔던 것인데

전쟁 따위 하찮은 것을

일본이라는 나라는 했구나

그건 그렇다 치고

자비센의 섬

아와모리04의 섬

오키나와여

상처가 지독히도 깊다고 들었다만

몸 건강히 돌아와야 하느니

자비센을 잊지 말고

---

04 아와모리(泡盛)는 오키나와의 전통주. 좁쌀 혹은 쌀로 담근 독한 소주의 일종.

아와모리를 잊지 말고
일본어의
일본으로 돌아와야 하느니

「오키나와여 어디로 가는가」에 대하여

● 작품 해설

　야마노구치의 시는 절제된 언어의 미학이 특징이다. 그의 시는 오키나와 인으로서 일본인에게 분노에 참 외침을 쏟아내지 않는다. 그는 상경해서 빈 곤과 차별 속에 살았음에도 일본에 대한 원념이나 원색적인 비판을 하는 대신에, 자신의 궁핍한 상황을 응시하며 삶에 대한 강렬한 긍정을 인류적, 지구적, 우주적 차원에서 유머러스하게 펼쳐 보인다. 문예평론가 다카하시 토시오가 말하고 있듯이 그는 "사람과 사람 사이의 수직적 관계를 싫어하고, 수평적 관계의 편안함을 한들한들, 지구감각 그리고 우주감각으로 포착"해 낸 희유한 시인이다. 그래서 아시아에서 맹위를 떨 일본 제국과 그 수도에서 근근이 살아가면서도 지배자들을 증오하는 것이 아니라 수평적 관계 속에서 이들을 유머 넘치는 필치로 그려내고 있다.

　또한 그의 시는 어려운 시어를 쓰는 대신에 일상적인 언어를 쓰면서도 삶에 대한 깊이 있는 통찰을 보여준다. 그 대표적인 시가 「방석(座蒲團)」(『文藝』 1935. 2)이다.

흙 위에는 마루가 있다 / 마루 위에는 다다미(疊)가 있다

다다미 위에 있는 것이 방석으로 그 위에 있는 것은 안락하다 한다

안락함 위에는 아무 것도 없을까 / 자아 어서 앉으시죠 하는 권유에

안락하게 앉았던 쓸쓸함이여 / 흙의 세계를 아득히 멀리서 내려다보듯이

정들지 않는 세계가 쓸쓸하다

이 시에는 어려운 말은 한마디도 들어 있지 않지만, 삶에 대한 번뜩이는 통찰이 돋보인다. 이것은 고도의 비유라 할 수 있는데 사람은 맨바닥에 앉아 있을 때와 방석에 앉아 있을 때 달라지게 마련이다. 게다가 그것이 안락함을 추구해서 얻게 된 지위라고 한다면 그 상승 행위에는 '자괴감'이 뒤따르게 돼 있다. "정들지 않는 세계"의 쓸쓸함이란 구절에 공감하게 되는 이유다. 이런 식으로 야마노구치 바쿠는 오키나와 사람에게만 통용되는 시가 아닌 일본인은 물론이고 지구에 사는 사람이라면 누구라도 공감할 수 있는 시를 쓰고 있다.

하지만 야마노구치 바쿠가 인생론적인 시만 썼던 것은 아니다. 일제 말에 쓰여진 「종이 위」(1939. 6)는 중일전쟁을 응시하는 시인의 안타까운 심정이 잘 담겨있다. 많은 작가들이 펜부대 등 종군의 형식으로 전쟁을 추종해 가던 상황에서 '종이'는 전쟁 프로파간다를 선전하는 장으로 변해갔다. 시인은 그 종이 위를 응시하며 중국 대륙에서 벌어지고 있는 전쟁을 비판적으로 응시한다. 그는 "전쟁이 일어나자 / 날아오르는 새처럼 / 일장기의 날개를 벌려서 그곳으로부터 모두 날아올랐다 /(중략) 언제 쯤 "전쟁"이라는 말을 할 수 있는 것인가 / 불편한 육체 / 더듬거리는 사상 /마치 사막에 있는 것 같다"라고 하면서 진행 중인 전쟁에 대한 자신의 답답한 심경을 토로한다. 물론 이는 1939년 당시이기에 가능했던 시적 표현으로 이 정도의 시

도 1941년을 넘어서면 거의 불가능해 진다. 이후 야마노구치 바쿠가 사회 문제를 다룬 시를 쓰는 것은 지금까지 확인된 바로는 '전후'가 돼서다.

특히 샌프란시스코 강화조약으로 미군의 오키나와 지배가 공고해지는 가운데, 그는 「오키나와여 어디로 가는가」(1951. 9)라는 시를 쓴다. "자비센의 섬/ 아와모리의 섬 / 오키나와여 / 상처가 지독히도 깊다고 들었다만 / 몸 건강히 돌아와야 하느니 / 자비센을 잊지 말고 / 아와모리를 잊지 말고 / 일본어의 / 일본으로 돌아와야 하느니"라는 구절에서도 알 수 있듯이 오키나와 전으로 씻을 수 없는 상처를 입은 오키나와가, 미군에 의해 점령돼 있는 상황을 그리고 있다. 그러면서 시인은 오키나와가 전통을 잃지 않고 다시 일본으로 돌아와야 한다고 쓰고 있다. 이는 반드시 오키나와가 일본 복귀를 해야 한다는 맥락이라기보다는 샌프란시스코 강화 조약으로 '버리는 돌' 취급을 받게 된 오키나와의 상황은 물론이고 오키나와가 맞이한 근대를 통시적으로 응시하면서 계속 해서 오키나와가 미군의 지배를 받는 것의 부당함을 호소하고 있는 것에 다름 아니다. 이 외에도 야마노구치는 「섬으로부터의 바람」(1962. 12)이나 「복숭아 꽃」(1963. 2. 2), 「탄알을 뒤집어쓴 섬」 (1963. 3)을 써서 미군의 오키나와 지배를 비판하는 것은 물론이고, 오키나와가 아닌 도쿄에서 사는 자신을 희화화 해서 그리는 것으로 죽을 때까지 고향 오키나와에 대한 시를 써나갔다.

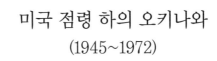

미국 점령 하의 오키나와
(1945~1972)

- 칵테일파티
- 오키나와 소년

오시로 다쓰히로 大城立裕

1925년 오키나와 현 출생. 1943년 상하이 동아동문서원대학(東亞同文書院大學) 입학, 패전으로 1946년 학업을 중단하고 귀국. 미 점령하 오키나와에서 고등학교 교사로 재직하였으며, 류큐정부, 오키나와현청 소속으로 오키나와사료편집 소장, 오키나와현립박물관장 등을 역임하였다. 1967년 『칵테일파티』로 오키나와 문단에 첫 아쿠타가와상(芥川賞, 제57회)을 안겨주었다. 그 외 『소설 류큐처분』, 『환영의 조국』, 『신의 섬』, 『동화와 이화 사이에서』 등 다수의 소설과 희곡, 엣세이를 발표하였다. 최근 2015년에는 자전적 소설 『레일 저편』으로 가와바타야스나리문학상(川端康成文學賞, 제41회)을 거머쥐었다.

칵테일파티[*]

[前章]

수위에게 미스터 밀러의 이름과 하우스 넘버를 말하자 일단 전화로 확인을 거친 후, 게이트에서 들어가는 길을 가르쳐주었다.

"그냥 이대로 들어가면 됩니까?"

나는 다시 물었다.

"네. 들어가세요."

수위는 무표정하게 대답했다.

"왜 그런 걸 묻는 거죠?" 라고 되묻지 않았다.

지루한 것에 익숙한 표정이었다.

게이트로 들어서자 깨끗하게 포장된 길이 두 갈래로 나뉘며 집들이 늘어선 안쪽까지 이어져 있었다. 안쪽에서 다시 몇 갈래로 갈라져 기지주택(베이스타운) 혹은 오키나와 주민들이 말하는 이른바 '가족부대(家族部

---

* 번역에는 『大城立裕全集』 9 (勉誠出版, 2002)을 사용하였으며, 『오시로 다쓰히로 문학선집』 (글누림, 2016)에 실린 글을 재수록한 것이다.

隊)'라 불리는 집들이 이어져 있었다. 그런데 이곳 도로설계가 평범하지 않다. 직선이 아니라 구불구불하게 되어 있는데, 그것 때문에 10년 전 나는 이곳에서 호된 경험을 한 적이 있다.

그날도 오늘처럼 무더운 오후였다. 지금처럼 이 안에 아는 사람이 있었던 건 아니었다. 이 근처에 볼일이 있어 일을 마친 나는, 집으로 돌아가는 길에 이곳 게이트 앞에서 우발적인 충동을 느꼈다. 때마침 수위실에 수위가 보이지 않았던 건 행운이었을까, 불행이었을까. 어쨌든 나는 이 가족부대 안을 가로질러 동쪽 편으로 빠져 나가보자고 생각했다. 이 부지 동쪽 끝은 아마도 R 은행 S 마을 지점과 연결되어 될 것이다. ······내게는 소년 시절부터 모르는 길을 방향만 어림잡아 무작정 걷는 유별난 취미가 있었다. 말하자면 소소한 탐험 취미인 것이다. 나는 게이트 안으로 빨려 들어가듯 걷기 시작했다. 하지만 약 20분정도 걸었을까, 내 생각이 오산이라는 걸 깨달았다. 계산대로라면 대략 직선으로 가로질러 가면 15분, 어슬렁어슬렁 구경하면서 걸어도 20분정도면 될 거라고 생각했는데, 30분이나 걸었는데도 동쪽 끝에는 철조망 비슷한 것도 보이지 않았다.

나는 같은 곳을 뱅뱅 돌고 있었던 것이다. 집들은 모두 같은 모양을 하고 있었고, 뜰에 심어진 나무 모양만 드문드문 다를 뿐이었다. 빨래 색깔이나 모양을 보고 같은 길을 맴돌고 있다는 것을 알았다. 외국인이나 메이드들은 나에게 아무런 표정을 보이지 않았지만 길을 잃었다는 생각에 문득 공포감이 밀려왔다. 어차피 여기도 내가 사는 시市 안이라고 마음을 다잡아 보았지만 아무래도 무리였다. 메이드 하나를 붙잡고 길을 물어 보았다. 메이드는 무표정하게 내게 길을 가르쳐 주었다. 그녀의 차분한 태도는 그녀와 내가 멀리 동떨어진 저편의 존재라는 느낌을 갖게 했다. 우여곡절 끝에 동쪽 끝 뒷문으로 간신히 빠져나올 수 있었다. 집에 도착해 아내에게 낮에 있었던 일을 말하자 군 상대 세탁회사에 근무한 경험이 있는 아내가 놀라며 말했다.

"우리 회사 동료도 용건이 있어 갔다가 도둑으로 오인 받아 헌병에게 인도된 일이 있었어요. 패스를 지니고 가도 그런 일이 있다니까요."

벌써 10년 전 일이다. 그날 이후 혼자 걷는 즐거움도 다소 시들해졌다. 특히 기지주변에서는 더욱 조심스러워졌다. 독신이라면 그런대로 맘 편히 다녔겠지만, "아이도 있으니 책임감을 가져요."라는 아내의 당부도 있었고 조심해서 나쁠 건 없기 때문이다. 전쟁 전에는 오키나와 섬 어디를 가든 안전했지만 이젠 그런 세상이 아니기 때문이다. 하우스에서 일하는 메이드들은 어떨까? 수위들이 소총을 갖고 있어 무섭진 않을까? 외국인 아이가 버스 창문에 돌을 던졌다든가 공기총을 발사했다든가 하는 이야기가 가끔 신문에 실린다. 그 아이들은 오키나와 사람들이 사는 거리를 맨손으로 거닐 때 공포를 느낀 적이 있을까? 없을까? 예컨대 우리 집 방한 칸을 빌려 애인을 머물게 하고 일주일에 이틀 정도 머물다 가는 로버트 할리스(ロバート・ハリス) 병사는, 오키나와 사람들만 사는 이 마을에서 공포감을 느낀 경험이 단 한 순간이라도 있을까?

그건 그렇고 오늘은 기분 좋은 날이다. 미스터 밀러(ミスター・ミラー)의 파티에 초대받은 것이다. 누군가에게 붙잡혀도 미스터 밀러의 이름과 전화번호, 하우스 넘버만 대면 되는 것이다. 미스터 밀러는 사랑스러운 구석이 있다. 내가 근무하는 관공서로 불쑥 찾아오더니 치웨이츄오(チーウェイ―チューホエ)에 초대하고 싶다고 말했다. 치웨이(酒會)는 중국어로 연회라는 말이라는 건 알았지만 츄오(鷄尾)가 무슨 의미인지는 몰랐다. 미

스터 밀러가 내민 초대장에 그려진 닭 그림과 영어로 'Cock Tail'이라고 표기한 것을 보고 비로소 알게 되었다. 비록 직역이긴 하나 내가 미국인인 미스터 밀러에게 중국어를 배우는 모양새가 되어 재미있었다.

"쑨(孫) 선생과 오가와(小川) 씨를 초대했어요. 거기다 내 친구들까지 하면 열너덧 명 됩니다."라고 미스터 밀러가 말했다.

쑨 씨는 중국인이고 오가와 씨는 N현 사람인데 이렇게 네 명이 중국어 연구모임을 만들었다. 말이 연구모임이지 중국어로 자유롭게 대화하는 모임이다. 가능한 영어를 사용하지 않기로 했다. 영어로 대화하면 나나 오가와 씨, 쑨 씨에게 공부가 될 텐데 왜 하필 중국어일까? 미스터 밀러의 권유로 시작된 모임이기 때문이겠지? 그런 건 뭐 아무래도 좋다. 사실 일본인과 미국인만 존재하는 이 땅에서 중국어로 대화하는 모임이 있다는 것 자체만으로도 우리에게 특별한 친밀감을 주었다. 우리는 한 달에 한번 미스터 밀러 이름으로 군전용 클럽에 예약했다.

오늘밤 파티에 초대된 손님들이 모두 중국어와 관계가 있는지 어떤지는 제대로 듣지 못했다. 그러나 그런 건 아무래도 좋았다. 우선 애교가 넘치는 미모에 풍만한 몸매를 한 미세스 밀러를 만날 수 있다(그녀를 우리 모임에 한 번 소개한 적이 있다). 그리고 맛있는 술을 마실 수 있다(나 같은 현지인 월급으로는 도저히 불가능한 일이다). 어느 때 부턴가 나는 중국어 모임 이외의 즐거움을 찾게 되었다. 한 달에 한번 모이는 군 클럽이 그렇다. 이 클럽에서 하는 식사는 세금이 붙지 않아 훨씬 저렴했다. 그렇다고 현지인 아무나 들어갈 수 없는 곳이었다. 어느덧 나는 이런 특별 혜택을 받는 즐거움을 누리게 된 것이다. ─집들 사이를 빠져나가며 찌는 듯한 더위도 잊은 채, 나는 이 상황을 즐겼다.

"늦었으니 벌주 세 잔!" 오가와 씨가 나를 반갑게 맞으며 말했다. 내가 도착했을 땐 이미 손님들이 가득 들어 차 있었다.

"늦었으니 벌주로 세 잔을 마시라는 말을 중국어로 하면 어떻게 되죠?" 일류신문사에 다니는 젊은 특파원이 말했다.

"호라이조상(後來居上.)" 나는 글라스를 들며 말했다.

"틀렸어요. 그건 늦게 온 사람이 상석을 차지한다는 뜻이에요."

"그게 아니죠." 나는 역습에 나섰다. "호라이조상이라는 말을 일본어로 흔히들 그렇게 번역하는데 틀린 표현이라고 생각해요. 호라이조상이라는 말은 '늦었으니 벌주 세 잔'이라는 뜻에 더 가까워요."

"전머러(무슨 일)?" 쑨 씨가 빙긋 웃으며 잔을 기울였다. 잔 안에 여성 취향의 슬로진이 붉고 투명한 빛을 띠며 찰랑거렸지만 술은 별로 줄지 않았다. 이 머리 좋은 변호사는 중국인치고는 술이 센 편은 아니다.

"호라이조상을 영어로 하면?" 쑨 씨는 일본어를 못하기 때문에 이렇게 물을 수밖에 없었다.

"영어?" 쑨 씨는 넓은 이마 아래의 옅은 눈썹을 움찔거리며 주변을 둘러보았다. "서양에는 이렇다 할 상석이 없어서 말이에요."

유머인지 몰라서 얼버무리는 말인지 알 수 없었다. 하여간 그것을 계기로 우리는 웃었다.

"유쾌한 이야기인가요?" 나와 비슷한 키를 한 외국인이 다가왔다. 코르만 수염이 잘 어울렸다. 그 옆으로 미스터 밀러가 슬쩍 다가오더니,

"이쪽은 미스터 모건(ミスターモーガン)이십니다. 육군영선부(營繕部) 기사(技師)로 근무하고 계시죠. 바로 동쪽 편 옆집에 사세요."

영어로 말했다.

"중국어로 말씀하셔야죠." 미스터 모건이 익살을 떨자 큰 키의 미스터 밀러는 모건의 코르만 수염을 들여다보기라도 하듯 허리를 숙이며, "소개에 음모가 들어있지 않음을 증명하기 위해서라도 말이에요."라고 익살을 떨었다.

"만나 뵙게 되어 영광입니다. 미스터 밀러에게 말씀 많이 들었습니다."

미스터 모건이 술잔을 들어올렸다. 내 잔과 건배를 할 때 여주인인 미세스 밀러가 요리를 내오며,

"칠면조 어떠세요?"라고 묻는다.

검은 원피스의 커다란 옷깃 언저리로 새하얀 가슴이 불룩 솟아있었다. 눈이 부셨다. 어쨌든 분주하게 이런저런 요리를 집어다 먹고 있는데,

"여러분들이 오키나와에서 중국어 회화 모임을 만든 건 분명 현실성 있는 일입니다."

코르만 수염이 거드름 피우며 말했다. 드디어 올 것이 왔다고 나는 생각했다. 얼마나 많은 일본인과 미국인들이 오키나와가 메이지(明治) 이전까지는 중국의 속령이었다고 알고 있던가. —내가 칠면조를 먹고 있는 사이 미스터 모건은 오가와 씨를 붙잡고 물고 늘어졌다.

"당신은 일본 신문기자죠? 오키나와가 일본에 귀속된 데에는 어떤 필연성이 있다고 생각하나요?"

"필연성은 모르겠고 필요성은 있다고 판단하고 있습니다."

신문기자인 오가와 씨는 이런 질문에 익숙한 듯 당황하지 않았다.

"어째서죠?"

"지금과 같은 점령체제가 자연스럽지 못하다고 생각하기 때문입니다."

"그건 그렇지." 코르만 수염이 고개를 끄덕이며, "그렇다면 독립이라는

것도 생각할 수도 있겠군요."

"19세기 이야기를 읽어 본 적 있나요? 어떤 책에는 오키나와가 19세기까지 독립국이었다고 쓰고 있어요."

신문기자가 웃으며 "잠깐 실례."라고 말한 뒤 스탠드로 술을 따르러 갔다.

"19세기 글들도 분명 읽어 봤어요." 코르만 수염은 나와 쑨 씨를 번갈아 보며 오가와 씨를 기다리지 않고 말을 이어갔다. "그러나 20세기에도 그런 이론이 가능하다는 결론을 내렸어요. 혹시 조지·H·카 박사의 『류큐의 역사』라는 책을 읽어보셨나요?"

어지간히 수다스러운 사람이라고 나는 생각했다. 시마즈(島津) 씨가 17세기에 류큐(琉球)를 침략한 이래, 얼마나 류큐를 착취했는지, 메이지 시대에 들어서도 일본 관료와 정부가 오키나와 현을 얼마나 차별했는지, 카의 책을 통해 현지 미국인들이 알게 되었으며, 몇 차례 기사화되기도 했다고 한다.

"그 책은……" 나는 하려던 말을 멈췄다. 그건 어디까지나 미국 정책을 위해 쓰인 책이라는 것을 도저히 입 밖에 꺼낼 수 없었다. "그 책은……수많은 미국인들에게 오키나와관을 심어주었죠."

"맞아요. 그런데 그 오키나와관이 틀렸다는 말씀인가요?"

옆에서 오가와 씨가 새로운 잔의 술을 마시며 나를 보고 싱긋 웃었다.

"제 경험을 하나 들려드리죠." 나는 돌려 말하기로 했다. "종전 직후 나는 상하이 교외에서 군수품 접수 통역을 맡고 있었어요. 일본군 촉탁 신분이었죠. 상대국 중국인 장교들은 매우 상냥했고 사적인 자리에서도 잘 지냈어요. 그때 그들 중 한 명이 나에게 이렇게 묻더군요. 자네가 류큐 사람이라면 우리와 같은 입장 아닌가? 왜 일본군에게 통역 같은 걸 하는 건지……"

코르만 수염이 무슨 의미인지도 모르고 고개를 크게 끄덕였다. 미스터 밀러는 미소와 함께 쑨 씨를 돌아봤다. 쑨 씨는 희미한 미소를 띠며 나를 바라보고 있었다.

"나는 이렇게 대답했어요. 그래요, 당신들 이론대로라면 그런 의문이 생길 수밖에 없지요. 중국에서는 류큐가 예로부터 중국 영토였다고 되어 있으니 말이에요. 그런데 우리는 류큐가 원래 일본 영토라고 교육받았어요. 어차피 인간의 관념은 교육받은 대로 되는 거니까요. 무엇이 진리일지는 신만이 알고 있겠죠……"

"비겁하군, 비겁해." 미스터 모건이 입을 크게 벌리고 웃으며, "하지만, 뭐 어때. 그것이 류큐인의 역사에서 얻은 삶의 지혜라는 건가?"

이번엔 내 쪽에서 웃었다. 웃고 난 후 바로 접시로 시선을 돌려 햄과 야채샐러드와 삶은 달걀을 연거푸 입에 집어넣었다. 더 이상 모건과 이 화제를 이어가는 것이 귀찮아졌다.

코르만 수염이 만족한 듯 글라스의 술을 흔들면서 자리를 뜨자 미스터 밀러가,

"아이들은 잘 지내나요?"라고 중국어로 물었다. 화제를 부드러운 쪽으로 바꾸려는 배려가 보였다.

"아이들이라뇨. 딸 하나에요."라고 대답하자 다시 웃음이 터졌다.

고등학생인 딸은 영어를 좋아해 야간 영어회화 학원에 다니고 있는데 그 학원 강사 중 하나가 바로 미세스 밀러. 이런 점도 우리 사이를 가깝게 했다.

"맞아, 그랬지. 그런데 애가 너무 적어요." 미스터 밀러가 진지한 표정을 지었다. "절망적이야. 나는 셋. 더 낳아도 좋다고 생각하는데."

"그 말 부인께 확인해 봐도 되나요?"

"물론이죠. 아내가 맡고 있는 영어 클래스에서 학생들 가족 수를 조사한 적이 있는데 자기는 겨우 평균치라며 어떻게든 평균을 넘고 싶다고 말했거든요."

"미국은 어떤 분위긴가요?"

"글쎄, 역시 아이가 많은 편이 행복하지 않을까요?"

"그야 행복하겠죠. 하지만 그건 역시 제대로 키웠을 때 얘기고."

"아니, 오키나와 사람들은 쉽게 생활이 어렵다는 말을 하나요?" 그러더니 미스터 밀러는 시선을 오가와 씨에게로 옮겼다.

"나이든 사람을 생활고 때문에 산에 버리는 풍습이 있는 건 당신 고향이 아니었던가요?"

"오바스테야마 전설(姥捨山 : 일본에 전해 내려오는 노인 유기 풍습으로, 한국의 고려장과 유사함.) 말씀인가보네요. 우리 현에서는 특별히 그런 일이 있었던 것 같진 않지만 일본 전역에서 일반적으로 행해졌다고 들었어요." 애매하게 어물쩍 넘기면서, "오키나와에도 있지 않았나요?"라고 물었다.

"들어본 적 없어요. 하지만 굳이 말하자면 마비키(間引き : 먹는 입을 하나라도 줄이기 위해 부모가 자식을 죽이는 일본의 풍습.) 풍습은 있었던 듯합니다. 태어나 자라야 할 아이의 가능성을 잔혹한 방법으로 잘라버리는……."

"그걸 시행한 사람이 아마 사이온(蔡溫)이라는 정치가였죠? 18세기의." 오가와 씨는 자신의 지식을 내보이며, "그 방면의 책을 보면 옛 정치가들은 인구문제에 상당히 고심했던 것 같아요. 그런데 또 어떻게 생각하면

고심하지 않았던 같기도 해요. 잔혹한 수단이 허용되었다는 것은 문제 해결에 고심하지 않았다는 뜻이기도 하니까요."

나는 오가와 씨의 이야기가 아슬아슬한 곳까지 와 있음을 느꼈다. 인구 문제는 20세기에도 여전히 인류의 커다란 과제였을 것이다. 논자 중에는 전쟁을 인구 삭감의 수단으로 칭송하는 사람이 있을 정도니 말이다. 세계 인류의 인구를 한순간에 줄일 수 있는 핵폭탄 이미지가 내 안에 가득 퍼졌다. 어쩌면 오가와 씨도 나와 같은 생각을 하고 있을지 모른다. 그는 일류신문사 기자다. 미스터 밀러도 그런 생각을 했을지 어떨지. 그러나 이쯤해서 생각을 멈추고, 나는 쑨 씨에게 물었다.

"중국에도 그런 일이 있었나요?"

"글쎄요, 나는 역사라든가 풍습은 잘 몰라요. 하지만 이것만은 말할 수 있습니다. 중국처럼 3천년이나 고초를 겪어온 나라라면, 웬만한 경험은 다 해보지 않았을까 싶은데요."

넓은 이마, 그 아래 도수 높은 안경, 그 너머에 있는 가느다란 눈은 상냥하게 나를 응시했지만, 나는 그가 중국공산당이 지배하는 대륙에서 홍콩으로 망명한 사람 중 하나라는 사실을 떠올렸다. 언제인가 그가 나에게 해준 말이다. 아이 셋 가운데 둘이 중공군 병사에게 사살되는 장면까지 목격하고는 도망쳤는데, 아내와 남은 아이 하나는 대륙에 남겨둔 채였다. 그 후 지금까지 소식이 끊겼다는 이야기를 내게 해 주었다. 나는 그의 상하이 시절 이야기가 듣고 싶었는데 그는 그곳 생활에 대해선 별로 말하지 않았다. 그의 침묵을 통해 나 역시 그의 고충을 알아차렸다.

"귀모뤄(郭沫若)의 『파도』라는 소설 속에 중일전쟁이 한창일 때 적군의—그러니까 일본군 비행기의 폭음을 들은 어머니가 울어대는 아이의 목을 졸라 죽이는 장면이 있어요."

신문기자가 말했다. 쑨 씨가 무표정하게 천천히 고개를 끄덕였다. 그렇다는 건지, 그렇지 않다는 건지 어느 쪽에 장단을 맞추는 건지 모르겠으나, 더러는 뭔가 참으면서 어쩔 수 없이 응수하는 모습도 보였다.

"오키나와에도 있었어요." 나는 오가와 씨를 향해 말했다.

"오키나와 전투에서는 그런 사례가 수두룩하다고 들은 적이 있어요. 게다가……." 나는 또 말을 머뭇거렸다. 그 중에는 일본 병사가 한 짓도 있다고 말하려고 했다. 그런데,

"자, 이제 그만합시다. 술 마시면서 아무래도 전쟁 이야기는 좀……"

사실은 전쟁 이야기가 아니라, 그 이면에 다른 또 하나의 핵심이 있는 거라고 말하고 싶었지만 지금은 그 부분은 피하고 싶었다.

"그런데……" 미스터 밀러였다. "지금 말씀하신 귀모뭐라는 작가는 타이완? 아니면 홍콩에 있나요?"

"아뇨." 오가와 씨는 태연하게 "북경. 그것도 요직에 있다고 하죠? 그렇죠?"라고 말하며, 쑨 씨를 돌아봤다. 쑨 씨는 씁쓸한 미소를 흘리며 그렇다는 표정을 지어 보였다.

"북경?" 미스터 밀러가 쓴웃음을 감추려는 듯 술잔을 들이켰다.

"미스터 밀러. 귀모뭐라는 이름 정도는 알아 두는 게 좋아요." 오가와 씨가 슬슬 취기가 오른 듯한 말투로 말했다. "당신들 미국인 입장에서는 중국공산당 출신 작가라고 하면 말도 꺼내기 전에 배신자라고 생각하죠. 궁극적으로는 인류의 적……아니, 실례. 그 정도까지는 아니지만 처음부터 경원시하죠. 그런 정신이 미국을 불행하게 만드는 겁니다."

미스터 밀러가 어떻게 나올지 나는 약간 조마조마했다. 정색하지 않고

어떻게든 무리한 유머로 받아 넘길 거라고 생각했다. 그런데 미스터 밀러는 변함없이 싱글거리고 있다.

"오키나와에는" 쑨 씨가 나에게 물었다. "고유의 문학이라는 것이 있나요?"

"고유의, 라고 하는 의미는? 내용적으로? 아니면 형식적으로?"

"글쎄요, 그렇게 되물으시니 오히려 제가 잘 모르겠네요." 쑨 씨가 간만에 크게 웃어 보였다. "요컨대 일반적인 일본문학이 갖고 있지 않은 것이라고 해두죠."

"음." 나는 아주 곤란한 얼굴을 했다. "오키나와 말은 원래 일본어 그 자체에요……. 조금 전 말했던 '인간 관념의 원천은 교육이다'라는 의견은 못들은 걸로 하고 들어주세요(나는 가능한 재미있게 말하려고 애썼다). 오키나와에는 13세기 이래 문학작품이 존재했다고 전해집니다. 오늘날에도 만들어지고 있죠. 그런데 그게 본래 일본어를 가지고 쓴 것이어서 오키나와 고유의, 일본에는 없는 것이라는 건…"

"있지 않나요?" 오가와 씨가 끼어들었다.

"**오모로**(おもろ: 류큐시대 고대 서사시), **구미오도리**(組踊り: 류큐시대 고전극). 어엇하게 존재하지 않습니까."

"아뇨. 그게 나는, 그렇게 생각하지 않습니다."

"왜요? 원래 일본어라는 이유 때문입니까? 억지 부리지 마세요. 문화라는 것을 그렇게 좁게 생각할 필요가 없다고 생각해요. 오키나와인이 일본민족의 일부라는 것은 인정해요. 그것이 쑨 선생이 중국인으로서 갖는 주관이라면 내 주관은 그래요. 외부 사람들 누가 보더라도 직관적으로 '독특하다!'라고 느끼는 자기만의 생활문화, 예술문화의 존재는 인정해도 괜찮지 않을까요?"

"그 **독특**이라는 것이 만만치 않은 문제라는 거죠. ……잘 표현이 안 되는데, 예컨대 지방색이라는 것 말이에요. 일본의 지방문화 가운데 하나로 보는 것이 왜 안 된다는 거죠? 왜 본토와 달라야 된다고 생각하는 거죠?"

"잠깐만요. 그 **본토**라는 말, 그건 오키나와 사람들이 만든 말이죠? 적어도 오키나와 사람들이 **본토**라고 말할 때 일본을 크게 둘로 나누고, 그 어느 한 쪽에 자신들을 자리매김하죠. 스스로가 자신을 특수하게 보고 있다는 증거에요. 그러면서 독특한 문화를 부정하는 것은 이상해요."

"잠깐. 이제 보니 두 사람만 일본어로 말하고 있어요. 쏜 선생이 지루한가 봐요."

"일본어로 말을 꺼낸 건 그쪽이 먼저에요."

쏜 씨가 눈치 채고 유쾌한 듯 웃었다. 우리도 소리 높여 웃었다. 미세스 밀러가 요리를 가지고 왔다.

"마담, 마담은 어떻게 생각해요? 오키나와의 독특한 문화에 대해." 오가와 씨는 미세스 밀러를 붙들고 물었다.

"오오, 원더풀." 미세스 밀러는 바로 대답했다.

"빈가타(紅型 : 형지를 이용한 류큐 전통 무늬 염색), 쓰보야(壺屋 : 오키나와 나하시 쓰보야에서 생산되는 도기), 무용, 샤미센(三味線 : 삼현으로 된 일본 고유의 현악기), 모두 모두 원더풀이에요."

"일본문화와 하나라고 생각하세요? 아니면 다른 것이라고 생각하시나요?"

"기본적으로는 같은 것이겠죠. 하지만 개성이 있어요. ……아니, 다른가? 기본적으로는 독자적인 것인데 일본에 상당히 가까운."

"정확히 어느 쪽이죠?"

"모르겠어요."

살집 좋은 어깨를 움츠리고는 또 한 번 크게 웃었다.

"손님 대접을 해야 하는 사람이어서 이만. 요리를 돌려야 해요."

풍만하고 요염한 육체가 웃으며 사라지자, 오가와 씨가,

"맞다. 지금 생각난 것이 있어요. 몇 해 전 여기에 온 작가 I 씨가, 류큐 요리를 드시면서 혼잣말처럼 하신 말이 있어요. "외로워 보이는 색조로군요."라고. 나도 이 점이 정말 이상하다고 생각하는데요. 빈가타나 칠기 등에서 그토록 화려한 색감을 창조한 오키나와가 어째서 요리에서는 빈약한 분위기(風情)가 나는지 말이죠."

"그건 역시 빈곤의 상징이 아닐까요?" 미스터 밀러였다. "나는 류큐 요리는 잘 모르지만, 한두 번 먹어 본 경험에 의하면 중국요리에 가까운 편이 아닌가 싶어요."

"그렇다면 역시." 오가와 씨가 끼어들었다. "중국문화형을 주장하시는 건가요?"

"앞서가지 마세요." 미스터 밀러는 말하면서 소리 내어 웃었다. "요컨대 빈곤하다는 뜻이에요. 중국요리도, 저기 쑨 선생, 중국 민족은 빈곤과 싸우는 과정에서 발명되었다죠?"

"그런 식으로 교육 받았던 시절이 있었죠." 쑨 씨가 신중한 어조로 대답했다. "3천 년의 기아와 전란의 역사가 그렇게 우수한 요리를 창조한 것이라고 말이죠. 즉 그 어떤 극심한 식량난이 오더라도 자연에서 얻을 수 있는 모든 걸 이용해 먹을 만한 걸 요리해 내는 기술 말이에요."

"뭐가 좋은 건지 앞일은 모르는 거군요." 오가와 씨가 다소 과하다 싶을

정도로 감격에 겨운 표정을 지으며 갑자기 나에게, "오키나와도 이번 기회에 뭔가 창조하려고 한다면 할 수 있겠네요."

"이번엔 일본 복귀상조론(復歸尙早論)?"

"농담하지 마세요. 속단할 일이 아닙니다. 복귀 가망이 없어 보인다고 해서 지레짐작으로 체념하지 말라는 뜻이에요."

"뭘 창조하죠?"

"정신적인 영양. 그 어떤 어려운 시대에도 굴하지 않는?"

나는 문득 이 오가와가 이른바 부락(部落) 출신이 아닌가 하는 의문이 들었다. 이렇게 시원시원하게 스토이시즘을 로맨티시즘으로 바꿀 수 있는 감각은 오직 오키나와인 인텔리들만의 전유물이라고 생각했고, 본토(야마토)라면 아마도 부락민들에게 그런 감각이 있을 거라고 생각한 적이 있기 때문이다. 그러고 보니 중국민족도 마찬가지가 아닐까 하는 생각에 미쳤다. 그래서 쑨 씨에게,

"중국인은 어학에 상당히 능통하더군요."

"그런가요?"

"아니, 그렇게 진지하게 반응하시니 당황스러운데요." 나는 다소 수줍게 웃으며,

"실은 제가 상하이 학원에 유학했을 때 상하이 사람들이 너무나 일본어를 능숙해서 감동했어요."

"점령 하 민중에게는 어쩔 수 없는 생활의 방편이겠지요." 쑨 씨는 순순히 답했다.

"일본이 진출하기 전에는 영어를 꽤 사용했다고 하던데요? 전쟁 후에도 그랬고. 역시 생활의 방편이겠지요." 나는 입 안이 근지러울 정도로 하

고 싶은 말이 있었다.

한 일본인 학생에게 들었던 "망국의 민民이 본능적으로 습득한 기술"이라는 말이었다. 나는 가까스로 그 **농담**을 피하면서 계속 말을 이어갔다.

"저는 요즈음 자주 이런 생각을 합니다. 그에 비하면 오키나와인은 영어가 서툴구나 하고요."

"잘하지 않나요?"

"아니요, 잘하는 사람도 있지만 전반적으로 잘 못하는 것 같아요. 예컨대 학생들의 어학능력을 일본 학생들하고 비교하면."

나는 여기서 중국어로 **본토**라든가 **내지**라든가 **야마토**라는 개념을 번역하는 것이 어려워 일본이라고 말한 것이 마음에 걸렸다.

"그건 정말 그래요." 오가와 씨가 끼어들었다.

"왜 그런 걸까요? 단순히 태만하기 때문일까요? 배울 기회로 치자면 이쪽이 훨씬 많을 텐데요."

"밀러 부인에게 물어보는 것이 좋겠어요." 쑨 씨였다. "오키나와 사람들에게 영어를 가르치고 있으니까요."

쑨 씨가 보기 드물게 순발력 있는 발언을 했지만, 유감스럽게도 미세스 밀러는 반대편에서 외국인을 접대하느라 바빠 보였다.

"아니, 오히려 그건 국어능력이 부족하기 때문이라고 생각해요."

나는 예전부터 생각해 오던 의견을 말했다. "영어 또한 결국은 국어능력이 바탕이 되는 것이니까요. ―뭐니 뭐니 해도 지리적인 거리감과 일상어의 격차가 숙명적인 장애가 되고 있어요."

"역시 문화적 격차가 아닐까요?" 오가와 씨의 농담에 비아냥이 담겨있었다. 오키나와 문화가 일본 문화의 일부라는 조금 전 내 주장을 스스로

가 무너뜨린 꼴이 되었다.

"아니, 그건……" 나는 뭔가 말하려고 했지만 제대로 말할 수 없었다. 그래도 당혹감은 쉽게 웃음으로 바뀌었다. 모두가 웃었다.

"오키나와어에는 중국어가 꽤 들어 있다죠." 쑨 씨가 말했다.

"자, 올 것이 왔군요." 나는 조금 전과는 다른 웃음으로 응답했다. "제가 상하이 학원에 입학했을 때, 함께 간 친구들이 오키나와 출신이니 중국어를 잘할 거라거나, 오키나와 출신 학생이 중국어를 잘한다고 하면 '역시……'라며 당연하다는 식의 반응을 보였죠."

"아니, 그런 의미가 아니라." 쑨 씨가 당황하며 손을 저었다.

"난 당신에게 훌륭한 교육론을 만들어내라는 중국군 장교 같은 말을 하는 게 아니에요. 그보다 진지한 이야기예요. 진지하긴 하지만 부담 갖지는 말아요. ……(말에는 상당히 웃음기가 섞여있다.) 얼마 전 한 연배의 지식인을 만난 적이 있는데 그분이 가르쳐주셨어요. 오키나와 방언 상당수가 그 기원이 중국어라고요."

"오호라, 예를 들면요?" 미스터 밀러가 흥미를 보이며 반응했다.

"아버지를 오키나와 방언으로 **타아리**(ターリー)라고 하죠?" 쑨 씨가 말했다.

"그 말은 중국어의 어른이라는 말에서 온 것이라고 들었어요."

"사족士族, 사무라이 가문에서는 그렇게 말한다고 해요. 그 외에도 간자시(かんざし : 비녀)를 **지이파**(ジーファー)라고 한 것은 '지예파(結髮)'라는 중국어에서 왔다고 해요. 또 설날 음식 담는데 쓰는 용기 통다본(東道盆)이라든가……"

대여섯 단어를 늘어놓고는 "여기서 삼리 정도 떨어져있는 한 마을에서는 다화구(打花鼓)라는 군무(群舞)가 전통예능으로 계승되고 있어요. 제목만 문자로 남아있고 가사는 남아 있지 않아요. 나도 들어보았지만 도무지 짐작이 되지 않더군요."

"하류센경조(爬龍船競漕 : 매년 음력 5월 4일 오키나와 각지의 어항에서 항해의 안전과 풍어를 기원하기 위한 경조대회와 그 축제)의 가사는 배웠지요. 좋은 시에요."

"나가사키의 페론(爬龍)이 떠오르는군요." 오가와 씨가 맞받았다.

"그것도 역시 중국의 어딘가에서 건너 왔다던데. 뭐였더라, 어디였지. 상하이도 아니고 푸저우(福州)도 아니고……"

오가와 씨가 쓸데없는 데 집착하기 시작했다. 술기운 탓인지 찡그린 눈썹을 하고 깊은 생각에 빠진 그 표정이 묘하게 우스꽝스러워 오가와 씨를 쳐다보고 있자니 그 시선 너머에 미스터 모건이 잡혔다. 그는 이쪽을 힐끗 쳐다보고는 급히 입구 쪽으로 가더니 그대로 밖으로 사라졌다.

"페론과 하류센이라, 기묘한 우연의 일치로군." 오가와 씨는 이에 대한 연원을 파헤치는 것을 단념한 듯 보였다.

"류큐에서 나가사키(長崎)로 건너간 걸까요. 나가사키에서 류큐로 건너온 걸까요."

"아니면 기원이 같은 곳에서 각각 건너간 걸까요?" 나도 맞장구 쳤다.

"그럴지도 모르죠. 16세기경에 왜구가 옮겨온 것일지도."

"설마, 왜구가 옮겨왔을까요."

"옮기지 않았을지 모르겠지만, 그렇게 생각하면 재미있지 않나요?"

오가와 씨는 그렇게 말하고는, 쑨 씨를 향해 다시 일본어를 써서 미안하다고 하며 왜구에 관한 이야기를 이어갔다.

"쑨 선생, 왜구는요, 중국을 침범하고 오키나와를 침범하고 일본을 침범했어요. 침범은 했지만 민족적 차별은 없었다고 단언할 수 있어요. 그들은 문화교류에 이바지했어요."

"그건 위험한 사상이에요. 침략을 예찬하는 거잖아요." 쑨 씨가 곧 바로 코멘트 했다.

쑨 씨의 그 코멘트를 머릿속에서 지워내고, 나는 불현듯 미국이 이곳 오키나와에 여러 문화를 들여온 것을 떠올리며 미스터 밀러 쪽으로 시선을 옮겼다. 미스터 밀러는 어느 사이엔가 우리 곁에서 사라지고 없었다. 다른 손님들의 떠들썩함이 새삼스럽게 귀에 들어왔다.

"그 말이 뭐 어때서요. 아, 실례. 침략 예찬에만 초점을 맞추시면 곤란하죠. 역사를 긴 안목으로 보세요. 거기에 문화이동의 진리라고 할까, 세계 여러 민족의 문화가 서로 풍요로워져 가는 논리를 보세요—아니, 이야기가 또 벗어나 버렸네요. 요컨대 나가사키와 오키나와를 중국이라는 커다란 실로 연결된 역사의 낭만이라는 점에서 생각해보고 싶어요."

"아니, 그렇게는 안 되죠." 쑨 씨가 차분한 어조로 말을 막았다. 차분하지만 고집스러움이 묻어나있어 나를 깜짝 놀라게 했다.

"아무리 문화에 공헌한다고 해도 침략은 침략이지요. 게다가 공헌한 것처럼 보여도 실은 공헌한 것이 아닌 것도 있어요. 역사를 긴 안목으로 보면요."

쑨 씨에게서 좀처럼 볼 수 없는 단호한 반론이었다. 오가와 씨는 진귀한 것을 발견한 듯한 눈으로 쑨 씨를 바라봤다. 술이 깨려는 걸까, 기분 좋은 느낌과 함께 쑨 씨의 가슴속에 지금 소용돌이치고 있을 진의가 무엇인지 파악하고 싶어졌다. 그런 기분을 억누르며 나는 속내를 감추고 술잔으로 입을 가져갔다.

그때 미스터 밀러의 목소리가 모두를 침묵하게 했다.

"한창 즐거운 시간을 보내고 계신 중에 대단히 죄송한 말씀 올립니다. 잠시 중단하고 미스터 모건에게 협력해주시기 바랍니다. 그의 세 살 된 아들이 행방불명되었습니다. 저녁 식사 무렵부터 보이지 않았는데 아직까지 나타나지 않고 있어요. 지인들에게 빠짐없이 전화를 돌렸지만 아직까지 소식을 알 수 없답니다. 미스터 모건은 그것도 모른 채 조금 전까지 우리와 환담을 나누고 있었습니다만."

"우리가 최대한 협력합시다."

가장 젊어 보이는 손님이 말했다. 멕시코계 풍모의 매우 친절한 남자라는 인상이 풍겼다.

밖으로 나가 찾아보기로 했다.

"이 마을 안을 뒤지고 다니게 될 줄이야……" 나는 10년 전 미아가 된 체험—그 막막하고 불안했던 기분이 떠올라 그때의 기억을 쑨 씨에게 말했다. 쑨 씨는 그런 마음을 알아주기라도 하듯 나와 어깨를 나란히 하고 걷기 시작했다.

"주변은 온통 들판과 주택뿐이고 황량하고 넓은 탓에 일종의 불안감이 들어요. 지금 문제만 하더라도 어디에도 숨을 곳이 없어요. 또 숨길 수도 없고요. 그래서 더욱 불안해요. 정말로 아이가 행방불명이 된 것이라면."

"어쨌든 한 바퀴 돌아봅시다."

쑨 씨는 가볍게 흘려 말하곤 걷기 시작했다.

나는 일단 쑨 씨의 말에 따랐다. 미스터 밀러의 하우스 번호도 기억하고 있다. 10년 전처럼 내가 또 길을 잃을 일은 없을 것이다. 적어도 불안에 떠는 일은 없을 것이다. 나는 왠지 신분증을 지참한 것 같은 기분으로 쑨 씨와 나란히 걸었다. 무수한 별이 아름답게 반짝이고 있었다. 남쪽 어딘가에 태풍이 왔는지 매우 무덥다. 상층기류가 어수선하게 흐르고 있는지 별의 반짝임이 평소보다 안정성을 잃었다.

"오키나와의 밤하늘은 아름답다고 하는데 중국은 어때요?"

나는 미스터 모건의 불안 따위는 잊고 있었다. 우리 둘은 산책이라도 하는 냥 걸었다.

"그쪽도 중국에 계셨잖아요?" 쑨 씨는 웃음을 머금고 있었다.

"나는 이미 잊었어요……" 사실 20년 전 중국 강남(江南)의 자연 같은 건 거의 내 기억에서 사라지고 없었다.

"고향이라는 것은 기억 속에서는 언제나 아름다운 법이지요. 내 머릿속에 있는 중국의 자연에 대한 추억은 태어난 땅인 상하이에서부터 남경(南京), 호남(湖南), 강서(江西), 광서(廣西) 등지를 전전하는 사이에 인상이 뒤죽박죽이 되고 말았지만."

쑨 씨의 전전했다고 하는 표현이 일본군에 쫓겨 이동해야 했던 것이란 걸 나는 알고 있었다. 그렇게 이리저리 떠돌아다니는 생활의 연속이라면 자연풍경을 머릿속에 아로새길 여유 따윈 없었을 것이다.

"그런데, ……" 나는 화제를 바꿨다. "그냥 이렇게 빈둥거리며 다니긴 뭐 한데, 어떻게 할까요?"

"한 집 한 집 돌아다니며 물어봅시다. 다른 사람들은 다른 곳을 찾고 있는 것 같으니."

"그럽시다. 그 방법 밖에 없을 것 같네요."

라고 맞장구치면서, 내 안에는 순간 10년 전 느꼈던 **불안한** 기분이 되살아났다. 아무리 명분이 있다 하더라도, 오키나와인과 중국인이 나란히 미국인 집을 하나하나 돌며 미국인 미아가 있는지 없는지 확인하는 **제스처**를 아무 거리낌 없이 할 수 있는 일은 아니었다. 우선 자기를 소개하는 것이 번거로울 것이 분명했다. 그런데,

"미스터 모건의 친구라고 말하며 다닙시다."

그렇게 말하며 쑨 씨는 웃었다. 나는 "과연"이라며 쓴 웃음을 지었다. 결과적으로는 그렇게 한 것이 정답이었다. 내가 안도한 것은 미스터 모건 친구라고 말하니, 모든 집에서 용건을 알아차리고 전화는 받았지만 잘 모르겠다고 말해주었기 때문이다. 그리고 그 말투가 상당히 친절했다. 그중에는 "두 분 다 오키나와 사람인가요?"라고 물어오는 부인도 있었는데, 한 명은 중국인이라고 대답하자 짐짓 놀란 **제스처**를 취하며 붙임성 있는 태도를 보였다.

"모두들 의외로 친절하시네요." 나는 감격에 겨워,

"이렇게 이국에서 하나의 마을을 형성하게 되면, 하나의 운명공동체가 되어 자기 일처럼 마음을 써주나 봐요."

"그런가 봐요." 쑨 씨는 잠시 말을 멈추더니, "최악의 경우는 유괴라는 것도 생각할 수 있고."

"유괴?" 나는 앵무새처럼 말을 따라했다. "오키나와인이요?"

"반드시 오키나와인이라고는 말할 수 없지요. 불량한 외국인도 있으니까……."

쑨 씨는 위로하는 듯 말했지만, 내 안에 생겨난 걱정은 사라지지 않았다. 그 순간 나는 오히려 나 자신의 나태함을 꾸짖어야 했다. 내 머리 속에 **유괴**라는 이미지가 전혀 떠오르지 않았다는 것은 그 정도로 내가 이 사건에 관심이 없는 것일지 모른다. 모처럼 이렇게 아이를 찾는 데 도움을 주

고자 나왔는데, 미국인들 모두가 뜨거운 관심을 보여주는구나 하는, 나의 관심은 이 정도 밖에 안 되었던 것이다. 나는 모건 2세가 이 마을에 보이지 않는다는 불안보다, 오히려 나 자신이 이 마을에서 얼마나 안심하고 다닐 수 있을지에 더 많은 관심을 기울였던 것 같다.

"지금 기억 하나가 되살아났습니다. 22년 전 일입니다" 쑨 씨가 이야기를 시작했을 때, 마을 변두리 철조망 앞에 다다랐다. 3미터 쯤 쌓아올린 철조망 맞은편으로 최근 급속도로 성장하기 시작한 시내의 등불이 여기와는 아무런 관계가 없다는 표정으로 겹쳐 보였다.

"나는 가족을 데리고 충칭(重慶)을 바로 앞에 둔 W라는 마을에 자리 잡았습니다. 당시 가족은 아내와 4살 된 첫째와 2살 된 둘째가 있었습니다. 셋째 아이는 아직 태어나지 않았지요. 국민정부는 이미 충칭으로 옮겨갔고, 반일反日 분자라 일컬어지는 사람들 대부분은 충칭에서 새로운 생활을 시작하고 있었지요. 그런데 나는 이사를 앞두고 아내가 그만 병에 걸리는 바람에 꼼짝 못하게 되었어요. 정부와 떨어져 홀로 생활한다는 것이 얼마나 불안한 건지 그때 피부로 느꼈습니다. 아니 정부라는 것이 의지할 만한 것이라고 생각하진 않지만, 그때 우리는 정부로부터 버림받았을 뿐 아니라, 적인 일본군에게 쫓겨야 했어요. W는 이미 일본군이 점령한 상태였고 우리는 그 아래에서 생활하지 않으면 안 되었습니다. 나는 위조한 양민증(良民證)을 발급 받아 놓고는 기회를 엿봐서 탈출하려 했는데 잘 안 됐습니다. 그러던 어느 날, 4살 된 장남이 행방불명되었습니다. 집 근처에서 친구들하고 놀고 있었는데, 해질녘이 되어 모두들 집에 돌아갈 무렵이 되어 아이가 없어진 것을 알았습니다. 나는 당장 찾아 나섰습니다. 전쟁 중이었기 때문에 마을의 밤은 어두웠습니다. 게다가 나는 다른 지역 사람입니다. 아는 사람도 많지 않았습니다. 닥치는 대로 찾아다니는 동안 문득 누군가 스파이가 있어 내 신원이 탄로 날지 모른다는 불안감이 엄습해 왔습니다. 그리고 그 불안은 상대편도 갖고 있었을 것입니다. 적진에서 동포끼리 서로 의심하는 것은 냉혹한 현실이니까요. 그 냉혹함과 싸우며 나는 아이를 찾아 다녔습니다. 다행히 아이는 일본 헌병대가 보호하고 있었습니다. 아이를 데려가는데 여러 가지 심문을 받았습니다. 간신히 빠져나오긴 했지만 어두운 밤길을 지나 집으로 돌아오면서 생각한 것은, 여기가 과연 내 나라인가, 마을 집집에 살고 있는 이들은 과연 내 동포인가라는 것이었습니다."

쑨 씨의 기억을 끄집어낸 계기는 확실했다. 그 하나하나의 장면들이 지금의 상황과 딱 맞아 떨어졌다. 아니 비슷하긴 하지만 조금 다를 수도 있겠다. 우선 집집마다 물어보고 다닐 때의 대응이 전혀 다르다. 게다가 가장 중요한 것은 행방불명된 아이가 한쪽은 점령자의 가족이고, 다른 한쪽은 위조한 **양민증**을 지닌 가족이라는 점이다. 일본군 헌병대는 과연 보호하고 있었던 걸까? 아니면 **유괴**했던 걸까? 지금 모건 2세를 **유괴**한 사람이 오키나와 사람이라면 그것은 어떤 이유에서일까? 점령자의 아이를 유괴한 오키나와의 남성, 아니면 여성은 어떤 심경일까?

—쑨 씨가 침묵했고, 나도 침묵했다.

"아이고, 여기에 계셨군요. 아이는 찾았습니다." 느닷없이 들려온 목소리의 주인공은 친절해 보이는 멕시코계 남자였다.

"아무 일도 아니랍니다. 메이드가 하루 휴가를 받아 고향집에 가면서 아무런 말없이 아이를 데리고 갔던 모양이에요."

남자는 해맑게 웃었다.

"어처구니없는 **유괴**로군요."

나도 그만 큰 소리를 내어 웃었다. 물론 만나 본적도 없는 메이드다. 아마 나이도 얼마 안 되었을 게다. 주인에게 말도 없이 주인집 아이를 그녀의 고향으로 데리고 간 무분별함에 화가 났지만 곧 사그라지고, 오히려 그녀의 한없이 선량한 행동을 소리 높여 칭찬하고 싶어졌다.

"결국 오키나와인이 미국인 아이를 유괴 하지는 못했군요."

"동감입니다. 절대 생각할 수 없는 일이지요."

쑨 씨와 나는 간만에 밝게 웃으면서 미스터 밀러의 집으로 되돌아갔다.

다시 파티가 시작되었다. 모든 대화는 온통 이 사건에 집중되었다. 일부에서는 어린 메이드가 무슨 생각으로 그런 건지 심경을 추측하는 여러 이야기가 오갔다. 물론 비난하는 사람도 있었다. 그렇지만 그런 사람에 대해서는 그녀의 행동을 호의적으로 변호해주는 이들이 있어 비난하던 사람도 그럴 것도 같다며 말을 바꾸었다. 재미있는 것은 그 전까지 우리 넷―쑨, 오가와, 밀러하고만 주고받던 대화가 이제는 다른 서양인 손님 누구라 할 것 없이 자유롭게 대화하게 되었다는 것이다. 마치 우리만의 세상인양, 2차는 지금부터라는 듯 떠들썩했다.

"당신도 한시름 놓았겠어요." 예의 친절해 보이는 남자가 나에게 말했다. 이름은 링컨(リンカーン)이고, 군에서 극장 조명을 담당하고 있다고 했다. 모친이 멕시코계로 국제친선 덕에 태어났으며 링컨이라는 이름이 제격이라는 둥, 그는 외모에서 풍기는 것처럼 조금 수다쟁이였다.

"당신 땅에서 외국에서 온 손님의 아이가 행방불명되었으니 기분 나쁜 일이지요."

나는 미소로 수긍했다. **손님**이라는 표현이 마음에 걸렸지만, 이때는 링컨 씨의 호의로 받아들이는 수밖에 없었다.

"옳은 말씀."이라며 다른 한사람이 끼어들었다. 자동차 수입회사 지배인으로, 이름은 핑크(フィンク)라고 자기를 소개했다.

"사건이 정리되고 보니, 새삼 느끼지만 미국인 성인이라면 몰라도 아이에게 나쁜 짓을 할 오키나와인이 있을 거라고는 상상이 안 되네요. 우리 회사에 노동쟁의가 있어요. 그런데 조합을 만든 오키나와인 종업원들은 오히려 너무 지나칠 정도로 어른스럽고 선한 사람들이랍니다."

인사치레일지도 모른다. 그러나 어떻든 좋았다. 그 말을 하는 그의 표정에는 안도감과 친밀감으로 가득해 보였다.

"지당하신 말씀입니다." 오가와 씨가 말했다. 내게 속삭이는 목소리였다. "반년쯤 전에 K섬에 갔던 적이 있었습니다. 저녁에 숙소 2층에서 사람이 지나다니는 모습을 내려다보고 있는데, 섬에 주둔한 통신대 병장의 아내인 듯한 분이 갓난아기를 안고 산책하고 있었습니다. 그런데 근처에서 저녁바람을 쐬며 산책하던 너덧 명의 섬 청년들이 인사를 건네며 번갈아 가며 그 아기를 안아주는 광경을 보았습니다. 오키나와 본섬 미국인이 그리 하라고 시킨 건지, 아니면 오키나와 청년들의 순수한 호의에서 나온 행동인지 어떤 건지는 알 수 없지만, 이렇게 작은 섬에서나 가능한 일인 것 같아요. 왠지 안심이 되더군요."

오가와 씨의 말은 논리적이지도 못하고 요령 있는 말도 아니었지만 자기 나름은 안도감을 보여주고 싶었던 것 같았다.

미세스 밀러가 생글거리며 다가왔다. 사건 때문인지 아니면 술이 조금 되었는지 볼이 살짝 상기되어 있는 것 같았다. 한층 더 아름다웠다. 나는 문득 그녀가 영어회화를 가르치는 틈틈이 오키나와 성인 학생들과 아이에 관한 이야기 등을 주고받는 모습을 상상했다. 그리고 그 남학생들 가운데 그녀의 풍만한 육체를 감상하며 죄의식을 가질지 어떨지 탐색하기 시작했다.

[後章]

그 무덥고 찌는 밤, 아마 네가 미스터 모건의 어린 아들을 찾아다니다 지쳐 가족부대 철조망 안쪽에서 쑨 씨의 기억을 듣고 있을 때, M 골짜기에서는 네 딸의 신변에 이상이 생기고 있었다.

네가 파티에서 거나하게 취해 귀가했을 때, 딸은 일찌감치 이부자리를 펴고 누워있었고, 부인은 긴장한 표정으로 너를 맞았다. 부인은 딸이 벗어 놓은 교복을 네 앞에 들고 왔다. 군데군데 더럽혀지고 찢겨 있었다. 그것만으로 이미 너는 큰 사고가 일어났음을 직감했다.

놀라움과 낭패감이 잇달았다. 딸을 범한 사람은 뒷방을 빌린 로버트 할리스였다. 사건이 일어나기 세 시간 전, 즉 네가 가족부대 게이트 안에 들어가 오늘이야 말로 아무런 두려움 없이 이 안을 걸을 수 있다며 기분 좋게 미스터 밀러의 하우스 넘버를 찾고 있을 바로 그때 네 딸은 친구네 집에서 귀가하던 중이었다. 동네 어귀에서 차를 몰고 가던 로버트가 딸을 불러 세웠고, 둘은 세입자와 집주인 딸 사이라는 가벼운 마음으로 시내에서 저녁식사를 한 후 M 골짜기로 저녁바람을 쐬러 나갔다. 과연 M 골짜기는 그 무더운 밤을 식혀주기에 적합했다. 하지만 M 골짜기는 마을에서 10리나 떨어져 있었고 가장 가까운 마을에서도 2킬로미터나 떨어져있었다. 더구나 그날 밤은 저녁산책을 하는 사람도 보이지 않았다. 거기에서 갑작스러운 불행이 일어난 것이다.

　너는 직접 딸의 입으로 그 잔혹한 사정을 전해 듣지 않은 것만으로도 다행이라고 생각했다. 하지만 그날 하루는 아직 사건을 실감하지 못했고 사실이라고 믿지도 않았다. 왜냐하면 첫째, 로버트에게는 애인이 있었기 때문이다. 방을 빌린 것도 그 애인을 위해서였다. 그리고 일주일의 반을 이곳에 찾아와 머물렀다. 그런 인연으로 네 가족과도 친했다. 이런저런 이야기를 나누고 함께 지냈던 경험을 떠올리자, 도저히 그런 일이 일어나리라고 믿기 힘들었다. 물론 패전 이후 세상 도처에 널린 일이긴 하다. 하지만 친하게 지내던 외국인에게 그런 이미지를 덧씌우긴 어렵다. 애인은 열흘 전 쯤 다른 섬에 있는 본가에 갔다가 다음날 집으로 돌아 왔다. 너는 그녀에게 사건을 알렸다. 알리긴 했어도 특별히 요구한 건 없다. 고소나 매도(罵倒)나 배상 요구 등은 아직 너나 네 부인 머릿속에 떠오르지 않았다. 다만 너희들은 표정 변화 없이 언성을 높이지도 않고 로버트의 애인에게 사건을 알렸다. 애인은 처음엔 놀란 눈을 했다. 너희가 대략적인 사건 내용을 전하자 가만히 침묵하며 앉아 있더니 돌연 떨리는 목소리로 "나도 희생자에요."라고 외쳤다. 그리고는 벌떡 일어나 짐을 정리하더니 다음날 이사해 버렸다. 같은 업계에 있는 친구 집으로 은신한 걸까. 로버트 할리스와는 헤어질 생각이 있는 건지 없는 건지, 그가 오면 전해달라는 당부의 말이나 부탁 같은 것도 없었다. 어찌되었든 너는 네 생활과 그녀의 생활이 상당히 동떨어져있다는 것을 다시 한 번 느꼈다. 그와 동시에 사건에 대한 실감과 분노가 복받쳐왔다. 고소를 결심한 것은 3일 째 되던 날 밤이었다. 그러나 딸은 고소에 강력히 반대했다. 이유는 말하지 않았지만 처음엔 수치심 때문일 거라고 너는 판단했다. 그 수치심을 너도 이해하지 못하는 바는 아니었다. 그러나 사건을 그대로 내버려두면 로버트와 그 애인의 관계가 매우 불안하고 어정쩡한 상태로 묻혀 버리게 될 것이고, 주위에 자신의 손이 닿지 않는 세계가 존재한다는 사실 자체만으로 너는 도저히 견딜 수 없을 것 같았다. 너는 딸을 설득하려고 노력했다. 딸은 그런 이유가 아니라고 했다. 네가 추궁하자 딸은 여러 번 뭔가 말을 꺼내려 했지만 끝내 밝히지는 않았다. 판명된 것은 다음날이었다.

다음 날, 외국인 한 명이 2세 통역관을 대동하고 와서는 네 딸을 연행해 갔다. 딸은 M 골짜기에서 로버트에게 강간당한 뒤, 그를 벼랑으로 밀어 떨어뜨려 큰 부상을 입힌 것으로 판명되었다. 지금 딸이 로버트에게 강간당한 것이 문제가 아니었던 것이다. 자칭 CID(미군범죄정보수사대)에서 파견되었다는 남자들의 말에 따르면 딸이 미군요원에게 상해를 입힌 용의자로 체포되었다는 것이다. 피해자인 로버트는 지금 군병원에서 입원해 있다고 한다. 그 고소 건으로 왔다고 했을 때, 너는 서둘러 그것이 정당방위였다고 설명하려 했지만 소용없었다. 그 일은 따로 고소하라는 말만 남기고 딸을 연행해 갔다. 고소는 CID에 하면 되냐고 묻자 류큐정부 경찰서에 하라는 말만 남겼다.

너와 부인 단 둘만 남은 집안의 공기는 어둡고 무거웠다. 두 사람은 그 날 하루 종일 아무 것도 입에 대지 못했다. 부인은 딸을 생각하며 하염없이 울었고, 울음이 그치면 참담한 표정으로 어딘가를 응시했다. 너는 딸이 연행당한 장소를 상상하려고 애썼다. 범죄수사는 류큐정부 경찰과 미군 CID 두 곳이 관할하며 군과 관계된 것은 CID가 담당한다는 것 정도만 알고 있었다. 그러나 CID 조사가 어떤 형태로 진행되는지에 대해서는 구체적인 이미지가 떠오르지 않았다. 무엇보다 오키나와인 경찰이 하는 범죄조사도 실제로 조사현장을 본 것이 아니어서 막연히 소설이나 영화 등에 나오는 일본 경찰 같은 모습일거라고 생각할 뿐이었다. 그렇지만 어쨌든 경관이라든가 경찰서, 경찰본부 정도는 알고 있었기 때문에 아직은 친근하게 느껴졌다. 그러나 CID나 CIC에 대해 너는 전혀 알지 못한다. 본부 혹은 사령부라고 하는 것이 어디에 존재하는지 친구와 잡담을 하며 이야기한 적은 있지만 결국은 아직도 모른다. 사무실 광경도 알 리가 없다. 유치장 같은 것도 있을까? 딸이 연행되고 나서야 처음으로 그러한 것들을 머릿속에 그려보려 했다. 그러나 이미지는 조금도 떠오르지 않았다. 상상을 완고하게 거부하는 그 무언가가 있었다. 그곳은 발언이 거절되는 세계일거라는 느낌이 왔다. 결국 상상의 거절로 이어졌다. 딸을 끌고 간 자들이 보통 사람들과 별반 다를 바 없었던 것이 오히려 이상하게 생각되었다. 그렇다면 그 자들은 어떤 형태로 딸을 심문할까. 다시금 미지의 일이 네 가슴을 공격해 왔다. 보호자로 출두하라고 하면 차라리 마음을 가라앉힐 수 있을 텐데 그것도 아니었다. 그래 그것도 좋다. 다만 딸이 취조 당할 때 정당방위였다는 주장이 인정되면 좋겠다. 그도 아니면 하다못해 딸이 발언할 수 있을 만큼의 심리적 여유를 주면 좋겠다. ─너는 고소 절차를 밟기 위해 시에 있는 경찰서를 찾았다.

"그것 참 안됐군요."라고, 사려 깊어 보이는 중년의 경찰관이 말했다. "그런데 따님은요?"

CID에 연행되었다는 것을 재빨리 설명하면서 너는, 여기서 천 마디 만 마디라도 해서 이 사태를 어떻게든 해결해야 한다는 초조감에 휩싸였다.

"그러니까 딸이 폭행을 당해 슬픔과 증오에 휩싸여 앞뒤 판단력을 잃었다……고 본인은 그렇게 말하고 있어요."

"그러니까 ……음, 자세한 사정은 언젠가 조사할 때가 오겠죠. 다만 여기서 말씀드리기 상당히 곤란합니다만, 어쨌든 솔직하게 말씀드려야 하겠기에 이해해 주시기 바랍니다……"

담당관은 이렇게 전제한 후 설명을 시작했다. 그에 따르면 먼저 딸이 강간당한 사건과 딸이 남자에게 상해를 입힌 사건은 별개로 다루어질 것이라고 한다—이것은 잘 생각해 보면 그럴 수 있겠다고 너는 쉽게 납득했다. 둘째, 남자의 재판은 군에서 관할하고, 딸의 재판은 류큐정부 재판소가 관할할 것이라고 한다. 딸이 지금 CID에 연행된 것은 남자가 군에 고소했기 때문에 취조의 편의상 그렇게 한 것이며, 머지않아 이쪽으로 이관될 것이라고 했다. 그것도 그럴 수 있겠다고 생각했다. 너는, 네가 속한 행정기관이 정부이긴 하지만 그 위에 이를 감독하는 또 하나의 정부가 있음을 떠올리며 이해하려 했다. 그러나 그 다음 설명에서 너는 완전히 숨이 막혀버릴 것 같은 기분이 들었다.

첫째, 군 재판은 영어로 진행된다. 뿐만 아니라 강간사건이라는 것은 입증하기 매우 곤란한 사건이어서 승산이 없다. 통상적으로 가능한 고소하지 않도록 권하고 있고 이미 고소한 사건도 사실상 철회한 예가 많다.

둘째, 류큐정부 재판소는 군요원에 대해 증인 환문(喚問)의 권한을 갖지 않는다. 피고인이 정당방위를 주장해도 로버트 할리스를 증인으로 채택해 환문하지 않는 이상 피해를 입증하는 것은 불가능할 것이다.

"그렇다면……" 너는 매우 혼란스러워 하며 목소리를 높였다. "단념하라는 말씀입니까?"

"그렇게 딱 잘라 말하고 싶진 않습니다만."

이런 경우 공무원이 취하는 의례적인 태도, 질문에 대한 솔직한 답을 피하고 같은 설명을 반복하려는 담당관의 말을 막으며 너는 다시 물었다.

"민정부 재판소에 환문권이 없다? 그럼 본인이 자발적으로 증인으로 나선다면 그건 어떻습니까?"

"자발적으로 나선다면야." 담당관은 다소 놀란 표정을 지었다. 그런 일은 있을 수 없다고 말하고 싶은 듯했다.

"요청할겁니다. 이쪽에서."

"누가요? 당신이요?"

"네. 내 쪽에서 어떻게든. 그리고 그 재판에서 정당방위가 입증된다면, 군 재판에서 유죄판결을 받을 수도 있는 것 아닙니까?"

"아닙니다. 군 재판 역시 별개입니다. 게다가……" 담당관은 동정어린 눈을 하고 있었다.

"정당방위는 아니지요. 말씀드린 대로 이미 행위가 끝난 후에 상해를 입혔기 때문에 정당방위는 아니고 정상참작 하더라도 별개의 사건으로 처리됩니다. ……사실 아까 설명할 때 말씀드리려고 했습니다만."

담당관의 설명은 혼란에 휩싸인 너로선 선뜻 이해하기 어려웠다. 상대의 눈에 일순간 깊고 깊은 어둠이 서렸다. 동시에 너의 뇌리에 10년 전 가족부대 동쪽 끝을 벗어나려다 길을 잃어 초조해 하던 기억이 스쳐지나갔다. 그때 몹시 초조해 하며 목적 없이 포장도로를 헤매던 네 모습을 보고 동포 메이드들이 힐끔거리며 보였던 감정은 경멸, 연민, 혐오, 위장된 무관심, 그 중 어떤 것이었을까? 지금 눈앞에 있는 경관이 너에게 품고 있는 감정은 그때와 다르긴 하지만, 다만 한 가지 "당신을 어떻게 도울 길이 없어요."라는 절망을 숨기고 있는 점에서 일치한다. 그 절망에서 벗어날 수 있는 길은 없을까? ……찌는 듯 무더운 저녁, 왕래가 적은 가족부대 안 포장도로를, 초대받은 파티 장소로 가기 위해 수위의 허락을 받고 즐거운 마음으로 서둘렀던 감정이 지금 않고 말했다. "그럼, 고소는 그것이 성공한 후에 하는 걸로."

미스터 밀러에게 전화를 걸어 급히 만나고 싶다고 했더니 바로 승낙했다. 퇴근 후 저녁 때 자택에서 만나는 것으로 하고, 수위에게도 방문 건을 일러 놓으라는 당부도 잊지 않았다. 수화기 너머로 "OK, OK"라는 소리가 들려왔다. 너는 속으로 반쯤 안심한 듯했다. 자택에서 만나자는 것으로 보아 파티의 여운이 아직 미스터 밀러에게 남아있는 듯했다.

집에 도착하자 미세스 밀러도 나와 있었다. 네가 파티에 대한 감사의 인사를 전하자 자신들도 즐거웠다는 대답이 돌아왔다. 너는 편하게 말을 꺼낼 수 있을 것 같았다.

"그런데 따님이 근래 두 번이나 영어 클래스에 나오지 않고 있네요."라고 미세스 밀러가 말했다.

기회가 왔다. 너는 바로 용건으로 들어갔다. 밀러 부부에게 뭔가 알 수 없는 긴장감이 돌았다. 표정이 굳어지는 것을 알았지만 그건 어쩔 수 없다고 생각하고 너는 계속해서 말했다. 미세스 밀러가 슬그머니 자리를 비켰다. 너는 로버트 할리스의 부대명을 기억나는 대로 말했다. 그리고 지금 아마 병원에 있을 테니 함께 찾아가 만나줄 것을 부탁하고 이야기를 마쳤다.

"반드시 그를 증인으로 법정에 세우고 싶습니다."

"갑작스러운 말씀이라."라고 미스터 밀러는 말했다. "게다가 이번 일은 내가 겪었던 수많은 경험 중에서도 매우 어려운 문제라."

"면목이 없습니다. 같은 미국인을 책망하는 입장에 서는 일은 괴롭겠죠. 그런데 제 입장에서는 누군가에게 부탁하지 않을 수 없어요. 만약 저 혼자 로버트 할리스가 입원한 병원을 찾는다 해도 방문 자체가 허락될지 어떨지도 모릅니다……"

"정식으로 수속을 밟으면 허가가 날겁니다."

"가령 제가 혼자 방문해도 성공할까요?"

"성공할지 어떨지는 담당자의 생각에 달린 문제니, 당신 혼자 가든 누군가와 함께 가든 상관없을 겁니다."

"단순히 동행할 사람을 찾는 것이 아닙니다. 당신입니다. 미국인인 바로 당신입니다."

"슬픈 일이군요. 이번 일은 미국인과 오키나와인의 결정적 대립을 촉발하게 될 가능성이 있습니다."

"가능성이 아닙니다. 제 생각에는 이미 일은 벌어졌다고 봅니다."

"아니, 나는 그렇게 생각하지 않습니다." 미스터 밀러의 날카로운 시선이 당신을 압박해 오자 당신도 긴장했다.

"애당초 한 젊은 남자와 한 젊은 여자 사이에서 일어난 사건입니다. 당신도 피해자이지만, 딸의 아버지 입장에서 볼 때 피해자일 뿐입니다. 즉 세계 어디에서나 일어날 수 있는 일이라는 겁니다. 오키나와인이기 때문에 피해자라고 생각하면 문제가 복잡해집니다."

"무슨 뜻이죠?" 당신은 점차 목덜미가 뜨거워지는 것을 느꼈다.

"그건 내가 묻고 싶은 말이군요. 당신은 한 미국인 청년의 행위를 비판할 목적으로 같은 미국인인 나를 일부러 협력자로 골랐습니다. 그 의도를 나는 이해하기 어렵군요."

"곤란하신지요?"

"곤란하진 않아요. 다만 이 일은 개인적으로 인간 대 인간으로 접근해야 하지 않을까 생각합니다. 내가 그 로버트 할리스라는 청년과 아는 사이라면 의미는 있겠죠. 그런데 그와 내가 타인이기는 당신이나 나나 마찬가집니다. 이런 걸 새삼스럽게 말하고 싶진 않지만 우린 서로 민족이나 국적을 넘어 우정을 쌓는데 노력해 왔습니다. 대등한 관계를 서로 만들어 왔다고 믿고 있어요. 이 사건으로 모처럼 만들어 놓은 균형을 깨고 싶지 않습니다."

"지금 그런 어려운 논리 같은 건 생각하고 싶지 않습니다. 깨지면 나중에 다시 세우겠습니다. 나는 다만 협력을 원합니다. 나 혼자의 힘으로는, 당사자이니 만큼 너무 예민하기도 해서 중간에 서 주시면 도움이 되리라 생각했습니다."

"쑨 선생은 어떠세요? 그분이라면 변호사라서 논리전개도 뛰어날 것이고, 오키나와인도 아니고 미국인도 아니니 오히려 최적의 입장이 아닐까 생각됩니다만."

"미국인으로서 미국인의 수치와 대결하는 것이 싫으신 겁니까?" 당신은 자리에서 일어나며 말했다.

"지금 이런 말씀드리기는 실례라고 생각하지만." 미스터 밀러 역시 자리에서 일어나며 처음으로 조심스럽게 말했다. "나는 로버트 할리스가 정말 파렴치한 일을 했는지 안했는지 증거를 갖고 있지 않습니다. 그것을 추궁할 입장 역시 아닙니다. 그런데 당신은 그것을 추궁한다고 해서 이상할 게 전혀 없어요. 쑨 선생도 마찬가지고."

"알겠습니다. 실례했습니다."

"잠깐. 오해하지 말아주셨으면 합니다. 거듭 말씀드리지만 나는 미국과

171

오키나와의 친선을 위해 노력해 왔습니다. 여기서 도움을 드리지 못해 괴롭지만, 미국인끼리의 균형을 필요 이상으로 깨뜨리지 않는 것이 오키나와 사람들과 친선을 유지할 수 있는 길이도 하기 때문입니다. 이해해 주실 수 있겠습니까?"

"이해하고 싶습니다, 가능한."

그런 종류의 이해라는 것은 과연 무엇일까? 쑨 씨에게 물으면 알 수 있을까? 오가와 씨에게 물으면 알 수 있을까? 혹은 그 둘 중 하나와 이 곳에 함께 왔다면 이야기는 성공했을까? —너는 대문 앞에 다다랐다.

"어머, 가시게요? 이야기는 어떻게 되셨어요?" 미세스 밀러의 목소리가 뒤따랐다.

"모쪼록 따님의 정신적 충격이 크지 않기를 바랍니다."

미세스 밀러의 풍만한 이중 턱이 네 눈에 강하게 들어왔다. 너는 포령布令 형법 1절을 떠올렸다.

"합중국 군대요원의 부녀자를 강간 또는 강간할 의사를 갖고 폭행을 가한 자는, 사형 또는 민정부 재판소가 명하는 다른 형에 처한다."—

만약 그 형법에 준하는 사건이 일어난다면, 만일 그 피해자가 미세스 밀러였다면 그리고 또 가해자가 너였다면, 미스터 밀러의 감정에 어떤 변화가 일었을까? 쑨 씨와 오가와 씨는 어떤 행동을 취했을까? 세간의 오키나와인과 미국인의 교제에 어떤 영향을 미쳤을까? 포장도로를 천천히 걸으며 너는 이런저런 생각을 했다. 미스터 모건의 아들을 찾아다닐 때 본 기억이 있는 정원이 눈에 들어왔다. 저 그늘 아래에서 언젠가 사건이 일어나지 않으리라는 보장은 없다. —하지만 이러한 상상은 더 이상 나래를 펴지 못했다. 멀찌감치 여느 때처럼 허술하게 근무 중인 수위의 모습이 보였다. 너는 쑨 씨에게 부탁해 보는 것을 고려해야 했다.

"내가 배신당한 거죠?"

너는 먼저 오가와 씨의 아파트를 찾아가 말했다.

"첫 시련을 만난 거라고 생각하는 편이 좋을 거예요." 오가와 씨는 조용히 대답했다. "그의 입장에서는 그럴만한 이유가 있었을 거예요. 당신의 입장에서는 그렇게 말하지 못하겠죠. 그 마음도 잘 알겠습니다만."

"화가 난다기 보다 좀 묘한 기분이었어요. 나를 맞이할 때의 표정은 마치 파티의 연장인 듯했죠. 그런데 용건을 꺼내자 순식간에 차가워지며, 아무튼 사무적으로 변했어요. 나도 그들과 어울려 지내면서 논리적인 대화에는 상당히 강해졌다고 생각했습니다만."

"친선이라는 것이 그들 안에서는 매우 추상적이라는 것을 눈치 채지 못하셨나요? 예컨대 파티. 지난번에도 그랬어요. 다 같이 초대 받았지만 그들과 우리 사이에는 상당한 거리가 있었어요. 시간이 지나면서 교류가 많아지긴 했지만, 그건 예의 모건 씨 아들 실종사건이라는 이상한 사건이 터졌기 때문이지요."

"그렇지만 그런 파티의 한계는 애초부터 느끼던 터라."

"서로에게 뭔가 콤플렉스를 느끼고 있기 때문인지도 모르겠네요. 하지만……" 오가와 씨가 자리에서 일어나 수첩을 가져와 보여주며, "이것은 미류(米琉)친선회 멤버 리스트예요. 예전에 페리 내항 110주년 기념행사 때 처음 조사한 것입니다만……"

"아." 당신은 한눈에 일행을 발견하고는 작게 탄성을 질렀다. "미스터 밀러의 이름이 있어요. 직업은 CIC!"

"그렇습니다. 그렇다면 당신도 이제야 이 사실을?"

"잠깐만요. 지금까지 지내오면서 어째서 여태껏 몰랐던 걸까요?"

"가르쳐주지 않았던 것뿐이겠지요. 당신은 그와 어떤 계기로 처음 만나게 된 거죠?"

"그가 먼저 찾아 왔어요. 누군가에게서 내가 중국어를 할 줄 안다는 말을 들었다며 친하게 지내고 싶다고."

"내 경우와 아주 똑 같군요. 그 정보망 대단하지 않나요? ……자, 이것 말고 나에 관해 또 어떤 비밀을 알고 있을까요?"

오가와 씨는 가볍게 웃었다. 하지만 너에겐 그럴 여유가 없었다.

"그런 것이었군요."

"직업이 뭐냐고 그에게 두 번 정도 물어본 적은 있습니다만……"

"나도 있어요."

"그때마다 적당히 얼버무리며 넘어가더니, 생각해보니 어리석었군요. 언젠가 그에게 중국어를 어디서 배웠냐고 물어보니 육군에서 배웠다고 했어요."

"나한테도."

"당신은 상하이 학원에서 나는 북경에서 태어나 도쿄에 있는 외국어대학에서 배웠잖습니까. 그러나 미국 육군에서 중국어를 배웠다면 그 목적은 과연 뭘까요? 첩보, 선무(宣撫) 그 둘 중 하나일 가능성이 높은데요? 게다가 직업을 알리지 않은 건 왜일까요?"

"일전 파티에서 처음 만난 사람들 중 몇몇은 자기 직업까지 밝히며 소개하지 않았습니까? 미스터 모건은 당신에게 함부로 툭툭댔지만 그편이 지금 와서 보니 오히려 솔직한 거였네요. 얄궂은 일입니다."

"아이 실종사건 때도 의외로 태연해 보였어요. 미스터 밀러 쪽이 오히려 음험한 느낌이랄까, 결과적으로는 그렇게 말할 수 있지 않을까요? 정말 바보 같았네요. 명색이 신문기자인데 말이죠. ……GHQ시대에는 한미국 말단 관리가 홍콩에 딴 살림을 차리고 어린 딸까지 두었는데, 그것때문에 중국어를 배운다던 녀석도 있었어요. 이러한 사례들이 선입관으로 작용해 방심한 탓도 있어요. 미스터 밀러의 경우도 취미라고 생각했지설마 첩보를 위한 것이라고 생각했겠어요?"

"파티에서 당신은 궈모뭐의 소설을 미스터 밀러에게 소개하면서 중국 공산당 작가에게도 존경을 표해야 한다고 했었죠?"

"기억합니다. 존경하라고까지 한 것 같지는 않지만."

"미스터 밀러의 직업을 알게 된 건 그 후였나요?"

"아뇨, 그 전입니다. 알고 난 후 처음 만난 것이 그 파티였습니다. 처음부터 목에 뭔가 걸린 것 같은 느낌이 들어 참느라 애먹었습니다. 그것을 빼내고 싶은 기분이 한번 있었죠. 그래서 술기운을 빌어 농담인척 비꼬았던 거예요. 저항이라고 하기엔 과장이고, 주제넘은 말이지만."

그때 집 밖 계단에서 웅성거리는 소리가 들려왔다. 아파트 아래층이 식당이고 주민들 대부분이 독신이니 그곳에서 식사를 하는 소리일 거라고 너는 생각했다.

"저녁식사 함께 하실래요?"

"아니요, 그보다……"

"알겠습니다. 나중에 쑨 선생과 통화해 보고 내일이라도 같이 찾아뵙도록 하죠."

"승낙해 주시는 건가요?"

"미스터 밀러와 같은 태도일 거라고 생각하셨습니까?"

"단 하나의 희망이라도 가능한 오랫동안 간직하고 싶어 그렇습니다."

"그러실 거예요. 뭐라 말씀 드려야 할지. 쑨 선생은 변호사이니 적극적으로 협력해 주신다면야."

"중국어로 맺어진 우정이라는 표현은 낯간지럽습니다만……우정이라는 차원에서 쑨 선생이 도움을 주시면 좋겠습니다."

"저도 그렇게 기대하고 있습니다."

"솔직히 말하면 난 쑨 선생보다 미스터 밀러에게 의지하고 있었어요. 여하튼 미국인이니까요. 나에게 호의적이었고, 무엇보다 저 가족부대 안을 돌아다닐 때도 미스터 밀러를 생각하면 하나도 무섭지 않았으니까요." 오가와 씨에게 통할 리 없는 말을 당신은 바보처럼 주절거렸다. "내 입장을 가장 잘 이해해주실 분은 그 사람이라고 생각했어요. 이렇게 되고 보니 쑨 선생이 한층 가깝게 느껴져서는……너무 멋대로인 걸까요?"

"아니요, 전혀 그렇지 않아요. 어쨌든 전화를 넣어 봅시다. 그건 그렇고 어떠세요? 함께 저녁식사라도."

"아닙니다. 정말 괜찮습니다. 요즘 아내 혼자 식사하게 하는 것이 마음에 걸려서요."

쑨 씨 집을 방문한 것도 너에게는 처음 있는 일이었다. 전화로 약속을 잡고 아침 9시 넘어 오가와 씨와 함께 방문하자, 쑨 씨는 골프에서 돌아와 아침식사를 막 끝내고 정원에 심어 놓은 불상화(佛桑華)를 다듬고 있었다. 피어있는 붉은 꽃잎은 물기를 머금어 신선하게 보였다.

"아름답군요!" 네가 이곳에 온 용건을 잠시 잊은 듯 탄성을 지르자,

"오키나와에서는 이 꽃을 내세(來世)의 꽃이라 부르더군요. 하와이의 하비스커스라는 이름도 로맨틱하지만, 오키나와어의 의미도 역시 로맨틱해요."

쑨 씨는 미망인인 듯 보이는 중년의 메이드를 고용해 혼자 살고 있었다. 관제 기지주택이 아니고, 3년 전 쯤부터 오키나와의 기업가들이 앞 다투어 세운 외국인 임대 주택지대 중 하나였다. 5백동 정도가 구릉을 따라 올라가며 줄지어 들어서 있다. 도장업자가 제멋대로 칠한 듯 벽 색상은 가지각색이었고 도료를 흠뻑 발라도 벽 안 콘크리트가 그대로 훤히 들여다보이는 듯했다. 멀리에서 보면 삭막해 보이지만, 차를 타고 안쪽으로 들어가 보면 오히려 울타리 없는 마을 집들과 잘 어우러져 기지주택과 달리 자유로운 분위기를 풍기고 있었다. 쑨 씨의 집은 그중 가장 위쪽에 자리하고 있다. 차에서 내려 뒤돌아보니 새파랗게 펼쳐진 바다와 바닷가를 가로지르며 하얗게 뚫려 있는 고속도로가 한눈에 들어왔다. 그림처럼 아름다웠다. 전동 가위질 소리와 함께 불상화 꽃이 붉은 색을 띤 채 떨어져 나가자 너는 문득 지난 번 쑨 씨가 들려주었던 처자식이 중국대륙에 살아 있다는 말을 떠올렸다. 살아 있다는 말은 거짓말이고 실은 이미 죽은 것을 쑨 씨가 확인하고 이곳으로 건너온 것이 아닐까 하는 의심이 들었다. 그러자 신기하게도 너는 용건을 꺼내기가 한결 쉬워졌다.

애초의 계획은 오가와 씨가 먼저 말을 꺼내주는 것이었는데 그 절차가 생략되었다. 그리고 너는 쑨 씨에게라면 그 어떤 말도 할 수 있으리라는 자신감 같은 것을, 설명을 하면서 느꼈다. 오가와 씨가 조용히 벽에 걸린

중국풍 산수화를 보고 있었다. 너는 그림은 잘 모르지만, 그 산수화는 폭이 넓고 수묵 사이 군데군데 붉은 빛을 띠고 있었다. 전체적으로 그을린 느낌이 나는 꽤나 오래된 작품 같았다. 깨끗하고 밝은 서양식 방이라 한층 눈에 띄었다. 쑨 씨의 조용하지만 총명함을 띤 눈동자는 깜빡임도 없이 네 눈을 줄곧 응시했다. 너는 이야기의 흐름이 혼란스러워지지 않도록 노력을 기울였다.

"결국, 제가 할 일은." 쑨 씨는 식어버린 커피를 마시면서 말했다. "그 피해자에게 자발적으로 따님의 재판에 증인으로서 출두하도록 설득하는 거로군요?"

"피해자는 이쪽입니다." 너는 절규하듯 말했다.

"그럼, 미스터 할리스로 바꿔 부릅시다." 쑨 씨는 순순히 응하며, "하지만 당신은 나에게 따님의 변호를 의뢰하는 것은 아니지요?"

"아직 정하진 않았습니다."

"류큐정부 법정이라면, 일본어로 해야 하기 때문에 저는 적합하지 않습니다. 오해하지 말고 들어 주세요. 변호인이 아닌 제가 설득한들 효과가 있을까요?"

"하지만 오키나와인 변호사라면 더더욱 들어주지 않을 겁니다."

너는 군인 병원 침대에 누워있을 로버트 할리스의 모습을 떠올렸다. 딸을 고소했으니 의식은 있겠지. 절벽에서 떨어졌다는데 어디를 다친 걸까? 머리일까? 다리일까? 그것 조차 불분명하다. 어쩌면 상처를 입었다는 것 자체가 거짓말은 아닐까? 찰과상 정도를 과장해서 말한 것일지도 모른다. 그렇다면 대단히 뻔뻔하게 우리를 경시하는 것이 된다.

"나 역시도 미국인은 아닙니다. 중국인이나 오키나와인이나 미국인 앞에서 얼마나 차이가 있을까요?"

이 말을 조소로 받아 들여야 할지, 동지의식으로 봐야할지 순간 너는 망설이면서, "다만 분명한 것은 미국인에게 있어 우리 오키나와인은 피지배자이고, 당신들 중국인은 제 3자라는 겁니다."

"그렇게 말할 수도 있겠네요. 그럼 제가 설득을 해보죠. 하지만 받아들이지 않으면 어떻게 하실 건가요? 포기하실 겁니까?"

네가 바로 대답할 수 없는 질문이었다.

"제가 마음에 걸리는 것은, 지금 그가 증인으로 출두하게 되면 자기가 따님에게 한 행동을 스스로 인정하는 꼴이 된다는 겁니다. 따라서 절대 그런 모험을 하지 않을 겁니다."

"그럼 처음부터 포기하라는 말씀입니까?"

"제가 포기하라 말라 하는 것은 아니고……이렇게 말씀드리기 괴롭지만, 당신 쪽에서 고소를 단념하는 편이 좋을 듯합니다."

"폭행을 말입니까? 쑨 선생, 딸도 저도 상해죄로 처벌 받는 것은 두렵지 않습니다. 그러나 폭행만은 용서할 수 없습니다. 오히려 이 문제가 더 중요합니다."

"심정은 이해합니다. 그렇기 때문에 더욱 신중하게 생각하셔야 합니다. 경찰 말이 맞아요. 증거를 대는 것이 어렵다는 것은 곧 그만큼 따님이 계속되는 재판으로 가혹한 정신적 상처를 입을 수 있다는 말입니다. 견딜 수 있겠습니까?"

"……이러한 종류의 사건에서 이긴 사례가 없다고 말씀하시려는 겁니까?"

"이긴 예는 있겠지요. 하지만 지금 당신의 경우는 이기고 지는 것이 문제가 아닙니다. 따님의 정신적 안정이 더 큰 문제입니다. 상대는 자신의 범죄는 완전히 덮어두고 오히려 상해죄로 따님을 고소했습니다. 후안무치가 따로 없죠. 그런데다 한술 더 떠서 당신의 고소에는 죄를 부인하고 맞서겠지요. 재판관도 검사도 변호사도 모두 미국인으로 구성된 법정에서 가혹한 심문을 따님이 버틸 수 있으리라고 생각하십니까?"

너는 딸이 지금 CID나 경찰서에서 심문받는 모습을 떠올렸다.

"재판은 얼마나 걸릴까요?"

"공정한 재판일수록 시간이 걸리는 법입니다. 중국 인민에 대해 구舊 일본군과 중국공산당은 아주 간단하고도 짧은 시간에 판결을 내렸지만 말이에요."

구 일본군이라는 말이 옅은 그림자가 되어 너를 엄습했지만 애써 뿌리치고,

"공정하게 한다면 감사한 일입니다. 하지만 이 재판제도가 과연 공정한가요? 군사법정과 류큐정부 법정, 그리고 군인에 대한 증인 환문권을 갖지 못한 재판관……."

"그런 논의라면 그만 둡시다. 군사기지체제라는 것을 논하기 시작하면 당신과 나는 분명히 대립하게 될 테니까요."

"그럴 리는 없을 겁니다. 설마 오해하신 건 아니겠지만 난 공산주의가 아닙니다. 게다가 현 국제정세 속에서 이 오키나와에 미군기지가 불가피하다는 것도 압니다. 하지만 그것과 이것은 다른 문제입니다. 그렇지 않습니까?"

"조금 전 당신은 내게 이 땅에서 제 3자에 지나지 않는다고 말씀하셨습니다. 맞는 말씀입니다. 유감입니다만 나는 이 땅에서 정치에 관한 발언

권이 없습니다. 당신 입장에서 보자면 이곳에 거주권도 있고, 직업도 있고, 정치권 밖에서 편하게 생활하고 있다고 생각할지 모르겠지만, 나는 그러한 권리에는 취약합니다. 나는 당신들 이상으로 발언에 주의해야만 합니다.

쑨 씨는 그 말을 끝내고 시선을 돌려 벽에 걸린 산수화를 바라봤다. 결국 무슨 말을 하고 싶었던 건지 너는 잘 알고 있었다. 조금 전 로버트 할리스를 설득해달라는 부탁을 받아들이긴 했지만 그것은 결코 마음에서 우러난 진정한 승낙이 아니라는 것을 너는 깨달았다. 무엇이 그토록 조심스러운 걸까? 너는 쑨 씨의 신중함을 이해하기 위해 애썼다. 할리스를 설득하는 것이 법에 어긋나기라도 하는 걸까? 게다가 이번 일은 전적으로 사람의 양심에 관한 일이니 정치와는 상관없지 않은가. 그것도 아니면 혹시 로버트 할리스의 범죄에 관여하는 것으로, 만일 너와 네 딸 일과 별도로 할리스의 공무나 군사상 기밀에 휘말려 난처한 입장에 처하게 되는, 뭐 이런 것들을 두려워하는 걸까? 쑨 씨는 산수화에서 눈을 떼지 않았다. 자신이 태어난 땅에 살 수 없게 된 쑨 씨가, 법률이라는 전문지식 하나만을 무기 삼아 오키나와 내 미군기지에 기대어 살아왔을 그의 복잡한 심경을 생각해 보았다. 오로지 그것만이 그의 삶의 기반일지 모른다. 그런 만큼 불안하기도 했을 것이다. 5백여 동이나 되는 마을에 여러 나라 사람들이 살고 있지만 역시 미국인이 가장 많았다. 그 역시 타국인인 것이다. 여기서 모국의 전통예술작품 등을 보며 산다. 불상화라는 이 땅의 식물을 사랑하긴 하지만 지금껏 너를 초대하지 않았던 생활, 너는 새삼스럽게 쑨 씨와 알고 지낸 그간의 일들을 생각해 보았다. 미스터 밀러의 소개로 알게 되었고, 네가 중국에서 학원에 다녔던 경험도 있고 해서 3년 동안 친하게 지내왔지만, 단 한 번도 쑨 씨의 집을 찾아간 적이 없던 것은 과연 우연이었을까? 쑨 씨의 고독한 사생활에 끼어들만한 자격을 너는 갖지 못했던 걸까? 더구나 집안의 큰일에 도움을 청할 만큼의 정신적 재산을 3년이 지났어도 쌓지 못했던 걸까? 쑨 씨의 모습이 산수화 속 먼 산 너머 안개 속으로 사라져 버릴 것 같았다. 그러한 이미지가 너를 절망시켰다.

네가 오가와 씨를 돌아보자,

"이럴 때일수록 우정을 믿고."라며 오가와 씨가 너를 쳐다보지 않고 말했다. "우리가 오늘 아침부터 일부러 방문하지 않았겠습니까?"

"그러니까요." 쑨 씨는 오가와 씨에게 향했던 시선을 너에게 옮겼다. "병원에 가 봅시다. ……그 정도의 노력은 해야겠지."

마지막 말은 거의 독백 수준으로 자기 자신에게 들려주는 말처럼 너는 느꼈다.

"만나고 싶지 않아."라고 로버트 할리스가 말했다고 한다. 그런 그를 "환자 상태 때문에 만나면 안 된다는 건가? 우리는 꼭 만나야 할 용건이 있소."라며 밀어붙인 것은 오가와 씨였다.

중년연배의 온화해 보이는 주치의가 나오더니, "우측 다리 골절뿐이어서 생명에 별 지장은 없겠지만, 수술한지 얼마 안 되었으니 흥분하는 것은 좋지 않아요. 그것만 약속해준다면."이라고 말했다.

"노력하겠습니다."라고 말한 것은 쑨 씨였다.

온통 흰색으로 칠해 진 밝은 방에는 10명 정도의 백인 환자가 있었다. 로버트의 침대가 가장 끝에 자리한 것이 왠지 너를 안심시켰다.

"용건은 대충 알아." 로버트는 만나자마자 말했다. 그리고 쑨 씨에게, "당신이 변호사요? 일본인?"

"중국인이오." 쑨 씨가 대답했다.

"중국인? 맞다, 중국어가 가능하다고 했었지." 로버트에게 사생활이 알려졌다는 것이 지금도 거짓말처럼 느껴졌다. "중국인이 그녀를 변호한다는 건가?"

"변호는 하지 않아."

"그럼 나한테 무슨 일로 온 거지? 미리 말해 두지만 이 방에 있는 사람은 전부 환자야. 자명한 일을 갖고 길게 얘기하고 싶지도 않고, 환자를 흥분시킬 권리는 당신들에게 없어."

"물론, 우리는 법적으로 당신을 구속하러 온 것도 아니고 또 그 권리도 없어요." 쑨 씨는 차분한 어조를 유지하며 천천히 말했다. "우리도 당신이 흥분하지 않게 천천히 상담하고 싶어요. 이러한 마음을 이해하고 노력해주기 바래요."

"우린 합의 하에 행위를 했고, 배신당한 건 내 쪽이라고."

"그 일을 법정에서 증언해 주지 않겠어요?"

"뭐요?"

"당신은 뭔가 오해하고 있어요. 우리는 아직 당신을 고소하려는 생각은 없어요. 다만 이 사람 딸이 고소당해서 재판을 기다리고 있어요. 그 재판에서 당신이 증언해주지 않겠어요?"

"뭘 증언하라는 거지?"

"당신은 지금 합의 하에 했던 행위 끝에 배신당했다고 말했지요? 그것을 증언해 주겠어요? 물론 당신을 심판하는 법정은 아니지만 딸이 계속해서 고집을 부려 당신의 범죄를 주장한다면, 당신에 대한 평판이 세간에서 좀처럼 사라지지 않을 겁니다. 오키나와 사람들이 어떻게 생각할지,

당신을······."

"어설픈 권유군. 그런 수에 말려들지 않아. 내가 당신 딸 때문에 이렇게 다친 건 틀림없는 사실이고, 오키나와 주민법정에 증인으로 설 의무 따윈 없으니까."

너는 몇 번이나 대화에 끼어들려 했지만 오가와 씨가 소매를 끌어당기며 말렸다. 네 안에는 분노와 절망이 혼란스럽게 뒤엉켜 점점 부풀어 올랐고 분노는 커져만 갔다. 네 눈앞에 있는 저 로버트라는 환자가 바로 얼마 전까지 네 집 방 한 칸을 빌려 여자와 살며 일주일에 두 번 머물며 네 가족과 서툰 일본어로 교제했던 그 남자란 말인가. 가끔 캘리포니아 농장과 가족 이야기를 꺼내어 너에게 그의 가족과도 친분이 있다는 착각을 들게 했던 바로 그 남자란 말인가. 너는 때때로 배우가 배역에 따라 성격을 변화무쌍하게 바꾸는 모습을 의심할 때가 있다. 맨 얼굴이 반드시 진실은 아니라고 논하는 예술론인가 뭔가를 읽은 기억도 있다. 그런데 그것은 예술세계에서나 있는 일이라고 생각했다. 실생활에서도 그런 일이 벌어진단 말인가? 그것은 무엇을 의미하는 걸까? 로버트의 진실은 무엇이란 말인가? 네 가족과 로버트 관계의 진실은 무엇일까? 예전 로버트의 모습에서 로버트가 요트를 타고 파도를 가르면 무척이나 잘 어울릴 거라고 상상한 적이 있다. 여자와는 혼인신고를 했는지 어쩐지는 흘려들어 기억이 나지 않지만, 로버트와 닮은 외모에 사이도 좋은 것 같았다. 그 남자가 네 딸을. 그토록 추악한 행위를.

"애인은 어떻게 됐나?" 네가 물었다.

"당신이 상관할 바 아니잖아?" 로버트는 대답했다. 정떨어지는 대답이 여자와는 이미 끝났다는 분노의 표현인 걸까, 아니면 지금의 상황에서 벗어나려는 의지의 표현인 걸까.

"당신의 권리는……."

쑨 씨가 말을 꺼내려는 것을 네가 막았다. "더 이상 권리나 의무의 문제는 아닙니다. 그만 돌아갑시다."

그러나 쑨 씨와 오가와 씨가 문을 향해 갈 때, 너는 로버트를 향해 말했다.

"합의 하에 한 행위라고 했지? 그런데 나는 절대 믿지 않아. 그걸 지금 이 자리에서 확인했어."

쑨 씨의 제안으로 너희들은 바로 마을로 향하지 않고 근처 골프장에 들렀다. 골프를 치자는 것은 아니고, 잔디밭 위에 앉아 이야기를 하기로 했다. 한 낮이라 골프채를 든 사람은 많지 않았다. 곧 다가올 여름에 어울리는 꽃무늬 알로하셔츠가 바람에 날리는 모습에서 너는 그들이 삶을 즐기고 있음을 느꼈다.

"나는 할 수 있는 한 노력했어요."라고 쑨 씨가 말했다. 반쯤은 혼잣말이었지만 분명히 변명이 섞여 있었다.

"노력해 주셔서 감사해요." 너는 계속해서, "내가 좀 더 참았어야 하는데. 권리라든가 의무라는 말이 오가는 걸 보니 더 이상 참을 수가 없더군요."

"그러셨을 거예요. 그러나 이해해 주셨으면 합니다. 이 두 단어에는 인간이 역사 속에서 겪어 온 무수한 고통의 흔적이, 그리고 그 고통을 극복하는 주술 형태로 표현되고 있는 겁니다. 법률가의 나쁜 버릇일지 모르지만 현대생활에서는 이것이 유일한 해결책인 경우가 너무 많아요."

"그러나 이번 경우는 그것으로도 해결될 것 같지 않군요. 있어 마땅한 권리가 없고 마땅한 의무도 없으니."

"악법도 법이라는 걸 말하고 싶진 않지만, 우리 법률가에겐 그것이 없다면 일을 할 수가 없어요."

"이 법을" 오가와 씨가 끼어들며, "비판해 보시죠. 법정에서 말고 여기서."

"유감입니다. 난 제3국인이에요. 좀 전에 말씀드린 것처럼 말입니다."

"제3국인이 아닌 중국인 입장에서 라면 어떠세요?"

"무슨 말씀인지?"

"중국은 전쟁 시 일본군으로부터 피해를 입었습니다. 지금 오키나와 상황을 보면 그런 감정도 이해할 수 있지 않을까요?"

그때 쑨 씨는 오가와 씨 얼굴을 지그시 바라봤다. 그의 얼굴에 순간 분노 같은 그림자가 드리워지나 싶더니 곧 사라지고 서서히 슬픈 표정으로 바뀌어 너를 놀라게 했다. 아차 했지만 때는 이미 늦었다. 쑨 씨가 조용히 입을 열었다.

"당신은 내가 두려워한다고 말씀하셨습니다. 나는 오늘 아침 사건에 대해 듣자마자 이미 그런 생각을 했습니다. 하지만 가능한 감정을 숨기려고 애썼습니다. 하지만 지금은……." 쑨 씨는 새삼스럽게 두 사람 얼굴을 번갈아 보고는, "아니, 다시 여쭙지요. 1945년 3월 20일에 당신들은 어디서 뭘 했습니까?"

너와 오가와 씨는 무심코 얼굴을 마주 봤다.

"나는."

오가와 씨가 먼저 대답했다. "북경 중학교를 아직 졸업하지 못했어요. 3월 20일은 아마도 수학여행으로 몽고에 가 있었던 것 같아요."

"나는." 네가 말을 이어받았다. "그 전 해에 학원을 졸업하고 군 입대 후 장교가 되어 남경 주변에서 군사훈련을 하고 있었습니다."

대답을 하면서 너는 그제야 쑨 씨의 질문이 심문이라 느꼈다. 그에게 뭔지 모를 개운치 않은 것을 보고하는 느낌이 들었다.

"나는 말이에요." 쑨 씨는 너희들의 이야기에는 반응을 보이지 않고 말했다. "충칭 근처 w라는 마을에 살고 있었어요. 충칭으로 가려고 했는데 아내가 그만 병으로 몸져눕는 바람에 늦어진 것이죠. 그때가 3월 20일이었습니다. 4살 된 장남이 행방불명이 된 것입니다. 집 근처에서 아이들끼리 놀고 있었는데 저녁 무렵 집으로 돌아가려는데 아이가 없어진 것을 알았습니다."

이야기를 들으면서 너는 가족부대 안 철조망 앞을 떠올렸다. 별이 빛나던 밤하늘 아래서 쑨 씨는 그 일을 들려주었다. 너는 쑨 씨가 어린 장남을 찾으며 어두운 밤길을 헤매는 모습을 미국인 가족부대 안 포장도로를 응시하며 상상했었다. ─그 기억은 아주 오래된 것 같지만 불과 2, 3일 전 일임을 너는 깨닫고 잠자코 다음 이야기를 기다렸다.

"3시간 쯤 찾아 다녔을까요. 일본군 헌병대에서 아이를 보호하고 있더군요. 아이를 찾았을 때의 기분이란 정말 뭐라고 하면 좋을까요. 설령 보호하고 있던 것이 아니라 **유괴**였다 할지라도 그때의 기분은 감사함으로 넘쳐났습니다. 그리고 장남을 데리고 완전히 어두워진 거리를 지나 집으로 돌아왔습니다. 그때 아내는 이미 일본 병사에게 강간당한 후였습니다."

187

"그런……." 너는 놀라 소리쳤다. "그 마지막 부분은 일전에 말하지 않았어요."

"그땐 여기까지 이야기할 필요가 없었죠. 그보다는 이 말은 가능한 하고 싶지 않았어요."

"하지만 당신이 정말 하고 싶었던 말은 바로 그 부분이죠?"

"정말 하고 싶은 말을 현실에서는 하면 안 되는 것들이 요즘 같은 시대에는 너무 많아요."

"당신은 그럼." 오가와 씨가 말했다. "당신 부인이 일본군에게 그런 일을 당했으니, 이번 사건도 포기하라고 말씀하시는 겁니까?"

"쌍방 책임으로 돌려 없었던 일로 하는 것은 좋지 않아요."

쑨 씨는 부드러운 눈빛으로 오가와 씨를 봤지만 오가와 씨는 아랑곳하지 않고,

"당신은 비겁해요. 내가 중국을 거론한 것은……."

"현실이라고 하는 것은 이런 식으로 봐야 한다고 생각합니다. 당신은 일본 대 중국의 관계를 미국 대 오키나와의 관계에 대입시켜 하나의 진실을 제시했습니다. 그리고 그때 당신은 일본이 중국에 했던 행위를 비판하는 듯한 태도를 보였습니다. 그런데 내가 봤을 때 당신의 이해는 너무 추상적이에요. 당신이 구체적으로 그 관계를 이해하려 한다면 당신이 겪었던 중국에서의 생활, 중국인과 일본인의 관계를 직접 보고 들은 실제적인 예에서 생각해야 해요. 3월 20일에 당신은 몽고 여행 중이었다고 했죠. 거기서 몽고 사람들이 당신을 어떤 태도로 맞았는지 떠올려 보세요. 그곳에 주둔해 있던 일본인 병사와 몽고 인민의 관계가 어땠는지 떠올려보세요."

"중학생이었기 때문에 깊은 속까지는 잘 모르겠지만, 몽고 사람들은 우리에게 매우 친절했습니다. 적어도 우리에게는."

"마음에서 우러나온 친절이었을까요?"

"그건 모르죠."

너는 한 기억을 떠올렸다. 그것은 3월 20일에 있었던 일이 아니라, 그보다 8개월 전, 네가 군대에서 훈련을 받고 있었을 때의 일이다. 무더운 여름날, 행군연습에서 너는 낙오되었다. 부대원들로부터 뒤처진 사람은 너 외에 한명이 더 있었다. 대륙의 여름은 무더웠다. 대원들 가운데 몇몇은 행진하다가 길가 논에 신발 채 발을 담그기도 했다. 너와 그 전우는 아무리 발버둥 쳐도 부대를 따라잡지 못하게 된 것이 오히려 마음 편했다. 전선 최후방에 있는 병사들에게 위기감은 없었다. 도중에 민가 한 채가 나타났다. 두 사람은 물을 마시고 싶었다. 수통에는 물이 한 방울도 없었다. 두 사람은 가벼운 마음으로 민가에 들어가 물을 부탁했다. 초로의 부부 같아 보이는 두 사람만 있었다. 그들은 너희의 부탁을 받고는 바로 찻잔에 무언가 가득 담아 너희에게 바쳤다. 차갑게 식은 고량 죽이었다. 그 모습이 네게는 정말 바치는 것으로 비춰졌다. 속으로는 '이 겁쟁이 병사놈, 퉁양빈(東洋兵め : 동양 병사를 낮추어 이르는 말)'이라고 생각했음에 틀림없지만, 과도한 친절을 머금고 일부러 미소 짓고 있는 듯한 얼굴에서 너는 열등감을 느꼈던 것이다. 남김없이 맛있게 배를 채우고 "쎄쎄"라는 말 한마디 남기고 나서는 뒷모습을 보고 민가 사람들은 뭐라고 수군댔을까?

"그런데 나는……."

오가와 씨가 뭔가 말하려는 것을 가로막으며,

"당신은 아무런 나쁜 짓도 하지 않았다고 말하고 싶겠지만, 당신 눈앞에서 일본인이 중국인을 대하는 태도에 대해 당신은 비판적이지만 무관심으로 가장한 적은 없습니까?"

"그런데 그건, 당신이 지금 이 땅에서 취하고 계신 태도와 같아요."

"맞습니다. 부끄럽게 생각합니다. 나도 언젠가 참회하지 않으면 안 되겠지요. 그래도 나는 당신들의 책임을 추궁하지 않을 수가 없어요. 당신은……." 쑨 씨는 네게 시선을 돌려, "장교가 되어 병사들을 훈련을 시키면서 부하 병사가 중국인에게 어떻게 행동하는지 충분히 관찰했나요?"

"역시 비겁하군요." 오가와 씨가 소리쳤다. "그런 이야기로 화제를 돌려 지금 당면한 문제로부터 도망치려하는군요."

"그래요." 쑨 씨는, 거의 울 것 같은 표정으로, "다만 당신들이 당연히 생각해야 할 문제를 생각하지 않았던 것을 말했을 뿐입니다. 물론 내가 옳았다고는 하지 않았어요."

넌 잠자코 있었다. 왜 잠자코 있었던 걸까? 넌 자신이 없었던 걸까? 쑨 씨에게 이의를 제기할 자신이 없었던 걸까? 부하 하나가 중국 행상인을 상대로 소매치기한 일이 불거져 불의를 참지 못하고 그만 엄하게 꾸짖었다. 나중에 이 일을 알게 된 중대장이 오히려 너를 꾸짖었을 때 한마디도 반론하지 못했던 기억을 떠올렸다. 그것은 어쩌면 3월 20일의 일이었을지도 모른다. ―그렇다고 해서 그 일 때문에 쑨 씨에게 이의를 제기하면 안 된단 말인가? 대체 네가 당면한 문제는 뭔가? 딸의 굴욕을 고발하는 일이 아니었던가? 쑨 씨로부터 네 과거의 죄를 추궁 당했다고 해서 네가 너의 주장을 외칠 권리가 없어지는 것은 아니다. ―너는 그러나 계속해서 침묵을 지켰다. 네 귀에 쑨 씨의 말이 무한한 잔향이 되어 계속해서 울리는 것 같았다. 아니 그보다도 잔향을 들으며, "딸 사건을 고소한다 해도 이미 절망적이다."라는 선고가 동시에 내려지는 느낌이 들었다. 그것은 어느 틈엔가 너를 그곳에 가두고 있던 고독감 탓이었으리라. "그것과 이것은 관계가 없다."며 네 마음 어딘가에서 타이르고 있었다. 그러나 너는 그 목소리에 머리를 흔들었다. 점점 더 세게 머리를 흔들었다.

"저쪽에." 쑨 씨가 먼 곳을 가리키며 말했다.

"두 사람이 걸어오는군요. 한 사람은 미국인, 한 사람은 오키나와이군요. 두 사람은 꽤 거리를 두고 있지만 동료로 보이는 군요. 대화를 나누고 있긴 한데 이곳에서는 들리지 않으니, 어쩐지 두 사람의 사이에 거리가 느껴집니다. 바로 그겁니다. 우리들 관계가."

세 명은 일어섰다.

오가와 씨가 걸으면서 네게 속삭이듯 말했다.

"감상에 빠지면 안 돼요. 이건 이거고 저건 저거. 구분하지 않으면."

그러나 너는 그의 말을 들으며 그가 파티에서 말했던 궈모뤄의 이야기를 떠올렸다.

"궈모뤄의 『파도』라는 소설에 중일전쟁이 한창일 때 적군의─즉 일본 비행기의 폭음을 들은 어머니가 울고 있는 자신의 아이를 목 졸라 죽이는 장면이 나오죠."

그때 너는 말했다.

"오키나와에도 그런 일이 있었어요."

그리고 그 다음 말을 하려고 했지만 말하지 못했던 일을 너는 다시 떠올렸다.

"어떨 때는 일본군이 그랬어요. 일본군이 같은 방공호 안에서 오키나와인 아기를 총검으로 찔렀어요."

다만 여기서도 너는, 군대와 관련이 있을지 모르는 오가와 씨 앞이라 그 말을 입 밖으로 내지 못했다.

딸이 돌아왔다. 네가 쑨 씨와 오가와 씨와 헤어져 집에 도착한지 얼마 안 되어 모습을 나타냈다. 아내는 저녁준비를 하려던 참이었다. 딸은 현관에 들어서서 너희들 얼굴을 보자 가볍게 미소를 지었다. 아련한 미소였다. 그런 딸의 표정을 본 적이 없던 너는 놀랐다. 이제는 예전으로 돌아갈 수 없다는 그런 표정이라고 너는 느꼈다. 그러나 다음 순간, 이틀간의 심문을 받은 상태치고는 안색도 나빠 보이지 않았고 복장도 나갈 때 그대로인 것이 정말 이상했다. 심문이 어떻게 이루어지는 것인지, 상상도 할 수 없는 것이었기에 그만큼 두려웠고 밤에 잠도 제대로 잘 수 없었다. 게다가 미스터 밀러나 쑨 씨에게 이전에 생각지 못했던 벽을 발견했던, 지난 3일 간을 겪은 후였다. 너는 딸이 돌아왔다는 안도감보다 지금까지 어떻게 지내왔는지, 그걸 먼저 알고 싶었다.

그러나 딸의 대답은 너희 부부를 더욱 놀라게 했다. 딸은 밤늦게 까지 심문을 받긴 했지만 하룻밤도 안 되어 석방되었고, 다음은 시市에 있는 경찰서로 이관될 것이라고 했다. 딸은 그대로 집으로 오지 않고 친구 집에 가서 묵었다. 몇 달 전 고자コザ시로 이사해 전학 간 친구라고 막힘없이 설명했다. 집으로 돌아오기 싫었다. 지금껏 한 번도 외박한 적이 없는데 처음으로 집에서 마음이 떠났다. 부모님이 안타까운 시선으로 바라보는 것이 견딜 수 없었다. 담담하게 그렇게 보고하는 딸의 마음을 헤아리기까지 너는 괴로워했다. 딸이 처음으로 외박한 일을 너는 수상히 여겼

다. 게다가 고자라는 곳이, 또 그 친구라는 아이가 불량하지는 않은지. 그리고 부모님의 안타까워하는 시선이 두려웠다는 건 너무 순진한 발상이 아닌가. 순진하지 않았다면 솔직하게 고자에 갔었다고 보고하지 않았을 것이다. 너는 미스터 밀러나 쑨 씨에게서 받은 **믿기 어려운** 무언가를 딸에게서도 받은 것 같은 느낌이 들었다. 그런 느낌이 들자 너는 초조해졌다. 너는 지난 이틀 간 있었던 일을 딸에게 말했다. 미스터 밀러와 쑨 씨의 협력을 얻어 로버트를 증인석에 서게 하고 그와 동시에 그를 고소하려고 생각하고 있다고.

그러자 갑자기 딸의 얼굴에 웃음기도 우려도 사라지더니 크게 소리쳤다. "그만! 그만, 그만 하라고요!"

다음 날, 너는 딸을 데리고 시에 있는 경찰서로 갔다. 전에 만났던 중년의 경관이 딸을 취조하는 동안 옆방에서 기다렸다. 두 시간 정도의 취조가 끝나자 경관은 네게 지금 바로 딸의 신병을 불구속 상태로 검찰에 송치할 것이며, 변호사 선임에 대해 묻고, 마지막으로 고소는 어떻게 할 것인지도 물었다. 너는 딸을 바라봤다. 딸은 고개를 숙이고 있었다. 너는 경관을 향해 깊이 고개 숙여 인사하고 일단 보류하겠다고 말했다.

뭔지 모를 맥 빠진 기분으로 우선 쑨 씨와 오가와 씨에게 전화로 보고했다. 쑨 씨는 고소를 포기한 건 다행이라고 거듭 말하고 재판 상담에는 충분히 협력하겠다고 말했다. 이어서 오가와 씨에게 전화를 하니, 역시 그렇게 되리라고 생각은 했지만 그래도 그 편이 좋지 않겠냐며 애매한 대답이지만 마치 일이 다 해결되기라도 한 듯 맞장구를 쳐주었다.

딸은 다시 학교에 다니기 시작했다. 사건은 다행히 알려지지 않았지만, 검찰청의 심문과 재판을 기다려야 했다. 언젠가 온 천하에 알려 지겠지만 그 죄가 결코 떳떳하지 못한 것이 아니라는 자신감이 왠지 모르게 딸이나네게 용기를 북돋아 주었다. 미스터 밀러에 대한 분노와 불만도 조금은 누그러졌다. 그리고 열흘 정도 지난 어느 날, 미스터 밀러에게서 토요일 오찬 모임 통지가 왔다. 오가와 씨가 전화로 전해주었을 때 전혀 망설임이 없진 않았지만 미스터 밀러가 어쩌면 사과하고 싶어 하는 것일지 모른다는 오가와 씨의 설득에 클럽에 가기로 했다. 미스터 밀러와 어떻게 이야기의 실마리를 풀어가야 할지 조금 걱정되기는 했지만 막상 나가보니 그것은 아무런 문제가 되지 않았다. 미세스 밀러도 같이 있었다. "따님이 건강한 모습으로 다시 학원에 나온 걸 보고 안심했어요."라는 그녀의 인사에 그냥 애매한 미소를 지어 보였다. 미스터 밀러는 다른 두 사람을 붙들고 지난 번 파티에 대한 감사의 말을 전하고 있었다.

그도 그럴 것이 지난 번 파티 이후 처음 만나는 자리인 것이다. 불과 며칠 안 되었는데 왠지 꽤 오랜 시간이 지난 것 같았다. 이런 생각을 하고 있을 때 어느 틈에 밀러 부부와 오가와 씨, 쑨 씨 네 사람이 오키나와문화론에 대한 이야기를 나누기 시작했다.

"아내가"라며 미스터 밀러는 일부러 너를 향해, "지난 번 화제 가운데 오키나와 문화론이 가장 재미있었다고 하더군요. 그래서 바로 얼마 전 박물관 견학을 다시 하고 왔답니다."

그 일을 짐짓 잊은 듯한 표정으로 말하는 것을 선의로 받아들여야 할지 어떨지, 아니면 이게 맞는 걸지 모른다는 등의 생각으로 갈팡질팡 하면서,

"이 문제는 우리 오키나와인들끼리 논쟁을 벌여도 좀처럼 가닥이 잡히지 않는 어려운 문제에요."

너는 적당히 맞장구 쳤다. 그 논쟁이 몇 세기 동안 평행선을 달려왔는지 따위를 생각하면서, 다른 한편으로는 쑨 씨가 골프장 저 멀리에서 걸어오던 두 사람을 가리키며 했던 말을 떠올렸다.

"야아, 전부 모이셨군요." 갑자기 말을 걸어온 사람은 요령 좋아 보이는 남자 링컨이었다. 그는 너희 하나하나를 가리키며 "국제친선이라면 이런 자리가 최고지요."

그리고는 한숨 돌리는가 싶었는데, "아, 맞다. 일전에 미스터 모건 아들 사건 있었잖아요. 모두를 당황하게 했던 사건. 그 건으로 미스터 모건이 메이드를 고소했다고 합니다."

"뭐라고요? 정말입니까?"

너희는 포크를 접시에 소리 나게 내던졌다.

"정말이에요. CID에 다니는 친구가 그러더군요. 물론 지금은 참고인 자격으로 출두해 조사 받고 있다고 하는데. 뭐 그다지 기분 좋은 사건은 아니네요. 죄가 없는데 고소한 것이라면 곤란하겠지만, 실제로 유괴든 뭐든 하려던 정황이 밝혀지면 그냥 넘어가선 안 되겠지요."

너는 미스터 밀러부터 시작해 차례로 세 명을 둘러 봤다. 세 명 모두 링컨의 이야기에 언짢은 얼굴을 하고 입을 다물고 있었다. 파티의 친선 분위기는 링컨 혼자만 이어가고 있었다. 오가와 씨도 쑨 씨도 밀러 부부도, 물론 네 **사건**을 즉각 떠올린 것이 분명하다.

오늘의 이 갑작스런 모임은 틀림없이 오가와 씨가 말한 것처럼 그것을 포함해 미스터 밀러가 너를 위로하는 자리일 거라고, 너는 다시 한 번 굳게 믿었다.

"정말 이상한 밤이었어요. 우리는 아주 재미있었지만요. 인생이란 게 결국 그런 거죠. 덕분에 동료를 바람 맞혔죠. 오늘 이곳 스페셜 요리는 **오리**찜구이에요. 나는 오리를 최고로 좋아한답니다."

링컨은 스테이지 쪽으로 돌아갔다. 네 눈앞을 백인 남자가 넥타이를 고쳐 매며 왼쪽에서 오른쪽으로 스쳐지나 갔다. 조금 떨어진 맞은편 테이블에 외국인 부부로 보이는 사람들이 지금 막 오키나와인 부부로 보이는 사람들과 웃으면서 인사를 주고받았다. 네 뒤편에서 아이 소리가 들려 돌아보니 외국인 가족 테이블이었다. 마침 디저트로 아이스크림이 나와 웨이트리스가 아이들에게 나눠주고 있는데 한 아이가 자기가 주문한 것과 다르다며 징징대고 있었다. 함께 온 메이드가 웨이트리스에게 일본어로 사정을 설명하고 있었다. 이야기 중인 메이드의 두 팔을 징징대던 아이가 검지로 꾹꾹 찌르고 있었다.

점점 손님이 늘어나 테이블은 만원이 되었다. 너는 그날 밤 모건 2세와 메이드의 식사 광경을 떠올리며, 네 딸과 로버트 할리스가 시내에서 했다던 저녁식사 자리도 떠올려 보았다.

"대체 오키나와와 중국의 교류는 몇 세기부터 시작됐을까요?"

미스터 밀러가 느닷없이 너에게 물었다.

"그 문제가 그렇게 흥미로운가요?"

네 어조가 돌연 분명하고 단호하게 바뀌었다.

"네?" 미스터 밀러는 조금 당황해 하면서도, "원래부터 역사를 싫어하진 않았어요. 이 기회에 문화교류 역사라도 연구해볼까 해서요."

－　　　　그만두는 편이 좋겠습니다.

밀러－　네? 왜요?

－　　　　이 기회에, 라고 말씀하시는데. 나는 그 기회라는 의미를 저는 믿지 않습니다.

밀러- 당신…….

- 일전에 당신이 거절했던 일을 쑨 선생께서 대신해주셨습니다.

밀러- ……그랬군요.

- 당신은 쑨 선생이라면 아주 적임자일거라고 말씀하셨습니다. 그런데 그 쑨 선생도 정면에서 협력할 수 있는 사건이 아니었습니다.

밀러- 그랬군요. 당신에게는 안 된 일이지만 그럴지도 모르겠네요.

- 그런데 그것이 정말 자연스러운 일일까요?

밀러- 네? 무슨 뜻이죠?

- 내가 그를 만났을 때 그가 내게 보여준 처신을 말하는 겁니다. 내가 미국인에게 모욕당했다고 당신에게 말하면, 당신은 어떤 감정을 느낄까요?

밀러- 그 모욕의 성질에 따라 다르겠죠. 그리고 당시의 환경에 따라서도.

(미스터 밀러가 허리를 꼿꼿하게 세웠다)

- 내가 외국인에게 모욕당한 것은 전쟁 이후 두 번째예요. 첫 번째는 1945년 9월. 당시 나는 8월 현지에서 제대를 하고 상하이에 살고 있었는데, 어느 날 인적 드문 포장도로를 걷다가 맞은편에서 오던 백인 청년으로부터 공격을 당했어요. 그가 내 옆을 지나가다 갑자기 주먹으로 내 배를 세게 내리쳤어요. 나는 '일교(日僑 : 외국에 사는 일본(상)인)'라고 쓴 완정을 차고 있었죠. 그때 나는 아픈 배를 움켜잡으며 전쟁에 패배했음을

197

온몸으로 느꼈지요.

쑨─ 중국인은 전쟁이 끝난 후에도 일본인들에게 친절했는데……

─ 맞아요. 놀랍게도 오지에서 진주해온 중국군대가 특히 친절했어요. 우리는 그들 덕분에 패전국민이라는 실감을 별로 느끼지 못했죠. 그래서인지 그 외국인에게 배를 맞았을 때 정신적으로 더 충격이었어요.

밀러─ 그가 미국인이었나요?

─ 모르겠습니다. 상하이에는 다양한 국적의 사람들이 모여 있었으니까요. 미국인이 아니었을지도 모릅니다. 그러나 당시 나는 그를 미국인이라고 확신했습니다.

밀러─ 잠깐만요. 당신이 피해를 입은 것은 안타깝기 그지없지만, 당신의 결론은 너무 감정적입니다. 미국인일지 어떨지 모르는 가해자를 미국인이라고 단정해 버리는 것은 당신이 미국에 패배했다는 의식 때문입니다. 이번 사건만 해도 그때 겪은 감정을 나에게까지 감정적으로 연결시키는 건 당신답지 않아요.

─ 너무 감정적이었을지도 모르겠네요. 그러나 로버트 할리스는 도가 지나칠 정도로 논리적이었어요. 그에게 내 부탁을 들어줄 의무는 없습니다. 지금의 오키나와 법률로는 딸의 재판에 그를 증인으로 환문할 권리는 없다? 그렇게 딱 잘라 선언했습니다. 그 이치는 나도 알고 있어요. 그러나 내 입장에서는 로버트 할리스의 말이 너무 가혹합니다.

밀러-　논리에는 때로 희생이 따릅니다.

－　쑨 선생하고도 그 점에 대해 이야기했습니다. 쑨 선생도 어쩔 수 없이 논리에 따르는 것이라고 말씀하셨어요. 그런데 사람들은 정말 논리에 충실히 따르며 살아갈까요? 아니, 논리적으로 행동해야 하는 것과 감정적으로 행동해야 하는 것을 생활 속에서 엄격히 구분하며 살아갈까요?

오가와-　(일본어로) 그 다음 말은 하지 않는 편이 좋아요.

－　(일본어로) 고마워요. 그러나 아직 본론에 들어가지 않았어요. (중국어로) 방금 오가와 씨가 한 말의 의미를 알아 들으셨나요? 그는 내가 우리의 안정된 균형을 깨뜨리기라도 할까봐 걱정하고 있어요. 그러나 어쩔 수 없는 일이라고 생각합니다. 이 안정은 가식적인 안정입니다. 미스터 밀러, 당신은 내가 다른 미국인에게서 받은 피해 때문에 당신에게까지 감정적 영향을 미치는 것이라고 생각하시겠지만, 그러나 당신이 다른 미국인에 비해 얼마만큼 나와 가까울까요? 예를 들어 당신은 당신의 직업에 대해 정확하게 말씀하신 적이 없었습니다. 내가 질문까지 했지만 당신은 얼버무리며 피해 갔습니다.

밀러-　다른 뜻은 없어요. 직업상 어쩔 수 없었습니다.

－　지금 나는 당신에게 다른 뜻이 있었다고 밖에 생각할 수 없습니다. 당신의 직업을 알게 된 이상 그렇게 생각하는 것은 당연합니다. 당신과 나 사이의 거리는 아직 아주 멉니다.

쑨-　내가 모처럼 노력해온 것을 당신이 다 파괴하려 하고 있군요.

－ 쑨 선생, 당신은 노력할 필요가 없었어요. 아니, 그 노력은 훌륭하지만, 그전에 해야 할 일을 당신은 게을리 했습니다.

밀러－ 무슨 노력인가요? 쑨 선생.

쑨－ 종전 직전에 장(蔣) 총통이 군대를 비롯해 전 국민에게 훈시를 내렸습니다. 우리는 전쟁에서 반드시 이긴다. 이기면 일본 국민과는 반드시 사이좋게 지내라. 우리 적은 일본의 군벌이지 일본 인민이나 대중은 아니다…….

－ 나도 들었습니다. 그래서 우리는 그러한 호의에 마음껏 응석부렸습니다.

오가와－ 그러나 사실 중국인 대부분은 그 원한을 잊은 게 아니지 않나요?

밀러－ 그건 어쩔 수 없어요. 잊고 싶다고 잊을 수 있는 것이 아니니까. 아무리 대의명분이 분명해도.

쑨－ 원한을 잊고 친선에 힘쓰는 것—20년간의 노력이 바로 그것입니다. 그것을 당신이 파괴했어요.

－ 내가 아닙니다. 오가와 씨도 아니지요. 로버트 할리스가 그것을 파괴했어요. 미스터 밀러가 파괴했어요. 미스터 모건이 파괴했어요.

밀러－ 미쳤군요. 친선의 논리라는 것을 모르는군요. 두 국민간의 친선이라 해도 결국은 개인과 개인이 아닌가요? 증오도 마찬가지에요. 한편에서는 증오의 대결이 있기 마련이에요. 그것도 아주 많이요. 그런데 또 다른 한편에는 친선이 있어요. 우리는 그러한 친선관계를 가능한 많이 만들려고 해요. 인간관계도 마찬가지에요. 지금은 증오해도 언젠가 친선을 맺는다는 희망을 갖는 거죠.

－　　가면이에요. 당신들은 그 친선이 마치 전부인 양 가면을 만들어요.

밀러－　가면이 아닙니다. 진실입니다. 그 친선이 전부이길 바라는 소망이 담긴 진실입니다.

－　　일단은 훌륭한 논리군요. 그러나 당신은 상처를 입은 적이 없으니 그 논리에 아무런 파탄도 느끼지 못하는 것입니다. 한번 상처를 입어보면 그 상처를 증오하게 되는 것도 진실입니다. 그 진실을 은폐하려는 것은 역시 가면의 논리지요. 나는 그 논리의 기만을 고발하지 않을 수 없어요.

밀러－　어떻게요?

－　　로버트 할리스를 고소할 겁니다.

오가와－　당신, 고소를 단념하지 않았던 가요…….

－　　가면의 논리에 속았다고 할까요. 마음 속 깊은 곳에서 느끼고 있었지만, 왠지 그 가면을 받아들이려고 했어요. 모욕과 배신을 왜 그토록 잊으려고 했는지, 이젠 정말 화가 나려고 합니다. 아직 늦지 않았어요. 철저히 추궁해 갈 겁니다.

쑨－　　따님만 괴로울 뿐이에요.

－　　각오한 바에요.

쑨－　　나는 미스터 밀러의 가면의 논리가 지금도 옳다고 생각합니다. 당신의 상처가 내가 가진 상처에 비해 가볍다고는 생각하지 않아요. 그러나 나는 괴로워하면서도 그것을 참고, 가면을 쓰고 살아 왔어요. 그렇게 하지 않으면 살 수가 없어요.

－ 그러나 당신 역시 얼마 전 그 가면을 벗을 수밖에 없었죠. 오가와 씨의 요구는 단순한 계기에 불과합니다. 당신은 스스로 그것을 벗었어요. 그리고 맨얼굴로 우리를 응시하고 추궁했어요. 20년간 가면을 벗을 기회를 기다린 듯한 말투였지요. 나는 지금 그걸 하려고 합니다. 당신은 골프장에서 미국인과 오키나와인이 침묵한 채 평행선을 걷고 있는 모습을 지적하셨지만 사실 그럴 필요가 없었어요.

쑨－ 나는 필요했다고 생각합니다.

－ 쑨 선생. 나를 눈뜨게 한 사람은 바로 당신입니다. 나라에 속죄하는 일이나 내 딸의 속죄를 요구하는 일은, 하나입니다. 이 모임에 와서야 그것을 깨달았다는 것이 한심하지만, 이 기회에 서로에게 불필요한 관용을 베풀지 않는 것이 가장 필요하지 않을까요? 내가 고발하려는 것은 사실 미국인 한 사람의 죄가 아니라 칵테일파티 그 자체입니다.

밀러－ 인간으로서 슬픈 일이네요.

－ 미스터 밀러. 포령 제 144호, 형법 및 소송 수속 법전 제 2·2·3조를 알고 계시나요?

밀러－ 제 2·2·3조?

－ 나중에 한번 보세요. 합중국군대요원의 강간죄. 그것이 있는 한, 당신의 소망은 모두 허망에 불과해요. 안녕히 계세요.

너는 클럽을 빠져나왔다.

클럽 앞에 내걸린 현수막이 펄럭이고 있었다.

Prosperity to Ryukyuans   류큐인에게 번영이 있기를,
and may Ryukyuans   류큐인과 미국인이
and Americans always be friends.   언제나 친구이기를 바란다.

파티가 있기 일주일 전 치러졌던 페리내항 100주년 행사 때 만들어진
것이었다. 글자 하나하나를 꼼꼼히 새겨 읽은 후, 너는 경찰서를 향해 발
을 옮겼다.

한 달 후, M 골짜기 상해사건 현장검증이 있었다. 딸은 피고인으로 자
리했다. 특별히 허가를 받아 참관할 수 있게 된 너는, M 골짜기의 분위기
가 매우 평화롭게 느껴졌다. 평소라면 낚싯대를 든 여행객 너 덧 명은 볼
수 있었겠지만 그날은 그마저도 보이지 않았다. 먼 바다를 지나는 배를
빼고는 생활의 생동감 같은 것은 보이지 않았다. 산호초에서 솟아오른 벼
랑 아래로 철썩이며 밀려오는 파도소리가 울적하게 들릴 뿐이었다. 그런
풍경을 배경으로 인간의 추악한 욕정을 재현한다는 것은 아무리 생각해
도 어울리지 않았다. 너는 다시금 땅이 꺼지는 듯한 슬픔을 느꼈다. 그러
나 참아야만 했다.

딸은 재판관의 지시에 따라 검증해갔다. 검사의 현장검증이 이루어지
자 너는 용서할 수 없었다. 지금 딸이 검증했던 것을 다시 반복할 때마다
너는 앞서 한 것과 일치하지 않는 건 아닌지 신경이 곤두섰다. 로버트 할
리스는 증인출석을 거부했고 딸은 시종 혼자서 증언해야만 했다. 원피스
차림의 딸은 바다 바람에 머릿결을 휘날리며 손짓으로 가공의 상대를 만
들어 가며 촘촘한 심문에 응하고 있었다. 휴식하며 머물던 장소에서 행위

를 한 장소로, 그리고 싸움을 벌인 장소로 이동해 갔다. 그 과정에서 몇 차례 다시 반복하라는 지시가 있었고 이에 따르려 노력하는 딸을 너는 지켜보았다. 그 검증은 적어도 한 번은 거쳐가야 하는 것이었다. 로버트 할리스를 고소한 이상 재판을 위한 증언에 적극적으로 임할 각오가 되어 있어야 한다—. 고소했다는 사실을 전하자 딸은 아무 말도 하지 않았다. 그 침묵이 네게 묘한 용기를 주었다. 때를 놓치지 않고 고소가 꼭 필요하다는 것을 너는 끈기 있게 설명했다. 네가 20년 전 대륙에서 겪었던 일까지 끄집어내 말하는 이유를 딸은 이해했을까? 아내는 옆에서 이제 와서 그런 말이 무슨 소용이냐며 마음을 졸이고 있다. 딸이 입을 다물어 버리자 너는 더욱 집요하게 말을 이어갔다. 말이 계속될수록 훗날 이 고소로 인해 딸아이가 받게 될 극심한 고통이 상상되었다. 그리고 그 고통 받는 모습이 상상 저편에서 역류하며 너를 공격해 오자 순간적으로 후회가 밀려들기도 했지만, 그것은 역시 순간의 감정이었다. 이런 일에 패배하면 인간으로서의 의무를 배신하는 것이라고 너는 스스로에게 되뇌었다. 그런 각오가 지금은 되어 있다. 그래서 너는 견뎌내는 것이다.

다만 너는 아직 깨닫지 못했겠지만, 딸은 무슨 이유로 너의 20년 전 죄를 속죄하고 괴로워해야 하는가. 아마 딸도 그 이치를 눈치 채지 못했을 것이다. 딸의 입장에서는 앞으로 펼쳐질 고통의 무게가 얼마나 될지가 문제이지, 그런 이치 따위는 아무래도 좋은 것이다. 그러나 너는 그것을 생각하지 않으면 안 된다. 두 개의 재판에서 딸은 패소할 것이다. 지금까지 딸이 느꼈을 괴로움을 너도 함께 하면서 그것을 생각해야 한다. 지금 딸이 검증에 검증을 되풀이 하면서 확인하고자 하는 것은 과연 무엇일까? 그것이 딸의 고통과 너의 과거의 죄, 그리고 지금의 분노와 어떻게 연결

될 수 있는지. 딸의 동작 하나하나 속에서 그것을 탐색해 가지 않으면 안된다……

너는 아직 그것을 알아채지 못했다. 다만 너는 딸의 동작에서 눈을 떼지 않았다. 가끔 찰나적으로 이렇게 평화로운 풍경 속에서 어떻게 그런 일이 일어날 수 있었는지, 지금 딸이 허공에 그리고 있는 로버트 할리스라는 인간은 정말 생존하는 인물인지 등등의 의문들이 마음속을 스쳐지나갔다. 아니면 이 아름다운 풍경이 망상인 걸까? 쑨 씨가 중국 고향을 고백하며 말했듯, 역시 생명의 위기 앞에서 자연풍경 따위는 존재하지 않는 걸까. —그러나 지금 실제 딸은 벼랑에 한쪽 팔을 걸치고, 눈동자 깊은 곳까지 물들일 것만 같은 푸른 바다를 배경으로, 햇볕에 그을린 다른 한쪽 팔을 높이 들고 있다. 그 동작은 저 **추악한 자**를 필사적으로 벼랑 아래로 밀어 떨어뜨리려던 바로 그 순간의 동작일 것이다. 먼 바다 모래톱에 흰 파도가 일렁인다. 너는 숨죽이며 딸의 전신을 응시한다. 그리고 아마도 미스터 밀러와 쑨 씨가 방청하고 있을, 다가올 재판에도 힘차게 싸워주기를 기도한다. 거기에 허망함은 없다……

손지연 옮김

「칵테일파티」에 대하여

• 작품 해설

　『신오키나와 문학(新沖繩文學)』 4호에 게재되었다. 소설의 시대적 배경은 1963년으로, '미류친선(米琉親善)'을 공고히 하고 페리함대가 오키나와에 내항한 1853년으로부터 110년이 되는 해를 기념하기 위해 '페리내항 110주년 기념행사'가 개최되었다는 묘사를 통해 추측할 수 있다. 주요 등장인물은 젊은 시절 중국에 체류한 경험이 있는 오키나와 출신 엘리트 '나(私)'와 오키나와 특파원으로 파견된 일본 본토 출신 신문기자 '오가와(小川)', 중국인 변호사 '쑨(孫)', 미군사관 '미스터 밀러(ミスターミラー)'이다. 1인칭 시점 '나'의 시선을 통해 묘사한 전장과 달리 후장에서는 2인칭 시점 '너(お前)'를 서술자로 하고 있다. 이러한 시점의 변화는 단순히 전장에서 후장으로의 이동이 아니라, 주인공 '나'의 오키나와 현실에 대한 인식의 전환과 소설을 읽는 독자로 하여금 사건을 보다 객관적으로 판단하도록 유도하는 역할을 한다.

　주인공 '나'의 딸에게 일어난 사건을 계기로 결성된 오가와, 쑨 씨 세 사람의 관계가 개인적 차원에 그치는 것이 아니라 각각의 국가를 상징하는 대표성을 띠게 되는 것은 그 좋은 예이다. 타이틀 『칵테일파티』의 '혼종

(hybrid)성=칵테일'에서 알 수 있듯이 작가는 미국과 오키나와, 일본, 중국이 서로 복잡하게 얽힌 가운데 '일본인'이면서 '일본인'이 아닌 존재, 그렇다고 미국인도 아닌 그 어느 쪽에도 속하지 않는 '경계'에 선 오키나와(인)의 중층적이고 복합적 상황을 효과적으로 드러내고 있다.

• 주요 등장인물

나(私) : 오키나와 관공서에 재직 중이다. 취미는 중국어 회화이며, 미국인, 중국인, 일본 본토 출신과 함께 '중국어 연구모임'을 통해 친목을 도모하고 있다. 전쟁이 끝나고 십 수 년이 흘렀음에도 오키나와가 여전히 '점령하'라는 신(新)식민적 상황에 놓여 있음을 끊임없이 환기시킨다. 결국 고등학생인 딸이 미군에 의해 성폭행 당하는 불행한 사건에 연루된다.

미스터 밀러(ミスターミラー) : 주인공 '나'에게 중국어를 가르쳐준 미국인 장교이다. '중국어 연구모임'의 주최자이며, 미군만이 출입할 수 있는 클럽에 멤버들을 초대하여 종종 호화로운 파티를 벌인다. 로버트 할리스, 모건과 함께 힘과 권력을 지닌 점령국 미국을 상징한다.

쑨(孫) : '중국어 연구 모임' 멤버로 중국인이며 직업은 변호사이다. 제2차 세계대전 말기 자신의 아내가 일본군에게 강간당한 아픈 기억을 갖고 있다. 일본과 미국의 권력(힘) 앞에 무력한 오키나와의 현 상황을 제3자의 위치에서 더욱 명확한 형태로 각인시켜 주는 역할을 한다.

• **작품요약**

이 소설의 구성은 전장(前章)과 후장(後章) 2부로 나뉘어 있다. 전장은 미군기지 내에 있는 미스터 밀러의 자택에서 열린 칵테일파티 내용이 중심을 이룬다. 파티 참가자들은 중국어 서클 멤버들과 밀러의 미국인 지인들로, 국제 친선을 도모하기 위한 모임인 만큼 민감한 정치적 화제는 비켜가면서 오키나와(류큐) 역사, 문화, 문학, 언어 등을 화제로 삼아 대화를 나눈다. 이 가운데 유일한 오키나와 출신인 '나'는 일본으로의 '복귀'가 조속히 이루어지지 않는 데 대한 초조감이 드러난다.

전장에서의 '나'는 점령국 미국에 대해서도 호의적이다. 10년 전 호기심으로 기지주택에 들어갔다 길을 잃고 느꼈던 공포감은 사라지고 지금은 미국인 친구를 둔 덕분에 기지주택 사이를 아무런 두려움 없이 당당하게 활보할 수 있게 되었다. 뿐만 아니라 미군 클럽에 드나들며 세금이 붙지 않은 싼 음식과 맛있는 술을 즐길 수 있는 선택받은 즐거움도 만끽한다. 그러나 후장에 이르면 이 모든 것들이 '친선'이나 '우정'이라는 가면 안에 숨겨진 환상에 불과하며 오키나와의 현실은 미국의 지배를 받는 신 식민지적 상황이라는 것을 통감하게 된다.

후장의 중심 내용은 미군에 의한 오키나와 소녀의 '강간' 사건이다. 피해자는 주인공의 고교생 딸이며, 가해자는 미국인 병사 로버트 할리스이다. 그러나 주인공의 딸이 강간당한 피해자라는 사실이 명백함에도 불구하고 가해자를 쉽게 고소하지 못하고, 주인공의 딸이 오히려 가해자를 벼랑으로 밀어 부상을 입혔다는 죄로 'CID(Counter Investigation Division, 미군범죄수사과)'에 체포된다. '나'는 딸의 사건을 고소하기로 마음먹고 시에 있는 경찰서를 방문한다. 하지만, 패전 이후 도처에서 발생하고 있는 강간사건에 승소한 예가 없고 사건을 담당하는 류큐정부 재판소의 경우 미군을 증인으로 소환할 수 있는 권한이 없는 걸 알게 된다. 게다가 재판은 모두 영어로 진행되기 때문에 고소 자체를 만류하고 있는 실정이라는 답변을 듣고 절망한다. 그렇다면 가해자가 자발적으로 증인으로 나서게 하는 수밖에 없다고 판단한 '나'는 밀러에게 도움을 청하지만 거절당한다. 그는 딸의 강간사건은 개인으로서는 매우 불행한 일이지만 특별히 오키나와인이기 때문에 당한 일은 아니며, 자신이 그간 구축해 온 미국과 오키나와의 친선관계를 지키기 위해서라도 도움을 줄 수 없다고 잘라 말한다. '나'는 자신과 친밀한 관계라고 믿어 왔던 밀러에게 심한 배신감을 느끼고 오가와와 함께 쑨 씨를 찾아 협력을 구하기로 한다. 그러나 쑨 씨는 자신이 변호사 신분이라고 하더라도 중국인이므로 미군을 상대로 한 재판에서 승소를 기대하기 어려운 점은 오키나와인이나 별반 다르지 않을 것이라고 말한다.

이 과정에서 쑨 씨는 자신의 아내도 일본이 패전하기 직전인 1945년 3월 일본군에게 강간당한 적이 있다고 고백한다. 쑨 씨의 고백으로 당시 남경(南京) 부근에서 일본군 장교로 근무했던 '나' 자신 또한 미점령국의 피해자이면서 동시에 중국에 대해 전쟁 책임을 회피할 수 없는 가해자임을 자각한다. 아울러 '나'에게 비협조적이라며 쑨 씨를 비겁하다고 몰아세우던 일본 본토 출신 오가와 역시 중국이나 오키나와에 폭력을 행사한 일본 제국주의의 혐의로부터 자유롭지 않음이 드러난다. 특히 파티 후반부에 오키나와인 메이드가 미국인 모건 부부의 아들을 자신의 집에 잠시 데리고 간 것을 유괴한 것으로 오인하여 벌어진 소동은 미국과 일본 사이의 불합리한 관계를 깨닫게 하는 중요한 복선이 된다.

소설은 미스터 밀러와 쑨 씨가 방청하는 가운데 딸의 재판이 진행될 것임을 예고하는 장면에서 끝을 맺는다. 그것이 오키나와인으로서의 아이덴티티인지 일본인으로서의 아이덴티티인지는 명확하게 드러나 있지는 않으나 딸의 상처를 치유하고 자기 아이덴티티를 회복하고자 하는 주인공 '나'의 강한 의지를 읽을 수 있다.

• 참고자료

岡本惠德, 「『カクテル・パーティー』の構造」, 『沖繩文學の情景』, ニライ社, 2000.

本浜秀彦, 『カクテル・パーティー』作品解說, 岡本惠德・高橋敏夫, 『沖繩文學選 日本文學のエッジからの問い』, 勉誠出版, 2003.

오키나와문학연구회, 『오키나와 문학의 힘』, 역락, 2016.

오시로 다쓰히로/손지연 옮김, 『오시로 다쓰히로 문학선집』, 글누림, 2016.

히가시 미네오 東峰夫

1938년 필리핀 미소다나오 섬에서 출생. 고자(コザ) 고등학교 중퇴 후, 상경하여 일용직 노동에 종사하다 소설을 집필. 『오키나와 소년』으로 문학계 신인상(1971), 아쿠타가와 상(1972)을 수상. 소설 안에 오키나와 방언인 '우치나구치'를 사용하여 동시대 문단에 신선한 충격을 안겨 주었다.

그 외 작품으로 『큰 비둘기의 그림자(大きな鳩の影)』(1981), 『가드맨 애가(ガードマンア哀歌)』(2002)가 있다.

오키나와 소년*

1

내가 잠을 자고 있는 데 말이야,

"쓰네, 쓰네요시(つねよし), 일어나, 안 일어날 테냐!"

라면서, 엄마가 흔들어 깨운다니까.

"으음……뭐야."

눈을 비비며 이불에서 고개를 내밀어 엄마를 올려다보면,

"그게 말이다……"

이렇게 말하면서 엄마는 빙그레 미소 띤 얼굴을 들이밀고는,

"그게 말이다, 미치코 애네들이 군인을 데려 왔는데 글쎄 침대가 모자라네. 쓰네요시가 침대 좀 잠깐 빌려줄래. 알았지? 딱 15분정도면 돼."

"뭐라구요?" 나는 놀랍기도 하고 기분도 상해서 그만 목소리를 높였다.

---

* 번역에는 沖繩文學全集編集委員會, 『沖繩文學全集』7卷(國書刊行會, 1990)을 사용하였다.

"아이 진짜!"

집에서 미군 전용 술집을 시작했는데 침대를 빌려줘야 할 일이 생길 거라고는……미처 생각지 못했다.

미치코(ミチコー)와 요코(ヨーコ)는 카운터 옆에 붙어 있는 다타미 4장 반짜리 방을 침실로 쓰고 있다. 더블침대가 방 하나를 온통 차지하고 교대로 손님을 상대한다. 하지만 둘이 동시에 손님을 받게 되면 엄마는 어쩔 수 없이 내방을 찾는다. 자주 있는 일은 아니지만 나를 흔들어 깨울 때면 '아아, 또 그거군.'이라며 각오를 해야 한다.

"……줄 세워 장사하면 될 것을."

나는 일어나면서 말했다.

"말도 안 되는 소리! 자, 어서 서둘러라. 한 푼이라도 벌 수 있을 때 벌어둬야지."

엄마는 풀 먹인 시트를 빳빳하게 펼치며 나를 재촉했다.

"이런 장사는 정말 싫다구."

"싫어도 어쩔 수 없어. 먹고 살려면. 자 어서!"

"아무리 먹고 살기 위해서라지만, 싫은 건 싫은 거라구!"

울고 싶어진다니까. 인간이 먹고 살기 위해서라면 어떤 일이 됐든 하지 않으면 안 된단 말인가. 나는 책상 위에 올려놓아둔 가방과 모자를 침대 밑으로 쑤셔 넣어 숨겼다.

"미안!"

미치코가 병사의 손을 끌어 허리에 휘어 감고는, 눈으로만 웃으며 이쪽을 바라보고 있었다.

2

'하하하! 내 침대에서 개처럼 그것들이 뒤엉켜 있겠지!'

나는 속으로 그렇게 외치며 밖으로 뛰쳐나갔다. 집에 있으면 신음소리와 삐걱삐걱 침대 흔들리는 소리에 도망이라도 쳐야지!

고자(コザ) 초등학교로 가는 언덕을 뛰어 내려가는데,

"아이, 깜짝이야! 쓰네요시구나, 이 밤에 어딜 가는 거야?"

야마사토(山里) 씨 댁에서 나오던 지코(チーコ) 누나의 가슴 언저리에 이마를 부딪쳤다.

"마라톤 하러!"

"머리가 덥수룩해서 놀랐잖아. 내일은 꼭 머리 깎으렴."

스커트를 매만지며 마치 친누나라도 되는 양 나를 나무랐다.

"……"

나는 쓸데없는 참견이라고 생각하며 아무 대답도 하지 않고 다시 내달렸다. 달리던 걸음을 불현듯 멈추고, 지코 누나가 걸어 올라가고 있는 언덕 쪽을 되돌아봤다. 따뜻한 말을 건네 준 것이 조금 고마웠던 것이다.

네온사인으로 희미한 빛을 발하고 있는 하늘이 언덕 위로 가득 펼쳐져 있었다. 지코 누나의 스커트가 낙하산처럼 펴졌다. 참새다리를 닮은 가느다란 다리가 스커트 아래로 내려다 보였다

"어라?"

길 한쪽에 서있던 병사가 어느 샌가 지코 누나에게 다가섰고, 지코 누나는 그 팔에 매달렸다. 그대로 모퉁이를 돌아서는가 싶더니 이내 보이지 않게 되었다.

고자 초등학교는 좁은 골짜기 사이에 숨 막힐 듯 끼어 있는 작은 학교다. 그리고 마당이라고 해도 좋을 만큼 좁고 작은 운동장이 딸려있다. 주변을 둘러싼 산에는 억새가 무성했고, 절벽에는 모습을 드러낸 석탄암이 삐쭉삐쭉 밤하늘을 찌르고 있었다. 뱀이 살기에 딱 좋은 산이다. 골짜기엔 시커멓게 어둠이 내려앉았고, 아이들이 단단하게 밟아 다져 놓은 2백 미터 트랙 흰색 선도 잘 보이지 않았다.

헉헉 대는 숨을 고르기 위해 조례대(朝禮台) 위에 벌러덩 드러누우니, 마치 우물 안에서 하늘을 올려다보는 듯한 느낌이 들었다. 하늘엔 별들이 빛났고, 시원한 바람이 바로 땀을 식혀 주었다.

4

방에 들어서니, 여자 냄새가 풀풀 풍겨 왔다. 나는 숨이 막혀 왔다.

"엄마! 손목시계가 없어졌어."

그 시계는 지코 누나가 준 것으로, 글자가 새겨진 부분에 뽀빠이 그림이 그려져 있었다.

"어머, 갖고 나간 거 아니었어?"

"아냐, 벽에 있는 못에 걸어두었단 말이야."

"그럼 바닥에 떨어진 게 아닐까?"

엄마는 앞치마에 손을 닦으며 방으로 왔다. 바닥에는 씻을 때 흘러 떨어진 물이 그대로 남아 있었다. 엄마 앞치마에서 쌀알이 두서너 개 굴러 떨어졌다.

"어디다 흘리고 온 거 아니니? 그거 싫다고 하지 않았나?!"

입가에 하얀 액체가 묻어있는 걸 보니, 엄마는 또 생쌀을 먹었나 보다. 벌레 생긴다고 생쌀 먹지 말라고 해 놓곤 혼자만 야금야금 먹는다니까.

"아이고, 어떻게 매번 싫다고만 하니 이 녀석아! 부모가 이렇게 힘들게 고생하는 건 다 너희들을 위해서란 말이야."

언제나 그랬다. 부모는 힘들다, 힘들다고! 그런 말만 듣다보면, 더 이상 부모의 짐이 되지 않게 집을 나가 버리고 싶어진다.

"아아, 나도 일하고 싶어, 학교 그만두고……"

"그래! 학교 때려치우고 일이나 해라! 배우지 못한 사람은 똥통이나 짊어지고 밭가는 일 밖에 없을 테니까!"

5

나는 꿈을 꾸고 있었던 거야. 태풍이 몰아치는 꿈……. 문틈으로 밖을 내다보니 세찬 바람이 옆에 있는 산양 우리와 지붕을 쓸어 버렸어. 우리 안에 있던 산양이 들이친 비를 흠뻑 뒤집어쓰고 "메에, 메에" 하고 울면서, 목이 떨어져라 목줄을 끌어당기며 출입문 쪽을 향해 몸부림 치고 있었지.

"쓰네, 바람이 거세구나. 빨리 문 닫으렴!"

라고 엄마는 말했지만, 나는 발버둥치고 있는 산양에게서 눈을 뗄 수 없었어.

'산양에게 풀을 줘야하는데, 산양이 먹이를 달라며 울부짖는 건 아닌지.'

오줌을 참을 때처럼, 나는 온 몸이 찌릿찌릿 했다.

'아, 이런! 빨리 풀 베러 가야 되는데!'

아비규환이 따로 없었다. 애간장이 바짝바짝 타들어갔다. 지지직 지지직 하고. 울게 내버려둘 수밖에 없었다. 애태우며 신음하다 괴로운 나머지 눈을 뜨니, 내가 침대에 누워 있었다. 다행이다. 눈꼬리가 축축하게 젖어 있어 나 자신도 놀랐다.

6

산양을 기르기 시작한 건 1년도 더 지난 일이다. 시골……미사토(美里)라는 마을에서……네 마리나 길렀다.

실제로 바람이 거센 날에는 산양 풀을 베러가지 않았다. 바람이 불기 전에 미리미리 산더미처럼 풀을 베어와 배 불리 먹고 남을 만큼 넉넉하게 나눠준다.

바람이 거센 날에는 산양은 얌전히 웅크리고 앉아 먹었던 것을 묵묵히 되새김질하고 있었다. 그런데 왜 그런 꿈을 꾼 걸까? 일단은 안심했지만 이번엔 한없는 쓸쓸함이 밀려왔다.

산양 가운데 두 마리는 외국산이었어. 무슨 무슨 원조물자로 보내온 산양이라고 했다. 밤색 털에……커다란 갈색 눈, 일어서면 배 밑으로 젖이 보였는데, 섬 출신 흰색 양은 그 그늘 속에 숨어버린다. 뿔이 팽그르르 말려 있었고, 그 끝이 귀 언저리에 닿아 그 부분만 가죽이 벗겨졌다. 어느 날 아버지가 절단기로 쓱싹쓱싹 뿔을 잘랐다. 욕심 부려 너무 짧게 자른 탓에 새살을 다치게 해 피가 번지기도 했다. 산양은 싫어했다. 산양 목을 잡고 있던 나도 가여워서 눈을 질끈 감았다. 그러더니 아버지는 다시 한 번 이번엔 끝 쪽을 잘랐다.

그 후 얼마 지나지 않아 새끼 산양이 태어났다. 밤색 털을 가진 귀여운 새끼 산양이었다. 새끼들은 모두 사랑스러울 테지만……. 그런데 어느 날 풀을 베러 데리고 나갔는데 메밀밭에 파 놓은 똥구덩이에 빠져 그만 죽어 버렸다. 어미 산양에게서 불어터진 젖이 뚝뚝 흘러 내릴 뿐이었다. 그리고 더 이상 새끼를 낳지 못했다.

할아버지가 돌아가시자, 우리는 마을로 이사하게 되었다. 집을 팔았다. 산양도 마을 누군가에게 팔았다. 새끼를 낳지 못하게 된 그 산양은 바로 도살되어 잡아먹히지 않았을까. 어찌되었든 지금의 나와는 아무런 상관이 없다. 이미 마을로 이사도 왔으니 그 산양 걱정일랑 그만 할 테다.

'자, 이제 그만 자자. 아침 5시에 일어나야 하니.'

나는 신문배달 아르바이트를 하고 있다. 얼마 전부터……. 살림에 보태려고……. 긴장된다. 맞아 너무 긴장해서 그런 꿈을 꾼 걸 거야.

7

밥 짓는 연기로 시커멓게 된 모기장과 수납장, 때 낀 이불장을 트럭에 싣고 대낮의 군용도로를 달려 시골에서 마을로 이주해 왔을 때, 나는 정말 창피했다. 울고 웃는 것 같은 기묘함과 슬픔이 있었다. 비행기 이착륙용이라며 비난을 받았던 군용도로 위로 미국 여성이 운전하는 승용차가 내달렸고, 섬사람들을 가득 태운 버스도 다녔다.

도로 양쪽에는 가로로 씌어진 간판이 줄지어 서있고, 기념품 가게, 레스토랑, 양장점, 호텔……도로에는 음악이 흘렀고 군인들이 걸으면서 손이나 발로 리듬을 탄다.

그런 마을에 새로운 집이 들어섰다. 창문에서 하늘을 올려다보면, 영화관 지붕에 설치된 스피커가 보인다. 미국 노래가 온 마을에 울려 퍼졌다. 대낮부터 세면도구를 챙겨 목욕탕을 찾는 누나들이 활보했다.

그리고 아버지는 여러 장사를 시작했다.

"마을로 진출했으니, 어서 한밑천 잡아야지?" 라고 생각한 것이겠지.

곤약제조, 잡화상점 모두 말아먹었다. 그리고 이번엔 유흥업이다. 이 일은 미군기지 주변에서 바를 경영하는 야마노우치(山ノ內) 숙부에게서 배운 것 같다.

"가슴 큰 여자, 개미허리를 한 여자로 골라 서너 명은 모아야 할 거야."

"우리 수지(スージ)처럼 피부가 뽀얗고 엉덩이가 예쁜 애를 발견하면 금방 돈을 벌 수 있을 거야."

이 야마노우치 숙부는 장롱을 금고대신 쓰고 있다는 소문이 있다. 아버지는 야마노우치 숙부를 쫓아 자주 외출하곤 했다. 목수 일을 부탁하러 가거나, 여자를 물색하러 가거나, 관청에 영업허가증을 받으러 다니는 듯 했다.

어느 날 학교에서 돌아오니 여자들이 와 있었고 가게 안에서는 벌써부터 웃음꽃이 피었다. 아버지는 밥을 입 안에 한 가득 머금으며 엄마에게 말했다.

"어느 가게에서나⋯⋯잘 팔리는 여자야⋯⋯돈을 펑펑 빌려줘서 빚을 지게 한 다음, 그 빚으로 묶어두는 거지⋯⋯인기가 없으면 돈을 빌릴 수도 없을 테니⋯⋯이 가게 저 가게를⋯⋯전전하는 거지."

여자가 빚 때문에 꼼짝도 할 수 없다니, 이건 노예와 다름없지 않은가. 빚을 갚아 주고 여자를 데려오는 건 인신매매가 아닌가. 남의 불행을 말하면서 어떻게 저렇게 맛있게 밥을 먹을 수 있을까. 나는 꿀꺽꿀꺽 움직이는 아버지의 목젖을 바라보며 깊은 생각에 잠겼다.

8

"쓰네, 쓰네요시, 어서 일어나렴."

이런 소리를 들으며 눈을 뜨는 게 요즘 나의 일상이다.

"아, 또 시작이군⋯⋯빌어먹을. 역겨운 냄새⋯⋯대체 언제까지, 이 역겨운 냄새를 맡아야 하냐고!"

라고 징징대자,

"쓰네! 신문배달 늦겠다!"

이런, 벌써 아침이다. 나는 스프링처럼 튕겨 오르며 일어났다. 기상 나팔 소리에 맞춰 일어나는 야마토혼(大和魂 : 일본민족 고유의 정신으로 중시되었으며, 전쟁 중에는 일본 군국주의 상징으로 기능하였다)의 병사처럼 힘차게 일어나라고, 아버지가 늘 말씀하셨기 때문이다. 그 아버지는 벌써 일어나 어제 신문을 입에 거품을 머금은 채 읽고 있었다. 선동연설이라도 하는 것처럼……흥분하며. 글을 모르는 엄마에게 자랑하고 있는 거겠지. 엄마는 난로 앞에 웅크리고 앉아, 기세 좋게 끓고 있는 냄비에 졸린 눈을 하고 된장을 풀고 있었다.

아침이니 거리에 사람도 없을 테고 세수는 건너뛰어야지. 바로 샌들을 신었다.

"수금장부는 안 갖고 가니?"

"아침부터 돈 받으러 다니면 욕먹어요."

"그런데 또 저녁에 돈 받으러 다니면, 바 같은 가게는 재수 없다며 욕을 퍼붓잖니? 갖고 가거라."

지난 달 부터 수금 못한 곳이 아직 남아있었다. 모두 수금이 힘든 곳들뿐이어서, 그걸 이어받는 조건으로 친구에게서 배달 일을 건네받은 것이다.

9

아침 이슬에 젖어 차가워진 바람을 맞으며 달리고 있는데 색깔이 선명한 손수건 하나가 길에 떨어져 있었다. 주울 마음이 없어 발로 뒤집어보니,

어라 팬티였다. 마른 땅이 그 밑으로 또렷하게 드러났다.

하테루마(波照間) 섬에서 온 아저씨는, 평소처럼 칫솔을 입에 물고 가게 앞을 쓸고 있다.

"아저씨, 안녕하세요!"

"안녕!"

문방구나 잡지, 책 등으로 꽉 찬 좁은 봉당 안으로 뛰어 들어가 부수를 세어 안쪽 귀퉁이 선반에 미리 준비 해 놓은 신문다발을 옆구리에 끼었다.

"아저씨, 게이조(惠三) 집에 있어요?"

"게이조는 벌써 나갔지! 아, 쓰네요시, 요시다(吉田) 형은 출근길에 신문 갖고 나갔단다!"

"네!"

"돈도 놔두고 갔다."

"네!"

10

"저, 신문대금 부탁드려요."

"뭐? 신문은 매일 넣긴 하는 거냐? 한 번도 본적 없는데……."

"네, 집 앞 문틈으로 넣고 있어요."

"뭐? 집 앞? 거긴 서랍장이 놓여 있어서 놔두고 가도 알 수 없다고."

바텐더인 듯한 남자는 향수 냄새가 진동하는 방안으로 들어가 누렇게 변한 신문을 한 움큼 들고 나왔다.

"진짜, 매일 서랍장 뒤에 넣었나보네!"

"죄송합니다, 서랍장이 있을 거라고는 생각지 못했어요."

"앞으로는 부엌 쪽에 넣어줘."

"네……저……"

"뭔데?"

"신문대금이요……"

"다음 달부터다!"

나는 도망치듯 나오며 혀를 날름 내밀곤 그 집을 뒤로 했다. 하수구처럼 더럽혀진 하천 돌다리를 건너려니 발 디딜 틈도 없이 깨어진 유리 파편이 흩어져 있었다. 누군가 술에 취해 객기로 술병을 깨트린 것이겠지. 아침 햇살에 반짝거리지 않았더라면 하마터면 밟을 뻔했다.

11

"야, 게이조!"

나는 너무 반가운 나머지 강아지처럼 달려들었다.

"……어……"

어떻게 된 일일까? 반장인 세이치(政一)와 이야기를 나누던 게이조가 나를 힐끗 쳐다보기만 했다. 나는 기분이 이상했다.

"오늘 아침, 배달 늦었지?"

그래도 조금 있으려니 말을 걸어주기에 나는,

"응, 늦잠 잤어! 하하하"

알랑대며, 많이 늦기라도 한양 머리를 긁었다.

"아휴, 냄새, 냄새."

"응? 무슨?"

"알잖아? 정액 냄새가 나잖아."

세이치는 웃었다. 거리에는 가루를 뿌려 놓은 듯 꽃잎이 떨어져 있었다. 올려다보니 하얀 꽃을 피운 나무가 길 위로 가지를 뻗어 내리고 있었다. 게이조는 껑충 뛰어올라 잎을 비틀어 꺾어선 씹어대더니 얼굴을 찡그린다. 나도 뛰어 올라 잎을 쥐어뜯어 씹어 보았다. 어린잎처럼 쓴 맛이 났다.

"정액 냄새 나지?"

"정액이라니?"

"어이, 정말 몰라? 순진하네. 좋아, 그럼 오늘 하테루마 가게에 가서 사전을 뒤져봐. '정(精)'이라는 글자를 전부 조사해보면 재미있을 거야…… 바로 이 '정'이라는 글자야."

게이조는 손바닥에 그 글자를 썼다.

"게이조, 음탕해!"

"무슨 소리. 그러는 넌 안 음탕해? 자, 나를 손가락으로 가리켜봐. 이 검지를 제외한 손가락이 어디를 가리키고 있는지, 너 자신 아냐? 남에게 음탕하다고 말하는 넌 그 세 배는 음탕할 걸!"

225

아무 뜻 없이 한 말인데 강하게 반격해 오니 나는 울고 싶어졌다. 그림을 통해 많이 친해진 게이조는 요즘은 세이치와 함께 수학에 몰두하고 있다. 따분해진 나는 학교에 도착하면 화장실에 들어가 수업 종이 울릴 때까지 웅크리고 있었다. 땡땡땡. 월요일인지 조례를 알리는 종이 울렸고, 교정으로 달려 나가는 학생들의 숨소리가 들렸다.

12

학급회의 시간이 끝나자, 아사토(安里) 선생님은 남학생들 자리로 오셨다.

"다케시, 쉬는 시간에 잠깐 교무실로 오렴. 물어볼 게 있어서 말이야. 아, 쓰네요시도 함께 오거라."

무슨 일일까. 선생님께서 부르시는 건 중학생이 되고 처음 있는 일이라 나는 창피했다.

교무실에 들어가 선생님 뒤에 서있으니, 선생님께서 바로 알아차리고,

"잠깐······"

그렇게 말하며 교정 뒤뜰에 있는 가주마루 나무 밑으로 걸어갔다. 선생님은 내 어깨에 손을 올리며 긴장을 늦추었다.

"······저기 말이야······"

상담하는 것처럼 내 얼굴을 살피고 있었다.

"······오늘 아침에 말이야. 부회계(副會計) 나쓰코(なつこ) 가방에서 돈

을 훔쳐간 사람이 있어. 쓰네요시, 짐작 가는 데 없니? 쓰네요시는 조례 시간에 없었지? 늦게 온 거였니?"

"아뇨. 저는 게이조랑 다른 친구들과 함께 왔어요. 잠깐 화장실 간 사이에 조례가 시작되었고 계속 거기에 있었어요."

"……그래?……"

옆 반 여학생들이 뛰어나오더니 코끼리 코처럼 길게 늘어진 가주마루 가지에 달려들었다. 코끼리 코는 학생들 손때를 타서 미끈미끈하게 되었다.

"고릴라!"

여학생 한 명이 밭 너머 맞은편 철망을 가리키며 용감하게 외쳤다. 그곳은 미군 무선 탑이 있는 곳으로, 흑인병사 호위병이 철망을 양손으로 잡고 있었다. 여학생들을 보고 있던 호위병은 한쪽 입꼬리를 치켜 올리며 웃었다.

"……그게 말이지, 조례 시간에 나쓰코 자리에 머리가 긴 남학생이 엎드려 얼굴을 가리고 자고 있던 걸 본 사람이 있어."

"그럼, 저를 의심하시는 건가요? 아닙니다! 전!"

단지 머리가 길다는 이유로 의심을 받다니……이 얼마나 황당한 일인가. 나는 굳어진 땅에서 피어난 질경이를 발로 밟아 뭉개고 있었다.

"나쓰코가 울었단다. 학생회비는 큰돈이니까……"

"누굽니까? 그, 봤다고 한 사람이. 제가 만나보겠습니다."

"……"

"……"

"됐다, 쓰네요시는 이제 집에 가도 좋아. 미안하다."

교실에 들어가자, 회계인 마사오(正夫)가 뒷자리에 앉아 만화책을 읽고 있었다. 어깨너머로 보고 있는 녀석도 있었다. 나도 보여 달라고 마사오의 어깨에 손을 뻗었다. 마사오는 가슴에 달려있는 주머니를 꽉 쥐었다. 거기에 돈이 들어 있는 모양이다. 내가 선생님께 불려간 이유를 이미 알고 경계하는 것이겠지. 나는 이 모든 것에 염증이 났다……게이조와 소원해져가고, 선생님께는 의심이나 받고……도망쳤다.

13

억새풀이 무성한 언덕 경사면을 나는 기어올랐다. 억새풀이 밟혀서 생긴 작은 터널처럼 생긴 길이 재미있었다. 들개가 만들어 놓은 길일지도 모른다.

'쓰네요시! 매일 학교 땡땡이치지 말고. 돌아와!'

나는 아사토 선생님이 여기까지 따라오기라도 한 것처럼 공상에 젖었다.

'싫어요, 선생님!'

터널길을 헉헉대며 정상을 향해 도망치고 있자니 울 것 같은 정체 모를 격한 감정이 마음 깊은 곳에 응축되어 울컥거렸다.

마음이 조급해졌다……서둘러 올라가니, 갑자기 환하게 밝은 곳이 나타났다. 오줌이 마려웠는데, 왠지 그곳에 힘이 쏠려 잘 나오지 않았다.

바다에는 가쓰렌(勝連) 반도가 손을 뻗고 있다. 손끝 저 너머엔 잡힐 듯 말 듯 쓰켄지마(津堅島)와 구다카지마(久高島)가 떠있었다. 기지개를 펴고 산기슭을 내려다보자, 밭쪽에는 미사토(美里) 마을이 한쪽으로 치우쳐 있었고, 해변에는 어촌 마을이 드문드문 있었다. 그리고 두 마을을 갈라 놓기라도 하듯 활주로가 가로질러 있었다. 버려진 활주로는 미군부대가 오토바이 탈 때 사용하는 것 외에 별 다른 용도가 없어 보였다. 이곳에 서 있으려니 하늘을 나는 기분이다.

"아아."

아이처럼 그것을 만지작거리다 보니 이상한, 꿈에서 본 듯한 쾌감이 밀려왔다. 들여다보니 풋내가 나는 액체가 풀밭에 뿌려져 있었다.

나는 이제 서야 모든 것을 알게 되었다. 그렇다. 그것은 단순한 마찰에 지나지 않았던 것이다. 돌출된 것에는 반드시 구멍이 있어야 쾌감을 느낄 수 있는 건 아니었다. 그런데……군인들은……뭐랄까……더 이상…….

갈증 난 목이 물을 만난 것처럼 편안해지는 느낌이 들어, 벌러덩 풀 위에 드러누워 보았다.

14

태평양 수평선에서 뭉게뭉게 뭉게구름이 피어올랐고, 바다와 하늘이 하나의 선으로 나뉘었다. 아지랑이가 피어오르는 바다! 그 저편에는 낙

229

원의 섬들이 있다. 부유한 오스트레일리아가 있다. 내가 태어나 자랐던 사이판도 있다. 파파야 따윈 아무도 먹지 않아서, 작은 새들이 콕콕 쪼고 있다. 바나나는 기름에 튀겨 먹는다.

'가고 싶다, 정말 가고 싶다.'

나는 희미해진 사이판의 추억을 다시금 떠올렸다. 더 또렷하게 떠올리고 싶어 눈을 감았다.

'그늘에서 토착민 아이들과 하루 종일 점토세공을 하고 놀았다. 전투기나 군함을 만들어 마루 밑에 늘어놓고 말렸다. 마루 밑에는 전투기와 군함을 줄줄이 늘어놓았다.'

'바다로 헤엄치러 간적도 있다. 집에 오자마자 나는 엄마에게 말했다. 내가 모래를 차며 헤엄쳤다고. 엄마는 웃고 있었다.'

'군함에 쫓겨, 정글로 도망쳤을 때 등에 이불을 짊어지고, 양쪽 겨드랑이에는 닭을 끼고 걸었다. 다른 사람들에게 뒤처지지 않으려고 힘껏 달릴 때마다 닭 목이 대롱대롱 흔들렸다.'

'전쟁이 끝나 정글에서 나왔을 때, 옷을 입은 해골들이 여기저기 누워 있는 모습을 엄청나게 보았다.'

하지만 나는 전쟁 때 일은 떠올리고 싶지 않았다. 기분전환 겸 가방에서 지도를 꺼내보았다. 태평양 조류가 빨간 화살표로 표시되어 있는 페이지를 펼쳤다. 적도에서 나온 조류는 필리핀에서 만나 북쪽으로 흐르다가 오키나와를 거쳐 시코쿠(四國) 앞바다를 지나게 된다. 그리고 오가사와라(小笠原) 섬에서 남쪽으로 내려가 남쪽바다 섬으로 흐르고 있었다.

'배를 조류에 맡기면 되겠다. 강물을 따라 흐르다 보면 바다가 나오는

것처럼, 구로시오(黑潮)를 타고 흘러가다 보면 남양(南洋)에 있는 섬에 다다를 것이 틀림없다.'

어딘가에서 강아지 한 마리가 낑낑대며 울고 있었다. 그건 마을 아래에서 들려오는 거라고 생각했는데, 어라? 의외로 가까운 곳이라는 것을 깨달았다.

'그 근처에 들개 둥지가 있을지 모른다.'

억새풀이 다져져서 만들어진 작은 길은 반대쪽에도 뻗어 있었다. 그쪽으로 기어들어가니 갑자기 하이에나 같은 어미 개가 송곳니를 드러내고 있었다. 깜짝 놀라 뒷걸음질 치자 어미 개도 뒤로 물러났다. 그래서 나는 뒤로 물러나지 않고 가만히 있었다. 어미 개는 싸움에 지자 떠났다. 둥지에는 몽실몽실한 강아지가 포개져 있었고, 양수와 젖이 한데 섞인 냄새가 났다. 제일 큰 것부터 골라 주머니에 넣었다.

"아, 맞다, 석간!"

나는 강아지와 함께 푹 잠들어 있었다. 언덕 비탈길을 미끄러지듯 내려와 우엉밭을 가로질러 갔더니, 넓은 잎사귀 사이로 군데군데 하얀 것이 뿌려져 있었다. 뭘까? 초록 잎사귀를 헤치고 자세히 봤더니, 아 글쎄 콘돔이었다. 마을의 분뇨를 모아 밭에 뿌린 것이다. 분뇨 구덩이에도 아주 많이, 커다란 구더기처럼 부글부글 공기를 머금고 떠올라 있었다.

그 하나하나에 아직 성욕이 담겨져 있는 것 같은 느낌이 들었다. 나는 공상의 나래를 폈다. 그러자 그만 바지에 텐트를 쳐버렸다……

15

학교를 땡땡이치고 집에 왔더니, 옆방에 지코 누나가 와있었다.

"내가 슈미즈를 벗고, 뒤돌아보니까 방구석에 쪼그리고 앉아 떨고 있더라고. 거시기를 붙잡고 말이야. 하하하. 왜 그래? 왓츠 매더 유? 라고 물었더니, 무서워, 아임 스케어, 메이비 유 아 V·D? 라고 말하는 거야."

나는 지코 누나 목소리는 어디서든 알아 들을 수 있다.

"V·D가 뭐야?"

"V·D는 성병이야. 흥, 아무리 아이라지만 그렇게 바보 같은 말만 하고. 아이 쇼 유, 룩! 하고 확 펼쳐 보여 주었지. 하하하!"

아아, 지코 누나의 목소리는 어째서 크고, 달콤하고, 시원스러운 걸까!

"아하하, 그래서 어떻게 됐어?"

"하하하, 뱀처럼 시들해져서, 스르륵 가랑이 사이로 들어가더니만 내뺐어. 고등학생 수준의, 콩나물 같은 애였어."

"미국인은 몸집이 크니까, 일찍부터 성에 눈을 뜬다니까."

"정말 그렇다니까. 미군기지 가족부대에서 메이드로 일할 때 스텝 중에 뮬러라는 사람이 있었는데, 사람 좋은 그 집엔 열두 살 된 애가 있었어. 내가 화장실에 들어가면 문에서 장난치기도 하고 샤워를 할 때면 몰래 훔쳐보러 오는 거야, 손 씻는 척 하면서 말이야. 너무 성가셔서 그 애 엄마가 외출한 날 붙잡아 앉혀놓고 가르쳐줬지."

"들켜서 혼나지 않았어?"

"아무 문제없었어. 난 열네 살 때 배웠는걸. 그게 그 집 아빠는 아니었고, 그 전 집이었지만……. 복수하겠다는 생각으로 잘 배워뒀지. ……아, 아줌마, 저 또 왔어요."

"아, 지코? 목욕 안 갔니?"

"네. 목욕탕에서 미치코 언니랑 얘기하느라 정신이 팔려가지고……아, 맛있겠다. 무 아니에요?!"

"응, 냄새가 좀 심하지, 무조림하려고 육수 내는 중이야……"

그리고는 엄마는 내 방문을 열었다.

"쓰네, 석간배달은? 지금 하테루마 아저씨 댁에서 오는 길인데, 쓰네요시 아직 학교에서 안 왔냐고 물으셨어! 어머나! 주머니에서 뭉클거리는 게 뭐니? 기가 막혀! 강아지잖아. 안 그래도 어디선가 젖비린내가 나는 것 같더니만, 맙소사 강아지였구나. 아직 눈도 안 뜬 걸 어떻게 가져올 생각을 했니? 빨리 돌려줘라!"

"그리고 석간은?"

"아아, 진짜. 재촉하지 좀 마. 자고 있었잖아."

나는 미끈대는 손을 바지에 닦고 나갔다.

16

하테루마 아저씨는 손가락에 침을 묻히고는 기유나(キユナ) 백화점 전단지를 전부 신문 사이에 끼워 넣었다. 가게에서 잡지나 문구류를 팔아도 도쿄에 있는 대학생 아들에게 보낼 돈이 아직 부족한 모양이었다.

"아저씨, 이 책 몇 센트에요?"

"무슨 책이지?"

커다란 목소리로 불러도 일하는 중이라 얼굴을 내밀지 않고 물었다.

"로빈슨 표류기!"

그 때 큰길가에 있는 나카소네(仲曾根) 상점 부근에서 쿵하는 큰 소리가 났다.

"로빈……, 어? 지금 소리는 뭐지? 태풍도 아닌데 집이 쓰러진 건가, 로빈슨이 얼마였지? 뒷부분에 얼마라고 쓰여 있니?"

"220엔!"

"그러면, 거기서 4로 나누면 돼!"

"……55센트요. 아, 5센트 모자라요."

"됐다, 됐어."

"정말이요?"

"응, 나중에 가져와. 다른 애도 아니고 쓰네요시니까. 좋아하는 책부터 가져가거라!"

또 무슨 일이 터졌는지 사람들이 달려간다.

"아, 쓰네요시. 구경 갈 시간 없어. 자, 우선 할 일 하고 나서. 어서 가거라. 석간신문 늦어서 죄송하다고 말하는 거다!"

나는 석간을 옆구리에 끼고 큰 거리로 서둘러 나갔다. 비누냄새를 풍기며 어슬렁거리는 병사들, 시시덕대는 병사들 사이를 비집거나 헤집고 나가면서, 나는 용감하게 골을 향해 돌진하는 축구선수 같은 기분이 들었다.

나카소네 상점의 앞에는, 풀 먹인 번쩍번쩍한 제복을 입은 레스토랑 여자들, 향수냄새가 진하게 밴 드레스를 입은 여자들이 병사들 틈에 끼어 뭔가를 보고 있었다.

"엉망진창이군, 젠장!"

우는 듯한 소리가 들려서 잠깐 엿보았더니, 택시가 전봇대 앞에 전복되어 있었다. 유리가 다이아몬드처럼 흩어졌다.

"밟아버리든 차버리든지 해야지, 정말!"

운전수로 보이는 남자는, 휘어버린 차 앞부분을 손으로 때리고 있었다. 멀리서 사이렌을 울리며 헌병차가 달려온다.

17

석간배달을 끝내고 돌아오자, 나는 시장기가 몰려와 창가에 축 쳐진 채 앉아있었다. 색이 옅어진 하늘에는 해질녘 마을의 소란스러운 소리가 울려 퍼지고 있었다. 언덕을 오르는 자동차의 엔진 소리, 손님을 끌기 위한 바의 음악소리……. 나는 피리를 꺼내 불기 시작했다.

"얏!"

언제 왔는지, 지코 누나가 창가로 달려와 나를 놀래 켰다.

"뭐야, 이리 줘 봐."

지코 누나는 피리를 빼앗더니 침이 묻어 있는 것도 신경 쓰지 않고 불었다.

내가 창가에서 피리를 부는 것은, 사실 이 지코 누나에게 들려주기 싫었기 때문이다. 하지만 이미 바에 가 있을 것이라고 생각했는데, 이렇게 가까이 붙어서 주홍색 립스틱을 바른 입술로 내 피리를 부니 가슴이 두근두근 거렸다.

역시 나는 공상 속에서만 지코 누나를 좋아했던 게다. 피리를 돌려주었지만 나는 입을 대지 않았다.

"생선 사세요."

거리에 생선 파는 아줌마가 온 모양이다.

지코 누나는 양손을 깍지 끼고 창가에 몸을 기대었다. 그리고 그 위에 턱을 대고 눈을 동그랗게 움직이면서 방안을 둘러보았다. 시계에 대해선 잊어버린 걸까.

"저 그림, 네가 그린거야?"

"응"

"와아, 그림 잘 그리네. 어째서 여기저기 모두 빨갛게 칠한 거지?"

"저녁놀이니까……"

"아하, 마부가 저녁놀이 지는 길을 걸어오는 거로구나, 그러니까 마차도 아저씨도 거리도 저편 산도 모두 새빨간 거구나."

지코 누나는 눈을 뒤집기라도 하듯 아래에서부터 내 입술을 올려다보았다. 언젠가 내게 가르쳐줘도 하나도 싫지 않다고 한 말이 생각나서 나는 쑥스러웠다.

"아아, 나도 그림 그리고 싶어졌어, 나 잘 그려."

"쓰네! 물 길러가야지! 나오에(直江)는 벌써 갔어!"

문 밖에서 엄마가 불렀다. 지코 누나는 뭔가 깨달은 듯, 갑자기 슬픈 얼굴을 했다.

"저기……엄마가 부르잖니……바이바이!"

18

우물의 수심은 23발이나 될 정도로 깊었다. 그곳에서 두레박으로 물을 퍼 올리는 것은 팔 힘이 꽤나 필요한 일이라, 나는 물을 퍼 올리는 일을 전담하고, 여동생 나오에는 짊어지고 부엌의 솥으로 옮기는 일을 맡았다. 어깨에 걸친 봉을 축축하게 적시며, 비틀비틀 메고 가는 여동생을 보고 있노라면, 저러니 키가 크지 않는 것도 당연하다고 생각했다. 한편으론 불쌍했지만 내가 메면 나도 키가 크지 않을 것이기 때문에 모른 척하고 우물 안쪽으로 시선을 피하곤 했다.

"어이!"

깊은 바닥 저편에서는 달만한 크기의 물빛이 흔들흔들 거렸다.

내가 우물가에 기대어 있는 것도 모른 채, 지코 누나가 군인과 함께 야마사토 씨 집을 나왔다. 군인은 바지에 셔츠자락을 집어넣고 있었다.

물통으로 열두 번을 부어넣어야 솥이 가득 채워진다. 솥에 물을 가득 채워놓지 않으면, 내일 하루 사용할 물이 부족할 것이고 엄마도 용서치 않을 것이다. 엄마는 물통에서 솥으로 물을 옮기는 일을 도와주면서 감시하는 듯했다. 물 긷는 일을 끝내지 못하면 저녁밥도 없다.

19

저녁을 먹고 있는데, 갑자기 엄마가,

"아, 맞다!" 라고 말했다.

"고키치(幸吉)도 큰 손해를 봤다던데."

아버지는 한쪽 무릎을 세우고, 그 위에 젓가락을 든 손을 올려 몸을 숙인 채로 먹었다.

"그래서, 돈도 내지 않고 도망친 군인은, 잡았을까?"

아버지는 아무 말 없이 기름에 볶은 된장을 젓가락으로 헤집었다.

"그럼 어떡해, 고키치 형은……"

나는 끝내 참을 수 없어 물어보았다. 고키치 형은 아버지 6촌 형제로 개인택시를 경영하고 있었다.

"술 취한 군인이 차 안에서 횡포를 부리는 바람에 전봇대와 충돌했대."

그러고 보니 큰 길 나카소네 상점 앞에 뒤집어져 있던 택시가 고키치 형 것이었다. 나는 왜 눈치 채지 못한 걸까?

"옆에 앉아 있던 군인이 무릎을 밟으면서 빨리 달리라고 했대."

"액셀 밟는 무릎을?"

"응, 서두르라며 빨리, 빨리 가라고……"

"고키치 형은 사지가 멀쩡한데, 설마 나동그러졌을까?"

"나가 떨어졌다고. 상대는 황소 같은 3인조 해군이야."

그때 아버지 주먹이 내 이마로 날라 왔다.

"이 무릎, 똑바로 못 앉아?"

나는 밥상 아래로 다리를 쭉 펴고 편안하게 밥을 먹고 있었다.

"버릇없는 놈!"

그런 말을 듣는 것이 억울해서, "아버지도 무릎 한 쪽 세우고 편안하게 먹잖아요." 라고 말하려던 찰라 아버지는 세웠던 한쪽 무릎을 고쳐 앉았다.

20

"쓰네요시, 일어나렴!"

"왜?"

"일어나 있었네, 한 번 더 물을 길어야겠는데."

"물? 아까 길었잖아!"

"그건, 군인이 소변을 봐버려서 쓸 수가 없어. 다시 싹 바꿔야 돼."

"뭐? 소변?"

"응. 술 취한 병사가……"

"밖으로 끌고 나가지 않고, 대체 엄마는 뭐하고 있었던 거야?"

"뭐하긴, 바쁜 거 몰라? 맥주도 샀지, 물도 끓였지……. 아까, 그 군인이 토해서 걸레질도 했고, 마마, 화장실, 화장실이라고 말하더니 토하고 뻗어 버렸어……"

"아웃사이드, 아웃사이드, 라고 소리쳤어야지?!"

"그랬지, 아웃사이드, 아웃사이드라고 소리치면서, 바로 뒤따라 왔는데. 구석 쪽에다 오줌을 싸고 있잖아.”

“솥에다가?”

“응, 솥을 향해서. 맥주 냄새도 나고, 연기도 잔뜩 났다고. 그 군인을 말려보았지만 어쩔 수 없었어. 정말, 부엌 가득 소변을 뿌려놓고. 할 수없이 물을 버렸지. 자, 일어나서 얼른 물을 길어오렴. 나오에도 곧 깨울 테니까.”

“싫어, 싫다고.”

“그렇게 말해도 소용없어, 자 빨리, 8시 전까지 해라. 그럼 괜찮잖아. 책은 나중에 읽고!”

“오늘 분은 이미 길었어, 몰라!”

“모른다고 해서 될 일이 아니잖아. 물을 길어두지 않으면 내일 아침이 곤란해지잖니.”

“……”

“자, 빨리 해야 끝나지. 내일 아침밥을 못 짓는단 말이다. 억지 부리지 말고!”

“……”

“그럼, 네 아빠한테 길러달라고 해야겠다. 고키치한테 갔으니 금방 돌아오겠지!”

이 마을은 가늘고 길게 생겼다. 양지로 기어 나온 지렁이에 개미가 몰려들 듯이, 군용도로 때문에 토지를 잃은 주민이 물고 늘어져서 생긴 마을이다. 나는 훌쩍훌쩍 울면서 거리를 가로질렀다. 마을 바로 뒤에 고구마 밭이 널찍하게 있었다. 먼지를 뒤집어 쓴 울타리에 둘러싸인 농가와 밭 뒤에 숨겨진 돼지우리도…….

바다로 가는 지름길 농로는 달빛이 환하게 비추고 있어, 돌멩이 하나하나가 보일 정도로 밝았기 때문에 하나도 무섭지 않았다.

풀풀 일고 있는 먼지 속으로 발을 내딛자, 한낮의 더위가 남아 있어 아직 따뜻했다. 터벅터벅 밟는 데에 열중하는 사이 눈물이 말랐다.

야스다(安田) 마을을 관통하는 도로에 이르자, 나는 왠지 한기가 들었다. 벼랑 양쪽으로는 나무가 무성했고, 어둑어둑한 어둠이 내려앉았다. 아마 그곳에는 마물이 서 있었을 것이다. 내 영혼이 그렇게 감지했다.

"수호신이여, 수호신! 따라오시오!"

그렇게 외치면서 나는 어둠 속을 앞만 보고 내달렸다. 무섭거나 놀랄 일이 있으면 몸속에 있는 영혼이 튀어나와 헤매게 되니, 그렇게 부르지 않으면 안 된다고 엄마가 늘 말해줬다.

언덕을 내려가면 작은 분지가 있다. 훨씬 전부터……그래, 종전 직후에 인노미야도(犬蚤宿)라는 수용소가 있었던 자리다.

그곳에는 많은 텐트가 쳐져 있었다. 그리고 사이판에서 이제 막 도착한 우리를 환영하기 위해 그 텐트에서 할아버지가 뛰어나와 반겼다.

"오오, 젠키치! 마쓰코! 무사히 돌아왔구나."

"네! 아버님도 건강하셨어요?"

"그럼! 남양에서도 옥쇄를 했다고 들었는데, 잘들 살아 돌아왔구나! 그래서 전쟁에 진건 아니지?"

"물론, 돌아오지 못한 병사들도 있지만, 어른도 애들도 모두 무사해요!"

"오오, 다행이다."

그렇게 말하며 3명이 서로 얼싸안으며 울었던 일이 바로 어제 일처럼 느껴졌다. 6살 무렵이던 내 눈에도 눈물이 그렁그렁 맺혔지만, 어른들이 우는 모습은 처음 봤다. 지금까지 살아오면서 경험한 클라이맥스와 같은 광경이었다. 하지만 이것도 아주 예전 일이다. 아주 먼 옛날의……. 더 이상 아버지나 어머니나 울거나 그러지 않는다.

23

지금 이 분지에는 토지를 빼앗긴 이사(伊佐) 해변 사람들이 이주해 왔다. 빗물을 괴어 만든 논이 가지런히 자리 잡고, 논두렁에는 채석한 콘크리트와 돌이 쌓여 있다. 논 맞은편에 있는, 어깨를 움츠린 듯한 농가의 정원에서 개가 시끄럽게 짖고 있다. 이렇게 멀리 떨어져 있는데……아마도 야위고 홀쭉한, 신경이 곤두선 개일 터다. 나도 멀리서 애정을 갖고 멍멍아, 멍멍아 하며 달래보았지만 전혀 효과가 없었다. 시끄러워 서둘러 마을을 빠져 나갔다. 분지 끝에 다다르자, 바다 냄새를 머금은 바람이 불어왔다. 그리고 미사토 마을 지붕들이 달빛에 기대어 어렴풋이 보였다. 바다에는 군함 조명이 불필요하게 반짝거리고 있었다.

24

해변으로 끌어올려진 사바니 배에서 잠을 청했다. 배 바닥 판자가 등을 따뜻하게 해 주어 기분이 좋았다. 바다 저편에 철썩철썩하고 바닷물이 일었고, 달은 서쪽으로 기울면서 작아졌다.

배 위로는 바닷바람이 시원하게 불었다. 그런데 바람이 통하지 않는 배 안쪽은 호안(護岸) 뒤편 습지에서 날아 든 모기들이 '피를 주세요, 피를 주세요.' 하며 귓가를 앵앵거렸다.

꾸벅꾸벅 졸면서 모기를 쫓아냈다. 퍼뜩 정신 차려 모기를 내리치자, 어디에선가 사람 목소리가 들리는 것 같았다. 목을 빼서 그곳을 쳐다보니, 호안 위에 노를 든 남자의 그림자가 보였다. 그 뒤에 또 한명, 돛을 감은 장대를 맨 남자의 그림자가 따라 왔다.

'어쩌지! 이쪽으로 온다! 발각되면 이 꼬맹이 도둑! 이라며 멱살을 잡힐게 분명하다. 만약 배 안에 남아 있는 돛이나 노가 있으면 바다로 나가야지……아니, 발각되어도 자는 척하고 있어야겠다!)

나는 그렇게 결정하고 돌이라도 된 양 잔뜩 굳어진 몸을 배 바닥에 붙였다.

'멱살을 잡히면 나는 으앙 하고 울어버리면 돼.'

'……'

"……하마조치(浜上地)의 히로코도 말이야……"

라고 어부가 말했다.

"……아아……"

라며 또 한 명의 어부가 대답했다.

물속을 걷는 소리가 들렸고, 얕은 여울에 매어 둔 배 쪽으로 간 것 같다.

"……하마조치의 히로코도, 브라질인가에 갈 거라고 하던데……"

"……세키치(せいきち)한테 가려나?………"

바닥에 고인 물을 퍼내고 있는 중일 것이다. 첨벙첨벙 소리가 났다.

"그 아이는 그래도 양반이야. 그 언니인가는 미국인 허니가 될 거라고 생각하는 모양이든데………"

"……아아……허허허, 지저분한 하이칼라네……"

"……아아……허허, 화장을 덕지덕지 하고 말이야……"

어디서 많이 들어 본 목소리였는데, 뚝뚝 끊겨 들리지 않게 되었다. 다시 고개를 내빼고 올려다보니, 작은 돛을 올린 사바니 배는 바다를 향하고 있었다. 가쓰렌 반도 위에 펼쳐진 하늘이 보랏빛이 된 걸 보니 아침이 가까워진 모양이다. 바다 위 군함에서 번쩍번쩍 하던 조명도 꺼졌다.

25

"우와."

눈을 뜨자, 태양이 하늘 높이 떠올라 내 목과 팔을 태우고 있었다. 벌떡 일어나서 땀이 밴 목을 닦자, 모기가 문 자국에 땀이 스며들었다.

바닷물이 먼 바다로 빠져나가 주변은 완전히 바싹 마른 모래 해변이 되어 있었다. 나는 순간 저 동경의 무인도에 와있는 것 같았다. 서둘러 주변을 둘러보니 바닷바람으로 하얗게 변한 호안, 언젠가 본 적 있는 초록 산등성이 끝없이 이어져 있어 실망했지만……

"어라?"

밴드 사이에 끼어 둔 과일 나이프가 없어졌다. 누군가 잠든 나를 유심히 관찰한 모양이다. 입을 크게 벌리고 잠들어 있다. 그랬기 때문에…… 나이프를 훔쳐간 것이겠지.

눈이 부시도록 빛나는 해변이다. 좋아, 오늘 하루 종일 로빈슨 크로스처럼 생활해 보자. 그렇게 생각하며 나는 해변으로 걸어갔다. 이미 무인도에 와 있는 기분이다…….

'농게에 대하여'

수많은 농게가 입에 거품을 물고 웅얼웅얼 주문을 읊으며 집게를 오르락내리락하며 조류를 부르고 있었다. 나는 그 농게 단지를 목표로 '다다다' 하고 달려갔다. 농게는 생각지도 못한 사태에 우왕좌왕하며 자신의 구멍을 찾을 여유도 없었다. 당황해서 움직이지도 못하는 녀석, 다른 구멍으로 숨으려다 커다란 집게가 입구에 걸려 버둥대는 녀석들까지. 농게 잡는 일은 식은 죽 먹기다. 붙잡은 녀석을 손바닥으로 쥐었다가 슬며시

펴면 꼼짝하지 않는다. 아주 깨끗하고 작은 게다. 등은 녹색, 다리는 갈색. 몸통만한 크기의 커다란 한쪽 집게는 녹색인데 점점 색이 바뀌더니 그 끝은 새빨갛다. 다른 한쪽의 시들한 집게는 누런색이다. 집에 갖고 가고 싶어졌다. 하지만……이 작은 게는……소금기가 없는 곳에선 바로 죽어버린다.

　'복어에 대하여'

　복숭아 뼈까지 올라올 정도의 깊지 않은 바닷물 웅덩이가 해변 곳곳에 남아있다. 그런 바닷물 웅덩이에 먹이를 찾아다니는 복어가 있다. 첨벙 첨벙 물보라로 바지가 젖는 것도 신경 쓰지 않고 복어를 쫓아간다. 끝까지 도망칠 수 없었던 복어는 갑자기 몸을 뒤집어 다리로 흩어트린 모래 속으로 숨는다. 날렵하게 숨은 곳을 찾아내지 못하면 어디에 숨었는지 알 수 없게 되어버린다.

　발로 슬그머니 흐트러진 모래를 밟아 가다 보면 미끄덩거리는 살아 있는 것을 밟을 수 있다. 그것을 손으로 잡으면 된다. 복어는 담담하게 입을 뻐끔뻐끔 거리며 배를 부풀린다. 배를 거꾸로 문지르면 있는 힘껏 더욱 더 부풀려준다. 복어는 독 있어 먹을 수 없다. 풍선처럼 부풀린 복어를 바닷물 웅덩이에 풀어주자 얼마동안 물위에 떠서 죽은 척하고 있더니, 사람 발소리가 멀어져가자 '슈욱' 하고 공기를 내뱉고는 도망쳤다. 해변에 있으면 조금도 지루하지 않다.

　'꽃게에 대하여'

　바닷물 웅덩이에 머리를 내민 바위를 뒤집어 보면 대개 꽃게가 숨어 있다. 이 꽃게는 만조와 함께 대륙붕에서 나와 먹이를 찾고 돌아가야 하는데, 가끔은 돌아갈 때를 놓친 것도 있다. 마름모의 등껍데기 양쪽에는 가시가 있으며, 집게에도 뾰족뾰족한 가시가 돋아있다. 집게에 물리면 아프다. 자신의 집게가 떨어져나가는 것도 아랑곳하지 않고 힘껏 물어버리기 때문이다.

지붕을 빼앗긴 꽃게는 화가 나서 집게를 펴고 세차게 덤벼든다. 한 손으로 그 집게를 제압하고, 다른 한 손으로는 뒤에서 재빨리 등껍데기를 눌러버린다. 너무 배가 고팠기 때문에 등껍데기를 벗기고 하얀 살을 바닷물에 씻어 먹어 보았다. 썩 좋은 느낌은 아니었다.

'성게에 대하여'

성게는 모래사장과 떨어진, 훨씬 더 안쪽 바다의 울퉁불퉁한 바위 사이, 그 바늘틈바구니에 끼어 살고 있다. 언젠가 엄마와 같이 성게를 잡으러 온 적이 있었다. 던져준 성게를 갈라서 안을 수저로 긁어내 단지에 담았다. 밥에 얹어 먹으면 깊은 맛이 일품이다. 그 생각을 하니 나는 그 때가 그리워져, 잡았던 성게 하나를 바다에 던져 버렸다. 갈매기가 유유히 날고 있는, 천해의 섬 끝까지 왔던 적도 있다. 바위에서 놀다가 조수에 휩쓸려 그대로 물에 빠져버린 적도 있었다. 조수가 만조가 되었는지 어떤지 알려면 해면에 떠 있는 물건의 움직임을 보면 된다. 엄마가 그렇게 알려주었다. 떠있는 물건이 없을 때에 침을 뱉어 보면 알 수 있다. 침 거품은 천천히 육지 쪽으로 흘렀다. 이건 큰일이다! 나는 깜짝 놀라 기어 올라왔다.

"앗"

신문배달 일을 까맣게 잊고 있었다.

"하테루마 아저씨한테 혼나겠다."

검은 해삼이 모래 위를 느긋하게 기어가고 있다. 잰걸음으로 짓밟아줘야지. '부지직' 하고 새하얀 실을 내뱉었다.

"좋아, 혼내면 그만두겠다고 말해야지. 마음 놓고 집을 나갈 수도 없으니."

나는 용기 충천하여 기세 좋게 호안으로 기어오르며 스스로에게 말했다.

"그리고 돈을 받으면 무인도 갈 때 사용할 것들을 사둬야지. 나이프랑 낚싯바늘이랑 비타민제 등등……그리고 책을 통해 항해법과 몸에 필요한 영양소 등도……. 그런 여러 가지를 머릿속에 넣어둘 필요가 있을 것이다."

26

《1659년 9월 30일. 나, 즉 이것을 쓰고 있는 가여운 로빈슨 크루소는, 이 섬 바다에서 폭풍우를 만나 난파했고 빈사 상태로 이 섬에 표류했다. 내게는 먹을 것도, 집도, 옷도, 무기도, 또 피난할 곳도, 여기에서 구출될 희망도 없었고, 맹수에게 잡아먹히든가, 야만인에게 살해당하든가, 혹은 굶어죽든가, 어쨌든 죽음은 피할 수 없는 일이라고 생각하며 그 날 하루 종일 탄식하며 보냈다.》

책을 읽고 있는데,

"미안한데, 침대 좀 빌려 줄래?"

라고, 엄마가 말했다.

"또야? 공부하고 있잖아!"

나는 인상을 쓰며 계속 읽었다.

《10월 1일. 아침이 되자 나는 배가 만조에 실려, 이전보다 더 가까운 곳에 와있는 것을 보고 놀랐다. 만약 우리가 배를 떠나지 않았더라면 배를 구할 수 있었을지 모른다. 적어도 익사하진 않았을 것이다. 동료를 잃었다는 슬픔이 전보다 더했지만, 반면 배에 관해선 기쁜 일이었다. 배는 해체되지도 전복되지도 않아서 폭풍우가 그친 후 날마다 배에 가서 옮길 수 있는 것들을 전부 육지로 옮겼다.》

"아줌마! 준비 됐어요?"

미치코는 가게에서 소리를 높였다.

"응, 다됐어!"

엄마는 그렇게 말하면서, 내 방문을 열고 들어왔다.

"쓰네요시! 빨리! 15분 정도면 돼. 빨리 어서!"

"아아, 뭐야! 그만둬. 그런 장사는!"

"흥! 장사를 그만두면, 오늘은 살 수 있겠지만 내일은 어떻게 살 건데? 고생할 게 뻔해, 돈 없으면 학교도 못 다니지……"

"학교 안다녀도 돼. 돈도 필요 없어."

"흥, 그 말 똑똑히 기억해 두겠어."

나는 침대에 길게 누워 양손을 깍지 끼고 머리 아래에 베고, 천정을 바라보며 나만의 공상의 세계로 다시 돌아갔다.

'로빈슨 크루소는 운이 꽤 좋았구나. 난파한 배에서 생활하는데 필요한 여러 가지를 갖고 올 수 있었으니까. 나는 그렇게 할 수 없겠지.'

"아줌마, 이 거실에서 할게요."

"응? 거실에서? 그럼, 테이블 정리해야 되는데."

"응, 빨리!"

"응, 응. 알았어. 바로 할게."

'최소 필수품으로 뭐가 필요할까? 우선 가장 필요한건 낚싯바늘과 실이다. 항해 중에는 생선만 쭉 먹을 것이다. 식량을 가지고 갈수 없으니. 생선살은 단백질, 뼈는 칼슘, 내장에 비타민A. 다음은 물이다. 물을 담을 두레박. 아마 그것만으로는 부족할 것이다. 비를 내려달라고 하느님께 부탁할 수밖에 없다. 생선살을 쥐어짜면 수분을 빼낼 수 있다고 책에서 본 듯한데⋯⋯. 셋째는 비타민제. 생선살에는 비타민 B나 C는 들어있지 않다고 하니. 비타민B가 부족하면 각기병에 걸린다. 옛날 뱃사람들은 야채를 먹지 않아 각기병에 걸려 하반신을 못 쓰게 되었다는 이야기를 어딘가 책에서 본적 있다.'

거실 전등이 꺼지고, 미치코가 "헤이, 헤이 유" 라고 부르고 있다.

'넷째는 나이프다. 요리에도 사용하고, 호신용으로도 사용한다. 다섯째는 성냥⋯⋯보다는 부싯돌이 좋을 것 같다. 성냥은 물에 젖어 사용하지 못할 수도 있으니⋯⋯'

나는 공상에 빠지면서도, 옆 거실에서 나는 소리에 귀를 기울였다. 허리띠를 푸는 달각달각 소리가 났다. 그러더니 노골적으로 서로 웃는 소리가 났다. 그리고 마룻바닥이 삐걱삐걱 울렸고……거친 숨소리와……신음소리와……나는 참을 수 없어서……바로 끝내버렸다. 지코 누나를 공상할 틈도 없었다. 쏟아져 나온 것을 이불로 닦아 내었다.

"아줌마! 씻을 물은?"

"아, 불단 옆에 두었어."

엄마는 부엌에 숨어서 목소리만 냈다.

거실 불이 켜졌다. 나는 아까 엄마가 한 말이 맘에 걸렸다. 신문배달로 모아두었던 월급을 전부 빌려간 것이다.

"엄마, 책 살 건데, 내 돈 돌려줘."

"응? 무슨 돈?"

이불을 개면서, 시치미를 뗀다.

"전에, 신문배달해서 받은 20달러 빌려갔잖아."

"어, 주지 않았어?"

어디까지 시치미를 뗄 작정인지, 돗자리 위가 젖어있는 것을 보고 걸레를 가지러 부엌으로 도망갔다.

"아 진짜, 알면서."

나도 부아가 치밀어 올라, 부엌으로 쫓아 들어갔다.

"이러기야!"

"무슨 책 살건 데. 책은 학교 책일 텐데, 많이 있잖아."

"무슨 책을 사든, 내 마음이잖아. 돌려줘!"

"아빠가 말이야, 쓸데없는 데 낭비하면 안 되니, 애들한테 돈 주지 말라고 하셨어."

"낭비 안 할 테니까, 돌려줘."

"녀석하곤, 이따 돌려줄게. 기다려."

"지금 당장 돌려줘."

나는 너무 화가 나서 눈에 눈물이 맺혔다.

"알았어. 돈이 모자라니 나중에 준다니까!"

"뭐야! 바로 돌려줘! 달란 말이야! 돌려줘!"

나는 뒤에서 엄마의 허벅지를 차버렸다.

"아이고 정말! 자 여기! 고집불통 같으니라고!"

엄마는 앞치마 주머니에 찔러둔, 미치코에게서 받은 돈을 그대로 던졌다. 나는 1달러를 주워 2개로 찢었다. 그런 다음 마구 마구 찢어버렸다.

"야?!"

엄마는 소리를 지르며, 흩어진 지폐조각을 쓸어 모으려고 하고 있었다.

27

그 뒤로 나는 매일 바쁘게 생활했다. 류미친선센터(琉米親善センター) 도서실에 가서 요트에 관한 책을 읽었다……아, 요트가 바람이 불어오는 쪽에서도 달릴 수 있는 것은 지그재그로 달리기 때문이라고 한다. 나는

매우 의아했다. 돛을 올려 바람이 부는 쪽으로 달려야 할 요트가 어째서 바람이 불어오는 쪽으로 달릴 수 있는 걸까⋯⋯. 그리고 백과사전에서 '도기'에 관한 것도 조사했다. 섬에서 쭉 원시적으로 생활하려면 힘들 테니까, 하다못해 그릇정도는 만들어야겠다고 생각했다.

끈기가 있는 흙으로 그릇을 만들고 10일정도 그늘에서 말린다. 완전히 건조되면 800도 정도의 열로 굽는다(작품이 불 속에서 빨갛게 구워지면 된다). 이것이 초벌구이다. 다음은 석영(石英 : 이산화규소로 이루어진, 육방 정계의 광물)을 깨서 동물 뼛가루와 섞은 후 물로 걸쭉하게 풀어 작품에 바른다. 그리고 말린 다음 다시 한 번 구워낸다. 그러면 미끈미끈한 그릇이 완성된다.

내가 스스로 이렇게 열심히 공부한 건 처음 있는 일이다.

28

부싯돌도 구해 왔다. 고자 초등학교 앞산에서⋯⋯. 무덤 옆을 지나서 산꼭대기에 오르자, 바위를 깎아 만든 간이수도 탱크가 놓여있다. 나는 언젠가 깎인 바위틈에서 유리처럼 생긴 돌들이 쌓여있는 것을 본 적이 있다.

산 위로 삐죽 솟아 있는 바위는, 어떤 바위든 파도에 깎여 끝부분이 편편해져 있다. 이것이 먼 옛날 지각운동으로 융기한 섬이라는 증거이리라. 비바람에 시달려 뾰족뾰족 험준해진 바위에 올라 서 보니, '아아, 먼 옛날 바다 밑이었을 그곳에, 지금은 집들이 북적대고 있구나! 한줄기 군용도로에 들러 붙어있는 고자 마을 전체가 내려다보인다! 너나 할 것 없이 가게마다 커다란 간판을 내걸고 있다. 앞쪽만 꾸미고 뒤쪽은 감추고 있지만 여기서 보니 전부 훤히 보이는 구나!'

녹슨 함석지붕과 그을린 기와지붕 사이에는 건조대, 화장실, 굴뚝, 물탱크 등이 너저분하게 들어서 있다. 나는 치부를 본 것 같은 기분이 들어 좀 비웃어주고 싶어졌다.

거리 여기저기에는 하계 청소주간 쓰레기가 쌓여있다. 누군가 산 위에 있는 나를 비웃고 있는 느낌이 들어 주위를 둘러보았지만, 아까 지나왔던 무덤이 있는 정원에 남성이 엎드려 누워있을 뿐이다.

바위의 움푹한 곳에는 먼 옛날의 조개껍데기겠지, 하얗고 너덜너덜하게 된 조개껍데기가 쌓여있었다.

석영처럼 생긴 돌을 주머니에 가득 채워 산을 내려왔다. 무덤 앞 정원에는 미국인 병사가 서서 머리카락에 붙은 마른 풀을 떼고 있는 애인 듯한 여성을 바라보고 있다.

29

"쓰네요시, 쇠망치 어디 있는지 모르니? 아버지가 쓰신다고 묻던데……."

나는 돌을 찾으러 갖고 갔던 쇠망치를 침대아래에서 꺼냈다.

"그럼 그렇지……아버지 갖다 드리렴. 어라, 눈이 빨갛잖아. 먼지 들어 갔니?"

"응……조그만 돌들이 굴러다니더니."

"어디, 얼굴 이리 대봐."

"……"

"위로 들어 봐!"

"이렇게?"

나는 옆으로 굴러 가 엄마 무릎위에 머리를 놓았다. 엄마는 쭈글쭈글 한 가슴을 부여잡더니 하얀 액체를 짜내어 두 세 방울 내 눈에 떨어트렸 다.

"깜빡깜빡해서, 바로 떨어내."

색다른 냄새가 나는 엄마의 무릎에서 벗어나, 천정을 보면서 눈을 깜 빡이고 있자, 눈 끝에서 젖이 눈물처럼 흘렀다.

"괜찮지?"

"응, 좋아졌어."

아버지는 판자를 몇 장 째 자르고 있었다. 포치가 마룻바닥에서 통조 림이나 오래된 게타, 그 밖의 뭔가를 입에 물고 어지르는 통에 울타리를 치려는 것이다.

"울타리 흔들리니까, 복실이 불러내라."

"복실! 복실! 이리 나와!"

이 개는 자동차에 치이고 나서부터 겁쟁이가 됐다. 마룻바닥 속 깊이 숨어들어가 볼일이 없는 한 나오지 않는다. 나는 말린 멸치를 넣고 끓인

된장국에 밥을 말아 가져다주었다.

"복실아, 멸치 들어간 거야."

몽실몽실한 털은 흙투성이에 냄새도 심했다. 아버지는 그 틈에 울타리를 치려고 했지만, 마룻바닥이 쓰레기로 엉망이었다.

"쓰네요시, 쇠갈퀴로 먼지랑 쓰레기 좀 쓸어내라."

"쇠갈퀴로는 닿지 않을 것 같은데요?"

"기어 들어가서 긁어 내거라!"

"싫어, 개똥이 있단 말이에요!"

"멍청아, 개똥이 더러우니까 청소하라는 거잖아. 어서 들어가!"

"……"

나는 아버지가 미워져서, 빨갛게 된 눈으로 째려보았다.

"빨리 들어가. 입만 내밀지 말고, 안 들려?"

마룻바닥은 씻을 때 흘러내린 물로 축축했다.

"부모가 말하면 들어야지!"

나는 단단히 결심하고는, 양손을 뒤로 빼서 기둥을 잡고 말했다.

"안 할 거예요."

"이런 고약한 녀석 하고는!"

아버지는 벌떡 일어나더니 갖고 있던 쇠망치로 내 머리를 때렸다. 나는 눈을 질끈 감았다. 감은 눈에서 불꽃이 튀고 이제 죽는구나 하고 생각했지만……쇠망치는 머리카락에 닿기 만 하고 멈췄다. 이것을 두고 간발의 차라는 것이겠지.

"부모가 말하면 들어야지, 누가 말하든지 간에."

아버지는 나를 때리면서 사랑하기 때문에 때리는 거라고 말하곤 하지만, 이건 거짓말이다. 밉고 화가 나서 때리는 것이다.

"요즘, 반항만 하고 말이야……"

나는 기둥에서 벗어나 소리 없이 울었다.

'쇠망치로 때리다니! 까닥 잘못하면 즉사잖아! 더 이상 이런 집에 있지 않을 거야! 만날 귀찮은 사람 취급이나 하고 말이야……맞다, 나는 알고 있다. 아버지는 병사들처럼, 그 짓이 하고 싶어서, 하고 싶어서 위에 올라타면 쓸데없는 게 나온다고 말했었지? 성가신……짐짝 같은 내가……쳇!'

30

나는 총이 갖고 싶어졌다. 항해 중에 상어에게 습격당하면, '탕! 탕!' 하고 총으로·쏴서 죽여줘야지. 나를 괴롭히는 녀석은, 누구라도 '탕! 탕!' 하고 쏴서 죽일 테다. 쏴서 죽이고 싶다고 생각하니, 총이 더욱 갖고 싶어졌다.

그렇다, 언제였던가. 활주로 맞은편 다리의 아오고모리(靑小森)에서 산양에게 줄 풀을 베던 중, 무덤 돌담에서 풀을 뒤집어 쓴 나무 상자를 발견했었다. 뭘까? 통조림이라도 들어있는 걸까 하고 열어 보았더니, 그건 기름종이에 쌓여있는 10정의 총이었다. 나는 무슨 무서운 것이라도 본양 두려움에 떨며 원래대로 풀을 덮고 도망쳤었는데, 그 상자는 아직 그대로 숨겨져 있을까? 한 번 가봐야겠다.

31

한 여름의, 한 여름 태양이 아무 거리낄 것 없이 탁 뜨인 하늘에서 곧바로 활주로 위를 내리 쬐고 있었다.

아무것도 없다, 볏짚 부스러기 하나 조차 떨어져 있지 않다, 사람도 없다, 그저 넓기만 한 아스팔트의 활주로가 이글거리는 열기로 흔들리고 있고, 저 먼 끝에 있는 아오고모리가 신기루처럼 흔들리고 있었다.

활주로 옆에 펼쳐진 밭에도, 할아버지 밭에도 아무도 없었다. 지금은 오후 중 가장 더울 때다. 농부들은 점심밥을 먹으러 집으로 갔다가 더위가 식을 때까지 집에서 쉬고 있을 것이다. 다만 비둘기가 밭 위를 곁눈질하면서 날고 있었다.

나는 눈을 가늘게 뜨고, 쨍쨍 내리쬐는 아스팔트에 발을 달구며 천천히 걸어갔다.

맞다, 아지랑이가 피어 눈이 부실 정도로 뜨거운 이 활주로 아래에 할아버지의 밭이 있었다.

맞아 맞아, 사이판에서 끌고 온 배 안에서 우리는,

"할아버지 집에 도착하면, 콩고물이 두툼하게 묻어 있는 고구마를 한 입 크게 베어 먹어야지. 손바닥크기 만한 고기도 마음껏 먹고."

라고 되뇌며 집으로 왔다. 그런데 집에 와 보니 할아버지는 작은 텐트에 살고 있었고, 밭은 활주로가 되었으니 기가 막힐 노릇이다.

맞다, 할아버지 말로는, 이 활주로는 본토 진격에 대비해 일주일 사이에 만든 것이라고 했다. 하지만 여기에서 폭격기가 날아오르기 전에 일본은 원폭으로 항복했고, 그 후 이 활주로는 바다에서 불어오는 바닷바람에 비행기가 삭게 된다는 것을 알게 되어, 사용하지 않은 채 방치되었다. 한 때 이 활주로에는 부근에서 모아온 무기와 탄약이 산처럼 쌓여 있었고 텐트로 뒤덮여 있었다. 그것이 얼마나 많았는지 볏가리처럼 여기저기 널려있던 적도 있었다.

할아버지도 미군에 고용되어 탄약을 줍는 일을 했고, 수당으로 통조림이나 담배를 받아왔다. 그리고 그 일이 없어지자 활주로를 따라 경작할 수 있을 만큼의 빈터를 얻어 일구었다. 그곳에 자갈과 돌을 골라내고 고구마를 심어보았지만 조선 인삼처럼 수염투성이의 고구마밖에 얻을 수 없었다. 지금 이 밭을 보고 있자니, 초등학교 뒤뜰에 있는 실습지처럼 자잘하고 가소롭기 짝이 없는 밭이다.

그런 상황이었다. 밭일은 엄마가 했고, 아버지와 할아버지는 군작업에 나갔다. 나도 학교에서 돌아오면 산양을 몰고 풀을 베러 다녔다.

그 총은 당시 누군가가 무기탄약더미에서 훔쳐내어 어딘가에 숨겨 놓은 것임에 틀림없다. 그 후 탄약더미는 사라지고 없었는데, 바다 깊은 곳에 가라앉혔다고 했다.

아오고모리 곶에 도달해 무덤 안을 찾아보았지만, 이젠 아무 것도 남아있지 않았다. 남아있을 리 만무하다. 그걸 본 건 아주 오래 전 일이니……벌써 몇 년이나 흘렀으니…….

해변으로 나와 보니 어마어마한 물새 떼가 삐익 하며 울다 내려앉고, 또 삐익 하며 울다 내려앉곤 했다.

어느 곳을 향해 소변을 발사해도 상관없을 정도로 마을과 멀리 떨어진 곳이었다.

그래, 그 때 이 해변 일대도 시체에 들끓는 파리처럼, 무리를 이룬 상륙용 단정이 불그스름하게 녹슨 철 빛을 띠었었지. 그것도 일본 해난구조 업자들이 순식간에 정리해버렸지만……

눈높이에 펼쳐진 바다는 일곱 가지 색으로 빛나고 있다. 만(灣) 입구에 있는 화이트비치 군항 항공모함이 환영처럼 떠있다. 만 안쪽은 사람이 타고 있지 않은 듯한 요트가 조용히 떠다니고 있었다.

나는 호안 콘크리트 위에 앉아, 바다 건너 온 바람을 부드럽게 맞으며 '어디로 갈까, 그 어디도 갈 곳이 없구나, 바다로 돌아 갈 수도 없고' 라고 생각하며 멍하니 있었다.

32

더위에 지쳐 마을이 떠올라, 나는 어촌 마을로 돌아왔다. 마을이라고는 하지만 이곳은 집이 달랑 여덟 채 뿐이다. 처마가 낮은 집은 미국산 소나무나 불상화(佛桑華), 바나나 등으로 둘러싸여 웅크리고 있었다. 길 위에도 짙은 나무 그늘이 내려앉았고, 나는 휘청거리며 그곳에 다다랐다. 나무 그늘에 들어서니, 쏴하는 청량감이 온 몸을 감쌌다. 머리 위로는 바닷바람에 흔들리는 소나무 가지가 울고 있었다.

목이 너무 말라 어딘가에서 물을 마시려고 나무 그늘을 찾아다니고 있었는데, 사바니 배를 만들고 있는 집 쪽에서 나무를 깎는 소리가 들렸다. 울타리 빈틈으로 안을 들여다 보자, 지붕만 있는 작은 오두막 아래에서 몸집이 작은 아저씨가 대패를 밀고 있었다. 옆 선반에는 용골과 갈빗대만 있는 배가 누워있었다.

집 안에는 빗물을 담는 콘크리트 탱크가 놓여있었다. 나는 그곳으로 살금살금 들어가 물을 마셨다. 탱크 안 물은 미지근했다. 하지만 입에 매우 달았고, 나는 배가 고파 잔뜩 마셨다.

그리고 배 만드는 법에 흥미를 느껴 정원으로 갔다.

"누구요!"

아저씨는 깜짝 놀란 눈으로 나를 쳐다보았다. 눈썹 없는 빨간 눈이라니, 병이라도 걸린 걸까. 어부는 바다 잠수 때문에 자주 눈병에 걸린다고 했다.

"무슨 일이냐!"

"아뇨, 그……그냥"

"볼 일 없으면, 다른 곳으로 가거라!"

큰 소리로 야단을 쳤다. 나는 돌 맞은 개처럼 꼬리를 내리고 정원에서 나갔다.

모래 위에 뒤집어 놓고 방부제를 칠한 사바니 배를 발로 차 보았다. 이런 배로 먼 바다까지 나갈 수 있을까. 그렇게 생각하며 발로 쳐보았지만, 사바니 배는 꼼짝하지 않았다. 그래서 다시 한 번 세게 차보았다. 끌어올린 배는 의외로 무겁고 움직이지 않았다. 움직이진 않았지만, 나는 이까짓 배! 하고 발로 차서 굴리려고 했다. 방부제 냄새가 코를 찔렀다.

모터보트가 한줄기 하얀 파도를 끌어 오면서 만 안쪽을 돌고 있었다. 그 맞은편엔 외국에서 온 것인지, 사람이 타고 있지 않은 듯한 요트가 떠 있었다. 그렇다, 어촌 마을 앞에는 미군이 사용하는 요트 하버가 있었다.

33

온화한 햇빛에 황금으로 빛나는 선창이 바다 쪽으로 튀어나와 있고, 그 끝은 여울을 치며 만든 초록빛 수로가 빨강 부표의 보호를 받으며 뻗어 있다. 선창 양쪽에는 아름답게 치장한 요트와 하이칼라 모터보트 열 너덧 척이 사이 좋은 형제처럼 나란히 줄지어 있다. 나는 미국산 소나무 잎이 떨어져 뒹구는 시원한 호안에 앉아, 한숨을 쉬면서 요트를 바라보았다.

선창 입구에는 작은 오두막 형태의 감시초소가 있다. 총을 지닌 경비원이 서있다. 이거야말로 한 번 혼나는 것으로 끝나지 않겠지. 그래서 마음에 두지 않았던 것이기도 하지만······.

해초를 띄우며 거품을 일으키던 만조가 다리 밑까지 밀려왔다. 만조는 철썩철썩하고 요트 바닥을 기분 좋게 간질이고 있었다.

낚시 대를 든 초등학생 정도의 아이가 선창 위를 달리고 있다. 저 끝에서 낚시를 하는 걸까. 그러니까 저기는 들어갈 수 있는 것이다.

“어, 시게…… 어이 기다려.”

6학년까지 함께 다녔던 사치코(さちこ) 동생 시게루가 대장이 되어, 모두를 이끌고 있지 않은가.

“아, 쓰네요시 형!”

고구마를 먹으며 걷고 있는 시게루 무리를 바짝 따라 붙었다.

“좀 주라!”

“작은 꼬랑지만 남았는데 괜찮겠어?”

“응!”

·················.

석양에 모습을 드러낸 요트들을 가까이 보니, 나는 흥분되었다. 그리고 몇 번이나 계속해서 ‘좋아! 좋아!’를 되뇌었다.

만조가 정점에 달했는지, 만 안쪽 바다가 한 장의 종이처럼 가라앉았다. 커다란 선홍빛 종이다. 철썩철썩 거리던 만조 소리도 어느덧 가라앉았다. 바람도 잔잔해졌다. 모든 것이 고요히 뭔가를 기다리는 것 같은 석양의 한 순간이었다.

선홍빛으로 물든 요트와 바다, 그 맞은편에 보이는 반도의 산들이 불타는 것처럼 변했다. 그것은 점점 빨갛게, 빨갛게 더욱 새빨갛게 타올랐다. 무슨 징조일까?

우리는 겁에 질려 벌겋게 된 얼굴을 마주 보았다. 어느 누구도 더 이상 부표에 눈길을 주지 않았다. 숨을 죽이고 주변의 분위기를 살피자, 지구 최후의 날이 온 것처럼……이상한……왠지 하늘을 향해 울고 싶은 그런 기분이 들었다!

34

"반한 거야 반했어, 지코가 말려도 부들부들 떨면서 던졌다는 거야?!"

"아무리 떨어도 그렇지, 설마 바에 수류탄을!? 얼굴에 큰 화상을 입고, 정말 불쌍해!"

"아아, 태풍이 오려나 바람이 후덥지근하네. 기분도 꿀꿀해. 빨래를 끝내고 오랜만에 영화라도 보러가야지, 군인들도 안 나올 테니."

"또, 바람이 거세질까?"

"응, 오후 라디오 방송에 나왔어, 아줌마 못 들었어요?"

엄마와 미치코가 이야기를 나누며 빨래를 하고 있는 뒤쪽으로 얼른 빠져나갔다. 미치코가 나를 발견하고는, 팔꿈치로 엄마에게 알렸다.

"애야, 아이고 아이고 쓰네요시!"

나는 아무 말도 하지 않고, 부엌으로 들어가 샌들을 벗어 던지고 방으로 갔다. 걸레질을 하던 중이었는지 복도 마룻바닥에 하얀 발자국이 생겼다. 엄마는 비누거품이 묻은 손을 하고 쫓아 들어왔다.

"학교에서 공부하고 있을 시간에 어슬렁어슬렁 기어 들어오고……어제 저녁은 게이조 집에서 잤니?"

나는 늘 그랬듯 해변 사바니 배에서 자고, 선창으로 두 번 정도 모습을 살피러 다녔었다. 그래서 놀라게 할 심산으로, 사실대로 불었다.

"해변에!"

"해변?! 헤매고 다녔던 거야!"

엄마는 정말로 놀라서 걱정해 주었다.

"해변에 떠도는 영혼이 있다는 걸 몰라? 작년 여름에도 오도 씨 애가 바다에 따라나갔다 물에 빠졌던 거 몰라?"

불의의 사고로 물에 빠져 죽은 사람이 너무 억울한 나머지 나쁜 망령이 되어 해변을 떠돌아다니다가 누군가를 현혹시켜 바다로 끌어당긴다는 미신이 이 섬에 있다. 그렇게 하지 않으면 성불할 수 없다고 한다. 꼭 그래서만은 아니겠지만, 해변에는 가끔 죽는 사람이 나온다. 나도 이미 현혹당한 것일지 모른다.

"아이고, 좀처럼 놀래지 않는 심장까지 콩닥콩닥 뛰는 게! 엊저녁에 까마귀가 그 소식을 전하러 왔었나보구나. 엄마가 다른 곳으로 가라고 소리 쳤어⋯⋯어서 밥 먹어라. 찬장에 반찬 넣어 놨어. 그리고 학교 가야한다. 지금부터 서두르면 늦지는 않을게다!"

어서 먹으라는 것은 엄마의 마음이고, 학교에 가라고 한 것은 엄마의 경고였다. 하지만 나는 굳게 결심했기 때문에 더 이상 마음이 흔들리지 않았다. 나는 다만 항해에 필요한 도구를 가지러 왔을 뿐이다. 엄마는 뭔가 더 말을 꺼내려는 듯 내 얼굴을 쳐다보고 있었지만,

"아 정말! 가엾게도!"

그렇게 중얼거리고 말았다.

나는 서둘러 서랍을 열었다. 낚싯바늘, 실, 나이프, 비타민제, 호박, 옥수수 씨앗 봉지를 주머니에 넣었다. 주머니는 불룩해졌다. 물통을 손에 들자, 나는 곤란해졌다. 주머니에 들어가질 않았다. 물통 뚜껑에는 자석바늘이 붙어 있는데, 이것이 나침반 대신이기 때문에 무슨 수를 써서라도 갖고 가야한다. 가방 안에 있는 교과서를 꺼내자 물통과 주머니에 넣었던 것을 전부 채워 넣었다. 바다 지도로 사용할 사회과지도책도 넣었

265

다. 그리고 장롱에서 범포로 사용할 시트커버를 꺼냈다. 모포에 옷, 침대 밑에서 손도끼, 우물물을 긷는데 사용했던 낡은 로프, 모두 필요한 것들뿐이다. 거실에는 밥과 반찬이 차려져 있었고, 엄마는 빨래를 널러 뒤뜰에 간 것 같다.

"요코! 목욕탕 가자!"

뒤뜰에서 미치코가 불렀다.

"응, 바로 나갈게!"

요코가 양동이와 걸레를 들고 복도를 지나쳤다. 그런데 문득 그 하얀 발자국을 발견하고는 웅크리고 앉았다. 벌집처럼 헤어핀을 머리에 잔뜩 꽂고 짧은 치마를 입고 있었다. 잠깐 나를 쳐다보았지만, 나는 가방과 미국제 짐꾸러미 두개를 책상위에 올려놓고, 시치미 뗀 얼굴을 하고 있었다.

여자들이 목욕탕에 간 사이 나는 거실로 나가 밥을 쑤셔 넣었다.

"아이고 정말! 서서 먹지 말랬지? 버르장머리 없이. 정신상태를 뜯어 고쳐야지. 아빠한테 걸리면 또 혼나려구!"

정신을 차려보니 엄마가 부엌에서 째려보고 있었다. 땀이 맺힌 얼굴이 한순간에 수척해진 것처럼 보였다. 엄마는 밥솥을 갖고 나와 밥상 옆에 놓았다.

"된장국 데워줄까?"

"아니, 됐어."

"반찬 부족하지 않니? 기다리렴. 달걀 사다가 부쳐 줄 테니."

엄마는 장바구니를 들고 뛰어나갔다. 그 뒷모습을 곁눈질하며 나는 콧방귀를 뀄다. 아빠의 애물단지가 되지 않으려고 그렇게 굳게 결심했는데,

밥도 목으로 넘어가질 않았다.

"이제 와서 마음이 흔들리다니, 제길!"

어찌하면 좋을지 몰라 일어나 방으로 들어갔더니, 책상 위에 가방과 미국제 짐꾸러미가 놓여 있었다.

"완벽하게 준비도 끝냈는데 이제 와서 정말!"

나는 가방과 미국제 짐꾸러미를 집어 들고 마음속으로는 두근대면서도 뒤뜰을 통해 거리로 나갔다.

미국산 가방에 꾸린 짐꾸러미는 크기가 커서 짊어지면 이상했다. 순사에게 들키면 의심을 살 것이다. 거리에서 아는 사람을 만날지도 모르고……. 맞다, 어두워지면 다시 들려 짐을 가져가는 게 좋겠다.

35

마을을 벗어나자 조각구름이 바람을 따라 모두 한 방향으로 빠르게 흐르고 있었다. 나도 서둘러 도망쳤다. 역시 나는 부모님의 짐이 되는 것은 싫다.

서둘러 흘러가던 구름은 햇빛을 가리기도 해서 주변이 갑자기 어두워지거나 갑자기 환해지기도 했다. 먼 곳에 있는 밭이나 숲 위를 구름 그림자가 아무에게도 방해도 받지 않고 달려가고 있었다. 뒤편의 온갖 고생을 하고 있는 마을 위 하늘에는, 구름이 기다리며 금방이라도 비를 뿌리려고 하고 있다.

언제까지 그런 여자장사를 하려는지! 뒤돌아본 김에 '메롱' 하고 혀를 내밀어 주려고 하자, 갑자기 강한 바람이 오금을 치더니 미사토 마을 언덕 위로 지나가버렸다.

바로 정면에서 불어오는 강한 바람은 반바지 끄트머리와 옷깃 언저리로 한가득 들어와, 나는 간지럼이라도 당한 것처럼 두둥실 두둥실……가벼워진 하늘에 붕 떠있는 것만 같았다. 온몸을 간질이는……휘둘리고 말았다. 그렇다, 휘둘리는 것만으로도 나는 싫었다.

바다는 이제 희고 거친 파도를 일으키며 짙은 안개로 뒤덮였다. 바다 맞은편 반도 산등성도 바닷물을 머금은 바람에 에워싸여 더 이상 보이지 않게 되었다.

해변에 도착하자 나는 바로 선창 모습을 확인하러 달려갔다. 작은 오두막 감시초소 앞에는 승용차가 서있었고, 선창 위에는 덩치 큰 미국인이 움직이고 있었다. 로프를 잡아당겨 요트와 보트를 동여매고 있었다. 이미 다른 요트와 보트에는 커버가 푹 뒤집어 쓰여 있었고, 몇 겹의 로프로 튼튼하게 동여매어져 있었다.

나는 나머지 짐 하나를 가지러 가야 해서 뒤집힌 사바니 배 밑에 가방을 쑤셔 넣었다.

36

돌풍과 뒤섞여 뚝뚝 떨어지는 빗속을 뚫고 돌아와, 가네시로(金城) 상점 옆을 내달리던 나는 '앗' 하며 멈춰 섰다. 네 번째 집, 우리 집 문 앞에서 아버지가 쇠망치를 힘껏 휘두르며 망치질을 하고 있었던 것이다. 군 작업을 끝내고 돌아오자마자, 태풍 대비를 시작한 것이겠지. 땀 냄새가 베인 군인 작업모를 쓰고 있다. 각목을 꺼내면서 화장실 곁에 쌓아둔 오래된 목재를 마구 휘저어 놓았을 것이다. 오래된 목재더미 아래에 숨겨둔 미국산 가방은 여지없이 발각됐겠지.

나는 가네시로 상점 옆으로 몸을 숨겼다. 나를 내쫓기라도 하듯 문에 망치질을 하고 있는 아버지의 모습을 보니 또 미워졌다. 가네시로 상점 아저씨는 지붕 위로 올라가 장작나무를 아래로 던지고 있었다. 지붕 위의 전선이 바람에 흔들려 윙윙 소리를 내고 있다. 이젠 더 이상 집에 볼일이 없다. 감상에 젖을 겨를이 없다.

37

바람과 사투를 벌이며 발버둥 쳐 보았지만 물속을 걷는 것처럼 마음만 바쁘고 몸은 뜻대로 되지 않았다. 코도 입도 꽉 막혀서……

물속을 가르며 올라간다. 내 눈 앞에 반짝반짝 빛나는 모래해변이 펼쳐졌고, 초록의 섬이 기다리고 있었다.

아무리 발버둥 쳐도 한치 앞도 나아갈 수 없어 나는 억울해서 바람한테 덤벼들었다. 그러자 바람이 졌는지 잠잠해져 그 김에 앞으로 나아갈 수 있었다. 어깨 힘으로 맞받아치고 배에 힘을 주며 밀고 나갔다.

바람은 길 위 모래를 휘감아 올려 모래 알갱이가 날아들었다. 틱틱틱! 모래 알갱이가 얼굴과 팔과 다리에 박혀 아팠다. 탁탁탁! 모래는 어촌마을 판자벽에도 튀어 올랐다.

지금 한창 정원에 있는 바나나 잎을 베는 사람이 있다. 어느 집인지 함석지붕이 바람에 솟구쳐 뗑그렁 뗑그렁대며 거리에 날라 다녔다. 위험했지만 나는 아랑곳하지 않고 바람에 대항하며, 어촌마을을 빠져나갔다.

미국산 소나무는 어둑해진 하늘 위로 가지를 뻗어 올리며 아우성치고 있었다. 나는 초록의 섬에 올라 '야호' 하고 큰소리로 외쳤다. 소나무 아래에 다다라 나무기둥을 부여잡고 위를 올려다보니 마치 미친여자 머리처럼 가지가 헝클어져 흐트러져 있었다. 안아주려 해도 커서……내게는 모두 커서 무리였다.

작은 오두막의 감시초소는 삼면이 창으로 된 덧문으로 가려져 있었고, 바깥 쪽 유리문만 등롱으로 빛나고 있었다. 나는 소나무 아래 유리문에 사람 그림자가 비치기를 기다렸다. 이미 땅도 바다도 선창도 어둑해졌다. 유리문 앞을, 빛으로 환히 빛나던 물보라가 하얗게 스쳐지나갈 뿐이었다.

'아저씨! 요트는 낡은 로프가 끊어져 떠내려갔어요.' 라고 말해야지. 그러면 책임이 없으니까. 아주 잘 문질러 끊어 버려야지!'

바람에 솟구쳐 오른 파도머리에서 흩뿌려진 바닷물은 비처럼 주변 일대에 쏟아져 내렸다. 소금기 있는 물보라가 되어……. 아저씨는 지금 뭘

하고 있을까? 내 심장은 두근두근 뛰었다. 머릿속에 피가 솟구쳤다.

38

나는 기어서 작은 오두막의 감시초소 앞을 지나갔다. 가방 안에 있는 수통에 물을 넣어 오는 것을 잊어버렸지만, 되돌아갈 수는 없다.

선창 위에도 서 있을 수 없었다. 일어나면 잠시도 버티지 못하고 날아갈 것만 같았고, 성난 바다에 굴러 떨어질 것만 같았다. 조바심을 내면서 그대로 엎어져서 사다리를 기어오르듯 앞으로 나아갔다.

요트는 생각보다 단단하게 묶여 있었다. 로프를 붙잡고 끌어당겨봤지만 끌려오지 않았다. 바다 속에 있는 계류의 부표와 선창의 말뚝이 서로 양쪽에서 끌어당기고 있었다. 겨우 10미터정도의 간격이 있었다. 나는 손과 발을 이용해 로프에 매달리면서 당겼다.

요트 사이에서는 소용돌이치는 바닷물이 불쑥 솟아오르거나 푹 꺼지기도 했다. 내 무게로 로프가 견딜까, 부풀어 오른 바닷물이 세차게 등을 씻어 내리고 다시 밀려오나 싶더니 사라져 버렸다. 그 사이에 정신없이 끌어당겨 요트 옆구리에 매달려 있던 타이어에 다리를 걸쳤다.

나이프로 커버를 찢어 안을 들여다보니 꽤나 단속을 잘 해 놓았다. 캐빈에 열쇠가 잠겨 져 있었던 것이었다. 하지만 나는 반쯤은 안심했다. 몸을 커버에 숨길 수 있을 뿐 아니라, 열쇠를 부수는 소리도 들릴 리가 없을 테니까.

캐빈 안에는 니스와 로프 냄새가 뒤섞인 공기로 자욱했다. 흠뻑 젖어 아무렇게나 내동이 쳐진 로프 위에 쭈그려 앉으며, 나는 마음속으로 외쳤다.

'됐다, 마침내 몰래 들어왔다! 자, 더욱 세차게 불어라! 그리고 강한 역풍으로 불어오라!'

바람은 바다에서 섬 쪽을 향해 불고 있었다. 태풍 눈이 지나가며 바람이 방향을 틀자, 섬에서 바다 쪽으로 바람의 방향이 바뀌었다. 그때 로프를 끊은 요트는 만에서 세차게 떠내려나와 드넓은 대양으로 나아갈 것이다. 강한 역풍이 불면 불수록 빠르게 벗어날 수 있을 것이다. '바다로 나가면 돛을 올리자! 아아 빨리 역풍이 불어오길!'

나이프를 꽉 움켜쥐고 웅크리고 있자, 왈칵왈칵하고 바닷물이 요트 바닥을 치며 흔들려 떠내려가는 것이 느껴졌다. 그것은 다리를 통해 내 몸의 중심에도 전해져, 불끈 불끈대는 강한 용사의 전율이 온 몸을 감쌌다.

손지연 옮김

「오키나와 소년」에 대하여

• 작품 해설

　　오시로 다쓰히로(大城立裕)의 『칵테일파티』에 이어 오키나와 출신으로는 두 번째로 아쿠타가와 상을 수상한 작품으로, 미 점령 하 오키나와의 현실을 사실적으로 그리고 있다. 이제 막 성(性)에 눈떠가기 시작하는 사춘기 '소년'을 내세워 과도한 성산업으로 오키나와 사회의 경제적 불균형을 초래한 미국의 파행적 점령정책을 비판하고, 미국과 일본 본토 그 어느 쪽에도 기울지 않고 온전하게 자립할 수 있는 오키나와, 오키나와인의 미래와 비전을 제시하고 있다.

• 주요 등장인물

쓰네요시(つねよし) : 성(性)에 막 눈뜨기 시작한 사춘기 소년(중학생). 미군 상대 성매매업에 종사하는 부모를 도와 틈틈이 아르바이트로 신문배달을 한다. 오키나와가 처한 경제적 불균형이 미군의 파행적 점령 시스템에 기인한다는 사실을 예리하게 간파하고 있다.

지코(チーコ) : 주인공 소년 쓰네요시의 부모가 경영하는 성매매 업소에서 일하는 여성. 쓰네요시로 하여금 성에 눈뜨게 해준 존재이다. 미군 상대

매춘업에 종사하는 지코의 신체(성, 정조)는 이방의 권력 미국(미군)에 점령당한 오키나와의 현실을 상기시킨다.

야마노우치(山ノ内): 쓰네요시의 숙부. 속물적 성향이 강한 인물로 미군 기지의 게이트 거리에서 바를 경영한다. 쓰네요시 아버지가 매춘업을 하는 데 결정적인 도움을 준다.

• 작품요약

소설의 무대는 오키나와 고자(コザ) 시, 주인공은 소년 '쓰네요시(つねよし)'이다. 소년의 눈에 비친 '점령 하' 오키나와의 현실은 온통 불순하고 외설스러운 성(性)으로 넘쳐흐른다. 소년의 비판적 시선은 성을 파는 오키나와 남성의 존재와 성을 사는 미군의 존재 모두에게로 향하고 있다. 또한 아버지와 야마노우치(山ノ内) 숙부로 대표되는 오키나와 성인 남성들의 속물근성에 빗대어 성산업에 과도하게 경도된 비정상적인 경제구조를 비판하고 있으며, 이러한 경제적 불균형은 미군(미국)의 파행적 점령정책에서 비롯된 것임을 정확하게 간파하고 있다. 이때 남성성이 발현되기 이전의 아직 성에 눈뜨지 못한 '소년'의 시선은 소설의 흐름에 있어 매우 중요한 의미를 갖는다. 이를테면 아라사키 교타로(新崎恭太郎)의 『소철마을(蘇鐵の村)』(1976), 마타요시 에이키(又吉榮喜)의 『카니발 투우대회(カーニバル鬪牛大會)』(1976), 우에하라 노보루(上原昇)의 『1970년의 갱에이지(1970年のギャング・エイジ)』(1982) 등은 모두 일본으로 복귀한 이후에 발표된 작품으로 동시대 오키나와의 사회상을 '소년'의 시선으로 포착한 것이다. 이들 텍스트 속 '소년'들이 상징하는 바는, 미국과 일본 본토 그 어느 쪽에도 온전하게 스스로를 자리매김할 수 없는 오키나와(인)가 처한 특수한 상황임은 말할 것도 없다.

"'됐다, 마침내 몰래 들어왔다! 자, 더욱 세차게 불어라! 그리고 강한 역풍

으로 불어오라!' (중략) '바다로 나가면 돛을 올리자! 아아 빨리 역풍이 오
길! 나이프를 꼭 쥐고 웅크리고 있자, 왈칵왈칵하고 바닷물이 요트 바닥을
치고 흔들어 떠내려가는 것이 느껴졌다. 그것은 다리를 통해 내 몸의 중심
에도 전해져, 불끈 불끈대는 강한 용사의 전율이 온몸을 감쌌다."

로빈슨 크루소의 표류기를 연상시키는 위의 문장은 소설의 마지막 장면
이다. '강한 역풍'에 맞서 미지의 세계를 향해 출항하는 모습은 '점령의 땅'
오키나와의 결별을 의미하며, 나아가 일본 본토로의 복귀를 얼마 남겨 두지
않은 시점에서 새로운 시대에 대한 오키나와인들의 기대감을 엿볼 수 있다.

• **참고자료**

大野隆之, 『オキナワの少年』作品解說, 岡本惠德・高橋敏夫, 『沖繩文學選
日本文學のエッジからの問い』, 勉誠出版, 2003.
손지연, 「젠더 프레임을 통해 본 미 점령기 오키나와 소설-오시로 다쓰히로
와 히가시 미네오를 중심으로-」, 『어문론집』, 중앙어문학회, 2013.

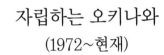

자립하는 오키나와
(1972~현재)

마타요시 에이키 又吉榮喜

1947년 오키나와 현 우라소에 시(浦添市)에서 태어났다. 류큐대학 법문학부 사학과를 졸업하고 우라소에 시립도서관에 재직하며 작품 활동을 하다가 퇴직 후에는 전업 작가의 길을 걷고 있다. 1978년 『조지가 사살한 멧돼지』로 제48회 규슈예술제문학상을, 1980년 『긴네무 집』으로 제4회 스바루문학상을, 1996년 『돼지의 보복』으로 제114회 아쿠타가와상을 수상했다. 마타요시는 자신의 문학 세계를 '반경 2km의 원풍경'으로 표현한다. 우라소에 시에서 나고 자란 그는 삶터의 토착적인 자연 환경은 물론이고 미군기지와 미군, 일본인, 조선인 등 다양한 타자가 서로 교섭하고 충돌하는 장면을 목격한다. 이는 마타요시 작품 세계의 '원풍경'이 되어 다양한 작품은 낳게 했다.

셰이커를 흔드는 남자*

비는 멈추지 않았다. 옆으로 부는 차가운 바람이 뒤집힌 알루미늄 쓰레기통에서 쏟아진 휴지를 흩날려 보내고 있었다. 네온사인에 불이 들어온 가게가 많다. 그러나 평소와 같이 삐끼 보이와 호스티스는 없다. 미노루(稔)의 가게 '센트럴'도 영업을 하지 않고, 준(ジュン)도 기미(キミ) 아주머니도 가즈코(カズコ)도 쉬고 있다.

미노루는 안으로 들어갔다.

"미노루, 여기, 와서, 트럼프하지 않을래?"

미사코가 말했다. 미노루는 옆에 있는 스툴에 앉았다.

"으뜸 패다. 마마, 그걸 내요."

카운터에 앉은 마담은 트럼프를 돌렸다.

"태풍 아냐?"

미사코는 미노루의 얼굴을 들여다보았다.

---

*번역에는『パラシュート兵のプレゼント 短篇小說集』(海風社 1988)를 사용하였다.

"겨울에는 태풍이 오지 않아."

미노루는 트럼프를 고르게 정리했다.

"겨울 저녁에는 떡이라도 구우며 쉬었으면… 세 명이서."

미사코가 말했다. "네온을 끄고 문도 잠가 버릴까요? 마마, 페이 데이 전에는 아메리카ー도 달러가 없을 테니까요."

마담은 트럼프에서 눈을 떼지 않는다. 예순 언저리의 붉은 얼굴은 살이 쪄서 답답해 보인다.

"나, 미노루와 영화 보러 가고 싶어. 〈웨스트 사이드 스토리〉하고 있거든. 그랜드 오리온에서."

"지금부터 나하(那覇)로 가는 거야? 이미 9시가 다 됐어."

마담은 세 개의 사워 글라스에 바야리스(バヤリース. Bireley's. 과즙음료) 주스를 부었다.

"도착하기도 전에 끝나버릴까? 준짱이랑 보기는 했지만 한 번 더 보고 싶어."

"그럼 고자(コザ)에서 봐도 되잖아."

"토니는 미노루랑 닮았어. 그치만 토니는 머리칼이 검지…… 오히려 미노루가 더 외국 스타 같아."

미사코는 오른 손을 뻗어 미노루의 갈색 수염을 쓰다듬었다. "컬도 멋지고…… 외국 스타가 되어도 인기 있을 거야. 나는 마리아와 닮지 않았지만…… 그런데 가장 뷰티풀한 건 눈이야…… 그렇지 않아요? 마마."

"맞아."

"옅게 푸른빛이 도는…… 아주 맑고…… 깊어서, 빨려 들어갈 것 같아…… 뭘 보고 있는 거야? 미노루."

"…… 트럼프."

미노루는 그렇게 말하면서 주스를 마셨다.

"네 차례야."

마담이 말했다.

"마마가 다섯 장이나 내니까…… 아아, 한 장도 낼 수 없잖아. 전부, 받아 버릴게! 다음번에는 그대로 미노루에게 보낼 거야."

트럼프는 또 미사코에게 돌아 왔다.

"또 세 장, 마마. 음…… 보자…… 다이아몬드로는 안 되겠네. 받을게. 어쩔 수가 없다…… 나도 혼혈이었으면 좋았을 텐데."

"가볍게 이야기할 문제가 아냐."

마담은 트럼프에서 눈을 떼며 미사코를 보았다.

"마마는 너무 오버해서 생각해."

"그런 게 아냐. 그럼 이 아이 엄마가 미친 건 무엇 때문일까?"

미노루의 어머니는 마담의 외동딸이다.

"재미없는 소리는 그만 끝."

미노루가 말했다.

"…… 오늘 밤은 이런 주스라도 천천히 음미하면서 마실 수 있구나. 몇 년 만인 걸까?"

미사코는 천장에 매달린 붉은 조명의 흐릿한 불빛에 글라스를 들어 비춰보며 말했다.

"마마, 그 목도리 빼요. 털실 아녜요? 남자는 여자 목덜미에 매력을 느긴다고요. 그치, 미노루?"

"나이가 들면 몸이 차가워 져서 방법이 없어. 이제는 매력을 말 할 처지가 아니지…… 그렇지만 너, 제법인데. 이런 바에서 일하는 게 맞나 봐. 처음 왔을 때에는 얼굴이 파랗게 질려서 우울해 했었는데. 벌써 2년 정도 되어 가나?"

"내년 2월이 되면 2년째죠."

"…… 그 때도 비가 왔었지."

미노루는 미사코를 보았다. "젖은 머리칼이 얼굴에 달라붙어 있었고 크고 검은 눈으로 유령처럼 들여다보고 있었지."

"기억하고 있었구나."

미사코의 희고 가지런한 이가 드러나 보였다.

"이거요, 마마."

미사코는 고개를 약간 갸웃하며 귀걸이를 손가락으로 집었다. "올 여름, 미노루가 사 줬어요. 열일곱 살 생일 기념으로요. 7월 7일에 태어났거든요, 저. 칠석날이죠. 미노루에게도 사 줄 거예요. 제가, 곧. 12월 29일이지? 열아홉 살 생일. 응? 미노루?"

미노루는 작게 고개를 끄덕였다.

"어서 오세요."

미사코는 영어로 이렇게 말하며 트럼프를 놓고 일어섰다. 손님은 어둑한 입구 벽에 기대어 서 있다. 미사코가 다가갔다. 그러자 갑자기 의미를 알 수 없는 고함소리가 들렸다. 미노루는 스툴을 돌려 바라보았다. 미사코는 멈칫했다. GI 컷을 한 미군 병사가 비틀거리고 있었다. 흰 점퍼와 청바지가 모두 완전히 비에 젖어 있었고 팔을 휘두를 때마다 물이 튀었다. 또 다시 괴성을 질렀지만 검은색 시트에 그대로 쓰러져 버렸다.

"마마, 물이랑 물수건요."

미사코는 손을 뻗었다.

"마실 수 없을 것 같은데?"

마담은 혀를 찼지만 찬물과 물수건을 건네주었다. 미사코가 주문을 받으려 하자 미군 병사는 일어나 미사코를 뿌리치고 글라스를 내던졌다. 글라스는 미노루의 눈앞으로 날아왔다. 카운터 안에 있던 사이드 보드의 유리가 깨지고 말았다. 미노루는 일어섰다.

"앉아 있어."

마담이 말렸다. "MP를 불러. 미사코."

"무슨 일인지 모르잖아."

미노루는 미군 병사가 웅크리고 있는 자리로 다가갔다.

"뭘 쥐고 있었던 것일까. 피가 나."

미사코는 미군 병사와 닿았던 팔에 피가 묻어 있는 것을 가리켰다.

"이 사람들 싸움이란 매일 있는 거니까. 하나하나 신경 쓸 거 없어."

마담은 카운터에서 나오지 않는다.

"미노루, 내 보내고 문 잠가 버려."

"입술을 떨고 있어요, 마마."

미군 병사를 들여다보던 미사코가 말했다.

"이렇게 비가 오는 날에 마시면서 돌아다니니까 그렇지…… 지갑은 들고 있는지 봐봐. 글라스 변상금은 얼마 정도로 할까? 미노루의 수고비도 포함해서."

"뒷길로 다녔나 봐요. 신발이 흙투성이야."

미사코는 바닥을 보았다. 신발 자국이 확실히 나 있다.

"여자를 사러 갔던 거로군."

마담은 롱 사이즈 담배에 오일 라이터로 불을 붙였다.

"담배를 피워보게 해 봐. 미노루."

미사코는 미노루를 올려다보았다. 미노루는 블레이저 주머니에서 윈스턴을 꺼내 불을 붙이고는 미군 병사의 입에 물려 보았다. 미군 병사는 눈을 부릅뜨고 불안한 눈초리로 미사코와 미노루를 보더니 겨우 담배를 입에 물었다.

"진정시키는 편이 좋아. 미노루. 거칠게 다루지 마."

미사코가 소리를 죽이며 말했다. 미군 병사는 일어나 않고는 미노루를 가만히 보았다.

"무슨 일을 해? 베트남은?…… 무슨 일을 하지?"

군인치고는 몸집이 작은, 미노루의 귀 정도밖에 오지 않는 미군 병사는 수상쩍은 듯이 물었다.

"난 미국인이 아냐."

"와이?"

미군 병사는 되물었다. 미노루가 이번에는 영어로 말했다.

"왜 모른 척 하지? 어째서 아무렇지도 않은 듯이 있는 거지? 아무 것도 느끼지 않는 건가?"

미군 병사는 미노루의 바지를 붙잡고 흔들었다.

"이 사람, 오키나와 사람이에요."

미사코도 영어로 말했다. 미군 병사는 미노루를 응시했다. 아직 눈은 강렬하게 번뜩이고 있었고 불안해 보였다.

"주문은요?"

미사코가 물었다.

"버번 보틀"

미군 병사는 미노루의 바지를 놓았다. 미사코는 마담에게 주문을 넣었다. 마담은 주저했지만 보틀과 아이스 페일과 위스키 글라스와 저그를 카운터에 놓았다.

"첫 손님이잖아…… 벌써 취한 거야?"

미사코는 고개를 끄덕이며 쟁반을 팔로 감싸 쥐었다.

"취하고 싶은 것 같은데 그다지 취하지는 않았어요. 마마."

미노루가 미사코의 어깨에 손을 얹었다.

"잠들었어. 가지고 가지 않아도 돼."

미노루는 스툴에 앉았다. 미사코가 뒤돌아보니 미군 병사는 시트에 엎드려 누워있다. 미사코는 주저하다가 미노루 옆에 앉았다.

"…… 저대로 재워도 괜찮을까? 감기 걸리지 않을까? 속옷까지 완전히 젖은 것 같아."

"어디서 마시고 온 거지? 마시게 했으면 끝까지 책임을 져야지. 이 밤에."

"마마, 브러쉬 없어요? 머리를 빗겨주면 마음이 가라앉을 거예요."

"한잠 자고 나면 괜찮을 거야."

마담은 다시 트럼프를 꺼내들었다.

"얼굴이랑 머리 정도는 닦아주자고요."

미사코는 물수건을 가지고 일어나 미군 병사에게 다가갔다.

"뭐, 친절하게 잘 대해주면 나중에 좋은 손님이 되어서 돈을 벌게 해줄지도 모르지."

마담은 미사코 등 뒤에서 그렇게 말하고는 담배를 물었다.

잠시 시간이 흐른 뒤, 미사코의 비명이 들렸다. 미군 병사는 미사코의 한쪽 팔을 뒤로 돌리고는 왼손으로 목을 조르고 있었다. 미노루가 그 팔을 풀려고 하자, 미군 병사는 더욱 세게 힘을 주었다. 미사코의 호흡이 가빠졌다. 미노루는 주먹으로 미군 병사의 왼팔을 연이어 때렸다. 미군 병사는 미사코의 목을 놓아 주고는 팔을 눌렀다.

"…… 죽는 게 두려워…… 죽이는 것도 두려워…… 어쩔 수가 없어."

미군 병사는 미노루를 올려보았다.

"모두 마찬가지야. 병사가 너 하나만은 아니잖아."

미사코는 한참 동안 기침을 했지만 일어서서는 미노루에게 일본어로 말했다.

"베트남을 말하는 거야."

"부대에서는 한 마디 말도 할 수 없어, 난. 너희들 같은 여자한테만 말을 할 수 있다고…… 캡틴은 훌륭한 말을 하는데 나는 아무리 해도 정신이 강해지지 않아. 죽음을 극복할 수 없다고…… 버번!"

미사코는 마담에게 눈짓을 하며 트레이를 가지고 온다.

"저 쪽으로 가."

미군 병사는 병 채로 마셔댔다. 미노루와 미사코는 스툴에 다시 고쳐 앉았다. 등 뒤로 미군 병사의 탁한 목소리가 들린다. 얼마간 안정을 찾은 모양이다.

"뭐든 모두 끝나 버릴 것 같아. 너희들과는 다르지. 너희들은 60년이고 70년이고 살 수 있겠지만, 난 20년으로 70년만큼의 인생을 살아야 해…… 나는 결혼도 하고 아이도 낳았어. 내가 평생 할 수 있는 일이란 고작 이 정도야. 나는 누구도 방해하지 않고 살았어. 작은 자동차 수리공장에 다니며 소박하게 살고 있었다고…… 아악."

갑자기 미군 병사의 목소리가 비명으로 바뀐다. 위스키 글라스를 바닥으로 내던져 산산조각내고 연이어 아이스 페일도 던진다. 아이스 페일에서 쏟아진 얼음은 바닥에 흩어지고 테이블도 뒤집혔다.

"갓뎀 잇!"

당황한 마담은 담배를 비벼 껐다.

"미노루, 그만 둬."

미사코는 미노루의 팔을 잡고 흔들었다. 미노루가 다가가자 미군 병사는 버번 병을 벽에 내리쳐 깨부수고는 소리를 지르며 자신의 왼 팔을 깨진 병으로 몇 번이나 마구 찔렀다. 미노루는 틈을 노리다 뒤에서 미군 병사의 겨드랑이 밑으로 양팔을 넣어 목을 죄고 병을 빼앗았다.

미노루가 "물"이라고 말하자 미사코가 서둘러 차가운 물을 가지고 와 미군 병사에게 마시게 했다. 미군 병사는 시트에 앉아 양손으로 머리를 감싸 쥐었다. 마담도 카운터에서 나와 있었다.

"너, 고향에 와이프와 베이비가 있다는 것만으로도 다행이라 생각해야 해. 이것저것 모두 잃어버린 사람도 여기에는 많아.”

“정말이야. 조금만 참으면 되잖아. 고향에 돌아가면 해피해 질 수 있어.”

미사코는 미군 병사의 왼 손을 버번으로 씻기고는 물수건으로 감쌌다.

“네 이름은 뭐야?”

미노루가 물었다. 불붙인 담배를 미군 병사에게 물리려고 했다. 그는 그것을 물지 않고 미노루를 노려보았다.

“거들먹거리지 마. 돈을 벌려고 그러는 거지? 너희들은. 안 속아.”

“무슨 말을 하는 거야? 이 겁쟁이가. 왜 이리 안달을 부리는 건지. 인간은 누구나 한 번은 죽는다고. 너 같은 겁쟁이는 여자에게도 인기가 없어. 이 봐, 이 아이의 아버지는 너와 같은 군인이었어. 아주 남자다웠지. 여자에게 인기가 많았어.”

“마마.”

미사코가 고개를 옆으로 흔들었다. “오늘 좀 그런가봐. 이 GI는…… 있잖아, 너” 이번에는 영어로 말했다. “내일이 되면 다시 괜찮아 질 거야. 춤추자, 응?”

미사코는 미군 병사의 겨드랑이에 손을 집어넣어 일으켜 세우려 했다. 미군 병사는 일어나기는 했지만 미사코를 뿌리치고 점퍼 주머니에서 마구 구겨진 20달러 지폐를 마담에게 쥐어주고는 휘청거리며 가게 문을 나갔다.

“택시 태워줄게.”

미노루가 이렇게 말하며 나갔다. 페닉스(주로 도쿄 이남에서 생육하는 야자

나무. 야자과에 속하는 관엽 식물로 새깃 모양의 잎이 줄기 꼭대기에서 굽어서 자람)
가로수가 세차게 흔들리며 춤추고 있다. 비는 바람에 흩날리고 있다. 쓰
레기통을 뒤지던 고동색 들개는 꼬리를 움츠린 채 미군 병사가 지나가는
것을 조심스럽게 바라보고 있다. 미노루는 빠른 걸음으로 미군 병사 뒤
를 쫓았다. 곧장 몸이 비에 젖는다.

＊　　＊　　＊

별이 또렷하게 반짝인다. 초겨울의 찬바람이 뺨을 스친다. 외국인 하
우스 가드에게 윌리엄스가 미리 일러두었기 때문에 바로 통과할 수 있었
다. 긴 숄을 머리에서 목까지 두르고 있던 미사코는 미노루의 팔짱을 꼈
다.

벽에 걸린 등불은 하우스 넘버 '702'를 비추고 있다. 절벽 아래로 바다
가 보인다. 검은 바다는 크게 솟구치며 해명을 일으킨다. 바람에는 바다
냄새가 배어있다. 가늘고 마른 가지에 붙어 있던 잎은 떨어져 뱅글뱅글
굴러다니다가 바다 쪽으로 쓸려간다.

노크를 했다. 도어체인을 푸는 소리가 들린다. 살이 찐 윌리엄스가 양
팔을 벌리고 눈을 크게 뜨며 허풍스럽게 두 사람을 환영한다.

"이것, 미사쨩이……"

미노루는 화분에 심은 페페로미아를 내밀었다.

"둘이 같이 마련했어요."

미사코는 웃어 보였다. 땡큐, 땡큐. 윌리엄스는 미노루와 악수하고 미
사코의 뺨에 입을 맞추었다. "사실은 말예요, 미노루 군. 고야(ゴヤ)에서

딸 린제이와 쇼핑을 하던 중에 당신을 보게 되었는데, 그 녀석이 한 눈에 당신한테 반하고 말았지 뭡니까. 이브에 꼭 초대해 달라고 떼를 쓰는 바람에 우린 회사 사람이랑 친구들과 함께 하던 파티도 서둘러 그만두고 왔어요. …… 아내는 아직 몰라요. 아내에게는 우리 바야리스 회사에서 일하는 종업원이라고 말해 두었답니다."

윌리엄스는 장난기 섞인 윙크를 해 보였다. 미노루는 미사코를 보았다. 미사코의 볼은 굳어진 채 눈은 엉뚱한 곳을 향하고 있었다. 신발을 신은 채 안으로 들어갔다. 미사코는 망설였다. 윌리엄스가 안으로 들어올 것을 권하며 아내와 딸을 소개한다. 딸은 부드럽게 웨이브를 한 중간 길이의 금발머리를 양 손으로 우아하게 매만지며 미노루를 주의 깊게 바라보았다.

"당신의 눈은 나와 똑같군요. 파파도 마마도 모두 그레이이지만 나는 블루잖아요?"

미노루는 고개를 끄덕였다. 어머니 쪽은 분명히 주근깨가 많고 눈은 움푹 꺼졌으며 매부리코에 호리호리하게 말라 있다. 이런 사람에게서 어떻게 이렇게 예쁜 딸아이가 태어난 것일까. 미노루는 의아했다. 그러나 새빨간 플레어스커트에 둘러싸인 린제이의 왼쪽 다리는 절뚝거리고 있었다.

식탁으로 안내받았다. 골드 미트, 로브스터, 그린 샐러드, 콘 스프 등이 넓은 테이블 위를 가득 채우고 있었다.

이 요리를 함께 만든 오키나와인 메이드는 이미 귀가한 후였다. 샹들리에를 끄고 캔들에 불을 붙여 기도를 했다. 미사코도 함께 흉내를 냈지만 미노루는 손을 모으지 않았다. 캔들을 끄고 샹들리에를 다시 켰다.

"딸도 이제는 성인이 다 되어서 매년 이브 때 하던 것처럼 장식은 하지 않았답니다."

윌리엄스가 말했다. 그러나 어른 키만 한 크리스마스트리에는 각종 전구가 깜빡이고 있었다.

윌리엄스는 칠면조 고기를 자르기 시작했다.

"자, 드시죠. 많이들 들어요."

"이런 칠면조, 미국에서는 많이 키웠는데, 그죠? 파파. 이것보다 훨씬 크고 더 맛있었잖아요."

린제이는 이렇게 말하면서도 칠면조 고기에는 손을 대지 않고 포틀 랩 (포트 와인에 설탕을 넣고 뜨거운 물을 부은 음료)에 입술을 대었다. 미사코는 배가 고팠지만 허겁지겁 먹는 것이 마음에 걸렸고, 접시를 덜그럭거리며 먹는 미노루의 속마음을 알 수가 없다고 생각했다.

"올해는 당신이 산타클로스군요."

린제이가 미노루에게 웃어 보였다. "굴뚝으로 들어온 것은 아니지만. 근데 이 집에는 굴뚝이 없어요. 웨스트버지니아 집에는 커다란 굴뚝이 있었는데. 그죠, 파파?"

로브스터를 먹으며 테이블 와인을 마시느라 바쁜 윌리엄스는 귀찮은 듯 고개를 끄덕였다.

"나, 아주 꼬맹이 시절이었지만 잘 기억하고 있어…… 큰 난로가 있었고…… 겨울에는 반드시 눈이 왔었어. 근데 눈이란 건 참 근사해. 마마. 특히 크리스마스 아침은 상쾌했지? 부드럽고 하얀 눈이 엄청 쌓여 있었고 말이야. 가래나무 위에도……"

충분히 시간을 들인 끝에 식사가 끝났다. 린제이가 사과 껍질을 능숙하게 벗기는 모습을 미사코는 옆 눈으로 바라보고 있다. 가만히 있을 수 없었다. 당장이라도 돌아가고 싶었다. 미노루는 윌리엄스와 웨스트버지니아의 목화밭에 대해 이야기를 나누었다. 윌리엄스 부인은 접시를 정리하면서 잠자코 있는 미사코에게 웃어 보였다.

"크리스마스에는 젊은 사람들이 많이 있어야 해요. 나이든 사람만 있다 보면 뭐랄까, 꿈같은 생각을 하게 되죠. 이대로 죽어도 된다고 훌쩍 생각하고 만다니까요. …… 우리 부부는 늙었다고 생각하지 않지만 말이죠."

미사코는 고개를 끄덕이며 웃어 넘겨보려 했지만 얼굴이 굳어져서 마음대로 되지 않는다.

"딸은 혼자라 외로워하니까 좋은 친구가 되어 줘요."

윌리엄스가 덧붙여 말했다.

"난 외롭지 않아요."

린제이는 일어서며 세퍼레이트 스테레오를 열어 LP 레코드를 틀었다. "댄스해요. 응?" 미노루의 손을 잡아끈다. 미노루는 일어나 블루스를 추었다. "파파랑 마마도 춤 춰요. 얼른요." 딸이 몇 번이나 권하자 두 사람도 가세했다.

미사코는 사탕을 입에 물고는 창가로 다가갔다. 차가운 밤공기로 창문은 아주 긴장되어 있는 것 같았고 조금이라도 힘을 주어 만지면 소리를 내면서 깨질 것만 같았다. 창문에 비친 오키나와 여자의 얼굴이 초라해

보였다. 땅에 떨어진 구와디─사─(クヮディ─サ─. 사군자과에 속하는 나무. 태평양제도와 인도 등에 분포하는 나무로 일본에서는 류큐열도와 오가사와라(小笠原)에 분포되어 있다) 나뭇잎이 춤추며 날아올라 창문을 두드리고는 미끄러져 내려갔다. 네 사람은 여러 곡을 연이어 춤추었다. 어째서 미노루는 거절하지 않는 걸까. 미사코는 입술을 깨물었다. 게다가 윌리엄스 씨도 '센트럴'에서는 나와 춤추기를 엄청 원하면서……

"미사코 상."

윌리엄스가 말을 걸었다. "디저트 먹을까요?"

윌리엄스는 부인이 냉장고에서 꺼낸 후루츠 펀치를 꺼내 보였다. 린제이는 피아노를 치며 '성야(聖夜)'를 불렀다. 피아노에 한 손을 올린 채 건반을 부드럽게 두드리는 린제이의 손가락을 미노루가 바라보고 있었다. 미사코는 미노루의 행동이 마음에 걸렸다.

발밑을 제대로 보지 않고 무심코 움직이다가 미사코의 다리와 삽살개가 서로 엉켜 그만 개의 다리를 세차게 걷어 올리고 말았다. 작고 흰 삽살개는 테이블 다리에 몸을 부딪쳤다. 그러나 곧장 일어나 짖어대면서 린제이의 발밑으로 도망쳤다. 노래를 중단한 린제이는 개를 안으며 미사코를 노려보았다. 분위기가 어색해지고 말았다. 미사코는 눈을 둘 곳을 찾지 못했다.

"……집안에 개가 있을 거란 생각을 못 해서……"

미안하다는 말 한마디가 나오지 않았다.

"괴롭히지 마! 그냥 보통 개가 아니라고."

린제이는 스피츠 품종인 듯한 개의 머리를 쓰다듬으며 일어났다. 미노루, 무슨 말이라도 해줘. 미사코는 그렇게 바랐다. 윌리엄스가 말했다.

"그런 게 아냐. 린제이."

"그래. 베티는 소개하지 않았잖아."

윌리엄스 아내도 웃어 보였다. 미노루는 미사코에게 암 체어에 앉도록 제스처를 해 보였다. 미사코는 앉지 않았다.

"신경 쓰지마."

미노루가 다가와 일본어로 말했다.

"어째서 미노루는 아무렇지도 않은 거야?"

미사코는 미노루를 쳐다보았다. "여긴 외국이라는 느낌이 들어."

"……"

"밖은 완전 컴컴해."

"어떻게 할 것도 아니잖아."

"더 무서운 일이 일어날 것 같아."

"왜 그래? 오늘 좀 이상해."

"저 여자애, 눈이 이상할 정도로 번뜩이고 있어…… 너까지 이상하게 보여."

"절반은 저들과 같은 피가 섞여 있으니까. …… 그래도 난 미사코 편이야."

"…… 이 따뜻한 방에 가둬지는 것은 아닌가, 아까부터 계속 그런 생각이 들어. 그러니까 기분이 나빠지는 거야."

"익숙하지 않으니까 그래."

"아메리카—에는 이미 익숙해 져 있다고 생각했는데…… 아메리카—

에 이렇게 따뜻한 방이 있다는 걸 몰랐어. …… 돌아가자. 미노루."

린제이가 미노루를 불렀다. 미노루는 뒤를 돌아보았다. 린제이는 보석 상자를 열어 팔찌와 브로치, 펜던트, 반지, 비브(bib) 목걸이를 테이블 위에 펼쳐 놓았다. 에메랄드, 오팔, 골드로 만들어진 것들이다. 미사코는 튕겨나가듯 리빙 룸에서 나왔다. 미노루는 미사코의 쓰리 시즌 코트와 숄을 손에 들었다.

"이제 슬슬 돌아갈래. 잘 먹었어."

미노루는 가볍게 목례를 하고 미사코 뒤를 따라 나갔다.

"뭔가 기분 나쁜 일이 있었나요?"

현관에서 윌리엄스가 물었다.

"아닙니다. 초대해 주셔서 감사합니다."

"또 오세요. 큰길까지 차로 안내하겠습니다."

"아뇨, 괜찮습니다."

미사코는 세차게 고개를 흔들었다. 린제이와 윌리엄스 부인이 나왔다. 미사코는 못 본 척 하며 문을 닫았다.

때때로 외국 승용차와 베이스 택시의 불빛이 흐릿하게 젖은 아스팔트 도로를 비추고 지나갔다. 미사코는 일부러 미노루보다 한 두 걸음 뒤에서 걸었다. 미노루가 멈춰 서 보조를 맞추려 하면 금세 걸음이 늦어졌다. 가드 박스 안의 오키나와인 가드가 붙임성 있게 '춥군요(히-산야아-)' 하고 말을 건냈다. 미노루는 '그러네요(야이비-ㄴ야)' 하고 말하며 고개를 끄덕였다.

가드는 바로 묘한 표정을 지었다. 미군 병사 가드는 팔짱을 낀 채로 무표정하게 서 있다.

"…… 미노루는 어째서 아무렇지도 않은 거야?"

드디어 미사코가 입을 열었다.

"그런 게 아냐. 뒤죽박죽 엉망이었어."

미노루는 뒤돌아보았다.

"그럼, 왜, 줄곧 그 여자하고만 이야기했어?"

"…… 그 사람들은 미사쨩이 영어를 모른다고 생각했을 거야. 분명."

"같이 이야기를 나누지는 않아도 춤 출 때에는 부를 수 있잖아…… 윌리엄스도 너도."

"…… 나는 그 여자와 블루스를 출 때도 그 여자에게 아이를 낳게 만들어서 도망치면 어떻게 될까 하는 생각을 했었어. 그러니까 갑자기 몸이 떨리더라고."

"…… 내가 좋아하는 건 미노루의 푸른 눈이 아니야. 마음이야. 그 여자는 푸른 눈에 반한거야. 푸른 눈을 가진 사람은 얼마든지 있는데…… 미노루만 그런 게 아닌데……"

"그 여자애도 나쁜 의도로 한 건 아니었어. 오키나와 여자는 처음이니까 어떻게 대해야 할 지 몰랐던 거야."

"미노루는 그런 걸, 어떻게 알아?"

"그 또래 여자 아이들은 결벽증이 심해. 아버지와 알고 지내는 여자라는 것만으로도 용서할 수 없는 거겠지…… 태도가 왠지 연기를 하는 듯이 보이지 않았어?"

"…… 나, 윌리엄스 씨가 몇 번이나 호텔로 가자고 했지만 한 번도 가지 않았거든. 자기의 예쁜 딸을 나에게 보여 주며 내 콧대를 꺾을 셈이었던 걸까?"

길가의 억새와 잡목이 크게 울렁이며 다가오는 것 같은 기분이 들었다.

"…… 미노루, 어디 가서 이야기 하지 않을래? 나, 이런 기분으론 잠을 잘 수 없어."

"……"

"가까운 곳에 호텔이 있어. 묵고 가지 않을래?…… 손님으로 온 GI와 드라이브하다가 돌아가는 길에 한 번 끌려간 적이 있어."

미사코는 금방이라도 울어버릴 것 같은 촉촉이 젖은 눈으로 미노루를 바라보았다. 미노루는 고개를 끄덕였다.

＊　＊　＊

손짓은 하지 않았지만 발전소 모퉁이에서 나온 택시가 멈추더니 두 사람에게 다가와 기다린다. 두 사람은 택시를 탔다. 면도한 흔적이 진하게 남아 있고 머리를 5푼 길이로 깎은 운전사는 목적지가 근처에 있는 마키미나토(牧港) 호텔이라는 말을 듣고서는 "언니, 지금부터 좋은 데 가나보지?(네에상, 우리카라, 이이안베-시-가야사야)" 하며 간들거리는 웃음과 함께 뒤돌아보았다.

"이 사람은 내 아내야.(우레-,완, 두지루얀두)"

미노루가 말했다. 운전수는 몇 번이나 백밀러를 들여다보고는 입을 다물었다.

호텔 로비와 칵테일 라운지는 색색의 컬러 페이퍼와 전구로 장식이 되어 있었다.

전나무 화분에 달린 조그마한 전구는 잎에 걸린 하얀 솜을 깜빡깜빡 물들이고 있었다. 작은 산타클로스 가방을 들고 삼각 모자를 쓴 외국인과 오키나와인 젊은 여성들은 크게 손을 벌리고 안으며 기뻐하거나 어깨를 늘어뜨리거나 하고 있었다. 크리스마스 선물을 추첨하는 모양이었다.

3층의 트윈 룸으로 안내한 중년의 마른 여성은 좀처럼 사라지려 하지 않았다. 미노루는 25센트 동전을 쥐어 주었다. 여자는 "땡큐 베리 마치." 하고 웃으며 문을 닫았다. 앞니가 두 개 밖에 없는 여자였다.

"이전에 GI와 왔을 땐 바로 옆방이었어. 기억하고 있어."

"……"

미노루는 긴 커튼을 열었다. 돌로 뒤덮인 벌판의 잡초는 키도 작았다. 반대편의 바닷물은 검다. 하얀 띠가 희미하게 움직이고 있는 것은 파도일 거다. 멀리 불쑥 튀어나온 곳에 자리한 미군 비행장 주변에는 불빛이 집중되어 있다.

문득 미노루는 체취를 느꼈다. 방금 전까지 남자와 여자가 이 방에서 서로 엉켜있었던 것이 틀림없다. 미노루는 창문을 열었다. 해풍이 밀려 들어와 커튼이 격하게 춤춘다. 몸이 죄어지는 듯하다. 미사코는 창문으로 고개를 내밀었다.

"이 해풍은 태평양을 건너 온 거지."

이 바다는 동중국해다. 그러나 미노루는 잠자코 있었다.

"여름이 되면 비치에 가고 싶어. 나 수영 잘 해. 이시가키섬(石垣島)에서 대어났으니까. 아, 빨리 여름이 왔으면 좋겠다."

미노루는 창문을 닫으려고 했다. 그런 미노루의 손을 미사코가 저지했다.

"…… 크리스마스이브인데 바다는 왜 쓸쓸해 보이는 걸까?"

"…… 감기, 들어."

미노루는 미사코의 손을 뿌리치고는 창문을 닫았다.

"미노루는 너무 보수적이야. 댄스 교습소에서 아르바이트로 학생들을 가르칠 때 여러 여자들이 귀가 길에 유혹해도 절대로 여자애랑 단 둘이 있지 않았다면서?"

"……"

"오키나와 여자애는 싫은 거야?"

"무슨 소리야."

"아니, 아까는 엄청 즐거운 듯이 춤추고 노래하고 했잖아."

미노루는 암 체어에 앉았다.

"날 경멸하고 있는 거지? GI가 유혹하면 곧장 호텔로 가곤 하니까."

"그런 게 아니야."

"왜? 말해 봐. 미노루의 생각을. 나, 항상 모르겠다고. 진짜 마음을 말해 줘."

"…… 린제이가 나한테는 상냥하게 굴고 미사짱한테는 퉁명스러웠던 건 사실이야?"

"내가 호스티스라는 것을 한 눈에 알아 본 거야. 자기 아버지가 나 때문에 타락했다고 금세 느낀 거지. …… 미노루와 그 여자 아이는 얼굴이나 몸이 아주 많이 닮았어. 미노루는 다른 사람 같았다고."

"내가 아메리카와 닮은 것은 태생적으로 그런 거잖아. …… 어째서 오키나와 남자는 백인 여자를 보고 주저하는 걸까. 백인 남자는 함부로 오키나와 여자를 건드려서 아이를 낳게 만드는데."

'나는 오키나와인이다.' 라고 미노루는 말하고 싶었다. 그러나 그 때 린제이와 떠들고 노래하고 춤추면서 분명 편안함을 느낀 것도 사실이다.

"폭탄을 떨어뜨리듯이 간단히 나를 낳은 사람도 있다고. 죄다 엉망진창으로 만들어 놓고 태평하게 살아가는 자도 있어."

"……"

"엄마가 미치게 된 것은 남자에게 버려진 충격 때문이 아냐. 내 얼굴을 매일 마주보다가 이상해 진거라고. 자기와는 닮지도 않은 아이를 어떻게 자기 아이라고 생각할 수 있겠어? 아무 것도 믿지 못하지 않겠어?"

미사코는 미노루의 손에 자신의 손을 얹었다.

"어쩔 수 없잖아. 이미 지나간 일이야. …… 모두 똑같아."

"모두와 달라. 다른 모양을 하고 있다는 게 분명하게 드러나잖아. 아무리 잊으려고 해도 얼굴이나 손이나 몸이……"

"미노루. 어째서 심각하게 생각하는 거야. 유키코(雪子)는 구론보(흑인에 대한 멸칭)의 아이노코인데도 아무렇지도 않아 해. 한창 신경 쓸 나이지만 말이야. 걔 아직 16살이잖아. 나도 때때로 불쌍하다고 생각하지만 그래도 진짜 아무렇지도 않아. 미노루는 머리칼도 예쁘고 피부도 하얗고, 정말 운이 좋아. 훨씬."

"…… 그 피부색에 눈(雪)이 들어가는 이름이라니."

"그러게. 얄궂기도 하네."

미사코는 익살스럽게 웃었다. "사람의 운명은 눈에 드러난다고 하는데, 미노루는 행복해 질 거야. 깊고 맑으니까…… 작은 내 모습이 그 안에 있어."

"…… 엄마가 미치게 된 것은 당연한 인과응보야."

"그런 말 하지 마. 엄마의 마음을 나는 알아. 어쩔 수가 없었던 거야. 자기가……"

"오케이, 오케이."

미노루는 한두 번 크게 끄덕이더니 웃어 보였다. "크리스마스니까 궁상맞은 이야기는 관두고 밝은 이야기를 하자고."

미노루는 냉장고에서 슈미츠 맥주를 꺼내 두 개의 잔에 부었다.

"자. 메리 크리스마스."

"메리 크리스마스."

미노루는 맥주를 한꺼번에 들이켰다.

나이트 테이블 위의 전화가 울렸다. 미사코가 받았다.

"라운지에서 하는 크리스마스 파티에 오지 않겠냐고. 회비는 5달러래. 어쩔까?"

"여기서 둘이 하자."

미사코는 웃음을 띠우고는 고개를 끄덕이며 수화기에 대고 파티 참가를 거절했다. 미노루는 음악을 틀었다. 둘은 끌어안고 춤을 추었다.

"미안해. 미노루를 기분 나쁘게 만들어서. 사과의 뜻으로 여기는 내가 낼게."

"……"

"…… 나, 오늘 너무 행복하지만 잠은 따로 잘래. 미노루의 기분이 더 나아지도록."

미사코는 까치발로 서서 미노루의 귀에다 대고 속삭였다.

"…… 괜찮은데……"

"난 단순하니까 금방 화내고 울고 그래. 이젠 괜찮아."

여러 곡을 쳤다. 이번에는 미사코가 맥주를 가지고 와서 또 건배했다.

"음, 그저께였나?, 미노루가 나하에 있는 거래처에 갔을 때, 병으로 손을 찌른 GI가 왔었어. 지난번처럼 술에 취하지는 않았지만. 미노루는? 하고 묻더라고. 30분 정도 있다가 가긴 했지만 우리들과는 그다지 말하고 싶지 않는 것 같았어."

"그래?"

라디오에서 '기쁘다 구주 오셨네'라는 노래가 흘러나왔다.

"나, 이 노래, 좋아해."

노래가 끝났다. 미사코는 스위치를 끄고 나이트 테이블에 놓여 있던 메모지에 가사를 적었다.

"가르쳐 줄게. 크리스마스 노래 중에 알고 있는 건 이것뿐이야. 1961년 전에 태어난 예수와 18년 전에 태어난 미노루에게 보내는 크리스마스 선물이야."

소파에 앉은 미사코는 볼을 갖다 대었다. 같이 노래를 불렀다. 몇 번이고 거듭 불렀다. 미노루의 목소리도 점점 분명해져 갔다.

기쁘다 구주 오셨네 만 백성 맞아라

온 교회여 다 일어나 다 찬양하여라

다 찬양하여라 다 찬양 찬양하여라

* * *

손님의 부름을 받은 마담이 카운터에서 나왔다. 스툴에 앉아 농담을 하던 윌리엄스가 진지한 얼굴로 몸을 내밀었다.

"요전에는 우리 딸내미가 실례가 많았습니다. 이해해 주세요."

미노루는 브랜디 글라스를 닦으면서 작게 고개를 끄덕였다.

"필리핀에서 내가 대퇴부에 총을 맞았던 탓인지, 아이는 딸 아이 하나 밖에 생기지 않더라고요."

"……"

"총을 맞은 것은 나인데 나는 절름발이가 되지 않고 딸내미가 절름발이로 태어난 것은 무슨 이유 때문일까요…… 자네도 뭐 좀 마시지."

미노루는 기믈렛(gimlet)을 만들어 윌리엄스의 글라스와 가볍게 부딪쳤다.

"우리 웨스트버지니아 집에서 말이죠."

윌리엄스는 양복 안주머니에서 컬러 사진을 꺼냈다. 커다란 유칼립투스 나무와 굴뚝이 있는 흰 이층집을 배경으로 젊은 시절의 윌리엄스와 그의 아내, 오렌지를 손에 쥔 긴 머리 소녀가 벤치에 앉아 있었다.

"몇 년 전이죠?"

미노루는 무슨 말이라도 해야 한다고 생각했다.

"10년 전 쯤의 일이에요. 오키나와로 오기 직전요. …… 지금 이 집은 처남 가족에게 빌려줬어요."

윌리엄스는 글라스에 남은 위스키를 한 번에 들이켰다. 미노루는 얼음을 넣어 새 잔을 만들었다.

"딸내미가 말이죠. 미노루군. 당신과 프렌드가 되고 싶다며 야단이랍니다. 가끔씩 만나주기도 하고 그래요."

미노루는 자기도 모르게 구석 자리에서 GI들을 상대로 담소를 나누고 있는 미사코를 보았다.

"…… 린제이는 아름다우니까 프렌드가 금방 생길 거예요. 제가 아니라도. 젊은 GI도 많고……"

"딸은 다 자란 어른인데 좀처럼 바깥으로 나가려 하지 않아요. 어렸을 때부터 다리에 신경을 쓴 탓에 심성이 비뚤어진 거겠죠. …… 게다가 GI는 언제나 흥청망청하잖아요. 지독한 일을 당하는 건 여자 쪽이라고요."

그건 오키나와 여자도 마찬가지가 아닌가? 미노루는 그렇게 외치고 싶은 충동을 억누르긴 했지만 린제이를 엉망으로 만들고 싶다는 생각만큼은 사라지지 않았다. 마담이 불렀다. 미노루는 안심했다. 마담은 카운터로 들어왔다.

"버번 한 박스 사다 줘. 전화했는데 배달하는 사람이 오늘 쉬나봐. 정월도 다 지났는데 언제까지 쉴 작정인지…… 히가(比嘉)상점이야. 알고 있지? 돈은 사인으로 대신해 두고."

미노루는 담배를 물고 바깥으로 나갔다. 구정이 지나 얼마간은 따뜻한 느낌이 들었다. 정월에 친척들에게 인사하러 다니지 않은 지 5년이나 된다. 미노루가 좋아하던 친척 여자 아이는 지금 은행에 근무하며 한 아이를 키우는 엄마가 되었다. …… 그 백인 여자에게 아이를 갖게 만든다면…… 마음의 응어리가 풀려 개운해질 것 같다.

"미노루, 가끔씩은 데이트하자고."

벽에 기대어 서 있던 클럽 '문 라이트'의 여자가 말을 걸었다. 미노루는 그냥 지나갔다. 여자는 혀를 찼다. "뭐야, 매번 그냥 넘긴다니까."

카바레 '킹 앤 퀸'에서 일하는 보이는 여러 명의 GI를 끌어들이려고 브로큰 잉글리쉬로 크게 떠들어댔다. 피부가 검고 뚱뚱하며 눈매가 무서운 보이는 끊임없이 입구 간판을 가리킨다. 간판에는 'BANANA 3 CUTS SHOW'라고 쓰여 있었다.

히가상점은 중년 여자 한 사람이 꾸리고 있는 가게다. 미노루는 버번이 든 상자를 어깨에 메고 뒷골목을 따라 바로 돌아갔다. 3층짜리 러브호텔 '바카스' 모퉁이를 돌았다. 미노루는 야자나무 옆에 멈추어 섰다. 흰색, 빨간색, 보라색의 나팔바지를 입은 세 명의 흑인이 호스티스의 손과 발과 몸을 붙잡고 머스탱으로 데려가려 한다. 여자는 오키나와 사투리로 소리치고 있지만 알아듣기 힘들다. 게라레, 게라레라는 영어는 잘 들렸다. 다리를 끊임없이 버둥거리고 있었다. 빨간 파라슈트 스커트가 크게 뒤집어져 넓적다리가 드러났다. 동료로 보이는 살 찐 여자가 가장 작은 몸집의 흑인의 머리를 쥐어뜯으려 했지만 곱슬머리라 잡히지 않는다. 흑인을 가리키며 욕설을 퍼붓고 있는 또 다른 호스티스는 머리빗을 들고 있었다. 한창 머리를 손질하고 있었던 모양이다. 흑인은 뒤를 돌아보자마자 여자의 배를 찔렀다. 여자는 토해 내듯이 신음하며 웅크리고 앉았다. 그러나 곧장 기어서 도망을 쳤다.

"무슨 짓이야. 너무 심하잖아."

미노루와 가까운 거리에 있는 여자가 꽤 유창한 영어로 소리쳤다. 그녀는 가운데 가르마 스타일의 머리를 허리까지 늘어뜨리고 있었다. 작은 몸집의 흑인은 여자를 보았지만 곧 미노루에게 시선을 고정시키며 미노루를 가리키더니 유—, 게라레하고 이를 갈았다. 미노루도 계속 노려보았다. 몸집이 작은 흑인은 주먹을 휘두르며 위협했다. 머스탱의 열린 문을 필사적으로 잡고 그 안으로 들어가지 않으려 버티는 여자를 가리키며 긴 머리의 여자가 소리쳤다.

"이 사람은 내 동생이야. 빨리 놓지 않으면 가만두지 않겠어."

작은 몸집의 흑인은 눈동자를 과장되게 크게 뜨며 놀란 듯한 표정을 짓고서는 "거짓말을 해도 안 돼, 안 돼. 이 여자는 뷰티풀한데 너는 이 모양." 이라며 양 손으로 자신의 눈과 코와 입을 찌그러트려 보였다. 미노루는 무심결에 웃음을 흘리고 말았다. 미노루는 버번 박스를 내려놓고 머스탱으로 다가갔다. 작은 몸집의 흑인의 팔을 잡았다. 단단하고 두껍고 힘이 셌다. 전쟁을 하고 있는 팔이란 생각이 들었다.

"너희들은 훌륭한 병사들이잖아. 제대로 달러가 있을 때 놀러 오라고."

그러자 흑인 한 사람이 여자의 다리를 놓아주며 미노루의 눈앞에서 가슴을 폈다. 마른 체격이었지만 182 센티미터 키의 미노루보다 10 센티미터는 더 커 보였다.

"애들 아직 어려서 말이야, 달러가 생기면 놀러 오라는 말을 한다 해도 어쩔 수 없어."

호스티스 가운데 한 사람이 일본어로 말했다. 갑자기 키다리 흑인이 미노루의 얼굴을 거칠게 잡으며 마구잡이로 흔들었다. 파고드는 손톱 때문에 통증이 느껴졌고 미노루가 휘두른 펀치가 키다리 흑인의 턱에 닿았다. 작은 흑인이 미노루의 허리를 걷어찼다. 미노루가 뒤돌아보자 복서 스타일로 자세를 잡고는 "컴온 베이비 컴온" 하고 손짓을 했다.

미노루는 제정신이 아니었다. 작은 몸집의 흑인은 평소에 군사 훈련을 받고 있는 탓인지 동작이 빨라 미노루의 펀치가 몇 번이나 허공을 가로질렀다. 몸집이 작은 흑인은 입을 크게 벌려 말처럼 큰 이를 드러내고는 킥킥킥하고 웃으면서 뒤로 물러섰다. 그러고는 계단에 다리를 걸치고 휘청거렸다. 미노루는 작은 흑인을 넘어뜨려 말을 타듯 올라타 주먹으로 마구 때렸다. 왜 이렇게 격분하는 것인지, 미노루는 문득 이상하다고 생각했다. 적의 기운을 느끼고 뒤를 돌아본 순간, 누군가 정수리를 위스키 병으로 내리쳤다. 병이 깨졌다. 통증이 머리 전체로 퍼졌고 격렬한 어지러움이 엄습했다. 미노루는 콘크리트 바닥에 양 무릎을 꿇었다. 구경꾼들이 소란스럽게 굴기 시작했다. 소년과 같은 천진난만함을 가진, 동글동글한 눈을 한 흑인은 깨진 병으로 미노루를 꿰찌르는 것을 주저했다. 여러 명의 보이가 무슨 말인가를 고함치며 주변에 둘러 선 사람들 사이를 헤치고 뛰어 들어왔다. 두 사람은 쌍절곤을 휘두르고 있었다. 군중 가운데 몇 사람은 병과 방망이를 들고서 흑인에게 다가갔다. 그러자 몇몇 사람들이 거들기 시작했다, 흑인은 뒷걸음질 쳤다. 뒤를 돌아보면서 걸음을 재촉했다. 보이들이 뒤쫓자 쏜살같이 도망쳤다. 그러나 도망치면서도 흑인 한 사람은 미노루의 버번을 한 병 빼앗아 갔다. 흑인들은 머스탱에 올라 타 문을 연 채로 요란한 바퀴 소리와 경적을 끊임없이 울리면서 중간 샛길로 사라졌다.

"미노루, 싸움한 거야?(미노루, 오-이루시이)"

보이로 일하는 마추-가 물었다. 미노루는 머리를 감싸 쥐고 일어섰다. 현기증이 극도에 달했다. 다시 웅크리고 앉았다. 얼굴에는 피가 흐르고 있었다. "피가 흘러", "누가 약 좀 사 와.", "이하(伊波) 마마, 불러 와."

귀 안쪽에서 소리들이 웅성거리고 있었다. 머스탱으로 끌려들어 갈 뻔했던 호스티스가 미노루 옆에 와 웅크리고 앉았다.

"고마워, 미노루."

미노루는 고개를 끄덕였다. 통증이 밀려왔다.

"병원에 데려가 보는 게 좋아. 피가 많이 나잖아. 아케미."

긴 머리의 호스티스가 말했다.

"병원에 가자. 응? 미노루. 택시를 부를게."

아케미는 미노루의 어깨에 손을 올리고 얼굴을 들여다보았다. 미노루는 현기증을 참으며 고개를 저었다. 병원에 가면 MP가 조사하기 때문에 일이 복잡해진다.

"집으로 데려가자.(야-카이, 소-티, 이가)"

마추-는 그렇게 말하며 다른 보이에게 신호를 보내고는 두 사람이서 어깨로 미노루를 짊어졌다. 아케미는 일어서서 동료 호스티스가 물고 있던 담배를 빼앗아 피웠다.

"색골놈같은 구론보야. 그 녀석들. 달러가 없으니까 그냥 하려고 든 거야. 호텔비도 없으니까 바닷가로 데려가겠지. 이렇게 추운 날씨에 말야.

웃기고들 있어 정말. 우리들을 뭐라고 생각하는 거야?"

"그 구론보 병사들도 언젠가는 베트남에서 죽을 거야. 너, 한 번 해 주지 그랬어."

누군지 어느 여자가 그렇게 말하자 주위의 남녀 할 것 없이 모두 박장대소하기 시작했다.

"바보같은 말(후리무니-) 하지 마요."

아케미의 목소리가 들렸다.

"그래. 아메리카-는 돈이 없을 때가 가장 무서워. 죽일지도 모른다니까."

긴 머리 여자의 목소리인 듯 했다.

"자, 일, 일 하자고. 제대로 돈을 벌지 않으면 월급에서 깔 거야."

어디선가 들리는 마스터의 목소리, 그리고 각자의 가게로 돌아가는 호스티스들의 분주한 소리를 들으면서 미노루는 의식을 잃었다.

＊　＊　＊

미노루는 한낮이 되기 전에 눈을 떴다. 자신의 방 안이었다. 미사코에게 유리문을 열어달라고 부탁했다. 바람은 아직 차지만 해가 드는 쪽은 겨울 같지 않게 따뜻하다. 따다 남은 레몬이 무르익어 썩어가고 있고 그것을 동박새 두세 마리가 쪼고 있다. 마당의 꽃과 풀 위로 쏟아지는 하얀 햇살 때문에 눈이 아프다. 미노루는 다시 이불 속으로 들어갔다.

부엌에 있던 미사코가 차와 우메보시를 가지고 왔다. 미사코는 미노루의 머리맡 가까이에 앉았다. 미사코가 희고 살찐 허벅지를 갖고 있다는 것을 미노루는 처음 느꼈다. 미사코는 입으로 호호 불어 식힌 차를 미노루에게 내밀었다.

"뭐 좀 먹을래? 미노루. 내가 사 올게."

미노루는 고개를 저으며 차를 조금씩 마셨다. 미사코는 미노루의 이마를 어루만져보았다.

"파편이 박히지는 않았대. 의사가 괜찮다고 했어. 그런 일이 벌어질 땐 거들면 안 돼. 보이들이 잘 정리하니까 말이야."

"나도 보이잖아."

미노루는 미사코에게 차를 되돌려 주었다.

"…… 나 흑인이 싫어."

"어째서?"

"……"

"그 자식들 나를 백인으로 오인했던 걸까?"

"미노루는 머리 모양을 GI 컷으로 하면 병사로 오해 받아…… 그러니까 머리 자르지 마."

"GI로 오인 받아서 베트남에라도 가는 편이 속 시원해."

"……"

"미사짱, 너는 마음이 반듯하구나. 그렇게 고생을 했는데도……"

"……"

미사코의 아버지는 게라마(慶良間) 바다에서 침몰 군함을 해체하다가 폭사당해 죽었고, 어머니는 미군 하우스에서 나오는 세탁물을 수집하여 귀가하던 도중에 오키나와 애인에게 쫓기다가 절벽에서 뛰어내려 죽고 말았다.

"미사쨩은 부모님 얼굴을 모르지. 그래서 반듯한 마음을 가질 수 있는지도 몰라. 어중간하게 두 사람 다 살아 있는 경우에는 좋은 꿈을 꿀 수 없어."

"나도 꿈같은 거 꾸지 않아. 그렇지만 이런 가게에서 나를 거두어 줘서 얼마나 다행인지 몰라. 다른 곳처럼 심하지 않으니까."

어머니가 죽은 후, 미사코는 어머니 바로 아래 여동생에게 맡겨졌다. 가난하고 아이가 많은 가정이었다. 입이 하나 더 느는 바람에 부부 싸움이 끊이지 않았다. 중학교에 들어간 뒤로는 약속대로 어머니의 두 번째 여동생에게 맡겨졌다. 그 가정 역시 아이가 많은 집안이었지만 어떻게든 학교는 졸업할 수 있었다.

"담배 있어?"

미사코는 고개를 끄덕이며 테이블 위에 있던 윈스턴을 집어 물고 불을 붙이고서는 강하게 빨아들였다. 목이 메는 듯 했다.

"여기."

미노루의 입술에 담배를 물리고 재떨이를 가까이 가져 왔다.

검은 상복을 입은 마담이 들어왔다. 바나나, 파인애플, 오렌지, 사과, 머스크멜론이 든 과일 바구니를 들고 있었다.

"이제 괜찮아?"

마담은 미노루의 머리맡에 앉았다. "이거, 윌리엄스가 주더라."하며 과일바구니를 놓는다. "아홉 시쯤에 딸이랑 같이 문병 왔더라고. 미사코가 방 안으로 들여보내주지 않았지만 말이야. 이 아이는 왜 그렇게 정색을 했을까. 윌리엄스 딸이 미인(츄라카-기-)이어서 질투가 난 게 아닐까. 애 말이야.”

“질투가 아니에요.”

미사코가 대들었다. “마마는 외동딸이 그런 일을 당했는데 분하지도 않아요? 기쁜가요?”

“여기에 온 손님이 딸을 속인 게 아니잖아…… 이런 일을 하고 있지만 잠깐 시름을 잊을 수 있으니까 그걸로 된 거야.”

마담은 가볍게 넘기며 바나나 껍질을 벗기기 시작했다. 미사코는 마담에게 무슨 할 말이 있는 듯이 그녀를 쳐다보았다. 미노루가 화제를 바꾸었다.

“어디 가?”

“우치마구-(內間) 할머니가 돌아가셨거든. 미사코. 내가 돌아올 때까지 옆에 있어줘. 오늘 밤은 가게에 나오지 않아도 돼.”

미사코는 고개를 끄덕였다.

“어제 말이야, 네가 그런 상태로 실려 오는 바람에 이 아이가 얼마나 당황했는지.”

마담은 또 바나나 껍질을 벗겼다. “약을 사 온 것까지는 좋았는데, 얼음으로 식히려고 했던 것은 좀 그랬어. 감기라고 생각했나 봐. 피가 나니까 하지 말라고 말했는데, 네 엄마 모양으로 정신이 이상해지지는 않을까 걱정할 정도로 허둥댔어. 이런 정신으로 어떻게 호스티스 일을 하는지. 하지만 인기가 있는 편이야, 변함없이. 간병을 할 동안에도 아메리카-로부터 호출이 잦았지. 준이나 가즈코, 나에게는 눈길도 주지 않아.

그 녀석들 눈은 어디에 붙어있는 건지. 정말. …… 미사코, 너, 어제는 좀 잤니?"

마담은 미사코를 보며 말했다.

"잤어요. 마마."

미사코는 눈을 깜빡이며 말한다. 눈꺼풀이 붉어진데다 조금 부풀어 올라 있었다. 마담은 미노루를 보았다.

"왜 거기에서 거든 거야?"

"마마, 같은 오키나와인(우치난− 츄) 여자가 끌려 갈 뻔 했잖아요. 어떻게 보고도 못 본 척 해요. 미노루의 행동은 훌륭했어요."

미사코가 끼어들었다.

"같은 우치난−츄들은 우리들을 보고도 못 본 척 했어. 지금까지."

마담의 얼굴색이 살짝 변했다.

"피가 희지는 않았어? 내 피 말이야."

미노루는 엷은 웃음을 보였다. "…… 계속 오키나와인과 싸움을 해 와서 말이지. 피 보는 일에는 이골이 나 있어."

"한 번도 울면서 집에 온 적이 없었지. 피투성이가 되어서도 말이야."

마담은 미사코에게 말했다. "반드시 이겨. 그냥 적당히 지면 좋을 텐데 완전히 때려눕히고야 만다니까. 소학생 때부터. 미노루 엄마는 학교나 상대방 아이 부모에게 연락받고 가는 일이 허다했어. 애 엄마가 울기도 많이 울었지."

"싸움에서 지면 이 훌륭한 얼굴이 소용없어지잖아."

미노루는 차갑게 웃었다.

"네가 비뚤어지지 않은 게 이상할 정도야…… 여자 아이들에게 인기가 많아서 그런 걸까? 괜찮은 남자라고 생각지 않아? 미사코?"

마담은 미사코에게 오렌지를 건넸다. 미사코는 웃으면서 얼버무렸다.

"애는 잘 웃지 않는데 그게 좋아서 어쩔 줄 모르는 여자 아이도 있었어. 학교 다닐 때도 시계나 옷을 자주 선물 받았지."

"정말이야, 미노루?"

미사코는 미노루의 얼굴을 들여다보았다.

"이상한 동물을 보듯이 신기하게 여겼었어."

"자. 난 간다…… 미사코, 잘 부탁해."

마담은 일어서서 밖으로 나갔다. 갑자기 미사코는 린제이를 왜 방안으로 들이지 않았는지 미노루가 추궁할 것 같은 기분이 들었다.

"미노루의 자는 얼굴을 보다 보니까, 미노루가 아주 멀리 가 버린 듯한 느낌이 들었어, 나."

"…… 어째서?"

"모르겠어…… 희미한 불빛 속에서 미노루의 얼굴을 가만히 보고 있으니까 갑자기 무서워지는 거야. 돌부처같이 차가워서 죽었다고 밖에 생각이 들지 않았어."

미노루는 상반신을 일으켰다. 미사코의 노란 블라우스에 불빛이 비쳐 브래지어가 비쳐 보였다. 가게에서는 느낄 수 없는 성적 매력이 느껴졌다. 미노루는 천천히 미사코의 무릎을 베개로 삼으면서 잠을 청했다. 미사코는 순간 멈칫했지만 미노루의 손가락을 쓰다듬었다. 미노루는 눈을 감았다. 마당에 있는 동박새의 지저귐이 기분을 좋게 만든다.

"…… 앨범 보여 줄까?"

미노루는 천장을 보며 말한다. "날씨가 좋은 탓인지, 머리를 얻어맞아 정신이 이상해진 탓인지 미사짱에게 보여 주고 싶은 마음이 드네. 누구에게도 보여 준 적이 없는데. 볼래?"

"보여줘."

미노루는 일어서서 벽장 안에 있던 종이 박스를 열고는 오래된 앨범을 꺼냈다.

"잭이라는 사람이 나를 낳은 남잔데 이 남자가 산 것은 모조리 엄마가 부수고 태웠어. 이 앨범도 마담이 숨겨 놓는 바람에 겨우 남아 있는 거야."

미노루는 앨범을 펼쳤다.

"사진을 태우면 엄마와 내가 죽는다고 마담은 믿고 있어. 그런데 잭 사진은 한 장도 없어."

미사코는 고개를 끄덕였다.

"…… 어쩜 귀엽기도 하지. 이거 미노루지? 약간 통통한 편이었구나. …… 이 사람은 미노루의 어머니? 아름다운 분이셨구나."

사진 배경에는 십 여 개의 유우나(ユウナ. 오키나와에서 히비스커스 꽃을 가리키는 명칭) 꽃이 피어 있었다.

"어디야? 여긴?"

"미사토(美里), 벌써 팔았어."

"어머니가 몇 살 때?"

"내가 두 세 살 되었을 때니까…… 스물두 세 살 정도. 스무 살에 나를 낳았대."

"그럼 어머니는 아직 서른여덟 살 정도?"

미사코는 고개를 들었다.

"서른여덟이지만 이미 폐인이야."

미사코는 미노루를 바라보았다. 미노루는 시선을 다른 곳으로 돌렸다.

"내가 다섯 살 때 엄마는 그 놈에게 버려졌는데 그 뒤 수개월 간은 보통이 넘을 정도로 난폭하게 굴었다고 해. 몇 번이나 토하면서도 술을 벌컥벌컥 마시고 낮에도 사람을 가리지 않고 격하게 부둥켜안고 한밤중에는 헛소리를 해대고······ 이미 완전히 미쳐있었어."

"미노루는 기억하고 있어?"

"아니 그냥 이사하마(伊佐濱) 해안에서 엄마가 내 손을 잡아끌고서 바다로 들어가려 했던 것은 기억하고 있어. 나는 힘껏 반대쪽으로 엄마를 잡아당겼지. 엄마는 큰 소리로 울었고 울음은 좀처럼 멈추지 않았어. ······ 2월경이었을까. 차가웠던 물도 기억하고 있지."

미사코는 눈을 깜빡이지도 않았다.

"······ 소학교 4학년 때였을까. 경찰이 보호하고 있던 엄마를 찾으러 갔을 때, 조서를 쓰고 있던 경찰관의 태도가 갑자기 난폭하게 변했던 것을 기억하고 있어. 나를 보고는 말이지······"

"······"

"엄마가 염려하던 것은 내가 미성년자인 것도, 아버지가 없는 아이인 것도, 외동이라는 것도 아니었어. 아메리카―의 얼굴을 하고 있는 것이 바로 문제가 되었던 거야."

좀처럼 볼 수 없는 미노루의 빠른 말투에 미사코는 놀랐다.

"미노루의 탓이 아니잖아."

"내 탓이야. 그렇기 때문에 내가 나이가 들어 갈수록 엄마의 발광이 점점 심해지는 거야…… 자신을 버린 아메리카-의 얼굴과 내 얼굴이 점점 닮아가기 때문이지."

미노루는 사과를 베물었다. 그러나 좀처럼 기분이 가라앉지 않는다. 미사코는 앨범을 뒤적거렸다.

"이 사람, 내 할아버지. 어머니의 아버지, 마담의 남편."

미노루는 손가락으로 가리켰다. 백발의, 이상할 정도로 귀가 큰, 야윈 노인이 툇마루에 앉아 있었다.

"할아버지가 아메리카-를 너무도 싫어해서 말이야. 조상님의 얼굴을 볼 수 없다며 자주 위패(토-토-메-) 앞에서 사죄를 하곤 했지…… 때때로 말이야 엄마나 나에게 폭력을 휘두르기도 했어. 물론 술을 마실 때만 그랬지만. 맨 정신으론 아무 것도 할 수 없었어…… 그렇지만 점차 술에 절어서는 생명이 단축되고 말았지. 이런 경우는 지천으로 있는 일이니까 심각하게 생각하지 않아도 되는데, 성격이 워낙 착실한 사람이다 보니…… 삼년 전에 돌아가셨어. 그걸 계기로 할머니는 그러니까 마담은 논밭을 팔아 지금의 A사인 바를 시작한 거야. 엄마는 10년 정도 여기저기 바에서 일했지만 그런 일이 있고부터는 마구 돌아다니거나 한 번 웃으면 웃음을 멈추지 않는 등 꺼림칙한 행동을 해서 어느 가게도 받아주지 않았지. 그래서 할머니는 자신이 가게를 차려서 감시하려고 했던 거야."

미노루는 크게 숨을 들이쉬었다. 사과가 목에 걸려 기침을 했다.

"괜찮아?"

미사코가 등을 쓸어주었다.

"재미없는 이야기지?"

미사코는 두세 번 고개를 저었다.

"힘들었겠구나. 기미코 아주머니에 대해서는 마마로부터 조금 이야기를 듣기는 했지만…… 어째서 그 GI는 미노루의 어머니를 버린 걸까?"

"몰라. 오늘은 그만 관두자…… 너도 먹어."

오렌지 껍질을 까서 미사코에게 내민다.

"…… 미사짱. 피스톨을 구할 수 없을까?"

"피스톨? 왜 그래? 보이로 일하는 마추-라면 입수할 수 있을지도 모르지만…… 그걸 어쩌려고?"

"이런 기분으로 살다가는 언젠가 무슨 일을 저지를 것만 같아. …… 피스톨을 가지고 있다면 아주 안심할 수 있을 것 같아."

"그렇지만 위험해. 그런 거."

미노루는 희미하게 웃어 보였다.

"오히려 가장 먼저 미쳐버려야 할 사람은 나야…… 내 일기장에는 잭의 얼굴을 그린 그림으로 가득해. 내 얼굴이나 마찬가지지. 여러 가지 일을 제멋대로 써 놓아서 누군가 다른 사람이 보면 내가 미쳤다고 생각할 거야. 분명."

"…… 미노루, 교회에 가 볼까? '앤틱'에 일하는 삿짱이 같이 가자고 했거든. 좀 안정이 될지도 몰라."

미노루는 고개를 저었다.

"…… 어제도 그 흑인이 나를 노려봐서 내가 들이받은 거야…… 그 여자를 도와주려고 한 게 아냐."

* * *

겨울 동안 번식한 녹색 해조류가 해안 가득히 펼쳐져 있다. 미노루의 얼굴에 있던 상처도 아물고 없어져 그는 미사코와 개펄 조개잡이에 나섰다. 버스에서 내려 삼십분 정도 걸었다. 음력으로 3월 3일은 지났지만 일요일인 탓인지 사람들이 많다. 큰 파도가 부서지는 먼 모래톱에도 사람이 있다. 미노루는 제방에 올라 미사코를 끌어 올렸다. 평평한 곳에 자리를 잡고 앉아 다리를 흔들며 피로를 풀었다. 발밑에는 모래가 없었다. 모래가 없는 바다였다.

"큰 비닐이구나."

미노루는 미사코의 바구니에서 비지고 나온 비닐봉투를 눈으로 가리켰다.

"나, 줍는 거 꽤 잘 해. 어렸을 때…… 그래, 몇 년 만일까. 바다에 온 게…… 4년은 되는 것 같아."

흐린 날씨였지만 때때로 해가 비쳤다. 긴소매 스웨트 셔츠 겨드랑이에는 땀이 베이고 있었다. 쌀랑한 바닷바람이 얼굴을 스친다.

"앞전에 교회에 갔었어. 삿짱이랑."

미사코는 동쪽에 있는 벼랑을 가리켰다. 희고 작은 교회가 해변 식물들 사이로 보인다. 십자가가 묘하게 커 보여 교회 건물이 불균형해 보인다고 미노루는 생각했다.

"두 시간 정도 이야기를 들었는데, 잘 모르겠더라고. 근데 뭔가 재미있는 것 같았어."

미노루는 관심이 없는 표정을 지어 보였다.

"…… 미노루, 예전의 그 GI야. 이쪽을 보고 있네."

수십여 미터 옆으로 여러 명의 미국인 병사가 큰 소리로 웃고 있었다. 지프 밖으로 다리를 내밀고 자고 있는 이도 있었다.

제방 위에 앉은 채 가만히 이쪽을 쳐다보고 있는 사람은 비오는 날 깨진 병 조각에 손을 베인 GI임에 틀림없다. 미노루는 눈을 돌렸다.

"……미노루, 한 번 가 볼까?"

미사코는 미군 병사를 쳐다보면서 말했다.

"……왜?"

"아니, 계속 쳐다보잖아."

미노루는 이대로 이곳에 앉아있다가는 그 미군 병사가 돌진해 와서 자신을 바다 속으로 밀어 던질 것 같은 예감이 문득 들었다. 그리고 당시 심한 꼴을 당했던 미사코가 그에게 다가가고 싶어 하는 것이 수상쩍었다.

"가 보자."

미노루는 제방에서 내려왔다. 오키나와 사람들은 미군 병사 그룹을 피해 길을 빙 돌아 해변으로 갔다. 미군들은 아직까지도 새된 소리로 웃고 있다. 콘크리트 제방에 빨간 매직잉크로 외설스러운 글자와 그림을 그리고 있었다. 한 사람이 미사코를 발견하고는 푸시(pussy)를 보여 보라며 조롱했다. 미노루는 멈추어 서서 그들을 노려보았다.

"상대하지 마."

미사코는 미노루의 허리를 잡았다. 미노루는 미군 병사들을 쏘아보며 걸었다.

"헬로."

미사코가 그 미군 병사에게 말을 걸었다. 미군 병사의 얼굴은 햇볕에 그을려 있었지만 이상하게도 창백했다. 미군 병사는 고개를 끄덕이며 미사코가 손을 내밀자 악수를 했다. 미노루도 악수했다.

"우리들을 기억해?"

미노루는 영어로 물었다. 미군 병사는 고개를 끄덕였다.

"그쪽으로 올라가도 돼?"

미사코가 올려다보며 말했다. 미군은 고개를 끄덕이며 손을 내밀었다. 미노루도 재빨리 제방으로 올라갔다.

"손에 있던 상처는, 나았어?"

미사코는 미군 병사의 왼손을 만졌다. 미군 병사는 바로 손을 뺐다.

"너희들과 닮아 있어서 나는 바로 며칠 전에도 흑인한테 맞았어."

미노루가 말했다. 미군 병사는 미노루를 보더니 곧바로 수평선 쪽으로 시선을 돌렸다. 그리고는 다시 미노루를 보았다.

"…… 너는 베트남에 가지 않아도 되잖아."

"베트남에 간다고 해서 오키나와 여자들을 마구 함부로 대해서는 안 돼. 베트남 여자가 아니라고."

미군 병사는 의심스러운 듯이 미노루를 쳐다보았지만 이윽고 그 의미를 알아차린 듯 했다.

"우리들을 이런 곳으로 데려오지 않았다면 오키나와 여자들과 잘 필요도 없었잖아. 너의 아버지도 마찬가지고……"

"그럼, 오키나와 여자에게 문제가 있다는 거야?"

"…… 가만히 있을 수가 없어."

미군 병사는 고개를 숙였다. "여자도 술도 마리화나도 필요해. 젊다고. 우리들은."

"여자를 안고 술과 마리화나를 한다고 해서 해결되는 것은 하나도 없어."

"한 시간도 가만히 있을 수가 없다고."

미군 병사는 고개를 들고 미노루를 보았다. 깜빡이지 않는 그의 눈은 충혈되어 있었다. "술을 아무리 마셔도 한밤중에 완전히 깨 버려……"

"너는 자존심도 없어? 좋아하는 여자 앞에서도 꼬리를 감추고 도망갈 거야? 죽는 게 그렇게 두려워?"

미노루의 말투가 점차 강해진다. 미사코는 미노루의 무릎에 손을 얹었다.

"미노루, 이 GI의 잘못이 아니잖아……"

미노루는 자신이 왜 정색을 하고 응수하는지 알 수 없었다. 분명한 것은 이 GI가 나의 아버지가 아니라는 것이다.

미군 병사 그룹이 술렁거린다. 근처 풀숲에서 꺾어 온 판다너스 열매를 제방에 세워놓고 번갈아 돌을 던지며 놀고 있었다. 그러나 돌이 판다너스 열매를 명중하는 일은 없었다. 아직 익지 않은 녹색의 판다너스 열매는 물속으로 떨어져 둥둥 떠다녔다. 이 미군 병사는 판다너스 열매를 바라보고 있다.

"우리나라에 적군이 쳐들어와 눈앞에서 아내와 아이들이 죽음을 당하는 꼴이 벌어져야 비로소 나는 전투심이 생겨……"

"그럼, 오키나와에 있는 오키나와 아내들과 아이들이 죽을 만큼 고통을 받아도 된다는 말을 하고 싶은 거로군. 미국에 있는 남편은, 아버지는."

미노루는 자신도 모르게 말해 버렸다, 미사코가 미노루의 무릎을 흔들었다.

"죽는 것만이 고통스러운 게 아냐. 살아가는 것도 고통스러워. 나는 너 같은 남자를 보면 화가 나."

미군 병사는 얇은 입술을 깨물고 있다. 그러나 미노루는 시선을 피하지 않는다. 아메리카 뮤직이 들려왔다. 미군 병사들은 포터블 라디오를 틀고는 스텝을 밟고 있다. 반팔 오픈 셔츠를 입은 그들의 팔은 솜털 때문에 금빛으로 빛난다.

"그렇게 끙끙대고 있어서는 안 돼. 네 나라로 돌아가고 싶어도 돌아갈 수 없는 처지잖아. 여기에 있는 편이 마음이 놓이지 않아? 여기에는 적이 없어."

미사코가 말했다. 제방에 올라 간 조금 통통한 푸에르토리코 계통의 미군 병사는 음악에 맞추어 몸을 흔들면서 제방 가장자리를 한쪽 발로 걸으며 익살을 떤다.

"적?"

미군 병사는 얼굴을 들었다. "나는 더 이상 누구를 죽여야 할지 모르겠어. 베트콩도 나에게는 아무 짓도 하지 않았다고…… 나는 베트남에서

적을 죽일 수 없어서 오키나와인을 죽이려 하는 지도 몰라…… 나는 너희들 가게가 있는 거리 전체에 독가스를 풀어 모두 죽여 버리고 싶다는 충동에 몇 번이나 휩싸여."

미노루가 입을 열려고 하는 순간 갑자기 미군 병사 그룹이 소란스럽게 군다. 모두 일제히 제방으로 뛰어올라간다. 지프에서 꺼낸 로프를 바다에 던진다. 그 익살을 떨고 있던 병사가 물에 빠진 것이다. 미군 병사는 로프를 잡았어도 좀처럼 올라오지 않고 가슴께까지 잠긴 상태에서 양팔을 벌리며 다시 까불거린다.

"……미쳐버릴 것 같아, 난."

미군 병사는 물속에 빠진 병사를 보지 않고 있다. "난 돌아오는 목요일에 베트남에 가."

묘하게 조용한 목소리다. 미노루는 미군 병사의 옆얼굴을 쳐다보면서 중얼거렸다.

"목요일?……"

"곧 미쳐버릴 것 같은 사람을 전선에 보낼 수는 없으니까 미치기 전에 빨리 보내려는 거야."

한동안 침묵이 이어졌다. 발아래 제방 밑으로 흐르는 물소리는 젖은 수건으로 뺨을 때리는 소리와 닮아있다.

다른 미군 병사들이 수평선, 하늘 끝을 보고 있는 이 미군 병사를 불렀다. 바다에 빠진 미군 병사는 지프 안으로 들어가 알몸으로 앉은 채 요란하게 웃어댄다.

미군 병사가 일어났다.

"내 이름은 제임스."

미노루와 미사코도 일어났다.

"난, 미사코"

제임스는 미노루를 보았다.

"나는 미노루."

제임스는 두 사람과 악수를 하고 제방에서 뛰어 내려 지프 쪽으로 걸어갔다.

"이렇게 헤어지는 게 맘에 걸려."

미사코는 펄럭이는 파란 플리츠스커트 자락을 가볍게 잡았다. "저 사람, 분명히 죽을 거야…… 나 목사님을 불러 올게."

제방에서 뛰어 내려가려는 미사코의 팔을 미노루가 잡았다.

"신부가 아무리 설교한다 해도 어떻게 되는 일이 아니잖아. 신의 힘으로 전쟁을 없애 주십시오, 하는 게 전부야. GI에게 할 수 있는 말이란 그 정도뿐이야."

지프는 흙먼지와 요란한 음악소리를 남기며 난폭하게 판다너스 나무숲 농로 사이로 자취를 감추었다.

"저렇게 심각하게 생각하는 GI도 드물어."

미사코는 미노루에게 다가갔다. "이곳에 오는 자들은 거의가 목숨 따위 돌아보지 않는 막되 먹은 자들인데 말이야."

* * *

미노루는 최근 10여 일 동안 베트남으로 간 그 병사, 제임스가 신경 쓰였다. 여러 미국인이 있구나, 모두가 내 아버지 같지는 않아.

린제이와 데이트를 해 주었으면 한다는 윌리엄스의 부탁을 거절하다가 세 번째 전화를 받고 겨우 허락했다.

오후 3시, '센트럴' 앞에서 린제이를 기다렸다. 그녀는 투 도어 컨버터블의 빨간 외제차를 타고 왔다.

"내가 전화하고 싶었는데 오키나와 관습상 여자가 먼저 다가가면 안 된다고 파파가 말렸어."

쌍꺼풀에 속눈썹이 긴 눈은 웃지 않는다. 핑크색의 테이퍼드 팬츠와 지브라 스트라이프 셔츠를 입고 있었다. 미노루는 조수석에 앉았다.

린제이는 군용 1호선을 꽤 빠른 속도로 달리면서 부모님의 일과 일상, 성격 등에 대해 말했다. 미노루는 건성으로 들었다. 윤이 나는 굵은 웨이브 금발머리는 어깨까지 내려와 있고 바람이 불면 투명하고 흰 옆얼굴이 보인다. 콧날부터 턱까지 부드럽게 흐르는 곡선이 봄날의 하얀 공기에 또렷이 드러났다. 지난 크리스마스 이브 때 본 모습과는 어딘가 다르다. 나의 어머니를 엉망으로 만든 아메리카인과 린제이의 얼굴이 도무지 겹쳐 보이지 않는다. 미노루는 아무 말도 하지 않기 위해 줄곧 윈스턴 담배를 피웠다. 린제이는 알아듣기 힘든 발음으로 마구 떠든다. 나를 미국인이라고 생각하고 있는 건가?

동중국해가 보이기 시작했다. 미노루는 바다를 보았다. 오토바이와 스포츠카를 타며 빈들거릴 듯한 오키나와 드라이버들도 무엇 때문인지 우리들을 조롱하지 않는다. 미사코와 멀리 드라이브를 하면 자주 놀림을 받곤 했었다.

"어째서 너는 자신에 대해 이야기하지 않는 거야? 말하지 않으면 좋은 친구가 될 수 없잖아. 난 너에 대해서 아무 것도 몰라."

린제이가 빠르게 말한다. 순간, 핸들을 놓쳐 차가 꾸불거렸다. 미노루는 당장이라도 내리고 싶었다. 지난 크리스마스 파티도 윌리엄스가 끈질기게 초대했기 때문에 갔을 뿐이다.

"이 봐, 무슨 말을 좀 해 봐. 왜 나만 계속 말하게 만드는 거야?"

"조금만 천천히 말해 줘."

미노루는 일부러 목소리를 낮추고 천천히 말했다. "내 영어 실력은 간신히 알아들을 수 있는 정도야. 난 혼혈아라고."

"U.S.A 국민은 모두 혼혈이야. 나도 독일계고."

린제이는 변함없이 빠른 말투로 말하며 속도를 올렸다. 미노루는 화가 났다.

"어째서 너는 GI들과 교제하지 않는 거지?"

"그 사람들은 데이트에서도 바로 달려드니까 오히려 내가 재미를 못 느껴."

린제이는 미노루의 얼굴을 연신 바라본다. 그 탓에 핸들 조작이 엉망이 되어 반대편에서 오는 차가 격하게 경적을 울린다.

"미사코도 더 이상은 너와 만나지 않겠다고 말했어."

문득 미노루는 그렇게 말했다.

"그 사람이 어떻게 말하든 상관없어. 나는 너와 친구가 되고 싶으니까."

린제이는 노골적으로 입술을 삐죽거리며 미노루를 노려보았지만 차

327

를 세워 그가 내리도록 하지는 않았다.

30분 정도가 지나자 차는 구불구불한 아스팔트 도로를 달리기 시작했다. 양쪽에는 손질된 하이비스커스가 이어지고 도로를 사이에 두고 건너편에는 같은 간격으로 빈랑나무가 늘어서 있다. 외국자본이 투자한 호텔이었다. 미노루도 그 호텔 이름은 알고 있었다.

린제이는 분수 옆에 주차한 뒤 달려 나온 오키나와인 보이에게 자동차키를 맡기고는 계단을 올라갔다. 미노루는 뒤를 따라갔지만 마음이 내키지 않았다. 린제이는 아무 말도 없다.

현관으로 들어갔다. 페이지 보이의 안내로 발코니 옆에 있는 좌석에 앉았다. 린제이는 샬리아핀 스테이크(고기를 두드려 얇게 펴서 강판에 간 양파·마늘에 담가 구운 스테이크. 러시아 성악가 샬리아핀이 일본을 방문했을 때 만든 데서 나온 말)를 주문하고는 밖을 쳐다보았다. 커다란 창문 너머로 울창한 소나무 숲이 있고 그 뒤로 동중국해가 보인다. 레스토랑에서 점심을 먹기로 약속하긴 했지만 이렇게 린제이가 입을 다물고 있으면 도리가 없다. 미노루는 그냥 돌아가는 편이 좋겠다고 생각했다. 그러나 오키나와인 웨이트리스도 다른 외국인 손님도 린제이와 미노루를 이상한 시선으로 보지는 않는다. 미사코와 함께 다닐 때와는 다르다는 것을 미노루는 느꼈다. 어딘가 안정이 되는 것 같다.

린제이가 미노루를 본다. 미노루는 린제이의 흰 목덜미를 본다. 얇은 금목걸이가 눈에 띈다.

"기분 풀어."

린제이는 미노루의 얼굴을 들여다보듯 하며 약간 고개를 갸웃한다.

"…… 태어날 때 어째서 부모를 고를 수 없는 것일까."

미노루는 얼굴을 들었다.

"무슨 소리야? 넌 부모에게 무슨 불만이라도 있는 거니?"

"불만? 나를 이런 모양으로 이 세상에 낳은 것은 누구 책임일까?"

"식사하기 전에 복잡한 이야기는 하지 말자."

요리가 왔다. 미디움으로 굽힌 고기에 프라이드 포테이토, 롤 빵, 그린 샐러드, 콘, 빈, 스프가 달려 나왔다. 미노루는 린제이가 익숙한 솜씨로 포크와 나이프를 사용한다고 새삼 느꼈다.

식사가 끝나자 린제이는 계산대에서 사인을 했다.

"이곳 주식의 반 이상을 파파가 가지고 있어. 너도 언제든지 와도 돼."

미노루를 끄덕였다.

"차가 있는 데까지 걸어가자."

미노루가 무심결에 제안했다. 아름다운 여자가 절뚝거리며 걷는 것을 보자 잔혹한 쾌감이 일어났다.

풀장의 푸른 물은 투명하게 비치고 있었다. 바람에 나무가 흔들리고 쌀쌀한 겨울바람을 맞으며 지낸 나뭇잎은 끝이 둥글게 말려 떨어진다. 커다란 벚꽃나무에는 새 잎이 돋아나고 있다.

"파파가 제일 처음 전화했을 때 같이 왔다면 만개한 벚꽃을 볼 수 있었을 텐데."

린제이는 벚꽃나무 둥치에 기대어 보이에게 차를 가져오도록 신호를 보냈다.

차는 고자로 향했다. 게임과 골프, 볼링을 함께 하자고 린제이가 제안했지만 미노루는 영화를 보고 싶다고 주장하며 양보하지 않았다. 그다지 사람들 눈에 띄고 싶지 않았던 것이다.

멀리 아까 그 호텔이 보인다. 미노루는 문득 호텔 방안을 상상했다. 나의 섹스는 미사코보다도 이 여자와 닮아있다고 지금 처음으로 느끼게 되었다. 나만 입을 다문다면 이 여자와 잔다고 해도 누구도 알지 못할 것이다. …… 아니 이 여자는 미사코에게 발설할 지도 모른다. 린제이는 끊임없이 말을 걸지만 미노루는 건성으로 대답할 뿐이다. 린제이는 미노루의 주의를 끌기 위해 애썼다.

"전쟁도 사업도 할 수 있는 남자는 여자에게 상냥하게 해야만 해. 너도 뭔가 해 보지 않을래? 내가 파파에게 도와달라고 말해 줄 수 있어."

"난 아무 것도 하고 싶지 않아."

〈벤허〉가 로드쇼를 하고 있었다. 미노루는 매표소에서 아무 말 없이 손가락 두 개를 펼쳐 보이며 티켓을 구입했다. 영화관 안에서도 린제이는 말을 계속 걸다가 결국 뒷좌석에 있던 미군 병사에게 샤랍!이라는 주의를 들어야 했다. 린제이는 뒤돌아 남자를 쏘아보고는 혀를 찼다. 말을 걸지 않는 대신 린제이는 미노루의 팔에 팔짱을 끼고 어깨에 뺨을 놓았다. 조용한 잠을 부르는 꽃다발 향기가 났다.

영화관에서 나오니 밖은 어두워져 있었다. 쌀쌀하다. 린제이는 카디건을 걸쳤다.

"나 오늘 밤에 집에 들어가지 않아도 돼. 파파도 알고 있어."

"난 일이 있어."

"나이트클럽에 가자. 나 좋은 곳을 알고 있어."

"……다음에."

"그럼 네 가게에서 마시자."

"오늘은 가게에 나가지 않는 날이야. 물건 사고 또 수금하는 날이라고."

미노루는 거짓말을 했다.

"……"

"난 걸어서 갈게. 가까운 양주점에 들러야 할 일이 있어서."

린제이는 미노루의 가슴에 손을 얹고는 재빠르게 키스를 했다.

"그래. 전화할게. 또 만나."

린제이는 절뚝거리면서 보도블록이 깔린 길을 걸어갔다. 테이퍼드 팬츠에서 크고 둥글게 붉어져 나온 다리가 가로등 불빛에 분명하게 비치고 있었다.

결국 '요전 문병 때 가지고 온 과일들 고마웠어.'라고는 말하지 못했다. 입술에는 묘한 감촉이 남아 있다.

＊　＊　＊

4월 말이다. 뜨뜻미지근한 밤이다. 미노루는 켄트(필터가 달린 궐련의 상품명) 봉지를 안고 '센트럴'로 돌아왔다.

카운터에 있던 마담이 손짓을 한다.

"이 아이가 아까부터 기다리고 있었어."

노란색 튜닉 수트(약간 기장이 긴 재킷으로 홀쭉한 스커트와 짝지어 입는 옷)를 입은 여자가 스툴을 돌리며 뒤를 돌아본다. 린제이였다. 회전하는 미러 볼이 린제이의 얼굴과 목덜미를 빨갛고 파랗게, 그리고 푸르고 노랗게 물들인다. 미노루는 카운터로 들어갔다.

"이삼일 전에 영어로 전화했던 여자가 바로 이 아이? 윌리엄스에게 이렇게 큰 딸이 있었다는 건 몰랐네."

마담은 아이스 피크로 얼음을 깨면서 말한다. 미노루는 대꾸하지 않고 위스키 잔을 새로 만들었다.

"마담에게서 네가 어떻게 자랐는지 물었어. 네가 나에게 말해주지 않으니까."

린제이는 그렇게 말하며 스크류 드라이버를 입으로 가져갔다. 미노루는 마담을 노려보았다.

"아무 말도 하지 않았어. 네 나이랑, 네 아버지가 미 해병대였다는 사실, 그리고 내가 네 할머니라는 것만 이야기했어. 네 엄마는 죽었다고 둘러댔고."

마담은 일본말로 크게 이야기했다. 주크박스의 음악이 시끄러웠다.

"너도 마시고 싶은 거 마셔."

린제이가 말했다. 아버지 윌리엄스의 말투와 닮아있다. 미노루는 데킬라를 만들어 글라스에 부었다.

화분에 심은 나무 그림자가 드리워진 자리에서 미사코의 목소리가 들렸다.

"마마, 이 GI가 저 금발 여자를 불러오래요."

"그 여자는 손님이라고 말해 줘."

마담은 미군 병사에게 손과 목을 동시에 흔들어 보였다. 가즈코가 얼음을 가지러 왔다. 빨갛게 물들인 덥수룩한 파마머리를 쓸어 올리면서 옆 눈으로 린제이를 본다.

"춤 가르쳐 줘. 아까 마담이 너 프로처럼 춤을 잘 춘다고 하더라고."

린제이가 말했다.

"다리가 그 모양이면 춤을 출 수 없잖아."

미사코가 말했다. 미노루가 쪼그리고 앉아 아이스 페일에 있던 얼음을 넣는 사이에 미사코는 가즈코의 허리를 안으며 린제이 옆에 서 있었다. 린제이는 고개를 들고 미사코를 쏘아보았다.

"기회가 되면 가르쳐 줄게."

미노루는 그렇게 말하며 아이스 페일을 카운터로 보냈다.

"나, 바이올렛 한 잔 더 줘."

미사코는 칵테일 글라스를 미노루에게 내밀었다. 미노루는 칵테일 글라스를 받아들고는 미사코를 바라보았다.

"갖고 와."

미사코는 자리로 돌아갔다.

"가즈코, 미사코가 너무 마신 건 아냐?"

마담이 말했다.

"원인이 여기에 있잖아요."

가즈코는 린제리를 턱으로 가리킨다. "마마, 이 양키 아가씨, 미노루에게 반한 거 맞죠?"

"그런가?"

마담은 미노루를 본다. "미사코에게 갖다 줘."

"미노루는 백인들에게 인기가 있네."

가즈코는 엷은 웃음을 보이며 아이스 페일을 가지고 자리로 돌아갔다.

미노루는 바이올렛을 미사코에게 건네러 갔다. 미사코는 덩치가 큰 두 미군 병사 사이에 끼어 있었다. 비좁은 자리 사이로 목을 내밀어 미노루를 본다.

"미노루, 저 아이 너무 오래 여기 있는거 아냐? 뭐 하러 온 거야? 얼른 집으로 돌아가면 좋을 텐데."

"……"

미사코는 일어나 양 손으로 털이 텁수룩한 미군 병사의 팔을 끌어당긴다.

"저 아이를 데리고 호텔이라도 가라고. 너희 나라 여자잖아. 가."

미군 병사가 미사코를 뿌리쳤다. 비틀거리는 미사코를 미노루가 부축하여 자리에 앉혔다.

"어째서 아메리카─ 여자가 이런 곳까지 오는 거야. 미노루. 어째서냐고. 우리들을 바보취급하고 있어."

"정말 그래."

준은 옆 자리에서 미군의 목을 양 손으로 껴안고 있다. "이것들 우리들한테는 여기저기 마구 만지면서 저 양키 딸내미한테는 손가락 하나 건드리지 못해."

긴 머리를 포니테일로 묶고 추잉 검을 씹고 있는 준은 오늘 빨간 미니 서큘러(circular) 스커트를 입고 있어서 중학생으로밖에 보이지 않는다.

미노루는 카운터로 들어갔다.

"댄스, 우리 집에서 가르쳐 줄래? 내가 매일 차로 데려다 줄게."

린제이는 고개를 기울이며 미소를 지어 보였다.

"……좀 있다가. 요즘 바빠."

"언제까지 기다려? …… 같은 걸로 한 잔 더 줘."

미노루는 스크류 드라이버를 부었다. 블루스를 추고 있는 미사코가 미군 병사 어깨너머로 린제이를 본다.

"너, 뭘 좋아해?"

"뭘 좋아하다니…… 그다지…… "

"이거 줄게."

린제이는 중지에 끼고 있던 링을 빼낸다.

"됐어."

"껴 봐."

린제이는 주저하는 미노루의 왼손을 잡고는 새끼손가락에 링을 껴 보았다.

"이것 봐, 제대로 들어가잖아. 꼭 맞지?"

블루스를 추던 미사코가 춤을 그만두고 린제이에게 다가 와 어깨를 흔들었다.

"너의 파파는 나를 안기도 하고 사기도 해. 나를 말이야."

"미사짱."

미노루는 강한 어조로 말했다.

"파파가 그런 짓을 할 리 없어, 마마도 있는데."

린제이는 어깨에 얹힌 미사코의 손을 뿌리쳤다.

"와이프가 재미없어진 거야. 젊은 여자가 좋아진 거라고. 너나 나와 같은."

"미사코, 그만 해."

마담이 일본어로 말했다.

린제이는 한동안 고개를 숙이고 있다가 뒤를 휙 돌아보고서는 미사코의 얼굴에 스크류 드라이버를 끼얹었다.

"무슨 짓이야?"

미사코는 린제이의 머리를 움켜쥐었다. 린제이가 미사코의 목을 조르려 하는 순간 스툴이 넘어져 두 사람은 마루 바닥에 뒤엉키고 말았다. 서로 욕을 퍼부으며 싸운다. 미군 병사는 두 사람을 에워싸고 손뼉을 치며 소리 높여 웃었다. 미노루는 두 사람을 서로 떼어 놓고 일으켜 세웠다. 린제이가 꼼짝 못하도록 가즈코가 그녀를 뒤에서 붙잡고 있다. 미사코는 숨을 헐떡이면서 미노루를 내치려 한다.

"오늘 좀 이상해."

"이 여자애랑 드라이브했지?"

미사코는 미노루를 올려다본다. 미노루는 자신도 모르게 고개를 옆으로 저었다.

"거짓말, 준짱이 제대로 목격했어."

"……"

"근데 참 예쁘게 생겼네."

마담이 린제이를 타일러 스툴에 앉히는 것을 보며 준이 말했다.

"우리들이 조금도 따라 갈 수 없을 정도야."

가즈코가 덧붙였다.

"조금 정도가 아니지."

준은 가즈코의 얼굴을 들여다보며 큰 소리로 웃었다. 미노루가 노려본다. 준은 곧장 입을 다문다.

"미사짱, 이 여자애보다 네가 더 매력 있어. 그렇지, 준?"

가즈코가 말한다. 준은 고개를 끄덕였다.

"저기 저 GI를 상대하기나 해."

미노루는 눈으로 가리켰다. 미군 병사는 린제이에게 무슨 말인지 이야기를 걸고 있고, 린제이는 잠자코 있다. 미노루는 미사코를 보았다.

"어째서 상냥하게 대하지 않는 거야?"

"저 사람이 나에게 상냥하게 대하지 않으니까."

미사코는 가즈코와 준, 기미코 아주머니가 서 있는 나무 화분 그늘로 다가갔다.

"…… 지금까지 열심히 살았고…… 조금 안정이 되니까 사랑놀음 흉내라도 내 보고 싶은 거구나."

미사코는 희미하게 웃었다. "분수에 맞지 않게."

"그렇지 않아, 미사짱, 우리들이 연애한다고 해서 이상할 게 없어. 그렇죠, 기미코 아주머니."

준은 미사코의 손을 잡은 채 기미코 아주머니를 본다.

"이 아줌마는 제외시켜 줄래? 그래, 이것 말고 여자에게 또 뭐가 있겠어."

기미코 아주머니는 마디가 굵어진 엄지손가락을 세우고는 거기에 키스를 하는 흉내를 내었다.

"나 갈래."

미사코가 말했다.

"무슨 말을 하는 거야. 저런 아이들 아무 것도 아냐. 자, 춤이라도 추자고."

준은 음악에 맞추어 몸을 흔든다.

"어지러워."

미사코는 화장실로 들어갔다.

린제이도 일어섰다.

"내가 차까지 같이 가 줄게. 이 주변에는 이상한 사람들이 있어서 말이야."

미노루는 카운터에서 나왔다. 미군 병사들도 따라 나온다. 린제이는 입구 계단에서 발을 잘못 딛는 바람에 휘청거렸다. 준과 가즈코가 서로 얼굴을 쳐다보면서 소리를 죽이고 웃었다. 미노루는 그런 두 사람을 쏘아 보았다. 두 사람은 미군 병사를 데리고 가게 안으로 들어갔다.

린제이는 앞을 가만히 응시하면서 걸음을 재촉한다. 절룩거림이 격해진다.

"여자가 이런 데 오면 안 돼."

린제이는 미노루를 보지 않는다.

"나는 오키나와인이 아니라서 저런 여자들 마음을 잘 모르겠어……
그런데 마담은 좋은 사람인 것 같아."

"미노루~"

'미시시피'의 삐끼 보이가 미노루를 부른다. "그 아메리카− 여자, 나에게 팔아. 오키나와(우치나−) 남자들이 눈이 뒤집힐 정도로 좋아할 거야."

벽에 기대고 서 있던 호스티스가 배를 잡고 높은 웃음소리를 낸다.

"……나, 항상 집에 틀어박혀 지내서 사람들을 만날 기회가 그다지 없어. 그래서 이럴 땐 어떻게 해야 하는지 잘 모르겠어."

"미사코는 취했었어. 오늘"

"네가 잘못한 거야. 몇 번이나 전화했는데 받지 않아서."

린제이는 재빨리 미노루의 윗옷 주머니에 지폐를 구겨 넣고는 빨간 컨버터블 자동차 문을 열고 탔다.

"정확하게 말하자면 너희 두 사람은 연인관계인 거야?"

린제이는 창문을 내려 얼굴을 내밀었다. 미노루는 고개를 옆으로 저으며 린제이가 넣은 지폐를 돌려주려고 했다.

"술값이야."

린제이는 차를 출발시켰다. 10달러 지폐 3장이 들어 있었다. 너무 많은 돈이다. 돌려줘야만 한다고 미노루는 생각했다. 린제이가 왜 가까워지려고 하는지 그 본심도 알고 싶었다. 그렇다고는 하지만…… 미사코는 어째서 그런 행동을 한 것일까. 작년까지 내가 댄스홀에서 여러 여자들과 춤을 춰도 아무 신경도 쓰지 않았는데.

* * *

다음 날, 미사코는 가게에 나오지 않았다. 그렇다고 다이얼을 돌릴 수 없다. 린제이로부터 전화가 올 지도 모른다. 미노루는 글라스를 씻으면서도 귀를 쫑긋 세웠다.

9시가 되기 전에 전화가 울렸다.

"어젠 미안했어, 미노루. 내가 술에 취해서 뭐가 뭔지 몰랐던 거야."

"……."

"화났어?"

"……아니."

"그냥 잊어버려."

미사코 자신이 어제의 일을 잊고 싶어 하는구나, 하고 미노루는 생각했다. 일부러 밝은 척 연기를 하고 있다.

"OK."

"잘 됐다. 저기, 미노루. 내일 말이야 너희 엄마 병문안 같이 가지 않을래? 날이 좋으면 같이 가자고 미노루가 말했었잖아."

"그랬나? 잘도 기억하고 있네…… 같이 갈까?"

다음 날, 두 사람은 류큐정부가 세운 K병원 입구에서 버스를 내렸다. 채소와 고구마 밭 사이를 가르는 하얀 길을 올라갔다. 봄 안개가 피어 있다. 부드러운 바람이 나무 사이로 전해온다. 멀리 붉은 기와집 지붕에 고이노보리(5월 5일 남자 아이의 성장과 출세를 기원하는 잉어 깃발)가 펄럭이고 있다. …… 5월 5일이 되기까지 앞으로 일주일 남았다. 미노루는 멍하니 생각에 잠겼다.

하얀 건물의 외벽은 누렇게 변해 있고 거기에는 여러 군데 거뭇한 얼룩이 피어 있었다. 잔디 광장을 천천히 오가는 사람도, 소나무나 구와디-사- 나무 그늘 벤치에 가만히 앉아 있는 사람도 환자인 듯 하다. 나비를 뒤좇는 베레모 소녀가 두 사람 앞을 지나친다.

"환자일까? 괜찮은 호스티스도 될 수 있을 텐데. 예쁘잖아⋯⋯"

미사코가 그렇게 중얼거렸다. 작은 새들의 지저귐이 무척이나 많이 들린다. 현관 옆 철망 안에는 여러 종류의 작은 새들이 몇 십 마리나 살고 있다.

두 사람을 안내하던 간호사는 여자 개방병동 문을 열쇠로 열었다. 제각기 다른 방향을 보며 구석에 가만히 앉아 있던 젊은 여자와 나이 든 여자들이 일제히 일어나 다가왔다. 긴 복도를 지난다. "무슨 일이야?", "무슨 일?", "무슨 일로 온 거야?", "넌 누구야?" 여러 명의 여자들이 계속 따라온다. 흰머리가 어지럽게 흐트러진 노파도 마룻바닥을 기어서 따라온다. 노파의 잠옷은 더러워져 있다. 미사코의 하얀 원피스 자락을 누군가 움켜쥔다. 머리카락이 허리까지 오는 젊은 여자다. 얼굴이 굳어진 미사코는 간호사의 등을 응시한 채 빠른 걸음으로 따라간다.

"이거 얼마야?"

머리가 긴 여자가 미사코의 원피스 자락을 뒤집으며 안을 들여다본다.

앞니가 없는 중년 여자가 입을 크게 벌리며 웃는다. 그러나 웃음소리는 들리지 않는다.

"여기서 기다리세요."

간호사는 두 사람을 면회실로 안내하고는 문을 걸어 잠근다. 저 간호사도 이상한 것은 아닐까. 미노루는 문득 그런 생각이 들었다. 여자들은 문고리를 잡아당기기도 하고 두드리기도 하고 제각기 무슨 말을 하기도 한다. 미사코는 의자를 미노루 쪽으로 가져가 미노루의 팔에 팔짱을 끼고 잠자코 있었다. 오랜 시간을 기다린 것 같았지만 이삼 분 후에 문이 열렸다.

"말씀이 끝나면 신호를 보내주세요. 출구는 알고 계시죠?"

간호사는 안쪽에서 문을 잠그도록 주의를 주고는 방을 나갔다. 미노루의 어머니는 대량의 약물 투여와 규칙적인 식사, 거기에 극단적인 운동 부족임에도 불구하고 입원 전보다 말라 있었다.

"이거 할머니가……"

미노루는 사—타—안다기—(サーターアンダーギー. 오키나와의 뒤김 과자)와 과일꾸러미를 테이블 위에 놓았다. 어머니는 천천히 고개를 들었다.

"누군가 면회 왔다고 해서 몇 번이나 빗질을 했는데 제대로 되지 않아서……"

"예뻐요. 아주머니."

미사코가 말했다. 고개를 숙인 어머니의 눈은 무겁게 흐려져 있었고 그 눈은 미사코, 그리고 미노루를 바라보고 있었다. 눈 속 깊은 곳에 모여 있던 빛이 반짝이기 시작한다.

"……미노루?"

어머니는 가만히 미노루를 바라보았다. 미노루는 크게 고개를 끄덕였다.

"잘 몰라보겠어. 겨우 옛날 일을 기억해 내면 약을 먹이니까…… 너는 미사짱이지? 넌 알아. 예뻐졌구나. 몇 살이지?"

"열 일곱이예요. 아주머니."

"얼른 시집가야지. 그렇게 넋 놓고 있어서는 안 돼."

미사코는 미소를 지어 보였다.

"그렇지만 결혼해도 방심해서는 안 돼. 지키지 않으면 안 된다고."

미사코는 무슨 뜻인지 잘 알지 못했지만 고개를 끄덕였다.

"미노루."

어머니는 몸을 내밀었다. "네가 결혼할 때까지 건강한 모습으로 지내고 싶었어. 용서해. 못나게 구는 걸. 응? 응?"

"아주머니 잘못은 하나도 없어요. 잘못한 게 없다고요."

미사코가 말했다.

"미사짱. 너 거기."

어머니는 미사코의 가슴을 가리켰다. "거기 뭐가 들어 있어?"

미사코는 진심인지 농담인지 알 수 없어 어정쩡하게 웃었다.

"분명하게 말하지 않으면 모르잖아."

어머니의 목소리가 사나워졌다.

"가슴요. 아주머니."

미사코는 놀라서 그렇게 대답하고는 미노루를 보았다.

"여자라면 누구든 있잖아."

미노루가 중간에 끼어들어 도와준다.

"그지, 그지."

어머니는 고개를 갸웃하며 자신의 가슴을 본다. 어머니는 한동안 고개를 숙이고 있었지만 다시 얼굴을 내밀고 미노루를 보았다.

"넌 미노루? 난 잭이 온 건 아닌가 하고 깜짝 놀랐어. 아직까지 가슴이 쿵쾅거려.”

“아버지 사진 있어?”

“있지만 보면 안 돼.”

“왜?”

“그래, 보여 줄게. 그렇지만 지금은 안 돼. 스무 살이 되면.”

“난 벌써 스무 살이 되었어.”

“거짓말! 나를 속일 생각이라면 가만 두지 않겠어. 속일랑 치면……”

미사코는 가만히 미노루의 무릎을 가볍게 찌른다. 어머니는 바로 기분을 풀었다.

“잭은 아직 못 찾았어?”

“……전쟁에서 죽어 버렸어.”

미노루는 어머니를 바라본다.

“거짓말 하지 마! 저기 미사짱, 너 미군의 허니지? 잭의 허니지?”

미사코는 몇 번이나 고개를 옆으로 흔들었다. 눈가가 일그러지고 약간 나온 입술은 흔들린다.

“나 미노루라고. 너무 말을 많이 하면 지치게 될 거야.”

미노루가 말한다.

“……미노루구나. …… 네 아빠는 멋졌어. 너도 점점 닮아가는구나. 난 말이야, 몇 번이나 프로포즈 받았어. 성대한 결혼식도 했는데.”

사실 결혼식은 올리지 않았다.

“잭은 지금 없지만, 그런 훌륭한 사람에게 사랑받았다는 사실은 앞으로도 마음 속의 버팀목이 될 거야…… 그렇지 않아?”

어머니는 미사코를 보았다.

"미사쨩! 너 손톱을 그렇게 빨갛게 칠해서는 안 돼. 아메리카—가 쫓아 온다고. 얼마나 무서운지 알아. 아메리카—는 무서워."

노크 소리가 들렸다. 대답도 하지 않은 사이에 문이 열리고 아까와 다른 간호사가 들어왔다.

"식사시간입니다. 면회를 마무리해 주세요."

키가 작고 이중 턱을 가진 간호사가 재촉하는 바람에 두 사람은 일어섰다.

"벌써 가는 거야? 그래? 배웅할게."

복도를 걸어가자 다시 여자들의 무리가 모여들었다. 비쩍 마른 노파가 앞길을 가로 막았다.

"매일 밤 저 세상(구소—)만을 생각해. 앞으로 삼 개월 정도밖에 살 수 없어. 할아버지가 빨리 오라고 속삭여. 구소—에는 전기나 먹을 게 있을까? 구소—에는 돈을 가지고 갈 수 없겠지? 모두 너에게 줄게."

노파는 한스러운 듯 사투리로 말하고 가슴 품을 뒤적였다. 간호사는 무표정하게 지나갔다.

어머니는 현관 밖으로 나오려 했지만 접수실의 사무원 여자가 말리는 탓에 창문 옆에 서 있을 수밖에 없었다.

"내가 여기서 나갈 수 있게 너도 의사 선생님에게 말해 줘. 미노루."

미노루는 작게 고개를 끄덕였다. '엄마, 조금만 참아.' 하고 미노루는 큰 소리로 말하고 싶었다.

"엄마, 얼른 돌아 와. 내가 청소랑 빨래 해 줄게."

"그 정도는 나도 할 수 있어. 그렇지만 이번 추석 즈음에는 집으로 불러 줘. 응?"

두 사람은 고개를 끄덕이며 걸어 나갔지만 어머니가 금세 뒤에서 부르는 바람에 걸음을 멈추고 뒤를 돌아보았다.

"미노루, 아버지를 미워하면 안 돼. 내가 나빴던 것뿐이니까. 얼른 나아서 너에게 도움이 되고 싶어. 조금만 기다려 줘."

자귀나무 숲에 가려 병원 현관문은 더 이상 보이지 않았다.

"계속 서 있었어, 아주머니."

미사코가 말했다. "어째서 좀 더 상냥하게 대하지 않았던 거야?"

"……매일 밤 자기 전에 불쌍하게 생각하고 있어.……때때로 증오하기도 하지만. ……내가 버려진 건 엄마 때문이기도 해. 엄마는 극단적으로 질투가 심했어. 잭이 다른 여자와 말하거나 춤을 추거나 하는 것만으로도 미친 듯이 날뛰었거든…… 뭐 좋게 말하면 잭을 너무 사랑한 거지."

고구마 밭의 둑에서 구바가사(クバガサ. 야자과의 나뭇잎으로 만든 원추형 모양의 모자)를 쓴 노인이 도시락을 먹으며 두 사람을 쳐다보고 있었다.

* * *

5월 5일 어린이날에 윌리엄스가 '센트럴'에 왔다.

"미노루 군, 나 상당히 기분이 나빠."

윌리엄스는 거칠게 스툴에 앉았다. 린제이가 일렀구나, 미노루는 금방 알아차릴 수 있었다.

"무슨 일인가요?"

그러나 미노루는 아무렇지도 않은 듯이 물수건과 아이스 워터, 그리고 재떨이를 가지고 왔다.

"마담도 여기에 불러 와."

윌리엄스는 구석 자리에서 미군 병사와 엉켜있는 마담을 눈으로 가리켰다. 미노루는 손가락으로 소리를 내어 마담에게 신호를 보냈다.

"정말, 아메리카─는 여자 나이도 모르나봐. 이런 할머니에게 엉겨 붙으려고 한다니까."

마담은 카운터로 들어갔다.

"오랜만이야. 윌리엄스. 잘 지냈어?"

영어로 말했다.

"마담, 너희 가게에 있는 미사코는 나쁜 사람이야."

"미사코? 왜?"

"나와 호텔에 갔다며 그런 말을 하고 다니잖아. 정말 곤란하다고. 그 덕분에 우리 가족은 완전히 엉망이 되었어."

"간 건 사실이잖아."

마담은 그렇게 말하면서 윌리엄스가 보관해 놓은 나폴레옹을 꺼냈다.

"난 안 갔어!"

윌리엄스는 주먹으로 카운터를 내리쳤다. "친선을 위해 크리스마스에 초대해서 린제이도 소개했다고."

미노루는 담배 연기를 내뿜었다.

"호텔에 간 건 사실이지?"

"너까지 그런 말을."

윌리엄스는 기름이 흐르는 얼굴을 들어올렸다. '네가 이 가게에 오는 것도 미사코의 몸 때문이잖아.' 라고 미노루는 말하려 했지만 입을 다물었다.

"미사코는?"

윌리엄스는 마담을 보았다.

"일하는 중이야."

"여기에 불러 와."

마담은 윌리엄스에게 얼굴을 가까이 가져가 여러 모로 달래도 보고 어르기도 했지만 윌리엄스는 넘어가지 않았다.

"어쩔 수 없군. 미노루, 데리고 와."

음악이 시끄럽지는 않았지만 미군 병사들에게 둘러싸인 미사코는 일부러 소란스럽게 굴며 카운터를 보고도 못 본 척 했다. 미사코는 윌리엄스에게 아는 척도 하지 않았다. 마담이 대략 이야기를 전해 주었다.

"거짓말이에요. 마마. 저 사람이 나를 끈질기게 꾀었다고요. 두 번이나 호텔에 갔어요."

미사코는 일본어로 말하고 다시 영어로 반복했다.

"나는 정말로 기억이 나지 않아, 마마."

윌리엄스는 주변을 신경 쓰고 있었다.

"거짓말이에요. 이 사람 거짓말하고 있어요. 마마."

미사코는 다시 자리로 돌아갔다. 윌리엄스가 미사코의 팔을 확 붙잡았다.

"무슨 짓이에요? 놔요."

뿌리치려고 했지만 윌리엄스는 더욱 세게 미사코의 팔을 쥐었다. 점차 통증이 팔을 마비시킨다.

"미노루, 도와줘."

미사코는 미노루를 보았다. 미노루가 카운터에서 나왔다.

"놔 줘! 윌리엄스. 미사코는 가야 해."

마담이 말했다. 윌리엄스는 미노루의 무서운 기세를 보고는 팔을 놓아 주었다,

"미사코, 윌리엄스와 함께 식사라도 하고 와. 응?"

마담이 말했다. "식사자리에 와이프가 온 대. 와이프에게 한 마디 해 줘. 호텔에 가지 않았다고 말하면 돼. 응? 미노루와 같이 다녀와."

"마마, 정말 저 사람과 호텔에 갔다고요."

"그래. 알겠어. 남자와 여자니까 당연히 갔겠지. 그렇지만 그건 자랑거리가 되지 않아."

"자랑하는 게 아니잖아요. 마마. 나를 거짓말쟁이로 만드는 게 싫어요. 준짱에게 물어 보면 알 수 있을 거예요."

"아무럼 어때. 말 한마디면 모든 것이 끝나. 거짓말을 하기도 하고 거짓말을 듣기도 하는 거야. 그런 것 신경 쓰지 마."

"얼른 가자고. 바로 준비 해."

미사코가 식사 자리를 승낙하는 분위기를 느낀 것인지 윌리엄스가 재촉했다. 미사코는 여전히 싫은 내색을 보였지만 결국 마담에게 설득 당했다.

"미노루는 어떻게 할 거야?"

미사코가 미노루를 보았다.

"…… 가 보자."

바깥으로 나갔다.

가로수 그늘 밑에 검은 캐딜락이 서 있었다. 뒷좌석에 미노루와 미사코가 탔다. 윌리엄스는 차를 출발시켰다. 시외로 나간다. 모두 입을 다물고 있다. 자동차는 고속도로를 달렸다.

15분 정도 지나 목적지에 도착했다. 언덕 꼭대기에 있는 미군 전용 레스토랑이었다. 주변에는 미군의 레저 시설이 늘어서 있었다.

"나, 영어를 모르는 척 할 거니까 미노루가 설명해."

미사코는 미노루의 팔을 잡았다. 미노루는 고개를 끄덕인다. 미사코는 어마어마하게 큰 건물들과 한없이 펼쳐져 있는 철조망을 보고는 어쩐지 불안해졌다.

로비와 다이닝 테이블에는 아베크족과 가족 단위의 손님들이 많이 있었다. 오키나와인 보이의 안내를 받아 따라가자, 창가에 있는 다이닝 테이블에 윌리엄스 부인이 앉아 있었다. 윌리엄스 부인은 미사코를 쳐다본다. 크게 뜬 눈이 번쩍이고 있다. 윌리엄스는 웃어보였지만 그 표정은 우는 듯 웃는 듯 굳어져 있었다.

"미사코 씨, 이 사람이 나의 아내입니다. 아니, 지난번에 소개했었죠. 깜빡하고 말았네요……. 이상하게 거북한 모양새가 되었어요. 그래요, 문제를 빨리 해결해 버립시다. 예전에 말한 적이 있지만 미사코 씨가 잠깐 미스테이크를 하는 바람에 우리 부부 사이에 오해가 생겼어요. 당시 미사코 씨도 평소와는 달리 술에 취해있었죠. ……어때요, 미사코 씨, 있는 대로 말해 주지 않겠어요?"

미사코는 고개를 숙인 채 움직이지 않는다. 윌리엄스는 살찐 턱을 끊임없이 쓰다듬는다. 미노루는 윌리엄스 부인을 보았다.

"미사코와 윌리엄스가 한 번도 단 둘이 있지 않았다는 것."

"틀림없는 사실인가요?"

윌리엄스 부인은 미사코에게 말했다. 매우 냉엄한 어조다. 미노루가 미사코에게 대답하도록 재촉했다. 미사코는 고개를 끄덕였다. 윌리엄스 부인은 일어서서는 미사코에게 다가가 얼굴을 들이밀었다.

"거짓말로 다른 사람의 행복을 파탄시키는 인간이란, 제일 더러운 인간이에요. 알아들어요?"

미사코는 윗입술을 깨물었다. 그러나 고개를 끄덕였다.

"앞으로 아무리 술을 마신다고 해도 그런 말을 입에 담아서는 안 돼요. 알겠죠?"

미사코는 다시 작게 끄덕였다. 분홍색 손수건을 양 손으로 꼭 쥐고 있다.

"자, 건배합시다."

윌리엄스는 와인 쿨러에서 와인을 가져 와 높이 들어보였다. "이런 일로 우리들의 친선이 깨지지 않도록…… 아니, 깨져서는 안 되죠."

윌리엄스 부인은 핸드백에서 휴지를 꺼내 소리를 내며 코를 풀고는 다이닝 테이블을 떠났다.

"여러분들, 아직 식사 전이죠? 먹고 가세요. 뉴욕 스테이크와 로브스터를 주문해 두었으니."

윌리엄스가 재빨리 말하며 콜 벨을 흔든다. 두 사람은 말없이 가만히 있었다.

"기분 나쁘게 생각하지 마세요…… 자, 돌아갈 택시편도 불러 둘게요. 계산은 걱정하지 않아도 됩니다. 그럼 천천히들 드시고 가세요."

윌리엄스는 아내를 뒤쫓아 갔지만, 잠깐 멈추어 서서는 미노루를 불렀다.

"우리 딸 린제이가 기분이 가라앉아 계속 방 안에만 틀어박혀 있어요. 미노루 군, 우리 딸은 자네 처신이 아주 지독하다며 분해하고 있어요. 내가 아무리 물어도 자세한 이야기는 하지 않고 말이죠. 한 번 만나 줘요. 이대로 있다가는 병이 나지 싶어요."

미노루는 대답하지 않았다.

"그럼, 부탁합시다."

윌리엄스는 미노루의 어깨를 두드리며 빠른 걸음으로 사라졌다.

"이왕 온 거니까 먹고 가자."

미노루는 고기를 잘라 입에 넣었다. 미사코는 포크를 들려고도 하지 않는다.

커다란 유리문이었다. 야경이 보인다. 군용도로를 따라 전등이 끊임없이 이어진다. 미노루는 문득 외국에 온 듯한 착각이 들었다.

"…… 왜 솔직하게 말하지 않았어?"

"……"

"저 사람이 날 불러서 둘이 택시 타고 가는 것 봤잖아. 크리스마스 사오일 전에."

남자와 잔 일을 당당하게 밝히는 미사코의 마음을 알 수 없었다.

"넌 아메리카—가 증오스럽지 않은 거야?"

"왜 그렇게 정색을 하는 거지?"

미노루는 포크를 놓았다.

"나를, 어떤 남자와도 잘 수 있는 여자로 생각하고 있는 거지. 그래, 그 백인 여자 아이와 자 봐. 천사 같은 여자애하고."

"난 그런 말, 제일 싫어해."

"자신을 속이는 것도 남을 속이는 것도 싫어, 난."

"……"

"아메리카—는 모두 배신자야. 네 엄마를 생각해 봐. 모두 똑같다고."

"엄마 얘기는 하지 마."

미노루가 일어섰다. "난 잊어버리려고 애쓰고 있는데 넌 왜 자꾸 생각나게 만드는 거지?"

미노루는 몹시 거칠고 빠른 걸음으로 문을 향해 걸어갔다. 미사코는 잠시 앉아 있다가 급작스레 일어나 뛰어나갔다.

"…… 미안해. 미노루. 미노루에겐 아무 책임도 없어…… 그렇지, 미노루? 다른 데서 이야기하자."

"가게가 바빠서 안 돼."

미노루는 더욱 걸음을 재촉했다.

* * *

그 크리스마스 밤, 돌아가는 길에 분명히 미사코는 말했었다. '나, 월리엄스 씨가 몇 번이나 호텔로 가자고 했지만 한 번도 가지 않았거든. 자기의 예쁜 딸을 나에게 보여 주며 내 콧대를 꺾을 셈이었던 걸까?'

평소에 거의 거짓말을 하지 않는 미사코가 왜 당시 그런 거짓말을 늘어놓았는지 미노루는 알 것 같은 느낌이 들었다. 그러나 점차 미사코의 말을 믿을 수 없게 되었다. 소학교, 중학교 때에도 좋아하는 사람에게 항상 뒤통수를 맞았다. 그건 상대방이 오키나와인이었기 때문이다. 린제이는 배신하지 않는다. 이렇게 미노루는 자신에게 몇 번이고 말하고 있었다. 간신히 다이얼을 돌린다. 린제리가 받았다.

다음 날 오후 한 시, 린제이는 그 컨버터블 차를 몰고 '센트럴'로 왔다. 고자중앙유원지로 갔다. 열대과일 나무와 페닉스가 무성한 숲길을 산책했다.

"더운 날씨야."

린제이는 얼굴을 들었다. 야자나무 잎 사이로 들어오는 햇빛에 눈이 부신 듯 깜빡거렸다.

"다리가 짝짝이라 여름에도 긴 양말을 신어야 해."

망고 잎 그늘이 드리워진 풀숲에 앉았다.

린제리는 바구니를 열어 샌드위치와 포크 찹, 메쉬드 포테이토, 미트볼, 로스트 치킨 등을 꺼내었다.

"다 내가 만든 거야…… 하는 일이 없으니까…… 심심풀이로 책을 보면서 이것저것 만들곤 해."

"맛있어…… 미국식이네."

미노루는 순식간에 햄에그를 모두 먹어 치웠다.

"통조림도 모두 아메리카에서 만든 걸 쓰고 있어. 여기 게 맛이 없다기보다는, 미국에서 온 물건이라 생각하면 마음이 차분해져."

"…… 미국이 좋아?"

"저기, 있잖아."

린제이는 미노루를 바라보았다. "아메리카에 같이 가지 않을래? 돈은 내가 낼게. 가을 즈음이라도."

미노루는 당황스러웠다.

"…… 웨스트버지니아 집에는 제인이라는 검고 아주 큰 개가 있어. 항상 내 뒤를 좇아와서는 내 발을 핥곤 했지."

린제이는 불편한 다리를 가리킨다. "그런데 그 개를 두고 왔어. 임신했었거든. 나도 제인도 며칠 동안이나 엄청 울었어."

"왜 검은 개를 키웠던 거야?"

"왜냐고…… 왜?"

"아니."

"저기, 나랑 함께 아메리카에 가자."

'너희들도 엄마처럼 나를 버릴 거잖아' 미노루는 비아냥거리듯이 그렇게 말하고 싶었다.

"우리는 아직 아무 것도 모르는 사이잖아."

"점차 알게 돼. 아메리카에 간 후에 알아도 충분하잖아. 상대방을 모르면서 죽을 때까지 사는 사람도 많아. …… 파파도 너를 마음에 들어 해."

"나는 제대로 된 일을 할 수 없어. 네 아버지도 여기에 있는 동안만 같이 노는 친구라고밖에 생각하지 않을 거야. 아메리카—에 돌아가면 너는 너랑 어울리는 훌륭한 남자를 고르게 될 거야.”

“파파는 정직한 사람이야. 거짓말은 하지 않는다고.”

“분명히 약속했어? 허락했냐고.”

“아직, 그치만 틀림없을 거야, 파파만큼은.”

나의 엄마도 잭만큼은 틀림없다고 믿었지만…… 틀림없지 않았다.

“훌륭한 GI도 많잖아?”

“그 사람들은 전쟁 때문에 온 거잖아. 언제 죽을지도 모른다고.”

“죽을지도 모르니까 사랑해줘야 하는 거잖아.”

미노루는 제임스를 떠올렸다.

“사랑이라는 것은 의무로 할 수 있는 게 아냐. …… 나, 바다 같은 것을 보면 갑자기 무서워 질 때가 있어. 죽을 때까지 돌아갈 수 없을 것 같은 기분이 들어. …… 같이 이야기를 나눌 사람이 단 한 명도 없어. 너밖에 없다고. 어떻게 젊은 여자가 하루 종일 아무 것도 하지 않으며 지낼 수 있겠어.”

“…… 그만, 그 이야기는 나중에 하자.”

미노루는 크게 음식을 씹었다. 린제이는 나이프로 프린스 메론 껍질을 벗기기 시작했다. 꽤 익숙해 보였다. 식사 후에 잠시 누웠다. 갑자기 린제이가 일어났다.

“댄스, 가르쳐 줘.”

포터블 라디오의 전원을 켰다. “어서, 빨리.”

린제이는 미노루의 손을 잡고 일으켜 세웠다. 뮤직에 맞추어 룸바와 맘보, 블루스를 10곡정도 췄다. 린제이의 풀색 셔츠 허리 춤 옷자락이 나

부껐다. 린제이가 드러내 보이는 하얀 이가 평소보다 몇 배나 희다고 미노루는 생각했다.

손을 잡고 커다란 호수를 한 바퀴 돈 다음 탈 것들이 있는 곳으로 갔다. 메리고라운드, 제트코스터, 차일드 트레인 등을 탔다. 미국인 가족 나들이객들도 많았다. 벤치에 앉아 파인애플 주스를 마셨다. 바로 눈앞에 세 살 정도 되는 오키나와 여자 아이가 울부짖고 있었다. 미국인 아이가 가지고 있는 풍선을 조르고 있다. 몸집이 작은 아이 어머니가 큰 소리로 호통을 친다. 여자 아이는 땅바닥에 주저앉았다. 어머니는 아이의 손을 잡아당긴다. 그러자 여섯 살 정도 되는 오빠가 잽싸게 풍선을 낚아 채 도망쳤다. 같은 나이로 보이는 미국인 남자 아이가 뒤를 쫓아와 붙잡고는 서로 밀치락달치락한다. 그 사이에 풍선이 하늘 높이 올라가 우거진 숲 속 저편으로 사라지고 말았다. 미국인 아이는 가만히 입을 다문 채 서 있었지만, 붉은 색 머리카락을 가진 100킬로는 넘어 보이는 여자가 다가왔다. 커다란 몸집의 여자는 숨을 쉬기 힘든 듯 눌린 목소리로 소리쳤다. 오키나와 아이들은 모두 울고 있었다. 오키나와인 어머니는 끊임없이 머리를 숙이며 동전을 건네려 하고 있다. 미국인 어머니는 동전에는 눈길 한 번 주지 않는다. 그 자리를 떠나면서도 다시 한 번 뒤돌아보며 마구 소리쳐댔다. 저 오키나와 아이가 나쁜 것이다. 혼나는 게 당연한 것이다. 미노루는 자기 자신에게 그렇게 말했지만, 파인애플 주스의 맛이 떨어지고 말았다.

나고까지 해안선을 따라 드라이브하고 돌아왔다. 밤 9시 전에 '센트럴'에 도착했다.

"이렇게 훌륭한 남자로 낳아준 걸 감사하게 생각하지 않으면 안 돼. 파파나 마마에게."

린제이는 미노루의 부드러운 머릿결을 만지작거리며 입술을 포개 왔다. 시트가 삐걱거렸다. 얼굴을 알아보는 사람은 없는지 조금 신경이 쓰였지만 린제이를 밀어내지는 못했다.

"이거, 보이 프렌드가 생기면 프레젠트하려고 미국에서 사 가지고 왔어."

린제이는 작은 꾸러미를 미노루에게 건네주었다. 에메랄드가 달린 타이클립이었다.

가게 안에는 수 명의 미군 병사가 있었지만 미사코는 보이지 않는다.

"재미있었어?"

사이드 보드에 리큐르와 진 병을 세우고 있던 마담이 뒤를 돌아보았다.

"뭐가?"

미노루는 카운터로 들어갔다.

"이 녀석. 모른 척 하기는. 윌리엄스 딸과 놀다 왔잖아."

미사코가 일러바쳤구나, 하고 미노루는 바로 느꼈다.

"…… 미사짱은?"

"쉬겠대. 머리가 아프나봐."

그러나 얼마 지나지 않아 미사코가 들어왔다. 그리고는 스툴에 앉았다.

"머리는 좀 괜찮아졌어?"

마담이 물었다. 미사코는 고개를 끄덕여 보였다.

"마마, 트럼프로 점 볼 수 있어요?"

"트럼프로 점을? 어떻게 하는 건데?"

"내 미래를 점치는 거죠."

"가즈코는 할 수 있을 거야. 이상한 점에 미쳐 있으니까. 그런데 그럴 여유 없지 않아? 얼른 GI나 상대하고 와."

"난 오늘 쉬는 날이라고요, 마마. 오늘은 월급에서 빼요. …… 손님이에요. 오늘 난."

미사코는 미노루를 올려다보며 가냘프게 웃었다.

"무슨 말을 하는 거야. 애는. 머리 아프면 저쪽에서 자고 와."

마담은 구석에 있는 싱크대 옆에서 안주거리를 요리하기 시작했다.

"…… 미노루, 조니 빨간 거 7부로 타서 줘 봐."

미노루는 잠깐 망설였지만 그것을 만들어 카운터에 놓았다. 미사코는 한꺼번에 털어 마시고는 조금 기침을 했지만 고개를 숙인채로 말했다.

"나, 아메리카—의 아이, 낳을 마음 없어. 미노루의 아내가 되어도 좋다고 생각하지만 미노루와 같은 아이는 싫어."

"……"

"미노루, 나를, 아내로 맞아 줘."

미사코는 얼굴을 들었다. 검은 눈에는 눈물이 맺혀 있었다.

"정말 좋은 아내가 될게. 아이들도 많이 낳고…… 맛있는 요리도 만들고……"

"왜 그래? 오늘."

"한잔 더 줘."

"다른 데서 마시고 왔지?"

미노루는 미사코의 얼굴을 들여다보았다.

"한잔 더 달라고. 미노루도 마셔. 내가 낼게…… 얼른."

미노루는 술을 따랐고 자신의 술도 만들었다.

"…… 나는 머리도 나쁘고 돈도 없었기 때문에 어쩔 수 없었어.……
우리들 같은 사람들 덕분에 다른 여자들은 늑대들한테 물리지 않았지.
우리들은 구세주야.…… 마마도 그렇게 말했어. 그죠. 마마?"

술기운 탓에 탁해진 미사코의 목소리는 음악 소리에 섞여 마마에게 전
달되지 않는다.

"미노루는 내가 더러워서 싫은 거지?…… 나도 다른 아가씨들처럼 태
어났다면 지금까지 깨끗하게 있을 수 있었을 텐데. 언제까지나."

그렇게 말하던 미사코의 얼굴이 일그러지더니 갑자기 큰 소리로 울기
시작하며 카운터에 엎드린다. 미사코가 우는 것을 처음 보았다. 당황한
미노루는 마마를 불렀다.

"무슨 일이야? 오늘 애 정말 이상하네. 미사코, 무슨 일이 있었어?"

마담은 심하게 흔들리는 미사코의 어깨를 토닥였다. 마담은 죄다 알고
있다고 미노루는 느꼈다.

"마마는 미노루가 아메리카— 여자애와 결혼해도 괜찮아요?"

미사코는 눈물로 얼룩진 얼굴을 들며 그렇게 말하고는 다시 엎드려 울
었다.

"애 정말…… 너희들은 서로 사랑하고 사랑받기에는 너무 어린 나이

야. 그냥 사귄다고 생각해. 너무 심각하게 생각하지 말고 내키는 대로 하라고."

"마마, 미사짱은 진심이야."

가까이 다가온 준이 미사코의 등을 쓰다듬어 주었다.

"미노루, 미사짱 좀 생각해 줘. 둘은 정말 사이가 좋았잖아. 저기, 마마, 마마도 뭐라고 말 좀 해요."

"나는 뭐든 어중간해."

미노루는 부러지듯이 말하며 윈스턴에 불을 붙였다. 그러나 기분이 안정되지 않는다.

"미사코, 오늘은 집으로 돌아가 쉬어. 할 이야기가 있으면 내일 아침에 하자고. 준, 택시 태워 줘라. GI가 이상한 듯이 보잖아."

준은 미노루를 보았다. 미노루는 고개를 옆으로 저었다.

"어쩔 수 없군. 미사짱, 가자."

준은 미사코의 손을 잡아당겼다. 미사코는 순순히 그 말에 따라 일어났다.

＊　＊　＊

미노루는 린제이와 이 주에 한 번 꼴로 데이트를 거듭했다. 장마가 이어지고 있었다. 클럽에서는 거의 댄스를 하며 지냈다. 미사코는 쉬지 않고 줄곧 가게에 나왔다. 미노루에게도 아무렇지도 않은 듯이 대했다. 그러나 역시 어색했다.

7월이 되었다. 장마도 끝났다. 하루도 거르지 않고 햇볕은 연일 내리쬐

고 있었다. 두 번째 일요일 린제이 집에 초대된 미노루는 북부의 미군 휴양지인 오쿠마(オクマ) 비치로 갔다. 모쿠마오 나무(목마황과(木麻黃科)의 나무) 그늘에서 바비큐를 했다. 모쿠마오의 마른 잎이 모래와 섞여 있다. 고기의 자른 단면에 개미가 모여든다.

미노루는 일어나 엉덩이를 털었다. 린제이도 일어나 미노루의 손을 끌어 당겼다.

"보트 타자, 미노루."

린제이에게 이끌려 미노루는 작은 제방에서 내려왔다. 윌리엄스의 아내와 마주치는 것은 싫었다. 적갈색의 곱슬머리를 잡아당기거나 윤기 없는 주근깨 얼굴을 손바닥으로 호되게 후려치고 싶었다. 그 때 미사코를 거들어 마구 지껄였다면 좋았을 텐데……

빨간 투피스 수영복을 입은 린제이의 몸은 풍만했고 부드러워 보였다. 흰 피부에 햇빛이 반사된다. 금색 솜털이 희미하게 흔들린다. 큰 바위에 있는 아단과 소철의 검은 그림자가 모래 위에 떨어지고 컬러풀한 수영복을 입고 하늘을 쳐다보며 누운 여자들을 감싸고 있다.

미노루는 보트를 밀었다. 보트와 미노루의 발이 모두 모래 속에 묻혀 좀처럼 앞으로 나가지 않는다. 린제이는 배꼽까지 물에 담그고 '서둘러(하바 하바)'라고 말하며 손짓을 한다. 미노루의 가랑이가 보트의 금속부분에 닿는다. 자신도 모르게 움찔하며 뛰어 오른다. 금속이 햇볕에 달구어져 있었던 것이다. 보트를 냅다 걷어차고 돌아갈까, 순간 미노루는 그런 생각이 들었다. GI처럼 머리를 깎은 근육이 짱짱한 남자가 다가왔다.

"너 무슨 일을 하지?"

남자는 붉은 얼굴을 찡그리며 물었다.

"바텐더."

미노루는 허리를 폈다.

이 남자 앞에서 보트를 계속 미는 것은 도움을 청하는 것 같아 싫었다.

"군대는 아직 가지 않았나?"

남자는 손에 들고 있던 맥주 캔을 미노루에게 쑥 내밀었다. 미노루는
고개를 저었다.

"난 오키나와 사람이야."

남자는 몇 번이나 고개를 끄덕였다.

"너는 아메리카와 오키나와 중 어느 쪽이 좋아?"

"나는 아메리카를 몰라."

"모르는 게 좋아."

남자는 내뱉듯이 말하며 맥주를 한꺼번에 들이켰다.

"아메리카는 근사한 곳인가?"

미노루가 물었다.

"사람에 따라 달라."

"넌?"

"난 싫어."

"이 남자, 좀 이상해."

달려 온 린제이가 말했다.

"왜? 왜 싫어?"

미노루는 남자를 바라본다.

"그냥 저 쪽으로 가. 너."

린제이는 몇 명의 미군 병사들이 바비큐를 하고 있는 구와디−사− 나무 그늘을 가리켰다. 남자는 맥주 캔을 손으로 구겨 린제이가 가리키는 방향으로 던지고는 그쪽으로 걸어갔다.

린제이는 가만히 보트를 밀었다. 잠시 남자의 뒷모습을 보고 있던 미노루도 보트에 손을 얹었다. 보트는 물에 떴다.

"저어 줘, 미노루."

린제이는 퉁명스럽게 말했다. 리프 안쪽을 돌 때까지 두 사람은 아무 말도 하지 않았다. 앞바다에는 몇 겹이나 되는 파도가 리프에 닿아 하얗게 부서졌다.

"아름답구나."

린제이가 말했다. 산호초 사이를 헤엄치는 열대어를 보고 있다. 린제이는 얼굴을 들어 미노루를 보았다.

"웨스트버지니아 집 가까이에는 바다가 없어서 강에서 헤엄쳤어. 엄청 물이 차가웠어. 깨끗한 물이 가득 넘치고 커다란 물고기도 있었어."

린제이는 한꺼번에 그렇게 말하며 크게 한숨을 쉬었다.

"근데 물이나 물고기 모두 바다 쪽이 더 예쁘지 않아?"

미노루는 심술궂게 굴 작정은 아니었지만 린제이는 다시 입을 다물었다. 미노루는 바닷가 쪽으로 노를 저었다.

"…… 아메리카에 간다는 약속은 기억하고 있어?"

린제이는 미노루를 가만히 본다. 부드럽게 웨이브를 준 머리카락이 세찬 바람에 흔들리고 있다. 이 여자를 오키나와인을 상대로 하는 매춘부로 만든다면 어떨까. 미노루는 문득 그런 생각이 들었다. 오키나와 남자는 평소의 울분을 해소하기 위해 꽤 무리를 하더라도 이 여자를 살 것임에 틀림없다. 먼저 내가 그녀를 범하고…… 아니 할 수 없다, 린제이는 진심으로 나를 사랑하고 있는지도 모른다…….

"응? 기억하냐고."

린제이는 몸을 앞으로 내밀었다. 미노루는 수면을 가만히 보았다. 얼굴이 희미하게 비친다. 미노루는 거울을 가만히 들여다보면 가끔 정신이 이상해지는 기분을 느낀다. 어릴 적부터 봐 왔던 익숙한 얼굴이 문득 자신의 것이 아니라는 생각이 든다. 자신이 가지고 있는 반쪽 한 구석이 자신의 어머니를 미치게 만들었다고 생각하며 자해하고 싶은 충동이 일어났다.

아메리카에 가면 모든 것이 불식될 지도 모른다. …… 이유는 알 수 없지만 이런 뒤죽박죽 엉킨 섬에서 나간다면…… 린제이에게 아이를 갖게 한다면 그렇게 한다면 나는 린제이를 믿을 수 있을지도 모른다. 모두들 쉽게도 여자에게 아이를 낳게 만든다…… 그러나 그 아이는 또 어중간하게 되겠지……

"어째서 아무 말도 없는 거야?"

린제이의 말투가 강해졌다.

"난, 약속하지 않았어."

"거짓말…… 그럼 지금 약속해."

"…… 잠시 생각하고 싶어."

린제이는 계속해서 미노루를 바라보았지만 체념한 듯이 몇 번이나 고개를 끄덕였다.

보트를 모래 위에 올려 두었다. 린제이는 미노루의 손을 잡았다. 손을 잡고 걸었다. 소학교 5학년 때 아와세(泡瀬) 모래 해변에 자전거를 묻었던 일을 미노루는 생각해냈다. 아메리카ー 주제에 자전거도 없다고 바보 취급하던 동급생의 자전거를 훔쳐 밤에 몰래 묻었던 적이 있다. 깊이도 묻었다. 지금도 있을 지도 모른다. 검붉게 녹이 슬어서…… 타이어는 썩고…… 그 뒤에는 '아메리카 만챠ー(만챠(マンチャー)는 '섞임'이라는 뜻을 가진 오키나와 말로 '아메리카 만챠'는 미국인과의 혼혈아에 대한 멸칭)'라며 바보 취급을 당했지만 그 자전거와 울상 짓던 동급생을 생각하면서 미노루는 자신을 제어해 왔다…… 미사코와 손을 잡고 걸을 때에는 '아메리카 허니, 아메리카 허니'라는 아이들의 야유를 자주 듣곤 했다. 미사코는 아이들을 야단치지 않았다. 미사코는 나를 보고서는 미소를 지었다. '미노루를 아메리카ー라고 착각하나봐.'

어느새 '기브 미', '기브 미'하고 손을 내밀며 오키나와 아이들이 따라왔다. 이 아이들은 이런 말을 아직도 기억하고 있는 것일까. 미노루는 의심쩍었다. 세 명 모두 밀짚모자를 쓰고 러닝셔츠를 입은 모습이었다. 철조망을 기어올라 들어 온 모양이다. 아이 하나가 린제이의 허리를 스쳤다. 린제이는 곧장 그 손을 뿌리치며 '게라레'하고 무서운 기세로 아이들을 내쫓았다. 오키나와인 가드가 달려 왔다. 아이들이 도망쳤다. 가드는 오키나와 사투리로 소리를 치면서 뒤를 쫓아갔다.

미노루는 기분이 좋지 않았다. 린제이와 손잡을 기분이 들지 않았다. 팔짱을 낀 채로 모쿠마오 나무 아래를 걸었다. 언젠가 어느 레스토랑에서도 기분이 좋지 못했다. 린제이는 멀리 있던 보이를 큰 소리로 불렀다. 자기가 떨어트린 포크를 줍게 하더니 다른 포크를 가져오게 했다. 중년의 오키나와인 보이는 그럼에도 불구하고 친절한 표정으로 머리를 숙였다. 미노루는 고기를 찍은 포크를 그대로 내던져버리고 싶었다. 적어도 발밑에 있던 포크를 줍고 나서 보이에게 바꿔달라고 해야 하지 않을까.

윌리엄스는 아직 고기를 먹고 있다. 윌리엄스의 툭 튀어나온 올챙이배가 움직인다. 거의 털이 없는 새하얀 배다. '호색가의 복부다,' 라고 미노루는 생각했다. 가령 미사코와 자지 않았다 해도 다른 여자들과 잤음에 틀림없다.

미노루는 윌리엄스에게 자신의 얼굴이 보이지 않도록 하면서 모쿠마오 나무 둥치 사이를 지나 샤워 하우스로 향했다.

"어디 가는 거야? 미노루?"

린제이가 물었다.

"화장실."

미노루는 곧바로 대답했다. 가만히 있으면 린제이가 큰 소리로 되묻거나 뒤따라 올 것 같은 예감이 들었다. 미노루는 샤워를 하고 린제이가 눈치 채지 못하도록 철조망 밖으로 나가 택시를 기다렸다.

* * *

오쿠마 비치에 갔던 그날 밤도 그 다음 날도 린제이는 '센트럴'로 전화를 걸어왔다. 미노루는 자리를 비운 척하며 전화를 받지 않았다. 첫 번째 전화에는 마담이 그렇게 말했고 두 번째 전화와 어제는 미사코가 그렇게 대응했다. "저기, 미노루" 수화기를 내려놓으며 미사코가 미노루에게 다가간다. "그 GI, 베트남에서 돌아왔어. 나 오늘 저녁에 언젠가 갔었던 그 해안가에서 만났어. 내일도 올 거래. 매일 왔었대…… 같이 가보지 않을래? 내일?"

다음 날 제임스는 해안가에 와 있었다. 미노루를 기억하고 있었다. 그러나 악수는 왼 손으로 했다. 미노루는 묘한 기분이 들었다. 그 때 헤어질 때 나와 악수했던 오른쪽 손은 어디로 간 것일까.

"이건……"

제임스는 옴브레 체크 와이셔츠의 오른팔을 늘어뜨린 채 흔들었다. "정글에서 당하고 말았어. 베트콩이 독을 발라 놓는 바람에…… 맹독이었어. 자르지 않았다면 벌써 저 세상에 갔을 거야."

저녁 해가 저물고 있다. 바다에 떠 있던 적란운은 잔광을 머금은 채 타오르고 있었다. 제임스의 얼굴도 교회 지붕의 십자가도 적동색으로 물들고 있었다.

"너는 복수하지 않았어?"

미노루가 말했다.

"…… 모든 것이 끝났어."

제임스는 수평선을 바라보고 있었다.

"양 손으로 총을 쥘 수 있는 놈들에게 질투를 느끼지는 않아?"

"고향 친구 놈 하나는 양 손이 모두 날아가고 말았어. 지뢰에 살짝 스쳤을 뿐인데 그 큰 몸집의 남자 손이 완전히 산산조각 나고 말았지."

"그런데도 복수를 하지 않는 건가?"

미노루는 제임스의 옆얼굴을 바라보고 있다.

"…… 모레 고향으로 돌아갈 거야. 더 이상 나와 베트남은 관계없게 되었어."

"그 팔을 볼 때마다 관계가 생기지 않나?"

"나쁜 일은 잊어버리지 않으면 살아갈 수 없어……"

미노루는 팔 근처를 기어가는 작은 게를, 아무런 뜻 없이 손가락으로 튕겼다. 게는 바닷가에 떨어지더니 물속으로 잠겼다.

"…… 모레 가?"

미사코가 제임스의 얼굴을 들여다보았다. 제임스는 고개를 끄덕이며 미노루를 본다.

"이 사람, 네 아내?"

미노루는 가볍게 고개를 끄덕였다. 미사코는 미노루를 보았다. 침묵이 이어졌다.

"…… 나, 아이스크림, 사 가지고 올게."

미사코는 해변가를 서둘러 떠났다. 해질 무렵 교회 가까이에는 많은 사람들이 모여 있었다. 몸집이 작은 중년 남자가 자전거 뒷좌석에 실린 상자에서 아이스캔디를 꺼내 팔고 있었다. 미사짱이 행복해지는 것은 간단하구나. 미사코의 뒷모습을 보면서 미노루는 자기도 모르게 싱긋이 웃었다. 그러나 곧장 입술을 굳게 다물었다.

"……나는 무엇을 자랑거리로 삼고 살아가면 좋을까. 당신들 같이 국가를 위해 팔뚝이나 생명을 잃는 것을 자랑스럽게 여기는 것조차 허락되지 않아. 나에겐."

"국가를 위한다는 말은 누군가가 제멋대로 지어낸 거야."

제임스의 파란 눈은 깜빡이지 않는다.

"……우리 아버지는 한국전쟁에서 죽었다고 생각하기로 했어. 그렇게 생각하면 조금은 아버지를 용서할 수 있을 것 같은 기분이 들어."

"……용서해 드려."

제임스는 음미하듯이 말했다.

"나는 겨우 너와 대등한 관계가 된 것 같아. 같은 처지로 입을 열 수 있게 된 것 같다고."

묘하게 조용했다. 멀리 있는 사람들의 웅성거림이 가까이에서 들리는 듯 했다. 소리를 지르면 바다 저 편까지 메아리칠 듯 하다.

"……너는 행복해질 수 있을까?"

미노루는 부드럽게 물었다.

"믿을 수 없을 정도로 즐거운 생활이 기다리고 있을 것 같아 가만히 있을 수가 없어. 아내와 아이들에 둘러싸여…… 매일이 평안할 거야. 근데 한 팔로 생활하는 것은 익숙지 않아서 말이지. 나이프와 포크를 같이 쥐어보려고 해."

제임스는 소리를 내지 않고 웃었다.

미사코는 잰걸음으로 달려 돌아왔다. 제임스와 미노루에게 아이스캔디를 건넸다.

"희한한 게, 불꽃놀이도 팔고 있었어.…… 여기, 이건, 네 것."

불꽃놀이 세 개를 제임스에게 내밀었다. 제임스는 고개를 저었다.

"난 괜찮아. 매일같이 불꽃을 보고 왔다니까."

그리고 또 웃었다. 미사코도 같이 웃었다. 미사코는 제방으로 올라오려 했다. 중고 머스탱이 모래 먼지를 일으키며 다가와 경적을 울렸다.

"같이 타고 갈래?"

제임스가 물었다.

"아냐…… 고마워, 잘 지내."

미노루는 왼손을 내밀며 악수를 청했다.

"건강히 지내…… 두 번 다시 오키나와에 오는 일은 없을 거야."

제임스는 미사코와도 악수했다. 제임스의 발밑에는 콘크리트 덩어리로 된 발판이 있었지만 미노루는 먼저 내려가 그가 내려오는 것을 도와주었다. 제임스는 머스탱에 올라타서 왼손을 흔들었다. 미노루도 미사코도 손을 흔들었다. 머스탱이 아단 군락지 그림자 사이로 사라질 때까지 미사코는 계속 손을 흔들었다. 어둑어둑해지기 시작했다. 바위도 물도 풀도 사람들도 그림자로만 남았다.

"전쟁에서 살아 돌아온 기념으로 불꽃놀이라도 해 주려고 생각했는데…… 버려버릴까?"

"아냐, 버리지 마. 불 붙여줄게."

미노루는 오일 라이터를 꺼냈다. 바람이 분다. 눈 깜짝할 사이에 10개의 불꽃이 흩어져 사라졌다. 두 사람은 '센트럴'로 돌아갔다. 8시를 조금 넘긴 시각이었다. '센트럴'에 들어가려는 순간 미노루의 어깨를 누군가 잡았다. 뒤를 돌아보니 지미였다. 스무 살도 안 된 신병이다. 오늘도 취해 있다.

"너희 가게에서는 쇼 같은 걸 하니?"

"……아니."

"그럼 됐어. 갓뎀"

지미는 미노루의 가슴을 밀치며 휘청거렸다.

"헤이, 지미, 다른 가게로 가서 바람 피면 안 돼."

미사코가 말을 건넸다.

지미는 한 손을 높이 흔들었다. 그러나 곧장 맞은편에 있는 '나리스'로 들어가더니 바로 소리를 지르며 가게에서 나온다. 키가 크고 마른 호스티스도 지미의 손을 잡은 채 영어로 소리를 친다.

"헤이, 지미, 제대로 재미 보게 해 줄게. 돈을 모아봤자 소용도 없잖아. 지금 즐기지 않으면 언제 즐기겠다는 거야."

미노루는 문을 열고 안으로 들어갔다.

음악과 함께 마담의 영어가 들려온다.

"이봐, 존, 끌어안고만 있지 말고 때로는 술도 좀 마셔."

미노루는 자리를 둘러보았다. 커다란 덩치의 존에게 안겨있는 준이 윙크를 한다.

"마마, 여자 종업원을 좀 더 늘리는 게 어때요? 모자라요."

미사코가 말했다.

"마음이 예쁜 여자만 고용할 거야. 큰돈 벌지 않아도 좋아. 딸내미 병원비 정도 벌 수 있으면 된다고."

미노루는 카운터로 들어갔다. 마담은 구석에서 안주를 손질하기 시작했다.

미사코가 작은 목소리로 말한다.

"마마도 분명 바에서 떠들지 않으면 쓸쓸한 거야. 내색하진 않지만 마마도 나이가 있잖아. 나 다 안다고. 나이가 든다는 게 여자에게 뭘 뜻하는지. 말 잘 들어 줘. 미노루."

"뭘?"

"뭐든."

마담이 부른다. "윌리엄스 딸에게 전화가 왔었어. 전화 달래."

미노루는 브랜디 글라스를 닦고만 있다.

"전화하지 않으며 가게로 오겠대."

마담이 말한다. "전화번호는 이 성냥갑에다 써 뒀어."

"전화 걸어 봐."

미사코가 말하며 화장실로 들어간다.

미노루는 망설이다가 전화를 건다. 신호음이 울리지만 좀처럼 받지 않는다. 몇 번이나 끊으려 했다. 헬로-. 겨우 여자 목소리가 들린다.

"린제이를."

"비치에서 왜 그냥 간 거야!"

"…… 기분이 좋지 않아서."

"나에게 한 마디도 않고, 무슨 도둑고양이 같이."

"……바쁘니까 전화는 그만 좀 해."

"그럼 내가 그 쪽으로 가도 돼?"

"아니."

"사정이 좋지 않은 거야?"

"바쁘다니까."

"정확하게 말해 봐. 절름발이인 내가 싫은 거라고."

"다리 때문에 그런 게 아냐."

"그럼 이유가 뭐야?"

"우리는 어울리지 않아."

"나한테 문제가 있는 거로구나."

"아냐. 누구에게 문제가 있는 게 아니라고."

"분명하게 말해 줘. 무슨 말인지 모르겠단 말이야."

"이유 같은 거 없어."

"그래? 대단히 복잡한 이유가 있는 모양이군."

"…… 끊을게."

"기다려! 그럼 마지막으로 한 번만 우리 집에서 만나. 약속하자고. 더이상 전화하지 않을게."

"……"

"응? 마지막 한 번만."

"그래."

"언제쯤 올래?"

"모르겠어."

"정확하게 말해. 우물쩍 넘어가는 건 못 참아."

"…… 이주일 뒤에."

"그럼 다다음주 수요일, 저녁 8시 어때?"

"…… 좋아."

"약속했어."

미노루는 전화를 끊었다.

＊　＊　＊

다음 날 미노루는 정오가 지난 시각에 눈을 떴다. 고깃국 냄새가 난다. 마담이 큰 냄비에 돼지고기를 삶고 있다.

"오늘 무슨 잔치라도 있는 거야?"

미노루가 물었다.

"네 엄마가 돌아오는 날이잖아. 미사코가 데리러 갔어."

마담은 다시마를 엮는다.

"…… 왜 나에게는 비밀로 했어……"

"어제 병원에서 전화가 왔었어. 넌 어제 정신이 없었잖아."

"왜 깨우지 않은 거야. 미사코가 마음대로 정한거지?"

"깊이 잠들어 있었어. 어제는 평소와 달리 아주 취해있었고…… 어차피 네 엄마는 하룻밤만 여기 있다가 다시 병원으로 가야 해."

4시가 되기 전에 미사코는 미노루의 어머니를 택시에 태워 데리고 왔다. 어머니는 막 세탁한 엷은 하늘색 원피스를 입고 있었지만 어딘지 모르게 단정하지 못하다. 마담은 자신의 딸의 손을 잡았다. 딸은 그 손을 뿌리쳤다.

"잘 지냈어? 여기 앉아."

마담은 선풍기를 어머니 쪽으로 보게 한다. "수박 먹을래? …… 미사코, 냉장고에서 꺼내 와."

수박을 다 먹자 마담은 팥밥과 고깃국을 내 왔다.

"자, 먹자고. 맛나."

어머니는 젓가락을 손에 쥔 채 팥밥을 가만히 쳐다본다.

"얼른 먹어, 미노루도 미사코도 같이 먹자."

두 사람은 먹기 시작했지만 어머니는 젓가락을 놓는다.

"이렇게 붉게 물들이다니…… 기분이 나빠."

"그래? 그럼 이건 관두자. 이 국물 마셔봐. 시부이(겨울 오이)도 맛있어."

마담은 자신의 팥밥과 딸의 팥밥을 가지고 부엌으로 갔다. 미노루와 미사코는 서로 얼굴을 마주보고는 팥밥에 젓가락을 대지 않는다. 어머니는 고깃국을 천천히 마셨다.

"맛있어?"

마담이 묻는다. 어머니는 또 젓가락을 놓았다.

"왜 나를 가두었어요!"

마담은 어머니를 쳐다보며 몇 번이나 고개를 저었다.

"아주머니, 가둔 게 아니잖아요. 병을 치료하는 중이에요."

미사코가 말했다.

"난 병자가 아니야!"

어머니는 눈을 희번덕거리며 흥분한다. "더 이상 엄마와 만나고 싶지 않아요! 얼굴 보이지 말라고요!"

마담은 어머니의 손을 꼭 쥐고는 타이르듯이 말한다.

"내 잘못인거냐? 네가 고통스러운 게 내 탓이야?"

"그건 아니에요. 내 잘못이에요…… 미안해요."

어머니는 마담의 무릎에 얼굴을 묻고 소리를 죽이며 조용히 울었다. 마담은 어머니의 머리카락을 계속 어루만진다.

"그 때 살림살이가 좀 더 나았다면 너도 그 아메리카-와 가까워지지 않았을 텐데. 영어 공부를 하지도 않았을 텐데."

마담은 미사코 쪽을 본다. "…… 미사코, 아메리카-를 좋아해서는 안 돼. 손해를 보는 건 항상 여자 쪽이야."

미사코는 고개를 끄덕인다.

"상대방 아메리카-에게 처자가 있다는 사실을 곧 알게 되었어. 미국에 처자가 있었지. 이 아이도 눈치는 채고 있었던 모양이야. 한발 잘못 들여놓으면 헤어날 수 없게 돼."

마담은 어머니의 등을 쓸어내린다. "나도 이 아이의 새 남편을 찾으려 했어. 그런데 소개를 해도 만나려 하지 않는 거야. 이미 미노루가 뱃속에 있어서…… 집안을 복잡하게 만들고 싶지 않다고 했었지."

"엄마의 재혼을 망친 건 나야. 나는 식칼을 들고 상대 남자를 모두 내쫓았어…… 불행하게 만들고 싶었지."

미노루가 말했다.

"누구의 잘못도 아냐. 미노루. 운명이야."

미사코가 미노루를 보고 고개를 끄덕였다.

"저기 미노루, 네 엄마를 원망하고 있는 건 아니지?"

마담이 말했다. "원망해서는 안 돼. 엄마는 열심히 네 아버지를 좋아했으니까. 무슨 말인지 알겠지?"

"……"

"A사인 바를 열고나서도 많은 아메리카—에게 프러포즈 받았지만 조금도 관심을 두지 않았어."

"…… 아주머니가 너무 아름다우시니까요……"

미사코가 말했다.

"그런데 여자가 남자를 좋아한다는 게 어떤 것인지, 남자는 몰라. 이 아이도."

마담은 턱으로 작게 미노루를 가리킨다. "아버지, 그러니까 내 남편은 술에 완전히 절어서는 딸을 때리고 발로 차곤 했어. 상대가 아메리카—라는 것만으로…… 그 양반도 간이 나빠져 죽어버렸지만…… 예전에도 말했었나?"

미사코는 작게 고개를 끄덕였다.

"나이가 들면 말수가 많아져서 안 된다니까."

마담은 혀를 찼다.

"너, 자니?"

마담은 어머니의 얼굴을 들어올린다.

"…… 미사토 집에 가고 싶어요."

어머니는 젖은 코를 매만졌다.

"미사토 집? 그 집은 없어."

마담이 말했다. 3년 전에 고자로 이사 올 때에 부수었던 것이다. 어머니는 무조건 갈 거라고 고집을 피운다.

"그럼 내일 아침에 가서 확인하고 와…… 미사코랑 목욕이라도 가는 게 어때? 저녁밥은 덴푸라로 하자."

마담은 미사코에게 눈짓을 한다. 미사코는 한사코 고집을 부리는 어머니를 달래 겨우 데리고 나갔다.

"네 엄마가 밤에 가게로 나오면 안 되니까 너랑 미사코는 엄마를 보고 있어. 나는 덴푸라를 만들고 나서 잠시 가게에 나갔다 올게. 금방 올 거야."

마담은 서둘러 식탁을 정리하기 시작했다.

새벽 두 시가 넘었지만 미노루는 잠이 오지 않았다. 미사코와 어머니, 마담은 옆방에서 자고 있다. 마담은 술에 취해 잠이 들었다. 두 사람은 자고 있을까? 미사짱은 무슨 생각을 하고 있을까? 엄마는 뭔가를 가만히 응시하고 있는 건 아닐까? 미노루의 눈에는 눈물이 차올라 흘렀지만 닦지 않았다.

아침 10시, 세 사람은 택시를 타고 미사토로 향했다. 15분 만에 도착했다. 돌로 만든 토대와 콘크리트 벽 흔적이 조금 남아있었다. 그러나 부지 주변에 심어 둔 한참 자란 유우나 나무에는 짙노랑 꽃이 흐드러지게 피어 있었다. 어머니는 꽃 한 송이를 바라보고 있었다.

"아주머니."

미사코가 가볍게 어깨를 두드린다.

"이상해."

어머니는 꽃을 보면서 말한다. "이 나무는 잭이 베어버렸는데 아직도 자라고 있어."

어머니는 또 말이 없다. 미사코와 미노루는 서로 얼굴을 쳐다보았다.

"…… 내 아버지는 아주 키가 컸다며?"

미노루는 어머니의 얼굴을 들여다본다.

"나무 꼭대기에 있는 꽃을 꺾어서 엄마 머리에 꽂아 주었다지. 할머니가 자주 말하곤 했어."

"정말이야."

어머니는 미노루를 바라본다. "너도 잭을 얼마나 따랐다고. 잘 웃곤 했어. 아주 귀여웠지. 네 웃는 얼굴은…… 잭은 정말 어디로 갔을까. 아이 얼굴도 보고 싶지 않은 걸까."

어머니는 미사코가 꽃을 한 송이 꺾는 것을 보았다.

"그래 이 꽃으로 목걸이를 만들자. 미사짱. 미노루. 꽃을 많이 꺾어 오렴."

미노루와 미사코는 까치발을 하고는 꽃을 꺾었다. 이윽고 미사코의 하얀 모자에 꽃이 넘쳐났다.

"실 없어? ……그래, 그럼 집에서 만들자."

어머니는 미사코의 모자를 소중한 듯이 받아들었다. 땀이 목덜미와 겨드랑이에서 흘러나와 T셔츠가 몸에 달라붙는다. 말매미가 요란하게 울어댄다. 잡초가 무성해서 앉을 자리도 보이지 않는다.

"미노루."

어머니는 모자에 담긴 꽃을 하나하나 집어서 땅에 떨어뜨린다. "넌 어째서 아버지를 찾지 않는 거야?"

"……"

"잭 사진은 다 어쨌어? 혼자 가지려고 하는 거지?"

"아주머니."

미사코가 말했다. "아주머니는 오키나와 사람을 사랑하지 그랬어요!"

"그만해."

미노루는 미사코의 물방울무늬 원피스 자락을 잡아당겼다.

"나, 아주머니 마음을 알 것 같아. 그런데 아무래도 말해야겠어."

"그만 두라고."

"그래요. 아주머니는 행복한 사람이에요. 진심으로 사랑했으니까요."

어머니는 멍하니 오래된 우물가를 돌고 또 돌았다. 그러다가 갑자기 멈추어 서서는 우물 안에 남은 꽃을 던져버렸다. 놀란 미노루가 다가갔다. 우물 안의 커다란 돌 위로 수십 개의 꽃이 희미하게 보였다.

"이 꽃은 그 때 그 꽃이 아니야. 닮긴 했지만, 미노루."

어머니는 몸을 숙여 우물 안을 들여다본다. 미노루는 어머니를 끌어안은 자세를 풀지 않았다.

"이 우물물은 참 맛있었는데. 차가웠고…… 누가 막아 버린 거지? 미노루."

어머니는 몸을 일으켰다.

"바람이 싫어. 머리카락이 날려. 미사짱, 빗 있어?"

바람은 거의 불지 않았다. 미사코는 불쌍한 눈으로 어머니를 보았지만 핸드백에서 빗을 꺼내 건네주었다.

* * *

낮 3시에 집에서 식사를 마쳤다. 어머니는 병원에 돌아가기 싫어했다. 마담이 끊임없이 타이르고 달래서 택시를 태웠다. 택시 운전수는 아무 말도 하지 않았다. 어머니와 미노루는 미사코가 말을 걸어도 발아래만 쳐다볼 뿐이었다.

병원까지는 약 한 시간이 걸렸다. 접수창구에서 간단한 수속을 마치고 과일과 미사코가 만든 원피스를 두고 돌아갈 즈음, 어머니는 입을 열었다. "또 데리러 와 줘." 힘없는 목소리였다.

돌아가는 버스를 탔다. 미노루는 술을 마시고 미친 듯이 춤을 추고 난 뒤 쓰러졌다. 아무 말도 하지 않는 미노루에게 미사코가 말을 건다.

"미노루에게 커터 셔츠 만들어 줄게. 지금은 부인복을 주로 만들지만 곧 배우면 만들 수 있을 거야. 양재를 배우고 나면 그 다음에는 미용학교에 가려고. 여러 가지를 배워둬야겠어."

"밤낮으로 일하는 거 힘들지 않아?"

미사코가 고개를 옆으로 흔들었다.

"엄마 것은 왜 만들었어?"

"아주머니에게는 신세도 많이 졌고…… 또 난 부모님에게 효도란 걸 한 번도 해 본 적이 없어서……"

버스를 두 번 갈아탔다. 이사(伊佐)에는 땅거미가 지고 있었다. 창문 밖을 바라보던 미사코가 얼굴을 들었다.

"전등이 켜진 저 집 사람들은 바에서 열심히 떠들지 않아도 외롭지 않겠지?"

"…… 부러워?"

미노루는 미사코의 어깨를 감쌌다. 미사코는 하얀 이를 드러내 보였다.

"아니, 나에게 잘 어울리는 걸."

버스에서 내렸다. 곧장 '센트럴'로 향했다. 입구 문에 서 있던 준이 다가왔다.

"마마가 쓰러졌어. 얼른 가 봐."

미노루는 순간 영문을 알 수 없었다.

"고혈압?"

미사코가 물었다. 준은 연거푸 고개를 끄덕인다. 마담은 지병을 가지고 있었다.

"어느 병원이야?"

미노루가 물었다.

"고자중앙병원, 구급차로 옮겼어."

준은 숨이 찬 듯이 말했다.

미노루와 미사코는 택시를 타고 병원으로 향했다. 마담은 침대에 누워 링거를 맞고 있었다. 머리맡에서 의료 기구를 정리하던 간호사 두 사람을 보았다. 간호학교를 막 나온 듯한 어린 얼굴에 경멸하는 표정이 스친다.

"상태가 어떤가요?"

미노루가 물었다.

"생명에 지장은 없을 겁니다."

누런 얼룩이 베인 흰 간호복 차림의 간호사가 무뚝뚝하게 대답하고는 급한 걸음으로 병실을 나갔다.

"내가 의사에게 물어볼게."

미사코는 간호사 뒤를 따라 나갔다. 창문으로 정원이 보인다. 어둑한 가로등 아래에 세 네 살 즈음의 바가지머리를 한 아이가 혼자 그네를 타고 있다. 시간이 얼마간 지나자 마담이 눈을 떴다.

"…… 미노루냐?"

마담의 입술이 경련을 일으켜 조금은 알아듣기 힘들다. 미노루는 마담의 얼굴을 잘 볼 수 있도록 의자를 고쳐 앉았다.

"엄마는 병원까지 잘 데려다 줬어?"

미노루가 고개를 끄덕였다.

"그 아이 얼굴, 보지 않는 게 좋겠어. 어제도 오늘도 하루 종일 심장이 벌렁거려서 말이지. 숨을 쉴 수가 없었다고 …… 여러 가지 일을 생각나게 만드는 얼굴이라……"

마담은 침대 시트를 움켜쥐고 있다. 주름과 반점이 있는 마담의 손은 형광등 불빛 아래에서 죽은 사람의 손처럼 굳어 있다.

"미사코는?"

"같이 왔어."

마담은 주위를 둘러보았다.

"지금은 의사한테 갔어."

"그렇구나…… 네 엄마를 병원에 넣을 때에는 나도 마음이 피폐해져서 그냥 죽으려고 했었어. …… 나이가 드니까 오히려 죽는 게 두려워지네. 도리가 없어. 정말로."

문이 열렸다. 미사코가 돌아왔다.

"마마, 괜찮아요?"

"응"마담은 링거바늘이 없는 쪽의 손을 내밀어 미사코의 손을 잡았다.

"구소-(저 세상)에 있는 내 님은 날 데리러 와 줄까? 추석도 곧 다가오
는데……"

미사코는 몸을 내밀었다.

"마마, 무슨 말을 하는 거예요. 이 주일 정도 입원하면 괜찮다고 의사
가 말했어요. 마비된 곳도 서서히 좋아진대요."

마담은 입술을 일그러뜨리며 웃는다.

"농담이야. 귀엽기도 하지. 미사코는. …… 지난 전쟁에서도 죽지 않고
살았는데 이런 걸로 죽을 리가 없잖아."

마담은 눈을 감았다. 흰 벽에는 나방이 붙어 있었다. 마담이 다시 눈을
뜬다.

"미노루, 너희 두 사람, 결혼(니-비치)해서 증손자를 안겨 주라. 그렇게
만 되면 나도 마음을 놓고 죽을 수 있겠어."

미노루는 바로 대답을 할 수 없었다.

"미사코, 이 녀석은 말이야, 내가 사는 이유였어. 힘든 순간에도 말이
야, 이 아이 옆에서 자는 것만으로도 기분이 나아졌지."

미사코는 고개를 끄덕였다.

"이 녀석이 비뚤어지지는 않을까, 매일 걱정했어. 제 엄마는 그 모양이
지…… 이런 장사를 하고 있지, 이 아이의 장래를 같이 이야기할 상대도
없지…… 그렇지만 잘 자라주었어. 그렇지 않아, 미사코?"

미사코는 크게 고개를 끄덕였다.

"마마, 피곤하지 않아?"

"미노루, 너, 미사코니까 너를 좋아해 주는 거야. 요즘 보통 여자들이라면 상대도 하지 않을 거야."

"……"

"미사코, 너, 자신감을 가져도 돼. 논밭이나 산에 여자 시체가 버려져 있었던 일이 옛 이야기가 된 것은 누구 덕분일까? 우리들 덕분이야. …… 일흔 살 할머니의 밭일까지 MP가 호위했다는 것은 사실이라니까."

"……"

"우리 딸도 오키나와 사람(우치난-추)를 좋아했더라면 …… 미사코, 너, 아메리카-를 좋아해서는 안 돼. …… 너 미노루와 결혼할 거라고 나랑 약속해."

"저는……"

미사코는 미노루를 보았다.

"미사코, 내가 죽으면 이 아이가 어떻게 되겠어. 완전히 혼자가 된다고. 너 잘 생각해 봐."

"…… 미노루만, 좋다면, 우리들은, 아주 행복해 질 수 있어요, 마마."

미사코는 고개를 숙였다. 미노루의 표정이 굳어졌다. 침을 삼킨다.

"미노루, 너, 너무 많은 생각을 해서는 안 돼. 뭐든 적당히(데-게-)하는 거야. 네 엄마는 너무 많이 생각했었어."

"…… 나, 오늘, 이야기가 너무 복잡해서 뭐가 뭔지 알 수가 없어."

문이 열렸다. 방금 전의 간호사가 들어온다. 익숙한 솜씨로 링거를 빼 낸다. 간호사는 미사코에게 빠르게 말한다.

"면회를 종료해 주세요. 밤 새 환자분을 간호할 생각이면 사무실에서 절차를 밟으시고요."

두 사람은 일단 병실에서 나왔다. 미사코는 마담 주변에 있던 물건들을 정리하고 병실에서 자기로 했다. 미노루만 '센트럴'로 갔다. "가게 문을 제대로 열어 줘야 해…… 네 엄마 정신병원비뿐만 아니라 내 병원비도 벌어야 하니까." 하고 마담은 미노루에게 말했지만, 그는 평소보다 두 시간 빨리 가게 문을 닫았다.

방으로 들어갔다. 천장에 드리워진 어둠을 가만히 바라본다. 잠을 잘수 없다. 3시가 이미 지났다. 형광도료를 바른 시계바늘과 숫자가 파르게하게 어둠 속을 떠다닌다. 순간 어머니도 할머니도 미사코도 버리고 미국으로 가 버리자고 생각했다. 머리를 세차게 흔든다. 미사코와 결혼해서 부모들을 보살피며 이 섬에서 살자.

＊　　＊　　＊

어제는 린제이 집으로 가기로 약속한 날이었다. 미노루는 신경이 쓰였다. 그러나 전화도 하지 않았고 할 수도 없었다. 린제이로부터도 연락은 없다.

"뭘 보고 있어?"

싱크대에서 글라스를 씻고 있던 미사코가 얼굴을 가까이 가지고 온다.

"봐봐."

미노루는 턱을 약간 치켜 올리며 사이드 보드 유리에 비친 두 얼굴을 가리킨다.

"나와 미사짱, 정말 다르게 생겼지 …… 내 부모는 거울 앞에 나란히

서 본 일이 없었던 것일까?"

"그치만 우리 둘, 잘 어울리지 않아?"

미사코는 평소에는 잘 하지 않는 농담을 하며 뺨을 미노루 어깨에 올려놓는다.

"⋯⋯어떤 아이가 태어날까?"

미사코는 장난기어린 눈으로 올려다보며 부끄러운 듯이 웃어 보인다.

"당연히 아이노코겠지."

미노루는 글라스를 닦아 사이드 보드에 줄지어 놓았다.

"나, 아이 좋아해."

미사코도 싱크대로 돌아갔다. "아이가 크면 나카노쵸(中の町) 소학교에 입학시킬 거야. 난 육성회에도 나갈 거고."

미사코와 결혼하면 과거는 정말 과거가 될 것은 예감이 들었다. 미노루는 미사코가 시집갈 준비를 하기 위해 신혼살림을 몰래 장만하고 있다는 것을 어제 병실에 있던 마담으로부터 들어 알고 있었다. 결혼 상대가 자신이라는 것을 알고서는 가슴이 죄어오는 느낌이 들었다.

"미사쨩."

미노루가 뒤를 돌아본다. "만약, 결혼식을 올린다면 예전 그 바닷가 근처 교회가 좋지 않을까?"

미사코는 가만히 미노루를 보았지만 눈을 연신 깜빡거리면서 입술을 깨물었다. 계속 쳐다보면 울어버릴 것 같다고 생각한 미노루는 다시 사이드 보드로 시선을 돌렸다.

"⋯⋯ 나, 허벅지에 미노루의 이름을 문신하려 했는데 안 해서 다행이야…… 요즘 유행이거든 …… 그치만 아이가 태어나서 그걸 보고 이상하게 여기면 나도 곤란해지잖아."

미사코의 얼굴은 울음과 웃음이 뒤섞여 일그러졌다. 미사코는 미노루의 팔을 매만졌다.

"나, 솔직히 말하면 부모 형제 아무도 없잖아. 그래서 항상 혼자 떠들고 술 마시고 피곤하면 바로 잠들어야 하고 그래. …… 제임스에게 내가 설교 같은 것을 했지만 사실 나 자신에게 말하고 있었던 거야. …… 미노루가 옆에 있어주면 마음이 놓여서 잘 잘 수 있어."

미노루는 고개를 끄덕인다.

"그리고 말이야."

미사코는 하얀 이를 드러낸다. "나, 낮에 시내에서 쇼핑할 때 뭔가 찜찜한 기분이 들었지만 앞으로는 괜찮을 것 같아."

미노루는 또 고개를 끄덕인다. 무슨 말인지 짐작이 되지 않는다. 결혼 반지는 어떻게 하지? 왼손 약지에 끼는 거겠지?

"여기."

미노루는 왼손 손등을 미사코에게 보여주었다. "담뱃불 자국. 중학교 다닐 땐데, 동급생을 울렸더니 그 놈 형제랑 친척들에게 붙잡혀서 말이야."

"뜨거웠겠네."

미사코는 가볍게 화상 자국을 어루만지고는 키스를 했다.

"이제 슬슬 밤샘 간호하러 갈 시간……"

이렇게 말하던 미노루의 시선이 입구 쪽에 고정된다. 검은 랜턴 슬리

브 블라우스와 검은 개더스커트를 입은 여자가 서 있었다. 린제이다. 저녁이라고는 하지만 한 여름에 아래 위 모두 검은 옷으로 차려입은 것은 이상해 보인다. 미노루는 자기도 모르게 시계를 보았다. 8시 45분이다.

린제이는 카운터를 향해 큰 걸음으로 다가왔다. 미사코가 경계하는 태도를 보인다.

"어째서 약속을 지키지 않은 거야!"

린제이의 새된 목소리가 울린다. 시트에 앉아 세 명의 미군 병사를 상대하고 있던 준과 가즈코도 이쪽을 주목한다.

"……마담이 병으로 쓰러졌어."

뇌출혈이라는 영어 단어를 미노루는 알지 못했다.

"너는 뭐든 대충이야. 어중간하게 군다고. 진심인 게 하나도 없어. 네가 나빠."

"네 기분은 잘 알지만 나는 이 섬을 떠날 수 없어. 이제 너를 잊을 거야. ……나는 오키나와 사람이라고."

"나는 진심이었는데 너는 날 가지고 놀았구나. 여자를 가지고 놀면 어떻게 되는지, 그 무서운 결말을 알려줄 거야."

"미노루는 진심이야, 뭐든 진심이라고."

미사코는 미노루의 편을 든다.

"마담이 쓰러졌다고 해도 어째서 자신의 인생을 돌보지 않는 거지! 왜 자신을 생각하지 않는 거냐고. 다른 사람들이 너에게 뭘 해 줬는지 생각해 봐. 다 이 여자 때문이잖아. 솔직히 말해 봐!"

"왜 넌 미노루를 좋아하는 거야! 왜 네 나라 남자를 중하게 생각하지 않는 거지."

미사코는 목소리를 높여 소리 질렀다. 린제이는 미사코를 노려보았다.

"…… 죽여 버리겠어."

"……"

"…… 정말 죽여 버리겠어."

"……"

"…… 정말 죽여 버리겠어. 죽일 거야."

"……"

"죽일 거야, 죽일 거야, 죽일 거야, 죽일 거야, 아악."

핸드백을 열어 뭔가 검은 것을 꺼내서는 미사코의 얼굴에 들이밀었다. 미사코가 멈칫하는 순간, 린제이는 피스톨의 격철을 풀어 방아쇠를 당겼다. 귀청을 찢는 소리가 들린다. 준이 새된 목소리를 지르며 일어났고 바로 그 순간 총을 맞은 미사코의 뒤통수가 사이드 보드 유리를 깨뜨렸다. 미사코는 무너지듯이 쓰러졌다. 미노루는 영문도 모른 채 쪼그리고 앉아 미사코를 보았다. 눈썹 바로 위에 구멍이 나 있고 얼굴은 온통 피 범벅이다. 튕기듯이 카운터로 들어와 웅크리고 앉은 준은 오열하며 외쳤다.

"미노루, 미사짱이 죽었어, 죽었다고."

가즈코는 밖으로 뛰쳐나갔다. 그녀와 엇갈리듯이 윌리엄스가 부산스럽게 들어와 바닥에 앉아 양 손으로 머리를 쥐어뜯고 있는 린제이를 흘끔 보고서는 카운터 바깥에서 구경하고 있는 미군 병사들을 헤치고 미사코의 맥을 짚어 본다. 미노루는 자신도 모르게 윌리엄스를 세차게 밀쳤다.

"진정하세요. 진정들 해요. 딸이 나간 후에 아내의 호신용 피스톨이 없어진 것을 알았다고요. 그래서 이렇게 서둘러 따라온 겁니다. 진정하세요."

"얼른 구급차를 불러!"

미노루가 소리쳤다. 윌리엄스는 전화를 걸었다, 총성과 거의 동시에 윌리엄스가 뛰어들어 온 것이다. 타이밍이 기막히다. 피스톨이 없어진 것을 알아챘다는 것도 우연이라 보기 어렵다. 그러나 미노루는 그런 정황들이 이상하다고 느끼지 못했다. 바닥에 무릎을 꿇고 양손을 짚은 채 움직이지도 않고 멍한 눈으로 미사코의 시체를 바라본다. 희한하게도 눈물이 나지 않는다. 린제이는 머리카락을 쓸면서 얼굴을 든다.

"나를 비참하게 만든 벌이야."

미러 볼이 린제이의 얼굴을 울긋불긋하게 물들인다.

"왜, 모두, 나를 버리는 거야, 왜."

윌리엄스는 어깨를 끌어안듯이 하면서 필사적으로 타이른다.

가까운 가게에 있던 보이와 호스티스 수십 명이 몰려 왔다. 한 사람도 빠짐없이 일제히 카운터를 들여다보고는 수군거렸다. 미사코의 뒤집힌 파란 플레어스커트 사이로 흰 허벅지가 드러나 있다. 준이 조심스럽게 스커트 자락을 내려 준다. 보이들은 세 미군 병사의 어깨와 등을 흔들기 시작했다. 미군 병사들은 어쩔 줄 몰라 하며 한쪽 벽 구석으로 비킨다.

크게 울리던 사이렌 소리가 갑자기 멈추고, 백인 MP 세 명이 들어 왔다. 오키나와인 경찰관 두 명도 뛰어 들어왔다. '플라워 펀치'의 보이가 오키나와인 경찰관의 제복 자락을 쥐었다.

"왜 당신들은 MP와 같이 온 거요?"

성격이 좋아 보이는 중년의 경찰관은 고개를 흔들며 오키나와 방언으로 말했다.

"어쩔 수 없었어(찬−나란사−)."

한 명의 MP는 카운터로 들어가 미노루와 준에게, 또 다른 MP는 가즈코와 손님으로 있던 미군 병사에게 사정을 묻기 시작했다. 나머지 한 명의 MP는 보이와 호스티스들을 바깥으로 내쫓으려 했다. 준과 미노루가 한마디도 하지 않자, 체념한 MP는 윌리엄스에게 다가갔다. 윌리엄스는 손짓을 섞어가며 빠른 속도로 설명하기 시작했다. 미노루는 린제이를 목졸라 죽이고 싶은 충동에 휩싸였다. 카운터에서 나왔다. 미노루의 이상한 기운을 느낀 윌리엄스가 미노루와 린제이 사이에 가로 섰다.

"여기에 대한 보상은 반드시 할게."

윌리엄스는 애원을 한다.

"보상? 무슨 보상? 미사코는 죽었어."

미노루는 윌리엄스를 밀쳤다. MP가 미노루의 팔을 잡았다. 미노루는 뿌리쳤다.

"우리들은 매일 밤 아메리카−에게 친절하게 대해줬어. 그런데 왜, 왜 우리는 아메리카−에게 죽임당해야 하는 거야?"

가즈코가 부르짖었다.

"때려 죽여(탁쿠루세−)!"

어떤 보이가 큰 소리로 말한다.

보이들은 여전히 소란스러웠다. 그 가운데 몇 명은 맥주병을 들고 있었다. 그러나 그것을 깨서 흉기로 사용하는 이는 없다. MP 한 명이 피스톨을 꺼내 자세를 취한다. 두세 명의 보이들은 뒤로 물러났다. 상관인 듯한 MP는 그 MP를 다독인다. 병을 든 채 손을 떨고 있는 보이의 어깨를 오키나와인 경찰관이 가볍게 두드렸다. 미노루는 린제이를 가리키며 영어로 말했다.

"너희들은 내 아내를 죽였다. 나는 살아있는 동안 이 일을 잊지 않을 것이다."

또 다른 MP 카의 사이렌 소리가 그치더니 네 명의 MP가 지원을 왔다. 조명을 키고는 현장 사진을 찍기 시작한다.

"너는?"

상관처럼 보이는 MP가 미노루에게 묻는다.

"……"

"나중에 참고인으로 부를 테니까 멀리 가지 않도록."

"재판에서 이길 때까지 어디에도 가지 않을 거야. 사람이 죽었어. 난 온 세상에 큰 소리로 떠들며 다닐 거야."

상관 같은 MP는 미노루를 쏘아보았지만 곧 뒤돌아보고는 린제이를 MP 카에 태우도록 지시했다. 린제이는 윌리엄스와 MP의 부축을 받으며 밖으로 나갔다.

"이 여자애 웃고 있는 거 아냐?"

"못 가게 해. 붙잡아."

보이들은 결코 영어로 말하지 않는다. 마추가 MP 카 앞을 가로 막아섰다. 오키나와인 경찰관이 그를 밀어낸다.

"MP 카의 가솔린을 빼내 버려."

"불 질러."

마추는 한 입 먹은 구아바(반시루-)를 MP 카를 향해 던졌다. 뒷 유리창에 명중한 반시루-가 땅에 굴러 떨어진다.

"그 애, 죽었어? 파파?"

린제이는 뒷좌석에 기대어 앉았다. 헝클어진 머리가 얼굴을 가리고 있다.

"걱정 마. 안심해. 파파가 뭐든 해결해 줄 거니까."

윌리엄스는 딸을 끌어안고 머리를 쓰다듬는다.

"고자 경찰서로 데리고 가."

"예스 썰, 부대에는 데려가지 말고."

"절대 용서하지 않을 거야."

군중들은 MP 카 창문에 얼굴을 갖다 댔다. MP 카는 경적을 끊임없이 울리며 난폭한 모양새로 큰 도로로 빠져나갔다.

"사형시키지 않으면 용서하지 않을 거야."

마추는 열심히 MP 카 뒤를 쫓고 또 쫓으며 외친다.

"MURDERER(살인자!) MURDERER"

조정민 옮김

「셰이커를 흔드는 남자」에 대하여

• 작품 해설

　『오키나와 타임스(沖繩タイムス)』(1980. 6)에 소개된 작품으로 베트남 전쟁
시기의 오키나와를 다루고 있다.

　한국 전쟁 때 미군의 공격기지 및 후방지원 기지 역할을 하던 오키나와
는 1960년대 초부터 베트남 전쟁의 후방기지 역할을 수행하게 된다. 오키
나와의 미군기지에서 베트남 전쟁으로 파병된 미군들은 참전 기간 동안 얼
마간의 휴가를 받고 오키나와에서 전쟁 공포를 달랬다. 이때 그들은 자극
적인 방법으로 욕구를 해소하거나 폭력을 행사하기 일쑤였고 그 피해는 고
스란히 오키나와의 몫이 되었다.

　이 소설은 미군을 상대로 영업하는 A사인 바(A sign bar, A는 'Approved'의 머
리글자로 위생검사에 합격한 종업원과 가게에게만 영업을 허가하는 표식이다.)를 배경
으로 오키나와 사람과 미군의 관계가 다양하게 묘사되어 있다. 제목에 드
러나는 '셰이커를 흔드는 남자' 미노루는 미군 아버지와 오키나와인 어머니
사이에서 태어난 혼혈 청년으로, 이 남성의 신체는 오키나와 여성의 성을
지배한 미군 남성의 폭력성을 드러내는 상징이기도 하다.

　또한 A사인 바에서 일하는 오키나와 여성은 미군들의 폭력에 가장 먼저

노출되는 존재이면서 동시에 미군들과 마찬가지로 신체와 생명의 위협에 시달리는 공통점을 가지고 있다. 죽음에 임박하는 노동을 강요당하는 오키나와 여성과 미군은 미국의 동아시아 전략과 지배의 산물에 다름 아닌 것이다.

• 주요 등장인물

미노루(稔) : 미군 아버지와 오키나와인 어머니 사이에서 태어난 혼혈아다. 미군 아버지는 어머니와의 결혼을 약속했지만 도망치고 말았고, 그의 어머니는 미군의 모습을 점점 닮아가는 아들 미노루 때문에 정신이 망가졌다. 때문에 미노루는 외할머니 손에서 자랐고 지금은 외할머니가 운영하는 바에서 바텐더로 일하고 있다.

미사코(ミサコ) : 미노루가 일하는 바에 고용된 여자 종업원이다. 미노루를 사랑하며 그와 결혼할 생각을 가지고 교제하고 있으나, 미국인 여성 린제이의 등장으로 삼각관계가 형성되고 만다. 결국 린제이의 권총에 맞아 숨을 거둔다.

린제이(リンゼイ) : 오키나와게 거주하는 미국인 윌리엄스 부부의 딸이다. 아름다운 용모를 가졌지만 한쪽 다리가 불편하여 절뚝거리는 걸음을 한다. 건장하고 정상적인 신체로 상징되는 기존의 미국 이미지와는 반대로 불안정하고 비정상적인 미국의 이미지를 보여준다.

윌리엄스(ウイリアムス) : 미노루의 바에 자주 드나들며 미사코와도 빈번하게 만나는 미국인이다. 미사코와의 부적절한 관계가 드러나고 또 자신의 딸 린제이와 미노루의 관계가 잘 이어지지 않자 미사코에게 큰 불만을 느낀다. 미사코의 죽음과도 깊이 연루되어 있는 인물이다.

• 작품요약

외국 스타와 같이 수려한 외모를 가진 백인 혼혈인 미노루는 현재 외할머니가 운영하는 A 사인 바에서 바텐더로 일하고 있다. 결혼을 약속하고도 도망친 미군 남편, 그리고 그를 점점 닮아가는 아들 때문에 정신이 망가진 어머니를 대신하여 미노루를 키워 온 것은 외할머니였다. 어머니의 정신 이상이 아버지를 닮아가는 자신의 외모 때문이라고 자책하는 미노루는 "왜 오키나와 남자들은 백인 여자에게 주저하는 것일까. 백인 남자는 마음대로 오키나와 여자들에게 손을 대고 아이를 낳게 하는데.", "폭탄을 떨어뜨리듯이 간단하게 나 같은 아이를 낳은 사람도 있어. 죄다 엉망으로 만들어 놓고 태평하게 사는 이도 있다고."하며 아버지와 같은 미국인에 대한 원망과 비난을 숨기지 않는다.

한편 A 사인 바를 드나드는 미국인 윌리엄스는 크리스마스이브에 미노루와 A 사인 바 여종업원 미사코를 집으로 초대하여 파티를 연다. 오키나와와 미국의 친선을 위함이라는 구실이었지만, 실은 한쪽 다리가 불편한 윌리엄스의 딸 린제이가 미노루를 좋아하기에 특별하게 마련된 자리였던 것이다. 여기에서 주목을 끄는 대목은 어머니의 성을 유린하고 미노루 자신에게는 혐오스러운 이중적 외모를 남겨 준 아버지에 대한 격렬한 증오와 분노가 미국인 여성 린제이에 대한 성적 욕망으로 이어진다는 점이다. 미국인 여성과의 관계를 통해 자신과 똑같은 외모의 혼혈인의 생산을 상상하는 미노루의 의식은 미국이라는 거대한 타자에 대한 분노와 복수를 의미한다고 볼 수 있는데, 이 같은 미노루의 시선은 여성의 문제를 넘어 국가나 민족의 문제로 확장되고 있으며 이는 남성중심주의나 민족주의 이념에 크게 경도된 것이라 지적할 수 있다.

미노루와 함께 A 사인 바에서 일하며 그에게 연정을 품고 있는 미사코는 미노루와 린제이의 관계를 질투한 나머지 린제이에게 "네 아버지는 나를 안기도 한다고. 사기도 해."하고 발설하고 만다. 궁지에 몰린 윌리엄스의 요구로 미사코는 그들 부부와 만나 자신의 발언을 정정했지만, 윌리엄스의 부도덕한 행위를 들춤으로서 그 가정에는 불화와 불안이 초래될 수밖에 없었다. 이와 같이 미노루와 미사코는 각각 린제이와 윌리엄스의 신체를 소유함으로써 미국인 가정에 개입하며 그들 가족 관계를 위태롭게 만들고 있었다.

그런데 결과적으로 파국을 맞이하는 것은 미노루와 미사코였다. 미노루에게 선택받지 못한 린제이는 결국 권총으로 미사코를 죽이고 만다. 이는 질투심에 휩싸인 린제이가 단독으로 자행한 사건이 아니었다. 총성과 함께 윌리엄스가 정확하게 등장한 것과 권총이 없어졌다는 사실을 우연히 알게 되었다는 그의 변명은 오히려 윌리엄스 가족이 계획적으로 미사코를 살해하고자 한 것을 증명할 뿐이다. "재판에서 이길 때까지 어디에도 가지 않을 거야. 사람이 죽었다고! 나는 온 세상에 큰 소리로 알리고 말거야."라는 미노루의 절규가 "걱정 마. 마음을 가라앉히렴. 파파가 뭐든지 해결할 거니까."라는 윌리엄스의 말에 가려지고 말 것이라는 것은 능히 짐작할 수 있는 바이다. 미국인 가정에 간섭한 미노루와 미사코의 비극적인 결말이 비현실적으로 여겨지지 않는 것은 미국과의 대적의 결과란 매번 패배를 예상하게 만들기 때문이다.

• **참고자료**

신시아 인로 지음, 권인숙 옮김, 『바나나, 해변, 그리고 군사기지』, 청년사, 2011.

이진경 지음, 나병철 옮김, 『서비스 이코노미-한국의 군사주의·성 노동·이주 노동』, 소명출판, 2015.

오키나와문학연구회, 『오키나와 문학의 힘』, 역락, 2016.

사키야마 다미 崎山多美

1954년 오키나와 이리오모테 섬(西表島)에서 태어나 어린 시절을 보냈고, 14살 때 미야코 섬(宮古島)으로 이주한 이후 오키나와 본섬에 있는 고자시(コザ市)로 다시 이주하였다. 섬에서 섬으로의 이주, 본섬으로의 이주는 작가로 하여금 오키나와 언어의 다양성에 대해 주목하게 만들었다. 류큐대학 법문학부에 진학하면서 소설 집필에 관심을 가지게 되었고, 1979년 「거리의 날에」가 신오키나와문학상 가작에 당선되면서 작가 데뷔하였다. 『반복하고 반복하여』, 『무이아니 유래기』, 『유라티쿠 유리티쿠』, 『달은, 아니다』 등의 소설집을 발표하였으며 에세이집으로 『남도소경』, 『말이 태어나는 장소』 등이 있다.

바람과 물의 이야기[*]

위태롭게 휘어져 발돋움하듯, 그리 높지도 가지런하지도 않은 성냥갑을 아무렇게나 세워놓은 것처럼 보이는 빌딩 숲 사이로 바닷바람은 너울거리며 불어온다. 정박한 몇 척의 대형 여객선과 화물선, 작은 고깃배, 페리보트의 네모진 그림자들을 쓸어 올리고는 인기척이 끊어진 선착장을 스치듯 빠져나와 시커멓게 늘어선 창고 지붕을 지나 항구 번화가에 다다른다. 그곳은 열기로 데워진 지면 위로 자욱한 한낮의 사람들의 훈기를 내부에 머금고는 지금 고요히 잠들어 있다.

거기까지 불어온 바람은 등을 구부린 듯 동그란 모습을 하고 있는 마을 주택가에도 슬쩍 침입해 들어온다. 때로 사람들의 깊고 평온한 잠을 방해하기 위해서.

소금 냄새를 머금은 습기 찬 바다의 촉수 때문에 한밤중에 눈을 뜨는 것은 마치 예정된 일인 양 찾아온다. 자동으로 벌떡 일어나, 몽롱한 정신으로 입고 있던 것을 벗기 시작한다. 벗은 옷을 대충 말아 머리맡에 던진 손은

---

[*] 원제는 「風水譚」이며, 번역에는 岡本惠德・高橋敏夫, 『沖繩文學選 日本文學のエッジからの問い』(勉誠出版, 2003)를 사용하였다.

401

좁은 방의 한쪽 벽으로 뻗어간 옷걸이에 걸린 얇은 폴로셔츠와 청바지를 낚아챈다. 엉킨 청바지 속으로 발을 집어넣어 옷을 다 입을 즈음이면 그렇게 행동하고 있는 자신의 모습을 겨우 의식하기 시작한다.

침상을 빠져나올 때, 옆에서 웅크린 채 누운 사토(サト)의 몸이 움찔했다. 그것은 잠을 깬 육체의 반응이 아니다. 무의식 속에 있는 여자의 본능이 경련을 일으켜 나를 비난하는 것이다. 그렇게 말하는 것 같다. 사토는 깊은 잠에 막 빠진 것 같은 호흡을 하고 있다. 집 밖의 은밀한 바람의 속삭임에 이끌린 나는 시트에 감긴 웅크린 몸을 내버려두고 한밤중에 시내로 나간다.

토요일 밤. 정확하게는 이미 2시간 정도 전에 일요일이 시작된 시각이다.

시가지를 빠져나가는 데는 걸어서 고작 12, 3분 정도. 부두로 나가기 전에 다리 입구가 나타났다. 이 지역에서 가장 최신의 기술을 구사하여 준공한 것으로 소문이 자자한 이 다리는 전장이 1km가 넘는 대교다. 육지로 파고든 만을 가로지르는 강철 물체는 어두운 허공에 매달려 안개에 싸여 어둠으로 인해 그 사이가 끊어져 보인다. 가로막는 것 하나 없는 망막한 공간의 조망이란 기묘한 모양으로 비틀리고 부푼다.

시내 상공에 바람이 휘몰아친다. 희미하게 낀 푸른 안개가 비단실처럼 나부낀다.

바람의 난무다. 사아 사아 사아, 소ー 소ー 소ー, 귀를 간질이는 소리로 그것은 전해져 온다. 머리 위를 지나는 바람 소리가, 가끔 사토가 흥얼거리는 시마우타(島唄, 아마미(奄美)와 오키나와 등 남서제도에서 류큐 음계에 따라 부르는 민요)의 선율과 닮았다고 느낀다. 우물거리듯이 나오면서도 사아ー 수ー 리ー 하고 저 멀리까지 던져 올리는 우타의 반주음처럼.

자동차가 끊긴 밤길을 걷고 또 걷는다. 한편에서는 바다가, 다른 한편에서는 시내 불빛이 멀리 내려다보이는 다리 위다. 발길을 멈추자 끊임없이 불어오던 바람 소리는 허공에 날려 주변의 모든 소리는 사라지고 만다.

소리 없는 밤이 어둠에 잠긴다.

허무하게 흩어지기 시작한 시내 불빛을 뒤로 하고 어두운 바다를 내려다본다. 잘게 썬 내장처럼 해수면 위로 젖혀져 떠오른 것은 바람이 일으킨 파도의 잔물결이다. 바닷바람으로 끈적끈적한 난간 손잡이에 턱을 걸치듯 기대어 섰다. 검고 깊은 물 위에 나는 서 있다.

별안간 바람이 누그러진다. 등 뒤의 따뜻한 바람이 만든 옴팍한 구멍 속으로 빨려 들어간다. 고개를 돌리자 언제 가까이 왔는지 모르는, 어디선가 느닷없이 나타난 것 같은 가냘픈 한 여자가 바람에 떠밀려 이쪽으로 걸어오고 있었다. 여자는 희미한 웃음을 띠우고 곧장 이쪽으로 시선을 두면서 조금씩 다가서는 모양으로 걸어온다. 둥그스름한 얼굴에 흰 피부를 가지고 있어 붉은 입술은 어둠 속에 뚜렷이 드러난다. 대충 늘어트린 머리카락이 바람에 흩날려 머리가 괴이쩍게 부풀어 오른다. 사토. 하마터면 그렇게 부를 뻔했다. 고개를 젓는다. 그럴 리 없다. 그녀를 내버려 둔 채 나온 터이다. 사토는 지금쯤 깊은 수면의 바다 속에 있을 것이다.

여자가 멈추어 섰다. 나에 대한 그녀의 목적이 분명히 전해졌다. 조용히 뒷걸음질 치면서 나는 다시 한 번 크게 고개를 저었다. 여자는 여전히 웃으며 그 가늘고 흰 팔을 흔들어 내민다. 나는 난간에 등을 붙였다. 바로 그 순간 웃음을 거둔 여자의 표정은 딱딱하게 굳어졌고 그녀는 얼굴을 떨구며 조용히 등을 돌렸다. 잘록한 여자의 모습이 어둠과 뒤섞인다.

갑자기 발밑에서 끝을 알 수 없는 동굴이 느껴졌다. 당시 사토가 보았던 바다도 이런 색이었다. 자신 안에 뻥 뚫린 구멍에 그칠 줄 모르게 흘러드는 검은 물을 응시하듯 사토는 그렇게 서 있었다.

즉흥적으로 밤배를 탔을 때, 어둑한 갑판에 서서 바다를 내려다보는 여자의 모습을 보았다.

바람에 날아오르는 머리칼의 흐름을 거스르는 여자의 상반신이 난간에서 넘어지듯이 흔들리고 있었다. 멈춰, 하고 나는 소리 높여 외치며 등 뒤에서 그 여자를 느닷없이 꽉 껴안았다. 한순간 경직된 여자의 몸이 무턱대고 힘을 준 내 팔 안에서 녹아내릴 듯이 비슬거린다. 그대로 눈 녹듯 무너지는, 바닷바람 냄새에 물든 여자의 머리칼을 나도 모르게 끌어안고 있었다. 저항하지 않는 여자의 부드러운 몸에 오히려 내가 빠져들어 갈 것 같았을 때, 그녀는 웅크린 채로 이상한 사람이야 하고 말을 내뱉었다. 그 앳되고 밝은 목소리 때문에 내가 착각하고 있었음을 알아챌 수 있었다. 당황한 나는 그녀를 놓아주며 후훗 하고 웃음을 흘렸다. 죽으려고 했던 게 아니라고요 난. 이렇게 말하며 들어 올리는 얼굴을 보고 흠칫 놀랐다. 푸른 눈이다. 어둠에 젖은 그 고양이 눈이 나를 쏘아본다. 여자의 얼굴이나 목덜미가 어둠 속에서 하얗게 떠오른 것은 등불 탓만은 아니었던 것이다. 아이노코(あいのこ, 혼혈아). 내 안에서 습하고 무지근한 통증을 동반하는 그 단어가 떠올랐다. 이 섬에서 자주 보는, 희거나 검은 피부색의 인종과 섬 여자들 사이에서 태어난 혼합된 아이들. 날렵한 콧날이 애처롭게 나를 올려다보고 있다.

--- 당신, 야마토 사람이지.

갑작스런 질문이다. 말투에 가시가 있는 것은 아니지만 야마토 사람인 나를 멀리 쫓아 보내는 듯한 말투라고 그냥 느껴진다.

--- 어째서 알았지?

--- 이거 봐요, 그 말씨(무누이). 코가 멘 소리로 건조하게 말하잖아요.

듣고 보니 이 섬의 사람들은 숨을 세게 내던지듯이 말한다. 말을 할 때 숨이 귀를 스치듯이 때리는 것이다. 여자의 말투는 더욱 강하다고 느꼈다.

――― 섬으로 돌아가는 거야?

――― 그래요. 돌아간다고나 할까, 할머니(아나)가 위독하다고 하니 마지막으로 얼굴 보러 가는 거예요. 여러 가지 일을 마치고 다시 시내로 돌아올 작정이지만.

그 할머니라는 사람이 여자에게는 유일하게 가까운 육친이자 그녀를 키운 부모나 마찬가지라는 것을 나중에야 나는 알았다. 아버지를 알 수 없는 아이를 낳은 어머니는 푸른 눈의 아이를 버렸지만 그 아이에게 사토라는 이름을 지어준 사람 역시 할머니라는 사실도 뒤늦게 알게 되었다.

――― 섬에 갈 때는 항상 이렇게 밤배로 가는 거야?

여자는 또 웃었다. 이번에는 소리를 내지 않고.

――― 요즘 사람들은 어디를 가더라도 배 같은 건 타지 않아요. 나는 돈이 그다지 없으니까. 게다가 밤배를 타면 낮에 일을 쉬지 않아도 되니까 하루를 버는 셈이 되는 거죠.

마음을 터놓은 말투다. 웃는 얼굴로 해면을 바라보는 그녀의 옆모습에서는 알 수 없는 슬픔이 느껴졌지만, 그것은 감상적인 내 시선 탓일 뿐 특별히 여자 때문에 의식되는 것은 아니라고 생각했다. 목소리가 곧고 밝다. 그것이 여자 마음의 전체라고 나는 착각했다. 이 알 수 없는 밝은 목소리는 깊은 바다 어딘가와 연결되어 가는 것이라고.

일본 열도의 꼬리라고 일컬어지는, 바라보면 역시 그렇게 생긴 모습으로 점재하는 남서제도의 어느 한 도시에 살게 된 이후 오 년이라는 시간이 지났다. 나는 원래 이 지역과는 인연도 연고도 없는 남자였다. 그런 내가 여기에, 이렇게 살고 있는 것은 회사가 발령을 내린 곳이 뜻하지 않게도 여기였기 때문이다. 전국에 정보망이 퍼져있는 중앙 신문의 지방 파견 기자 자격으로 말이다. 내가 자원한 것도 아니었지만 남쪽 지방으로 발령을 받았을 때, 직업 특성상 이 지역에 대한 정보는 넘칠 정도로 가지고 있었다. 그러나 그곳은 어딘가 알 수 없는 이국의 땅이라는 기분이 들었고 작열하는 섬에 대한 우울한 이미지가 나를 풀죽게 만들기도 했다. 그렇다고 회사의 제안을 거절할 정도로 기개가 있지도 않았기에 바다 한가운데 떠 있는 미개지로 귀양을 가는 사람마냥 이렇게 오게 된 것이다.

비행기가 하강할 때 기내에서 구름 사이로 이 섬들을 내다보았을 때, 소용돌이가 되어 섬을 휘감는 물의 양과 넓이에 압도되고 말았다. 가벼운 현기증을 느끼며 바라본 이 섬들의 모습은 희미하고 평평했으며 얼마간 일그러진 타원이나 깔쭉깔쭉한 삼각, 사각 모양으로 수면 위에 흔들흔들 떠 있었다.

비행기에서 내려서 보니 섬 내부는 미개지는커녕 도심과 다름없는 두세 개의 소도시를 갖고 있었고, 주민들은 도시 모양새에 걸맞게 몇 단계나 진보한 차림으로 일반적인 일본인을 연출하고 있는 듯이 보였다. 혹은 불합리한 역사의 난제로부터 눈을 돌리는 것이 이 섬에서 살아가는 유일한 방법이라고 말하고 싶은 듯이 보이기도 했다. 무사태평한 그리고 의외로 촌티가 나지 않는 사람들의 표정 때문에 남도에 대한 우울함은 해소되었지만, 남몰래 품고 있던 이국정취에 대한 기대가 빗나가 나의 섬 생활은 힘이 빠진 상태로 시작되었다.

혼자서 여러 사람의 몫을 소화해야 하는 지방 근무의 잡무가 볶아치는 가운데, 어딘가 모르게 느린 속도로 진행되는 느슨한 섬사람들의 생활 리듬에 조바심을 느끼고 있었지만 이러한 초조함도 일 년을 보내고 나니 타협의 경지에 이를 수 있었다. 생각을 둔하게 만드는 한여름의 찌는 듯한 더위도 계절의 정취를 읊는 시처럼 느끼게 되고, 계절마다 찾아오는 태풍의 횡포도 한바탕 흐드러지게 피는 꽃도 그저 투명하기만 한 하늘과 바다의 넓이도 일상 속에서는 내 눈과 몸을 스치는 하나의 풍경에 지나지 않게 되었다.

　비교적 서로의 사정을 속속들이 아는 현지 기자들과의 술자리도 잦아져 저녁 시간의 대부분을 그렇게 보냈다. 처음에는 정보교환이 목적이었지만 그것도 얼마 가지 않아 부담스러운 습관이 되고 말았다. 늘 만나는 기자들과 술집에서 자리를 차지하고 있다 보면 논쟁이 일어나는 일도 있었고 만취한 그들이 '너 같은 야마토 사람이 무엇을 알겠냐(잇타-야마톤츈, 누-누와 카이가)'며 거리감을 드러낼 때는 그것으로 모든 것이 끝나고 만다. 그들의 시선은 역사의 무게에 억눌려 말도 깊숙한 곳에 꽁꽁 틀어박혀 있는 것 같았다.

　취재 도중에 이 역시 업무라 생각하며 시내 안팎을 배회하거나 작은 낙도로 훌쩍 발을 옮기는 일도 있었다. 무심코 산책을 하다보면 섬은 몇 겹이나 두르고 있던 표층의 역사의 옷을 하나씩 벗기 시작한다. 그러다 보면 섬은 새카만 피부를 드러내며 본래의 모습을 자아내는 것 같았다. 섬을 바라보는 나의 시선에 특별한 변화가 일어난 것은 아니다. 섬사람들의 거칠고 들러붙는 것 같은 억양. 짙은 눈썹과 크고 검은 눈. 일 년 내내 열기를 품은 공기. 질리지도 않는 듯이 반복되는 특이하고 다양한 연중행사. 그러한 모습들이 나에게 이러한 감정을 품게 만든 것도 아니었다.

　오히려 거꾸로 되어 버린 것이다. 보는 측과 보이는 측의 위치가. 섬의 시선에 내가 붙들려 있는 것이다. 아무 말도 하지 않는 바위굴 형상을 한 섬이 나를 지켜보고 있다. 그러한 기분에서 벗어날 수 없게 되었다.

　내가 원하기만 하면 그 해 봄에는 본사로 복귀할 수 있을 터였다. 마흔 살이 넘어버린 남자가 가족과 떨어져 지방에서 혼자 살아가는 것에 슬슬 한계가 찾아올 즈음이었다. 그렇게 생각하기 시작하면서 두 번째 여름을 맞았을 때, 그런 내 마음에 말뚝을 박는 것처럼 사토가 들어왔다.

그해 여름의 끝자락. 얼마간은 누그러진 햇볕에 안도하며 하룻밤 일정으로 낙도 여행에 나섰다. 여객기가 하루 네 편 정기적으로 왕복하고 여객선도 다니는 비교적 교통편이 좋은 M섬으로.

특별히 취재 목적이 있었던 것도 아니었다. 이제 와서 관광 기분을 맛보려는 것도 아니었다. 예정에 없던 뻥 뚫린 연휴의 혼자만의 시간이 눈앞에서 언제까지나 퍼져만 가는 하얀 공간이 되어 갑자기 나를 위협하는 탓에 누군가에게 쫓기듯이 M섬에 가기로 문득 결정했다. 안내인을 동반하지 않은 첫 섬 여행이었지만 정보만큼은 얼마든지 갖고 있었기에 즉흥적인 생각을 곧장 실행에 옮길 수 있었다. 이것저것 공식적인 이벤트나 축제는 모두 끝나 혼자 훌쩍 떠나기엔 절호의 시기라는 생각에 마음이 동한 사정도 있다.

하늘보다는 바다가, 라는 기분이 들었다. 혼자만의 여행을 문득 떠올린 오후 8시, M섬을 향해 출항하는 배편에 몸을 실을 수 있었다. 밤 사이에 바다를 건너 다음 날 새벽 항구에 도착하는 일정의 배편이었다. 배 밑은 끊임없이 진동하고 있었다. 이 익숙지 않은 소리에 멀미를 할 것 같은 기분이 들었다. 해가 완전히 저문 뒤 밤바람으로 기분을 달래 보려고 갑판 위로 올라갔을 때, 검은 바다로 몸을 내밀듯이 구부리고 있는 여자의 흐늘거리는 그림자를 본 것이다.

느슨해진 바람이 다시 소리를 낸다. 사아 사아 사아, 소− 소− 소−.

문득 시선을 아래로 떨어트리자 물 위를 재빠르게 흐르는 푸르께한 그림자가 보인다. 돌연 크게 부풀어 올라 꾸물거리며 가늘고 길게 잘크라지더니 갑자기 물속으로 떨어져 간다. 놀라 움찔하며 어이, 하고 나도 모르게 목구멍이 죄어드는 소리를 질렀다. 몸은 뒤로 물러나고 있었다. 천천히 긴장을 풀었다. 환영이구나, 이것은. 다리 저편으로 무너져 내리듯 떨어지는 거대한 그림자의 움직임이 실제 사람일 리 없다. 나는 또 보고야 만 것이다. 아마 밤바다를 헤매는 사토의 혼을.

당시 부둥켜안은 사토의 몸은 허물에 불과하다. 진짜 사토는 역시 저 깊은 바다에 빠져 버린 것이다. 오늘밤처럼 미지근한 바람이 부는 밤에는 그런 사토가 나를 유혹한다. 농밀한 관계 뒤에 잠 든 사토의 육체와 서로 교대하듯이 밤바다를 방황하는 사토가 나를 잠에서 깨우기 위해 다가오는 것이다. 그런 생각에서 나는 벗어날 수 없다. 이런 밤중에 배회하는 것도 사토와 만나면서부터 시작된 나쁜 습관이다.

바람의 노래가 사토의 목소리에 포개진다.

3년 전 초저녁의 시내.

밤거리 번화가에서 사토의 통통거리는 목소리를 들었다. 항상 자리를 같이하던 동료의 권유로 찾아간 시마우타 민요 클럽에서 푸른 눈의 아가씨가 북채를 휘두르고 있었다. 삿사, 삿사, 하, 이야, 하, 이야 이야 하고 날이 선 칼처럼 차진 박자로 북소리 리듬 사이사이에 소리를 내고 있었다. 한없이 밝고 높이 올라가는 사토의 목소리를 측은하게 느끼는 내 표정을 무대 위에 선 그녀가 순간 빛나는 눈으로 바라보았다. 우연한 재회였다. 그렇지만 그 만남을 우연이라고만 단정할 수는 없었다. 나는 이 다루기 힘든 감정을 품은 채 사토에게 다가갔던 것이다. 낮에는 커피숍에서 아르바이트를 하고 주말 저녁에는 여기에서 북을 치고 있다며, 사토는 무대 사이의 휴식 시간에 설명했다. 기분전환 삼아 시작한 예능에 솜씨가 붙은 것이다.

ㅡㅡㅡ이런 눈동자와 피부색을 하고 있으니, 손님들이 흥미를 갖는 점도 있긴 하지만…….

환한 얼굴로 그렇게 말하며 내가 내민 명함을 보고는

---야마토 신문기자로군, 당신은, 예상대로.

라고 시원스레 말한다. 예상대로라는 것은 무슨 뜻이냐고 나는 되물었다. 사토는 조금 입을 오므리며 다시 반짝거리기 시작한 눈을 곧장 아래로 내린다. 예상대로라니, 그것은 무엇을 말하는 것일까. 사토의 내려놓은 시선이 마음에 걸려 이야기 도중에 다시 한 번 더 물어보았다. 집요하게 구는 내가 머쓱해질 정도로 그녀는 특별한 의미는 없다고 목소리를 떨어뜨렸지만, 푸르고 맑은 눈을 크게 뜬 사토는 이렇게 말했다.

　　--- 당신, 이 섬의 구석구석을 염치도 없이 빤히 쳐다보는 그런 눈을 하고 있어요. 조용히 살아가려는 섬사람을 더럽히는 눈이에요. 최근에 많아졌죠. 그런 눈이. 섬 이곳저곳에는 눈알들만 어정버정 굴러다니고 있어. 낮이나 밤이나.

　　나는 또 그 빤히 쳐다보는 눈으로 하얗게 화장한 날 선 윤곽의 사토의 얼굴을 가만히 보고 있었을 것이다. 내 기분이 상했다는 것을 확실히 인식한 사토는 건너편 의자에 앉아 희미하고 깊은 미소를 나에게 보냈다.

　　그대로 돌아갈 수 없게 되었다. 동료 세 명과는 일단 헤어져, 문을 닫기 직전에 가게 뒷문으로 가 사토를 기다렸다. 새벽 2시를 넘긴 시각이었다. 검고 큰 가방을 어깨에 메고 민낮에 포니테일을 한 장신의 사토가 급한 걸음으로 나왔다. 그런 그녀를 막아서듯이 나는 몸을 가까이 가져갔다. 어머나, 당신은. 놀란 얼굴을 바로 누그러트리며 아무 말도 하지 않는 사토는 나와 걸음을 같이 했다. 두 달 전 밤배에서 나에게 안겨 녹아내릴 듯했던 여자의 몸에 다가가자 이번에는 반대로 그녀의 몸이 휘감기는 큰 파도의 물결이 되어 나를 집어삼켰다. 남쪽 지방의 겨울밤에 어울리는 바람이 드디어 불기 시작한 때였다.

　　이후 나는 주말 밤을 사토의 좁은 아파트 방에서 지내는 생활을 이어갔다. 본사로 돌아간다는 이야기는 거듭 연기되었고 주변의 수상쩍은 시선을 받으면서도 지방 부임 오 년 째를 맞이하는 기록을 세우며 선임자들의 부임기간을 갱신하고 말았다. 막 사들인 도심의 맨션에 남겨 둔 아내와 두 아이에게는 변명의 여지가 없었고 가족들과의 관계도 완전히 식어 버린 지 오래되었다. 그곳에는 내가 있을 자리가 어디에도 없을 것이다.

사토가 나를 이 섬에 묶어두고 싶어 한다고 말하려는 것은 아니다. 주말 밤에 가지는 관계 이외에 사토가 나에게 무언가를 요구하는 일은 없다. 그녀가 제 발로 나의 집에 찾아오는 일조차 없다. 내가 그녀의 아파트를 찾아가는 생활이 삼 년이나 이어졌다. 야마토로, 야마토로 돌아가는 편이 좋아. 그래야 성불할 수 있다고 나는 생각해요. 웃음을 머금은 목소리로 사토는 그렇게 말한다. 이런 피부에 다른 색의 눈을 하고 있어도 나는 섬사람(시만츄)이라서 섬에서 사는 편이 가장 좋아요. 당신을 좇아다니는 일은 없어. 돌아가야 할 때 슬슬 돌아가야죠. 당신도.

나를 염려하여 무리해서 하는 말도 아니며 나에게 싫증이 나서 하는 말도 아닌 것 같다. 남자에 대한 체념과 같은 것이 사토에게는 처음부터 있었다. 내가 당신을 따라 야마토로 가는 일은 없어, 라고 말하는 사토의 말투에는 낳은 지 얼마 안 된 갓난아이에게 이름도 지어주지 않고 주둔 미군 병사를 따라 미국으로 떠나 버린 어머니에 대한 복잡한 심경이 숨어 있었다. 할머니마저 세상을 떠나 의지할 곳도 믿을 곳도 없게 된 이 섬에서 어머니의 전철을 밟지 않겠다는 굳은 결의만이 씩씩하게 살아가려는 스물여섯 여자의 마음을 지탱하고 있었다. 그러나 천애 고아의 처지를 아무런 거리낌없이 입 밖으로 내뱉는 사토의 마음 한 구석을 다 알 수는 없다. 거기에 드넓게 펼쳐진 끝없는 허무함을 사토는 남자에게 의지하지 않고 어떻게 떠안고 가려는 것일까.

이것은 할머니가 나에게 남겨 준 유품과 같은 것인데, 하며 사토가 흥얼거리는 노래가 있다. "하나노 가지마야(花のカジマヤ)"라는 것이다. 하나는 꽃, 가지마야는 풍차니까 꽃 풍차인 셈이다. 스리, 바람을 데리고 돌아간다. 친둔덴둔, 만친탄……. 아름다운 풍차가 바람에 돌아간다. 뱅글뱅글 돌면서 바람을 부른다……. 이 섬의 사람이라면 누구나 알고 있는 섬 노래다. 영문도 모르게 계속 울어대기만 하는 어린 손녀를 할머니는 바닷가로 데리고 나가 가시를 없앤 아단 잎으로 풍차를 만들어 돌리면서 그렇게 노래를 불렀다고 한다.

───할머니는 약간 음치였어요. 노래는 정말 어설펐어. 아이가 들어도 알 수 있을 정도였다고. 하지만 할머니가 그 노래를 부르면 정말로 바람이 불어와서는 풍차를 뱅글뱅글 돌리는 거야. 진짜로.

그런 어린아이 같은 이야기를 하는 자신에게 스스로 놀리기라도 하듯 사토는 과장되게 표정을 일그러뜨렸다.

───웃어도 좋아요. 꼭 아이(와라바) 같죠?

굴러가는 듯한 목소리에 이끌려 나도 모르게 웃음으로 답했지만, 그러나 나는 웃고 있지 않았다. 사토 속에 남아있는 무구한 어떤 것의 뿌리를 그때 목격한 것 같은 생각이 들었다. 어느 여름 낮 바닷가 저편 수면에서 불어오는 밝은 남쪽 바람이 사토 안에서 계속 불고 있다는 것이 느껴졌다. 그것을 왜 나는 어두운 밤바다에 휘몰아치는 뜨뜻미지근한 바람과 중첩시켜 버리는 것일까.

그 사람 말이야, 언뜻 사토가 어머니에 관해 말을 꺼내는 일이 있었다. 역시 미국에서 제대로 살지 못하고 곧바로 이 도시로 돌아온 모양인데, 가난한 섬 집에 버려둔 눈 색깔이 다른 딸아이를 만나러 오는 일은 결국 없었어요. 아, 그걸 원망한다든지 그런 말을 하고 싶은 건 아녜요. 정말, 정말로. 그 사람인들 분명 필사적이지 않았겠어요? 사는 게 말이에요. 그런 말을 할 때도 사토는 별다른 생각 없이 천진한 목소리였고 거기에서 그늘을 찾아 볼 수는 없었지만 표정만큼은 묘하게 무언가를 깨달은 듯했다.

이 정도 나이가 되면 말이죠, 이십대 중반의 아가씨가 휙 팔짱을 끼면서 말한다. 세상 사람들이 뭐라 해도 나는 그 사람의 행동이 대단하다고 느껴지는 일이 있단 말예요. 버림받은 딸이 이런 말을 하는 건 좀 이상하지만요. 딸을 버린 어머니를 대단하다고 말하는 것은 무슨 의미일까. 그렇게 묻지도 못하고 있는 나를 올려다보면서 사토는 대면조차 한 적이 없는 그 사람의 얼굴이 기억나는 것인지, 눈꺼풀 안에 뭔가 상이 떠오르는 것인지, 저 먼 어머니를 그리워하는 눈이 된다. 그러나 다음 순간 그 상을 딱 잘라 없애듯이 마른 눈이 되는 것이다.

인생이 고통 그 자체였던 연약한 전쟁미망인이 아버지를 알지 못하는 아이를 낳아 할머니에게 미루고는 그것을 돌아보지도 않고 살아가는 남녀 여자의 강직하게 타오르는 붉은 정념. 그런 것을 나는 상상했다. 어머니 속에 있던 그런 불씨를 어쩌면 사토는 자신 안에서 응시하고 있는지도 몰랐다. 그런 것이 오히려 사토로 하여금 긴장하게 만든다는 것을 느낄 때가 있다. 빤히 쳐다보는 눈의 움직임을 억누르지 못하고 나는 알지도 못하는 이국의 아버지에 대한 마음을 사토에게 물어본 적이 있었다. 없는 것은 없는 거야. 그건 매우 단순한 거예요. 어리석은 질문을 하는 나를 일갈하듯 사토는 말한다. 처음부터 없던 것을 바라는 것은 거짓을 찾아 헤매는 거니까. 거짓이 중요할 때도 있지만 그것을 찾아다닌다면 더 중요한 것을 잃어버리게 돼요. 그렇게 되는 것이 더욱 힘든 일이야. 그러니까, 나는, 그런 일은, 안 해. 사토의 대답은 북 소리의 큰 울림과 리듬으로 되돌아온다.

결락감 그 자체가 사람의 마음을 지탱한다고 말하고 싶은 것인지, 시원시원한 사토의 말투에 나의 감상적인 마음이 개입할 여지는 없었다.

소곤소곤하는 속삭임이 들려와 뒤를 돌아보니 다리 난간 여기저기에 어깨를 맞대고 서 있는 몇 쌍의 남녀가 보였다. 연인들의 자동차가 서로 적당한 거리를 유지하며 서 있고, 소- 소- 소- 하고 바람이 날아오르고 있다. 비밀스런 이야기 소리가 그 바람에 실려 온다. 요란한 웃음소리도 섞여 있다. 젊은 커플의 웃음이다. 그런 분간을 할 수 있을 정도로 다리 위는 희한하게 적막하다. 시야가 불안정하게 흔들리고 주변 풍경이 점점 옅은 그림자로 바뀌어 간다. 난간 손잡이에서 멀어져 다리 중앙으로 걸어 나가려 한 바로 그 때다.

---저기, 여보세요.

떨림이 있는 달콤한 목소리가 나를 불러 세웠다. 쳐다보니 아까 그 여자다. 한껏 목을 쭉 빼고 여자는 나를 올려다보고 있다. 방금 전까지는 그다지 느끼지 못했지만 참으로 작은 여자다. 내가 평균 남성의 키보다 약간 큰 정도니까 이렇게 눈 아래에 머리가 오는 여자는, 여자라기보다 성장기를 막 지난 소녀일지도 모르겠다. 나의 당혹함에는 아랑곳하지 않고 새빨간 입술을 가늘게 벌린 여자는 나를 애원하듯이 바라보고 있다. 그리고 그 자세를 흩트리지 않는다. 희미해지기 시작한 시선을 다시 모아 나도 그녀를 바라보아야만 했다. 자세히 보니 여자가 어려 보이는 것은 그 키 탓인 것을 알 수 있었다. 키에 어울리지 않게 풍만한 가슴과 안정감 있는 차진 허리, 께느른한 표정은 젊은 소녀의 것이 아니라는 생각이 든 것이다. 적어도 사토보다는 나이가 많게 느껴진다.

어떻게 반응해야 좋을지 모르는 나는 여자를 내려다보고만 있다. 그러나 애원하는 듯한, 이 섬의 여자라면 반드시 가지고 있는 굴곡이 뚜렷한 얼굴의 깊은 눈빛으로부터 도망칠 수 없다는 예감에 사로잡히고 말았다. 이 섬에서 살기 시작하면서부터다. 이러한 기색 안에 자신을 가두게 된 것은. 섬 내부에 잠재하는, 눈에 보이지 않는 왜곡된 공간의 움푹 팬 곳에서 불시에 뿜어 나오는 사람의 짙은 기색으로 인해 현실에 대한 시선이 구겨지고 그쪽으로 몸이 이끌려 간다.

여자의 작고 애처로운 머리가 바람에 날려 흔들흔들 움직였다. 응, 응, 하고 보채는 듯한 움직임이다. 나는 고개를 끄덕였다. 사뿐히 여자가 웃는다.

———좋아라, 당신이라면 분명히 어떻게든 된다고 생각했어.

귀가 고통스러울 정도로 어설프게 그리고 요염하게 여자는 말했다. 그렇게 말한 그때, 그녀의 얼굴에서는 웃음기가 싹 거두어졌다. 여자는 나에게 집적거리는 것이 아니라 재촉하는 시선을 보이며 앞장서 걸어간다.

다리의 중앙선을 여자는 흔들거리며 걸어간다. 한차례 바람에 유혹당한 듯이 나도 같이 여자를 따라 다리를 건넌다. 걸어 온 방향과는 반대로 시 외곽의 해안을 향해.

도리(다리를 받치기 위해 건너지르게 세운 것.) 아래 해안선을 따라 길을 걸었다. 다리 길이를 생각해 보면 나는 꽤 많은 시간을 걸었을 터였다. 그러나 안개 낀 밤에 잘록한 허리를 가진 여자 뒤를 따라 다리 위를 걷는 것은 구름 사이를 건너는 모양과 같고 시간 감각도 잃게 된다.

어수선한 수상 점포가 늘어선 언저리로 여자는 안내했다. 낭떠러지를 간신히 한 발 앞둔 곳에 묶어 둔 네모진 배가 흔들리는 물 위로 떠 있다. 대부분이 야간에 운영하는 가게들이다. 자가 발전을 하는 엔진 소리가 울려 퍼진다. 이런 시간에도 영업을 하는 가게가 있는 것이다. 주저하듯이 희미하게 켜진 등불 아래로 사람 그림자가 보였다가 사라지는 몇 개의 배를 지나 거의 등불이 없는 어느 한 가게로 여자는 들어간다. 나무로 만든 위험해 보이는 사다리에 여자가 걸음을 옮기자 삐걱삐걱 소리가 난다. 이런 곳에! 어느새 겁을 먹고 걸음을 멈춘 나를 천천히 뒤돌아보며 여자는 작고 가는 손목을 흔든다. 여자의 손짓을 거부하는 것은 이미 불가능하다. 부유물처럼 몸을 이끌고 나도 삐걱거리는 사다리를 건넜다. 미닫이문과 같은 것이 열리자 반짝하고 등이 켜졌다.

갓을 씌우지 않은 전구에 칙칙한 불이 들어온 곳은 다다미 3장 정도의 넓이가 될 듯 말 듯한 네모진 밀실이다. 전구 빛 탓인지 바닥의 양탄자가 짙은 오렌지색으로 비친다. 그 구석에 개어져 있는 이불을 여자가 질질 끌며 가져와 깐다. 펼쳐진 이불에 누워 그렇게 이불의 일부가 된 채로 여자는 내 쪽으로 손을 내민다. 역시 나는 꽤 장시간 걸었던 모양이다. 몸에 중심을 느끼지 못한 채 걸음이 무너져 그만 무릎을 찧고 말았다. 여자가 일어나 내 어깨를 위로하듯이 감싼다. 무게가 느껴지지 않는 사뿐한 느낌이었지만 묘한 느낌으로 목을 끈끈하게 휘감는다. 여자의 팔을 나는 뿌리쳤다. 여자가 무표정하게 나를 바라본다.

---사실은 말이야. 오늘은 그다지 하고 싶지 않아. 그러니까 잠시 이렇게 놔두었으면 해.

여자는 고개를 끄덕이고는 두 무릎을 나란히 모아 무릎걸음으로 뒷걸음질 쳐 몸을 옮겼다. 안도한 것인지 상처를 입은 것인지 알 수 없는 정지한 그 눈은 여자를 점점 알 수 없게 만들었다. 두껍게 화장을 칠한 희고 동그란 얼굴에 그늘진 눈매, 그 외에는 특별함을 느낄 수 없는 단순한 윤곽을 하고 있다. 그것은 이런 직업에 완전히 물든 사람의 얼굴인지, 아니면 직업에 맞게 만들어진 것인지 알 수가 없다. 아무 말을 하지 않는 여자와 좁은 밀실에 있으니 그 숨 막힘에 폐색감은 점차 깊어져 간다. 나를 유혹할 때의 간절한 표정도 여자의 얼굴에서 더 이상 찾아볼 수 없으며, 여기로 나를 데리고 온 이후 그녀는 통명스러워졌다. 이야기를 하면서 나의 기분을 풀어

주려고도 하지 않고 마실 것을 내놓거나 선풍기나 부채를 내놓으려고도 하지 않는다. 그런 서비스를 위한 공간이 아니라는 것은 둘러보면 알 수야 있지만, 계속 바람을 쐰 몸은 이제 땀을 흘리기 시작하는 것이다.

———덥죠(아치산야)?

미안한 듯이 여자가 말한다. 일어서서 한쪽 벽에 있는 창을 열려고 한다. 막대기를 판자문에 받히자 앉은 상태로도 검게 흔들리는 바다 수면이 보였다. 바닷가에서 볼 때에는 물에 떠 있는 배처럼 보였는데 여기는 실은 배 안이 아닌 모양이다. 물속에 기둥을 박은 작은 방이 바다에 파고들어 있는 것뿐이다. 방이 흔들리는 일도 없었다.

여닫이 창문으로 들어오는 바람이 땀이 베인 살갗을 스치고 지나간다. 여자의 얼굴에도 조금씩 표정이 돌아와, 눈이 마주치자 빙그레 웃어 보인다. 이렇게 여자와 가까이 있는데도 나는 여전히 여자의 나이를 짐작할 수 없다. 도대체 이런 일은 몇 살 정도까지 할 수 있는 것일까. 자세히 쳐다보니 여자의 목덜미에는 깊게 패인 주름이 겹겹이 있다. 그 주름을 펴기라도 하듯이 여자는 턱을 치켜들고 나를 본다.

———당신, 왜 따라온 거예요? 여자가 필요한 것도 아니면서.

———그런 질문이 어디에 있어. 꾀어놓고는.

여자의 큰 눈은 피곤한 얼굴과는 대조적으로 아이처럼 물기가 어려 있다.

———그렇죠. 내가, 끈질기게 유혹했으니까. 그렇지만 거절할 수도 있었 잖아요?

———거절할 수 있었다. 그러나 거절하지 않았다. 그런 이유로는 납득이 가지 않는 건가?

———납득이 가고 안 가고 그런 것을 말할 수 있는 입장이 아니잖아요.

417

나는.

부드러워진 여자의 말투가 어딘가 사토와 닮아있다고 느꼈다. 여자는 사토와 같은 섬 출신일지도 모른다고 문득 생각해 보았지만 금세 사람을 빤히 쳐다보고야 마는 나의 시선도 더 이상은 여자에게 머물지 않았다.

어떤 기색을 알아차리는 것만으로도 충분하다. 요즘 나는 그렇게 생각하고 있다. 갈 곳 없이 막다른 골목으로 치닫는 생활 속에서 앞을 보려고 발버둥치는 내 앞에 돌연히 섬의 진한 기색이 감돌 때가 있다. 얼굴을 돌리지 않고 그 기색 속에서 웅크리고 있으면 텅빈 내 몸속으로 흘러들어와 가득 채우는 것을 느낄 때가 있다. 그럴 때는 야마토 사람은 야마토로 돌아가야 성불할 수 있어요, 라는 사토의 말을 섬의 기색이라는 안개 속에 녹여버릴 수 있지 않을까, 라고 생각해 보기도 하는 것이다. 눈앞의 여자가 어떤 역사를 짊어지고 여기에 이러고 있는지 습관이 되어버린 의식을 갖고 여자에게 묻거나 하는 일은 그만 두자. 여자인들 말하고 싶은 이야기가 아닐 것이다. 겨우 데리고 온 남자에게 기분 나쁘게 거절당하고 데면데면하게 아무 일도 없는 듯 있는 여자의 처지야말로 섬의 역사 그 자체인 것 같은 생각이 지금의 나에게는 드는 것이다.

해가 지기 시작할 무렵 바닷가에 선 바위 그림자를 멀리서 바라보는 눈으로 나는 멍하니 여자를 본다. 그런 나의 눈도 거북하게 느껴지는지 여자는 몸을 비틀 듯이 흔든다.

---좀 벗을게요. 더우니까.

이렇게 말하며 하반신을 감싸고 있던 플레어스커트를 미끄러뜨리듯 벗는다. 작은 몸집이지만 얇은 슬립 아래의 탄력 있는 허벅지가 부푼 모양으로 드러났다. 소매가 없는 상의는 벗지 않는다. 나를 유혹하는 것은 아닌 모양이다. 여자는 정말 더운 것 같다. 후—하고 숨을 내뱉는다. 두꺼운 허리둘

레와 허벅다리를 가지고 있는 것과는 대조적으로 가늘고 야무진 발목을 하고 있다. 여자는 창가 쪽으로 다가가 허리를 한 번 비틀고는 나에게 말한다.

———당신, 아무렇지도 않은 모양이군. 이런 곳에서 아무 것도 하지 않고 가만히 있다니.

나도 모르게 터져 나오려는 웃음을 참았다. 이런 곳에 데리고 온 것은 그쪽이지 않은가, 하는 말도 하지 못한 채.

———무척, 덥군.

하고 말하며 나도 일어섰다. 제대로 일어서 보니 머리가 천장을 뚫을 것만 같다. 약간 몸을 앞으로 구부려 걸었다. 걷는다고 해도 겨우 세 걸음 정도다. 다시 바닥에 앉아 벽을 도려낸 것 같은 여닫이 창문 밖으로 고개를 내밀었다. 검은 어둠을 품은 물결이 얼굴에 닿는다. 미끈미끈한 점착력이 있는 검은 액체에 얼굴이 닿은 기분이 들어 고개를 들자 옆에 선 여자의 허리가 보인다.

———바깥은 바람이 한창.

부드러운 눈으로 나를 내려다보는 여자의 얼굴에는 이상한 표정이 떠돈다. 역시 여자의 나이를 알 수 없다. 서투른 말투만 들었을 때는 꽤 젊은 것처럼 여겨지지만 나른한 표정의 얼굴과 느긋한 몸동작은 나보다 열두 살, 아니 스물네 살이나 많게 느껴진다. 또다시 여자를 캐묻기 시작하는 시선을 거두려고 나는 여자의 허리에 손을 뻗었다. 아이, 하고 소리를 내며 여자는 허리를 숙인다. 여자의 작은 몸집이 양반다리를 한 내 다리 안으로 쏙 들어온다. 상반신은 내 쪽이 아니라 창가 쪽으로 가지고 가서 거기에 턱을 올린다. 마치 어린아이 같은 행동이다. 여자에게 무언가를 강요할 생각은 전혀 없었기 때문에 어중간하게 파마를 한 붉은 머리칼을 천천히 쓰다듬기만 했다. 손 움직임에 타듯 여자의 상체가 흔들린다. 싸구려 샴푸 냄새가 부스스한 머릿결에 떠돈다. 그렇게 하고 있으니 여자보다 훨씬 체격이 좋은 사토를 이렇게 다리 안에 안고 있는 듯한 기분이 드는 것이 묘했다.

---오늘 같은 밤은 말예요, 끝내고 난 뒤 여기 물속으로 뛰어드는 사람도 있어요.

후훗, 입 안에서 우물거리는 여자의 목소리가 물속으로 떨어진다. 나도 모르게 목을 내밀어 수면 위를 보았다. 먼발치의 시내 불빛에 반사되어 흔들거리며 굽이굽이 넘실대는 물결이 섬세하게 비치어, 수면 위는 여자의 복부와 같이 울렁울렁 농염하게 보인다.

갑자기 물속에서 흘러나온 듯한 소리가 들렸다. 친 둔 덴 둔…… 만친 단…… 여자의 얼굴을 보았다. 여자는 멍하니 수면 위를 내려다볼 뿐 입술을 움직이고 있지 않다. 그러나 분명하게 들린다. 친 둔 덴 둔…… 이것은 할머니가 사토에게 불러주었다는 그 '하나노 가지마야'가 아닌가. 목소리의 여운은 사토의 것이 아니다. 소리는 틀림없이 물속에서 전해져 온다. 사토가 아니라면 할머니의 목소리임에 틀림없다고 나는 생각했다. 사토를 달래는 할머니의 노래를 이 일렁이는 물결이 옮겨준 것이라고. 먼 옛날에 불렀던 노래를 왜 지금 나는 들었다고 느끼는 것일까.

어떤 생각이 나를 흔들었다. 무릎 위에 웅크리고 있는 여자의 몸에서 다리를 물렸다. 여자의 허리를 안고 있던 손을 떼고는 입고 있던 옷들을 벗기시작한다. 청바지도 셔츠도 속옷도 모두. 여자는 목만 돌려 나를 본다. 무언가에 홀린 듯한 나를 수상쩍게 여기는 얼굴이었지만 특별히 말을 하지는 않는다. 자신도 그렇게 해야 한다고 생각하는 것처럼 여자도 몸에 남아있던 옷들을 모두 벗어버린다. 서로의 시선을 가리듯이 여자와 나는 조금 엉켜 붙어 있었다. 그러고 나서 나는 베개를 안듯이 여자를 들어 올려 허리를 숙이고는 가랑이를 크게 벌려 창가로 걸음을 옮겼다. 물에 잠긴 위태로운 판자 베란다가 있다. 조금이라도 힘을 빼면 손에서 미끄러져 떨어질 것 같은 여자를 안은 채 물 속으로 들어갔다.

　그러자 여자는 나에게서 도망쳐 물속으로 사라져 간다. 나도 여자를 쫓아 물속으로 들어가 잠긴다. 발끝이 닿지 않는 깊은 물속이다. 버둥대는 손과 발의 움직임을 멈출 수 없다. 어딘가에서 들어오는 빛 때문에 의외로 시계가 밝은 물속에서 작은 여자의 몸이 큰 해파리처럼 보인다. 허우적대는 손과 발은 크게 흔들려 터무니없이 거대한 연체동물과 같다. 여자에게 다가갔다. 바로 상체를 부상시킨다. 물 밖으로 얼굴을 내밀어도 여자는 사람처럼 보이지 않는다. 젖은 머리를 한번 크게 털고는 앞바다를 향해 헤엄치기 시작한다. 놀랄 정도로 빠르다. 당황한 나는 그 뒤를 쫓는다. 무언가를 생각한다는 의식이 나에게는 더 이상 없다. 해파리와 같은 여자를 따라 물속을 허우적대는 나의 이 알몸의 반응만이 나를 지배하고 나를 밀어낸다. 그러나 몸에 밀착되어 압박하는 물의 층을 무겁다고 느낀 나의 손과 발은 도무지 여자처럼 재빠르게 움직이지 않는다. 여자는 마치 오랫동안 바다에 살던 생물과 같이 마음대로 물의 흐름을 따라간다. 여자가 향하고 있는 어두운 바다 저 끝에는 아무 것도 없다. 순식간에 물을 만난 물고기처럼 변해버린 여자의 한결같은 헤엄에는 무언가 숨은 의도가 있는 듯이 느껴졌다. 여자가 조금씩 멀어져갔지만 그녀를 잃지 않으려고 나는 물속에서 끊임없이 버둥거리고 있다.

　갑자기 여자가 사라졌다. 여자를 쫓기 위해 버둥거리던 양팔과 상반신에 가벼운 피로를 느끼며 앞으로 나아가는 움직임을 그만두었을 때 나는 내가 밤바다 위에 홀로 떠 있다는 사실을 알아차렸다. 여자는 대체 어디로 간 것일까. 발을 딛고 서서 헤엄을 치면서 한 바퀴 빙 둘러보았지만 시계가 닿는 범위 그 어디에도 여자의 모습은 보이지 않는다. 마치 이곳에는 처음부터 여자 따위 없었던 것 같다. 다시금 여자는 물 밑바닥에 잠겨버린 것일까. 설마 이변이 일어나 물에 빠져 가라앉은 것은 아니겠지. 여자가 바다 어딘가에 모습을 감추고 내가 발견해 주기만을 가만히 기다리고 있다고 해도 여자를 찾기 위해 이 어두운 바다를 돌아다닐 기력은 더 이상 솟아나지 않는다.

앞으로 나아가는 동작을 멈추자 밤바다는 희한하게 평평한 모양이 되어 주위에 검푸르게 펼쳐져 있다. 분명 바람은 있지만 두꺼운 어둠을 머금은 바다 위는 멀리까지 잠잠하다. 앞바다는 완만하게 부풀어 있고 넘실대며 하얗게 뒤집어지는 파도의 아랫배가 보인다. 다시 한 번 눈을 돌려보니 왼쪽에는 큰 바다에 박힌 검은 바위 그림자가, 오른쪽에는 희미하게 깜박이는 시내의 등불이 눈에 들어왔다.

적막 한가운데 나는 혼자 있다. 물 위로 머리를 내밀고 떠 있는 채로.

무지무지하게 쓸쓸하지도 않지만 돌연히 어디선가 끓어오르는 슬픔이 나를 가득 채웠다. 이 바닷물이야말로 슬픔의 진액으로 만들어진 것 같은 감정이 몸 구석구석까지 스며든다. 나를 가득 채운 슬픔의 중력이 검은 바다 밑으로 몸을 끌어내리고 있다고 느낀 순간, 물 밑의 유혹에 저항하려는 의지가 작동했다. 배에 힘을 주고 몸을 뒤로 젖히며 천천히 하늘을 보고 누웠다. 복부의 중심점과 얼굴의 표면만이 물 위에 떠 있다. 바닷물의 부력은 나의 들어 올리는 데 충분했다. 위태로운 균형을 깨트리지 않도록 가만히 양 손과 발을 펼치고 감고 있던 눈을 조용히 떠 보았다.

기묘한 풍경이다. 그렇다기보다 시야에 들어오는 것이 하나도 없다. 어느새 두꺼운 구름으로 뒤덮인 하늘에는 별과 달의 흔적이 모조리 사라져 있다. 잔뜩 흐린, 그리고 무거운 층층 구름에 짓눌린 검고 또 검은 밤. 소리도 들리지 않는다. 물에 잠긴 귀에는 식별이 가능한 소리가 다다르지 않는 것이다. 무언가를 듣고 있으면서도 사실은 아무것도 듣지 않는 감각이 있다. 다리 위에서 그렇게 나를 엄습하던 바람 소리는 지금 어디로 사라진 것일까.

그러나 세이렌의 노래 소리처럼, 그것은 들려왔다. 친 둔 덴 둔 만친 단…… 이라고. 스치듯이 그야말로 노파가 부르는 것 같지만 어딘가 맑고 밝은 구석이 있는 노래 소리가 물에 젖은 내 귀로 들려온다. 친 둔…… 만 친단…… 우니타리스누메 — 우미가키레 —…… 그런 박자가 이어지는 것이다. 사토의 소리인지 할머니의 소리인지, 그 장단과 박자 사이에 뷰루루…… 큐루루…… 휴루루…… 하는, 바다 소리라고밖에 형용할 수 없는 이상한 음이 섞인다. 그러한 소리들이 내 안에 가득 차 있던 슬픔 덩어리를 스쳐가듯 전해져 온다. 그리고 그 때 무언가가 덥석 발목을 잡았다. 나는 물속으로 푹 잠겨 버린다. 여자다. 언제까지 기다려도 따라오지 않는 나를 참다못해 여자가 못된 장난을 치러 돌아온 것이다, 라고 생각했다. 부드럽게 죄어드는 손의 근육이 내 오른 발목을 잡고 있다. 나는 물속으로 이끌려 들어가 버렸다. 이번에는 돌연히 강한 힘으로 손목을 잡는다. 굉장한 힘이다. 나는 그 대단한 기세에 휘둘려 엉겁결에 바닷물을 마시고 말았다. 가슴이 막혀온다. 괴롭다. 거품을 뱉으면서 반복적으로 나는 물속에서 휘둘리고 있다. 숨 막힘에 발버둥치고 발을 버둥거리다가 간신히 물 위로 떠올랐다. 호흡을 돌리는 순간 또다시 발목을 붙잡힌다. 뷰루루, 큐루루 하는 소용돌이치는 물소리가, 후홋 하고 웃는 여자의 목소리가 들린다. 여자가 하는 짓인지 물귀신의 장난인지. 아마 이것은 예정되어 있던 이니시에이션 (initiation)인 것이다. 온전히 섬 세계로 들어가기 위한. 순간 세차게 흔들리며 뒤집힌 몸이 기괴한 쾌락으로 떨린다. 고통과 쾌락이 교대로 나를 엄습한다. 이해할 수 없는 세계로 빠져드려는 감각의 꿈틀거림에 스스로 이끌린다. 느닷없이 사토의 목소리가 들린다. 삿사, 하, 이야이야이야, 하고. 그리듬에 깬 나의 양발은 물을 힘껏 차올린다.

물 위로 떠올라 보니 무겁고 낮게 깔린 어둠이 옅게 흩어지기 시작하고 물 위의 시계도 어느 정도는 밝아지기 시작했다. 멀고 가깝게, 잘고 크게 울렁이는 파도의 산들이 몇 겹이나 층을 만들어 그 넓이를 과시하고 있다. 호흡을 진정시키고 잠시 여자가 나타나기를 기다리기로 했다.

그러나 언제까지 기다려도 여자는 모습을 드러내지 않는다. 이미 여자는 물속의 생물이 되어 여자라는 인간으로 돌아오는 방법을 잊어버린 것일까. 이번에는 내 쪽이 인내심의 한계를 느꼈다. 체력의 소모가 신경이 쓰였다. 별안간 물에 대한 공포가 인다. 이대로 물속에 있다면 나는 물귀신의 계략에 빠지게 된다.

멀리 바라보니 물 위의 네모진 방들의 열린 창문 틈 사이로 어렴풋한 불빛이 새어나와 그 정체를 확인시켜 준다. 여기서 보면 꽤 멀리 있는 것처럼 느껴지지만 생각보다 먼 거리는 아닌 것 같다. 물에 떠내려 갈 듯 물가에 겨우 붙어 앉아 있는 네모진 방들의 그림자가 잘 보인다. 그쪽을 향해 내 몸을 이동시켰다.

바다는 만조 때가 되었던 것 같다. 어느새 바닷물이 차올라 네모진 방의 창문 근처까지 나를 밀어 데리고 갔다.

도착해 보니 언제 돌아왔는지 물에 잠겨있던 여자가 창문 사이로 흰 얼굴을 내밀어 보고 있다. 여자가 뻗은 양손을 잡았다. 물속에서 엄청난 힘으로 나를 휘두르던 힘은 어디에서도 찾아볼 수 없고 부드러운 손의 근육이 나를 애처로워하듯이 깊게 파고든다. 그것은 정말 여자가 부린 조화였을까. 립스틱이 지워진 여자의 얼굴은 밋밋하고 창백하며 수생동물의 자취가 아직 어딘가에 남아있다. 나를 작은 방으로 데리고 온 뒤에도 아무 말을 하지 않는다. 젖은 몸을 찰싹하고 밀어붙인다. 헤어짐의 인사처럼 우리는 다시 서로의 몸을 휘감는다. 그 움직임 사이로 여자는 이불 위로 시트를 가져와 나의 머리와 등에서 떨어지는 물기를 닦아준다.

내가 완전히 옷을 다 입고 난 후에도 여자는 알몸이다. 털이 없는 하얀 몸을 드러내고 어떠한 표정도 짓지 않는 여자는 거기에 우두커니 있다. 나는 그런 분위기의 어색함을 느끼면서도 반드시 그렇게 해야 한다는 의무감에서 청바지 뒷주머니에서 지갑을 꺼내 열고는 그 속에 있던 지폐를 모조리 여자 옆에 두었다. 여자가 희미한 웃음을 띠는 것 같다.

여자에게 무언가 확인해야 한다는 기분이 든다. 그러나 그것이 무엇인지 나 자신도 잘 알지 못한다. 여자는 어떠한 움직임도 보이지 않는다. 돈을 내민 나로서는 더 이상 여자 곁에 머물 수 없게 되었다. 등을 굽힌 채로 그 방을 나섰다.

———저기, 여봐요.

여자의 부름에 뒤를 돌아보았다. 그때다. 무언가가 쩍하고 등에 들러붙었다. 갑자기 그것은 목덜미 주변을 기어올라 가더니 점점 누름돌처럼 무거워진다. 상반신이 굳어 가는 느낌이다. 무슨 일이 일어난 것일까. 네모진 방 천장의 높이에 맞춰 허리를 계속 숙이고 있던 등 근육은 갑자기 경련을 일으키기 시작한다. 아니 그런 것보다 무엇인가 나의 등에 악령이 들린 것 같은 감촉이 진하게 전해진다. 뒤를 돌아보려 했지만 목이 돌아가지 않는다. 여자의 목소리만 들릴 뿐이다.

———당신이 들어주었으면 하는 이야기가 하나 있어, 나는.

내 등을 직접 덮친 것은 여자의 영혼도 아닌 모양이다. 목소리는 거리가 있는 벽에서 울리고 있다. 그렇다 하더라도 무겁다. 무엇이라고 할 수 없는 중압감이 느껴진다. 쓰윽- 하고 앞으로 허리를 숙인 자세로 나는 여자의 이야기가 이어지기를 기다리고 있었다. 여자는 왜 내가 이런 자세를 하도록 만든 것일까. 게다가 돌아가려는 참에 내가 꼭 들어주었으면 하는 이야기란 무엇이란 말인가. 그러나 여자는 좀처럼 이야기를 이어가지 않는다. 진득한 시간이 등 뒤에서 나를 감싸고 있다. 그러자 기괴한 울림이 엄습한다. ⊗●△⊠◎…… 붕괴감이 있는 요란한 불협화음이다. 소리는 늘어나고 오므라들며 뒤죽박죽인 톤으로 파열한다. 여자가 부서진 것이다, 라고 생각했다. 나를 향해 이야기를 시작하던 여자의 목소리가 무언가에 의해 습격당해 비명을 지르고 있는 듯하다. 소리의 정체를 확인해야 한다고 생각했다. 나는 깊숙이 고개를 떨어뜨린 채로 다리만 뒤쪽으로 옮기고자 했다. 그러자,

———돌아보지 마.

심하게 떨리는 목소리로 여자가 부르짖는다.

다리의 움직임을 멈추었다.

———물거품이 되고 싶지 않거든.

여자는 아직 여자인 채로 있는 것이다. 그런 발성을 하고도 말은 요염하고 애절하게 들려온다. 물거품 따위 되고 싶지는 않지만 이대로라면 바위의 혹이 될지도 모른다. 게다가 내가 이해할 수 있는 목소리로 여자가 말하는 동안 그녀가 전하려는 이야기를 어떻게든 들어야만 한다.

둥글게 구부린 등을 더욱 둥글게 만들었다. 양쪽 다리를 조금씩 옆으로 옮겨가 다리를 크게 벌리고 그 사이로 얼굴을 들여다보았다. 순간 기우뚱하고 마루와 천장이 뒤바뀐다. 거꾸로 된 것은 방인지, 나인지 모르겠다. 다시 파열하는 부조화음이 들렸다. 판자로 된 문에 부딪치고 만다. 열린 문 사이로 나는 사다리에서 굴러떨어져 나왔다.

싸늘해진 지면에 웅크리고 있던 몸을 일으켜 세웠다. 걸음은 휘청거리고 있지만 등 뒤의 무거움은 사라져 아주 자연스럽게 뒤돌아 바다를 바라볼 수 있다. 바닷가에 들러붙어있는 여러 수상 점포 어디에도 등불이 켜진 곳은 없다. 그 그림자의 윤곽조차 밤바다에 녹아들어 시계에 들어오지 않는 것이다.

바다 상공 위로 바람이 지나간다.

만조의 해수면을 가로지르는 다리가 저편에 뚜렷하게 떠올라 있다. 새벽이 올 때까지 앞으로 얼마나 시간이 남았을까. 사토가 잠에서 깨기 전에 어떻게든 돌아가야 한다고 생각하며 다리 입구로 걸음을 옮겼다.

조정민 옮김

427

「바람과 물의 이야기」에 대하여

• **작품 해설**

　1997년 1월 잡지 『헤르메스(へるめす)』에 게재된 작품으로, 본토에서 오키나와로 파견된 신문 기자 '나'의 경험을 토대로 이야기가 전개된다.

　'나'는 푸른 눈을 가진 혼혈 여성 사토를 어느 여객선에서 처음 만난 이후로 교제를 이어오고 있다. '나'는 사토를 만난 이후로 바람의 속삭임에 이끌려 집 밖으로 나가 도심을 한없이 배회하는 습관이 생겼다. 어느 날 저녁에도 역시 바람을 따라 시내로 나간 '나'는 다리 위에서 한 여자와 만나고, 그녀를 따라 해안가에 늘어선 수상 점포로 향한다. 여기에서 '나'는 마치 왜곡된 시공간 속에 놓인 것처럼 바닷물 속에 빨려 들어가 의미를 알 수 없는 소리를 듣는다. '나'를 수상 점포로 유인한 여자는 어떤 이야기를 꼭 들어달라고 '나'에게 마지막으로 부탁하지만 좀처럼 그녀의 입에서는 말이 나오지 않고 기괴한 소리만이 들릴 뿐이다. 천장과 마루가 뒤바뀌는 공간의 흔들림 속에서 겨우 점포 밖으로 나온 '나'는 사토가 잠이 깨기 전에 집으로 돌아가려고 걸음을 재촉한다.

　본토에서 온 남성 신문 기자와 오키나와에 사는 혼혈인 여성 사토와의 관계는 본토와 오키나와와의 관계를 다소 도식적으로 포착하고 있는 듯 하지만, 이 소설 속에서 일어나는 공간의 뒤바뀜과 시선의 뒤바뀜, 그리고 '나'를 엄습하는 바람과 물의 속삭임은 여전히 사토(=오키나와)에 대한 이해를 불안정하게 만든다.

• 주요 등장인물

나(私) : 본토에서 오키나와로 파견된 신문 기자이다. 직업 특성 상 오키나와에 대한 많은 정보를 갖고 있던 탓에 낯선 문화와 풍경을 그리며 마치 이국 땅에 유배 가는 심정으로 오키나와에 도착한다. 그러나 섬에 도착하고 난 뒤 여느 도심과 다를 바 없다는 것을 금세 알아차린다. 본토에서 온 신문 기자로서 오키나와를 '관찰'하고 있지만 동시에 '섬의 눈'이 자신을 '응시'하고 있다는 감각에 사로잡혀 있다.

사토(サト) : 미국인 아버지와 오키나와인 어머니 사이에 태어난 혼혈아다. 미군이던 아버지를 따라 종적을 감춘 어머니를 대신하여 사토는 할머니 손에서 자랐다. 푸른 눈에 어울리지 않게 오키나와 전통 춤을 추고 할머니로부터 배운 민요 '꽃 풍차'를 흥얼거리는 사토라는 존재는 '나'가 오키나와를 쉽게 못 떠나는 이유이기도 하다.

여자(女) : 어느 날 저녁, 다리 위에서 만난 여성으로 '나'를 해안가에 늘어선 수상 점포로 유인한 인물이다. 나이도 짐작할 수 없는 이 수상한 여자는 사토와 동일 인물로 보이다가도 사토와는 다른 모습을 보이기도 한다. '나'는 이 여자로 인해 바닷물 속으로 빨려 들어가 알 수 없는 소리를 듣는 등, 환상 체험을 한다.

• 작품요약

이 소설의 제목에 드러난 바람과 물은 모두 화자 '나'에게 소리를 전달하는 매개체이다. 오키나와에서 사토를 만나면서부터 바람의 소리에 민감하게 반응하게 된 '나'는 그날도 어김없이 바람의 속삭임에 이끌려 거리로 나온다. '사아사아사아, 소소소'하고 귀를 간질이는 바람의 난무는 가끔 사토가 흥얼거리는 오키나와 민요 선율과도 닮아 있다. 그렇게 바람 소리는 사토의 목소리와 자주 포개어져 들려오는 것이다. 물속에서 흘러나오는 소리도 마찬가지다. '친 둔 덴 둔…… 만친단……'이라는 소리가 분명하게 물속에서 전해져 오고, 그것은 사토가 할머니로부터 자주 들었다던 '꽃 풍차' 가락임에 틀림없다. 그러나 그 소리의 주인이 사토인지, 사토의 할머니인지, 여자인지는 좀처럼 알 길이 없다.

그러나 이 애매모호한 물과 바람의 소리는 어쩌면 '오키나와' 자체인지도 모른다. 본토에서 오키나와로 파견된 신문 기자인 '나'는 직업상의 습관인양 오키나와를 관찰하고 분석하려 하는데, 그 가운데서 물과 바람으로부터 여러 가지 소리를 듣는다. 말하자면 본토에서 온 남성 신문 기자와 오키나와에 사는 혼혈인 여성 사토(사토의 할머니, 여자)와의 관계는 마치 남성(본토)과 여성(오키나와)의 관계, 혹은 보는 사람과 보이는 사람의 관계로 존재하는 것이다.

중요한 것은 이 소설이 '나'와 사토의 관계 혹은 본토와 오키나와의 관계를 다소 도식적으로 전제하면서도 양자의 관계가 매번 불안정하게 흔들리거나 전복되고 있다는 점이다. 예컨대 '나'가 오키나와에 도착하기 전에 가지고 있던 그곳의 이미지는 "어딘가 알 수 없는 이국의 땅이라는 기분이 들었고 작열하는 섬에 대한 우울한 이미지가 나를 풀죽게" 만들었다. 때문에 "바다 한가운데 떠 있는 미개지로 귀양을 가는 사람마냥" 오키나와를 향했던 것이다. 그러나 "섬 내부는 미개지는커녕 도심과 다름없는 두세 개의 소도시를 갖고 있었고, 주민들은 도시 모양새에 걸맞게 몇 단계나 진보한 차림으로 일반적인 일본인을 연출하고 있는 듯이 보였"다. '나'가 만난 푸른 눈의 혼혈아 사토도 마찬가지다. 그녀는 푸른 눈과 뾰족한 콧날을 가지고 있음에도 그 외모와는 달리 오키나와의 전통 춤을 손님들 앞에서 선보이고 평소에는 할머니로부터 들은 민요 가락을 흥얼거린다. 혼혈아 사토의 예술 행위는 '오키나와 전통'이란 과연 무엇인가를 되묻게 만들고 있는 것이다.

또 신문 기자로서 "이 섬의 구석구석을 염치도 없이 빤히 쳐다보는" 관찰자 '나'의 시선은 섬의 '시선'으로 인해 차단되고 오히려 '나'가 관찰의 대상이 된다. 시내 안팎을 배회하거나 작은 낙도로 홀쩍 떠나 산책이라도 할라치면, 섬은 몇 겹이나 두르고 있던 표층의 역사를 벗어 던지고 본래의 모습이 되어 '나'를 바라보는 것이다. 보는 측과 보이는 측의 위치가 뒤바뀐 상황 속에서 '나'는 "섬의 시선에 내가 붙들려 있"다는 감각에서 벗어날 수 없다. 이처럼 '나'가 가진 관찰자로서의 시선의 권력은 섬의 시선에 의해 와해되기 일쑤이다.

이 작품은 본토(남성, 관찰자)와 오키나와(여성, 관찰 대상)의 관계를 '보다-보여지다'라는 비대칭적인 구도로부터 해방시키면서 동시에 기호화된 오키나와 이미지에 대한 비판과 반성을 촉구하는 소설이라 볼 수 있다. '나'가 듣는 물과 바람의 소리가 의미를 확정하기 힘든 그저 '소리'로만 남는 이유도 바로 여기에 있는 것이다.

• **참고자료**

新城郁夫, 『風水譚』 作品解說, 岡本惠德·高橋敏夫, 『沖繩文學選 日本文學のエッジからの問い』, 勉誠出版, 2003.

메도루마 슌 目取真俊

1960년 오키나와현 나키진 출생. 류큐대학 법문학부 국문학과 졸업. 1983년 「물고기 떼의 기록」으로 류큐신보
단편소설상 등단했으며 1986년 「평화거리라 이름 붙여진 거리를 걸으면서」로 신오키나와문학상을 수상했다.
1997년 「물방울」로 아쿠타가와상을, 2000년에 「넋들이기」로 가와바타 야스나리 문학상과 기야마 쇼헤이 문학
상을 수상했다. 장편소설로는 오키나와 내의 미군 문제를 다루기 시작한 『무지개 새』(2006)와 『눈 깊숙한 곳의
숲』(2009)이 있다. 메도루마는 오키나와 내의 마이너리티의 문제를 시작으로, 오키나와 전에서의 일본군의 만행,
그리고 미군 문제에 이르기까지 다양한 작품 세계를 펼치고 있다. 평론 활동을 활발히 펼쳐서 두 권의 평론집을
냈으며, 대중 강연을 통해 오키나와의 실상을 일본 전국에 알리고 있다. 2010년대에 들어서는 작품 활동보다는
미군기지와 관련된 평화운동에 투신하고 있다. 현재는 헤노코 미군기지 건설 반대 투쟁을 벌이고 있다.

평화거리라 이름 붙여진
거리를 걸으면서

시민회관을 마주보고 세워진 류큐대학 부속병원 구내를 빠져나가서 지붕이 낮은 헌 집이 밀집한 뒷골목을 더듬이가 꺾인 개미처럼 머리를 비스듬히 하고 달려온 가주(カジュ)는 자기 집으로 이어지는 좁은 골목길 입구까지 와서 그 남자가 맞은편에서 걸어오는 것을 눈치 채자 멈춰 섰다.

"이야, 가즈요시(一義) 군 지금 학교에서 돌아오는 거구나?"

퇴색한 카키색 사파리재킷을 입은 남자는 정답게 오른손을 들어 웃어 보이며 발걸음을 빨리해 다가왔다. 가주는 멈춰선 채로 오학년 치고는 많이 작은 체구를 경계심이 넘치는 작은 동물처럼 상반신을 조금 앞으로 구부리고 남자의 움직임에 맞춰서 시선을 올렸다. 초여름(오키나와에는 여름과 겨울이라는 용어는 있었지만 봄과 가을에 해당하는 것은 없었다고 한다. 원문의 '若夏'는 오키나와의 계절에 대한 감각을 나타낸 말로 봄에서 여름에 들어서기까지의 계절을 이른다. [*각주는 모두 옮긴이가 붙인 것이다. 본문의 대화문에 쓰인 우치나구치(오키나와어)는 일본어와의 차이를 드러내기 위해 남겨두었다.]) 활력에 넘치는 태양이 뒤로 밀어낸 가주의 짧게 깎은 머리카락이나 가는 목덜미에 난폭하게 빛을 문질러댔다. 남자는 그늘이 진 골목길에서 태양 아래로 갑자기 나와 당황한 탓인지 얼굴을 찡그리더니 햇볕의 양을 측량이라도 하듯이 양손을 벌리며 과장스럽게 놀랐다. 가주는 자신의 머리를 쓰다듬으려 뻗쳐오는 울퉁불퉁한 손을 마치 물새 부리를 피하려는 잔 물고기처럼 재빨리 피하고 혐오스러운 눈빛을 노골적으로 드러내 남자를 매섭게 쏘아봤다. 남자는 싫은 얼굴 하나 보이지 않은 채 허리를 굽혀 가주의 얼굴을 들여다보려 했다.

"공원에 가지 않을래? 아이스크림 먹으러 가자."

가주는 입술을 다부지게 다물고 눈 안쪽이 아플 정도로 시선을 날카롭게 세웠다. 남자가 팔을 잡으려는 것을 뿌리치고 아주 작은 틈으로 빠져나가 골목길로 뛰어들었다. 조금 축축한 골목길 냄새가 코를 찔렀다. 남자는 폭이 넓은 어깨를 외국인처럼 움츠리고 몸을 일으키더니 쓴웃음을 짓고 가주를 내려다봤다.

"어제 아버지랑 어머니가 다투셨니?"

가주는 몸을 날려 골목길 깊숙한 곳으로 내달렸다. 열어젖혀진 현관으로 뛰어 들어가 문을 있는 힘껏 닫고 구두를 벗어 던지더니 자기 방으로 뛰어 들어갔다. 가주는 책상 위에 던지듯 내려놓은 란도셀(등에 매는 초등학생용 책가방.)에 얼굴을 파묻었다.

"엄마 오빠가 울어요."

먼저 돌아와서, 함께 쓰는 좁은 공부방에서 책을 읽고 있던 동생 사치코

(サチコ)가 책을 껴안더니 거실 커튼을 열어젖히고 부엌 쪽으로 달려갔다.

"가주야 무슨 일이니. 또 누가 울린 거야."

하쓰(ハツ)가 옆집 사이에 있는 작은 뜰에서 서둘러 와서 가주의 등을 다정하게 어루만졌다. 뜰에 만든 채소밭에서 방금 전에 뽑아 한쪽 손에 쥐고 있는 파 냄새가 가주의 눈을 자극했다.

"오빠 왜 울어."

가주는 하쓰의 허리에 매달려 얼굴을 살짝 내비치고 있는 사치를 있다가 때려주마 하고 생각하면서 눈물을 닦았다. 하쓰는 무리하게 이유를 캐물으려 하지 않았다. 가주의 마음속에 응어리진 것을 녹이기라도 하듯 천천히 등을 어루만졌다.

"엄마, 또 그 남자가 왔었어."

하쓰는 겨우 눌러왔던 분노가 다시 되살아나는 것을 느끼면서도 그것을 표정에 내비치지 않기 위해 억지웃음을 지었다. 고개를 든 가주의 얼굴이 눈물로 얼룩진 것을 양쪽 엄지손가락으로 닦아주면서 부드럽게 말했다.

"아무 걱정할 필요 없단다. 그 남자가 왔다고 해도."

가주의 눈에서 겁먹은 기색은 여전히 사라지지 않는다. 대부분의 어른들은 이 아이의 흰자위 푸르고 맑은 커다란 악의 없는 눈동자를 보면 저도 모르게 눈을 피해 버리고 싶을 것 같았다.

"할머니를 데리러 온 건 아니겠지?"

하쓰는 뭐라고 대답해야 할지 몰랐다.

"가주야 왜 그런 걸 걱정하고 그래. 아무도 할머니를 데려가지 않아."

가주는 열심히 하쓰를 응시하고 있다. 하쓰는 엉겁결에 눈을 피할 것 같아서 그 상황을 얼버무리려고 가주의 머리를 안았다. 발육이 늦은 연약한 몸은 여전히 조금씩 떨고 있다.

"자, 어서 할머니를 모시고 와야지. 곧 어두워질 거야. 엄마는 저녁을 차리마."

하쓰는 가주와 사치코의 등을 밀더니 애써 밝은 목소리를 내서 둘을 집밖으로 내보냈다. 하쓰는 나란히 달려가는 두 아이를 보면서 어렴풋이 꺼림칙함을 느끼며 그 기분을 달래기 위해 라디오 스위치를 눌러서 민요 프로그램 채널에 맞추고 설거지대로 향했다.

가주는 병원 앞 신호를 건너서 시민회관 측면을 통해 요기공원(與儀公園)으로 들어가자 작은 목소리로 노래를 부르면서 뒤따라오는 사치의 팔을 있는 힘껏 꼬집었다.

"아파, 왜 꼬집고 그래."

사치는 가주의 팔을 뿌리치더니 꼬집힌 곳을 문지르면서 입술을 삐죽 내밀었다.

"뭐 하러 아까 엄마한테 말했어."

"자기가 울어놓고 왜 그래. 사치가 나쁘다는 거야."

가주가 주먹을 쳐들기도 전에 사치는 손이 닿지 않는 곳으로 뛰어 도망쳤다. 그리고 등을 돌려 튕기듯이 뛰어 내려가면서 혀를 내밀더니 분수 쪽으로 도망쳤다. 가주는 큰소리로 욕설을 퍼부었지만 뒤쫓을 기분은

들지 않았다. 산책을 하고 있는 어른들이 웃고 있다. 갑자기 창피함을 느껴서 모른 척을 하고 히메유리 거리(ひめゆり通り)와 인접한 문 쪽으로 향해 갔을 때, 소년 야구 몇 팀인가가 철조망에 둘러싸인 그라운드에서 연습을 하고 있었다. 야구팀에는 사 학년부터 들어갈 수 있다. 유치원 무렵부터 할머니 손에 이끌려 야구 연습을 곧잘 서서 봐왔기 때문에 사학년이 됐을 때 기뻐서 어찌할 줄 몰랐다. 즉시 하쓰와 함께 구(區) 팀 지도를 하는 자전거포 아저씨가 있는 곳에 갔지만, 그는 곤란하다는 듯 웃을 뿐 끝내 팀에 넣어주지 않았다. 몸이 지나치게 허약한데다 가주의 운동능력으로는 무리라는 것이 그 이유였다. 하쓰는 화가 난 듯한 표정으로 그 말을 듣고 있었다가 말대꾸 한마디 하지 않고 가주를 데리고 돌아왔다.

돌아오는 길에 낙담해서 계속 아래를 보고 있던 가주가 문득 옆을 올려다보자, 지금까지 입을 다물고 가주의 손을 힘차게 잡아끌던 하쓰가 입술을 악물고 한곳을 응시하면서 흘러내리려는 무언가를 필사적으로 참고 있었다. 가주는 하쓰의 손을 세게 마주잡으면서 실망감이 급속히 사라져가는 것을 느꼈다.

가주는 철망에서 떨어지자 그라운드 옆에 전시돼 있는 D51기관차 앞에 가서 섰다. 다시 페인트가 칠해진 지 얼마 되지 않는 검은 고철 덩어리는 질주할 기회를 빼앗겨 쓸쓸해 보였다. 신호가 청색으로 바뀌는 소리가 들려왔다. 가주는 머리를 비스듬히 하고 걷는 평상시 자세로 문 쪽으로 달려갔다.

신호를 건너 중학교 옆길로 곧장 가자 노렌시장(農連市場)으로 나갔다. 물을 뿌려놓은 아스팔트 도로에 양배추 잎이 몇 개나 들러붙어 있는 것

을 보거나, 피망이나 강낭콩이 산처럼 쌓여있는 앞에 앉아있는 아주머니들의 모습을 한동안 멈춰서 바라보다가 천천히 앞으로 나아가자, 평화거리로 이름 붙여진 시장으로 이어지는 교차로로 나갔다. 정체돼 있는 차에서 뿜어져 나오는 배기가스가 석양에 뜨거워져 숨이 콱 막힐 것 같았다. 얼굴을 찌푸리고 신호가 바뀌기를 기다리고 있을 때 뒤에서 누군가가 부르는 소리가 났다. 길가에서 놋대야에 넣은 생선을 팔고 있는 네댓 명 여자들 가운데 한 명이 가주에게 손짓을 해 부르고 있었다. 후미(フミ) 아주머니였다. 붉게 탄 둥근 얼굴에 눈썹과 속눈썹 선이 선명하게 새겨져 있고, 엄해 보이며 긴장된 입술을 그 순간 느슨하게 풀더니 살찌고 짧은 손가락을 펼쳐 손을 흔들고 있었다.

"아줌마, 언제 돌아왔어요?"

"어제 왔지."

후미 아주머니는 가주의 할머니 우타ウタ와는 찰떡궁합이었다. 후미 아주머니는 서른여섯 살 차이의 띠 동갑인 우타가 자신을 친자식처럼 귀여워해줬다고 하면서 돈을 받지 않고 곧잘 생선을 집에 놓고 가고는 했다. 이미 십여 년이나 이 교차로 근처 노천에서 생선장수를 하고 있었고, 사춘기에 들어섰을 때부터 가주가 이 거리에서 아주머니 모습을 보지 못했던 적은 거의 없었다. 그러던 것이 일주일 정도 전부터 아주머니가 물건 팔려고 위세 좋게 외치던 소리가 갑자기 들려오지 않아 걱정이 돼서 옆에 있는 아주머니에게 묻자, 결혼해서 얀바루(山原, 오키나와 북부의 산림지대. 얀바루는 도성이 있던 슈리(首里)에서 북쪽의 삼림지대를 바라보며 차별적인 어조로 부르던 용어다.)로 간 큰딸의 출산을 도우러 갔다고 알려줬다.

"아이는 태어났어요?"

"사내아이야. 가주 너처럼 똑똑한 아이가 되면 좋을 텐데."

후미는 그렇게 말하며 쭈그려 앉은 가주의 머리를 생선 비린내 나는 손으로 거칠게 쓰다듬더니 깨끗한 치열을 내보이며 웃었다. 가주는 후미의 포동포동한 손가락에 깊숙이 파고든 은색 반지를 봤다. 25센트 은화를 꿰뚫어서 만든 것이라고 자랑하던 그 반지는 이제는 도저히 뺄 수 있을 것 같지 않았다. 후미는 가주의 시선을 눈치 채고 생선의 미끈미끈한 체액을 앞치마에 닦고서 반지를 햇볕에 비춰 보였다. 후미는 가주가 눈을 가늘게 뜨고 손가락으로 그것을 만지는 것을 만족해하며 바라본 후, 곧잘 하는 습관대로 반지를 코에 대고 냄새를 맡더니 얼굴을 찌푸렸는데, 그것을 보더니 가주가 웃었다.

"고약한 냄새가 나면 안 맡으면 되잖아요."

"고약한 냄새가 나는 것을 알면 괜히 더 맡고 싶어져."

가주는 후미의 뺨에 연한 물빛을 반사하고 있는 비늘을 손가락으로 가리켰다. 후미는 그것을 떼서 가주의 이마에 붙였다. 까불며 떠들며 비늘을 떼 햇빛에 비춰보니 푸른 연무 가운데 흰 파문이 새겨져 있다.

"가주야 아깐 어디로 가려던 참이었니?"

가주의 몸짓을 흥미로운 듯이 보고 있던 후미가 방금 떠올렸다는 듯이 물었다.

"아앗, 그렇지 할머니를 데리러 가지 않으면 안 돼요."

후미의 얼굴이 희미하게 어두워졌다.

"할머니는 여전히 건강하시지?"

"네."

후미 아주머니의 표정 변화를 눈치 채지 못한 채 가주는 기세 좋게 일어섰다.

"그럼 어서 찾으렴. 곧 어두워질 거야."

힘찬 것을 부드러운 것으로 감싼 듯한 목소리였다. 이른 여름의 빛은 아직 여유롭게 남아있었지만 성질 급한 가게의 광고등(廣告燈)이 천천히 들어오기 시작하고 있다. 가주는 고개를 크게 끄덕이더니 고개를 갸웃하고 달음질쳐 사라졌다. 순식간에 북새통 속에 뒤섞인 가주의 작은 뒷모습을 배웅하던 후미는 가슴의 울적함을 떨쳐내듯이 지나가는 여자들에게 위세 좋게 말을 걸었다.

"자아, 언니들. 오늘 잡은 고기야(이마이유다요). 사지 않으면 후회할 거야."

가주는 평화거리에 가게를 내고 있는 안면이 있는 아주머니들에게 우타에 대해 묻고 다녔다.

"바로 조금 전까지만 해도 거기 있었어."

아주머니들은 모두 친절했지만 어딘가 곤혹스러운 표정으로 가주를 봤다. 유선에서 흘러나오는 가요곡과 좌우로부터 들려오는 손님을 끄는 목소리에 들뜬 거리에서 가주는 좁은 골목길을 때때로 들여다보면서 계속 걸었다. 일단 국제거리까지 나와 되짚어오다 사쿠라자카(櫻坂) 술집 거리로 이어지는 언덕이 보이는 곳까지 갔을 때였다. 가주는 언덕 아래쪽에 있는 햄버거 가게에서 머리카락이 긴 여자 고등학생처럼 보이는 점원의 손에 끌려서 나오는 우타를 발견했다. 소녀는 길을 알려주는 것인지 가주가 있는 쪽을 손가락으로 가리키며 우타의 귓가에 입을 갖다 대며 무언가 말하고 있다. 소녀에게 정중하게 몇 번이고 고개를 숙이는 우타의 모습은 겉옷에 새빨간 털실로 짠 숄을 걸치고 황색 고무 샌들을 신은 차림이었다. 우타가 품에서 흰 종이조각을 꺼내서 주려고 하는 것을 소녀는 손을 흔들어 거부하더니 가만히 거리를 두고 가게 안으로 들어갔다. 우타는 불안한 발걸음으로 천천히 걷기 시작했다.

"할머니."

기쁜 목소리를 내지르며 가주가 뛰어가서 접근하려던 순간이었다. 우타는 갑자기 멈춰서 눈을 크게 뜨고 무언가 두려운 것이라도 본 것처럼 "아악" 하고 경련을 일으키듯 짧게 외치더니 비틀대며 언덕을 오르기 시작했다. 가주는 놀라서 뒤를 확인했지만 이상한 것은 아무것도 없었다. 바로 그 뒤를 따라가자 우타는 기어가듯이 언덕에 올라 영화관 건너편에 있는 중앙공원(中央公園) 쪽으로 돌아갔다. 조금 늦게 공원에 들어가 주변을 둘러보니 우타의 모습은 어디에도 눈에 띄지 않았다.

"할머니."

가주는 가주마루(榕樹) 거목이 가지를 펼치고 있는 아래로 조심조심 나아갔다. 느닷없이 젊은 여자의 비명소리가 들렸다. 가주는 우뚝 선 채 꼼짝도 하지 않았다. 이어서 빗소리와 음악소리가 흘러나오는 것을 듣고서야 영화관 앞에 틀어놓은 선전용 비디오에서 나는 소리라는 것을 알았지만 가슴의 고동은 잠잠해지지 않았다. 가주는 앞으로 나아갈 용기가 없어서 주변을 응시하며 확인하다가 가주마루 뿌리 부근에 사람 그림자가 웅크리고 있음을 알아챘다. 언제고 도망칠 수 있는 자세를 취하며 가까이 다가가보니 우타는 무릎 사이에 고개를 묻듯이 웅크리고 앉아서 필사적으로 가주마루 그늘에 숨으려 하고 있었다. 우타는 양손으로 귀를 가리고 무언가 영문도 모를 말을 중얼대면서 작은 몸을 더욱 작게 만들려 하고 있었다.

"할머니."

가주는 가만히 우타의 어깨에 손을 얹었다. 갑자기 손목을 사납게 꼭 쥐었다고 생각하자마자, 가주의 몸은 지면에 넘어뜨려졌고, 그 위로 우타의 몸이 올라타 눌렀다.

"왜 이래요. 왜 그러는 거예요. 할머니."

일어서려고 발버둥 쳤지만 우타는 믿기지 않을 정도로 센 힘으로 가주를 꽉 누르고 있다.

"조용히 해. 군대가 오고 있어(삐타이누슨도)."

가주는 몸이 굳었다.

"할머니. 이제 군대는 안 와요."

잠시 지나 가주는 우타의 손을 부드럽게 어루만지면서 귓가에 속삭였다. 우타는 입을 다문채로 몸을 떨고 있었다. 무언가 따뜻한 것이 가주의 등을 적시고 있다. 가주는 손을 뒤로 뻗쳐서 우타의 다리를 만졌다. 이상한 냄새가 코를 찔렀다.

"할머니 집으로 돌아가요."

가주는 우타를 일으켜 세우고서 단단한 혈관이 불거져 나온 손을 끌며 언덕에서 천천히 내려왔다.

가주가 욕실에서 나오자 우타는 이미 안쪽 삼첩 방에서 자고 있었다. 안쪽이라고 해도 가주가 태어난 해에 태풍으로 반쯤 부서진 것을 고쳐 다시 세운 이후 지붕 함석만을 몇 년에 걸쳐서 새로 한 것뿐인 좁은 집이라 거실 사이에 베니어를 세워 미닫이로 칸막이를 해놔서 텔레비전 소리도 죄다 들렸다. 가주는 젖은 머리칼을 베스타월로 닦으면서 사치가 보고 있는 텔레비전 볼륨을 줄였다.

"뭐야 오빠, 하나도 안 들리잖아."

"할머니가 주무시잖아."

사치가 무신경한 것에 화가 났다. 베스타월을 손에 든 채로 우타의 방으로 들어가자, 덧문을 닫아놓아서 아주 컴컴했다. 선풍기의 낮은 날개 소리가 들려올 뿐 우타의 기척을 느낄 수 없다. 섣불리 앞으로 걸어가다 자고 있는 우타를 밟아서는 안 됐기에 어둠 속을 둘러보며 눈을 적응시켰다. 마침내 방의 구석 쪽에 희고 어렴풋한 덩어리가 떠올랐다. 하쓰가 덮어준 것을 숨 막힐 듯 더워하며 발로 차버려 구석까지 간 것이겠지. 그것은 우타가 언제나 쓰던 타월 천으로 만든 이불이었다. 가주는 그 바로 옆에 태아처럼 몸을 둥글게 웅크리고 누워있는 형체를 알아차리고 신중에게 발을 움직여 형광등 스위치 끈에 손을 뻗다가 도중에 그만두었다. 선풍기 소리가 들려오기는 했지만 방안은 무더워서 가주의 매끄러운 피부에 땀방울이 맺히기 시작했다. 가주는 허리를 숙여 우타의 숨결에 귀를 기울였다. 평온한 숨결이었다. 가주는 한동안 그 소리를 듣더니 안심하고 방에서 나왔다.

침실 안에서 사치와 개미 집 놀이를 하다 어느새 잠이 들어버린 사치의 옆에서 꾸벅꾸벅 대고 있을 때, 현관문이 조용히 열리는 소리가 났다.

"아버지다."

가주는 비몽사몽 속에서 생각했다.

세이안(正安)은 현관의 마룻귀틀에 몸을 던지듯이 앉아 편상화 끈을 울적한 듯 풀었다.

"잔업 했어요?"

하쓰는 반찬을 볶으면서 물었다.

"응."

일에서 돌아오면 세이안은 목욕을 끝낼 때까지 거의 말을 하지 않았다.

어느 정도 지났을까. 가주는 아련한 칸막이 저편으로부터 아버지와 어머니의 대화 소리가 한들한들 흔들리면서 다시 가까워지는 것을 느꼈다.

"오늘 또 그 남자가 왔었어요."

하쓰는 세이안의 반응을 살피면서 슬며시 이야기를 꺼냈다.

"그래서 뭐?"

초조한 듯한 목소리였다.

"그날 당일 식전 시간만이라도 좋으니까 어머니를 밖에 내보지 말아 주지 않겠냐고요."

"또 똑같은 소리군."

세이안은 입으로 가져가려던 아와모리(泡盛) 컵을 난폭하게 식탁에 내려놓았다.

"그렇죠. 애들이 깰지도 몰라요."

하쓰는 커튼 쪽으로 시선을 향하고 목소리를 좀 낮춰달라고 손으로 신호를 했다.

"뭐야, 우리 부모님을 뭐라고 생각하는 거야. 우리 어머니가 무슨 나쁜 짓을 한다고 그래(완가오카가나니카와루사스루테카)?"

"그런 말이 아니잖아요. 그래도 세상 사람들 눈도 있으니까……"

"세상 사람들 눈(시킨누츄누미)? 뭐가, 난 싫어(누가, 이야야). 자기 부모가 세상 사람들한테 부끄러우면 모른 척이라도 하란 말이야?"

"그런 말이 아니잖아요. 그렇게 오해하지 말아요."

"시끄러워. 아니 언제부터 경찰 편이 된 거야? 황태자가 오키나와에 피를 뽑으러 오니까 위험하다고? 보기 흉해? 두들겨 맞아 죽을지도 몰라."

세이안은 커튼 쪽으로 눈을 돌리고 있는 하쓰를 노려보다가, 격하게 혀를 차더니 사기 주전자 손잡이를 들어 급하게 차를 마셨다. 가주는 완전히 잠이 깨서 숨을 죽이고 그 우물거리는 듯한 소리를 들었다.

"오늘 마카토(マカト) 아줌마한테 불평을 들었어요."

세이안은 사기 주전자를 놓고 태도가 일변해 겁먹은 듯한 눈초리로 하쓰를 봤다. 마카토 아주머니는 평화거리에서 초콜릿이나 담배 등을 파는 예순이 지난 어기찬 늙은 여자로 이웃에서 혼자 살고 있다.

"매번 세탁물을 더럽혀서 곤란하데요. 게다가 최근에는 그것이 묻은 손으로 시장에서 팔 물건을 만지니까 모두의 불만이 끊이지 않는다고. 어떻게 안 되겠냐고 그러잖아요."

세이안은 식탁 위에 흘러넘친 물방울을 응시하며 아무런 말도 하지 못한 채 입술을 떨고 있다. 하쓰는 말하지 말 것을 그랬다고 후회했지만 사과를 하지도 못하고 자신도 입을 다물었다. 세이안의 입에서 헐떡이는 듯한 가냘픈 목소리가 흘러나왔다.

"나이를 들면…… 누구나 정신이 흐려지는 거잖아(다루야테인, 카니하즈레루사)."

그것을 마지막으로 둘의 대화는 들리지 않았다. 가주는 커튼을 열고 무언가 호소하고 싶었지만 베개를 안고서 불안함을 견뎠다.

"그런 말 한다고 해서 뭘 어쩌라고. 여기서 생선을 팔지 않으면 어디서 팔라는 게야. 아저씨, 우리들 보고 먹고 살지 말라는 거야."

너무나도 큰 소리에 옆을 지나고 있던 사람들이 멈춰 서서 생선이 들어있는 큰 대야를 사이에 두고 서로 노려보고 있는 체격이 좋은 남자와 후미를 쳐다봤다. 남자는 통행인들의 시선을 알아차리더니 검게 탄 얼굴에 웃음을 지으며 아무런 일도 아니에요 하는 듯이 손을 흔들었다. 사람들의 통행은 원래대로 돌아갔다. 한낮이 지났지만 조금도 약해질 기색이 없는 햇볕이 피가 섞인 적갈색 얼음물 안에서 어찌할 바를 모르는 듯 군청색 하늘을 보고 있는 생선의 몸을 날붙이처럼 번쩍이게 하고 있다. 앉아 있는 것만으로도 배어 나오는 땀에 작은 먼지가 엉겨 붙어 목덜미나 팔이 끈적끈적해진 것이 후미의 조바심을 쓸데없이 부채질 했다.

"그런 커다란 소리 내지 마세요. 아까도 말했지만 계속 그렇게 해달라는 것도 아니고 그저 단 하루만 해달라는 거잖아요."

"단 하루라니. 아저씨 남 일이라고 그렇게 쉽게 말하지 마. 아저씨, 그니까 잡아온 생선은 다 썩혀 내버리라 이 말이야. 우린 단 하루도 놀며 지낼 여유가 없는 사람들이야."

길 건너편에서 줄지어 손님을 기다리고 있는 택시 운전사들이 흥미로운 듯 후미의 큰소리에 귀를 쫑긋 세우고 있다. 남자는 목소리를 낮춰달라고 부탁했지만 후미는 듣지 않았다.

"어째서 우리가 코타이시덴카(황태자)를 위해서 일을 쉬지 않으면 안 된다는 거야, 엉?"

남자는 흥분한 후미의 비난을 피하려는 듯이 옆에서 일하는 척 하며 둘의 대화에 귀를 세우고 있는 다른 생선 파는 여자들에게 호소했다.

"그렇지. 아주머니들도 미치코(美智子) 비 전하는 좋아 하시죠. 그렇게 아름다운 미치코 비 전하에게 무슨 일이라도 생기면 오키나와의 수치잖아요."

"뭐라고, 아저씨 지금 우리들이 미치코덴카(미치코 전하)에게 무슨 짓을 할거라는 거야?"

후미는 지금이라도 달려들 기세로 대야 위로 몸을 내민다.

"그 무슨, 설마 아주머니들이 그런 일을 한다 그 말이 아니에요. 내가 걱정하는 것은 말입니다. 그치 예전 해양박람회 때 히메유리 탑에서 황태자 전하와 미치코 비 전하에게 화염병을 던진 그 엄청난 사건(1975년 7월 17일 본토 복귀 후 황족으로서는 처음으로 오키나와를 찾은 당시의 황태자(현재의 천황) 부부에게 히메유리 탑 수로에 숨어있던 도쿄 출신과 나하시 출신 두 남성이 화염병과 폭죽을 던진 사건을 말한다.)이 있었잖아요. 오키나와에는 아주머니들하고는 달리 나쁜 생각을 하는 사람들이 있으니 말이야. 만약에 말이에요. 그런 무리들이 아주머니들이 쓰는 식칼을 빼앗아서 덤벼들기라도 하면 말이야……"

후미는 깜짝 놀라 말도 나오지 않았다.

"같지도 않은 놈이, 뭐라고(이야구토루문야, 난테)?"

너무나도 이상한 이야기에 분노가 치밀어 올라서 엉겁결에 도마 위에 있는 생선회 식칼을 치켜들자, 남자는 "으앗." 하고 엉덩방아를 찧더니 양손으로 얼굴을 막았다. 옆에 있는 여자들이 서둘러 후미를 말리고 어르고 달랬다. 후미는 식칼을 놋대야 속에 던져버리고 코웃음을 쳤다.

"흥. 미친 소리만 하네. 그런 소리 하려거든 나하에 있는 식칼이란 식칼은 모두 경찰서로 가져가서 금고에 넣어 지키고 있으면 되잖아."

남자는 쓴웃음을 짓고 일어나 바지에 묻은 먼지를 털다 길 건너편에서 웃고 있는 택시 운전사들을 의식하더니 표정을 갑자기 바꿔 날카로운 눈빛으로 노려봤다. 일어서자 남자의 몸은 이상할 정도로 커보였음에도 후미는 조금도 기가 꺾이지 않았다. 남자는 위압하듯이 후미를 내려다보더니 지금까지와는 싹 달라진 태도로 낮게 위협하는 듯한 음성으로 말했다.

"이 못돼 먹은 아주머니가(에, 야나하메). 누구 허락을 얻고 여기서 장사하고 있어? 내가 보건소에 한마디만 해도 이 썩은 생선은 두 번 다시 팔 수 없어. 알겠어?"

"뭐라고……"

후미는 말을 멈추지 않고 남자를 노려봤다. 남자는 그런 후미를 조소하듯이 몸을 뒤로 젖히고 가슴 주머니에서 선글라스를 꺼내서 썼다.

"다시 올 거야. 내가 하는 말 들어. 아줌마."

"이 나쁜 자식이 (야나우와쿠스야)."

후미는 수중에 있던 비닐봉지에서 소금을 덥석 쥐어서 그 남자에게 있는 힘껏 끼얹었다.

"나쁜 경찰 자식 (야나케사치야). 뭐 저런 불쾌한 놈이 다 있어."

후미는 분노를 가라앉히지 못 한 채로 눈을 번뜩이며 남자가 사라진 부근을 한동안 계속해서 노려봤다.

"후미 언니, 잠깐만."

바로 옆에서 둘의 대화를 걱정하며 듣고 있던 마쓰(マッ)가 후미의 어깨에 손을 댔다.

"왜 그래."

후미는 표정을 누그러뜨리더니 평소의 쾌활함을 금방 되찾고 뒤돌아봤다. 마쓰는 다른 여자들 쪽을 때때로 쳐다보면서 우물거리고 있었다.

"왜 그래. 무슨 일이야."

"있잖아 후미 언니. 화내지 말고 들어요. 아까 하던 이야기를 들었는데 역시 경찰이 하는 말을 듣는 편이 좋지 않을까."

후미는 놀라서 마쓰에게 무릎걸음으로 조금씩 다가갔다. 마쓰는 치뜬 눈으로 후미를 보다가 바로 눈을 내리 깔았다.

"우리들이 여기서 더 이상 생선을 못 팔게 하면 곤란하잖아……. 최근에 보건소 사람들이 자주 조사하러 와서 항상 걱정이 돼. 요즘은 그래 신문에도 여기가 비위생적이라고 실렸잖아."

그 기사가 실린 것은 일주일 정도 전이었다. 그 날 보건소 직원이 와서 이런저런 질문을 하고 몇 마리인가 생선을 가져가더니 며칠 후에 "여름 철 노점 판매 생선에 주의"라는 표제어와 함께 후미를 비롯한 상인들의 사진이 신문에 크게 실렸다.

"이름은 잊어버렸지만 그 뭐라고 하는 박테리아가 많이 있다던데."

신문을 손에 들고 파고들듯이 읽고 있는 후미에게 마쓰가 말을 걸자, 후미는 눈을 부라리고 말했다.

"저 자가 뭘 알겠어. 우리들은 어름까지 가득 사와서 생선이 상처입지 않도록 주의를 하고 있잖아. 그런 일은 없어. 매번 생선을 사주는 아주머니들에게 무슨 일이라도 생기면 큰일이라는 것 정도는 잘 알아. 우리들은 이미 몇 십 년이나 여기서 장사를 하고 있잖아. 나하 사람들(나한츄)은 예부터 우리들이 파는 생선을 먹고 살아왔어. 예나 지금이나 생선은 같은 생선인데 어째서 이제와서 비위생적이라고 하는 거야. 우리들은 아침에 막 잡아온 신선한 생선(이마이유-)을 팔고 있어. 다른 곳에서 파는 냉동보다 훨씬 신선해."

굉장히 성이 나서 청산유수로 떠들어대는 후미의 말에 압도당해서, 마쓰를 비롯해 다른 여자들도 모두 후미를 둘러싸더니 무슨 일이 있어도 여기서 생선을 팔겠노라고 서로 맹세했었다. 그런데도 어째서 이제 와서 마쓰가 그런 힘없는 소리를 내뱉는 것인지 후미는 이해할 수 없었다.

"뭘 걱정하는 거야. 난 어릴 적부터 어머니와 함께 여기서 생선을 팔아왔어. 누구도 그만두게 하지 않아. 어째서 그 남자가 하는 말을 두려워 하고 그래."

"그래도 언니. 경찰이 하는 말인데 거스르지 않는 편이 좋지 않겠어."

"어째서. 내가 이상하다고 그러는 거니."

후미는 주저주저 하던 마쓰의 태도에 화가 나서 어찌할 바를 몰랐지만 무조건 혼낼 기분도 들지 않아 자리에서 일어나 "잠깐 봐줄래."라는 말을 남기고 평화거리 쪽을 향해 잰걸음으로 걸어갔다.

변했네 여기도. 후미는 평화거리의 혼잡함을 살찐 몸으로 밀어젖히듯이 걸으면서, 지금까지 몇 번이고 말했는지 헤아릴 수 없는 말을 가슴 속에서 중얼거렸다. 이전에는 뚫린 나무 상자에 베니어판을 걸쳐놓고 그 위에 속옷이나 가쓰오부시(가다랑어를 짜개 발리어 쪄서 말린 포.)나 미군에게 불하받은 HBT(미군 군복. Herringbone Blouse and Trousers. 오키나와 전 이후 미군이 의복이 부족한 오키나와 주민에게 보급했다.) 바지 등을 산더미처럼 쌓아 놓고 팔던 아주머니들의 목소리가 양쪽에서 위세 좋게 울려서, 그 사이를 걸어가는 것만으로도 가슴속이 욱신거렸다. 지금도 인파는 변함이 없었지만 아르바이트 아가씨들의 가느다란 목소리가 들려왔고, 그것도 외국의 '떠들썩한 노래'에 지워졌다. 어느새 머리 위 지붕도 정비돼 소나기가 오면 서둘러서 상품을 정리하는 늙은 아주머니들을 도와주곤 하던 즐거움도 사라져 버렸다. 몹시 화려한 컬러타일이 전면에 깔린 거리는 이미 자신이 걸을 장소가 아닌 것만 같은 기분이 들었다. 후미는 "대 바겐세일! 해산물 축제"라고 쓰인 내림 깃발 광고가 서있는 큰 슈퍼 앞에서 멈춰 섰다. 유리창 건너편에서 움직이는 쇼핑객들은 수족관 속의 물고기 같았다.

"어서 오세요. 홋카이도 특산 게는 어떠세요."

아직 중학생 정도로밖에 보이지 않는 얼굴이 흰 아가씨가 기분 좋은 웃음을 머금고 가는 목청으로 힘껏 외치고 있다.

'난 이토만(糸滿) 특산 생선장수라오.'

그것에 끌려서 웃으면서 마음속으로 그렇게 중얼거린 후미는 갑자기 참을 수 없을 정도로 쓸쓸함이 덮쳐오는 것을 느끼며 원래 있던 곳으로 되돌아갔다. 바로 이 년 전까지 이 슈퍼가 있는 부근에는 우타를 시작으로 패전 직후부터 가게를 낸 여자들이 밖에서 몰려오는 파도에 몸을 맞대고 자신을 지키고 있는 산호처럼 작은 가게를 늘어놓고 있었다. 전쟁에서 남편을 잃고 여자 혼자서 아이를 키운 여자들은 모두 후미보다 스물넷에서 서른여섯 살이나 나이가 많았지만, 후미는 그녀들 가운데 있을 때가 가장 즐겁고 마음이 편안했다. 적에게 습격당한 잔 물고기가 산호 덤불에 숨어들어서 몸을 지키듯 무언가 불쾌한 일이 있으면 후미는 여기로 달려와서 말끝을 올려가며 독특한 어조로 가슴속에 쌓여있는 것을 죄다 쏟아 부었다.

"아이고, 자네 혀는 작은 정어리가 뛰는 것 같아."

어디서부터라고 할 것 없이 그런 목소리가 튀어나와 흰 파도가 부서지듯이 여기저기서 시원시원한 웃음소리가 터졌다. 여기서는 어떠한 괴로움도 웃음으로 바뀌었다.

후미가 그 중에서도 특히 우타와 친해진 것은 계기가 하나 있었다. 후미가 평화거리에서 나와서 어머니가 하던 생선 장사 일을 이어받아 노렌 시장으로 이어지는 노상에서 한 지 얼마 되지 않을 무렵 폭력단 네 댓 명이 들이닥쳐 자릿세를 내라고 위협하러 온 적이 있었다. 평소에는 남자들에게 한 걸음도 뒤로 물러서지 않고 바다에서 일하던 후미도 그 때만 큼은 역시 다른 여자들 그늘에 숨어서 벌벌 떨고 있을 뿐이었다. 거기에 쉰이 넘은 작은 체구의 나이든 여자가 오더니 스커트 앞이 벌어지는 것 도 상관하지 않고 가부좌를 틀더니 후미의 옆에 앉았다.

"이봐 아저씨들 뭐 살 거야?"

우타는 사람 좋아 보이는 웃음을 머금고 남자들을 둘러봤다.

"어이 빌어먹을 할멈(에, 야나하메). 돈 내놓으라고 했잖아."

카키색 바지를 입은 서른 가량의 남자가 우타 앞에 웅크리더니 위협하 며 말했다.

"뭘 산다고? 이봐, 너 같은 사람에게는 이걸 줄게."

우타는 태연한 얼굴로 비닐봉지에서 샛줄멸치를 가득 담더니 남자의 얼굴 앞으로 들이밀었다.

"지금 날 깔보는 거야? 죽여 버릴 수도 있어 지금.(쿠루사린도, 스구)."

남자의 손이 비닐봉지를 쳐서 떨어뜨리자 햇볕에 탄 노면에 샛줄멸치 가 흩날렸다. 멀리서 보고 있던 사람들은 저도 모르게 고개를 움츠렸고, 후미는 살아있다는 기분이 들지 않았다.

"에구구 뭐하는 게야, 아깝게. 아저씨, 이게 얼마나 맛있는 줄 모르지."

우타의 목소리는 어딘가 즐거운 듯한 기분조차 들었다.

"그런데 말이지 아저씨. 샛줄멸치 먹으려고 사람에게 잡히는 생선도 있어. 작다고 해서 함부로 먹지 않는 편이 좋을지도 몰라. 아저씨는 지혜 가 있잖아."

"뭐라고 지껄이는 거야?"

우타는 남자를 무시하고 물고기를 줍기 시작했다. 후미는 지금이라도 남자가 우타의 목덜미를 붙잡고서 땅에 내동댕이칠 것만 같아서 도움을 청하고 싶었지만 목소리가 나오지 않았다. 남자는 밉살스럽다는 듯이 우타의 행동거지를 바라보다가 무언가 낮게 중얼대더니 마침내 일어서서 놋대야 속에 있는 생선에 침을 뱉고 물러갔다. 후미 일행을 향해 미소를 보내는 우타의 얼굴에는 화를 내고 싶어도 낼 수 없는 애교가 넘치고 있었다.

그 이후 후미는 우타에게 절대적인 신뢰를 갖고 무슨 일이 있을 때마다 "우타 언니, 우타 언니." 하면서 달려갔다. 우타가 다른 아주머니들과 마찬가지로 남편을 전쟁에서 잃어버린 것은 이전부터 알고 있었다. 사내아이 하나와 여자 아이 둘을 데리고 겨우 연명하는 생활을 해온 것 또한. 후미는 우타의 사투리를 듣고 얀바루 사람이라는 것을 알아챈 후, 그녀가 나하에서 살아가는 것은 보통일이 아닐 거라 생각했지만, 그것을 입 밖으로 내지 않았다. 우타는 자신의 과거에 대해서는 거의 말하려고 하지 않았다. 다만 딱 한번 우타가 전쟁 중에 있었던 일을 말해준 적이 있다. 그것은 장남인 요시아키(義明)를 잃었을 때에 대한 것이었다. 후미는 수다를 떨고 돌아가는 길에 문득 발걸음을 멈추고 조금 떨어진 곳에서 부지런하게 일하고 있는 우타를 바라보면서 그 이야기를 곧잘 떠올렸다. 그리고 반복해서 마음속에서 반추하는 동안 지금은 마치 그것을 자신이 경험한 것 같다고 생각하게 됐다.

격렬한 비였다. 동굴(가마) 입구 쪽에서 자고 있던 요시아키가 있던 곳

까지 안개와도 같은 물거품이 깔려있었다. 우타는 몸에 지장이 있다고 생각해 안쪽으로 데려가려 했지만, 요시아키는 어째서인지 힘없이 고개를 저으며 싫어했다. 요시아키의 목피부가 부어서 갓난아기처럼 깊은 주름살이 잡히고 뒤틀린 것이 애처로웠다. 방위대(오키나와 전에서 방위 소집에 따라 만 17세 이상에서 만 45세까지 남자를 보조병력으로 편성한 부대. 그 수는 2만 수 천 명에 이르렀고 약 60%가 전사했다.)에 동원된 남편 에이키치(榮吉)의 소식은 전혀 알 수 없다. 우타는 아직 한 살도 되지 않은 세이안을 장녀 기쿠(キク)가 업게 하고, 자신은 간장이 좋지 않은 요시아키를 업고서, 세 살이 이제 막 된 차녀 유키에(ユキエ)의 손을 잡아끌고 부락 사람들과 함께 산과 들판을 갈팡질팡 도망쳐 다녔다.

동굴 안쪽에서 세이안의 가냘픈 울음소리가 들려왔다. 동시에 숨죽인 목소리로 남자가 질책하는 소리가 들렸다. 심장을 누가 세게 조른 것 같은 고통에 우타는 허리를 들었지만 울음소리는 금방 그쳤다. 차갑고 무거운 액체가 괴인 듯한 정적이 안쪽 어둠속으로 되돌아가고, 입구에 덮어둔 각종 나무 잎을 때리는 빗소리가 한참 동안 높아졌다. 녹색으로 물든 빛에 반사돼 이상하게 부풀어 오른 요시아키의 얼굴은 살아있는 사람으로는 보이지 않았다. 태어날 때부터 허약한 체질인데다가 이 년 정도 전부터 신장병을 앓아서 누워만 있는 날이 많았다. 미군이 상륙한 후 집을 떠날 때 어두운 예감이 뇌리를 스치는 것을 필사적으로 부정했지만 현실은 무자비한 것이었다. 동굴을 이동해 가며 함포 사격으로부터 도망치던 날들, 요시아키를 등에서 내려놓고 날이 갈수록 부종이 심해져 가는 몸을 파고 들어가는 허리띠 자국을 주물러서 풀어주다가, 우타는 몇 번이고 목소리를 죽여서 돌과 같은 눈물을 떨어뜨렸다.

요시아키는 어째서인지 오늘 동굴 입구 쪽에서 자고 싶어 했다. 이 삼일 전부터 몸을 움직이는 것은 고사하고 목소리를 낼 기력조차 없어졌는데, 오늘 아침은 줄곧 빛 쪽으로 고개를 움직이고 있음을 우타는 알아채고 그가 신선한 공기를 마시고 싶었던 것이라고 생각했다. 다른 사람들의 허가를 얻어 밖에서 보이지 않을 것 같은 입구 근처 바위 그늘에 몸을 숨기고 요시아키를 눕히자 부종으로 코도 막혀있는 것인지, 생선처럼 입만 빠끔빠끔 거리며 비와 여러 나무의 향이 나는 바깥공기를 탐닉했다. 천장에서 물 한 방울이 이마에 떨어졌다. 이제 막 태어난 병아리 눈처럼 몹시 부어오른 눈꺼풀에 묻혀서 앞부분만이 보이는 속눈썹이 살짝 움직였다. 그때 우타는 겨우 알아챘다. 이 아이는 내 얼굴이 보고 싶은 것이야. 엄마 얼굴을 보기 위해 빛이 필요했던 것이구나. 하지만 빛을 손에 넣어도 이미 눈꺼풀을 열 힘조차 잃어버린 후였다. 우타는 눈물을 참으면서 긴장한 얇은 피부를 상처입지 않도록 떨리는 손가락 끝을 힘껏 진정시키면서 집게손가락과 엄지로 요시아키의 눈꺼풀을 열어줬다. 눈곱투성이의 누렇게 흐려진 흰자 안에 힘없이 빛을 발하고 있는 옅은 갈색 눈동자가 있다. 요시아키의 얼굴에 희미하게 웃음이 떠오른 것 같은 기분이 들어 우타는 머리를 숙이고 차가워진 몸을 안았다. 요시아키가 숨을 거둔 것은 그로부터 한 시간도 지나지 않아 비가 그쳐 태양이 투명한 빛을 발하던 정오 무렵이었다.

후미는 걸으면서 자신도 모르게 눈물을 흘리고 있는 것을 알아차렸다. 두툼한 손바닥으로 눈을 비비고 코를 크게 훌쩍였다. 지나쳐 가는 사람들이 웃으면서 후미를 봤지만, 그런 것에는 개의치 않았다. 이런 과거의 일들을 자신의 직접 체험한 것이 아니라 우타로부터 들은 것이라는 사실을 믿을 수 없었다. 아니, 나는 분명히 배가 아파서 요시아키라는 사내아이를 낳고 그 아이의 죽음을 지켜봤다. 후미는 손가락 끝에 아직 요시아키의 눈꺼풀의 감촉마저 남아있다고 생각했다.

'우타 언니가 경험했던 것이잖아. 어째서 내가 경험한 것이 아니라고 할 수 있겠어.'

그렇게 혼잣말을 한 후미는 언젠가 우타 언니가 폭력단을 쫓아버린 것처럼 그 형사를 내쫓지 못한 자신이 분했다.

우타 언니처럼 되고 싶다. 친하게 어울리게 되면 될수록 후미는 그렇게 생각했다. 우타는 너그러워서 사람을 미워하거나 싫어하거나 하는 그러한 기분이 마음에 떠오르기나 하는 것일까 싶을 정도로 항상 사람 좋은 미소를 머금고 있다. 그러면서 폭력단의 위협에도 기가 꺾이지 않고 농담을 하며 응대하는 우타처럼 되고 싶노라 후미는 계속 생각했다. 반면 천성이 격렬하고 바로 시비조로 상대를 몰아세우고 마는 자신의 성격이 싫어서 어쩔 줄 몰랐다.

"나도 나이가 들면 우타 언니처럼 웃을 수 있으려나."

어느 날 무심코 그런 말을 한 적이 있다. 우타는 아무런 말도 하지 않고 기쁜 듯한 표정으로 "헤헤." 하고 그 특유의 표정으로 웃을 뿐이었다.

매장으로 돌아오자 가주가 놋대야 앞에 쭈그리고 앉아서 진지한 표정으로 마쿠부(マクブ, 오키나와 현산의 물고기.)의 이빨이나 눈을 만지고 있다.

"가주 오늘은 혼자구나."

뒤에서 말을 걸자 튀듯이 뒤돌아보고 충치투성이인 치아를 보이며 기쁜 듯이 웃는다. 우타 언니와 똑같은 웃음이야 하고 후미는 생각했다.

"오늘 할머니는 뭐 하시니?"

"집에서 주무세요."

후미는 놀랐다.

"왜 어디가 아프셔?"

"어디가 아프지는 않아요. 엄마가 오늘은 집에 있으라고 해서 집에서 주무세요."

"그렇구나."

후미는 신경이 쓰였지만 그 이상 묻지 않았다.

"그래, 가주야. 이 생선 할머니에게 가져다 드리렴."

후미는 예전에 우타가 즐겨 사가던 그루쿤(グルクン, 오키나와 현산의 물고기.) 다섯 마리를 비닐봉지에 넣어 가주에게 건네줬다.

"돈은요?"

"아냐. 아냐. 할머니한테 조만간 놀러 간다고 말씀 드리렴."

"네, 고맙습니다."

한손에 생선이 든 비닐봉지를 늘어뜨리고 머리를 비스듬히 하고 겅둥겅둥 달려가는 가주의 뒷모습을 바라보면서, 후미는 가슴 밑바닥에 무언가 안 좋은 예감이 달라붙는 듯한 느낌이 들었다.

"세이안 씨, 과장님이 사무실에서 부르세요."

점심 도시락을 다 먹고 작업하던 동료와 함께 휴게소에서 잡담을 하고 있던 세이안에게 최근에 입사한 여자 사무원이 얼굴만 빼꼼히 내밀고 밝은 목소리로 말을 걸었다.

"무슨 일이지."

이야기를 그치고 자신을 보고 있는 모두에게 그렇게 말하고 휴게소에서 나가자, 얼굴이나 목덜미에 강한 직사광선이 작은 곤충이 무리지어 오듯이 쏟아져 들어왔다. 자외선이 눈을 방해해서 창고 앞에 있는 포크리프트는 녹은 버터 덩어리처럼 일그러져 보였다. 더위를 피해 모두 창고 그늘에서 자고 있겠지. 구내에서 일하고 있는 사람으로 치자면 선체 페인트를 다시 새로 칠하고 있는 화물선 선원들뿐이었다.

이 항구에서 항만 노동자 일을 하게 된 지 반 년 정도가 지났다. 오랫동안 일하던 건설회사가 불황으로 도산하고 날품팔이 생활을 쫓은 지 삼 년이나 됐다. 지금은 옛 친구에게 소개를 받고 정기적으로 항만에서 일하고 있어서 슈퍼에서 파트타임으로 일하고 있는 하쓰의 급료를 합치면 어떻게든 일가 다섯 명이 먹고 살 수는 있다. 하지만 병이라도 걸리면 끝장이라는 불안감에 시달리지 않는 날은 없었다.

사무소에 들어가자 책상에 앉아서 신문을 읽거나 잡담을 하고 있던 남자들 몇이 얼굴을 들었지만, 이렇다 할 반응도 보이지 않은 채 바로 원래 상태로 돌아갔다. 냉방이 지나치게 돼서 세이안은 자신도 모르게 어깨를 움츠렸다. 과장인 오시로(大城)의 모습이 보이지 않는 동안 벽에 죽 늘어서 있는 표창장을 선 채로 보고 있자 방금 전의 사무원이 측면 문에서 나타나 "어머나." 하고 붙임성 있는 웃음을 지었다.

"거기 앉아서 기다리시면 돼요. 지금 차를 준비해 올게요."

세이안은 옆 소파로 시선을 내리깔고 엉거주춤한 웃음을 띠며 머리를 숙였을 뿐 그곳에 앉으려 하지 않았다. 젊은 사무원은 신기한 듯이 눈동자를 움직여 납득한 것처럼 고개를 끄덕이더니 문 건너편 쪽으로 사라졌다. 그리고 바로 녹엽이 눈에 떠오를 정도로 향기롭게 김이 빠져나오는 사기 주전자를 손에 들고 나타나 찻종에 차를 따르더니 소파 테이블에 신중하게 내려놓았다.

"따듯할 때 드세요."

세이안은 미안해하며 어색하게 고개를 숙이고 조심스럽게 앉아 찻잔을 손에 들었다.

"미야(ミヤ) 씨, 여기에도."

"알아서 마시세요."

그녀는 말을 건 서른 살 정도의 남자에게 놀리듯이 그렇게 말하고 소녀와 같이 가냘픈 몸을 돌려 자신의 자리로 돌아갔다.

괜찮은 여자야, 도쿠다(德田) 씨라고 했나. 차를 홀짝이며 눈썹이 고운 화장기 없는 옆얼굴을 아무렇지도 않은 듯 바라보고 있자 기세 좋게 안쪽 문이 열리고 훌떡 벗겨진 머리까지 햇볕에 탄 오시로가 서류봉투를 손에 들고 나왔다. 세이안은 허둥대며 자리에서 일어나 고개를 숙였다. 오시로는 뒤에서부터 나온 쉰 살이 넘은 듯한 양복차림의 풍채 좋은 남자를 앞에서 이끌며 세이안의 옆을 그냥 지나쳐 밖으로 나갔다. 세이안은 그로부터 10분 정도 기다렸다. 시계를 보니 이미 한 시 오 분 전이었다. 사무소 안에서는 모두 변함없이 담소를 나누고 있겠으나, 현장에서는 슬슬 작업 준비를 하고 있을 무렵이다. 세이안은 늦게 갔을 때의 거북함을 생각하니 불안해져서 연신 시계를 들여다봤다. 갑자기 입구 문이 밀어젖혀지더니 오시로가 혼자서 돌아왔다. 세이안이 일어서서 인사할 틈도 주지 않고 오시로는 이미 눈앞에 앉아 오픈셔츠 앞을 열어 가슴에 공기를 집어넣고 있었다.

"기다리게 해서 미안하네. 갑자기 손님이 와서."

젊은 여자 사무원이 차를 내오면서 오시로와 세이안을 흘긋 봤다. 세이안은 얼굴이 달아오르는 것을 느꼈다.

"어머니는 건강하신가."

"네?"

세이안은 생각지도 않은 물음에 우물거렸다.

"자네 어머니는 이제 연세가 얼마나 되셨나."

"네. 올해 일흔 여섯입니다만."

"이른 여섯인가. 우리 어머니보다는 두 살 위시군. 아니지 세 살 위군. 으음, 그건 됐네만, 역시 나이를 먹으면 여러모로 쉽지 않겠지."

"그렇습니다만."

마사야사는 수상쩍은 듯이 오시로를 봤다.

"우리 어머니는 요즘 기억력이 조금 떨어지기 시작한 모양이라서. 자네 집은 어떤가."

어떻게 대답을 하면 좋을지 알 수 없었다.

"아니 사실은 내 친구 중에 경찰서에서 일하는 녀석이 있어. 그 친구로부터 조금 들었네만 자네 어머니에 대한 일로 최근 평화거리에서 대수롭지 않은 사건이 있었던 모양이야."

'사건'이라는 말이 세이안을 위협했다. 사무소 안에 있는 모두가 귀를 기울이고 있다.

"사건이라는 표현은 요란스럽더라도. 으음, 파출소에 고충이 있었다는 정도겠지만 말이야. 자네도 듣기는 했겠지?"

"아니, 저는 아무 것도……"

오시로는 눈살을 찌푸리며 한순간 험상궂은 눈으로 세이안을 보다가 금세 표정을 풀었다.

"흐응 그건 어째서일까. 나는 자네 쪽에도 틀림없이 소식이 갔을 것이라 생각했네만."

"저기 어떠한 고충인지요."

웃는 표정 이면에 의심 깊어 보이는 오시로의 시선을 느끼며 세이안은 기가 죽었다.

"아니 내 친구 이야기로는 최근에 자네 어머니가 여기저기 가게 상품을 만져서 곤란하다는 것 아닌가. 더러워진 손으로 말이야……. 그치 노인네가 되면 아무래도 배설을 거리낌 없이 하게 되잖아. 실은 내 양친은 아직 아무렇지도 않지만 여동생 네는 곤란한 모양이야. 시어머니가 손으로 집어서 벽에 비벼대는 모양이야 그걸 말이지."

모두의 시선이 일제히 자신에게 쏟아지는 듯한 기분이 들어서 얼굴을 들 수 없었다.

"최근에 치매 증상으로 대소변을 못 가리는 것은 알고 있었습니다만 타인에게까지 폐를 끼친 것은 몰랐습니다."

세이안은 거짓말을 했다.

"어쨌든 인간은 누구라도 나이를 먹으니 어쩔 수 없는 일이지만. 실은 오늘 자네를 부른 것은 친구로부터 부탁받은 일이 있어서야. 이런 말을 내 입으로 하는 것은 좀 그렇지만 친구말로는 파출소에 어떻게 좀 해달라는 불만 섞인 민원이 끊이지 않는 모양이잖나. 게다가 어린아이도 아니시니, 그렇지 보호만 하고 있을 수도 없는 노릇이고. 그래서 가능하면 되도록 사람이 혼잡한 곳에 혼자서 돌아다니시지 않게 해줄 수 없겠나 하는 것이네."

어조는 동정적이었지만 소파에 기대서 수연히 대답을 기다리고 있는 태도는 싫다는 대답을 용납하지 않겠다는 기운이 서려있다. 거절하면 일을 계속할 수 없겠지 하고 세이안은 입술을 깨물었다.

"알겠습니다. 가능한 밖에는 혼자 나가시지 않게 하겠습니다."

"그렇게 하는 것이 좋겠지. 우선 나이 드신 분이 혼자 다니는 것은 위험해. 교통사고만 해도 날 수 있고, 무더운 날에는 뇌일혈로 쓰러질 수 있잖나. 그래서 말이지 이번 수요일 내일 모래 일이지만."

세이안은 고개를 들었다. 오시로는 노골적으로 얼굴에 웃음을 띠고 있다.

"그날은 특히 밖에 나가시지 않게 해달라고 하더군. 이유는 알겠지?"

"네에."

"그런가. 그러면 잘 부탁하네. 우리 모두 노친을 돌보느라 고생이 많군. 뭐 아내들 고생이 가장 크겠네만."

오시로는 시간이 아까운 듯 남은 차를 단숨에 다 마시더니 "자 그럼." 하고 큰 걸음걸이로 안쪽 방으로 걸어 들어가 버렸다. 세이안은 입을 다문 채 고개를 숙이고 사무실에서 나왔다. 밖의 더위가 후텁지근해서 현기증이 났다. 엉겁결에 아스팔트에 한쪽 무릎을 세우고 앉아서 한동안 눈구멍을 진정시키며 시계를 보자 이미 한 시에서 십오 분이나 지나 있었다. 세이안은 무리하게 달려서 현장으로 향했다.

"세이안 씨, 세이안 씨."

그날 일당을 받고 사무소를 나가 문 쪽으로 걸어가고 있던 세이안을 낮에 "미야 씨"로 불리던 사무원이 불러 세웠다. 언제나 마음을 누그러뜨리는 웃는 표정과 달리 걱정하는 듯한 그녀의 눈길이 오후 내내 닫혀 있던 세이안의 가슴 속에 깊이 스며들었다.

"세이안 씨 어머님은 몸이 상당히 안 좋으신가요?"

"아니요, 으음……"

"우리 할머니도 돌아가시기 전에 보통 일이 아니었어요. 밤에 집을 빠져나가서 큰 소동이 벌어지거나, 이웃 집 물건을 함부로 가져오셨거든요. 마지막에는 누워만 계셔서 저도 학교에서 돌아오면 어머니와 교대로 항상 아래 쪽 시중을 들었어요."

세이안은 우두커니 선채로 고등학교를 이제 막 나온 듯한 아가씨의 진지한 표정을 똑바로 쳐다볼 수 없었다.

"이런 말씀을 드리는 것은 실례일지 모르겠지만 저는 과장님이 하신 말씀을 들을 필요가 없다고 생각해요. 걸을 수 있는 동안 그 즐거움을 빼앗아서는 안 된다고 생각합니다. 누워만 계신 할머니를 떠올리고 그렇게 생각했어요. 그러니까……"

세이안은 깊숙이 끄덕이더니 그대로 고개를 떨궜다. 젊은 사무원은 그러한 세이안을 응시하고 있다.

"저기 사모님께 힘내시라고 전해주세요. 저는 그 말을 꼭 하고 싶었어요."

"아, 잠시만 기다려요……"

어색한 듯이 고개를 숙이고 걸어서 멀어져 가던 그 아가씨를 세이안은 허둥대며 불러 세웠다.

"저기 아가씨 이름이 뭐였더라."

"도쿠무라(德村)에요."

"도쿠무라 씨. 정말 고마워요."

아가씨의 얼굴에 꾸밈없이 웃는 얼굴이 돌아왔다. 세이안은 사무소로 달려가는 뒷모습을 바라보며 누그러진 표정으로 문을 향해 걸어가면서 퍼뜩 걸음을 멈췄다. 오시로의 차는 아직 구내에 주차돼 있다. 세이안은 사무소로 돌아가려 했다. 하지만 차마 발걸음을 뗄 수 없었다. 오 분 이상이나 그곳에 서있었을까. 세이안은 크게 숨을 쉬고 자신의 그림자를 밟아 뭉개듯이 발길을 향해 버스 정류장으로 서둘러 갔다.

방과 후 교정에서 피구를 하며 놀고 있던 가주는 하교 차임이 울리는 것을 신호로 학급 친구인 토모(トモ)및 요시(ヨシ)와 함께 교문을 향해 달려갔다. 이 둘에게서 멀리 뒤처져 문으로 뛰어나온 가주의 앞길을 문기둥 그늘로부터 남자가 나타나더니 가로 막았다. 카키색 사파리재킷을 입은 그 남자였다.

"이야 이제 집에 가는가 보구나."

남자는 언제나처럼 허물없는 태도로 히죽거렸다. 가주는 남자로부터 눈을 떼지 않고 뒤로 물러섰다. 앞서 나가 기다리고 있던 토모와 요시는 가주가 떨고 있는 모습을 민감하게 알아채 다시 돌아오더니 양 옆에서 가주의 몸을 착 밀착시키고 남자를 노려봤다.

"아무 것도 무서워 할 것 없어. 오늘은 가즈요시 군에게 맛있는 것을 사주려고 기다리고 있었단다. 너희들도 함께 갈래……"

남자가 말을 끝까지 다 하지도 않았을 때 가주와 친구들은 교내로 뛰어 들어갔다. 교정에 남아있던 학생들이 "무슨 일이야. 무슨 일이야." 하고 달려오는 가주와 친구들을 봤다.

"마치코(マチコ) 선생님."

가주는 떠들썩한 여자 학생 몇 명에게 둘러싸여 다가오는 서른을 조금 넘긴 마른 체형의 여자 선생님을 큰 소리로 불렀다. 마치코(眞知子)는 지금이라도 울 것 같은 얼굴을 하고 비스듬한 자세로 달려오는 가주와 그 옆에 함께 있는 토모와 요시 그리고 이 셋 뒤에서 어중간하게 다가오는 거무스름한 피부의 얼핏 보기에 체육교사처럼도 보이는 튼튼해 보이는 체격의 남자를 봤다. 가주는 반쯤은 즐거운 듯한 비명을 내지르는 여자 아이들을 좌우로 밀어 헤치고 마치코의 몸으로 달려들었다.

"무슨 일이야. 도대체."

마치코는 커다랗게 어깨를 들썩이고 있는 가주의 등을 문지르면서 토모와 요시 그리고 사파리재킷 남자를 쳐다봤다.

"이 아저씨가 갑자기 쫓아왔어요."

급하게 숨을 내쉬며 토모가 남자를 손가락으로 가리켰다. 남자는 이삼

미터 정도 떨어진 곳에 멈추더니 쓴웃음을 짓고 있었다.

"이봐요, 무슨 일이시죠. 어째서 이 아이들을 쫓아다니는 겁니까."

"아니 저는 그다지 그럴 생각은 없었습니다만. 가즈요시 군에게 조금 볼 일이 있어서."

"거짓말이야."

마치코의 품에서 얼굴을 내밀고 가주가 외쳤다.

"무슨 일인 거죠. 이 아이들에게 이상한 행동을 하기만 해보세요. 경찰을 부르겠어요."

"경찰이라. 이거 난처하네."

남자는 교정의 여기저기를 주목하고 있는 학생들을 둘러보더니 교문 쪽으로 되돌아가기 시작했다.

"기다려요. 도대체 당신은 누구죠. 이름을 말하지 않으면 지금 당장 직원실로 가서 다른 선생님들을 불러올 겁니다."

남자는 걸음을 멈추고 입맛을 다시며 마치코를 살피듯이 봤다. 마치코의 의중을 알아차리고 토모와 요시가 직원실로 달려갔다. 남자의 날카로운 눈이 이 둘을 쫓았다.

"그다지 걱정할 일은 아닙니다. 저는 가즈요시 군의 아버지인 세이안 씨와 아는 사이입니다. 오늘은 셋이서 식사라도 할 생각으로 함께 가자고 온 것뿐입니다. 자아 그럼 가즈요시 군, 그럼 다음 기회에 함께 맛있는 거 먹으러 가자꾸나."

남자는 직원실에서 토모 등을 따라 남자 선생님들이 나오는 것을 확인하더니 침착한 태도를 유지하면서도 재빠른 발걸음으로 교문 밖으로 나갔다. 마치코는 겁내하는 아이들을 두고서 뒤를 쫓아가지도 못한 채 다른 교사들이 오는 것을 기다렸다. 마침내 달려온 교감과 이과(理科)의 마에바라(前原) 선생님이 이야기를 들은 후 바로 학교 주변을 찾아봤지만 남자의 모습은 이미 사라진 뒤였다.

"가즈요시 군, 저 남자는 누구지?"

교감이 무언가를 물어도 가주는 잠자코 있을 뿐 대답하지 않았다.

"오늘은 쇼크를 받은 것 같으니 여기까지만 하면 어떨까요."

마치코의 제안에 교감도 끄덕이더니 아이들을 귀가시키고 직원실로 들어갔다. 도중에 다시 숨어서 기다리고 있을지도 모른다고 하며 마치코는 가주를 집까지 데려다 주기 위해 함께 교문을 나왔다. 요기공원을 지나면서 작년에 전임(轉任)해와 가주의 담임이 된 후 가정방문을 하러 갈 때 길안내를 받았던 때를 떠올렸다. 그 때는 마치코의 손을 끌며 공원을 지날 때 지름길이에요 하며 신이 나있었는데 지금은 고개를 숙인채 얼굴을 들려고 하지도 않았다. 남자에 대한 분노와 의문이 새삼 치밀어 올라왔다.

학교에서 가주의 집까지는 오백 미터도 되지 않았다. 마치코는 길을 건너서 십이 층의 류큐대학 부속병원 건물을 올려다보고 한숨을 쉬며 작년에 들었던 그대로 현관 옆 정원수 수풀 그늘로부터 보건학부 건물 사이를 통과해, 간호학교 부지를 지나 복잡하고 좁은 골목길로 들어서고 있었다.

"분명히 이 길이었지."

과연 이 골목길 부근까지 오자 길 찾는 것에 자신감이 사라져서 입을 다물고 고개만 끄덕이는 가주를 재촉하면서 어떻게든 기억에 남아 있는 함석지붕을 얹은 집 앞까지 찾아갔다.

"실례합니다."

유리문 너머로 말을 걸자 "네." 하는 여자아이 목소리가 돌아왔다.

"앗, 마치코 선생님."

문을 연 것은 사치였다. 가주와 달리 낯가림을 하지 않는 사치는 작년 가정방문 때 마치코의 얼굴을 기억한 이후 학교에서 만날 때마다 달려들어서 떠오르는 말을 일방적으로 하고, 마지막에는 언제나 "사 학년이 되면 마치코 선생님 반이 되면 좋겠어요."라고 말하는 것이 입버릇이었다.

"어머니는 안 계시니?"

"안 계세요. 아직 일터에서 돌아오시지 않았어요. 그래도 벌써 네 시가 넘었으니 오실 거예요."

근처 슈퍼에서 일하고 있는 하쓰는 바빠지기 전에 삼십 분 정도 집에 돌아와 서둘러서 저녁상을 준비해 놓고 바로 다시 일터로 돌아가는 것이 관례였다.

"오빠 또 무슨 나쁜 일이라도 벌인 거야?"

사치는 마치코 옆에서 고개를 숙이고 서있는 가주를 놀리듯이 말했다. 하지만 평상시라면 바로 화를 내던 가주가 오늘은 그러한 제스처조차 보이지 않자 사치는 방금 자신이 내뱉은 말을 후회하면서 마치코를 봤다.

"아니야. 가주는 언제나 착한 아이인데 오늘은 조금 이상한 사람이 있어서, 불쾌한 기분이 들어서 그래. 그렇지 가주."

마치코는 두 살 어린 사치 쪽이 누나처럼 가주를 신경쓰는 것이 이상하기도 했고 믿음직스럽기도 해서 자연히 입가가 벌어졌다.

"이상한 사람이라면 그 피부가 검은 경찰 말인가."

"경찰? 경찰이라니 무슨 소리니, 사치."

"오늘 학교에서 돌아올 때 교문 근처에서 누가 불러 세우던데요. 무서워서 바로 도망쳤지만요."

"그 사람 어떤 모습이었니?"

"더럽혀진 녹색의, 그게, 미국 트럭 색깔 같은 상의에 아래는 청바지였나."

'그 남자다' 마치코는 가슴 속에서 중얼거리며 떠올리는 것조차 싫다는 듯 얼굴을 찡그리고 있는 사치의 손을 잡았다.

"있지 사치. 어째서 그 경찰들이 사치랑 가주를 따라다니는 거니."

"나한테만 오는 것이 아니라 집에도 와요."

"어째서?"

"잘은 모르지만 할머니 때문인 것 같아요."

"할머니 때문이라고?"

마치코는 작년 가정방문을 왔을 때 하쓰를 뒷전으로 돌리고 말하던 할머니를 떠올렸다.

"이 아이는 태어날 때부터 몸이 약했지. 매번 친구들한테 당하고 울고 왔어. 학교에서는 그런 일이 없을까요? 그렇군요, 잘 부탁드립니다……"

가주가 쓸데없는 말은 하지 않았으면 좋겠다고 말하고 싶은 듯이 얼굴이 붉게 상기돼 무릎을 꿇고 있는 것을 보면서, 마치코는 "걱정하지 마세요. 가주도 열심히 하고 있어요. 그치 가주." 하고 말하며 웃자, 할머니는

"그렇지만 선생님." 하고 다시 다른 이야기를 꺼내는 것이었다. 그것은 어디에나 있는 손주를 익애하는 할머니 모습으로밖에는 비치지 않는데, 도대체 가주의 할머니와 경찰 사이에 무슨 관련이 있다는 것인가.

"할머니에게 무슨 일이라도 있었니?"

"그게 조금……"

사치는 어두운 표정을 지으며 곤란한 듯이 가주를 봤다. 묻지 않는 편이 좋았겠다고 마치코는 생각했다.

"선생님 전 이제 괜찮아요. 정말 감사합니다."

갑자기 가주가 화가 난 듯이 구두를 벗어 던지더니 방으로 올라갔다. 사치는 의아한 눈빛으로 마치코를 봤지만 마치코도 곤란한 듯 "그냥 내버려두렴."이라는 말만 남기고 자리를 떠났다.

골목길에서 나와서 부속병원 현관 앞까지 왔을 때였다. 마치코는 신호를 건너서 이쪽으로 오는 하쓰를 보고 바로 알아챘다.

"가즈요시 군의 어머님 아니세요?"

말을 걸자 울적한 얼굴로 발밑으로 시선을 떨어뜨리며 걷고 있던 하쓰가 허를 찔린 듯 고개를 들었다.

"아아, 긴죠(金城) 선생님 오랜만에 뵙네요."

그렇게 말하기까지 잠시 짬이 있었다. 마치코는 피곤한 모양이야 하고 생각하면서 하쓰의 손을 끌고 정원수 수풀 안 녹석(綠石)에 나란히 앉아 학교에서 일어났던 일을 간략하게 설명했다.

"남자 경찰이요?"

하쓰는 얼굴을 찌푸렸다. 방금 전 사치의 표정과 똑같았다. 역시 건드려서는 안 되는 것이 있는 듯한 기분이 들어서 사정을 자세히 캐묻는 것은 꺼려졌다.

"당분간은 가즈요시 군을 집에까지 바래다주면 어떨까요. 왕복 이 십 분도 걸리지 않으니 저는 괜찮습니다."

"아니요. 선생님이 그렇게까지 해주시는 것은 너무 죄송해서요. 걱정하지 않으셔도 됩니다. 수요일까지만이라서요."

"수요일까지요?"

하쓰는 마치코의 시선을 피하듯이 고개를 끄덕이더니 허둥대며 일어섰다.

"언제나 가주를 걱정해주셔서 정말 감사해요. 오늘은 일부러 배웅까지 해주셔서."

"아니요. 그런 것은 그다지."

하쓰는 정중히 몇 번이고 고개를 숙이고 병원 옆쪽을 향해 잦은걸음으로 사라졌다.

'수요일이면 내일 모래인데. 도대체 무슨 일이지.'

마치코는 현관 계단을 내려가 신호가 바뀌는 것을 기다리면서 방금 전에 나눴던 대화를 다시 한 번 생각했다. 신호가 바뀌었다. 마치코는 길을 건너면서 정면에 있는 시민회관을 바라봤다. 벽돌을 성벽처럼 겹겹이 쌓은 처마에 이끼가 자라서 차분한 느낌을 발하고 있고 세로로 내걸린 현수막의 흰 색이 선명히 빛나고 있었다.

"제××회 헌혈추진전국대회 —— 날일 7월 13일, 수요일."

눈으로 문자를 쫓던 마치코는 "수요일이라." 하고 자신도 모르게 말

하고 길을 건너 시민회관 계단을 뛰어 올라가 현수막을 올려다봤다. 이 삼 일 전에 읽은 신문기사와 한 장의 사진이 떠올랐다. 그것은 이 대회에 출석하는 황태자 부부 경비를 위해서라는 것으로 도로 인근의 불상화나 긴네무(ギンネム, 루카나 루코셉팔라(Leucaena leucocephala). 열대아메리카 원산의 상록수로 꽃은 백색이며 향내를 내뿜는다.)가 무참하게 잘려나간 사진이었다. 그 때는 단지 아깝다고 생각했던 정도였는데 함께 실린 기사를 떠올리자 새삼스레 무언가 으스스한 기분이 들었다. 신문에서는 '과잉경비'에 대해 변호사 단체가 항의성명을 내 지나친 경비의 몇 가지 사례가 열거돼 있었다. 그 중에서도 수 개 월도 전부터 황태자가 통과하는 연도의 전 세대, 사무소 등에 대해 경찰이 정보 수집을 해서 가족구성이나 근무처부터 사상, 정당지지 등까지 조사를 했다고 하는 사례가 나와있었는데 그것을 갑자기는 믿을 수 없었지만, 오늘 있었던 일을 떠올리니 어쩌면……이라는 기분이 들어서 으스스한 감정을 느끼지 않을 수 없었다.

그런데 어째서 가주의 할머니가 경찰 등에게…….

마치코는 그것을 이해할 수 없었다.

수요일이라 해도 반드시 그 대회와 관계가 있다고만은 한정할 수 없으니 내 지나친 생각인지도 모르겠다.

마음속 어딘가에 불안감이나 꺼림칙함을 느끼면서 결국 마치코는 그렇게 자기를 납득시키며 학교로 돌아갔다.

아침부터 내리고 그치기를 반복하던 비는 점심 무렵부터 소나기로 바뀌어 내렸다. 후미는 근처 가게 앞에 생선을 둔 채로 우산을 펼쳐들고 우타와 안면이 있는 아주머니들이 이제 더 이상 없다는 것을 알면서도 평화거리를 걷기 시작했다. 귀가 이상해질 정도로 볼륨을 끝까지 올려 군가를 틀고 비에 흠뻑 젖은 히노마루를 내걸고 검게 칠한 차체에 국화 문양 사이에 지성(至誠)이라고 써넣은 우익 선전차가 그녀의 눈앞을 지나쳐갔다.

오늘 한 시에 황태자 일행이 오키나와에 올 예정이다. 후미가 사는 이토만에는 황태자 일행이 둘러볼 예정인 마부니(摩文仁, 오키나와 남단에 있는 이토만 시 지구. 오키나와 전 당시 격전지로 전후 평화기념공원 등이 건립돼 있다.) 전적공원(戰跡公園)이나 전에 화염병이 날아든 히메유리의 탑 등이 있어서 무시무시할 정도의 경비 태세가 이뤄지고 있었다. 오늘 아침 후미가 남편 고타로(幸太郎)의 경화물차로 나하까지 오는 동안에도 도로 여기저기에 경관이 서있어서 몇 번이고 검문에 걸려서 그녀는 울화통을 터트렸다.

"에이 당신들 도대체 똑같은 검문을 몇 번이나 해야 속이 후련한 거야? 우린 지금 바빠. 화가 나서 못 살겠어."

얼굴이 희고 동안인 젊은 경관은 얼빠진 얼굴을 하고 후미를 봤다. 차가 발진하자 후미는 고타로에게 말했다.

"나쁜 사람들이야(야나문타야). 시마구와(섬사람)만이 아니라 나이차(내지인) 경관까지 있잖아."

정말로 뭐가 황태자 오키나와 방문 환영이야. 모두, 과거의 아픔을 잊고선. 후미는 뒤에서 오는 자동차를 무시하고 느릿느릿 가고 있는 우익 선전차에 돌이라도 던지고 싶었다.

소토쿠(宗德)만 해도 그렇지. 전쟁에서 가족을 셋이나 잃고서 군용지료(軍用地料)를 받아 주머니 사정이 좋아졌다 해서 자민당 뒤꽁무니나 따라다니며 살다니.

어젯밤의 일이다. 구장인 니시메 소토쿠(西銘宗德)가 작은 일장기 깃발을 두 개 가져왔다.

"그게 뭐야."

술이라도 들이켜고 온 것인지 붉은 얼굴을 번질번질 번뜩이고 있는 소토쿠를 후미는 차갑게 바라봤다.

"내일이잖아. 황태자 전하와 미치코 비 전하가 오시는 날이. 모두 환영하러 가자고 깃발을 나눠주러 왔어."

"어째서 우리들이 깃발을 흔들어야 하는 건데."

"그거야 이런 마음가짐이지. 마음가짐."

"무슨 마음가짐?"

"황태자 전하를 환영한다고 하는 그런 마음가짐 말이야."

"환−영−? 으음 너 말이야. 전쟁에서 형님이랑 누님을 잃었잖아. 그런데도 그 입에서 환영 한다는 말 따위가 용케도 나오는 구나. 나는 너희 기쿠(キク) 언니가 아단바(阿旦葉)로 팔랑개비를 만들어 준 것을 지금도 기억하고 있어. 상냥하고 좋은 언니였어. 그런데 언니가 어떻게 됐어? 여자 정신대에 끌려가서 아직 유골도 찾지 못하고 있잖아. 널, 기쿠 언니가 얼마나 귀여워했었는데……"

"뭐라 그러는 거야. 나도 전쟁은 질색이야(완눈유누문도야루). 마찬가지야. 하지만(야시가) 황태자 전하가 전쟁을 일으켰어? 그것과 이건 별개야.”

“아아, 다를 거 없어. 네가 뭐라고 해도 나는 환영 따위는 하지 않겠
어.”

후미는 깃발을 움켜쥐더니 앞뜰에 던져버렸다.

“그래 맘대로 해.”

소토쿠는 분연히 문 쪽으로 향했다.

“그래 그 썩어빠진 깃발은 들고 돌아가야지.”

후미가 화를 냈지만 소토쿠는 꼼작도 하지 않았다. 맨발로 앞뜰로 뛰
어나가 그것을 주은 후미는 갈기갈기 찢어서 화장실 안으로 던져버렸다.

“저 녀석은 머리가 벗겨지더니 기억도 다 벗겨진 모양이야.”

평화거리라 이름 붙여진 거리를 걸으면서 후미는 분해서 접어놓은 우
산으로 몇 번이고 지면을 때렸다.

그 사이에 후미는 어떤 여자가 욕을 퍼붓는 소리가 어딘가에서 들려오
는 것을 알아차렸다. 목소리가 나는 쪽으로 가보니 거리에서 조금 안쪽
으로 들어간 곳에 두 칸 정도를 차지하고 가게를 차려놓은 과일가게 앞
에 사람들이 모여 있었다. 다른 사람보다 몇 배는 호기심이 왕성한 후미
는 발돋움해서 안을 들여다봤다. 키가 작은 후미는 좀처럼 안의 모습을
알 수 없어서 초조했는데, 살이 찐 몸을 이끌고 사람들 사이를 헤치고 앞
으로 나가자 나이든 여자가 흙탕물로 더럽혀진 아스팔트 위로 굴러가고
있는 오렌지 몇 개를 엎드려서 줍고 있었고, 허리에 손을 대고 그것을 깔
보듯이 바라보고 있는 후미와 동년배의 여자 모습이 보였다.

“우타 언니.”

후미는 나이든 여자에게 달려가 어깨를 안았다.

"아이고 이게 뭐하는 짓이야."

여자를 노려보자 그 여자도 입술을 떨면서 되받아 노려보았다.

"어찌됐든 간에 말이야. 이걸 봐봐 이걸. 더러운 손으로 만져서 이제 팔 수 없게 됐어."

여자가 내민 바나나송이를 보고 후미는 할 말을 잃고 주변에 감돌고 있는 이상한 냄새의 정체를 알았다. 길 위에 무릎을 꿇고 양손에 든 오렌지를 입으로 가져가려고 하는 우타의 손을 누르고 손에 든 물건을 보자, 그것에도 흠뻑 흰 알과 같은 것이 섞인 거무스름한 갈색 배설물이 묻어 있었다.

"우타 언니."

눈 안쪽이 타들어 갈 것처럼 뜨거웠다.

"바나나만이 아니냐. 오렌지에도 사과에도 그랬어. 아까부터 가게 앞에서 물건에 손을 계속 대길래 뭔가 하고 보고 있자 자기 똥을 비벼대고 있잖아. 화가 나서 정말."

후미는 거칠게 눈물을 훔치더니 그 여자에게 조금씩 다가갔다.

"응 그래도 자기도 이 언니가 누군지 알잖아. 바로 얼마 전까지 이 거리에서 함께 가게를 내고 있었어. 그렇게까지 말할 필요는 없잖아. 자기도 예전엔 우타 언니 도움을 받은 적이 있지 않아."

여자는 과연 한 순간 주춤하더니 바로 지지 않으려고 응수했다.

"뭐야 정말. 자기 일이 아니라는 거야. 우리는 매일 나오는 매상으로 생활하고 있어. 이런 일을 당하면 먹고 살 수 없어. 게다가 이 언니가 이런 일 하는 것은 처음도 아니잖아. 팔아야 할 야채나, 양복을 건드려 놔서 모두가 곤혹스러워 하고 있어. 언니는 모르겠지만."

후미는 아무런 말도 하지 않았다. 문득 옆을 보자 우타가 똥이 범벅이 된 오렌지를 베어 먹으며 입에서 국물을 흘리고 있다. 후미는 허둥대며 오렌지를 집어 들더니 손가락으로 가리키며 웃고 있는 대학생처럼 보이는 남자를 노려보고 우타를 안아 일으켜 세웠다.

"내가 변상해 줄게. 그래 얼마 변상해 주면 되지."

"오천 엔 정도 되려나."

여자는 무뚝뚝하게 대답했다. 후미는 앞치마 주머니를 뒤졌다. 삼천 엔과 동전 밖에 없었다.

"나머지는 내일 줄게."

여자는 무언가 말하려고 했지만 내민 돈을 떨떠름하게 받았다.

"자 비켜. 구경거리가 아니야."

돈을 건네자 여자의 얼굴을 보려고도 하지 않고 후미는 구경꾼들에게 마구 화풀이 하면서 우타의 어깨를 안고서 그 자리를 떠났다.

"언니 잠깐 기다려."

거리로 나가서 이삼십 미터 정도 갔을 때, 뒤에서 아까 그 여자가 말을 걸었다.

"왜 그래. 나머지는 내일 낸다고 했잖아."

"그게 아니야. 그런 일 때문에 부른 게 아니야."

후미의 말에 그녀는 풀이 죽은 듯한 얼굴을 했다.

"이거 돌려줄게."

여자가 내민 돈을 후미는 물리쳤다.

"아까는 나도 화가 나서 제 멋대로 굴었어. 나도 우타 언니를 미워해서 그렇게 말한 게 아니야."

"나도 알아."

후미는 끄덕였다. 하지만 분노는 사라지지 않았다. 그것은 이 여자에 대한 분노가 아니라 막연한 무언가 보다 커다란 것에 대한 분노였다.

"됐어. 그 돈은 받아둬."

후미는 우타와 보조를 맞춰서 천천히 걸었다. 살집은 풍부했지만 신장은 남보다 훨씬 작은 체구인 후미의 팔 안에 들어갈 정도로 우타의 몸은 작아져 버렸다. 평화 거리를 나왔을 때 비는 여전히 계속 내리고 있었다. 후미는 우산을 들고 얼굴을 찌푸리면서 호기심어린 시선을 노골적으로 보내는 사람들의 가차 없는 시선으로부터 우타를 지키며 계속 걸었다.

황태자 부부 오키나와 방문 이누야마(犬山) 지사 등이 출영

경비진의 두꺼운 벽과 비가 올 듯한 날씨 가운데 황태자 부부가 12일 오후 1시 ANA특별기로 오키나와에 도착했다. 이번 오키나와 행은 일본 적십자사 명예 부총재로서 13일 오후 1시 반부터 나하시 시민회관에서 열리는 제××회 '헌혈 운동추진 전국 대회'에 출석하는 것이 목적인데 그 사이에 이토만시 마부니 국립 오키나와 전몰자 묘지, 오키나와 평화 기념당, 히메유리의 탑을 참배하는 것 외에 오키나와현 적십자 혈액센터 등을 방문한다.

황태자 부부의 오키나와 방문으로 그날 나하공항, 마부니 전적공원 등

479

인근 도로에는 53년 '7·30(교통법변경)' 이후 엄중 경계 태세가 시행돼 헌혈운동추진 전국대회 당시 다른 현에서는 그 예를 찾아보기 힘든 긴박한 공기가 조성됐다…… 황태자 부부는 한동안 귀빈실에서 휴식을 취하고 호위차를 앞에 앞세워 그 길로 남부 전적지로 향했다. 공항을 나서자 팔 년 만에 현민 앞에 모습을 보인 황태자 부부에게 연도를 메운 주민들의 눈길이 일제히 쏟아졌다. 군중이 크게 술렁이며 환영하는 작은 깃발이 펄럭이는 그 옆에서 군중을 노려보면서 직립 부동자세를 계속 하고 있는 경찰관. 오로쿠(小祿, 우루쿠라고도 한다. 오키나와현 나하시 남단부에 위치한 지구.) 자위대기지 앞에는 육해공 자위대원 등이 펜스 근처에 줄을 서서 황태자부부의 차량에 일제히 경례. 현내에서 자위대가 황족 환영에 대한 의사를 적극적으로 표명한 것은 과거에는 없던 일로 수 백 미터에 달하는 제복 행렬은 엄숙함 가운데서도 이상한 한 장면을 연출했다.

이토만 가도에도 환영 인파는 끊이지 않아서 황태자 부부의 차량 행렬이 모습을 보이기 전부터 연도에는 작은 일장기 깃발을 든 주민으로 가득 찼다. 황태자 부부는 차 안에서 얼굴에 웃음을 머금고 조금씩 손을 흔들며 환영에 응답했다.

남부 전적지에서는 국립전몰자묘원(國立戰沒者墓苑), 오키나와평화기념당을 참배. 게다가 과거 오키나와사범학교 여자 학생, 직원 등 224명을 합사(合祀)한 히메유리의 탑을 참배해, 전사한 소녀들의 명복을 빌었다.

"전쟁에서 그만큼 피를 흘리게 해놓고 뭐가 헌혈대회야."

세이안은 신문을 탁탁 쳐서 네 번 접더니 다다미 위에 내던졌다. 음량을 짜내 텔레비전을 보고 있던 가주와 사치가 겁먹은 듯한 눈빛을 자신에게 향하고 있는 것에 화가 났다.

"몇 시까지 티비를 보려고 그래. 어서들 자."

세이안은 일부러 술에 취한 듯이 꾸며서 난폭하게 말했다. 둘은 바로 커튼 그늘로 모습을 감췄다. 식기를 씻고 있던 하쓰가 손을 멈추더니 세이안을 보고 있다.

"뭐야 사나운 눈매를 하고서(누가, 야나미치키시치). 하고 싶은 말이 있으면 해."

하쓰는 수도꼭지를 비틀더니 식기를 헹궜다.

눈 가장자리에 아련히 녹색 그림자가 비쳤다. 세이안은 눈을 감고 손으로 더듬어 아와모리 컵을 들었다. 우타의 방문에는 녹색 페인트가 칠해진 새 걸쇠가 채워져 있다. 아까부터 아무리 피하려고 해도 눈이 그곳으로 향한다.

세이안은 어제 회사에서 돌아오는 도중에 한참을 망설인 끝에 철물점에 들렀다. 우타를 집밖으로 내보내지 말라고 했지만 낮에는 아무도 돌보는 사람이 없다. 남은 수단은 그것밖에는 없었다. 버스에서 내려 류큐대학 부속병원 앞 포장된 길을 걸으면서 주머니 안의 금속을 만지작대며 몇 번이고 버리려고 했다. 하지만 그럴 수 없었다. 시민회관을 바라보자 "헌혈운동 추진 전국대회"라고 크게 쓴 현수막이 바람에 펄럭이고 있다. 큰 소리로 외치면서 현수막을 찢고 있는 자신의 모습을 눈에 떠올려봤다. 난 아무 것도 할 수 없잖아(완야,눈스루쿠도나란). 세이안은 주머니 속 걸쇠를 꼭 쥐며 도망치듯이 귀가를 서둘렀다. 그래도 막상 집에 도착하고 나서 역시 걸쇠를 채울 수는 없었다.

하쓰는 아직 식기를 씻고 있다. 물소리와 식기가 부딪치는 소리가 신경을 긁어대고 있는 것 같다.

"당신 지금 몇 시라고 생각하는 거야. 남은 것은 내일 해(누쿠이야아치야세)."

하쓰는 수도꼭지를 잠그고 손을 씻으면서 잰걸음으로 세이안 앞을 지나 아이들 방 커튼을 젖히더니 안으로 사라졌다.

"평화거리에서 조금……"

치마에서 물방울이 떨어지는 흙투성이인 개처럼 불쌍한 모습의 우타를 후미가 데려온 것은 점심 무렵이었던 것 같다. 후미는 우타를 욕탕으로 데려가 옷을 갈아입히고 세시 무렵 사치가 돌아올 때까지 우타의 머리맡에 앉아서 작은 소리로 무언가 말을 걸고 있었다고 한다. 귀가한 이후 사치와 이웃 여자들로부터 들은 것을 뒤죽박죽 이야기하는 하쓰의 말을 들으며, 세이안은 방문을 열어젖히고 구석에 웅크리고 있는 우타의 어깨를 매우 거칠게 흔들었다.

"네, 어머니 정신 차려 보세요. 무슨 일이예요?"

"여보 그만 둬요."

하쓰가 외친다.

"말해 보세요. 어머니."

"귤을 어디로 가져가니(미칸야다니무치이코자가)?"

"네에?"

"귤 말이다. 어서 요시아키에게 먹여야 한단 말이야."

세이안은 손을 놓고 망연자실 한 채 우타를 봤다.

"요시아키가 귤을 얼마나 좋아하는지 알아. 빨리 가져가야 해."

우타는 네 발로 기어 다다미 위를 엎드려 다니며 귤을 찾고 있다. 하쓰와 문 옆에서 그것을 들여다보고 있던 가주와 사치는 그런 둘을 지켜보고 있다.

"어머니 요시아키는 사십 년 전에 사라졌잖아요!"

세이안은 뒤에서 우타를 안아 일으켰다.

"거짓말 하지 마(유쿠시무누이스나). 요시아키는 지금 얀바루 산에서 날 기다리고 있어."

우타는 화가 났다. 하쓰가 들어와서 우타를 어르고 달래며 눕혔다. 우타가 잠이 들자 세이안은 드라이버를 가져와서 문에 걸쇠를 달기 시작했다.

"여보."

"아무 말도 하지 마."

나는 지금 이것 밖에는 할 수 있는 것이 없다. 세이안은 자신을 타일렀다. 문을 닫고 걸쇠를 걸고 뺄 수 없게 머리를 구부린 다섯 치(五寸) 못을 찔러 넣으려고 할 때 하쓰가 팔에 매달렸다.

"빠지지 않을 거예요, 여보. 그것만은 하지 마세요."

세이안은 손에 든 다섯 치 못을 바라보고 있다가 천천히 그것을 텔레비전 위에 놓았다.

하쓰는 아이들 방에 들어간 채 나오지 않았다. 사치인가, 가주인가, 어느 쪽인가가 혹은 둘이 함께 흐느껴 우는 소리가 들렸다. 세이안은 느닷없이 분노가 치밀어 올라서 빈 아와모리 삼합 병을 치켜들었다. 하지만 병은 힘없이 다다미 위에 떨어졌다. 세이안은 휘청거리며 일어서서 수도꼭지에 남아있는 물을 마시고 걸쇠를 바라보더니 한숨을 쉬고 침실로 들어갔다.

"애야, 학교는?"

시간이 될 때까지 숨을 장소를 찾고 있자 뒤에서부터 달려온 조깅 복차림의 남자가 갑자기 말을 걸었다. 가주는 잽싸게 공원 출구 쪽으로 달렸다. 도중에 뒤를 보자 남자는 가볍게 발을 구르며 이쪽을 보고 있다. 가주는 길모퉁이를 돌다 남자가 정원수 그늘로부터 남다른 곳으로 뛰어가는 것을 확인한 후 주위 기색을 살피면서 근처에 있는 가주마루 나무에 올랐다. 단단하고 윤기 있는 잎사귀 사이로 요기(與儀) 네거리 근처 입구에 세워진 은색의 가늘고 긴 막대 위 시계를 보자 12시 30분을 조금 넘은 시각이었다. 눈길을 아래로 똑바로 내리자 사루비아 꽃이 멀리서 봐도 선명히 불꽃처럼 빛나고 있었는데 그 옆에 제복을 입은 경찰 한 명이 주위를 둘러보면서 트랜시버로 교신을 하고 있다. 거기서부터 시민회관 쪽으로 네 그루의 가주마루 큰 나무가 늘어서 있었는데 그 가지가 서로 엉켜서 벽이 온통 녹색이었다. 그 아래 벤치에는 노인 몇 명이 평소와 다름없이 하루 종일 앉아 있다. 오늘도 지팡이에 턱을 올리거나 흰 수건으로 얼굴을 가리고 하늘을 보고 누워서 제각각의 자세로 멍하니 시간을 죽이고 있다. 그 앞을 마침 경찰 한 명이 지나고 있다. 오그라든 셔츠에 무릎까지 오는 헐렁한 잠방이 차림의 대머리 노인이 손을 흔들어 경관을 멈춰 세우려 했지만 무시당한 후 울고 싶은 것인지 웃고 싶은 것인지 알수 없는 표정으로 좌우에 있는 노인에게 말을 걸었다. 하지만 둘 다 의자 뒤에 기대자고 있는 것인지 입을 크게 벌린 채 미동조차 없다. 그 경관에 대해서 말하자면 엉덩이 부근에 열심히 흔들고 있는 꼬리라도 있는 것인양 무엇이든 상관에게 보고하고 있다. 그 경관이 있는 힘껏 시원스레 경례를 하려다 모자가 날아가자 허둥대며 그것을 줍고 나서 야단을 맞고원래 있던 부서로 돌아가려 할 때, 대머리 노인이 "음, 저기 말이지." 하고 말을 걸었다. 아직 스무 살 정도로 보이는 경관은 상관에게 들리지 않을 정도로 "걸리적 거린다고 이 빌어먹을 영감아.(윤카시마사누햐, 야나탄메 452)" 하고 지나가며 말했다. 노인은 매우 기쁜 듯이 끈적끈적 하게 웃으며 옆 두 사람에게 말을 걸었지만 두 사람은 변함없이 새가 둥지라도 만들 듯 커다란 입을 벌리고 잠에 빠져 있다.

어제 뉴스에서는 시민회관에서 식전이 시작되는 것은 1시 반이라고 했다. 가주는 코타이시덴카(황태자 전하)와 미치코덴카(미치코 전하)가 30분 정도 전에는 올 것이라 생각하고 사 교시 수업이 끝난 후 급식 당번을 땡땡이 치고 교문을 나왔다.

학교 앞 보도에는 이미 사람이 모이기 시작하고 있었다. 성질이 급한 나이든 여자가 손에 작은 일장기 깃발을 들고 가드레일에 상체를 쑥 앞으로 내밀고 도로 저편을 바라보고 있다. 공원 방향으로 달려가 요기 사거리 육교를 건너려할 때 계단 층층대 입구에 서 있던 투구벌레로 변한 것 같은 몸집이 큰 남자가 가주 앞을 가로막아 섰다. 약간 흐린 하늘에서 새어나오는 햇볕을 받고 둔하게 빛나는 두랄루민 방패를 앞에 세운 남자는 짙은 감색 난투복(亂鬪服)으로 몸을 단단히 하고 네모진 커다란 턱에 헬멧 끈을 세게 쥔 채로 가주를 내려다봤다.

"지, 집에 뭘 놓고 온 걸 가지러 가려고요."

허둥대는 기색을 보이지 않으려 했지만 무릎이 떨리는 것을 멈출 수 없었다.

"그렇구나. 그렇지만 오늘 이 육교는 네 시까지 건널 수 없단다."

"그래도, 이 육교를 건너지 않으면 집에 못 가는데요.

가주는 일부러 울 듯 한 표정을 지어 보였다.

"소대장님 어떻게 할까요?"

몸집이 큰 기동대원 남자가 곤란한 듯이 웃자 흰 지휘봉을 손에 들고 계단 통행로에서 도로를 흘겨보고 있던 얼굴이 검은 중년 남자를 불렀다.

"웃는 얼굴을 보이지마."

남자는 꾸짖는 말을 퍼붓고 가주를 한 번 바라봤다. 가주는 몸이 움츠러들었다.

"어린아이군. 건너편 횡단보도로 건너게 해."

남자는 다른 의견을 용납하지 않겠다는 어조로 그렇게 명령하고 쌍안경으로 멀리 도로를 바라봤다. 가주는 몸집이 큰 기동대원이 손가락으로 가리켜준 방향으로 달렸다. 연도 의 사람들을 밀어 헤치며 횡단보도를 건너려하자 이번에는 제복을 입은 경관이 멈춰 세웠다.

"잃어버린 물건을 가지러 가요."

이번에는 아까보다 차분하게 그렇게 말하자, 경관은 "어서 건너."하고 손으로 신호를 했다. 도로로 뛰어간 가주는 중앙까지 와서 무심코 좌우를 보고 엉겁결에 걸음을 멈추고 "앗."하고 작은 외침을 내뱉었다. 교차로에서 시민회관까지 200미터 이상에 걸쳐서 도로 양측에 푸른 잿빛 제복제모 차림의 경관이 같은 간격으로 열을 지어 서있었던 것이다. 가주는 한순간 영화 속에라도 뛰어든 것 같은 기분이 들어서 한기를 느꼈다.

"빨리 건너."

경관들의 눈이 기계 장치처럼 일제히 이쪽을 봤다. 가주는 웃고 있는 군중 속으로 파고들더니 공원 철책을 뛰어넘었다.

"뭐야."

다박나룻을 기른 남자의 꾀죄죄한 얼굴이 눈앞에 갑자기 나타났다. 가주는 하마터면 남자와 충돌할 뻔 했다. 크로톤(croton) 그늘에 몸을 숨기려는 듯 지면에 상자를 깔고 앉아있던 남자가 무언가를 살피듯이 가주를 둘러보고 있다. 옆에는 주간지와 과자봉지가 흩어져 있고 입이 벌려진 휴대용 봉지 안에는 회중전등이나 수건이 들려다 보이는 채로 내던져져 있다.

"어린아이군."

남자는 중얼대더니 상자 위에 누워 위를 향해 보고 뒹굴다 가슴 주머니에 넣어둔 소형 라디오에서 이어폰을 꺼내 귀에 대더니 귀찮다는 듯이 손으로 가주를 쫓아버렸다. 가주는 손가락으로 리듬을 타고 있는 남자의 머리맡 옆으로 발소리를 죽이고 지나쳐서, 정원수 숲에서 나와 운동장 쪽으로 달려갔다. 그리고 가주가 수돗물을 한껏 마신 후 한숨을 돌리고 철망 쪽을 걷고 있을 때 조깅복 차림의 남자가 불러 세워서 멈췄던 것이었다.

가주는 나무줄기가 네 갈래로 갈라져 있는 틈에 몸을 숨기고 주변 상황을 주시하면서 시계를 바라보고 있었다. 난투복 차림의 기동대원 두 사람이 큰 걸음으로 옆을 지나쳐갔다. 가주는 숨을 죽이고 단단한 편상화 바닥이 아스팔트를 울려대며 지나가는 것을 지켜봤다. 히메유리의 탑 거리에서 차량검문을 하고 있는 경찰관이 울려대는 벨 소리가 들렸다. 옆을 보니 도로는 매우 혼잡했다. 가끔 울려대는 경적 소리에 덮이듯이 뒤쪽에서 위압적인 폭음이 가까워지고 있다. 가주는 가주마루 잎 사이로 보이는 침울한 회색 하늘을 올려다봤다. 자주 봐서 익숙한 미군의 칙칙한 짙은 녹색과는 달리 남빛에 오렌지의 굵은 선이 들어간 소형 헬기가 머리 위를 저공으로 질주해 날아갔다.

갑자기 가주는 아침부터 생각해온 계획을 실행에 옮기는 것이 두려워졌다. 가주는 아침에 집에서 나올 때 우타의 방에 채워진 걸쇠를 한 번 보고 할머니를 이런 지경에 빠지게 한 그 놈들에게 반드시 복수하겠다고 다짐했다. "저 둘만 오지 않았다면……" 가슴 속에서 몇 번이고 이 말을 반복했다. 수업 등은 귀에 들어오지 않았다. 어떻게든 해서 저 둘이 하려고 하는 것을 방해하고 싶었다. 하지만 그것을 하기 위한 좋은 방법을 가주는 생각해낼 수 없었다. 하지만, 어떠한 한 가지라면 할 수 있을 것 같은 기분이 들었다. 그것은 이 둘을 맞이하기 위해 연도에 일장기를 흔들고 있는 어른들 사이에 섞여 들어가 차를 기다리다 두 사람의 얼굴에 있는 힘껏 침을 뱉는 것이었다.

시계 바늘이 한 시를 가리켰다. 가주는 가주마루 나무에서 뛰어 내려

공원 출구를 향해 달렸다.

"으음, 젊은이는 몇 살이야."

평상시처럼 생선을 앞에 두고 책상다리를 하고 손님을 부르고 있던 후미는 더위에 지쳐서 자동판매기에서 캔에 든 주스를 사와서 아침부터 옆에 서있는 젊은 제복 경관에게 그것을 하나 내밀었다. 아무리 봐도 스무살 정도로밖에는 보이지 않는 가늘고 키가 큰 경관은 열중 쉬어 자세로 코끝에 땀이 찬 채로 평화거리 입구 쪽을 응시하고 있었다.

"에이구 거절하지 않아도 돼. 아무리 젊어도 아침부터 그렇게 계속 서 있으면 덥지 않아."

"근무 중이라서요."

경관은 전방에서 눈을 떼지 않고 중얼거리더니 가볍게 머리를 숙였다.

"에구구 그렇게 딱딱하게 말하지 않아도 될 것을. 내가 사는 부락에 주재하는 모모하라(桃原) 순사는 곧잘 긴무추 긴무추(근무중)라고 말하면서 잔교에서 캔 맥주를 앞에 두고 낚시를 하며 다녀. 어서 마셔."

경관은 크게 결후를 움직였지만 받으려고 하지 않았다. 후미는 입술을 삐죽거리며 앉더니 생선 위에 각빙을 덮은 놋대야에 여분의 캔 주스를 던지더니 자기가 마시던 캔을 따 연속해서 세 번 벌컥대며 마셨다.

"아아 맛있다. 살 것 같아(누치구스이다네). 그런데 젊은이도 힘들겠어. 이렇게 더운데도 쓸데없는 걱정이나 하잖아. 응, 조금은 쉬는 것이 좋아. 햇빛을 너무 쏘이면 뇌막염에 걸려. 오키나와에 그렇게 나쁜 사람은 없어. 그렇게 걱정이 되면 어째서 황태자 전하 등을 오키나와에 일부러 부른 거야."

경관은 들리지 않는다는 듯한 기색을 하며 몸을 갈수록 더욱 경직시키며 부동자세를 취하고 서 있다. 그 모습이 우스꽝스러워서 후미는 마침내 소리를 내서 웃었다.

오늘 아침 일을 시작하고 한 시간 정도 지났을 때였을까. 갑자기 순찰차 한 대가 후미 가 있는 앞에 까지 와서 멈추더니 그 제복 경관이 차에서 내려 후미로부터 이 삼 미터 떨어진 곳에 섰다. 생선을 내리고 있던 후미는 수상하게 생각하며 사라져가는 순찰차를 봤다. 그러자 뒷좌석에서 고개를 비스듬히 하고 이쪽을 보고 있는 것은 바로 사파리재킷을 입은 남자였다.

"나를 감시할 셈이네."

주먹을 지켜들고 발을 동동 구르며 경관에게 따져 물었지만 그 경관은 키가 작은 후미의 머리 넘어 평화거리 쪽을 본 채로 상대도 하지 않으려 했다. 끝내는 후미도 풋내기를 상대로 화내는 것이 바보 같아져서 무시하고 장사에 열중하기로 결심했다.

하지만 평상시와 비교해 잘 팔리지 않았다. 그것은 옆에서 경관이 서서 경계를 하고 있기 때문이지만 무엇보다도 오늘 장사를 하러 나온 생선 장수가 후미 한 명이었기 때문이었다.

오늘 아침 평상시처럼 고타로가 고기잡이를 하고 오자 후미는 배에 실린 생선을 대야에 나눠서 일하러 나갈 준비를 마치고 마쓰네 집에 들렀다.

"후미 언니. 난 오늘 나하에 가지 않으려고 해."

후미의 따지는 듯한 어조에 마쓰는 미안한 듯이 눈을 내리깔았다.

"오늘은 오키나와시 주변을 돌아보려고. 때로는 중부까지 발을 뻗어도 좋잖아."

"그 남자가 한 말이 무서워서잖아."

"그건 아닌데……"

"거짓말 하지 않아도 돼. 보건소에서 압력을 넣으면 곤란한 것은 나도 매한가지야. 확실히 나도 황태자 전하가 오키나와에 오는 것은 용서할 수 없어. 우리 아버지도 오빠도 천황을 위해서라며 군대에 끌려가서 전쟁에서 죽었어. 천황이라도 황태자라도 눈앞에 있으면 귀싸대기를 때리고 싶어. 그래도 말이지 아무리 그렇게 생각한대 해도 설마 식칼로 찌르거나 하지는 않아. 그 자들도 인간이야. 그런데 그 남자가 얼마 전에 나한테 뭐라고 한 줄 알아. 너도 옆에서 들었잖아. 아주머니는 그렇지 않을지 몰라도, 누군가가, 아주머니 식칼을 빼앗아서 할지도 모르잖소 하며 말했지. 썩을 놈(아노쿠사래문와). 누가 소중한 식칼을 그런 일로 쓰겠어. 그런 도리에 맞지 않는 이야기를 순순히 따르면 그런 놈들은 우리를 더욱 더 우습게 알거야. 나는 무슨 일이 있어도 갈 거야."

후미는 위세 좋게 말했지만 마쓰는 "미안해 언니."라고 반복해서 말할 뿐이었다. 그 이상 아무런 말도 하지 못 한 채, 후미는 다른 여자들 집을 돌았지만 돌아오는 대답은 모두 마찬가지였다.

"썩어빠진 경찰들(야나쿠사리케사치야)."

아침부터 몇 번이고 마음속에서 반복했던 말이 자신도 모르게 무심결에 입 밖으로 나왔다. 옆에 있던 경관이 지금 한 말을 확인하려는 듯 후미를 봤다. 후미는 땀투성이에 성실한 체하는 얼굴이 웃겨서 손뼉을 치며 웃고 나서 일부러 큰 소리로 외쳤다.

"이봐 젊은이. 내가 그거보다 더 제대로 된 일자리 하나 찾아 줄 테니 경찰 따위 그만둬버려. 아직 젊은데 인생이 아깝잖아."

후미는 일어서서 엉덩이에 묻은 먼지를 털고 놋대야에 얼음을 더 넣고 두려움이 없는 표정을 짓고서 분연한 모습의 젊은 경관에게 다가갔다. 상대는 기가 꺾인 것인지 뒷걸음질 쳤다. 후미는 경관 얼굴에 자신의 붉게 탄 얼굴을 바싹 붙이듯이 발돋움해서 중얼거렸다.

"이봐 젊은이. 지금 몇 시야?"

경관은 허둥대며 손목시계를 봤다.

"으음 12시 55분입니다."

"그치 저기 식당 시계는 젊은이 것보다 5분 정도 빠른 모양이야. 이미 1시가 돼있으니까."

경관은 무슨 일인지 알지 못한 채 무심결에 후미가 손가락으로 가리킨 방향을 봤다.

"젊은 양반 이 생선 좀 봐줘. 안심하고 맡길 수 있겠어."

놀라서 뒤돌아보자 후미는 이미 요기공원 쪽으로 성큼성큼 걸어가고 있다.

"잠, 잠시 기다리세요."

"식칼 도둑맞지 않게. 확실히 지켜보고 있어야 해."

후미는 생생한 웃음소리를 내지르며 손을 흔들더니 혼잡함 속으로 사라졌다.

"늦네. 아직도 안 오는 건가."

가주 옆에서 연신 주위 사람의 시계를 들여다보고 있던 나이든 여자가 초조한 듯이 가드레일에 기대 몸을 앞으로 내밀고 도로 저편을 바라봤다.

"이미 1시 10분인데 말이야."

작업복 차림의 남자가 손목시계를 보고 진절머리가 난다는 듯한 얼굴로 목덜미에 흐르는 땀을 훔치고 있다. 어제 큰비가 내린 여파로 지독하게 후덥지근했다. 가주는 입 안에 괸 침을 이상한 냄새를 풍기고 있는 아스팔트 길바닥에 뱉어 버렸다. 가주는 아까부터 그렇게 하면서 혀를 쩍쩍대며 침을 모아서는 무언가 목표를 찾아내 뱉는 것을 반복하고 있었다. 점심 휴식시간도 끝나가고 있는데 도로 양측에는 OL이나 회사원 풍의 젊은 남녀를 포함해서 작은 일장기를 손에 든 노인이나 묘하게 멋을 낸 아주머니들 등이 군중을 형성하고 있다. 아까 본 투구벌레로 변한 듯한 기동대원은 변함없이 건너편 육교 아래 우뚝 서있다. 그 남자만이 아니라 도로나 길모퉁이 여기저기에 투구벌레로 변한 사람들이 서있다. 더 나아가 육교 위에는 일반인과 마찬가지 차림을 하고 있지만 눈초리가 날카로운 남자들이 십여 명이나 트랜시버로 교신하면서 아래를 지켜보고 있다. 근처 빌딩 옥상에도 표적이 될 만한 곳은 경관이 서서 눈을 뻔뜩이고 있다. 그 중에는 영화 촬영기로 주위 상황을 찍고 있는 사람도 있다. 가주는 그러한 모습을 신기한 듯이 바라보면서도 경계를 게을리 하지 않았다. 그 자들의 차가 오면 가드레일의 끊어진 횡단보도까지 재빨리 이동해서 경관 사이를 빠져나가 뛰어들면서 침을 있는 힘껏 뱉을 작정이었다.

퍼뜩 멀리서 환성 소리가 들리는 것을 깨달았다. 주위 어른들도 긴장한 빛이 역력했다. 환성은 천천히 커지며 가까워지고 있다. 육교 아래 기동대원들의 방패가 수중에서 몸을 뒤집는 생선처럼 빛을 발하고 있다. 위쪽에서는 사복형사들이 일제히 카메라를 준비해 몇 명인가가 계단을 뛰어 내려갔다. 갑자기 환성이 장벽을 깨고 교차로를 덮치며 지금까지 고개를 숙이고 있던 작은 일장기 깃발이 서로 내가 먼저라며 경쟁이라도 하는 것처럼 미친 듯이 흔들렸다. 트랜시버를 귀에 대고 있던 그 기동대 소대장이 흰 지휘봉을 올렸다.

"앗 왔다 왔어."

옆으로 살이 찐 중년 여자가 요란스러운 교성을 내질렀다. 가주는 가드레일에 다리를 걸치고 길 위에 비스듬히 몸을 쑥 내밀었다. 사이드램프를 점멸시켜가며 두 대의 백색 오토바이가 교차로에서 돌아서 오고 있었고 순찰차에 이어서 세 대의 검은색 고급차가 커브를 돌았다.

"뒤로 물러서 주세요."

차도에 서있던 제복경관이 양손을 옆으로 벌려 인파를 물리쳤다. 가주는 뒤에서부터 밀려서 위험하게 차도에 떨어질뻔 했지만 가드레일에 필사적으로 매달리면서 가까이 다가오고 있는 차를 쳐다봤다. 첫 번째 차는 험상궂은 눈빛으로 군중을 바라보고 있는 사나운 눈매의 남자들이 타고 있다. 그리고 가주는 두 번째 차 뒷좌석에서 눈이 부어 있고 얼굴에 핏기가 없는 남자와 여자의 얼굴을 봤다. 바로 카드레일에서 내려가려 했는데 군중이 점점 뒤에서부터 밀려왔다. 가주는 살찐 여자의 배를 팔꿈치로 밀어내고 가까스로 군중을 헤치고 나와서 시민회관을 뒤로 하고 비스듬하게 기운 머리를 흔들며 전력으로 달렸다. 달리고 있는 가주의 옆에서 웅성대는 작은 일장기 깃발의 건조한 소리와 환성이 물결치면서 앞서갔다. 가주는 그것을 필사적으로 앞지르려 뛰었다. 가주는 군중 위로 새어나오는 순찰차 지붕에서 나오는 빨간 빛을 보면 그 자리에 멈추게 될 것 같아서 필사적으로 횡단보도가 있는 곳까지 가서 군중 사이를 예리한 각도로 파고들었다.

"앗 아파, 뭐야 이 아이는."

팔꿈치로 허리를 얻어맞은 여자가 비명을 내질렀다. 가주는 정신없이 어른들을 좌우로 밀어제쳐 맨 앞줄로 뛰쳐나갔다. 순찰차에 뒤 이어 검은색 차 한 대가 눈앞을 통과해 갔다. 가주는 입을 삐죽 내밀었다. 도로 건너편에 놀란 표정으로 가주를 쫓아내려는 듯한 몸짓을 하고 있는 사파리재킷 남자의 모습이 보였다. 가주의 가슴에 차가운 사이다처럼 웃음의 거품이 치밀어 올라왔다. 두 대째 차가 다가왔다. 뒷좌석에 탄 두 사람의 얼굴은 하쓰가 보던 부인잡지 그라비어 사진보다도 훨씬 늙어보였고, 신선도를 잃은 오징어처럼 창백하게 부은 뺨에 웃어서 생긴 주름이 생겼고, 토우처럼 부어오른 눈꺼풀 사이의 가느다란 눈에서는 연약한 빛이 새어나오고 있다. 가주의 온 신경이 눈과 입에 집중돼 전신에 소름이 돋았다. 가주는 있는 힘껏 한 걸음 내딛었다. 다음 순간 가주는 뒤에서부터 격렬하게 부딪쳐 나가 떨어져서 길 위에 굴렀다. 치아가 부러지는 소리가 두개골에 울리고 금녹색 빛이 난비하는 가운데로 원숭이와도 같은 검은 그림자가 내달렸다. 가주는 필사적으로 몸을 일으켜 외쳤다.

"할머니."

그것은 우타였다. 차 문에 몸을 부딪쳐 두 사람이 타고 있는 앞 유리창을 손바닥으로 큰 소리가 나도록 두드리고 있는 백색과 은색 머리카락을 마구 흐트러뜨린 원숭이와 같은 나이든 여자는 바로 우타였다. 앞뒤 차 안에서 힘이 센 남자들이 뛰어나와 우타를 떼어내더니 눈 깜짝할 사이에 황태자 부부가 탄 차를 둘러싸고 방어 자세를 취했다. 길 위에 내팽개쳐져 허리띠가 풀려서 옷 앞부분 가슴이 벌어진 우타의 위로 사파리재킷 남자나 아까 공원에서 라디오를 듣고 있던 부랑자 같은 남자가 덤벼들었다. 양측에서 팔을 잡히면서도 우타는 나이든 여자라고 생각할 수 없을 정도의 힘으로 난폭하게 날뛰었다. 가주는 입에서 피와 침을 흘리며 내 내 서서 울부짖고 저항하는 우타를 봤다. 개구리처럼 벌려져 버둥버둥 대는 살이 홀쭉해진 다리 안쪽으로 황갈색 오물 범벅인 얇은 음모가 드러났고 붉게 문드러진 성기가 보였다.

"앗 아파."

사파리재킷 남자가 손등을 물리자 비명을 내질렀다. 아스팔트에 떨어진 의치가 밟혀 바스러졌다. 우타는 남자에게 매달려서 놓으려 하지 않았다. 남자의 주먹이 우타의 얼굴을 강타했다.

"우타 언니에게 뭐하는 짓이야."

제지하는 경관을 뿌리치고 후미가 형사 등에게 몸을 세게 부딪쳤다. 후미의 힘찬 노호나

요란스러운 비명이 주위를 흔들어놓아서, 흐린 하늘에 일직선으로 쏘아진 불화살처럼 군중 가운데서 드높이 손 휘파람 소리가 났다. 동시에 가주의 뒤에서는 눈앞에 벌어지고 있는 혼란과는 어울리지 않는 문란한 웃음이 흘러나왔다. 그것은 낮은 중얼거림이라는 포자를 흩뿌려서 금세

주변을 감염시켜 갔다. 누군가가 자동차를 손가락으로 가리켰다. 정차하고 있던 두 사람이 탄 차가 서둘러 발진했다. 가주는 웃는 표정을 짓는 것도 잊은 채 겁먹은 듯이 우타를 보고 있는 두 사람의 얼굴 앞에 황갈색을 띤 두 개의 손모양이 있는 것을 알아차렸다. 그것은 두 사람의 뺨에 척 달라붙어 있는 것 같았다. 사람들의 실소를 의아하게 생각했던 것인지 조수석에 있던 노인이 속도가 느려지는 자동차에서 내려서 창문을 보더니 새파랗게 질려서 매우 허둥대며 손수건으로 창문을 닦았다. 하지만 손수건만으로는 부족해서 중후해 보이는 노인은 차와 함께 비척비척 달리면서 턱시도 소매로 똥을 닦았다. 똥이 칠해진 고급차는 웃음과 짙은 냄새를 남기고 시민회관 주차장으로 사라졌다.

우타와 후미는 도로 건너편 쪽으로 끌려갔다. 가주는 그 뒤를 따라가려 했지만 경관에게 붙잡혀서 보도로 끌려나왔다. 눈물과 피와 땀과 침에 더럽혀진 얼굴을 어깻죽지로 훔치면서 흥분이 사라지지 않는 인파를 누비고 나아가며 건널 곳을 찾아서 육교가 있는 곳까지 오자 그 사파리 재킷 남자가 육교 위에서 지금이라도 울 것 같은 얼굴을 하고 트랜시버에 얼굴을 숙이고 있었다. 남자는 가주를 알아차리더니 다리 교각에 몸을 쑥 내밀더니 화를 냈다.

"네가 데려온 거?."

가주는 남자가 육교에서 뛰어내려 오는 것을 보고 북적임 속에 숨어서 공원으로 뛰어 들어갔다. 그리고 시민회관을 크게 우회해서 집으로 돌아왔다.

우타의 방문은 걸쇠가 비틀려 끊어져 있고 나사못이 튀어나온 채로 비스듬하게 기울어져 있다. 살짝 손으로 누르자 끼익 하는 애처로운 소리를 내며 못이 떨어졌다. 가주는 그것을 들었다. 어두컴컴한 집 안 어디로부터 새어나오는 한줄기 빛을 받아 아주 새롭게 보이는 나사못은 분노에 미친 동물의 이빨처럼 날카롭게 빛나고 있다. 가주는 뾰족한 그 앞을 자신의 팔에 찔러서 세로로 상처를 입혔다. 뜨겁게 끓어오르는 증오가 몸에서 뿜어져 나왔다. 가주는 있는 힘껏 문을 후려갈기고, 갑자기 덮쳐온 웃음의 소용돌이 가운데 몸을 떨면서 흘러넘치는 눈물을 힘껏 튕겨냈다.

황태자 전하의 말씀 (요지)

오키나와현에서 개최된 대회에 임하는 것을 실로 기쁘게 생각합니다. 오키나와는 헌혈 비율이 전국 평균을 크게 상회해 정말로 마음이 든든합니다. 그것은 오늘 표창을 받은 분들을 시작으로 헌혈운동을 추진해온 관계자의 줄기찬 노력이 있었기에 가능했다고 생각합니다. 마음으로부터 경의와 감사의 마음을 표하고 싶습니다. "누치도다카라" 목숨이야말로 보물이라 류큐 노래의 한 절에서 부르고 있듯이 목숨은 바꿀 수 없는 것. 헌혈에 의해 살릴 수 있는 많은 생명에 대해 생각하며 헌혈운동이 한층 더 앞으로 나아가기를 바라고 있습니다.

골목길에 인접한 유리창으로부터 비쳐 들어오는 아침 햇살에 머리맡 자명종의 형광색이 약해졌다. 우편함에 신문이 배달되는 소리가 벽널 한

장을 사이에 두고 가주의 귓가에 들렸다. 비몽사몽 중에 그 소리를 듣고 있던 가주가 조금 지나 허둥대며 일어나 시계를 봤다. 5시 40분. 잠들지 않으려 4시 무렵까지 계속 깨어있었는데 어느새 잠들어 버렸다. 가주는 옆에서 자고 있던 사치를 깨우지 않기 위해 살짝 잠자리에서 빠져나와 거실과 아이들 방을 나누고 있는 커튼을 젖혔다.

식탁 위에는 어젯밤 아버지가 마신 삼합 병과 찻종이 정리되지 않은 채 놓여있다. 가주는 맹장지에 귀를 대고 부모님 방의 상황을 살폈다. 선풍기가 돌고 있는 낮은 소리와 세이안이 때때로 숨이 막혀 괴로운 듯 내고 있는 코고는 소리가 들렸다. 세이안은 술을 많이 마신 밤은 항상 지금처럼 불규칙한 소리를 내며 코를 골았다. 가주는 조금만 힘을 가해도 비명을 내지르는 마루청을 신중하게 골라서 우타의 방 앞에 섰다. 모든 것이 낡아서 생기가 없는 색조를 띤 어두컴컴한 집 안에서 이제 막 싹튼 새잎처럼 반들반들한 녹색 걸쇠는 아름다울 정도로 보여 밉살스러웠다. 머리 부분이 직각으로 구부러진 다섯 치 못이 둔한 빛을 띠고 있다. 그저 때려 박았을 뿐인데도 어떠한 복잡한 자물쇠보다도 떼어내는 것이 곤란한 것 같은 기분이 들었다.

어제 경찰서로 모시러 간 부모님과 함께 우타가 돌아온 것은 10시가 넘은 시각이었다. 우타는 누군가 몸을 씻긴 듯 조금 말쑥한 모습으로 눈을 조급하게 움직이며 세이안과 하쓰의 부축을 양측에서 받으며 골목길을 천천히 걸어서 왔다. 판잣집 여기저기에서 나온 사람들이 어떻게 맞이하면 될지 몰라서 곤란한 듯한 표정으로 지켜보고 있었다.

"우타 언니 잘 했어. 잘 한 거야."

언제나 불평만 늘어놓던 옆집에 사는 마카토가 눈을 깜박이며 새된 소리로 말했다. 세이안은 순간 화가 난 듯한 험악한 눈으로 마카토를 봤지만 바로 눈을 내리깔고 입술을 깨물며 우타를 억지로 끌고 갔다. 하쓰는 마카토에게 고개를 숙였다. 그 얼굴에는 눈물과 함께 참을 수 없는 웃음이 떠올라 있다. 우타는 이 작은 골목길을 지나가는 것이 처음인 것처럼 신기한 듯한 표정으로 주변을 둘러보고 있다. 가주와 사치는 앞으로 나와서 그 셋이 걸어오는 것을 기다렸다. 세이안은 둘과 함께 집 앞까지 오자 가주와 사치는 뒤에서부터 떠받치려고 우타의 허리에 손을 댔다.

"귀찮게 하지마(카시마사누)."

세이안이 사치의 손을 험악하게 뿌리쳤다. 사치는 울 듯한 표정을 지으면서 분한 듯이 세이안을 올려다봤다.

"자기 자식 얼굴도 모르니 황태자 얼굴을 알 리가 없잖아(쿠와노치라모와카란문누, 코타이시노치라누와카룬나)."

세이안은 뱉어 버리듯이 말했다. 우타는 현관에 웅크리고 앉더니 집에 들어가는 것을 거부했다. 세이안은 칭얼거리는 우타를 질질 끌듯이 집 뒤쪽으로 데려가 거칠게 문을 잠궜다. 하쓰는 가주와 사치를 안고서 세이안의 난폭한 행동을 겁먹은 눈빛으로 지켜봤다. 세이안은 우타를 데리러 가기 전에 고쳐 둔 걸쇠를 걸었다. 그러더니 텔레비전 위에 있는 다섯 치 못에 손을 뻗어서 걸쇠에 걸려고 손을 멈추더니 고개를 숙였다. 마침내 다섯 치 못은 작은 소리를 내며 자물쇠 구멍으로 미끄러져 들어갔다.

가주는 숨을 깊게 쉬었다. 아침 냉기에는 나무 향기가 섞여있는 듯한 기분이 들어서 용기가 솟아났다. 과감히 다섯 치 못을 뽑았다. 그것은 호수 바닥에 떨어진 것처럼 차가워서 화끈거리는 손에 닿는 감촉이 좋았다. 자물쇠를 떼어내고 문을 열자 크게 삐걱거려서 소금 결정과 같은 소리의 파편이 이제 잠에서 막 깨어난 민감한 피부에 박혔다. 가주는 귀를 쫑긋 세웠다. 괜찮다.

덧문이 내려져 닫혀있는 우타의 방은 아직 어둠에 갇혀있다. 그래도 눈이 익숙해지자 덧문 판자 사이에서 새어나오는 빛 속에 우타의 바짝 말라 새처럼 홀쭉한 가냘픈 다리가 〈 모양으로 꺾여 두 개가 겹쳐져 있는 것이 보였다. 가주는 그 썩은 나뭇가지와 같은 다리를 바라보고 있다가 우타의 복사뼈 부근에 무언가 검은 것이 움직이고 있는 것을 알아채고 웅크리고 그것에 손을 뻗었다. 한순간 그것은 부서져 흩어지며 낮은 날개소리를 내며 가주의 주위를 둘러쌌다. 몇 마리의 파리가 한 무리를 지어서 우타의 복숭아뼈에 멈춰있던 것이었다. 어제 내던져졌을 때 까진 것이다. 둥근 상처 자리에 설마른 점액이 가냘픈 빛을 반사하고 있다. 파리는 상처 자리에서 나는 냄새에 이끌려 금방 다시 그곳에 내려앉으려 했다. 가주는 파리를 내쫓으면서 사치보다 더 얇아 보이는 우타의 장딴지를 위로하듯이 어루만졌다. 쭈그러든 살의 축 늘어진 탄력은 작은 비늘이라도 되는 것처럼 껄끔거리는 피부를 통해 무언가를 말하고 있는 것 같았다.

"할머니."

옆으로 향해 누워 있는 우타의 귓가에 입을 접근시켜 불러봤지만 대답이 없다. 가주는 불안에 쫓겨서 우타의 몸을 흔들었다. 우타는 목구멍 깊은 곳에서 이상한 소리를 내며 고개를 들었다. 먼지를 빛내며 점차 세지는 빛에 우타의 머리칼이 하얗게 모습을 드러냈다. 가주는 그 아래로 검게 시든 얼굴을 들여다보며 중얼거렸다.

"할머니 얀바루에 가요. 얀바루로."

우타는 아무런 반응도 보이지 않았다. 가주는 일어서더니 우타의 손을 잡았다. 우타는 모래땅의 마른 풀처럼 이렇다 할 저항도 없이 가주에게 이끌려 일어났다. 너무나도 가벼운 느낌에 가주는 놀랐다. 집에서 나올 때도 가주만이 마루청을 삐걱거리게 했을 뿐 우타의 발걸음은 위험해 보이기는 했어도 공중에 떠있는 것처럼 조용했다.

평화거리는 으스스한 상태였다. 가게 셔터는 아직 눈을 내리깔고 자고 있다. 지붕에 매달린 두 줄 광고등의 파르께한 빛이 더러워진 컬러타일을 비추고 있다.

가주와 우타 두 사람만이 거리를 걷고 있을 뿐이었다. 가주는 때때로 우타가 걷는 것이 너무 느려 초조한 듯 앞서 갔지만, 붙이고 나서 바로 찢겨진 포스터의 남은 부분을 들여다보거나 가게 앞에 쌓인 스티로폼을 손톱으로 벗겨 내거나 하면서 우타를 기다렸다.

"할머니. 이사람 할머니가 좋아하는 사람은 아니죠."

가주는 주변 가게보다 시대가 뒤처진 듯한 낡은 목조 양복점 벽널에 붙여진 색 바랜 향토 연극 포스터를 두드리며 호들갑을 떨었다. 하지만 우타는 깊이 허리를 구부린 채로 얼굴을 들려고 하지도 않은 채 입을 다물고 잰 걸음으로 계속 걸었다. 가주는 조금 낙담해 소라게처럼 굼실굼실 움직이는 다리를 보면서 우타의 뒤를 따라 걸었다. 갑자기 우타의 다리가 멈췄다. 가주는 고개를 들었다. 우타는 대 바겐세일 내림 깃발이 비스듬히 내걸린 커다란 슈퍼 앞에 멈춰있다. 단단해 보이는 쇠격자 셔터가 두 사람 앞에 내려져 있다. 우타는 움푹 팬 작은 눈을 쓸벅거리며 검은 격자를 바라보고 있다. 틀니를 하고 있어서 움츠러든 턱이 조금 움직이며 무언가 말한 듯 했지만 가주에게는 아무런 말도 들리지 않았다.

우타는 다시 걷기 시작했다. 거리 건너편에서 폐품 회수차가 오르골 소리를 울리면서 다가왔다. 지나쳐갈 때 마스크를 한 붙임성 있는 눈빛의 아주머니가 기분 좋은 땀 내음이 풍길 듯한 흐트러진 머리카락을 쓸어 올리며 가주와 우타를 봤다. 가주는 무언가 말하지 않을까 걱정했지만 아주머니는 바쁜 듯이 상자를 평평하게 쌓은 작업에 쫓기고 있다. 매달려 있는 시계를 보니 이미 7시가 다 되려하고 있다. 세이안과 하쓰는 훨씬 전에 둘이 없어졌다는 것을 눈치 채고 찾고 있을 것이다. 가주는 서둘러서 버스에 타야지 하며 초조해 했는데 아무리 손을 잡아끌고 독촉해도 우타의 걸음걸이는 빨라지지 않았다. 그래도 어떻게 해서든 국제거리에서 나오자 거리에는 이미 평상시와 같은 떠들썩함과 정체가 시작돼 있었다. 가주는 우타의 손을 잡고 신호를 건넜다. 걱정하고 있던 대로 반도 가지 않았는데 신호가 적색으로 바뀌어 버렸다. 양측에 정차돼 있는 택시가 연속해서 경적을 울리며 가주와 우타를 위협했다. 겨우 다 건너자 가주는 두 사람을 노려보며 급 발진하는 운전사에게 혀를 내밀어 보였다.

버스는 하행선 용으로 중부방면으로 일을 하러 가는 사람들로 꽤 붐비고 있다. '나하—카데나(カデナ)—문비치(ムーンビーチ)—나고(ナゴ)'라고 표시된 버스에 타려고 했지만 우타가 계단을 잘 오르지 못하자 앞서 탄

젊은 여성이 손을 끌어서 올려줬다. 가주는 "고맙습니다." 하고 웃어 보이며 앞에서 세 번째 좌석에 우선 우타를 앉히고 이어서 자신도 앉았다. 버스가 달리기 시작했s다.

가주는 꿈을 꾸고 있다. 눈을 뜨자 옆에 서있던 여자 고등학생들이 웃으면서 가주를 보고 있다. 어디까지 온 것일까. 창밖에는 싱그러운 태양의 꽃가루가 잔디밭 위에 금색으로 쏟아져 내리는 미군기지가 펼쳐져 있다. 철망에 연해서 심어진 협죽도 꽃이 흰 나비떼처럼 바람에 흔들려 아름다웠다. 양쪽 팔에 새긴 문신을 드러내놓고 있는 붉은 얼굴의 미군 병사 두 명이 조깅을 하면서 버스에 손을 흔들었다.

"할머니 얀바루는 아직 멀었겠죠."

가주는 창에서 쏟아져 들어오는 햇빛에 얼굴을 찌푸리며 우타에게 물었다. 우타는 자리에 얼굴을 기대고 조용히 자고 있다. 은색이 섞인 백발이 햇빛을 받아서 빛나고 둥근 얼굴의 솜털이 분이 생긴 듯 여린 빛에 휩싸여있다. 풀 없이 열린 눈에는 달팽이가 기어간 후처럼 은색 막이 씌어있다. 턱이 수그러지고, 얼굴이 길어진 것처럼 보이는 치아가 없는 입에서 침이 실처럼 늘어져 있다.

"어머 버스 안인데 파리가 있어."

여자 고등학생 한 명이 창문 표면을 걷고 있는 파리를 발견하고 옆에 있는 친구에게 손가락으로 가리켜 알려줬다. 파리가 날아오르더니 우타의 눈에 멈췄다. 가주는 귀찮은 듯이 파리를 쫓았다. 파리는 태양의 온기를 받고 활발해진 것인지 집요하게 우타의 눈에 내려앉으려 했다. 여자 고등학생들 얼굴이 순식간에 굳어지고 숨죽인 소리가 버스 안에 퍼져나갔다. 가주는 파리를 쫓으면서 우타의 이마를 만졌는데 햇빛을 받고 있는데도 그곳이 차갑다는 것을 깨달았다. 손을 잡자 차가움은 한층 더 가주의 가슴을 파고들었다. 가주는 냉방 송풍기를 옆으로 향하고 우타의 손을 햇빛으로 따듯해진 유리창에 가져다 댔다. 우타의 얼굴에 아스라이 미소가 떠오른 것 같았다.

"할머니. 얀바루는 아직 멀었겠죠."

기지에서 나오는 녹색 빛이 눈부셨고 가주의 몸은 살짝 땀이 밸 정도로 따듯했지만, 우타의 손은 시간이 지나도 따듯해지지 않았다.

곽형덕 옮김

＊작가 주: 작품 중 신문기사, 황태자의 말은 1983년 7월 7일~14일 오키나와타임즈 기사를 재편집해서 인용한 것이다.

「평화거리라 이름 붙여진 거리를 걸으면서」에 대하여

• 작품 해설

　슈에샤(集英社)의 『컬렉션 전쟁×문학(コレクション 戰爭×文學)』(전20권[별책 1권 외], 2011-2013) 시리즈는 청일전쟁에서부터 시작해 최근의 아프가니스탄 전쟁에 이르기까지 일본이 근대 이후 관여한 전쟁과 관련된 문학 작품을 선정한 기획이다. 이 시리즈의 마지막 권인 『오키나와 끝나지 않은 전쟁(戰爭×文學 オキナワ終らぬ戰爭)』(제20권, 2012)은 오키나와에 전후가 존재하지 않았다는 것을 제목에 명확하게 내세우며, 메도루마 슌의 많은 작품 중에서 「평화길로 이름 붙여진 거리를 걸으면서」를 선정해서 실었다. 이 소설은 "끝나지 않은 전쟁"의 고통을 가주(어린이)와 후미(할머니) 시점을 번갈아가며 배치해 우타(가주의 할머니)의 비극적인 현재의 광태(狂態)가 오키나와전에서 아들이 가마(동굴)안에서 죽은 것으로부터 비롯된 것임을 극명하게 드러낸다. 메도루마는 많은 작품에서 집단 기억에서 망각된 주체들을 중심으로 작품을 썼는데 이 작품은 대표적이다. 다만 이 소설은 오키나와 문학 관련 선집에 한 번도 선정된 적이 없다가 슈에샤 『컬렉션 전쟁×문학』에 포함되면서 광범위한 일본어 독자와 만날 수 있게 됐다. 이 선집에 작품이 포함

될 수 있었던 것은 기존에 존재했던 전쟁문학전집이 과거완료형으로 끝난 전쟁을 총괄하거나 혹은 문학사를 정리하는 방식이었던 것과 달리, 지금 여기에 육박해 오는 새로운 전전(戰前)에 대응한다는 자세가 『컬렉션 전쟁 ×문학』 편집위원에게 있었기 때문이다.

하지만 「평화거리라 이름 붙여진 거리를 걸으면서」에 대한 평가는 작품에 직접적으로 드러난 "서민의 눈으로 천황제(天皇制)"(오카모토 게토쿠)를 포착하고 비판한 것 등과 맞물려 그리 높지 않았다. 그 중에서도 오래도록 메도루마 문학을 연구해온 신조 이쿠오(新城郁夫)의 평가는 이 작품에 대한 전형적인 것 중 하나이다. 그는 「평화거리라 이름 붙여진 거리를 걸으면서」를 "천황이라고 하는 전후 오키나와의 위태로운 사회적 상황을 고발하는 것에 지나치게 성급해서 소설의 메시지 성이 안이하게 노골적으로" 표출됐다거나, "소설 그 자체가 단조로운 이데올로기 가운데 자족해 버렸다"는 식으로 낮게 평가하고 있다. 하지만 이 소설은 "오키나와의 토착적 신화적 구조로 해소" 되어가는 오키나와문학에 대한 메도루마의 날카로운 비판 정신이 담겨 있으며 단조로운 이데올로기로 수렴된 작품만은 아니다. 요컨대 이 작품은 전후 오키나와가 놓인 상황을 서민과 황태자를 선명하게 대비시켜가며 그 메울 수 없는 아득한 간극을 뛰어난 문학적 언어 및 형식으로 조형하고 있다는 점에서 「물방울」이 내포 하고 있는 문제의식을 더욱 첨예하게 제기하고 있다.

• 주요 등장인물

가주(가즈요시) : 시점 인물로 초등학생. 그의 시점에 의해 우타 할머니의 과거와 현재가 그려진다. 가주가 현재를 상징하는 인물이라면 우타는 오키나와전의 기억을 계속해서 끌고 가고 있는 인물이다. 결국 가주는 할머니인 우타가 황태자 부부가 타고 있는 차로 뛰어들어서 똥을 바르는 것을 가장 가까이에서 보게 된다.

하쓰 : 가주의 어머니.

세이안 : 가주의 아버지로 시점 인물 중 한 명이다. 세이안은 항만노동일을 하는 직장에서 황태자가 방문하는 날에 자신의 어머니가 외출하지 못하도록 하라고 하는 은근한 위협을 당한다. 그래서 그는 우타가 밖에 나가지 못하도록 못으로 문을 고정해 놓는다.

사치코 : 가주의 여동생으로 초등학생.

우타 : 가주의 할머니. 오키나와전에서 아들을 잃고 평생 그 트라우마에 시달리며 산다. 평화길에서 평생 자사를 하고 살다가 정신에 이상이 생겨서 일을 그만두고 집에 있다. 오키나와전과 관련된 혼잣말을 하고 다니며 오키나와전 당시를 현재라고 생각하고 행동한다.

요시아키 : 우타의 아들. 요시아키는 동굴에서 우타와 함께 있다가 가혹한 상황을 이기지 못 하고 죽었다.

후미 : 또 다른 시점 인물로 평화길에서 생선을 판다. 우타 할머니와 친한 사이로 우타를 친 언니처럼 따른다. 후미의 시점에 의해 우타의 과거가 기술된다.

니시메 소토쿠 : 오키나와전에서 가족을 셋이나 잃었지만 군용지료(軍用地料)를 받아 주머니 사정이 좋아지자 자민당 뒤꽁무니를 따라다니며 산다. 과거를 망각한 인물로 우타와는 대극에 위치한 인물이다.

오시로 : 세이안이 일하는 항만노동 회사의 과장으로 세이난을 위협해서 우타가 황태자 방문 당일에 밖으로 나오지 못하게 하려고 한다.

경찰 : 황태자비의 오키나와 방문에 맞춰서 혹시 있을지도 모를 불상사를 막기 위해 시장에서 장사하는 상인들까지도 통제하려 한다.

• **작품요약**

　이 소설에는 가주와 후미, 세이안 등 여러 명의 시점인물이 등장한다. 가주의 시점이 가장 많고 그 다음이 후미, 그리고 세이안의 시점 순이다. 후미와 세이안이 오키나와전 당시의 기억을 우타를 통해 드러낸다고 한다면, 가주는 어린이의 눈으로 오키나와의 과거와 현재를 가감없이 보여준다. 이처럼 이 소설은 여러 인물의 시점을 통해서 오키나와의 과거와 현재를 전체적으로 조망하며 오키나와전이 남긴 트라우마를 끝나지 않은 과거로서 독자들에게 보여주고 있다. 이 세 인물 중에서 가주의 역할은 매우 중요한데 이는 황태자가 "일본 적십자사 명예 부총재로서 13일 오후 1시 반부터 나하시 시민회관에서 열리는 제××회 '헌혈 운동추진 전국 대회'"에 방문하면서 벌어지는 사건을 오가는 존재이기 때문이다.

　이 소설은 황태자의 오키나와 방문에 즈음해서 경찰이 주변의 위험 요소를 통제하려는 움직임이 사건의 중심을 차지하고 있다. 그 중에서도 치매에 걸린 우타는 통제가 힘든 대상으로 경찰에게는 위험요소로 여겨진다. 그래서 경찰은 가주를 통해서 집안의 움직임을 알아보려고 하거나, 세이난을 압박해서 우타가 행사 당일에 집밖에 나가지 못하도록 하는 등 갖은 압박을 가한다. 황태자의 오키나와 방문은 세이안이 "전쟁에서 그만큼 피를 흘리게 해놓고 뭐가 헌혈대회야."라고 말하고 있듯이 오키나와인들의 반발을 불러일으킨다. 이 방문은 오키나와전에서 장남인 요시아키를 잃은 우타 할머니를 자극하기에 충분한 것이었다. 요시아키는 오키나와전 당시 동굴로 피난해 있다가 극한의 상황에서 버티지 못하고 죽고 만다. 마침내 "13일 오후 1시 반부터 나하시 시민회관에서 열리는 제××회 '헌혈 운동추진 전국 대회' 당일에 가주는 학교에서 중간에 빠져나와 황태자의 차량 행렬을 보려고 인파 속으로 들어간다. 가주가 우타의 방문에 박힌 나사못을 제거했기에 우타도 밖으로 나와서 인파 속에 섞여 있다. 황태자 일행이 탄 차가 다가오자 우타는 도로로 뛰어나가고 이에 놀란 경호대의 제지를 받는다. 하지만 우타는 초인적인 힘을 발휘해서 이들을 물리치고 황태자가 찬 고급 차에 자신의 황갈색 똥을 바른다. 경찰서에 끌려갔다가 집으로 돌려보내진 우타는 몸을 씻고 잠에 든다. 다음날 어슴새벽에 가주는 우타에게 "할머니 얀바루에 가요. 얀바루로." 에 하고 말하고 밖으로 함께 나간다. 둘은 평화 길을 지나 얀바루로 가는 버스를 탄다. 버스를 타고 가는데 버스 안에 파리 가 날라 다닌다. 버스가 미군 기지 옆을 지나갈 때 가주는 할머니의 손을 만 져봤지만 그 손에는 온기가 남아 있지 않았다.

• 참고자료

新城郁夫, 『到來する沖繩―沖繩表象批判論』, インパクト出版會, 2007.

아라카와 아키라 新川明

오키나와 출신. 류큐대학 문리학부 국문학과 중퇴 후, 오키나와 타임스(沖縄タイムス)에 입사. 1978년 류큐민족독립종합연구학회(琉球民族獨立叢合研究學會)를 발족하였으며, 오키나와 독립을 표방한 '반복귀'를 주장. 대표적인 저서로는, 마이니치(每日)출판문화상을 수상한 『신남도 풍토기(新南島風土記)』(大和書房, 1978)를 비롯해 『반국가의 흉구(反國家の兇區)』(現代評論社, 1971), 『이족과 천황의 국가-오키나와 민중사의 시도(異族と天皇國家 沖縄民衆史への試み)』(二月社, 1973), 『일본이 보인다 시화집(日本が見える 詩畫集)』(儀間比呂志畫 築地書館, 1983), 『오키나와·통합과 반역(沖縄·統合と反逆)』(筑摩書房, 2000), 『오키나와의 자립과 일본-「복귀」 40년의 물음(沖縄の自立と日本「復歸」 40年の問いかけ)』(筑摩書房, 2000) 외 다수.

『유색인종』초(抄)

우리들의 피부

우리들 피부는 흰색이 아니다.
북실북실한 솜털이 난 흰색이 아니다.
태양에 그을리고 태풍에 쓸려
소금기를 머금은 남국의 해풍으로 다져진
옅은 빛이 도는 다갈색이다.

하지만 하얀 인종은
북실북실한 솜털이 난 하얀 인종은
이 우리들 섬에 어네스트 존을 몰고 와서
우리들의 주인인양 섬을 으스대며 걷는
하얀 인종은

우리들을 옐로(황인종)라 부른다.
우리들을 옐로(황인종)라 부른다.

황색인종(Ⅰ)

우리들은 황색인종
YELLOW(옐로)·FELLOW(옐로)—.
당신들 눈에는
유약하고 건강하지 못한 '누런 녀석'이다.

루이16세가 희었던 만큼 하얗고.
히틀러와 무솔리니가 희었던 만큼 하얀 당신들.
당신들의 눈에
우리들은 연약하고
건강하지 못한 '누런 녀석'이지만
우리들 피부의 강인함을 알지어라
우리들 피의 빨간색을 알지어라
우리들 주먹의 단단함을 알지어라.
불순물이 섞이지 않은 우리들의
살갗과 피의 섬세함을
흐트러짐 없는 주먹의 거칠거칠한 아름다움을 알지어라.

당신들은 앞으로 내민 집게손가락을 하늘로 치켜 올려
구부리고 구부려
우리들을 부른다.
"헤이 유 옐로우 펠로우!"
"어이, 너 누런 돼지 같은 녀석아!"

하지만 옐로우로

우리들은 옐로우로 충분하다.

황색인종으로 충분하다.

불순물이 섞이지 않았다는 생각이 통하는 황색인종이다.

"옐로우 펠로우"로 충분하다.

블랙 앤 옐로우

(오키나와 주류 흑인병에게 바치는 노래 1)

당신들의 피부도 흰색은 아니다
쇠처럼 늠름한 흑갈색이다.
지울 수 없는 수도 없는 채찍의 흔적을 숨긴
바위처럼 단단한 흑갈색이다.

이 검은 당신들과
누런 우리들.
유색인종인 당신들과 우리들이다.

　〈지금 여전히 일하는 사람들이
　언제나 학대받는 사회.
　〈유색인종이 극단적인 차별 속에서
　고통을 받아야 하는 사회—.

검은 인종이라고 해서
당신들은
당신들의 부모들은
또 그의 부모들은
몇 백 년이나 거슬러 올라가 당신들의 부모들은

얼마만큼의 고통을 짊어지고 걸어 왔을까.

　　얼마나 무겁고.

　　어둡고.

　　험하고.

　　축축하고.

　　긴.

　　그런 여정이었을까.

당신들의 부모들이 섬긴 방자한 주인네들.

그 부모들이

또 그의 부모들이

몇 백 년이나 거슬러 올라가 당신들의 부모들이

섬긴 하얀 피부의 냉혹한 주인네들.

그리고 지금 당신들이 섬기는

그 피를 이어받은 번쩍거리는 주인네들 밑에서

우리들은 산다.

　　매일을―

　　혀를 꼬이게 하고

　　숨을 막히게 하며

　　버티고 선 다리에

구부정한 상체를 실어

매일을 살아간다.

그러한 당신들과 우리들.

블랙 앤 옐로우!(강조는 원문)

황색인종(Ⅱ)

황색인종 중에서도
다양한 인종이 있다.

순수한 피를 지키고
순수한 피를 믿으며
서로 북돋우며 굳게 맺어져
보조를 맞추어 나아가는 사람들이 있다.

그러한 피를 배신하고
그러한 피를 팔아넘겨
원숭이처럼 추악한 면상을   교묘한 가면 아래 감추고
교태를 한껏 부리며 처세에 능한 자들이 있다.

우리들은   그 가면을 벗겨내어
백일하에 꿇어앉히기 위해
눈을 부릅뜨고 있다.
우리들의 피를 더럽히기 위해
설치된 덫을 파헤치기 위해
46시간   눈을 부릅뜨고 있다.

우리들 황색인종이
황색인종이라는 것에 긍지를 가지고
황색인종 중의 원숭이나
우리들의 피를 위협하는 하얀 늑대의
통통하게 살이 오른 올챙이배를 가르기 위해
우리들은 걷는다.
불끈! 눈을 부릅뜨고
우리들은 걷는다.

이향의 흑인병사, 혹은 흑인 애시(哀詩)

(오키나와 주류 흑인병사에게 바치는 노래 2)

고향을 떠나
동양의 낯선(far east) 섬에
주류하는 점령자의 순종적인 부하 당신들.
명랑하게 추잉검을 씹으며
섬 여자들과 시시덕거리며
득의양양하게 거리를 활보하는 당신들.

저 피라미드. 그리고 스핑크스.
가혹한 채찍 아래에서
부지런히 돌을 날라   쌓은
당신들의 까마득한 부모들의 그 **영광**에 대하여
하지만, 당신들이여.
생각한 적은 있는가   이 누런 우리들 앞에서.

당신으로 이어진 당신들의
조부가   증조부가
조모가   증조모가가
질질 끌었던 선창의 무거운 쇠사슬 소리.
줄줄이 엮어 신대륙으로 건너가는

고통의 **역사**에 대하여
하지만 당신들이여.
생각한 적 있나.   이 누런 우리들 앞에서.

목화를 따러—.
배를 끌러—.
발목과 손목에 쇠사슬을 차고   당신들의
아버지나 어머니나 그 부모들이 언제나 불렀던 수많은 노래.
손톱 끝에서
어깻죽지에서
솟구쳐 나온 피를 들이키며 불렀던 노래를
잊어버린 오늘의   슬픈 형제들이여!

당신들이 너무도 사랑하는 아내가. 딸이.
형제가. 아들이. 애인이.
쓸쓸히 살고 있는
뉴욕의   시카고의
미국 곳곳의
빈민가의 차디찬 거리를.
하지만, 당신들이여.
생각한 적은 있는가.   이 누런 우리들 앞에서.

고향(クニ) 마을 공원의   벤치에 걸터앉는 것도.

함께 학교에 가는 것도 허락되지 않는다

유구한 관습의

피부가 검다는 **숭고함**에 대하여

하지만, 당신들이여.

생각한 적은 있나.   이 누런 우리들 앞에서.

흑진주처럼 빛나는 피부

에너지 넘치는 당신들의 입술.

철판 같은 그 피부를 단련하여.

부모들의 입술에서 새어나온 한없는 슬픔과 분노의 노래를

늠름한 당신들의 입술에 다시 올려.

녹아버린 쇳덩이처럼 타올라.

당신들 위에 덧씌워

당신들을 눌러 버리려는 모든 것을

태워 버리길!

(『류대문학(琉大文學)』 제2권 제1호, 류큐대학문예부, 1956)

손지연 옮김

엮은이

김재용

연세대 영문학과와 동대학원 국어국문학과 졸업.
현재 원광대 국어국문학과 교수.
한국근대문학과 세계문학을 전공하고 있다.
저서로는『협력과 저항』,『분단구조와 북한문학』,『세계문학으로서의 아시아문학』등이 있다.

손지연

원광대학교 글로벌동아시아문화콘텐츠교실 책임연구원. 나고야대학에서 일본 근현대 문학 및 문화를 전공하였다. 동아시아의 전쟁과 폭력의 상흔을 젠더와 내셔널 아이덴티티의 관점에서 조명하는 작업에 관심을 두고 연구를 진행하고 있다. 지은 책으로『동아시아 근대 한국인론의 지형』(공저),『오키나와 문학의 힘』(공저) 등이 있고, 옮긴 책으로『폭력의 예감』(공역),『전쟁이 만들어낸 여성상』,『일본군 '위안부'가 된 소녀들』등이 있다.

옮긴이

손지연

원광대학교 글로벌동아시아문화콘텐츠교실 책임연구원. 나고야대학에서 일본 근현대 문학 및 문화를 전공하였다. 동아시아의 전쟁과 폭력의 상흔을 젠더와 내셔널 아이덴티티의 관점에서 조명하는 작업에 관심을 두고 연구를 진행하고 있다. 지은 책으로『동아시아 근대 한국인론의 지형』(공저), 『오키나와 문학의 힘』(공저) 등이 있고, 옮긴 책으로『폭력의 예감』(공역),『전쟁이 만들어낸 여성상』,『일본군 '위안부'가 된 소녀들』 등이 있다.

조정민

부산대학교 한국민족문화연구소 HK교수. 일본 규슈대학에서 일본 근현대 문학 및 문화연구를 전공하였다. 패전 후 전후 일본문학이 연합국의 일본 점령을 어떻게 기억하였는가에 대해 연구하여 박사학위를 취득하였으며, 이를 토대로『만들어진 점령서사』(2009)를 출간하였다. 최근에는 일본에 국한되지 않고 동아시아를 사고할 수 있는 '방법'으로서의 '지역'에 관심을 가지고 있다.

곽형덕

카이스트 인문사회과학연구소 연구교수. 와세다대학 대학원 및 컬럼비아대학 대학원에서 일본문학과 동아시아 문학을 전공했다. 김사량 문학(재일조선인문학), 오키나와문학, 전쟁문학 등이 주요 관심사다. 주요 편역서로는『긴네무 집』(마타요시 에이키 저, 2014),『아무도 들려주지 않는 일본현대문학』(다카하시 토시오 저, 2014),『장편시집 니이가타』(김시종 저, 2014),『김사량, 작품과 연구』(총4권, 2008~2014) 등이 있다.

심정명

서울대학교 비교문학과에서 석사를 마치고, 오사카대학 일본학연구실에서 내셔널리즘과 일본의 현대 소설에 대한 연구로 박사학위를 받았다. 한양대학교 비교역사문화연구소에서 HK연구교수로 재직하고 있다. 옮긴 책으로『히틀러 연설의 진실』(2015),『유착의 사상』(2015),『스트리트의 사상』(2013),『발명 마니아』(2010),『피안 지날 때까지』(2009) 등이 있다.

✻ 히가시 미네오의 「오키나와 소년」의 경우 번역을 위해 작가 및 일본문예협회 측에 문의
하였으나 작가의 소재가 불분명하다는 답변이 있어 부득이하게 저작권을 해결하지 못하
였다. 아라카와 아키라의 「유색인종」도 저작권 확보를 위해 연락을 시도 중이다. 추후에
라도 작가와 연락이 닿으면 통용되는 선에서 저작권료를 지불할 예정이다.

오키나와 문학의 이해

초판 1쇄 발행 2017년 2월 20일
초판 2쇄 발행 2018년 2월 20일

엮 은 이 김재용, 손지연
지 은 이 야마시로 세이츄, 구시 후사코, 이케미야기 세키오, 히로쓰 가즈오, 야마노구치 바쿠,
　　　　　오시로 다쓰히로, 히가시 미네오, 마타요시 에이키, 사키야마 다미, 메도루마 슌, 아라카와 아키라
옮 긴 이 손지연, 조정민, 곽형덕, 심정명
펴 낸 이 이대현
펴 낸 곳 도서출판 역락

책임편집 이태곤
디 자 인 안혜진 홍성권
편　 집 권분옥 홍혜정 박윤정 문선희
마 케 팅 박태훈 안현진 이승혜

주　 소 서울시 서초구 동광로 46길 6-6(반포4동 577-25) 문창빌딩 2층(06589)
전　 화 02-3409-2058, 2060
팩　 스 02-3409-2059
이 메 일 youkrack@hanmail.net
블 로 그 http://blog.naver.com/youkrack3888
홈페이지 http://www.youkrackbooks.com
등록번호 1999년 4월 19일 제303-2002-000014호

정가는 뒤표지에 있습니다.
ISBN 979-11-5686-746-3 03830

출력·인쇄·성환C&P **제책**·동신제책사

✻잘못된 책은 바꿔 드립니다.
✻이 도서의 국립중앙도서관 출판예정도서목록(CIP)은 서지정보유통지원시스템 홈페이지(http://seoji.nl.go.kr)와
　국가자료공동목록시스템(http://www.nl.go.kr/kolisnet)에서 이용하실 수 있습니다.(CIP제어번호: CIP2017003673)

✻이 저서는 2016년 교육부의 산업연계 교육활성화 선도대학(PRIME) 사업의 재원으로 수행된 것임.